清道光朝詩話六種

朱洪舉　張宇超　點校

本書為國家教育部人文社會科學研究規劃基金項目「清代道光朝詩話與詩學思想研究」（項目批准號：16YJA751034）階段性成果

吉林大學出版社

圖書在版編目（CIP）數據

清道光朝詩話六種 / 朱洪舉，張宇超點校 . -- 長春：吉林大學出版社，2020.10

ISBN 978-7-5692-7298-7

Ⅰ . ①清… Ⅱ . ①朱… ②張… Ⅲ . ①詩話 - 中國 - 清代 Ⅳ . ① I207.22

中國版本圖書館 CIP 數據核字（2020）第 199630 號

書　　名 清道光朝詩話六種
QING DAOGUANG CHAO SHIHUA LIU ZHONG
作　　者：朱洪舉　張宇超　點校
策劃編輯：盧　嬋
責任編輯：盧　嬋
責任校對：劉守秀
裝幀設計：湯　麗
出版發行：吉林大學出版社
社　　址：長春市人民大街 4059 號
郵政編碼：130021
發行電話：0431-89580028/29/21
網　　址：http：//www.jlup.com.cn
電子郵箱：jdcbs@jlu.edu.cn
印　　刷：廣東虎彩雲印刷有限公司
開　　本：787mm × 1092mm　1/16
印　　張：27
字　　數：320 千字
版　　次：2021 年 2 月　第 1 版
印　　次：2021 年 2 月　第 1 次
書　　號：ISBN 978-7-5692-7298-7
定　　價：198.00 元

前言

郭紹虞先生在《清詩話續編》序中說：「詩話之作，至清代而登峰造極。」道光期間的詩話尤為典型，因為此階段是清代歷史轉折的關鍵時期，既能反映出當時文人對清朝前期如王士禛、袁枚等人詩學思想的批判與繼承情況，又深刻影響了晚清詩壇。另外，通過道光期間的詩話，亦可略窺當時文人日常生活、藝事與心態，如張寅彭先生在《清代詩學考述》中所說：「從現存的數量可觀的清代詩學批評材料來看，記載文人交遊、創作，乃至生活起居的詩話數量最多。這種側重於記事的著述形式的頻繁使用，表現出清人的一種偏重『史』的較為質實的趣味。它所記錄下的大量詩壇具體事實，也十分有助於更為具體地從中見出清代批評的歷史面目。」

道光期間，很多西方新鮮事物如寒暑表（體溫計）、取影器（照相機）、千里鏡（望遠鏡）、自鳴鐘（時鐘）、鬼子糕（肥皂）、洋火（火柴）以及火葬、種痘（疫苗接種）等現象傳入到中國，當時文人把對於這些新鮮事物與現象的感受記錄在詩話之中，如在方恒泰所撰《橡坪詩話》（道光間刊巾箱本）卷九中載：「香山澳門，自前明賃與西洋人居住，今則英咭唎等國夷人皆僦居矣。夷廟名大三巴，左峙鐘樓，三百餘年時刻無舛。其俗貴富而尚少，七日一拜禮，男女皆輟業詣廟聽講，或嬉遊竟日，大率似唐人旬休、道家戒戊之意。先一二日，夷婦相率浴於河，意在潔，而事近褻，往來行路，俱以青帕一方覆身首。杭州金采香有《夷婦拜廟》絕句云：『三巴門内瑞煙開，夷婦殷勤禮拜來。席地跏趺忘日永，氤氲人氣繞樓臺。』」卷十中載：「南海邱浩川熺，精於種痘。其法傳自外洋，用童牛痘漿，點進小兒臂上種之，即能將内毒引出。依然上漿結靨，又將此小兒臂上之漿為彼小兒種之，聯綿不絕。間有種出之後，仍複再出者，其毒亦輕矣。以是小兒受其福者，歲以千計。」又如林滋秀所撰《快軒詩則》（道光八年蓮湖書室刊本）卷三中提到泰順廩生董仲常《太霞山館詩草》中的《燔骸行》一詩，則是對當時火葬的記錄。此類記述在道光詩話中很多，本書所錄《小厓説詩》中亦有大量類似記載，不一一例舉，由此可考察中國在逐步向現代轉型過程中文人士大夫的思想軌跡。

本人在整理道光年間詩話過程中，發現當時很多學者與文人對詩話有很強的文體自覺意識。如本書所收《嵎陽詩説》，谷善禾在序言中提出自司空圖《二十四詩品》之後，「撰詩話者，莫盛于宋，而傳於世者，要以歐陽文忠公《六一詩話》為最古。其以論文為主，而兼記本事。諸家詩話之體例，亦創於是編。」在此明顯提及詩話的體例問題。又如張維屏在《聽松廬詩話》跋中提到：「詩會列序，已判高低，詩話陶情，何分軒輊。見佳句則匯為一帙；遇會心則綴以數言。多貴少貴，物本不齊；人炙吾炙，味同於嗜。觀者各從所好，休爭燕瘦環肥。錄者但愜於衷，不問盧前王后。」在一般人看來，詩話較為瑣碎龐雜，但這恰是詩話本身的特點，張維屏在此把詩話文體靈活隨意的特徵揭示出來，並對此給予了肯定。再如本書中的《小厓説詩》，黄培芳在為此書所撰序中寫道：「不曰『詩話』，而曰『説詩』，似有微指存焉。昔宋姜堯章有《白石道人詩説》，明謝茂秦有《詩家直説》，我朝宋商丘又有《漫堂説詩》，伍芝軒有《説詩樂趣》，沈歸愚有《說詩晬語》，稱名不苟，則其取義必有道矣。」可見其對詩話文體有了更為細微的分辨。另外，陸鎣在《問花樓詩話》序言中提出自己對詩話文體的反思：「後世善詩者，唐之李、杜，宋之蘇、黃，其生平論著最多，要其于文未嘗有譜，其於詩未嘗有話也。自文譜興，文之義法以亡；詩話繁，詩之源流以晦。」總之，無論肯定還是否定批判，詩話文體在此時期引起文人的重視毋庸置疑。

由於此時期詩話卷帙浩繁，其中有些是以錄地方詩人詩作為主，論詩評詩文字不多，如柳青源《韻語雜記》、余宣《菱溪詩話》、李堂《緣庵詩話》、林滋秀《快軒詩則》、管筠等人所辑《碧城仙館摘句圖》等；有些是主要探討起承轉合等具體詩法層面的詩話，如翁昱《試律須知》、楊秉杷《應體詩話》、鄭先樸《聲調譜闡說》、俞鉎《說詩淺語》、吳名鳳《學詩臆說》等；有些詩話主要專評專論某一具體詩人，如吳馮栻《青城說杜》、史炳《杜詩瑣證》、張鑒《眉山詩案廣證》、黃爵滋《讀山谷詩評》，張澍編纂《陰常侍詩話》等；有些主要是抄錄前人各種詩話而成，如王偁的《匡山叢話》等；有些以歷代詩歌資以勸誡，在詩學方面少有闡說，如黃坤元輯《勸戒詩話》等。此外，還有一些是《清詩話》已經收錄整理出版的詩話，如崔旭《念堂詩話》、姚椿《樗寮詩話》、厲志《白華山人詩說》等。

對於道光期間尚未經點校整理出版的詩話文獻，本書主要考慮選錄在詩學思想方面闡述較詳或能夠體現此時代詩話特點、具有一定代表性和文獻價值的詩話，由於篇幅所限，對於以上所說的幾類詩話，只能忍痛割愛，不予選入。讀者若欲窺道光朝詩話或清詩話全貌，可參閱張寅彭先生主持編纂的《清詩話全編》，其中順治、康熙、雍正期間的詩話，已由上海古籍出版社出版，乾隆、嘉慶、道光期間的詩話，也將陸續出版。

按上述選録詩話的原則，本書從道光期間諸多詩話中，選出以下六種：《小庢說詩》《嵎陽詩說》《閨秀錄》《夜談追錄》《石樵詩話》《竹間詩話》。這幾種詩話各具特色，其中，《竹間詩話》以手稿本存世，曾歸民國淮安鄉賢何寶善，現為天津圖書館收藏，被視為孤本。此次整理，所據即為此手稿本。由於手稿以行草寫就，且經作者反復塗改點竄，多處難以識讀，因此，此次整理，疏誤之處無可避免，惟祈讀者不吝賜教。

為了方便讀者閱讀，本書對於詩話文獻中出現的異體字、避諱字以及刻工明顯錯刻之字，一律徑改，不出校記；此外，古人寫作中引用詩文，常是憑藉記憶，故與原作往往有出入處，本書亦不一一說明。

本書在編纂過程中，得到周夢嬌編輯、上海大學中文系張寅彭先生、上海交通大學中國書法文化國際傳播研究所周斌先生的熱心幫助與支持；上海嘉定王光乾先生、戴建軍先生、汪樂天先生也參與了本書詩話文獻的整理，尤其是王光乾先生在《竹間詩話》文字識讀方面付出了很多心血，在此一併表示感謝。

朱洪舉　二〇二〇年六月二十六日於上海大學

敘目

一、《小厓說詩》八卷，梁邦俊撰。道光二十九年刊巾箱本，有張維屏序。梁邦俊，字伯明，號小厓，廣東順德人。為梁藹如之子，《十二石山齋詩話》作者梁九圖從兄。工詩畫，畫學倪瓚，間仿二米。有《焚香省過齋詩稿》。此書在評詩過程中，旁涉阿拉克、俄羅斯等邊疆地理，亦頗留心於廣東地方風物習俗，廣搜博采，如記載時人使用寒暑表（體溫計）、朝鮮詩人權石洲因詩遭禍、琉球建孔廟、桐鄉洗子才妻晚年髭髯忽生等事；亦精於考證，如考察網巾起源，指出沈歸愚詩盜襲前人、《國朝詩別裁集》誤收詩作等，在形式上帶有筆記小說的痕跡。

二、《嵎陽詩說》八卷，王偁撰。道光十三年瓶花閣刊本，書成於道光十二年。王偁，生於乾隆五十一年（1786），字孟揚，號曉堂，直隸大名人。貢生。著有《匡山叢話》《歷下偶談》《瓣香雜記》《名媛韻事》等。此書前四卷多述前人論詩，尤以袁枚為多。作者在此書中指出，自古詩病，未有酷於王安石《兼并》一詩，因「物之不齊，物之情也」，故不應劫富濟貧，奪富民之利。其論詩主張「先之以才情，而後繼之以學識」，「若無才與情，徒作空腔滑調，有學識猶不足以勝之」；作詩講究「要有悟入處」，在詩學思想方面，有明顯受袁枚性靈說影響的痕跡。

三、《閨秀錄》一卷，孫兆溎輯。光緒十一年俞筠仙刊本，書約作於道光末。孫兆溎(1793—1861)，字子香，江蘇崑山人。著有《風土雜錄》《花箋錄》。此書載蔣春漪、歸珮姍、朱步華、俞雲仙、俞藍仙、俞鶴仙、張洵、李夢仙、浦夢珠、陳筠湘、杜采采、涂瑩、王靜姑、楊蘭、楊孟貞、蔣芝生、史筠、姚蕙貞、方素娟等閨秀詩人事蹟。

四、《夜談追錄》二卷，李洽輯錄。清光緒六年家刊本，有郭嵩燾所作序與跋。李洽，字舜卿，湖南新化人，道光二十六年舉人，著有《搗塵集詞鈔》一卷。此書主要輯錄歐陽輅詩學思想及其對當時詩人的評述。歐陽輅（1767—1841），字磵東，湖南新化人。乾隆五十九年（1794）舉人，著有《磵東詩鈔》。此書中，歐陽輅論詩主張「以意與氣為主」，認為「意多則耐人咀嚼，氣盛則足以相舉」，反對當時摭拾隱僻、「舍性情而矜淹博」的作詩習氣。

五、《石樵詩話》八卷，李樹滋撰。道光二十九年采珍山館刊巾箱本。李樹滋，字直喬，號石樵，湖南湘潭人。書中多錄詩壇佳話趣事，兼及風俗、名媛、志怪，所記多為湘地詩人。作者主要以「性靈」、「才氣」論詩，認為「詩者，性情之所流露，無所謂奇，但貴真貴切。」提倡作詩須學古，亦須通變。書中多考據，指出袁枚《隨園詩話》有多處錯誤，認為五言、七言詩均可溯及《三百篇》，對次韻、聯句、集句之濫觴與流變都有詳細考察，並聯繫古人所作詩指出海運、女子纏足等始於何時，對以字音借對、用方言俗語入詩等現象亦有詳細闡述。

六、《竹間詩話》八卷，盛大士撰。天津圖書館藏手稿本。盛大士，字子履，號逸雲，鎮洋（今江蘇太倉）人，著有《藴素閣詩集》《竹間詩話》《溪山臥遊錄》。論詩主性靈，指出「作詩專尚格律，不解風趣，徒襲面目，不尚性靈，此近人之通病也。」書中多處論及郭麐及其《靈芬館詩話》。所記詩人以江浙一帶為主，如太倉胡寓年、王槐、孫玘、吴鋼、張景江；沙溪孫理、陸堃；陽湖陸繼輅、趙仁基；常熟朱宫桂、王清蘭、蔣因培；寶山黃臣燮、崇明潘愷、秀水朱墨林、嘉善樊鍾嶽、錢塘陳文述、會稽姚宗木等人。亦記有常州惲珠、虞友蘭、金陵紀映淮、鎮洋王蕙、常熟歸懋儀等名媛詩事。

目次

小厓說詩

梁邦俊　撰

序

梁君福草所撰《十二石山齋詩話》，已不脛而走矣。今又刻其哲昆《小厓說詩》，問序於余。小厓癖耽韻語，著書未竟，遽返蓉城，故所說止此。此編卷帙雖無多，然余披覽數過，歎其留心事理，意不專在於詩。如霜淞、雪淞、白雨、靚雨，則有關於天文；桑駱、鄞都、阿拉克、俄羅斯，則有關於地理；觀張度西《有虎》詩，虎不傷孝子，則使人興孝；觀煎海僧居海島五百人同死，則使人興義；觀莊恪公三世同榜，詩云「欲爲科名增盛事，故遲孫子共賢書」，則家乘之美談也；觀沈夫人《誡子書》云「毋慮不足而多取一錢，毋恃有餘而多用一錢」，則官箴之要語也。其餘所載，皆足以參證舊聞，啟發新義。至佳篇警句，層出不窮，閱之令人惟恐其盡。雖卷帙無多，亦可謂少之爲貴者矣。且尤有可貴者，古來詩話傳者不下數十家，未有兄弟所撰並行於世者，今小厓、福草詩話兩種，流播一時，萃風雅於一門，譬壎篪之迭奏，誠詩話中之佳話。余故樂為序之。

道光戊申重陽後九日珠海老漁張維屏

後序

說詩何昉乎？曰昉於孔子，子所雅言是也。詔伯魚爲《周南》、《召南》，說詩之大本也；命門人聽《滄浪》之歌，說詩之觸類也；「小子何莫學夫《詩》？自興、觀、羣、怨，上至事父事君，下逮鳥獸草木。」則說詩之義咸備矣。迨孟子謂「說《詩》者，不以辭害意。以意逆志，是為得之」，此深得孔子說詩之傳者也。後來匡說詩解人頤，說詩而不能解頤，非說之善者也。嚴羽說詩，多主乎悟。說者謂其以禪說詩，不知「賜，可與言《詩》」、「商，可與言《詩》」，「言」即「說」也，不取其說之悟，而何說之取耶？順德梁子伯明，著有《小匡說詩》八卷。伯明爲青匡中翰哲嗣，故自稱小匡，不曰「詩話」，而曰「說詩」，似有微指存焉。昔宋姜堯章有《白石道人詩說》，明謝茂秦有《詩家直說》，我朝宋商丘又有《漫堂說詩》，伍芝軒有《說詩樂趣》，沈歸愚有《說詩晬語》，稱名不苟，則其取義必有道矣。小匡既歸道山，其從弟福草將取付手民，與《十二石山齋詩話》並傳。張南山司馬既爲之序，復以後序屬予。凡編中體要，南山已詳序之者，予不複序，即古人一書不兩序之遺意也。

道光二十九年己酉嘉平望日白雲山樵黃培芳

卷一

桑駱海在西藏北，錢塘袁簡齋太史枚敘岳威信公鍾琪追羅卜藏丹津之役，所云「紅柳毿毿，路自此窮」者也。邵陽魏中書源謂：「究竟桑駱海，豈渺無邊際，金石典冊之文，當使後人知地利、知兵法、知賊情，可等諸稗官以幻爲奇乎？」論最有識。會稽王笠舫大令衍梅詩云：「萬里窮邊戰血腥，更無羌管按離亭。毿毿紅過桑駝海，始信東風不遣青。」則更訛為「桑駝」矣。

儀徵阮芸臺相國元試會稽時，以「越舟六咏」命題。有一真本未完者，讀之驚為逸材。招許再試，乃寒士陶綬也。其《㮰纜》云：「曉霜貼岸幾人影，春水一肩何處潮。」《篷窗》云：「波光倒碧涵詩篦，山色飛青落酒杯。」

黃子雲謂昌谷之筆有若鬼斧，然僅能鑿幽，而不能抉明。今觀《長吟閣集》中，七古幽豔，雖類昌谷，而邊幅較狹矣。其《采石磯題太白樓》云：「猶有浣花祠屋在，懷鉛直欲錦城遊。」蓋青蓮猶不屑也。

《金史》：孟宗獻，大定三年鄉、府、省、御四試，皆第一，號「孟四元」。余族伯戢龕司馬翰，於乾隆間鄉、會兩科，俱由副而正，當時亦號「梁四榜」。

吾粵日光下雨謂「白撞雨」，又曰「靚雨」。張船山詩云：「老樹盤風勢若傾，怒雷馳電欲東行。黑雲只擁天西角，晴日暉暉照雨聲。」最善狀此景。

熊蔗泉《秦淮雜咏》云：「秦淮三月畫簾開，便有遊人打槳迴。燕子不歸春又暮，幾家閒煞好樓臺。」錢唐家諫庵《泛湖口占》云：「到處茶坊間酒家，曹騰多是賞繁華。無人更向東門去，閒煞連畦野菜花。」

唐眉山云：「凡作詩，平居須收拾詩材以備用。」往聞王漁洋在京師闢小閣爲詩室，斷箋零紙，鱗次壁上，或一二語，或數十字。可知錦囊貯句，不獨昌谷爲然也。

沈歸愚，一代宗工，其詩亦有盜襲前人處。曹能始《金陵懷古》云：「江東列郡領丹陽，鼎足三分此一方。總爲石城成虎踞，不知巫峽下龍驤。雲深寢廟千秋冷，月照籬門幾夜長。年少風流能顧曲，行人猶自説周郎。」沈作云：「石頭如虎踞巖疆，鼎足三分此一方。但恃江頭横鐵索，不知名將下龍驤。紫髯空自爭荊楚，青蓋旋看入洛陽。太息雄圖消歇盡，霸才終古憶周郎。」

桐城楊米人太守昶，八歲即能詩，有「寒月隱梨花，輕風落香雪」之句，為時所賞，所著《中隱軒詩鈔》，如「官比畫師聊寫意，吏無公事可忘形」、「沿堤官舫宵吹角，隔岸人家夜有燈」、「芳草綠沾遊女屐，野花紅上故人墳」，多近皮、陸。

咏懷古蹟，徒摭故實，鮮探驪珠。自劉夢得《西塞山懷古》後，惟義山庶足嗣音。嘉興沈補隅廉《劍門》云：「亂山迴抱蜀天昏，雙劍爲峯闢一門。怨鳥三春悲望帝，井蛙當日笑公孫。幽花怪木隨高下，冷霧荒雲自吐吞。千載漫多憑弔客，摩厓詩遍綠苔痕。」頷聯深得此意。

張風子道渥，山西浮山人。工書、善畫、能詩。官天津海口同知，出入好跨驢。羅兩峯為畫《張風子跨驢圖》，一時題咏殆遍。越數年，謫官金門，驢爲富兒所典。及回成都，遇驢於途，似認故主而長鳴者。張為詩云：「猶記西山策蹇回，長鳴官路晚煙開。灞橋風雪盧溝月，一樣清寒送句來。」「舊雨青山喜再逢，濡毫爲我寫狂容。而今畫裏驢何在，未免無詞對兩峯。」

江夏黄子雷鍾山，性好苦吟，困躓不輟。所著《萍遊小草》，自叙其詩格凡四變。句如「清磬落空翠，遠峯横夕陽」、「萬山横古翠，一櫂入空明」、「酒旗村路近，漁艇野橋通」、「山光多抱水，樹色不離村」、「石高知水涸，木落見山多」、「古寺無人到，青苔滿院生」、「晚風花港笛，秋雨竹樓燈」、「花港魚唫月，松窗鶴聽棋」，皆秀雅。

年華易逝，人多不自愛惜，而玩好聲色，每着意經營。蒲城屈悔翁詩云：「百金買駿馬，千金買美人。萬金買高爵，何處買青春。」真堪喚破夢夢也。

滄州劉提因太史果實，五歲受書，過目成誦。年二十一成進士，入詞垣，韓公慕盧歎為曠代逸才。旋守遺訓，解組歸里。李安溪先生撫直隷時，聘至署，講先後天累日。安溪忽出書一函，投諸火，曰：「此素著易講，聞公論至高，愧膚末不足存，當更著之。」公晚歲家居，授徒自給，然必孤貧之士乃容，執贄脩脯皆無幾。嘗買米斗餘，貯罌中，食月餘不盡，意甚怪之，忽檐際語曰：「僕是天狐，慕公雅操，私益之耳，勿訝也。」劉詰曰：「君意誠善，然君必不耕，此粟何來？吾不飲盜泉也。」狐歎息而去。公操行如此，故於學益純，而詩筆極秀。其《秋日城西訪友》絕句云：

「葡萄熟後已無瓜，楊柳蕭疎村徑斜。一樹當窗門靜掩，豆花紅處是君家。」

石僧，天津僧也。敝衣草履，行歌城市，持一硯，終日撫摩，飢則舐硯，倦則枕硯，臨流則滌硯。風清月白，走入破寺中，置硯於地，以敗絮濡墨，草壁淋灕，多不可識。且書且吟，狂發叫舞。迫而觀之，用絮塗抹，抱硯以去。知之者，俟其書畢興盡去後，徐出辨視，往往有奇句，然率斷缺，不能成章。如「花影自閒風不許，流雲能走月纔孤」、「日月兩丸忙甚事，神仙半點不如人」、「寒雲怪雪無如我，冷月空山少個僧」、「前山有雨後山月，昨日方春今又秋」、「袖中月好人難見，骨裏詩香世莫聞」、「無情大地雲埋我，多事空山月照人」、「嗽來石髓甜於雪，齅得心香勝似花」。味其語，豈食人間煙火者乎！

天津周七峯焯有佳硯，忽墮爲數片，粘好如一，即作詩銘自刻於四周，寶之更甚於未破時。臨沒，乃贈友人高青疇。金芥舟為銘云：「達人之觀，無物不公。忍使玉碎，全不瓦同。玉碎瓦全，有周七峯。此石如鑄，傳必有宗。青疇高氏，墨藏之龍。寶此破石，其筆愈工。雲煙滿紙，鱗甲生風。」又得宋謝文節橋亭卜卦硯，寢食與俱，即以「卜硯」名其集。臨終贈查恂叔，一時題者如雲。錢辛楣云：「眼中只有石丈人，江南更無廝養卒。」紀心齋云：「遠過一片韓陵石，留伴千秋玉帶生。」吴白華歌云：「我儕問石石不言，回視主人慘寒顫。月東處士吾石交，臥褥傳言寄蠻甸。」生前玩好，身後令其得所，洵達觀也。

天津張治堂廷選《遊上房山》云：「嵐光水氣靄難分，高處鐘聲低處聞。滿眼是山山不見，一層紅樹一層雲。」

殊有畫意。

查心穀為仁以解元被劾，超雪後息意名場，有園曰「水西莊」，大江南北才人過津門者，一刺之投，無不延款。月夕花晨，簪裾滿座，醼遊觴咏，殆無虚日。許渭符刺史贈詩有「庇人孫北海，置驛鄭南陽」之句，當時以為確切。許渭符珮璜，浙江仁和人，其太夫人徐德音，工詩畫，少寡，著有《淨綠軒詩刻》行世。或見其《芳草蝶飛圖冊》並有詩云：「香鬚花板太風流，新倚青篁拜粉侯。取次百花都不戀，惟憐蘅杜在芳洲。」令人想見林下風致。

天津朱陸槎徵君函夏弱冠時，某中丞招集黃鶴樓，開宴賦詩。朱以年少居末座，成詩云：「經過夏口一登臨，古意盈盈楚客心。抗手雲中思駕鶴，無人漢上與題襟。渚宮秋色惟煙水，大別山光自古今。果有荀懷遇仙侶，峭帆他日此重尋。」吟至「渚宮」一聯，合座讀之，齊為擱筆，幾如王子安「落霞孤鶩」、「秋水長天」矣。

佛女，佚其姓名里居，事親不嫁。嘗曰：「女之嫁，猶男之仕也。士不盡仕，女豈盡嫁乎？嘗見夫仕者，熱中屈己，奴顏婢膝，所甘未償所苦。兒有異性，不樂與俗人居。且親老矣，兒無兄弟，適人後，堂上益寂寥無歡。倘誤適匪人，且重爲兩親憂，曷若繡佛相伴，娱二老餘年乎？」父母察其意堅，姑聽之。女於饔飧外，輒閉戶謳吟，嘗有句云：「新詩草就無人贈，閒向梅花窗下吟。」其風旨可想矣。親歿後，刺繡自給，親舊罕見其面。梅樹君重女之名，浼媪以詩囊求刺，兼乞詩句，女曰：「梅孝廉老於詩龕久矣，勿留其值。」為繡絕句二章，其一云：「驢背尋詩竹杖挑，天涯吟遍路迢迢。定知風雪梅花裏，獨負寒香過灞橋。」

科名與功名不同，人多囫圇說去。袁簡齋云「莫爲科名始讀書」，此語便好；李霽峯云「讀書豈盡爲功名」，此語便錯。

李霽峯裕霈，鹽山人，句如「病多詩漸少，夜短夢偏長」、「雀喧無葉樹，人碎有魚冰」，却有新致。

慶雲崔曉林孝廉旭，以詩受知於張船山，至以崔不雕相擬，故曉林詩有「呼我崔黃葉，幽居似直塘」之句。後曉林訪梅樹君成棟於津門，入座時，適有送瓶梅一枝者，樹君成句云：「詩傳黃葉三津滿，人與梅花一日來。」可謂文章天成，妙手偶得矣。

余從弟福草憲部九圖，先伯父中憲公夢張伯英來謁而生，故初名芝，後改今名。八九歲即能作草書，近則兼通篆隸，尤喜爲詩。五言句如《西溪曉起》云：「亂峯撐日上，一水破雲飛。」《晚眺》云：「山吞紅日入，天壓白雲低。」《登丫髻嶺》云：「山亦學人語，雲常爭鳥飛。」《雜感》云：「風霜催歲暮，兒女逼人貧。」《舟行》云：「山肩寒蘸水，帆腹飽吞風。」《登五指山》云：「鬼嘯荒山月，魚吹大海風。」《紫藤館夜話》云：「疎籬不礙月，怪石愛生苔。」《舟中》云：「江聲千騎令，春色萬峯歸。」七言句如《自責》云：「酒逢花勸渾添量，書據牀看較愜心。」《歸汾江草盧》云：「多買異書羸置產，飽看怪石當遊山。」《感懷》云：「萬事稱心曾有幾，一生好夢亦無多。」《紫藤館偶興》云：「詩難割愛如妻子，書有清談即友朋。」《連陽舟中》云：「亂峯擘掌爭摩漢，怒壁張牙欲噉舟。」《春曉》云：「宿霧濛濛飛蜆陣，新雷隱隱汕魚花。」《土木懷古》云：「從無婦寺能謀國，徒有公卿數上書。」《佛山》云：「福地爭雄三大鎮，汾江環衛四條沙。」《咏韓侂冑》云：「印綬竟孤三省重，頭顱僅贖一關歸。」《咏賈似道》

云：「半壁陸沈多寶閣，一時粉飾福華編。」《書傅青主〈霜紅龕集〉後》云：「生殊張際心彌痛，死等劉因目不瞑。」俱有古人風骨，不愧吾家阿連也。

南皮張佩庚孝廉恪，以《秋蝶》詩受知於陳荔峯學使。其句云：「年華回首春無價，花事關心鬢有霜。」沈雲巢太史戲呼爲「張年華」，自鐫其印曰「十年辛苦一聯詩」，謂此也，著有《防躁軒詩草》。五言如「秋光三尺水，暮色滿城煙」，七言如「世事無常新舊雨，故人何處短長亭」，俱工。

長洲張霞城女史絢霄，畢秋帆尚書配也，著有《綠雲樓刪存詩稿》。《咏陳橋驛》云：「驛亭未改舊時名，往事追論觸慨情。何故黄袍歸國後，不聞復禦契丹兵。」冷語解頤，勝作一篇史論。

楊紹霆《七里瀧》後半律云：「大吏痌瘝切，斯民水旱仍。釣臺非所事，未暇拜嚴陵。」運意最工。

劉澄齋太守錫五《咏姚道衍靜室六絶句》云：「瓦屋三楹野砌花，凌煙臺閣白雪遮。阿師城裏如嫌鬧，當日何緣不出家。」「北固山青眼倦看，燕雲選地結松關。蕭梁那復干卿事，重見臺城血戰寒。」「金川門外黍離離，杜宇青山繞故枝。十族方家無限恨，枉思和尚發慈悲。」「桐宮閉後冲人死，燕子飛歸故宅荒。可是高皇當日意，名僧妙選侍諸王。」「阿姊堂前躑躅時，半文也自屢歔欷。豈期今日空山裏，猶着前朝一品衣。」「建業千年王氣銷，十三陵草莽蕭蕭。大師果有西山墓，不合斯庵尚姓姚。」調侃處具見精采。

邊塞曲結響貴高，陳雲伯文述云：「百戰威名百戰身，年年戰血洗邊塵。封侯畫像尋常事，生縛樓蘭最快人。」

陳曼生云：「弓彎霹靂射天狐，驚落雙鵰萬衆呼。好語將軍休見妬，凌煙容得幾人圖。」

黃莘田有硯癖，胡默庵亦有硯癖。黃顏其室曰「十硯齋」，胡顏曰「三十六硯齋」。胡官盱眙典史，詼諧放曠，嘗作詩云：「強自尋歡入酒筵，逢場作戲大堤邊。無多薄俸真堪笑，不夠看花一日錢。」後卒，以此詩坐累。

香山黃香石廣文培芳，能書善畫，著作等身，所爲詩，諸體悉工。余尤愛其五律《暮春登黃鶴樓》云：「天風吹玉笛，仙鶴昔曾停。今我浮江漢，憑高入杳冥。雲低三楚白，烟斷九嶷青。明日揚帆去，飛花滿洞庭。」與崔司勳作各有其勝。

吾粵珠江之勝，較「閶門一樹垂楊」、「秦淮二分明月」尤為華麗。邑人陳夢生殿槐句云：「花田歌妓月，畫舫酒人燈。」頗繪得出。

咏魯仲連者，屈華夫後，鮮有嗣響。余詩云：「義折客將軍，囂囂玉貌人。死寧蹈東海，生不帝西秦。一矢仍排難，千金笑溷身。誰云次高士，高士問誰倫。」頗覺愜意。

李悅心《舟中感懷》云：「離家已二年，菽水應多缺。游子一帆風，高堂兩鬢雪。」二十字中，較孟郊《遊子吟》更覺雋永。

余邑蔡鹿野如苹《冶春詞》云：「已愁多雨挫花開，日日雲陰長綠苔。如許青春誰誤了，無人肯看落花來。」《代姬人呈人》云：「徐陵筆架愛珊瑚，花霧親研侍點朱。偷學簪花數行字，不曾防却繡工夫。」「雅訓殷勤感我師，才情媿比謝家姬。檀郎自有金荃句，不誦前人本事詩。」張無山思齊《夜起》云：「晨星欲落夜漫漫，遠寺鐘聲聽漸殘。

半畝湖烟一林月，有人消受五更寒。」《山塘雜詩》云：「綠莎小院月如銀，忽覩雲英掌上身。閒把琵琶訴飄泊，銷魂總在不曾真。」「我亦三生杜牧之，春風江上偶來遲。鈿蟬金鳳俱零落，愁見當年畫壁詞。」意雖不深，却耐吟諷。

余從姪咏流世杰，工駢體文，詩亦清麗，絶句尤為擅長。《夜泊珠江登帆影閣》云：「層層傑閣俯西河，十里潮平水不波。紅板青樽花舫夜，萬燈如海酒人多。」

荊州郡廨有石槽，傳是漢壽亭侯飲馬器，咫尺深廣，雕鏤精緻。歲久剝蝕，中斷，雨過積水其中，牽馬就飲，輒驚躍不前，亦可異也。長洲蔣立厓業晉歌中云：「白衣陰謀赤兔蹶，麥城驢磨長哀號。紫𩅦紅輝躡雲去，憑依天廐驚凡毛。牽之不前就不飲，譬若叱咤千人逃。視魏如鬼吳如犬，凜凜聲氣猶蕭騷。髯推絶倫馬無匹，槽亦附驥傳不祧。君不見，夔府八陣風雲護，江流怒激石不搖。又不見，神兵殺賊驅石馬，戰罷流汗威靈昭。惟侯精誠塞天地，風馳電掣靈旗飄。神遊故土應呼吸，騏驥精爽如堪招。我歌傳信非誌怪，此槽永古枕臥荊江皋。」

卷二

秦淮舊院自明季滄桑後，已成廢圃。蔣虎臣修撰所謂「荒園一種瓢兒菜，獨占秦淮舊日春」是也。余邑吳星儕茂才炳南八絕句云：「長柳條條踠地垂，困人天氣殢人時。頓楊沙傳風流杳，腸斷新城斷句詩。」「青溪溪上數峯青，歌扇低徊寶帳停。頭白尚書工制淚，南巡法曲醉中聽。」「諸公晚節抱微慙，回首青樓也不堪。留得媚香私印在，稜稜俠骨重江南。」「武定橋邊碧漲通，脂香流膩二分紅。丁家水閣知何處，應在零烟斷雨中。」「選舞徵歌到莫愁，一時忙煞秣陵舟。君王自愛春燈謎，不管樓船下石頭。」「玉檻珠簾邊教坊，當頭明月忽蒼涼。敬亭落拓崑生老，狎客無人弔建康。」「内殿傳呼出御城，水田衣換可憐生。琴音歇絶淮流咽，不見當年卞玉京。」「綠水淒迷暗上潮，雅游麗品總魂銷。遺民別有滄桑淚，愴絶鬘持記板橋。」寫水軟山溫之地，寓悲歌慷慨之思，憑弔興亡，扶持名節，卓然可傳。

作雅肖雅，作頌肖頌，莫如張度西《平回雅》十八章、《南巡頌》九章。《雅》中第八章云：「葉爾闐闐，哈什嵬嵬。伯克來迎，里門大開。朱旗琱戈，入其内郛。撫其郊原，收其稅租。以我貝刀，易其騰格。以我冠裳，臨其髽幗。」《頌》中第三章云：「鉤陳天開，華杠星扶。行於二東，遂至南吳。車以和風，旗以澍雨。牛呞而耕，麥花於土。既除賦供，亦頟丁徭。或給穜稑，或截漕艘。煮海之商，負弩之役。以氾以濩，以噓以植。昔歲協洽，越赤奮若。帝來錫類，愷澤磅礴。重覲天顏，重瞻慈暉。六年慰望，歌仁祝釐。更億萬斯年，懿壽無有期。」兩漢醇茂，猶鮮此種。

顧俠君《元詩選》中，載揭曼碩《曉出順承門有懷太虛》詩云：「步出城南門，悵望江南路。前日風雪中，故人從此去。」此本韓偓詩，具載《全唐統籤》、《全唐詩》等書中。「南」字原作「東」，意當時曼碩嘗書以寄太虛，後人誤入《秋宜集》耳。

倪秋槎濟遠以名元聯捷，出宰粵西，十年不調，故得肆力於詩。句如：「鐙前白菜供寒食，江上紅棉夢廣州」、「風雨蠻瀧秋士老，琴亭高館故人多」、「幾見勳名關著作，最難卿相換神仙」、「句不驚人詩懶作，事難如願氣先平」、「水火無交仍故我，妻孥多累過中年」、「俗骨豈能輕富貴，才人不幸託神仙」，彫琢皆極自然。

高文端公之父嵩瞻《贈弟斌》云：「與君一世爲兄弟，今日相逢第二場。」徐笑黿《江上遇大兄》詩云：「與君一世為兄弟，只是相逢在路傍。」查初白《喜弟德尹至都》云：「可憐半世為兄弟，兩度相逢在路歧。」徐拙齋《得兄鐵華書賦寄》云：「可憐十五年來別，才接家書第二封。」同一感慨悲涼，而句調抑何相似。

黎二樵「黃昏閉門睡，鳥鼠皆鬼趣」，寫夜間畏怖之狀，殊堪捧腹。

甘莊恪公巡撫粵西時，得其封君並子若弟鄉試捷音，喜賦云：「當年壯氣負雄圖，健舉如何駐副車。欲爲科名增盛事，故遲孫子共賢書。」「碧桐秀發新枝早，丹桂香分老幹餘。莫羨前驅執殳者，簸揚糠粃獨慚余。」封君以甲子中副榜，至丙午，計四十三年，始登正榜，三代同榜，世亦罕覯。

吾粵香茶，全以珠蘭、茉莉等花熏蒸。杭堇浦《謝劉運副惠萊莉》云：「虚堂先借竹簾遮，玉蕊商量未放花。贏得越甌香不散，為君蒸透火前茶。」

「夜深吹笛移船去，三十六灣秋月明」，姜堯章《寄湘陰蕭某》句，究不知何時訛爲許丁卯，而《長沙志》亦仍其謬。秀水盛秦川大令百二《三十六灣詩》云：「嫋嫋江邊蘆荻風，蘭舟連夜發湘東。笛聲三十六灣月，誰念當時白石翁。」

不欲沒其實也。

仁和杭堇浦太史世駿詩，論者謂其入粤後彌工，余終嫌其氣體稍薄。集中如《梅嶺》云：「攙天路迴盤蛇細，拔地峯奇去雁空。」《土橋牐守風》云：「天蒸鬱氣爲淫雨，波捲秋聲作晚潮。」《秋柳》云：「永豐東角荒涼雨，鄰水西頭上下潮。」與「飄零水驛來時路，憔悴江潭別後人」等句，自耐吟諷。

東坡所遊赤壁，實屬黄州，而賦中必借言江南赤壁，興會始見淋灕也。南海謝澧浦太史蘭生《經夾馬營》云：「白溝以外為遼土，黄屋何曾返故鄉。見說真龍嘗王漢，謬傳玄鳥此生商。洛中園寢經秋草，河畔人家半夕陽。徼道周廬何肅穆，翠華南幸有雲莊。」自註：「此與洛陽夾馬營同名，實非宋祖所生處。」其詩中必說及趙宋者，亦坡仙之法也。

李客山與歸愚齊名，以布衣終，所著《咏歸亭詩鈔》，有《從弟至》云：「奔走憐吾弟，歸來感慨多。風塵遭白眼，冰雪渡黄河。幾作無家客，空爲擊楫歌。嗟余亦寥落，相對奈愁何。」氣格最爲渾成，而人多賞其「梨花明月寺，芳草牧牛庵」之句。

夷工之巧，至寒暑表而極，其製以圓筒注鉛汞其中，天氣所感，能伸縮上下，觀其分刻，自識寒暑淺深。潘伯臨比部正亨詩云：「昔針直指南，今表曲應節。迎寒豳詩吹，逆暑土鼓設。春氣嘘清和，秋陽蓄煩熱。四序頻推遷，一日亦更迭。製作圓其筒，琉璃光以澈。旁木鏤分刻，底壺聚芳烈。中貫以銀汞，或紅如雌蜺。下上視寒暄，銖黍不侵軼。」

粤俗廟宇不時修飾，動費千萬金，督理者多從中染指。倪秋槎大令《蓋神廟》云：「石人悲，泥鬼笑。東西村，蓋神廟。借問董役誰，村中某貲郎。鳩工更庀材，乾沒半入囊。一斗之粟一尺布，日日抽錢寫緣部。」

天津陳東華汝杰與梅樹君秋日同遊西沽，東華得句云：「秋約黃花來蟹市，人隨紅葉上漁船。」且吟且行，適有漁舟，遂登之，幾失足墮水，賴榜人扶救得免。可想見推敲得意之狀。

會稽任福泉兆麓《賈誼》詩云：「豈是文章涕淚多，有才無命復如何。富年若問蒼生事，不向湘潭弔汨羅。」《漢宮》云：「玉漏無聲夜色昏，瀟瀟風雨偏長門。黃金難買相如賦，得嫁呼韓即是恩。」

擇地安親，古人具有成法。黎俗舁櫬而行，以一人前導，用雞卵擲地，不破處為吉穴，可謂奇卜。任福泉詩云：「敢是青囊有異編，頻將雞卵卜牛眠。一抔黃土尋常事，如此奇聞亦可傳。」

徐夢秋良琛，南海人，與弟石洲良瑛仝工詞賦。石洲有《秋夜》絕句云：「水涼天碧夜迢迢，十二樓臺鎖寂寥。何處離人遣愁思，月明風裏一聲簫。」爲時傳誦。惜年未弱冠卒。夢秋詩宗昌谷，而參之以杜、韓。五言如「沙平舟在地，月黑樹疑山」、「秋聲涼帶雨，人影瘦依燈」、「風扶一水立，雨蹴萬山浮」。七言如「夕陽在山歸鳥亂，落葉滿道行人稀」、「畫舫夜明紅袖玉，碧波秋淡綠鬟烟」、「明月何曾有長滿，滄波無力使西流」、「萬朵芙蓉三面水，滿胸星斗四圍山」、「老成頓盡生何恃，門戶深期事半虛」、「西風南雁秋千里，殘月啼烏夜五更」，皆不肯為皮、陸語者。

仁孝所感，雖猛獸亦不忍犯。張度西《有虎行》云：「孤兒入山，斧薪作糜。有虎不知，突銜其衣。孤兒言：『我肉汝食焉敢辭，有母昨日未食，今日尚飢。』孤兒啼，虎亦啼。虎亦有母子，虎亦有夫妻。食之不義安忍為？山風蕭蕭，樹鳴其枝。虎送孤兒，恐傷其肌。」

西竺僧每多異跡，故人多敬信。雲南螺峯寺鐘樓下臥一僧，自云百有餘歲。制府張相國賜以銅牌，述其始末，能咒神鬼，嗜酒，貌醜而穢。或詈寺僧隱事，咸厭之。婦孺來謁，皆以酒供養。病者以手摩頂即愈。醉則永夜叫囂，見人輒作番語，手書空，嘔伊不可辨。寒暑一敗褐瓢杖，皆相國所供。張度西有詩云：「螺峯松勢壓城中，石穴虛無漲海通。何日胡僧來席地，見人番語但書空。醍醐供養千瓢酒，神鬼驅訶五尺銅。欲問恆河沙幾許，夕陽天外有罡風。」

蔡芷衫云：「五絕不絕而絕，下手不得太重。七絕絕而不絕，下手不得太輕。」四語發盡絕句之妙。

女子勇烈，死著靈爽者，莫如蕭山沈雲英。其父至緒為道州游擊，陷賊寇道州，緒戰死。女率十餘騎斫賊營，奪父屍還，賊駭走武岡。道州人德之，建祠麻灘以祀國朝著靈，復驅山賊。張度西詩云：「父守危城憑險阻，斬將搴旗血戰苦。國步艱難可奈何，身委疆場目如炬。將軍怒馬提長刀，鷹聲奮呼鬫虎虓。奪還父屍賊膽搖，鷹隼一擻秋旻高。」又云：「將軍有夫賈安策，勇冠荊州號無敵。督師棄之以餧賊，頭顱手向岷江擲。報國復仇今已矣，草疏陳情歸故里。」又云：「康熙年間山賊嘯，轟然巨礮騰神廟。搏空泥馬簇琱戈，兜鍪現出將軍貌。」讀之覺英風颯颯，尚在目前也。

壺式近以宜興為上，陳其年詩云：「宜興作者推龔春，同時高手時大彬。碧山銀槎濮謙竹，世間一藝皆通神。」好古物者，每以贋爲真。究竟千古遙遙，留遺有限。紀文達公《銅雀瓦硯歌》云：「銅雀臺址頹無遺，何乃賸瓦多如斯。文人例有嗜奇癖，心知其妄姑自欺。」又云：「三國距今二千載，胡桃油事誰見之。況乃陶家日作偽，實非出自漳河湄。」誠爲通論。

秦淮貧家，多編蘆作屋。許太守同安守淮時，謂置之園林可入圖畫，歸仿爲之，名曰「淮屋客」。題詩云：「淮人作蘆屋，縛蘆為桷椽。磚瓦省塗墍，欂櫨無刻鐫。結構樸而雅，庀治廉且便。許君守淮陰，但飲淮上泉。歸來結淮屋，亭午猶醉眠。人言蘆爲屋，嘗恐火誤燃。建章三月火，豈亦蘆使然。又云不耐久，風雨易漏穿。此屋如傳舍，次公皆非賢。竹樓安在哉，其名至今傳。」

田橫死義，千古艷稱。明末煎海僧，本名諸生，妻亦工詩畫，能舉八十斤鐵刀。王師圍江陰，率壯士五百人入守。臨行，其妻自殺，曰：「毋為君内顧憂。」縣尉閻煌嘗命率五百人突圍求救，既出，少三十人，獨提刀引之出。如是者三，五百人無一損。城破爲僧，率五百人居海島，煮鹽自給，號「煎海」。當事患為亂，使使招之，與五百人皆自殺。雲溪樂府所謂「煎海僧，海可煎，不可填。頭顱五百甘心墮，魂向田横島邊過。」難其數亦適相符也。

「一飯矜嚴常選客，半生孤冷不宜花」，簡齋贈山舟之句，而山舟調吳兔園云：「爲君此事費商量，倘惹人猜作季常。不是河東獅子吼，倩他暖老亦何妨。」「頭顱六十已星星，肯為雙荷困此生。畢竟香山老居士，放楊枝是劇無情。」調陶篁村云：「不是朝雲侍老坡，也知天女伴維摩。對門有箇林和靖，冷抱梅花奈爾何。」「好將斑管畫眉雙，莫染星星鬢上霜。比似詩人張子野，鶯花猶有廿年狂。」愛其孤冷中別饒風趣。

張船山《論詩絶句》云：「文章體制本天生，祇讓通才有性情。模宋規唐徒自苦，古人已死不須爭。」「名心退盡道心生，如夢如仙句偶成。天籟自鳴天趣足，好詩不過近人情。」議論頗近簡齋。當時有謂其學隨園者，笑賦云：「詩成何必問淵源，放筆剛如所欲言。漢魏晉唐猶不學，誰能有意學隨園。」迄今讀之，即謂非學隨園不得也。

石琢堂殿撰韞玉配蔣夫人，工書法。張船山題其小照云：「班管雲箋妙入神，曇華偶現女郎身。只將餘慧教夫壻，已是瓊林第一人。」

詩人之旨，要於溫厚和平，然《新臺》《牆茨》，列《三百篇》，終不嫌其猥褻，義兼美刺無害也。玉溪咏楊妃云：「夜半宴歸宮漏永，薛王沈醉壽王醒。」論者或譏其輕薄。馬君輝云：「養子早知能背國，宮中不賜洗兒錢。」簡齋復反之曰：「《唐書》新舊分明在，那有金錢洗祿兒。」

龍溪林雪巖夢斗《白鷗磯》詩云：「翠笠青蓑學老漁，岸頭時傍白鷗居。五更疎雨三更月，數尺蘆花一尺魚。」頗有風味。

桐溪張蒿村師範有幹濟才。康熙辛丑，佐七閩藩幕，會臺灣繹騷，蒿村調護其間，撰《平臺紀》甚詳。晚年歸里，一意於詩，著有《花外集》《穀堂稿》。《江行》詩云：「八口驅人老未休，又攜書劍溯江流。蘆花兩岸渾如我，歷盡風波到白頭。」

貴州呼南將軍爲黑神。蕪湖韋約軒方伯謙恒詩云：「巫覡紛紛歌舞頻，刲羊釀酒爲何人。不知南八真男子，簫鼓叢祠賽黑神。」

《南宋雜事詩》俱咏建炎南渡後事。按南宋事在潛說友《咸淳志》者，視他書較詳，然不無遺漏，不若此書之備而精。作者七人，爲錢唐沈樂城、吴尺鳧、陳蔚九、符幼魯、趙功千、厲太鴻、趙意林合而成者，此例已屬創見。詩各百首，大而廊朝宮闈，細及閭閻風俗，無不寫以韻言。石倉吴允嘉題其集云：「錢唐宮殿趙家陵，轉眼繁華感廢興。不有才人追七子，誰將詩史續千燈。白蘇往跡隨波逝，楊郭遺編踵事增。懷古搜奇頻歎息，幾多名勝屬山僧。」「蒼山碧水思無窮，今昔池塘了不同。蟋蟀感秋吟敗砌，狐狸乘月瞯離宮。兩京車馬青松下，南渡冠裳白塔中。手把此編和淚讀，斜陽衰草自悲風。」

寫景言情，貴有意外意、味外味。吴星儕《秋夜聽梧桐》云：「殘燈半壁漏初沈，落葉蕭蕭滿院音。似向清秋寫哀怨，未成琴日有琴心。」

董文友《楚宮詞》云：「一幸高唐暮復朝，章華臺畔柳蕭條。相思且自加餐飯，莫信君王愛細腰。」《秋暮》云：「正是君王夜飲時，蛾眉修短未曾知。長門休買相如賦，留得黄金賂畫師。」二詩皆以翻駁擅長。

曾青藜云：「詩有不必衆體備者，一體苟長，便可頡頏。往哲如孟襄陽，止以五言獨擅，遂稱王、孟。少陵無樂府，未嘗以此減價。今人刻集，必欲衆體畢備，珠不足而益以魚目，使人並真者亦疑之。」此語道盡今人好多之弊。

檬産南中，《南方草木狀》不載，惟屈翁山登諸《新語》，又字作橗，亦名妄果，「妄」讀平聲。多花而少實，故諺以譏誣妄子，必曰妄果花，蓋言其少實也。南中諸果，多可越宿，惟檬與荔支必須新採。自來詩人鮮咏及者，南海岑鐵泉澂律句云：「若論香味頗堪珍，草木南方古未聞。落實已非無患子，虛花須儆妄談人。搜來奇字應難定，食與離支總要新。我亦木強人共笑，騎驢休傍市中陳。」近以廣城北門外四十里下茅鄉所產為最，實少如卵而香更酷烈。樹僅半株，而價重兼金矣。

卷三

輿圖之闢，我朝最廣，昔之所謂邊塞者，多歸內地。張船山太守《西征曲》云：「烏斯藏外說征蠻，一海風沙十萬山。常笑古人詩境窄，祇愁西出玉門關。」沈雲巢太史兆澐《塞下曲》云：「征人六月據征鞍，無定河邊曉正寒。馬上不須回首望，如今薊北是長安。」

世傳酆都爲閻羅所居之地。余從兄雲裳刺史自蜀中歸，常屢言之。張船山詩云：「死人大笑生人哭，浪指酆都作地獄。鑿山起殿山為縮，殿中沈沈暗如櫝。人來驚拜僧滅燭，閻羅怖人睅雙目。鬼卒猙獰頭有角，長枷大杻堆成屋。鋸聲轔轔火聲爆，刀鋸鼎鑊恣烹剝。椎揚磨轉碓可築，毒蛇滿河方食肉。雪山晶瑩差不俗，蹋凌一滑冰穿腹。男躍女跪嬰孩伏，照眼骷髏千萬束。九州茫茫人鬼畜，一山收之無不足。萬里遐哉南與朔，極天況有要荒服。洎乎一死全入蜀，蜀人便之來亦速。東走瞿塘北褒谷，衆鬼爭來聲肅肅。近來牽扶遠者逐，呼號叫跳想歸宿。千頭萬頭猛於鏃，蜀哉蜀哉鬼之鵠。殿前古井誰敢黷，紙錢下飛如轉轂。通神使鬼罪可贖，鬼無心肝神有欲。大杖年年易新竹，聚人無算供敲扑。山僧踞寺狠如蝮，王不答之訝其禿。吁嗟乎，九幽功罪無榮辱，土偶安知作威福。君不見，方平洞口仙人籙。」讀「九州茫茫」數語，令人疑團盡釋；讀「山僧踞寺」數語，知易杖等事，皆若輩爲之也。

滿洲舒雲亭明府舒瞻，所作詩幾以一官為一集。其句如「涼露一船鄉夢外，丹楓兩岸客程中」、「斜照紅分千樹晚，亂山青擁一亭孤」、「晴色遠開千嶂雨，涼雲低壓一船秋」、「梁間巢燕同爲客，牆外蛙聲不屬官」，清雋處却似放翁。吳星儕最工咏史。如《鄂王》句云：「死尚有旗驚白雁，生偏無酒謀黃龍。」《陸遜》云：「不逢瑜亮纔言智，笑抱機雲亦足豪。」《陳橋驛》云：「百年積弱遺南渡，一夜回軍誤北征。」《鳳山門》云：「汴杭閩廣關天運，劉岳張韓負將才。」《皮島》云：「經畧豈堪論主客，偏裨偶激作王侯。」《吳三桂》云：「事去包胥空痛哭，時清欒布又縱横。」皆足上奪義山之席。

羅陽曾鯨堂廣文鏞自序《復齋集》云：「豈有他可取，一真堪自怡。」觀其《吳興傷感》，有「十六年前去此都，孤舟嗚咽别妻孥。萬難當道懷高義，纔得親骸返故廬。骨肉不堪身僅在，知交復與鬼爲徒。瀟瀟風雨菰城側，回首何如痛剝膚。」沈着蒼勁，庶不愧「真」字。

品之高潔，不關於境。陸崑源溥詩云：「朱公退隱從新富，陶令歸來依舊貧。富也不妨貧自樂，湖邊柳下兩高人。」

金雲莊刑曹德輿與知不足齋老人善，老人過訪，與之飯，方談笑間，擲杯於地，呼之已逝矣。老人悼以詩云：「晢向西湖畢此生，無端一語兩心驚。老輕書畫兼金值，死避窮愁兩字名。詩卷新排寧有意，酒杯笑擲已無聲。電光石火須臾景，除是斜陽寫得成。」著有《史翼》《桐花館詩鈔》。《曉行口占》云：「宿霧空濛曙色初，官橋驛路柳疎疎。前溪昨夜雨聲急，春水一篙人打魚。」

早年喪夫，晚年喪子，洵婦人之厄遇。華亭張蘊山女史玉珍詩云：「浮生缺陷無如我，忍死心期總爲君。地下有知腸亦斷，箕裘庭訓屬釵裙。」又云：「卜居尚少三間屋，謀食難求廿頃田。」著有《晚香居詩詞鈔》，其弟興鏞序而刊之。當時耆碩如沈沃田、王述菴、錢竹汀、吳白華竹橋諸名士謂「東南閨秀屈一指焉」。

桐鄉三汪齊名，而周士內翰文桂所著《鷗亭漫稿》詩爲最超。如《歸里》云：「乍到翻同客，鄰家早過存。蒼頭呼解擔，老嫗替開門。別久看容貌，傷多賸淚痕。共言城郭裏，今日類荒村。」其弟柯亭直指文柏如「旅愁侵鬢短，官俸入囊清」、「露氣侵燈暗，星光落水寒」、「人繫重來棹，燈開昨夜花」、「夜燈千匹練，秋雨半湖菱」諸句，亦堪諷誦。若碧巢戶曹森官桂林時，撰《粵西詩載》二十五卷、《文載》七十五卷、《叢載》三十卷，最有裨於志乘，而自著《小方壺詩文鈔》，似難競爽矣。

詹湘亭《燕南小詩》云：「家住燕南楊柳村，柳條短短種愁根。無端一夜風吹絮，半化烟痕半雨痕。」「眉峯雙剪靄朝霞，小字分明碧玉家。曾上紅樓三易姓，不知芳草在天涯。」「雙飛燕燕影差池，一帶蘆簾隱竹籬。開到出牆穠李樹，去年鶗鴂喚茶時。」三詩風韻頗好。

桐鄉女史王仙御夢鸞與姊仙駕夢鶴俱能詩，同和汪鈍翁《楊柳枝》詞，爲時傳誦。仙御云：「家住橫塘春復秋，門前楊柳數株柔。畫欄長是週遭護，不遺行人繫紫騮。」仙駕云：「交枝楊柳映重門，樹色濛濛帶雨痕。繡幕不開人欲倦，只疑深閣易黃昏。」皇甫瀁亭贈詩云：「瑯琊女子最能詩，閨秀才名冠一時。仙御飄飄仙駕遠，春風依舊麴塵絲。」

婦人有鬚者，自李光弼之母後，代不常見。近時桐鄉沈子才妻濮氏，夫歿守節，晚年髭鬚忽生，長數寸，無異男子，壽八十終。張玉堂崑題節孝祠云：「白首生鬚操更潔，青年截髮志尤奇。」

余與劉雨湖、何竹溪、吳星儕暨從弟福草，在珠江送春作詩，星儕詩先成，云：「長亭風笛黯斜暉，綠水迢迢柳絮飛。到底家山在何處，年年三月便思歸。」一座粲然。

香山何花村暉山《寶雞道中》云：「覽勝真成萬里遊，雍州西去更梁州。獨慚量不勝蕉葉，孤負陳倉賣酒樓。」桐鄉吳青巖英《寒食憶湖上》云：「料峭東風二月天，花含曉露柳含烟。五年病裏逢寒食，孤負西湖載酒船。」皆以不飲為憾。

石門費勝初繼室倪氏，佚其名字。《歲飢有感》云：「五千文字刦餘灰，何物充腸細嚼梅。未了心情隨分去，不堪境遇逼年來。解囊敢有分金望，走札休因乞米裁。正好窮途留氣節，那須一飯受人哀。」是閨秀中琤琤有氣節者。

烏程汪德符中翰曾裕與配金德人俱能詩。中翰歿時，德人年僅二十四，故其詩多愁苦之音。《題管夫人畫竹》云：「墨妙由來數仲姬，閨房靜對寫風枝。王孫若解凌霜節，令署烟波老畫師。」歿後，從子雲莊比部題其《傳書樓詩稿》

云：「憂患相仍過一生，冰霜歷盡有餘清。卷中多少傷心句，強半寒宵制淚聽。」「文瑞樓空黯夕陰，當年萬卷供閒吟。青丘詩格清江派，自是中閨得力深。」

孔瑤圃繼瑛爲運河道沈啓震母，善書，兼工繪事。嚴於課子，家貧不能購書，令借《左》《國》等書鈔讀之，鈔未竟，輒手爲代繕。嘗有句云：「手寫兒書供夜讀，身兼婢職佐晨餐。」又云：「夜枕先愁明日米，朝寒更典過冬衣。」及啟震官運河，貽書戒之曰：「毋慮不足而多取一錢，毋恃有餘而多用一錢。」當時以為名言，著有《南樓吟草》。

南海黃子剛參軍瑞圖，能詩善畫，家業鹽，中落，益陶情於詩酒。嘉應李秋田贈句有云：「碧天雲水能娛我，黃鶴山樵有替人。才已虎頭三絕重，人猶鶴骨一身輕。」可以想其風致，所著《妙有村吟草》。如《田園雜咏》云：「牡蠣牆邊豆蔻花，葫蘆塘畔竹籬笆。門前一水通花市，如此村居有幾家。」《紉秋館即事》云：「湘簾不捲碧沈沈，雲重風輕弄午陰。三日茅檐清絕事，修花種石醉聽琴。」不愧雅人吐屬。

張文端公鵬翮奉使俄羅斯時，所紀《行程日錄》，詳敘山川險惡，道途艱辛，惜少見諸篇什，惟《彈琴峽》云：「丹峯四面雲藏屋，翠壁千重石作梯。」《雞鳴山懷古》云：「天連大漠黃雲合，地接平沙白草多。」最寫得塞外風景出。

尤西堂所著《外國竹枝詞》百首，各處土風如見，余特賞其有雅音者。如《安南》云：「漢使虛乘浪泊槎，珠厓棄後隔中華。遺民休抱亡陳恨，纔換黎家又莫家。」《婆羅》云：「一國東西有二王，石城潮打木城當。繡巾裹髮腰雙劍，猶向鵬山望故鄉。」《哈密》云：「天山下馬拜羌酋，故李將軍嶺上愁。舊是合羅公子宅，至今邊調唱伊州。」

《于闐》云：「阿耨山前三玉河，月光盛處瑛瓏多。織成花蕊襴衫舞，半是夷歌半漢歌。」《蒙古》云：「燕支山色女如雲，高帳琵琶徹夜聞。小妹漢宮今在否，美人已屬石將軍。」

呂東萊云：「事不常見則怪，日月星辰、寒暑晝夜，天地之至奇也，人以為常，然則習而忘之耳。」福蘭泉撫軍福慶所撰《異域竹枝詞》百首，本之椿園《異域瑣談》，分新疆、外藩及絕域諸國，山川風物，土俗民情，各紀其異。以余讀之，不過如《王制》所云「五方之民，言語不通，嗜慾不同」、「五味異和，器械異制，衣服異宜」，其各自爲俗者，因乎天地寒暖燥濕，廣谷大川，彼我易觀則異，彼我易處仍同也。其《紀阿拉克》云：「冬能炎日夏飛霜，金木成形獲與臧。莫訝殊方邪術慣，全憑巧思變陰陽。」使中土能傳其技，工倕公輸不得專美於前矣。

周孟侯拱辰《塞下曲》云：「拚將七尺報君恩，夢裏曾驚斬谷渾。聞說霍家新拜爵，衆中私檢臂槍痕。」聲情激楚。孟侯子蝶庵寀官吾粵澄邁縣，平劇盜，多奇績，著有《硯華堂集》，筆意瀟灑。如《東武林舊游》云：「極目南天阻白雲，幽人竹佩薜蘿裙。武林佳物頻經想，不夢青山便夢君。」《西湖春詞》云：「水香花膩蝶參差，約畧西施甫嫁時。堤上垂楊三十萬，一時應變合歡枝。」「半篙弱浪碧於湘，活活春流杜若香。可惜兩湖芳草路，衹教閒睡野鴛鴦。」

周補庵廣文雲杍，爲孟侯之孫，詩筆尤卓，與諸名士結社於西泠學舍。沈端恪公幼困乏，寄食僧寮，補庵器之，力贊其應試。及案發獲售，寺僧即欲閉門披薙，補庵預爲之伺，率衆突入挾之出，得補博士員。後延至學舍，親爲督課，遂成進士，皆補庵力也。《贈顧茂綸處士》云：「四海風雲新白社，百年天地舊烏巾。」《春日王甫瞻過訪》云：「半篆細烟消永日，一尊疎雨話殘更。」家學淵源，於斯畧見。

武人以鴻博薦，惟番禺汪鹿門千戎後來耳。鹿門嘗平清遠龍門賊數萬，軍門無事，則以詩畫自娱。有《示溫隊長勷》句云：「夜半詩成攜稿入，營門驚道羽書來。」覺雅歌投壺，於今尚有替人也。集中句如《初春病起答湯樂三》云：「日華全在水，風色半開嵐。」《軍行雜咏》云：「竈烟薰澗鼠，弦響落山雞。」《北江》云：「一片野雲開大纛，萬重山雨逼衡茅。」俱佳。書與畫兼長，四方遊宦，去粤者以得其寸縑尺素爲榮，日南諸國航海致幣，歲索不輟，一時名士幾莫能抗焉。

嘉應李繡子太史古體峭削，近體佳句如「故山遼絶無歸夢，名士貧來有宦情」、「關山數疊來時路，親友中年別後心」、「舌存不上平戎策，耳熟仍爲出塞歌」、「九曲西來迴華嶽，三川東下扼黎陽」，俱遒勁。

吾廣族系，多是宋季由南雄珠璣巷遷來。番禺謝照山孝廉光國《虔州道中》詩云：「新種梅花嶺路香，古松夾道午陰涼。篔車小歇珠璣巷，六百年來認故鄉。」

端州弔鐘花以形得名，葉盡而花，花盡復葉，他處無是種也。張玉峯琳《冬日即事》云：「閒烹雪水試春芽，石葉香焚繞障紗。讀罷楞嚴清晝靜，瓷瓶初放弔鐘花。」

南海麗中丞尚鵬，人知其以政績著，不知詩亦深嚴肅括。《百可亭集》中，句如「雨過嵐烟盡，風恬鳥語喧」、「潮長平沙沒，村多遠樹連」、「旅夢關河遠，離懷歲月長」、「繞屋溪流合，臨池石徑斜」、「歲寒新酒熟，風急敝裘輕」、「月色臨池近，秋聲入夜涼」、「馬前宿霧長疑雨，城外青山盡是田」、「清簞疏簾高士榻，石橋流水野人家」、「萬里江濤青雀舫，九衢風雪黑貂裘」、「世態江河忘百折，茅齋風日惜三餘」、「心閒肯厭謀生拙，性懶從教見事遲」、「九龍晝起千山雨，萬壑寒生六月冰」、「山烟細繞黃花徑，江樹晴分白雁沙」、「十里長溪連夜雨，一池新水滿園花」、「六月炎風蒸海氣，萬山雲樹隔秋陰」，俱不失唐人矩矱。

畢秋帆尚書「家無半畝憂天下，胸有千秋愧此生」二語，隨園嘗稱之。趙甌北《六十自述》亦云：「身無半畝憂天下，眼有千秋愧此生。」何其適相同也。

吾廣有花田，復有葵田，李琴山泉「料得生涯供國稅，花田應不愧葵田」是也。新會譚百峯茂才錫朋，咏云：「禾稼桑麻未足奇，岡州人愛種蒲葵。綠雲十里村邊合，未許催耕布穀知。」

任福泉詩頗多名句，五言如《苦雨》云：「雨豈能欺我，天惟要悶人。」《抵厓州》云：「水猶通海北，地已盡天南。」《池上》云：「榕陰低貼水，石穴暗通潮。」《半夜》云：「燈影光沈壁，灘聲響入城。」《初晴野望》云：「無雲山欲瘦，得雨水偏肥。」《閒居雜咏》云：「老我雙蓬鬢，驕人一布衣。」《送蔣耘莊》云：「吾道憐風雅，人心畏市朝。」七言如《秋江夜泊示王石屏》云：「故園所念惟丘隴，異地相親即弟兄。」《讀曹立齋墓誌銘》云：「賓主四年如一日，死生兩地隔千秋。」《金谷園》云：「地爲春寒曾障錦，樓緣恩重不藏珠。」《秋感》云：「空言有命因循老，始信無緣遇合難。」《初夏感事》云：「欲晴不雨心何懶，乍暖還寒鬢已華。」俱耐尋諷。

仇十洲以畫樓臺擅名一時，論者多嫌其有匠氣，然工緻渲染，亦有一種勝人處。余家藏有《阿房宫》障子，千門萬戶，粉白黛綠，較《漢宫春曉》《明皇遊月》諸圖為優。余題歌云：「滿堂紅粉無顔色，秦代嬋娟盡傾國。粉牆突兀現樓臺，銅駝惆悵埋荊棘。十洲好手今罕逢，筆妙繪出阿房宫。珠幕深沈鎖院閉，瑤闌曲折迴廊通。函谷西來盤磊砢，甘泉殿對鴛鴦瓦。只嫌當日隱宫多，七十萬人猶未寫。帳垂翠羽欲流香，簟展蛟豪自送涼。詔書教作淩雲髻，釵鈿又擁望仙粧。舞衫歌扇昏和曉，佳人髣髴來燕趙。艷極如聞笑語停，寵深不遣愁腸繞。徐福乘將采藥船，邵平賸有種瓜田。備胡枉築長城去，玉舄金環倏化烟。」

俗以臘月二十四日爲竈神上天，其說本於《抱樸子》，謂竈之神每月晦日，輒上天言人罪狀，大者奪紀，小者奪算。范石湖詩有「古傳臘月二十四，竈君朝天欲言事」，是古用二十四也。今有以二十三日，似非。是日多設酒果祭送，或用膠牙餳。四川《綿州志》俗謂粘竈神牙，使不得言，真堪發噱。朱竹垞《醉司命辭》：「餳糕粉荔，雜遝上陳。藉糟漉滓，塗之灶門。司命入覲，行步偊旅。觀㰝兩目，醉不能語。」亦屬文人託興。周勤補孝廉廣業詩云：「膠糖祀竈潔春盤，歸到天庭夜未闌。持奏玉皇無好事，且將過惡替人瞞。」措詞極為婉妙。

《石林詩話》云：「詩下雙字最難。李嘉祐『水田飛白鷺，夏木囀黃鸝』，王摩詰加入『漠漠』、『陰陰』，自見其妙。」今考嘉祐集中，無此二句。又按維爲開元九年辛酉進士，後二十七年嘉祐始及第。上元初維卒，年六十一，至大歷中，嘉祐爲表州刺史，距維卒又十餘年矣，其年輩相去甚遠，安可厚誣古人耶？

近人畫多不及古，而所獲每勝之。唐六如詩云：「湖上水田人不要，誰來買我畫中山。」足見當日活計之難。邇來名手，輒刻筆單。鄭板橋《自題筆單》詩云：「畫竹多於買竹錢，紙高七尺價三千。任渠話舊論交接，只當秋風過耳邊。」誦之殊有兀傲之氣，亦見好畫者之衆也。南海黄子剛以山水擅長，求者接踵。一日，以紈扇索福草弟詩，並投筆單一紙，福草即題其扇上云：「生涯紙筆古稱難，君却吳閶數往還。曾否桃花庵外說，如今人買畫中山。」子剛屢遊吳中，用來恰切。

卷四

王阮亭精於疊字，人多不及覺。如「封事堂堂在，風霜字字新」、「處處棕櫚綠，村村䆉稏紅」、「杳杳衣冠閉，淒淒封樹殘」、「相逢何草草，别思已紛紛」、「寂寂通侯里，沈沈大澤鄉」，及「西流弱水匆匆去，南嚮賓鴻故故多」、「穠桃弱柳垂垂發，沙燕鶺鴒故故低」、「匆匆山色溪流外，寂寂人烟麥秀中」、「山色茫茫江夏遠，風煙漠漠渚宫秋」、「爐熏細細縈琴薦，荻葉蕭蕭映筆床」、「白頭鬱鬱身前事，青史悠悠世上名」、「晴川淼淼通槐里，秋草萋萋入茂陵」、「人代茫茫雙去鳥，夕陽渺渺獨歸舟」、「瓜步素波初嫋嫋，蕪城黄葉已紛紛」、「濛濛夕照開棠邑，葉葉風帆下建康」、

「泠泠鐘梵雲間出，歷歷帆檣檻外過」，最得少陵遺法。

族叔介眉館余家時，次子植桐甫七齡，所為《葩經偶語》。如「交交黃鳥，皎皎白駒。赤舄几几，白斾央央。儦儦俟俟，濟濟蹌蹌。碩鼠碩鼠，鴟鴞鴟鴞。采苦采苦，伐柯伐柯。爰笑爰語，載寢載興。俶載南畝，出自北門。出此三物，奄有四方。侯主侯伯，宜君宜王。萬億及秭，三百維羣。魚鱉膾鯉，采荼薪樗。元衮赤舄，綠衣黃裳。赤芾金舄，縞衣綦巾。鼗磬柷圉，弓矢戎兵。椅桐梓漆，黍稷稻粱。」句頗有巧思，家君見之，常曰：「孺子可教也。」

木棉遇東風則開，蓮藕遇西風則肥。吳星儕《漁村》詩云：「魚莊蟹舍兩三家，綠水淒迷醮落霞。怪得東風連日急，隔江催放木棉花。」《半塘》云：「半塘塘外水禽飛，背閃金光帶夕暉。連日西風吹靚雨，碧波輕綰藕初肥。」

葵之用最廣，其精者爲扇，粗者爲蓑、為蓬、為席，並可爲屋。譚百峯《葵屋》詩云：「千葉蒲葵屋數椽，庇風庇雨過年年。此中便是高人宅，半覆青雲半綠烟。」《葵蓆》云：「茅齋紙帳與繩床，七尺鋪來夏亦涼。竹簟桃笙堪作伴，苔痕滿地臥無妨。」

福草弟《太湖夜歸》詩云：「畫船朝放碧波間，夜氣昏昏打槳還。一片湖心明月上，東風吹出洞庭山。」鄭迪卿年丈謂寫景奇幻，不減太白《下江陵》之作，余亦云然。

余邑娶婦合巹夕鮮得成婚，三四朝後，即告歸母家，年屆清明、除夕兩令節，始返夫家，速則三四年，遲或十餘年，乃安其室，或竟有終身離異者。謝照山孝廉光國詩云：「生同衾，死同穴。在家從父嫁從夫，大義煌煌古人說。

邇來女子乃反常，嫁夫不與夫同牀。託言生性畏産育，請夫置妾綿似續。自願長齋繡佛前，淨掃空房甘獨宿。夫不聽從脅以威，懸樑刎頸無不爲。以死自誓堅不移，願爲棄婦請大歸。舅姑勸令權且住，終焉懼禍縱之去。一番歡笑一番愁，枉費心機作昏娶。」惡俗成風，吁可怪矣。

江南諸生劉某嗜博，至爲匪人誘質其妻，妻焦氏才色雙美，作絶命詞十章，自縊死。宗室恆月山讀其詞，和云：「可憐孤注是紅顏，今古無如妾命艱。一片牛衣消不得，留君看取淚痕斑。」

華亭王玠石光承與弟名世偕隱，屢徵不起，著有《鎌山草堂詩合鈔》。古體祖《楚》《騷》，近體句多團練，而五言尤工。如《長門》云：「一宮長白晝，六院盡黄昏。」《石門》云：「甲兵三戰盡，臣僕一身多。」《贈劉新令》云：「事簡庭棲鹿，山深吏學仙。」《早過斗城》云：「大路横千樹，孤城託萬山。」《山鄰》云：「水深明碧藻，枝老駁蒼鱗。」《席上贈王將軍》云：「寶刀忘歲月，戰馬死疆場。」《送友人出塞》云：「意氣憑殘甲，功名託敝鞍。」《海潮》云：「雲山時大小，日月變朝昏。」《寄金將軍》云：「秋衣經萬杵，邊月盡三年。」名世亦有「潮聲落庭樹，月色動寒山」之句。

南海程周量《懷王貽上》云：「長安車騎日紛紛，並轡相過氣似雲。香盡酒闌人散後，不知何事獨懷君。」寫來獨具一種纏綿之致。

李嘯村葂《青溪口占》云：「粉牆紅掃落花塵，一帶樓臺樹影昏。雨細風斜簾未捲，縱無人在也銷魂。」吳門徐拙齋朝彝《訪猗蘭校書不遇》詩云：「水邊紅杏柳邊村，黃鳥啼殘靜掩門。飛絮半簾花半砌，縱無人在也銷魂。」句同而意別。

東坡禱海市而海市現，愚山禱海市而海市亦現，乃知名士所至，神靈每爲傾倒也。東坡詩狀海市之筆甚少，愚山詩云：「方圓斷續忽易位，明滅低昂頃刻殊。列屏複帳閃宮闕，桃源茅屋成村墟。沙門小島更奇絕，浮圖倒影凌空虛。有時離立為兩人，上者爲笠下者車。砉然雙扉開白板，中有奇樹何扶疎。三山十洲一步地，羣仙冉冉來蓬壺。神搖目眩看不足，惜哉風伯為驅除。」則極力實寫矣。

唐宋詩家，往往暗用諺語入詩。如王建「照泥星出依然黑，爛漫庭花不肯休」，用「乾星照濕土，來日依舊雨」意也。梅聖俞「日脚射空金縷直，西望千山萬山赤。野老先知雲又風，明日望此重雲黑」，用「日沒胭脂紅，無雨也有風」意也。東坡「敢怨行役勞，助爾歌飯甕」，用「霜淞打雪淞，貧兒備飯甕」語也。杜工部「禾頭生耳禾穗黑」，用「秋甲子雨，禾生兩耳」語也。人知「雲山經用始鮮明」，不知質樸古直處，正已遠遜。

名山藏書多，後時而顯。鄭所南先生所著《咸淳集》一卷，《井中心史》二百餘年人無有見之者，於崇禎戊寅，吳下久旱，濬蘇之承天寺狼山房井得之。外錮鐵函，鑿「大宋鐵函經」五字，內書「大宋孤臣鄭思肖百拜封」十字。內有斷句數首，最清脆可喜。《春詞》云：「春氣暄妍御夾紗，玉釵雙裊綠雲斜。倚欄看遍庭前樹，盡是枝頭結子花。」《春日承天寺》云：「野梅香軟雨新晴，來此閒聽笑語聲。不管少年人老去，春風歲歲闔閭城。」《漫興》云：「跣足蓬頭炯碧瞳，劃然長嘯響天風。千巖萬壑無人跡，獨自飛行明月中。」

張淵度繼配劉氏，爲在園司臬廷璣愛女。擇壻綦嚴，見淵度《悼亡》百章，爲時傳誦，遂妻之。後張分司兩淮，積勞病暑，卒。劉作《邃閣哀吟》輓之，中一絕句云：「積累仍多身後逋，清風誰信俸無餘。宦囊亦有頻年蓄，錦軸牙籤萬卷書。」

無錫鄒曉屏尚書炳泰所紀《聽松庵竹鑪始末》，其爲卷四，圖畫三、名賢六十有七、文十三、詩九十有二。其中倡和之句，如「司馬酒壚須却避，玉洲吟榻稱幽眠」、「吟苦詩瓢和月飲，夢醒書榻帶雲眠」、「澆破詩愁初得句，洗清塵思竟忘眠」、「寒驚春雨懷鴻漸，夢落秋風泣麗娟」、「葉掃夕陽三徑遠，瓢分秋月一痕娟」、「庵中臘在蒼髯短，雲外泉流玉乳娟」，俱工。

「新粟米炊魚子飯，嫩冬瓜煮鱉裙羹。」此張管對宋仁宗之語。《淞南樂府》仿其體云：「春浦漁船撈蝨蝌，冬塘柴蕩獵豬獾」、「玉箸魚鮮和韭煮，金花菜好入粞攤」、「月餅飽裝桃肉餡，雪糕甜砌蔗糖霜」、「麥擔橫街爭火信，魚旗衝浪販冰鮮」、「芋奶香殊羊眼豆，蓮心鮮匹狗頭菱」。其紀地云：「文雉飛翬蘆子廠，赤烏留石檜枝凋」、「船巠如龍浮浦面，樓丹為鳳出城頭」、「神廟重新花婭姹，豫園依舊玉玲瓏」。紀人云：「筆塚雲礽宗祭酒，硯池月旦右尚書」、「白簡南臺曹御史，青藜東觀陸都官」、「平陸醫方傾李令，倪癡棋局對吳堂」。紀事云：「高堞鵶燈明黑夜，曲橋蟬鬢炫青春」、「截浦鹽拖金絡臂，衝波網快玉搔頭」、「葵蓋茶杯開建片，銅鞋水管喫蘭煙」、「盆樹二三梯屋灌，籠禽千百上城啼」、「上箔沙盆窩蟋蟀，鬭圈錦袋出鵪鶉」，組織俱新。

杜荀鶴《題兜率寺閑上人院》詩云：「百歲有涯頭上雪，萬般無染耳邊風。」「耳邊風」本諺語，而用來不俗。

涇縣翟儀仲翬云：「詩之有聲調，猶樂之有律呂，工之有規矩。樂有殊號，律呂之製則同；工有殊材，規矩之用則一。是故詩之爲道，聲調所不能盡也。泥於聲調者，不可以爲詩。不嫻聲調者，亦不可以言詩。以聲調爲詩，譬之土偶之爲人，有形骸而無神氣，神氣不充，不可以爲人。去聲調以爲詩，如樵唱牧笛之聲，嘔啞嘲哳，自謂悅耳，求之太常協律之所掌，不能與《雅》《頌》比次也。」余謂知此則庶幾「不入於板，不流於野」矣。

浙江余江干文圻身處闤闠，不廢吟咏，客京江，名公巨卿，皆樂與之遊。句如「小徑竹稀思更種，西窗樹雜議分移」、「夜氣乍涼疑近水，秋聲四起不因風」、「浮生若夢誰非蝶，當候而鳴我類蟲」、「臣飢欲死言非激，我見猶憐妬轉深」，皆新雅。

張南山《秋懷》云：「釁帆賊已乘風去，犀甲軍如捉月來。」馮子良《羊城雜感》云：「民餒客忍加餐飯，賊去人爭說戰功。」寫盡營伍廢弛之弊。

漢唐重文字。《長門》一賦，壽以千金。皇甫作序，千縑猶少。龍溪鄭亮卿琮《放歌行》云：「古人愛才重文藻，金帛區區何足道。誰知此事今不然，萬字何能值一錢。縱使掘墳起屈宋，飢腸枯窘難爲妍。」有慨乎其言之矣。

吳穀人祭酒錫麒詩最研鍊，故句多精采。其《觀夜潮》云：「隔岸忽沈燈數點，如山湧到雪千盤。」《湖上看雨》

云：「雙白鳥邊催陣起，萬荷葉上聽秋來。」《葛嶺》云：「圖書小押壺盧印，韜畧高談蟋蟀經。」《登吳山》云：「人煙白護千家曉，竹雨青浮四月寒。」

小倉山房詩，不善學者，流為淺滑，要之集中投贈諸作，多由精心結撰。如《贈吳將軍》云：「潑水刀光迎上客，吹鐙虎穴聽鼾聲。」《題陳古漁詩卷》云：「地當六代悲歌易，胸有千秋下筆難。」《答鎮江觀察錢璵沙見贈》云：「家焚諫草終存史，身是傳人更有詩。」皆無應酬習氣。至《咏靈武》云：「南內歸來玉璽涼，為兒親着帝衣裳。願兒只學宮鸚鵡，長向風前問上皇。」《馬嵬》云：「莫唱當年長恨歌，人間亦自有銀河。石壕村裏夫妻別，淚比長生殿上多。」則得風人之旨。

長白近多詩人，觀梅林榷使觀榮，為麟平蓮池之弟，林岑竹樓之兄，風雨聯床，一時稱盛。其《和菊溪節相冬夜與徐晴圃籌軍》詩云：「獵獵旌旗月色清，挑燈行帳更談兵。將軍令不驚雞犬，僕射恩原若父兄。五夜霜華侵白髮，兩河烽火念蒼生。飛書走檄渾忘倦，又聽轅門報轉更。」此律於《掛月山莊集》中，精神最屬團結。

奉新宋氏父子兄弟姊妹，俱有詩集刊行，而可傳誦者，莫如《味雪樓稿》。乃慕劬廣文五仁之女，字婉仙，而名鳴瓊者也。早歲孀居，故詩多悽惻。《咏菊》云：「低徊自抱凌霜志，今世應無鑑賞人。」《鳥夢》云：「縱識華香風味好，難將醒語對人言。」《除夕有感》云：「詩書幸有三生約，琴瑟曾無夙世緣。」奇才薄命，鍾於紅顏，可勝浩歎。

石門馬嵊山俊良在粤刻書最夥，其《名臣言行録》《龍威秘書》，卷帙尤稱浩繁。余邑家暨舟廣文濟川贈以詩有云：「著述時鐫充棟簡，解推頻罄賣文金。」

《悟雪樓詩草》，爲豐溪徐白舫太史謙著。五古清微淡遠，逼真王、孟，絶句尤佳。如《讀太白詩》云：「酒船空載月，不見謫仙人。珍重烏棲曲，今無賀季真。」《上灘阻風》云：「浪打白日寒，歸心繫江樹。一一下灘船，萬里揚帆去。」《山行忽雨》云：「山雲半爲雨，雨色失雲樹。樵笠雲中來，戴雨下山去。」《北征雜咏寄内》云：「雲外鄉關雨外船，愁如春水夢如烟。空閨别有關情語，不便分明託雁傳。」《簡友》云：「寶劍芒寒燭斗墟，風塵抑塞近何如。江都自有《天人策》，莫獻長沙痛哭書。」其五言句如《山東道中感作》云：「骨肉荒年賤，丘墟過客憐。」《幽谷》云：「石氣行人偪，嵐光盡日幽。」《夜望廬岳祠》云：「行雲催月疾，飛瀑帶鐘寒。」《山中夜寂》云：「風聲移水近，月勢趁雲飛。」《暮尋山泉》云：「陰霞猶嶺表，寒月忽窗前。」《家人附南艘至都》云：「問訊鄉音澀，驚疑客鬢摧。」七言句如《吳門晤弟鼎》《山中曉行》云：「雲圍深嶂夢，月墮隔溪鐘。」《觀潮》云：「大聲旋地軸，元氣洩天根。」《河干》云：「故鄉親友多殊舊，客地繁華不易居。」《杭州返棹》云：「山欣見慣情逾好，詩愛題佳句易工。」《京邸夢故園》云：「野雀得糧呼侣食，村童散館抱書回。」可謂遇象能鮮即潔成輝者。

「遠酒難沽多備飲，異書防盡半留看。」《高閣》云：「荒邙墓下誰青史，流水聲中易白頭。」

錢塘周蘇門向青《樊山阻風》絶句云：「江城聽雨值清明，十里横塘阻客程。如此風波異平地，笑儂偏向箇中行。」

僕僕長途，自問真難自解。

本朝咏始皇者，常熟陳在之、長洲劉東郊二律，皆爲歸愚尚書所擊賞。丹徒張荼農大令深，謂余弟福草所咏，庶堪鼎足。詩云：「似續西秦卅四傳，畢嬴翻在六王先。諱名今尚呼正月，紀曆誰仍建亥年。萬里防胡空設險，三山採藥枉求仙。輪臺漢武終知悔，不比轀輬竟惘然。」

顧華玉《懊惱曲》云：「小時聞長沙，說在天盡處。人言見郎船，已過長沙去。」姚敘卿《回雁峰》云：「回雁峯頭望帝京，寒雲黯黯不勝情。賈生已道長沙遠，今過長沙又幾程。」

謝良琦《閨夢》云：「郎夢從東來，妾夢從西去。相望不相值，愁心落何處。」沈叔詨《相思曲》云：「憐儂一夢路千重，郎在他鄉復夢儂。郎夢來時儂夢去，相思依舊不相逢。」皆工於寫情也。

詩須有為而發，古人登高作賦，遇物成詩，亦興會所到而然。今人每故命一題，强人作詩，或擬樂府，或次古韻，或一飲酒必索句，或一登臨必分題，唱者既無意味，和者更覺索然。李西涯曰：「夏正夫、劉欽謨同在南曹有詩名。劉有俊思，名差勝夏。每見卷中有劉詩，累月不下筆。」陳眉公少時見王元美云：「往者燕都之會，于鱗詩必晚出，見他人有工者，即廢已作。」大約人能矜名者必虚心。君苗焚硯、太白閣筆，只是古人見地高，所以能自重耳。

陳爰立枚《論詩》云：「以溫厚蘊籍爲體，以風雅鼓盪為用。思入深沈，調出俊爽。宏麗詩不落穠俗，幽靜詩不落枯淡。雄句宜渾不宜粗，婉句宜細不宜巧。一觀意思，二觀體裁，三觀句調，四觀神韻。四者皆得，方爲全詩。四者中更以意思、神韻爲主。」可謂得作詩之旨矣。

朱竹垞云：「網巾之制，相傳明太祖見之於神樂觀，遂取其式，頒行天下。三百年未之改。然題咏者寡，獨藍靜之有三詩。」不知元人謝宗可《網巾》句云：「篩影細分雲縷滑，棋文斜界雪絲乾。」已經入咏矣。

「渺渺孤城白水環，舳艫人語夕陽間。林梢一抹青如畫，知是淮流轉處山。」此秦少游《東城晚眺》詩也，而歸愚則入之《國朝別裁》中。

卷五

曾賓谷方伯燠莅吾粵時，以城西濠久淤，飭屬鳩工疏濬。濠面限丈六尺，自德興至滙源凡八橋，悉令高之，以通舟楫。新會鍾鳳石孝廉啟韶有《重渡西濠紀事》句云：「丈六濠梁通蟹舍，八重烟月漾虹橋。」語獨妍麗。

南海謝澧浦太史，一門俱工藝事，而太史則詩、書、畫兼長。其詩云：「文章豈無權，心力視所到。六經逮諸史，奮勇追閫奧。能成一家言，終身食其報。」則所造可知矣。

巫覡惑人，吾粵尤甚。豐溪徐白舫太史《咏長生燈》云：「瘟鬼攫食人顛倒，日者云請神巫禱。巫肩神來大鼓鳴，吹螺召神神猙獰。一燈一神一斗米，米滿神前神色喜。本命星君赫顯應，命懸一燈燈救命。著紅抹額爭跳舞，搖鈴琅琅對燈語。瑣語巫知人莫知，神不用命威鞭笞。朱綠人面貌五鬼，挺叉逐鬼走千里。夜深病人無人扶，三牲謝神鎮桃符。長生燈小紅糊模，米傾巫囊巫歡呼，肩神未去啼烏烏。」讀之足發一粲。

余性好蓄書。家藏間有未備，必多方向人借閱。周蘇門《閒居雜咏》云：「三徑歸來此敝廬，松窗浮影月華疏。東鄰笑未投名刺，夜半呼兒去借書。」真較我尤痴也。

寒山子，不知何許人，其詩唯書於竹木石壁，并村野人家廳壁上，故無題目、無倫次。有用叠字二首云：「杳杳寒山道，落落冷澗濱。啾啾常有鳥，寂寂更無人。淅淅風吹面，紛紛雪積身。朝朝不見日，歲歲不知春。」「獨坐常忽忽，情懷何悠悠。山腰雲漫漫，谷口風颼颼。猿來樹嫋嫋，鳥入林啾啾。時催鬢颯颯，歲盡老惆惆。」則有意創奇者。

余世俗占卜，從掌上起年月日時，有大安、留連、速喜、小吉、赤口、凶亡諸目，傳為李淳風六壬，間有應驗。余邑孫西庵賁《閨怨》云：「細展占書繡閣前，不知速喜定流連。憑誰斷得郎歸日，願與金釵當卜錢。」居然用為典故。

萬曆甲午，司農郎葉公春及疏云：「孔子刪書，斷自唐虞迄周，典謨訓誓命之文，凡百篇，秦火後行於世者，五十八篇耳。始皇二十六年，遣徐福發童男女數千人，入海求神仙。徐福多載珍寶圖史，至海島得平原大澤，止而不歸。今倭其種也。始皇三十四年，始下焚書之詔，故司馬溫公《倭刀歌》云：『徐福行時書未焚，遺書百篇今尚存。』乞乘小西飛封欵之便，及纂修正史之時，嘗至彼國，搜尋三代以前古書。」葉公此疏，實非迂濶。《丹鉛總錄》、《雙槐歲抄》亦嘗及之。至雲間陳眉公繼儒《咏史》則云：「雪滿山前酒滿瓢，一篇常對老潛夫。兒曹空恨咸陽火，焚後殘書讀盡無。」又似不必尋求矣。

仁和宋德恢《謁嚴先生祠》云：「貴賤偶然耳，誰能無故人。忽傳驚帝座，多事是星辰。」不寫子陵之高，而高致彌見。唐人「玉顏不及寒鴉色，猶帶昭陽日影來」，用意深婉。烏程嚴景文可鈞《擬西宮怨》云：「繡簾斜壓倚新妝，翠輦遙飛滿路香。想得御筵花似錦，西風吹不向昭陽。」似堪嗣響。

桂陽吳東湄鯨《竹坤樓集》中，列代俱有宮詞。余愛其《元宮詞》云：「裙着銷金冠象牙，雲肩鞢襪執加巴。未能熟得天魔舞，去問長安迭不花。」「六宮燈漏徹宵聞，天上龍笙下彩雲。何處六鰲山最好，承恩惟有樹將軍。」風韻獨絕。

吳星儕《登玉女峯》詩云：「清氣入呼吸，烟霞衣上生。羣仙一招手，約我若為情。鬖鬖春風艷，粧臺落日明。醉騎大蝴蝶，去去吹瑤笙。」神乎太白。

常熟吳兼山嵰《道中春望》云：「征驂暫向柳邊停，獨上斜陽送客亭。春草有情知別苦，舊曾踏處未全青。」本「東風知別苦，不遣柳條青」意，而少變之，音節亦佳。

盧照鄰染風疾，拘攣偏廢，不堪其苦，至投潁水死。吳門徐拙齊有末疾，腰以下皆廢，惟兩手可搦管。中有所得，輒寓於詩。集中如《秋懷》云：「詩骨正須窮鍛鍊，壯心無奈病磨消。」《自題書室》云：「愛客何妨衣盡典，買書不惜債頻添。」《遣興》云：「世誰知己期千古，詩肯依人自一軍。」《漫興》云：「厨常無米猶留客，囊有餘錢即買書。」胸襟何等磊落。

寧都魏伯子際瑞有《寄閨中雙迴文》一律，雖小家數，格調自新，詩云：「絕塞關心關塞絕，憐人可有可人憐。月如無恨無如月，年似多愁多似年。雪送花枝花送雪，天連水色水連天。別懷還怕還懷別，懸念歸期歸念懸。」又《雙調翩燕曲》云：「前簷舞影倒翩翩，小燕春風受得憐。憐得受風春燕小，翩翩倒影舞簷前。」

《绛跗草堂集》，為福州陳韋仁太史壽祺著，以博麗見長，而清微淡遠之語亦復不少。如「濕烟低水白，疎葉滴檐青」、「烟歸千嶂紫，日脫半城紅」、「濤聲不受雨，雲氣半崩樓」、「荔雲燒火樹，梅雨漬蠻烟」、「江湖夢吳越，烟月失齊梁」、「中歲傷哀樂，來因種弟兄」、「才華狂易損，身世醉難寬」、「骨冷功名薄，官貧道義肥」、「一箪饑亦樂，萬卷老忘憂」，皆五言中名句也。「梧葉西風羈客思，桂花白露美人愁」、「江山入筆翻鸚鵡，烟月臨樽弔鷓鴣」、「三更鼓角催星落，萬鼓笙鐘挾雨來」、「含烟幾樹無情碧，背日千峯不斷青」、「結客異鄉如不速，關人芳草是當歸」、「醒有狂名寧借酒，貧無長物不言錢」、「日邊名士多於鯽，江上歸心不為鱸」，皆七言中名句也。

善化凌豐叔玉垣所著《蘭芬館詩》，筆致極新。如《旱甚》云：「蛟龍愁淺燎，天地忘農時。」《黃天蕩》云：「浪急搖山動，天低入水昏。」《荷塘舊居題壁》云：「風霜喬木古，天地轉蓬忙。」《永州即事》云：「千里酒人相聚少，一年詩債入春多。」《秋原》云：「萬葉作聲如驟雨，一峯撐月出遙天。」《移居》云：「分半鶯花隣舍共，小留風月故人來。」《出郭》云：「天如有路行終到，海不能填憾未平。」

龍溪鄭迪鄉年丈開禧，督運吾粵時，先君率余趨謁，靜穆之氣，樸人眉宇，出所作《知守齋詩》相示。其《勵志》詩云：「不息惡木陰，不飲盜泉水。矯激豈過情，所重在廉恥。何為附炎熱，不自飭簠簋。但願炙人手，誰知冷人齒。」則所志可知矣。五言如《呈吳石渠》云：「世態貧逾薄，交情賤尚真。」《除日感懷》云：「無才應自廢，入世少人憐。」《曉發》云：「吹面山風冷，迎人水氣沈。」《雨後晚眺》云：「雲勢諸山走，泉聲獨碓舂。」《馬嵐橋》云：「風托千嶂雨，船劃一溪烟。」《桐廬道中》云：「輕舟裝雪重，狹港得潮寬。」《客懷》云：「旅枕無全夢，長途不記程。」《夜出西直門》云：「泉聲涼帶雨，樹影暗疑人。」《舟中雜詩》云：「夜寒欺酒力，曉霧失山容」、「岸仄時舫棹，橋低每礙帆」、「船平風四正，港錯路三叉」。《初秋即事》云：「書來今雨少，句恨古人先。」七言如《小西湖》云：「柔櫓一聲菰葉雨，小亭四面藕花風。」《除夕》云：「無詩可祭才疑盡，有酒堪斟家未貧。」《西陽嶺》云：「泉聲似怒石當路，風力能驅雲下山。」《白鹿洞》云：「向背石分前後寺，高低雲逐去來僧。」

厲樊樹《歸舟江行望燕子磯作》云：「石勢渾如掠水飛，魚罾絕壁掛清暉。俯江亭上何人坐，看我扁舟望翠微。」是以曲折勝者。

嚴海珊《病起柬謝寒村先生》云：「治病如治兵，命醫如命將。人盡號能軍，心巫術則匠。」又云：「覡言鬼神力，攘功姑自誑。簫鼓羅酒漿，叢祠浩歌唱。」作巫醫者讀之，能無愧赧？

陸放翁「鶴與琴書共一船」，是游宦真景。趙甌北「人共馬牛眠一屋」，是軍行真景。馮子良「人共雞豚屋一間」，是田家真景。

《樗雲詩鈔》，爲龍溪鄭亮卿琮著，鄭迪鄉先生搜輯而刊行者也。五古近高、岑，七古近元、白。近體佳句如《夏日遊雲洞紀勝》云：「踞壑松根老，盤空鳥道偏。」《秋夜宿觀海樓》云：「僧歸秋殿磬，人語夜船燈。」《過賓山草堂》云：「水光迎斷靄，山氣落斜暉。」《雨後春望》云：「出雲山氣濕，近水竹聲寒。」《春日雜感》云：「長貧虧禮節，多病損雄心。」《江上舟迴望鄴山》云：「兩岸斜陽漁曬網，一灣秋柳客停橈。」《遊道山》云：「萬井人烟穿樹出，雙峯秋色渡江來。」《春晚雜興》云：「牆短緑分隣舍樹，簾疎紅落隔山燈。」殊有晚唐標格。

《毛詩》以反覆咏歎，而意味彌深。錢葎石《王貞女行》云：「理我玳瑁簪，綴我明月璫。虛窗對朝日，自作嫁衣裳。何爲宵夢惡，君耗來踉蹌。委我玳瑁簪，捐我明月璫。虛窗對斜日，忍顧嫁衣裳。」《僮歸》云：「朝行我馬前，忽忽僕馬後。奈何不相及，屢顧爲之久。暮行我馬後，忽忽僮馬前。奈何不相待，使我勤着鞭。」又云：「朝辭書生去，暮伏學士韇。學士比書生，奚翅學士賢。既辭學士去，旋依少師門。少師比學士，無若少師尊。」妙易一二字，神理自別，亦反覆咏歎之遺也。

同輩互相傾軋，竟有戲爲者。趙甌北戲述子才遊蕩之跡，作呈詞控於巴拙存太守，子才亦有訴詞。太守不能斷，竹初以息詞了此案。甌北題其詞後云：「一重公案起無因，太守筵前訟牒陳。不設青紗圍自解，累君來作謝夫人。」「各挾雌黄訴到官，閻羅包老也顢頇。竹蕉兩造皆情熟，欲判輸贏下筆難。」「讕語褒譏總白癡，客嘲賓戲戰交綏。兩家旗鼓今無用，同看營門射戟枝。」可謂極文人好事。

新會黄竹南大令定常「曉風墮秋露，殘月入寒烟」、「黑雲沈塔影，洪浪揭江聲」、「木枯羣蟻撼，池淺小蛙跳」，及「一年好景誰先得，萬事初心不易酬」、「箏柱教坊仙度曲，酒旗胡店女當壚」、「沽酒市穿垂柳入，釣魚人背夕陽歸」等句皆工。

澄海姚行軒天健，生於瓊南，甫三歲航海歸，全舟覆没，淪於海者七晝夜，遇救得生，其題沈安溪《渡海迎親圖》云：「我生三歲便航海，行到中流舟瓦解。一家覆没一身存，回首珠厓四十載。」

新會唐二羅大令金鑑，闢羅漢洞於羅浮，徵同人爲詩，褎然成帙。錢塘朱閑泉人鳳句云：「樹連絶壑秋無跡，襟浣寒泉月有稜。」番禺白達堂其璋句云：「六月秋歸無歷樹，一時風穩不帆船。」李朗川仲瑜句云：「水簾百道晴疑雨，山木千重夏亦秋。」新會陳樸山榮句云：「福地成名爭片土，靈區無主不千秋。」陳韞堂瑩達句云：「刺船海客來三島，面壁山僧作四鄰。」李壽石有祺句云：「蒼赤胸懷絲竹感，漁樵勛業水雲多。」黎觀橋士樂句云：「亂雲深處疑無路，古木叢中别有天。」皆不愧雅音。

宋高宗不迎二帝，皆由戀半壁笙歌耳。番禺凌翠巖友柏詩云：「康邸龍飛數中興，甘心和議諱談兵。杭州一片笙歌月，不照人羈五國城。」婉而多諷，風人遺則。

嚴海珊「風通花氣全歸枕，月轉樓陰倒入池」、「平沙入暮多牛跡，疎柳迎涼帶水聲」、「風約秋聲涼入樹，月銜暮氣遠沈山」、「涼月滿樓人在水，遠烟着地樹浮空」、「名士光陰多逆旅，破書滋味在貧時」造句最爲名貴。《思茗齋集》中，有次腰站見壁上題「無端一覺征鞍夢，不見荏平勸酒人」之句，戲書其後云：「當筵誰脫紫茸裘，那比揚州舊夢遊。門裏歌聲門外馬，最銷魂是五更頭。」情韻俱佳。《集》爲仁和宋德恢咸熙著。

余邑黄同石璞所著《戰古堂集》，體格薄弱，唯《花塢》律句云：「看花人已去，花塢至今存。不見花開落，空聞鳥雀喧。路邊逢野老，倚仗爲子言。前面垂楊樹，離宮已作村。」則卓有風骨。

僕隸下人，黠者少而拙者多。余邑楊毅然一夔《拙僕》詩云：「我不如渠好，癡獃性所安。任人生喜怒，於己淡腸肝。時或古愚似，焉知拙計難。忘機閒與語，惟有笑相看。」

寒食斷烟，已成習套。余邑何葭洲文宰咏云：「冷節江鄉細雨天，尊虚婪尾亦怡然。最憐此日貧家好，不怕隣人怪斷烟。」如此寫來，便覺出色。

陳獻孟謂羅曉園詩，衆美畢具。今讀其《涵青堂集》，古體平弱，惟近體最佳。如「斷雲迷絕壑，疎雨入孤村」、「天高雲亦冷，風急鳥空驚」、「奔流注雙水，斜幔送行人」、「山連雲峽雨，天入海門潮」，殊有唐人氣格。曉園名植三，南海人。

杜司勳云：「忽發狂言驚滿座，兩行紅粉一時回。」袁簡齋云：「忘是將軍門下客，公然仔細看康郎。」一施之聲妓，一施之頑童，固是有意仿傚。

吾廣當二三月，蟛蜞最盛，鴨食之則肥。業鴨者載以巨艦，遇沙潬可停泊，即縱令飽食。業農者亦利其至，以蟛蜞能害苗也。福草弟《竹枝詞》云：「新秧插罷暖風回，汕子蟛蜞偏岸隈。一帶春江桃浪長，楝花開處鴨船開。」

近時兒童賭戲，有所謂過五關者，即古之跳三關也。每局三擲，不得犯五數，故曰「跳三關」。昔以瓥豆五粒，穴一面。今以骰代之。楊心香《淞南樂府》云：「健婦挑鹽行兩縣，饞夫擲豆跳三關。」

采香樓詩沈雄蒼老，幾不類閨閣吐屬。句如《秋日登山閣》云：「青山城郭斜陽外，黄葉人家烟雨中。」《春日感懷》云：「楊柳曉風人別後，杏花微雨燕來初。」《秋日偶成》云：「明月故人千里夢，關山新雁一聲秋。」絕句《得伯父書》云：「愀然此日挹高風，驛使梅花邂逅逢。關塞萬重家萬里，尺書猶是去年封。」《過十二峯》云：「哀猿啼處樹重重，雲鎖高唐舊楚宫。人在夕陽疎影外，淡烟微雨近巴東。」風調絕似漁洋。樓爲席蕙文女史所居，因以自號，吳中十才女之一也。

蕪湖許靜夫仁《登齊雲山》云：「松搖絕澗疑無地，人立中峯衹見天。」雄俊處頗類沈方舟。

南海何省蘭世文《送春》絕句云：「啼鳥聲聲叫落暉，客中風雨送春歸。多情翻羡堤邊柳，留得黄鶯緩緩飛。」以「留」托「送」，妙緒天然。

文水武晉侯鹺佐廷選，著有《蘭圃詩鈔》，多言情之作。五言句云：「病爲知醫致，貧由識字來。」七言句云：「能攻我短爲良友，不泣途窮是達人」、「朋來異地如親串，飯到家常勝膳羞」、「妻孥遠別親僮僕，兄弟難逢戀友朋」、

「作宦妍媸憑物論，去官冷暖見人情」，皆可傳者。

滇黔事蹟最少，而見之吟咏者亦寡。沔陽張蓮濤錫穀《題劉古山刺史滇黔樂府後》云：「邊城無復景淒涼，回首孤亭夜有霜。多少烈魂招不得，斜風釃酒弔奢香。」「忍同花蕊鬭詩魂，終古難甘不白冤。有恨無聲千點淚，西風吹寄與梅村。」

常熟李小雲司馬書吉，所著《寒翠軒詩鈔》，詞多安雅。五言句「詩人多遠宦，名士少高官」、「事少山同靜，人幽竹亦賢」、「急灘支水碓，危石鑿雲梯」、「平野連天盡，黄河入海寬」。七言句云：「風塵長鋏雙蓬鬢，天地扁舟萬里家」、「白髮倚閭人萬里，青山歸棹夢三更」、「民得歡心無過惠，吏能潔己不妨慈」。

吴槎客《龍門山晚眺》句云：「危峯石裂雲多變，幽壑年深樹有香。」昔人謂畫所不能到者，庶乎近之。

史梅叔詩，多沈雄濶大之句。如「天浮秦塞盡，潮落楚江平」、「地逼巴渝盡，天包楚鄧流」、「地開全陝出，天縱九州平」、「衆流歸大壑，全勢納中原」，數語足與老杜「地卑荒野大，天遠暮江遲」、「吴楚東南坼，乾坤日夜浮」等句頡頏。

黄生謂少陵咏風句皆妙，可稱畫風手。予謂史梅叔咏烟如「過烟浮竹亞」、「白烟生古鎮」、「山翠入空烟」、「薄烟初暝渡」、「雨洗晚烟青」、「白雨散江烟」、「飛鳥入城烟」等句，無不入妙，亦可稱畫烟手。

康熙中，江南學使者魏某，以太夫人壽，建水陸道場于古寺。寺僧懸孔子拜釋迦像。王韓起景琦，時爲諸生，見之勃然，捲畫像歸。胥役訴之，學使怒，拘王至。王曰：「生恐累公得罪名教，故奉聖像歸，此舉正爲公也。且不獨爲公，爲天下萬世道統計，天下有聖人拜異教者乎？」學使詘于義，婉言謝之。王裂去佛像，拜而焚焉。有同錢青在夜飲賦贈云：「吟魂清遠道，堅骨鍊長貧。」可以想其風概。

咏雪難工，貴得神韻也。柳柳州「扁舟簑笠翁，獨釣寒江雪」、史梅叔「一徑入松林，千峰抱寒素」，一寫江雪，一寫山雪，俱臻神妙。

老杜每用「虛」字，必極幽峭。如「山虛風落石」、「落月動沙虛」之類。梅叔「天寒遠氣虛」、「江陰動虛壁」、「夜氣虛生竹」、「畏虎驛常虛」、「江雲虛定夜」、「留虛出小樓」等句，亦俱清警。

卷六

香山何皇圖鞏道，著有《樾巢集》，句多遒鍊。其《送楊髯龍之楚》云：「別非垂老偏多淚，歸已無家復送行。」《歸至芙蓉沙》云：「十年故國人空老，一夜他鄉月可憐。」《懷王礎臣》云：「血浸眼中飛作淚，愁纏筆底寫成詩。」《宿準提閣寄梁寒塘》云：「別幾月來多遠夢，行無人處得新詩。」《藥亭》云：「一年秋色難逢月，半夜羇情易倚樓。」《沛中懷古》云：「路邊雞犬知新里，地下韓彭泣大風。」《南莊偶成》云：「積水化雲天路白，斷虹收雨海門深。」

黃葵之「詩書離亂賤衣食，異鄉難與陳獨漉」、「世亂詩書廢，家貧骨肉輕」，寫仳離處直不約而同。葵之名河澂，南海人。

傚古人體格，既患其不似，又患其太似。番禺謝照山光國，效放翁體，作《雜咏》詩云：「紫芽薑辣添丁酒，黃耳蕈香供午齋。縱留米債原非病，薄有詩名豈是才」、「放膽欲刪無鬼論，安心不作送窮文」、「課兒讀《易》心偏靜，聽客談兵氣轉豪」等句，正如趙學《蘭亭》，姿態自不可掩。

張玉洲錦麟《揚州》七律云：「邗溟溝繞瀉城流，爲愛名區小駐留。寶馬香車游女路，水沈紅錦賈人舟。二分明月四橋水，十里珠簾九曲樓。如許烟花明麗地，冶遊長憶杜池州。」丰韻抑何綽約。

咏疑塚者，幾無賸義。番禺凌雒田絕句云：「望陵空說有高臺，骨碎漳流亦可哀。不及喬玄三尺土，曾勞斗酒隻雞來。」本魏武語，以調侃之，與陳獨漉「七十二墳秋草遍，更無人表漢將軍」同一匠心。雒田名湘蘅，番禺諸生，著有《詅癡子集》。

吳星儕《女郎曲》云：「十四垂髫女，憑欄對曲塘。閑情猶未解，呼姊看鴛鴦。」《春雨曲》云：「春夜雨瀟瀟，孤燈破寂寥。愁多難入夢，不敢怨芭蕉。」居然崔國輔小詩。

番禺何嵒村紘，乾隆戊辰成進士，以親老仍就教職，著有《嵒村詩草》。沈文慤選《國朝別裁》，蓋棺論定。初登其詩，後聞尚存，乃刪去。其《登滕王閣》云：「湖接九江浮日月，地連三楚控衡湘。」真可傳之作。

李于麟《於郡城送明鄉之江西》云：「青楓颯颯雨淒淒，秋色遥看入楚迷。誰向孤舟憐逐客，白雲相送大江西。」自屬藴藉。余弟福草《晚春留别》云：「一片春帆桂夕暉，離情分付落花飛。纏綿剩有長江水，流盡青山送客歸。」尤覺含蓄。

新安吕元素少司農履恆謂：「詩至唐，菁華已竭。後人取其糟粕，釃而漉之，知不復醇也。乃更雜以醯醢，氣索味變矣。」其詩云：「唐虞有《賡歌》，言志始爲詩。渾噩玄化裏，包匭理無遺。飲食以爲質，采色安所施。有娀既以衰，交質將析離。周《雅》啟其鑰，楚《騷》蕩其涯。役精實其物，雲表發高思。蘇李綴遺響，齊梁多燕詞。卓哉栗里子，清真乃得之。杜陵忠厚人，情深文亦奇。奈何李供奉，獨賞謝玄暉。」《風》《騷》以後，獨取陶、杜，作者宗仰自高。

俄羅斯國，即古大食，善用火槍，故又以其技名之。相傳元世祖得其地，立弟爲可汗鎮之，至今國主猶元裔。其邊界泥撲處城與艾渾接，水陸道皆通，歲一至卜魁互市。其人好鬬，至則弁兵監之。桐城方晁宗登嶧《老槍來》結句云：「高顴眢目卷髭鬚，狐冠草履遊中衢。觀者鼓掌相軒渠，歲以爲期兮日月徂。歸去，歸去，豢爾牛馬駒。」則樂其臣服，仍防其騷擾矣。

人日在天地中，竟不知何者爲天。昔人謂地以上皆天，語最明簡。趙甌北云：「人日住在天，但知住在地。天者積氣成，離地便是氣。氣在斯天在，豈有高下異。蒼蒼非正色，仰望謂天際。試乘高視下，亦復濛濛翠。乃知地與天，相隔不寸許。人生足以上，即天所涵被。譬如魚在水，何處非水味。世惟視天遠，所以肆無忌。」

趙甌北詩，多好自翻騰。如《讀史》云：「一刹那間便一生，何須恩怨苦分明。老來自笑猶閒氣，動爲前人抱不平。」又云：「閒翻史傳遣無聊，歷歷賢奸見累朝。看到檜嵩心不憤，始知壯氣已全消。」

孟山人「氣蒸雲夢澤，波撼岳陽城」，人皆以爲雄濶。吾邑羅石湖孝廉天尺「地開彭蠡濶，天入楚山孤」、「雪沈衡岳白，天接洞庭青」二聯，似不多遜。

香山劉松厓鶴鳴，爲欽州學正，以詿誤落職，謫徙湖南澧州幾三十年，故其詩多悽惻之音。其五言如《郴州道中》云：「人聲兼楚粵，山店雜耕耘。」《端陽雜咏》云：「樹沈漁艇亂，山蹙鳥飛高。」《晚霽》云：「殘陽歸鳥腹，積霧帶山腰。」《不寐》云：「雨餘蛙吠月，人定鼠窺燈。」七言如《端陽次衡州見競渡》云：「一江烟水分南北，九面峯巒入渺茫。」《湘南懷古》云：「地與芬芳憐帝子，天留窟宅住騷人。」《春日寄居冉麗川別業感賦》云：「蕭寺半浮烟水面，斷雲多掛綠楊村。」寫景亦復工雅。

浙江臬署獄中，有枯柏一株。署南宋時，西曹理刑廳岳鄂王被難日，柏忽死，人遂神之，甃以石欄，護以鐵錮，歷數百年植立不朽。司獄范正庸爲繪圖刻石，名曰「殉忠柏」。錢唐屠孟昭太守倬詩云：「喬柯挺立四尺圍，悲風慘淡生圜扉。臯陶祠旁敞官閣，照耀范君圖與碑。君不見，棲霞嶺側王所葬，宰木森森總南向。精誠所貫物亦靈，七百年來更無恙。」

自淵明預作輓詩後，多有效顰者。金芥舟玉岡《自輓》詩云：「女手卷兮貍首斑，癡兒登木唱歌難。一生閉戶無人問，此日誰知爾蓋棺。」「萬里孤遊跡已陳，一瓢一笠苦吟身。自今猿鳥長相憶，誰向名山作主人。」「寸書點墨惜如金，嗜好由來自不禁。付與酸風兼苦雨，可憐辜負一生心。」「一點春墳月一痕，棠梨花下漫銷魂。紙錢風散清明夜，墓繞狐狸當子孫。」語皆沈痛，蓋有所感愴而云，與逍遙自適者迥別也。先生資性豪邁，與張竹房、徐文山、金金門、高蘴田諸君結吟社。金金門以事謫戍遼東，無人偕往，先生慨然同行，因探長白、鴨綠之勝，積書一卷而回。晚遊羅浮，卒於電白縣署，死有異徵，人謂仙去，所著有《黃竹山房詩》三十卷、《田盤記遊草》一卷、《天台雁宕記遊》一卷、《粵遊草》一卷。

王丹麓戲其婦曰：「貧者上帝所頒清俸，惟世間文士得享之。」婦笑曰：「有是哉？特未知何日俸滿耳。」

津門金子衡瓚《榆錢》詩云：「憑誰鼓鑄作規模，意匠經營造化爐。春裏結來春裏散，免教人笑守錢奴。」詠物詩難得如許風趣。

小兒出語，多屬天籟。王葤亭《戲述幼女語》云：「牽爺看喜事，雙鵲來喳喳。連朝應口渴，招手令吃茶。」「牽爺說新聞，牀下小貍臥。昨夜忽添丁，一二三四個。」

王葤亭《題張麗華祠》云：「臨春豔質已成空，留得遺祠傍故宮。直以捐軀酬後主，更能假手報高公。青溪幻影沈秋月，翠幙生香颸晚風。畢竟國亡還一死，問他狎客有誰同。」

「人行雲亦行」，嘉應李繡子句；「人走月亦走」，程鄉李允求句。

廣州珠娘傍晚候客，謂之「坐燈」。族叔介眉有句云：「妾自坐燈郎坐月，阿誰看月不看燈。」佛氏言施捨，即吾儒博濟餘意，乃世謂人未受佛氏施捨之恩，衆僧已食世人施捨之福。黄同石《光孝寺千僧鑊歌》云：「千僧不種粟，亦自有飯食。千僧釜甑爨，久不以粟易。千僧之鑊何時開？千僧之飯胡爲來？有人鑄鑊復煮飯，千僧飽食何爲哉？」言外自具諷刺。

杜甫《夢李白》詩，是夢中猶知其生，故曰：「君今在羅網，何以有羽翼。」駱賓王《夢梁未央》詩，是夢中已知其死，故曰：「可憐泉路苦，念爾夢魂來。」皆於朋友交情，極纏綿悱惻。

白玉蟾，本葛長庚變易姓名。有《蒼瓊軒》云：「竹已萌千龍，水自走萬馬。人在蒼瓊軒，笑傾白玉斝。飲到月華落，醉倒洞之下。一堂皆酒仙，地遠無人畫。」

白玉蟾《南樓》句云：「漢陽草樹看來短，淮岸漁家淡欲無。」絕妙一幅遠景；至《題筆架山積翠樓》云：「雲粘暮色月華濕，樹顫秋聲天籟寒。」則畫筆所不能到矣。

塵世皆慕神仙，不知神仙亦羨塵世。高要彭春洲泰來《遊仙詞》云：「青鳥含花雪滿身，瑤池清冷不知春。丁郎自笑芙蓉館，却遣瑤英竊嫁人。」「淡蕩天門九扇開，五雲班裏盡仙才。玉樓若作修文地，須向人間索記來。」

東坡「酒闌病客惟思睡，蜜熟黄蜂亦懶飛」，上句賦，下句比。陳獨漉「松柏本來多直性，英雄何必在成名」，上句比，下句賦。

余邑吳麟山玉書《餐菊》詩云：「不羡豪家列八珍，年年菊瓣慣嘗新。近來飽歷風霜苦，恰與秋花并一人。」荔支花時，多雹少實，多雨花枯，多晴液涸。買焙之家視之論價。譚玉生詩云：「二月枝頭已着花，村人護惜等桑麻。今年風雨知多少，鄭重論錢判焙家。」貴妃好荔，東坡亦好荔。新會張總章詩云：「嶺嶠論園誇黑葉，長安一騎笑紅塵。千秋畢竟誰知己，絕世才人並美人。」雲夢許秋巖都轉兆椿《上元日至山海關口號》云：「春月初圓第一宵，別離草草路迢迢。還家夢是今朝好，明日關城隔更遥。」遠行人讀之，自覺難堪。其《秋水閣集》中有「事到中年百慮深，世味漸諳知老大」，尤爲閱歷語。秋巖仕途，蹭蹬幾三十年，故詩亦多感愴也。

黎美周《黃牡丹》詩十首，隨園謂其貼切「黃」字尚少，乃余觀當時倡和諸公，盡力推敲，亦鮮出其右者。惟高康山「瘦骨不隨秋葉老，香鬚會傍乳蜂寒」、「春同梅子雨中見，人帶槐香客路忙」、「玉容憶自歸金屋，舞袖多承賜錦袍」；蘇興裔「粧成檀暈遊金谷，步蹴蓮花戲大堤」、「祇樹布金遺寶毿，荊山鑄鼎有殘銅」；家紀石「獻賦漫同金碎菊，聽鸝應誤日傳柑」、「閒支象管描鴛幛，冷怯狐裘褪驌驦」；黎洞石「殺賊正懸金斗印，濟時須佐白衣人」、「豹霧半籠清影外，蜜脾多在赤闌叢」；區懷年「松花釀作延年飲，杏子襟裁侍獵裝」、「秋風橘柚分榆社，海月玻璨溢桂觴」；謝長文「蠟痕香瀉琉璃杯，蘭酳波浮琥珀觴」、「縱饒羽扇來仙子，不及宮裳笑太真」；曾息庵「木丹轉染鴛鴦襭，金縷堪裁蛺蜨衫」、「乘鶴入雲樓對閣，臥龍遺土廟爲陵」，尚為雅音。

久客還家，風景頓異，最足感人。阮疇生詩云：「盡室遯江村，乍歸未識路。却問路旁人，爲指門前樹。癡兒各長成，有弟亦同住。病妻久臥床，淹淹迫歲暮。獨客苦思鄉，還鄉如客寓。二親掩重泉，淒清感霜露。回首望禾江，舊廬杳無處。信宿不遑安，又復出門去。」

黄仲昭《明妃詞》云：「風起龍堆滿面沙，舉頭何處望中華。早知身被丹青誤，但嫁巫山百姓家。」黄幼藻女史《題明妃出塞圖》云：「天外邊風掩面沙，舉頭何處是中華。早知身被丹青誤，但嫁巫山百姓家。」朱竹垞《明詩綜》俱選之。

愛妾换馬，則甚豪；婢换書，則甚韻。華亭朱吉士大韶性好藏書，訪得吴門舊姓有宋槧袁宏《後漢紀》，爲陸放翁、劉須溪、謝疊山三君手評，遂以一美婢易之。婢臨行，題詩于壁云：「無端割愛出深閨，猶勝前人换馬時。他日相逢莫惆悵，春風吹盡道旁枝。」吉士深爲惋惜。余以爲有此婢而不知其才，吉士亦非韻人矣。

徐惟和《客中贈别》云：「吴姬把酒唱離歌，一片愁心奈别何。莫怪相看頻下淚，江南春色已無多。」費滋衡《勸酒》云：「吴姬十五髮鬖鬖，玉椀蒲桃勸客酣。但過黄河風色冷，更無春酒似江南。」似用其意。

余友劉雨湖潛蛟，少日能詩，工書，爲伊墨卿所推許。家綦貧，屢困童子試，吴臬使知其名，欲羅致之，使以書謁陳學使嵩慶不可洵有志士也。《登浮山第一樓》云：「松竹抱危岑，岑樓閟緑蔭。煙霞恣出入，日月漏升沈。頓覺諸天近，都忘萬壑深。憑欄閒俯仰，寒氣襲重襟。」

莞人于南城下，拾得小碣，有詩二首云：「幾株山樹露盈盈，總是愁人淚滴成。試把愁心問明月，今宵明月爲誰明。」「對妝鸞鏡舞山花，暮倚長松樹作家。風伯不知愁思苦，山頭夜夜起悲笳。」末云：「祁瓊娘題於孟山之陽。」詞旨淒怨，不知爲誰家不櫛進士也。

松江唐汝詢幼瞽，作《唐詩解》行世。後樊桐吳山人昌祺老而盲，又增訂之。陳錦江詩云：「早慧何堪作瞽師，聖童口授說唐詩。詩傳復入山人手，老眼雙盲補注遲。」幼盲注書，從古亦罕。

吾粵鍾狂客名禧，甚有詩名。嘗過杭，友人招遊西湖，寄之詩鍾，和云：「湖光山色最宜秋，君不來招也去遊。已辦蜀川千丈錦，爲誰今日盡纏頭。」「萬頃西湖水貼天，芙蓉楊柳亂秋烟。湖邊爲問山多少，每箇峯頭住一年。」豪爽放曠，信其爲狂也。

以詩賈禍，即異域亦有然者。朝鮮權石洲以《新柳》詩涉譏諷，竟論死。徐白眉詩云：「玉峯詩遜石洲工，異國詞人此兩翁。不道柳枝能賈禍，九原遺恨咏東風。」玉峯姓白，與石洲皆有集行世。

香山愛義山詩至，云：「我死爲爾子足矣。」後義山生子，名白老。馮裯庭《香山詩述》云：「死爲白老情先合，書付崑郎計未遲。」則用香山命姪，寫詩一付，夢得小兒崑事也，裁對最屬工穩。

游戲題不妨出以遊戲之筆。紀文達公《題醉鍾馗畫像》云：「一夢荒唐事有無，吳生粉本幾臨摹。紛紛畫手多新樣，又道先生是酒徒。」「午日家家蒲酒香，終南進士亦壺觴。太平時節無妖厲，任爾閒遊到醉鄉。」

王陽明謂今之院本，即古樂府之遺，最足以勸善懲惡。張南山《演劇》詩云：「演劇始何時，恆舞見殷代。四目楊戈盾，儺實開此派。初猶弄傀儡，繼遂假粉黛。優伶慣登場，用以佐嘉會。所演苟近正，從俗不必廢。奈何聚男女，衆目覩邪態。尤多事爭鬬，勇敢乃稱快。誨淫與導殺，風俗易以壞。願請當事者，剴切爲告誡。諭之演報應，庶足資勸戒。勿謂吾言迂，人心重有賴。」溯源杜流，較王說尤詳盡。

錢塘陳雲伯吟咏最富，常以劄劂氏十二自隨，詩成即付梓。《京口》云：「江流萬里海天長，門戶金焦鎖建康。北去雲帆通楚越，南來戰壘牘齊梁。重重樹色開秋霽，衮衮潮聲走夕陽。獨倚篷窗酹杯酒，隔江燈火認維揚。」

家章冉廣文廷枏，撰《南漢書》成，取其事之偶對，足昭炯戒者，感賦四律云：「偏隅花詡小南強，羞向咸陽話故鄉。儀鳳受俘庭太僞，飛龍造字號原狂。橫江猛士三年弩，沈水仙人廿四香。獨有規模賢相績，軍樓清海費平章。」「別苑離宮恣冶遊，侍臣奏賦頌風流。操戈枉恃塗金塔，試劍剛傳尚玉樓。小戶有辜投虎象，太師無事擁貔貅。可憐二萬中官貴，斷送河山六十州。」「定課豪民慘不歡，屬龍孫子快呼鑾。美人黃土珠江隔，霸主紅雲玉樹寒。癡夢佛身留指爪，誇談仙使捧丹丸。鼠投牛角無多廣，縱可支持局已殘。」「白天雨讖亂亡催，水上田真泛米來。鐵柱難爲傾國杖，鉛錢無復買城開。牽機緩作降王長，結勒翻憐淫巧才。一樣編摩殊論贊，老夫朝漢有高臺。」書與詩皆見簡括。

卷七

余邑家文康公，相業推重一時。其《元夜》詩云：「今春原自隔年回，先向南枝報早梅。尚恐閭閻春色淺，故教絲管夜相催。」不愧大臣吐屬。

志在匡時者，所言動切民依。樂昌鄧忠毅公《捕盜宿高山夜雨》云：「夜宿高山古廟壇，愁聞滴瀝雨聲寒。自知處險非常計，爭奈蒼生始不安。」《瓊山海忠介公峽山飛來寺》云：「峽山奇勝擬蓬萊，想是當年欲建臺。天恐此方窮土木，故令神物特飛來。」詩以言志，讀此益信。

縛草爲人，以逐飛鳥，田間每有此風景。陸石谿絕句云：「清明日薄晝陰陰，籬外新秧短似針。縛草象人田畔立，借他風力逐飛禽。」

嵩山東太室、西少室相距二十餘里。太室大夫槐、少室將軍柏，秦皇、漢武所封，皆大數十圍，非他山所有也。泰岳大夫松，枯木而已，但世知有大夫松，罕知有大夫槐者。易渭遠詩云：「灰飛刦火留槐影，風散仙壇落柏花。」即指此也。

龍日稱荔奴，品雖亞荔，亦佳果也。李抱真先生詩云：「封皮釀蜜水晶寒，入口香生露未乾。本與荔支同一味，當時何不進長安。」

短章莫妙於用托。方九谷《十八灘》云：「十八灘中去，參差如劍戟。客從灘頭來，至此還歎息。」二十字中，足抵一片《行路難》矣。

計孛二星能掩太陽之光，人命值之，多主暗晦。家藥亭詩云：「我生在南斗，朱明耀陽德。人言屬午宮，計當夜入戍。子宮復明明，相對還相尅。」信與退之、東坡身命躔磨蝎同，爲文人之厄矣。

吾廣水村四旁多植松，其樹與在山者不同，似檜而香，抱木旁生，柔韌可作履，謂之抱香履。土人不甚重此木，亦不甚香，嶺北人愛之，香亦殊勝。《練要堂集》中有《水松》詩云：「此物宜鄉國，寒泉不待盟。蟠生即澗底，天籟信濤聲。風雨龍鱗現，陰森魚甲明。抱香知可愛，豈是衆人情。」

荔支名目甚夥。一名尚書懷，出增城，相傳湛文簡從楓亭懷核歸，熟最遲，而味特雋。一名黎仲賜，相傳得種於黎，而美其稱，顆最大而核極小。南海陳文忠公詩云：「嚼實圖何晷，呼名譜未諧。不爭妃子笑，得入尚書懷。」「黎仲者誰子，將來奪宋香。飽自宜村舍，心先向尚方。」

詩到真處，愈淺白，愈令人首肯。番禺李少偕駕部時行《得家書》云：「一紙鄉書來萬里，獨憐遊子客天涯。書中縱有千言語，總是丁寧早到家。」

吾廣茉莉與素馨形色相同，崖州却有綠色者。陳喬生詩云：「茉莉白可摘，崖州殊不然。鴨江來細雨，蕉葉漏諸天。蜀客綺相對，石家珠可憐。誰曾簪雪鬢，傳到素馨田。」

張夢晉《對酒》詩云：「隱隱江城玉漏催，勸君須盡掌中杯。高樓明月清歌夜，知是人生第幾回。」有明二百餘年，絕詩當推爲壓卷之作。

唐人「秋風能再熱，團扇不辭勞」，明人「自憐團扇冷，不敢怨秋風」，本《日月》《綠衣》二詩化出，味特雋永。

黄清浦謂許東侯《白溝》之作，弔古慨今，辭意俱盡，志士讀之，求見深衷，定當擊節。余特愛其《城南游覽》云：「楊柳今無渚，芙蓉舊有園。請看蒿里地，即是樂游原。」言下指點，今人不哭神傷。

妖術惑人，歷朝間有。《浮峯集》中《紅羅女》詩云：「山東之賊紅羅女，用兵迅疾如風雨。白蓮授術成妖精，能令照鏡生公卿。」我朝嘉慶末年，林清作逆，亦以妖術逼近宫禁，乃不崇朝而殄滅殆盡，術徒自斃耳。

元時杏花，齊化門外最繁，石臺羣公賦詩張讌，傳爲盛事。葛邏祿易之詩云：「上東門外杏花開，千樹紅雲繞石臺。散憶奎章虞閣老，白頭騎馬看花來。」至明，城東花事衰，西郊漸盛。萬曆後，摩訶庵杏花多至千株。朱養淳太傅詩云：「摩訶庵外袖吟鞭，繁杏春開十里田。曾與村翁舊相識，看花不費酒家錢。」承平日久，翰苑風流，後先輝映，洵佳話也。

魏見泉《岳陽樓》云：「洞庭天下水，岳陽天下樓。誰爲天下士，飲酒樓上頭。」二十字却極豪邁。坑儒之酷，人多歸罪始皇。葉聖野襄《咏秦穆》云：「《黄鳥》歌殘恨未央，可憐一夕葬三良。坑儒舊是秦家事，何獨傷心怨始皇。」溯原抉摘，殊非深刻。

質庫今名曰當，未有入咏者。無錫邵𩁹園曾訓《蠶婦吟》云：「今年四月少晴時，蠶病家家不出絲。新絲慣長舊絲上，舊絲未贖新絲當。」亦甚雅飾。

荔浦鴛鴦井多小石，拾二石磨之入醋中，則二石合爲一處。王笠舫詩云：「西舍東鄰窈窕娘，兒夫從不客浮梁。鴛鴦井水磨雙石，潑得秋茶比醋香。」

王雅宜山人履吉，畫野菜譜三十四種，其《自序》云：「正德庚辰間，三吳迭遭飢饉。民摘野菜以食，活者甚衆。然或誤採至傷其生，故繪爲圖，俾詳覽焉。」畫端各系以詩，吳蘭雪題辭中有云：「山人體物如老圃，親到畦邊問甘苦。畫成一幅吟一篇，滿硯松花淚如雨。」又云：「吾儕窮達同一義，于世要當期有濟。不將痛癢關斯民，何取風流誇絕藝。」可知圖之流傳久遠，非僅供玩好而已也。

黄逢永嘗言：「晚下清溪，遙望西厓諸峯，如青紗帳中，十數美人探頭窺客。」此真詩家語也。

番禺李烟客雲龍《明妃曲》云：「漢使南還未及春，單于別部寇西秦。將軍不用臨河戰，猶有長門玉貌人。」黎美周云：「馬上琵琶恨轉濃，恩情猶自勝深宮。他家待買《長門賦》，不爲無金與畫工。」一則悲憤，一則婉約，俱耐吟諷。

市上貿易，名曰生意。王笠舫《花田雜題》云：「客子光陰聊破悶，村家生意不知愁。」用以入詩，化俗爲雅。

琉球內附其國，亦建孔廟，四時致祭。黄士龍詩云：「居人解讀漢文章，俎豆依然奉素王。千百年前浮海嘆，聖心早已屬東方。」

本朝官制，籲留者多不准請。乾隆末年，德政碑亦不許立，盧沽名釣譽者多也。海陽毛紹齡《愛民碑》云：「車馬經過何處頻，豐碑片片驛邊新。貧民但賣山前石，不是襄陽墮淚人。」已暗識其弊矣。

子房從赤松遊，深得功成身退之義，然漢高猜忌，難與共安樂處，早已窺及。余邑蘇伯誠葵《咏史》云：「報得韓仇樹漢功，也曾安受列侯封。若教信越長無恙，未必山中有赤松。」

黃矩洲《雜咏》云：「洛水當時起臥龍，中朝名姓到兒童。一心天下憂都遍，浪得人稱獨樂翁。」讀書亦自得間。

吾粵東莞縣，以莞草得名。盧仲和祥詩云：「莞彼莞草，其色芃芃。厥土之宜，南海之東。蒓彼莞草，芃芃其色。不蔓不枝，宜簟宜薦。資民之食，邑之攸名，實維伊昔。」惜其草經潮則黴，于南地尤不相宜耳。

建造佛殿，世人以爲無量功德。杜茶村詩云：「大樹風多葉盡彫，莊嚴猶自見前朝。黑頭江令殘碑在，不記君王舊姓蕭。」無實妄費，名猶泯滅，徒增人慨歎耳。

文人筆墨，足以顛倒好惡。鄭中伯妙擅樂府，嘗填《玉玦詞》以訕院妓，一時白門楊柳少年無繫馬者。羣妓患之，乃醵金數百，行薛生近究作《繡襦記》以雪之，秦淮花月頓復舊觀，此與墨池雪嶺事絕相類。

女奪女寵，其怨已深；男奪女寵，其怨尤甚。王存初《春宮曲》云：「輦路春深細草連，妝成空坐百花前。昭陽昨夜誰承寵，聞道金錢賜董賢。」此意鮮有說及者。

承平之世，小民每安於愚賤，若澆競之風起，則世道漸降矣。何无咎《村翁行》云：「老翁耕種居西村，白頭不到城東門。翁言淳樸日非昔，我覺勝兒兒勝孫。大孫自託能當戶，負租往往凌田主。日斜歸自縣門來，桑下乘涼說官府。」

謝在杭《桃源道中》云：「春風籬落酒旗間，流水桃花映碧山。寄語漁郎莫深去，洞中未必勝人間。」鍾伯敬《桃源詞》云：「商山海上半秦民，何獨桃源是避秦。滿洞仙人一漁子，翻疑漁子是仙人。」從弟福草《桃源》詩云：「水碧山青說避秦，桑麻雞犬總紅塵。桃花亦是人間樹，却笑漁翁再問津。」同是翻新之法。

山陰劉彥亨渙絶句云：「白玉搔頭金步搖，春衫紅勝海棠嬌。只因記得當年事，重到桃花第四橋。」「鬟薄雲鬆綠霧涼，春風點額麝臍黃。背人撲得雙蝴蝶，滿扇薔薇露水香。」可謂風流旖旎。

施孟莊《南行途中寄錢唐親友》云：「萬里移家入瘴烟，故鄉音耗若爲傳。衡陽自古無來雁，况去衡陽路八千。」李武曾《憶方虎客宛溫》云：「牂牁秋綠晚萋萋，五十郵亭到越溪。不敢更嗟鄉國遠，有人還在萬峯西。」盛庭堅《入蜀懷沈湘帆》云：「雙溪對掩古溪邊，婦汲兒舂各可憐。浩浩乾坤兩萍葉，記程我更遠三千。」許四山《莊浪趨張掖》云：「酒泉張掖近天山，大漠風雲指顧間。莫道行邊人萬里，最西還有玉門關。」皆深一層着筆。

韓君望《言懷》四首，其次云：「古之兵皆農，農富兵亦強。古之士皆農，農樸士亦良。兵農一以分，家室無餘糧。士農一以分，耒耜無文章。待哺難爲兵，忍飢難爲士。分之則三傷，合之則一理。請告當塗人，治亂實在此。」劉繼莊全襲其語，刪「待哺」二句，餘易數字。沈歸愚錄入《本朝別裁》中，不知其爲韓作也。

李空同《月夜過訪王子》云：「率爾高陽飲博徒，酣歌聲劍膽何粗。金門貴客如相許，徑脫鷫裘付酒壚。」洪昉思《公子行》云：「春明門外酒樓高，稱體新裁蜀錦袍。花裏一聲歌子夜，當筵脫與鄭櫻桃。」俱傳神之筆。

邱大祐《春夜》詩云：「香燼銅爐火不增，一牀寒被臥春冰。不知明月將入夢，去落江樓第幾層。」秦景暘《題畫梅》云：「沙際春烟濕未消，落梅風急送輕橈。江邊有客尋詩去，應在西湖第六橋。」陸公璐《梅花》云：「雪壓寒香凍未消，江城歲晚轉蕭條。冷雲漠漠知何處，夢到西湖第六橋。」林初文詩云：「不待東風不待潮，渡江十里九停橈。

不知今夜秦淮水，送到揚州第幾橋。」意格亦復相仿。

世途險阻，未聞因險阻而廢舟車者。魏達卿《十八灘歌》云：「水中亂石立森森，急溜盤迴一派深。山鳥任呼行不得，舟行自古到如今。」湯子重《浪淘沙》云：「灧澦瞿塘險半平，衝沙惡浪總堪驚。相逢盡說公無渡，蜀道何曾斷客行。」

《南宋雜事詩》爲錢蘀石、吳尺鳧等七君所作，紬經繹史，字鍊句烹，網一代之舊聞，作千秋之佳話。其中有訂譌者，如「天上何曾下玉棺，人間偷把淚珠彈。可知故鬼依新鬼，祏室前頭已奉安。」足闢《西湖志》闕祀欽宗之謬。又「曾聞緦服到臨平，龍德宮中祭奠誠。二帝魂遊沙漠外，何來朽木與燈檠。」足闢《癸辛雜志》楊髡發掘徽、欽二陵之謬。此等最關體要，允推詩史。

俗言富貴衰敗之家，謂之「破落戶」，其說見於《臨安志》。宋紹興廿三年，上謂大臣曰：「近今臨安府收捕破落戶，編置外州治，本爲民間除害，而謂小火下者，乃爲人訴其恐嚇取錢，令有司子細根治，務得其實。」是以「破落戶」爲騙詐之人，想亦無業游閒所致也。沈欒城詩：「爲報臨安破落戶，東宮昨日坐南衙。」

婦人稱先生者，起於秦檜妻王氏，自稱「冲正先生」。王佐爲秘書省校書郎，駁之曰：「妾婦安得有此稱？向者誤恩，今得追正。」沈欒城詩：「獨坐綸扉兩朝宰，閨中不許號先生。」

高要龔簡齋府尹騶文，清廉耿介，忤時宰意，故十年不調。致仕南還，有作云：「囊橐無長物，交遊少故知。」又「犬馬有心仍戀主，麟鸞出世不依人。」亦可見其梗概。

讖語多屬附會。肇慶郡署有空宅，相傳爲包孝肅收妖臺。又有「包收陸放馬成湖」之謠，故陸、馬二姓莅事者，端民必呈請大吏乞改調。嘉慶間，馬書欣來守是郡，民如舊呈請，馬曰：「吾爲天子牧民，飲食教誨，豈作禍者耶？」太吏以輿論難違，不數月調去，民爭遮道留之。何玉屏元有《送太守》詩云：「包收陸放馬成湖，謬悠騰沸胡爲乎。端州初傳太守馬，聞者色變舌爲下。父老蹌踉愬上官，願乞太守無莅端。上官曲徇太守意，善宦曷必爲其難。太守曰奉天子命，守土牧民我爲政。機祥水火有數存，鬼神且莫撓其柄。狗吠不驚足生氂，又聽輿人歌誦之。有包在前馬前後，前者爲父後爲母。端州未久調潮州，昔時請還今請留。居官去思各縈抱，借寇留耿爭遮道。」

廣州學署爲南漢時藥洲故址，東園久生榛蕪，姚秋農文田督學時，始修整完潔，賦詩以誌。《闢圃》云：「宦跡天南暫寄居，未忘風味是園蔬。清齋早定三年計，隙地新開二畝餘。曉甕汲泉勞灌溉，寒榛當路快誅鋤。看他生意芃芃長，茂叔窗前草不如。」《開池》云：「池上風光好自娛，奈他强半屬泥塗。移橋已遺開生面，鑿地休令占一隅。要使澄清無障礙，不辭疎淪費工夫。波搖竹樹娟娟影，吹袂輕飃似舞雩。」《種石》云：「佳石真宜荷仗看，多年蹤跡歎泥蟠。峻嶒漫道出頭易，安穩須知立脚難。自有星芒連北斗，好憑風力障狂瀾。此君誰是盟心侶，種得梅花耐歲寒。」《補桐》云：「托根最合近園池，小院梧桐帶露移。自愛清陰傳世德，敢遺嘉樹笑場師。脫身燔火柴烟外，結伴疎花秀石宜。好是三春新雨足，森森先見鳳皇枝。」《護樹》云：「曉圃呼僮理桔槔，喜看雙柎拂雲高。百年雨露同沾受，萬刦風烟此固牢。擬插小籬編杞棘，早開荒逕剪蓬蒿。情知不是無情物，辛苦栽培敢憚勞。」

宋、元、明俱有詩話，爲風雅故實。惟五代與遼未備，士林有遺憾焉。王新城作《五代詩話》，以授黃崑圃先生爲綴遺補漏，纂輯刊行，而遼猶闕如。周芚兮大令少白著《遼詩話》，深爲歸愚先生所稱賞。南康謝蘊山方伯題詞云：「四時捺鉢振天威，殪虎秋山漫賦詩。五个翁翁多瞌睡，林牙憂國淚空垂。」「洗粧樓傍舊蓮池，金縷香殘補十眉。諫獵一書陳永巷，霜飛白練結相思。」「瑟瑟傷時憫直臣，燕雲夕枕暗紅塵。白頭宫監談遺事，芳草萋萋廢苑春。」「水濱修禊興超超，援筆詩成厭衆僚。遷客得沾天雨露，妄傳秘事紀焚椒。」「獵取西樓並轡馳，故宫禾黍不生悲。釀成邊釁傾宗社，枉咎降人郭藥師。」

宜興史潁川元潁有《秋樹軒稿》，詩不滿百篇，風骨亭亭，不落凡近。《無題》絶句云：「永安宫裏放秋燈，猶見前朝說法僧。頭白内官親指點，柘黃帕蓋萬年藤。」《雨花臺》云：「空臺石甃裝金粟，野店梅花薦玉盤。」《李陵》云：「曾聞後主歌瓊樹，猶見高皇戴擇冠。」《秦淮秋望》云：「桃葉人歸秋水渡，瓜皮艇剪大江潮。」

梁溪鄒若瑗女史，工吟咏，殁後，女夫秦小峴觀察梓其遺集，曰《亦南廬小稾》。其《送女夫游山左》云：「落日照離顏，看君辭舊山。琴書原不賤，菽水故應艱。匹馬齊烟裏，荒原魯樹間。殘秋一聲雁，何處穆陵關。」《登焦山頂》云：「盤螺漸上碧雲梯，萬木森森寺逕迷。古步遥連瓜步暝，危厓横壓海門低。屐粘石磴蒼苔滑，林掛烟蘿濕翠齊。欲問華陽真逸事，江流又擁夕陽西。」

卷八

明藩邸諸王能吟咏者，多爲宫詞。如定王之《元宫詞》、成王之《擬古宫詞》，動以百計。余特愛康王《居敬堂集》中一首，云：「薄鬢斜鬟十五餘，妝成猶未下庭除。納涼記得君王作，私把泥金小扇書。」

魏叔子信陽宅，而不信陰宅，謂：「營丘卜洛詩，書顯有明文。」李宗表《贈地理遠碧山》云：「澗東瀍西曾卜洛，定之方中楚宫作。當時相宅論陰陽，猶未經營到冥漠。」是前人已言之矣。

商城程鶴樵國仁，督粤學，再履粤藩，士民皆愛戴。其去之日，謝澧浦太史作《荔灣仙舫圖》，張默遲孝廉作《羅浮大隱圖》，何相文太守暨廣州諸詞人賦詩，殷勤相送。鶴樵因有《留别》詩云：「執手河梁愧感俱，詩家歌咏畫家圖。仙航可許凡夫渡，丹竈誰稱大隱徒。千古交情臨别見，六朝山色過江殊。何當竟赴羅浮約，補種梅花十萬株。」

詩家貴自切身分。劉未山統基言其僕《咏螢火》云：「一點靈明還自照，世人休笑出身微。」惜姓名不及記憶矣。

農占驚蟄前有雷鳴，四十九日雲不開。彭文勤公元瑞詩云：「抑聞驚蟄前，農占理可度。四十九日雲，春水生漠漠。」余徵之信有驗。

西湖有總宜船，取東坡「淡粧濃抹總相宜」語。彭文勤公艷其名，取以號室，因爲詩云：「南榮向暖北窗涼，宜夏宜冬雨不妨。倚着槐根長繫定，恰如釣罷水雲鄉。」「三里雲溪弄碧漪，篷窗閒過十年期。荒齋幾笏瓜皮樣，也學船居號總宜。」

歙縣朱謙山鍾《咏幸蜀圖》云：「一曲淋鈴萬古哀，君王兩幸蜀川迴。誰知南内凄涼月，都自長生殿裏來。」《射潮圖》云：「風急江頭水怒號，錢王英氣儼凌霄。空嗟十萬神機弩，不射朱梁只射潮。」俱有意味。

醫寄生死，所關甚重，顧今之醫者，不因病以求方，多執方以治病，常有不死於病而死於醫者。張船山詩云：「升天入地總無奇，幾卷方書萬古疑。二十九年生不易，肯將性命付庸醫。」醫之不庸，有幾人哉？

陳其年《送張若水出關》云：「祖母秦淮父錦州，盧家少婦又邗溝。百年骨肉拋三地，萬死悲哀迸九秋。」趙飲谷《自大梁東歸》詩云：「飄零淮楚踰河朔，轉徙幽州更大梁。迢遞關河雙去雁，古今歧路幾亡羊。」流離之苦，一自贈，一贈人，俱令人墜淚。

詩有緊字訣。葉進鄉向高《出關別江仲魚》云：「心知惆悵對離觴，一望郵亭十里長。自與江郎黯然別，馬頭春草是他鄉。」徐惟和熥芋《江驛樓送張四之白下》云：「春風吹柳萬條斜，此去金陵驛路賒。不必相思當後夜，片帆開處即天涯。」二詩深得此秘。

四會產柑特佳，歲例供，制府以下及郡寮各有差，約輸柑一萬餘顆，而胥吏緣之作奸柑戶，至洗樹不能應。會稽陶奭齡爲府司，李作《柑子苦》詩，中有云：「昔時有柑民自取，今時有柑官屬厭。小民仰官作天地，敢惜口腹私甖甑。但愁未及官人腹，千萬盡充胥吏嗛。官人只知己玉雪，安識下有豺狼貪。柑子初熟符檄下，叫呼聲怒仍耽耽。一柑未嘗樹如洗，搜及稻麥兼魚鹽。」

歸安陸麟度觀察師政績，有古循吏風，而充礦使一節，以真苗難得，未裕國課，徒累官民，奏請停止。東土人至今感而祀之，所著《玉屏山樵吟》，有《之官真州述懷》云：「邗溝自隋唐，昔稱繁庶地。宴享窮珍羞，吉凶踰典制。巷有衣錦人，家無終歲備。權衡奢儉間，張弛有治義。採風美唐魏，古人豈無意。庶幾去其甚，聊灑俗吏愧。」其留心民瘼，亦可想矣。

帝王之興，雖由天意，然當其始，每假借符瑞，以聳動庸愚。查初白《洪武御碑歌》云：「明明天眼識王氣，故以險怪驚愚蚩。英君往往謀畧秘，計大不許尋常窺。亦如田單破燕騎，神道設教尊軍師。不然兹事乃近誕，小數何足誇權奇。白旄一麾江漢靖，軍前長揖從此辭。留侯自伴赤松去，穀城空立黃石祠。」可知白蛇赤伏與篝火狐鳴者，同一智術矣。

查初白《汴梁雜詩》云：「梁宋遺墟指汴京，紛紛代禪事何輕。也知光義難爲弟，不及朱三尚有兄。將帥權傾皆易姓，英雄時至適成名。千秋疑案陳橋驛，一著黃袍遂罷兵。」兵變之詐，言下凜然，始信文人之筆嚴於鈇鉞。

蠻夷異族，不時騷擾，故古人最重邊防。馬墨麟《南行漫興》云：「遠書底用問邊鴻，得失因緣塞上翁。敢惜金繒當此日，正期鎖鑰仗羣公。夫人堡有和番計，丞相碑傳縱虜功。可信降酋無叵測，漫教部曲卧雕弓。」老謀深識，豈得但以詩人目之耶？

黄河之患，皆因淮水堙塞所至。《水經注》曰：「淮水逕義陽東，過鍾離縣北，夏邱縣南。又東至徐縣。又東盱眙縣。東至廣陵淮浦縣。會黄河而入海。」此其故道也。前明廢海運，復會通河以漕東南之粟，乃修歸仁堤，大葺高堰，障全淮使出清口，與河流會，藉淮刷黄，從雲梯關入海，以故運道不梗，而淮水亦不至爲害。鼎革以來，堤防廢壞不修。順治己亥，歸仁堤決。康熙壬寅，又決。洎自周橋開，而淮水盡東注矣。淮水既東，清口之力遂弱，不足汰黄流之淤，久之雲梯關故道爲積沙壅阻。於是黄水逆入清口，奔注洪澤湖，淮復挾黄爲害，合二水悉停蓄滙萃於高、寶諸湖，而下流范公堤諸閘久廢，其入海，諸港口又皆堙塞。故水漲盛，每至衝決。夫治其源，宜修歸仁，固高堰；殺其流，宜開支河，濬海口。今河臣於沿堤一帶，設立減水諸壩，入令每歲增堤大三尺，皆未知變通者也。潘次耕《河堤》詩云：「濁河本北流，清淮有南亘。河徒忽奪淮，淮弱而河盛。一石八斗泥，壅礙入海徑。倒灌淮上流，湖淤可涉脛。埂堰始衝決，淮南受其病。」又云：「海口雖停沙，可以水力衝。淮主河乃客，主壯客不攻。用清以刷濁，當年策誠工。淮今僅一綫，河漲猶難容。淤沙積成土，不濬焉得通。古方治今病，和緩技亦窮。疎瀹費雖多，尺寸皆有功。堤成倘蟻漏，金錢擲波中。」於治河方畧，洞悉本原，惜無以此陳之黼座者。

錢牧齋、吴梅村同爲勝國舊臣，而《初學》、《有學》二集，感愴之情絶少，不若梅村猶時形篇什也。漳浦趙雙白潛《呈梅村》句云：「蒼梧往事餘雙淚，白首名山只一人。」庶幾不愧。

和州戴無忝移孝，爲務旃本孝之弟，以父死前朝之難，俱不仕。有《答人述先君舊事》詩云：「莫道吴興事，酸風刺骨寒。相知皆死別，無處問平安。故鬼千家哭，孤城百戰難。當時衣上血，今日與誰看。」

戴南枝名易，越之遺民也。寄跡於僧，賣字葬徐昭法先生於珍珠島，著《虎丘表忠補》一編，又有《釣臺》詩五百首。無錫李靜山崧贈詩云：「熱血難消白髮新，滄桑閱歷幾番塵。獨書甲子依彭澤，老向乾坤哭富春。畫裏無人元隱士，井中有史宋遺民。一竿何處堪垂釣，流水桃花護舊津。」中以淵明、皋羽、雲林、所南四人比之，南枝於是乎不死矣。

吳江周漢荀龍藻爲忠毅公後，試輒冠其曹偶，竟以歲貢士終。有《妾薄命》詞云：「秋月淒清秋露下，燈花落盡銀河瀉。舉頭悵望女牛星，翻羨嫦娥長不嫁。」悲怨之思，婉然言下。

張陶園《滇遊集》中，多新警之句。如《曉過白馬渡》云：「江流殘霧盡，人入亂山初。」《辰陽道中》云：「斷巖磐瓠廟，疏竹犵狑烟。」《辰龍關》云：「日避重雷外，風生半壁間。」、「一梯穿鳥上，萬馬踏天來」。《從定行至平越》云：「無天惟有地，不雨亦生雲。」《南中述古》云：「海蟠天上大，日轉地中多」、「山攢銅柱密，水劃鐵橋開。」《南車坂》云：「石危風落鳥，樹古雪翻熊。」《甕城橋》云：「嶺勢盤雲分百粵，江聲捲雪走三巴。」《花紅洞》云：「天鎖長松門作雪，瀑飛夕照寺成嵐。」《郎岱館壁》云：「瘴連百粵人烟少，山入諸羅日月昏。」

佛言夢想爲因，亦有無因而成者。沈礀房丙戌榜前，夢羅昭諫見過，有詩云：「鵠袍烏幘一先生，刺寫江東給事名。八百年來成把臂，可能同訪舊雲英。」「湖磯歸理釣魚蓑，收拾從前淚點多。笑煞江南村使者，有名金榜便如何。」

夢中得句，人恒有之，然必其人工詩，然後夢中之作乃工，則精神爲之也。余友吳星儕《夢中作》云：「古苔延陰厓，老樹盤陽谷。雲去僧不歸，孤龕鎖寒綠。」族叔介眉《夢裏吟》云：「醉後笙歌死後聞，場中不識果何因。爲君再譜《涼州曲》，始覺何戡是舊人。」

趙甌北「一蚊便攪人終夕，宵小原來不在多」，語頗近於率直。沈香巖《咏蚊》云：「斗室何來豹脚蚊，殷如雷鼓聚如雲。無多一點英雄血，閒到衰年忍付君。」斯爲雅音。

江都王柳村豫，著有《種竹軒詩鈔》。《閨怨》云：「古釵寶髻映簾櫳，曉起妝臺興久慵。知否妾心怨秋色，臨江不敢種芙蓉。」

隨園弟子凌芝泉霄，江寧人。有《接洪太史書》詩云：「聞君六月渡冰河，高唱長城飲馬歌。聽到琵琶心易醉，燕支山下女兒多。」《送秦中丞出關》云：「壯遊何處不天涯，但可棲遲便是家。策馬請君揮手去，而今關外有桃花。」

儀徵何琴巖刺史堂，有《有感》絶句云：「今年芳草又萋萋，春雨王孫路欲迷。我却無家歸不得，那堪重聽子規啼。」音節俱佳，居然青足勝藍矣。

陳惺齋《涿州有懷故園諸子》云：「匹馬衝寒記昔游，酒杯詩卷儘風流。故人南北分飛盡，今日疲驢又涿州。」爲時傳誦。

福草弟嘗誦陳夢生《到家作》云：「客遊數載返蓬廬，稚子依稀瘦比予。驚看山妻憔悴影，鐙前猶讀寄歸書。」情真語摯，不以雕琢見長。

余有《西湖曲》云：「瘦金書妙墨流香，花石無端惹恨長。愁煞西湖好烟月，一時齊唱憶君王。」鄭雲麓年伯，謂神似新城，每向人誦之。

三山門外莫愁湖，相傳爲盧莫愁家，此其因石城而誤，昔人辨之詳矣。然詩以寫情，正不必拘同考据。余有詩云：「抱愁愁過莫愁湖，門巷誰家認姓盧。悽絕三山門外路，東風一片緑蘼蕪。」

余邑溫秋瀛太史，爲篔坡侍郎之子，詩品嘽緩和平，能守家法。最愛其《由鳳山門至湖上》詩云：「萬松排嶺直，叢竹上天青。負郭尋幽徑，穿林得野扃。晨光清若洗，仙夢醉初醒。面面湖山秀，藍輿入畫屏。」

從弟熾山九昌，性情韶令，不幸早亡，詩頗清妙。其《鄂王》詩云：「盾樣琴材製枉然，雄軍已失背嵬堅。決沙漠抛毛裹，只戀湖山計目前。三字竟持長脚相，一官兼累蓟頭仙。君王奴僕星真陷，壞汝長城孰衛邊。」《鐵門關》云：「玉門關又鐵門關，萬里長征何日還。滿地月明秋已老，不堪回首望家山。」《洞庭湖送客》云：「相逢訝汝忽華顛，愁煞分離又楚天。如此風波如此雨，勸君休上洞庭船。」

余邑劉扶山杰，爲秦小峴侍郎客，侍郎雅重其詩。一時如李制府鑾宣、伊都轉秉綬、吳侍講慈鶴輩，皆爭相推轂。其句如《夏日溪居》云：「魚龍出海連窗濕，鸂鶒呼羣夾水啼。」《贈墨卿》云：「上直早年依北闕，吟詩終日泛西湖。」《寄小峴》云：「不盡去思縈柳樹，更留高咏照梅花。」《陸賈》云：「詩書北面回高帝，談笑南交下越王。」《武侯》云：「才壓鳳雛方管樂，心懸龍種謝孫曹。」俱佳。

絕句有天然湊泊者，非清機觸發，不能傳出。山陰徐伯調緘《南湖》詩云：「昨夜南湖雨點齊，蓼花灘没板橋低。美人曉起搴珠箔，無限白雲飛出溪。」

番禺黄石谿子高《大道曲》：「大道如繩直，車聲復馬跡。逐逐紅塵間，相望不相識。」《雜曲》云：「東家女如花，西家女如葉。西家女作妻，東家女作妾。」又云：「莫笑籠中鳥，鳥有出籠時。莫作園中花，辭條不上枝。」《同心曲》云：「新製同心枕，鴛鴦繡兩頭。從今誓相守，不作石城游。」《讀曲歌》云：「采花不采葉，花落葉亦稿。君不長少年，妾豈長不老。」殊有齊梁之遺。

關税之嚴，行旅所苦。淞江錢去病霍詩云：「長水收帆落照前，停舟却道使君賢。雲間只有雙黄鶴，飛出吳關不税錢。」吾邑馮介厓達昌，《汾江竹枝》云：「廣州關接粤州關，只隔盈盈一水間。風月自來無税例，滿船裝去復裝還。」深痛之詞，出以委婉，自有風人之遺則。

揭陽女媛謝玉娘《題春暮》句云：「朱簾畫閣小樓東，人倚東風對落紅。何事柳眠鶯不起，却緣春事晚來空。」

涇縣釋元理，號覺文，喜與諸文士相接，吟咏無虚日。一日睡起，口占一絕云：「睡起松風理舊篇，此心未老雪盈巔。閑吟花月三千首，虚費工夫四十年。」自是絕口不復作詩。

晉安陳子師大令允錫，著《亹齋詩刪》，自言每年僅刪存廿首，因爲詩云：「兩代詩存三百首，今人動是數千餘。仲尼縱在無刪處，直待秦皇焚却書。」

水西鐘，舊傳異人所鑄，俗有喪者，倩僧擊之，言亡者聞鐘路明也。周蒼泉虬詩云：「水西鐘打暗黃昏，十八聲敲烟復吞。道是黃泉多黑路，爲憑一擊照歸魂。」

任心齋所選《吳中十才女集》外，尚有劉采之芝、金仙仙逸、周素芳澧蘭、汪宜秋玉軫、王拈華寂居、張桂森蘊、葉畹芳蘭、張浣江芳、馮波仙素貞，諸女伴。或以詩賦，或以駢體，或以詞曲，各有擅長。一時粉黛駢集，列諸絳帳，洵人生一大快事。

「波面風來香滿舟，露珠滴破若耶秋。雙橈停却忘歸路，貪看紅蓮放並頭。」「臨湖自櫂木蘭槳，蓼草蘋花楚岸長。儂意只將蓮子摘，好留蓮葉蓋鴛鴦。」此李婉兮女史孅《采蓮曲》也。筆意清雅，一往情深。

嵎陽詩說

王偁 撰

序

梁鍾嶸《詩品》取漢、魏至梁能詩者一百三人，分為三品。每品各冠小序，每人又系論斷。說者謂其妙解文理，不減劉勰。自是，唐司空圖《二十四詩品》，各以四言韻語寫其意境，平奇濃澹，無體不備，詳且盡矣。厥後撰詩話者，莫盛于宋，而傳於世者，要以歐陽文忠公《六一詩話》為最古，其以論文為主，而兼記本事。諸家詩話之體例，亦創於是編。吾友曉堂師其意，著《詩說》八卷，自漢、魏迄國朝，或因詩而論其人，或因人而論其詩，大旨在申明詩家用字錄句相承變化之由，考證品評，於源流得失，尤具鑒裁，可謂善言詩者也。余與曉堂契最深，今春自歷下來京，出是編問序于余。余讀之，讚賞不置，因舉一己之私見，質之曉堂，序其本末而進之。

道光癸巳花影日美田谷善禾序於都門之蔬香書室

原敘

戊寅初嵎山詩人王曉堂，持家恭甫信來豫，與論時事，聆其語次，學問具有根柢。生平著作，富有奚囊。讀所譔《詩説》，深得唐人三昧，誠足彪炳當代，啟發後賢。吾閲人已多，如曉堂者，慷慨有爲，無以展其才華，情性天真，極似吾鄉前輩孟揚檢討。至所癖，尤好羅刻遺詩，闡發幽光，功不在倉山下。嗟乎！從來好名在寒士爲難，况其終年託鉢衣食，不計專功，耘人之所不能耘者，豈不以爲癡且愚乎！其愚處正不可及。己卯，曉堂將應舉優，匆匆北上。余持節歷河朔，僅一再見，聊題數語於《詩説》編首。他日曉堂建樹，必有大過人者，援其功，固知其不至終窮矣。

七閩通家弟陳若霖書于夷門公廨

序

詩之有説，由來尚已。自《三百篇》各有小序，而《韓詩》復有《外傳》，是皆以推原作者之意，而指事陳詞，旁通曲盡。所謂善説《詩》者，以意逆志，是爲得之。孟子之言，洵不誣也。自後鍾嶸、司空圖各有《詩品》，而宋以後復有詩話，顧歧趨百出，如《六一》、《滄浪》，論撰之精，不易得也。敦丘王子曉堂，高才績學，致力于詩者數十年，于詩之正變源流，無不洞悉，而能言其所以然，分守高下，辨入微茫，非詩學之深而沉酣于載籍者，曷能及此？夫詩説不一，而莫善于杜陵《論詩》之六絶句，賅括殆盡。「鯨魚碧海」、「翡翠蘭苕」，二者不可偏廢；而「不薄今人愛古人」，尤爲持論之平。曉堂既善言詩，我知其于杜陵之心印必有合也，爰不辭而爲之序。

時道光癸巳月陽在橘望後五日歸安葉紹本敘于宣南坊寓之白鶴山房

卷一

屈氏《楚詞》，原本《三百篇》，無體不備。後人習而不察，以爲獨創一格，失之遠矣。柳子厚云：「如《離騷》乃效《頌》，其次效《雅》，最後效《風》。」善讀者自玩索而得之。

黄山谷云：「俞清老作景陶軒，名爲未當。《詩》云『高山仰止，景行行止。』景，明也。高山則仰之，明行則行之耳。魏晉間所謂景莊、景儉等，從一人差誤，遂相承謬，亦如郡守爲一麾，殊可笑也。」

讀《古詩十九首》及曹子建詩，如「明月入我牖，流光正徘徊」之類，皆思深遠而有餘意，言有盡而意無窮也。學者須於此等處常自涵養，自然不俗。

齊、梁以來，文士喜爲樂府辭，然沿襲之久，往往失其命題本意。《烏將八九子》但咏烏，《雉朝飛》但咏雉，《雞鳴高樹巔》但咏雞，大抵類此。而甚有並其題失之者，如《相府蓮》訛爲《想夫憐》、《揚婆兒》爲《揚叛兒》之類。

此惟老杜《兵車行》、《悲青坂》、《無家別》篇，皆因事出自己意，立題署不更蹈前人陳迹，真豪傑也。

前輩云：「建安才六七子，開元數兩三人。」前輩所取，其難如此。予嘗與能詩者論書止於晉、詩止於唐。蓋唐自大曆以來，詩人無不可觀者，特晚唐氣象衰苶耳。

陳后山以古文爲三等：周爲上，七國次之，漢爲下。周之文雅；七國之文壯偉，其失騁；漢之文華贍，其失緩。東漢而下無取焉。古人論定，其嚴如此。

陶淵明詩「采菊東籬下，悠然見南山」，此其閑遠自得之意，直若超然遐出宇宙之外。俗本多以「見」字爲「望」字，便有褰裳濡足之態矣。乃知一字之誤，害理有如是者。

蘇東坡云：「古之詩人有擬古之作，未有追和古人者也。追和古人，則始於東坡。吾於詩人無所甚好，獨好淵明之詩。淵明作詩不多，然其詩質而實綺，癯而實腴，自曹、劉、鮑、謝、李、杜諸人，皆莫及也。吾和其詩前後共百有九篇，至其得意，自謂不媿淵明。然吾之於淵明，豈獨好其詩哉？如其爲人，實有感焉。淵明臨終，疏告儼等云：『吾少而窮苦，每以家弊，東西游走。性剛才拙，與物多忤。自量爲己必貽後患，僶俛辭世，使汝等幼而飢寒。』淵明此語，蓋實錄也。予真有此病，而早不自知。半世出仕，以犯大患。此所以深媿淵明，欲以晚節師範其萬一也。」

陶詩《田園》六首，末篇乃序行役，與前五首不類。今俗本乃取江淹《種苗在東皋》爲末篇，東坡亦因誤而和之，陳述古本止有五首，予以爲皆非也。當如張相國本題爲《雜詩六首》，江淹《雜擬》詩亦頗似之，但擬陶詩，只「開徑望三益」一句爲不類。故張子西云云，余亦以爲不然。淹之比淵明情致，徒效其語，乃取「歸去來」句以充入之，固應不類。予觀古今詩人，惟韋蘇州得其清閒，尚不得其枯淡。柳州獨得之，但恨其少遒爾。柳州詩不多，體亦備衆家，惟效陶詩，是其性所好，獨不可及也。

《冷齋詩話》云：「作詩法貴拙速，而不貴巧遲。」其說未當，要視其詞意之工與否也。叔清速詞百篇，世爲惡詩。成式煎茗一椀，人稱雅事，壓倒元白之作，初何嘗爭勝於楊大年之所謂，村夫子耶？

白香山云：「六義寖微矣，陵夷至於梁、陳，率不過嘲風雪、弄花草而已。」蓋有所感而云然也。風雪花草之物，《三百篇》中豈捨是乎？顧所用之何如耳。如「北風其涼」，假風以刺威虐；「雨雪霏霏」，因雪以愍征役；「棠棣之華」，感花以諷兄弟；「采采芣苢」，因草以樂有子也。皆興發於此，義歸於彼。反是者可乎哉？

嚴滄浪論詩，首戒五俗：體俗、意俗、句俗、字俗、韻俗。乃入道之門，初學者不可不知。

作詩亦有語助詞，若「床頭歷日無多子，借問別來太瘦生」之句，「子」與「生」字初不當輕重。

世謂杜集中贈太白詩最多，而李集初無一篇與杜者，按段成式《酉陽雜俎》云：「李集有《堯祠贈杜補闕》者，黃山谷評太白之詩，如「黃帝張樂於洞庭之野」，無首無尾，不主故常，非墨工槧人所可擬議。至黃介讀李杜詩，又作優劣論，山谷曰：「論文正不當如是。」予以爲知言。

老杜也，何嘗無詩哉？其詩云『我覺秋興逸，誰言秋氣悲』云云，可見不獨飯顆之句也。」世又言韓愈、白居易生在同時，並無往來之詩。又非也，退之《招樂天》云「曲江水滿花千樹」云云，又《送靈師》云「開忠二州牧」云云。時韋處厚守開州，白居易守忠州，又有「放朝曾不報，半夜踏泥歸」之句，樂天亦有和韵。樂天又有《寄退之》詩云：「近來韓閣老，疏我我先知。」可見瞽人妄談，第不深考耳。

王荊公選四家詩，李白居末，人多不服。公曉之，曰：「白詩近俗，人易悅故也。白識見污下，十首九說婦人與酒，然其才豪俊，正自可取。」此說未爲公論。魯直亦曾問陳和叔，和叔與荊公之意同。今乃竟以太白下歐、韓而不可破也。「秋思忽爾至，跨馬出北門。」此鮑照詩也。杜子美《杜鵑行》語意極相似。或云子美此詩爲明皇作，理宜當然。退之《三星行》，亦與古詩「南箕北斗」之意頗近。大抵古今興比所在，適有感發者，不必相回避，要各有所主耳。亦說詩者不以詞害意之義也。

李賀《高軒過》詩中有「筆補造化天無功」之句，予每爲之擊節，此詩人之所以多窮也。老杜云「文章憎命達」，亦猶此意。

唐子西云：「作詩在與人商論，深求其疵而去之，等閑一字放過則不可，殆近法家難以言恕矣。故謂之詩律。」大凡作詩立意之初，必有難易二途，學者不能强其所劣，往往捨難而趨易。文章罕工，每坐此也。

天下事有意爲之，輒不能盡妙，而文章尤然，文章之間，詩尤然。世乃有日煅月煉之說，此所以用功者雖多，而名家者終少也。晚唐諸人議論雖淺俚，然亦有暗合者，但不能守之耳，所謂「盡日覓不得，有時還自來」也。使所見果到此，則「采菊東籬下，悠然見南山」之句，有何不可爲？惟徒能言之，此禪家所謂「語到而實無見處」也。往往有好句當面錯過，若徒用苦功，而無會心之處，不過作杵搗殘夢斯已耳，人之相去，顧不遠哉！

卷二

律詩繩之以墨，開合對仗，易於見工。惟五、七古作，非著議論雄瀓頓宕、才力識見足以勝之，難以湊俎成篇。至聲調之說，原不可以填詞擬也。李、杜、韓、蘇諸長篇，豈學而能哉？此等擬議，同難爲不知者道，功於此者，自有所會心歟。

《子西語錄》云：「詩，最難事也。吾於他文不至蹇澁，唯作詩甚苦。悲吟累日，僅能成篇。初讀時未見可羞處，姑置之明日再取觀，瑕疵百出。輒復苦吟累日，反復改正，比之前時，稍稍有加焉。復數日取出讀之，疵病復出。凡此數四，方敢示人，然終不能奇。」一非過論也。今之君子動輒千百言，畧不經意，即求勝人，真可媿哉！

後山云：「杜之詩法，韓之文法。詩文各有體，韓以文爲詩，杜以詩爲文，故不佳耳。」

老杜作詩，退之作文，無一字無來處，蓋後人讀書少，故謂韓、杜自作此語耳。古人能爲文章，真能陶冶萬物，雖取古人陳言入翰墨，如靈丹一粒，點鉄成金也。

陸機《文賦》：「立片言以居要，乃一篇之警策。」此至論也。文無警策，則不足以傳世，蓋不能竦動世人。如唐諸詩，無不如此，但晉、宋間人專致力於此，故失於綺靡，而無高古氣味。

張平子《南都賦》「濇水盪其胸」，相如《子虛賦》「弓不虛發，中必決眥」，工部《望嶽》詩「盪胸生層雲，決眥入歸鳥」，借用二賦中字也。「胸」與「眥」當於山言之，或以人言，非也。

世俗喜綺麗，知文者能輕之。後生好風華，老大即厭之。然文章論當理與不當理耳，苟當於理，則綺麗風華，同入於妙；苟不當於理，則一切皆爲泛語。上自齊、梁，下至溫、劉輩，往往以綺麗風華累其正氣，其過在於理不勝而詞有餘也。

《隨園詩話》云：「才大者，如萬里黃河，與泥沙俱下。予以爲此粗才，非大才也。大才如海水接天，波濤浴日，所見皆金碧宮闕，奇花異草，安得有泥沙污人眼界耶？或曰：『詩有大家，有名家。大家不嫌龐雜，名家必選字摘句。』予道作者自命當作名家，而使人置我於大家之中；不可自命爲大家，而轉使人屏我於名家之外。」

「從來天分低拙之人，好談格調，不解風趣。然格調是空架子，有腔口易描。風趣專寫性靈，非天才不辦。然則須知性情，便有格律，格律不在性情之外。《三百篇》率皆言情之事，誰爲之格？誰爲之律？而今之談格調者，能出其範圍乎？觀夫禹、皋之歌調，不同於商、周；《國風》之格韵，不協夫《雅》《頌》，豈有一定哉？」

作古詩須用古句。晉、宋以前人語，皆有風蘊可讀，如「懷仁輔義天下悅，阿諛順旨要領絕」，嚴子陵語也；「崇山幽都何可偶，黄鉞以下無處所」，漢光武語也。二人同學，辭意極相似，皆七古中奇句。

少陵云：「多師是我師。」非師可師之人而師之也。村童牧豎，一言一笑，皆吾之師，善取之皆成佳句。作詩者尤宜留心。

王荆公云：「詩者，寺言也。寺爲九卿所居，非禮法之言不入，故曰『思無邪』」。近有人恪守其説，未免可笑。張燕公謂閻朝隱詩，炫裝倩服，不免爲風雅罪人，因有此論，易爲荆公輩所得藉口。然如韓魏公、文潞公、李文正公，皆有《贈妓》詩，初何碍爲名臣賢相？《孝經·含神霧》云：「詩者，持也。持其性情，使不暴去。」其立意比荆公差勝。

世以西崑體辭多綺麗，然楊、劉同在宋時，文公爲人正直，人皆知之。至劉筠知制誥，不肯草丁謂復相之詔，真宗不得已，命晏元獻草之。後晏見劉掩扇自慚，其剛正不在楊下。可見桑間濮上之音，未必非賢人所作。

從來講六書者，多不工書。歐、虞、褚、薛，不硜硜於《説文》。凡將講韵學者，多不工詩。李、杜、韓、蘇，不斤斤於分音列譜。何也？空諸一切，而後能以神氣孤行，一涉箋註，趣便索然矣。

味甜自悦口，然甜過則令人嘔。味苦自螫口，然味苦恰耐人思。要知甘而能鮮則不俗矣，苦能回甘則不厭矣。凡作詩獻公卿者，頌揚不如規諷。時至今日，恐未必當道者之所樂聞，然我用我法，正自應爾。

東坡云：「作詩必此詩，定知非詩人。」此言最妙，然須知作此詩，而竟不是此詩，則尤非詩人矣。其妙處總在旁見側出，吸取題神；不是此詩，恰是此詩。

隨園笑古人作詩，今人描詩。描詩者像生花之類，所謂優孟衣冠，詩中之鄉愿也。譬如學杜而竟如杜，學韓而竟如韓，人何不觀真杜、真韓之詩，而肯觀僞者乎？孔子學周公，不如王莽之似；孟子學孔子，不如王通之似。唐義山、香山、牧之、昌黎同學杜者，今其詩集都是別樹一旗。杜所服膺者，庾、鮑二家，而集中亦絕不相似。蕭子顯云：「若無新變，不能代雄。」陸放翁曰：「文章切忌參死句。」黃山谷曰：「文章切忌隨人後。」皆金針度人語。

陳古漁云：「今人不知作詩其苦，而强作解事者，正如富貴之家，堂上喧鬧，而牆外行人抵死不知。何也？未入門故也。」

文尊韓，詩尊杜。猶登山者必上泰山，泛水者必朝東海也。然使空抱東海、泰山，而此外不知有天台武夷之奇、瀟湘鏡湖之勝，則亦泰山上之一樵夫、海船上之一舵工而已。學者當以博覽爲工。

「時文之學，有害於古文。詞曲之學，有害於詩。」程魚門之論也。予以爲時文之學，不宜過深，深則兼有害於詩。前明一代，能時文又能詩者有幾人哉？金正希、陳大士與江西五家，可稱時文之聖，其於詩一字無傳。陳卧子、黄陶菴不過時文之豪，其詩便有可觀者。荀子云：「藝之精者，不兩能也。」

朱竹垞云：「詩以道性情。性情有厚薄，詩境有淺深。性情厚者，詞淺而意深；性情薄者，詞深而意淺。」此言袁簡齋是焉。予以爲不但詩也，作文然，處世亦然。

改詩難於作詩，何也？作詩興會所至，頃刻成篇。改則興會已過，大局已定，有一兩字於心不安，千力萬氣求易不得，竟有遲之又久，於無意中得之者。劉彥和云：「富於萬篇，窘於一字。」真知甘苦之言。

處世宜辨者七，作詩宜辨者八。人柔之與弱也，剛之與暴也，儉之與嗇也，厚之與昏也，明之與刻也，自重之與自大，自謙之與自賤，凡此者，人之是非分焉，烏得不辨耶？作詩之病，淡似枯，新似纖，樸似拙，健似粗，華似浮，清似薄，厚重之與笨滯，縱橫之與雜亂，亦似是而非，尤不可不辨。

本朝古文有方望溪，猶詩之有王阮亭，俱爲一代正宗，而簡齋以爲其才力自薄。近人尊之者，其詩文必弱；詆之者，其詩文必粗。各有見解，烏能矯於公論？

卷三

人有滿腔書卷，無處張皇，當爲考據之學，自成一家。其次則駢體文，儘可鋪排，何必借詩賣弄？自《三百篇》至今日，凡詩傳者，都是性靈，不關堆垛。李義山詩許多典故，然皆用才情驅使，不專砌填也。

咏古詩有寄託固妙，亦須讀者知其所寄託之意，而後覺其詩之佳。否則對癡人說夢話，翻爲掩其所長也。

作古詩，極遲不過兩日，可得佳構，再遲興會已過，反不貫注。作近體詩，竟有十日不成一首。何也？蓋古體地位寬餘，可使才氣卷軸；而近體之妙，須不着一字，自得風流，天籟不來，人力亦無如何。今人動輕近體而重古風，蓋於此道未得甘苦者也。

袁子才云：「詩宜樸不宜巧，然必須大巧之樸。詩宜淡不宜濃，然必須濃後之淡。予以爲譬如大貴人，功成宦就，散髮解簪，便是名士風流。若少年紈袴，遽爲此態，便當笞責。富家雕金琢玉，別有規模，然後設竹几藤床，亦迥非村夫貧相。」

詩以活對最妙。如宋人「民子、稻孫」，又近人「真難白、都是紅」、「先生婦、後死朋」、「姚黃、李白」、「重九、再三」、「必有、之無」、「大笑、小姑」之類，皆能超脫。

詩以名家，諸體不必皆工。唐人工五言，不工七言；工近體，不工古體。宋以後學者，好詩多而鬥靡。善乎方望溪先生云：「古人竭平生之力，只窮一經；今人貪而兼爲之，是以循其流，而不能溯其源也。」

人才有能，有不能，不必相强。皋陶作歌，禹、稷無聞；周、召作詩，太公無聞；子夏、子貢可與言《詩》，顔、閔無聞。亦何必强作能事哉！

《三百篇》無不轉韵者，唐詩亦然。惟韓昌黎七古，始一韵到底，才足以勝之也。按《文心雕龍》云：「賈誼、枚乘，四韵轉易；劉歆、桓譚，百韵不遷。各從其志也。」

用巧無斧鑿痕，用典無堆砌痕，此是晚年成就之事。若初學者，正要他肯雕刻，方去用心，用典方去讀書。

歐文學韓，而所作文全不似韓，此八家中所以獨樹一幟也。至公學韓詩，而所作詩頗似韓，此宋詩中所以不能獨成一家也。

凡詩寫景易，言情難，何也？景從外來，目之所觸，留心便得；情從心出，非有一種芬芳悱惻之懷，便不能哀感炫艷。然亦各人性之所近，工部長於言情，太白不能也；永叔長於言情，子瞻不能也。王介甫、曾子固偶作小詞，讀者笑倒，亦天性少情之故。

「周德卿之言曰：『文章徒工於外者，可以驚四筵，不可以適獨坐。』斯言也，人頗非之。文章非比陰德，不求人知。景星慶雲，明珠美玉，誰不一見即知寶貴哉？吟蛩唧唧，囈語愔愔，彼雖自鳴得意，豈足傳之不朽？得之雖苦，出之須甘，出人意外者，仍須在人意中，古名家皆然。況四座之驚，有知音者，有不知音者；獨坐之適，有敝帚之享，有寸心之知。不可一概而論。」簡齋之云亦然。

欲作佳詩，先選妙韵。凡韻音涉啞滯者、晦僻者，便宜棄捨。「葩」「花」、「芳」「香」意同，而音之顯晦判焉，舉此可以類推。

唐人近體詩不用生典。稱公卿不過「皐禹」、「蕭曹」；稱隱士不過「梅福」、「君平」；敘風景不過「夕陽」、「芳草」；用字面不過「月露」、「風雲」。一經調度，斬然見新。猶易牙治味，不過雞猪魚肉；華佗用葯，不過青粘漆葉。其勝人處，不求之海外也。

王夢樓云：「詞章之學，見之易盡，搜之無窮。今聰明之士，往往薄視詩文，遁而窮經註史，不知彼所能者，皆詞章之皮面耳！未吸神髓，故易於決捨；如果深造有得，必愁日短心長，孜孜不及，焉有餘功旁求考據乎？」予以此言深當。人之才力，各有所宜，要在一縱一橫而已。鄭、馬主縱，崔、蔡主橫，斷難兼得。當考官制，搜檢羣書，不過兩月之久；然偶作一詩，便覺神思滯塞，方悟著作與考據兩家，鴻溝分界，非親歷者不知。

《玉臺新詠》實《國風》之正宗，然有不可學者。如湘東王《春日》，一句用兩「新」字，鮑泉、沈約有詩八首，以五言一首爲題，如《秋哀悲落桐》之類，反復千言，殊覺可憎，唐人試帖所自仿也。

詩有音節清脆，如雪竹水絲，非人間凡響，皆由天性使然，非關學問。在唐則青蓮一人，而飛卿繼之，宋有楊誠齋，元有薩天錫，明有高青丘，本朝其惟黃莘田乎！

學問之道，四書如戶牖，九經如廳堂，十七史如正寢，雜史如兩廂，註疏如闑，類書如厨，說部如庖湢井匽，諸子百家、詩傳文辭如書舍花園。廳堂正寢可以合賓，書舍花園可以娛神。今之通經史而不能詩者，猶之有廳堂大廈而無台榭之樂也；能吟詩而不能博通經史者，猶之有園榭而無正屋高堂也，是皆不可偏廢。

人閒居時，不可一刻無古人；落筆時，不可一刻有古人。平居有古人，而學力方深；落筆無古人，而精神始出。

詩文之道，凡志奇行者易爲工，傳庸德者難爲巧，理固然也，然亦視其人之用筆何如耳。姚姬傳云：「學者能反其難易而胥工焉，則思過半矣。」

簡齋語其門人曰：「才欲其大，志欲其小，何也？才大則任事有餘，志小則願無不足。」真見道之言。

王陽明先生云：「人之詩文，先取真意。譬如童子垂髫肅揖，自有佳致。若帶假面傴僂，而裝鬚髯，便令人生厭。」故善學者，下筆時須將一切古今人放過。

阮亭論東坡近體詩，少醖釀烹煉之功。故言盡而意亦止，絕無弦外之音、味外之味，是其所短。此言最當，然毛西河又引東坡之句痛詆之，論文正可不必。

周櫟園論詩云：「詩以言我之情也，故我欲爲則爲之，我不欲爲則不爲。原未嘗有人勉強而督責之，使必爲詩也。是以《三百篇》稱心而言，不著姓名。無意於詩之傳，並無意於後人傳我之詩。此其所以爲至也。今之人欲借此以見博學、競名譽，則陋矣。」

「詩人萃天地之清氣，以月露、風雲、花鳥爲其性情。月露、風雲、花鳥之在天地間，俄頃滅沒，惟詩人能結之於不散。」此黃藜洲言之。黃非詩人，言殊有味。

古人詩有全篇用平聲者，天隨子《夏日》詩，四十字皆平聲。有全篇用仄聲者，梅聖俞《酌酒與婦飲》一篇，皆仄聲。有通首不用韻者，古《采蓮歌》是也。有平仄各押韻者，章碣八句詩，平仄各韻是也。此詩家之變體，學者不可不知。

卷四

昔人有言：「《文選》爛，秀才半。」正爲《文選》中事多可作本領耳。予謂欲知文章之要，當熟讀《文選》。

蓋其中自三代涉戰國、秦、漢、晉、魏以來文字皆有，在古則渾厚，在近則華麗也。

袁子才云：「世人所以不如古人者，爲其胸中書太少；我輩之所以不如古人者，爲其胸中書太多。昌黎云：『非三代、兩漢之書不敢觀。』亦即此意。東坡云：『孟襄陽詩非不佳，可惜作料少。』施愚山駁之曰：『東坡詩非不佳，可惜作料太多。詩如人之眸子，一道靈光，此中着不得金屑；作料豈可在詩中求乎？』予頗是其言。或問：『詩不貴典，何以少陵有讀破萬卷之説？』不知『破』字與下『有神』二字，全是教人讀書作文之法。蓋破其卷，會其神；非囫圇用其糟粕也。」

凡詩文妙處，全在於空。譬如一室內，人之所游焉息焉者，皆空處也。若窒而塞之，雖金玉滿堂，而無安放此身之處，又安見富貴之樂耶？

選家選近人之詩，有七病焉，其借此射利、通聲者無論矣。凡人之全集，各有精神所在處，必通觀之，方可定去取，倘捃摭一二，并非其人應選之詩，一病也。《三百篇》中，貞淫正變，無所不包，今就一人之見，而欲該羣才之大；於各家門户源流，并未探討。以己履爲式，而削他人之足，二病也。分唐界宋，傅會大家門面，而不能判别真僞，三病也。動稱綱常名教，以爲非有關係者不錄，四病也。貪部頭之大，以爲每省每郡必選數人，必至勉强搜羅，五病也。或其人與作者相隔遠，而妄爲改削，至點金成鐵，六病也。徇一己之交情，聽他人之求請，七病也。能除此病，方稱選家。

嘗勸學者莫輕七古，蓋恐力小而任重，如秦武王舉鼎，有絕臏之虞故也。七古中，長短句尤不可輕作，何也？古樂府音節無定而恰有定，恐康崑崙彈琴，三分琵琶七分箏，全無琴韵故也。初學詩，當先學古風，次學近體，則其勢易。倘先學近體，後學古風，則其勢難。猶之學字者，先學楷書，後學行草，亦是一定之法。

唐荊川云：「詩文帶富貴氣者，便不佳。」余道不然。試觀唐諸名家，何嘗無富貴詩？不佳焉能傳至今日？然要視其當於理否也。

人必先有愷惻之懷，而後有沉欝之作。人但知少陵每飯不忘君，而不知其於友朋、弟妹、夫妻、兒女間，何在不一往情深耶？觀其冒不韙以救房公，感一宿而頌孫宰，要鄭虔於泉路，招李白於匡山，此種風義，真可以興、可以觀矣。後人無杜之性情，學杜之風格抑末也。

《三百篇》，《頌》不如《雅》，《雅》不如《風》。蓋《雅》《頌》人籟也，地籟也，多后王君公大夫修飾之詞；至十五《國風》，則皆勞人思婦、靜女狡童矢口而成者也。《尚書》云「詩言志」，若《國風》者，真可謂之言志矣。

詩如言也。口不清，拉雜萬語，愈多愈厭。口齒清矣，又須言之有味，聽之可愛方妙。至若村夫絮談，武夫作鬧，無名貴氣，又何賴乎？其言有小涉風趣，而嚅嚅若人病危，不能多語者，實由才薄。

詩雖奇偉，而不能揉磨入細，此粗才也。詩雖幽俊，而不能開展，此褊才也。有作用之人，放彌六合，收斂方寸，道一以貫之。

友人有刻詩刻文，被人指摘而笑，友或病焉。予曉之，曰：「但願人生一世，留得幾行筆墨被人指笑，便是有福。

不然草亡木落，誰則知之？而誰議之？然如古來曹蜍、李志，又以庸庸而得存其名，豈非大幸？而景公千駟之徒，轉不勝指屈矣。」

阮亭好以禪悟比詩，人奉爲至論。然《毛詩》三百篇豈非絕調？但不知爾時佛在何方，禪在何處？蓋詩者，人之性情也，近取諸身而足矣，其言動心，其色奪目，其味適口，其音悅耳，便是佳詩。孔子云：「不學《詩》，無以言。」又曰：「可以興。」兩句相應，惟其言之工妙，所以能使人感發而興起。倘直率庸腐之言，能興者其誰耶？

楊升菴云：「詩至杜而極盛，然詩教之衰自杜始。理學至程朱而極明，然理學之暗自程朱始。非杜與程朱之過也，尊杜與程朱者之過也。」袁子才論李于鱗「詩律細而調高，然似吳中暴富兒局面，止是華美精緻。若老杜，便如累世老財主，家中百物俱足，即偶然陳朽間錯，愈見其爲富有也。」議論甚佳，予故錄之。

人有以詩重者，亦有以人重者。李、杜、韓、蘇，俱以詩名千古，然李、杜無功業，不得不以詩傳；韓、蘇有功業，雖無詩，其人亦傳也，而況其有詩乎！

古之君子，以詩名者，大都自抒所得，而非有意於求名。故一篇一句，傳誦於士大夫之口，後人會萃成書，而集始名焉。南齊張融自題其集，有《玉海》《金波》之名。五代和凝鐫集行世，人多笑之。近世士人，未窺六甲，便製五言。又多求名公爲之標榜，遂梓集送人，於詩學入之不深，故可傳者少。

支公云：「北方人學問，如顯處觀月，言其博而寡要，今之考據家是也。南方人學問，如牖中窺日，約而能明，今之著作家是也。」

詩者，心之聲也。古今來，未有心不善而詩能佳者。《三百篇》大半賢人君子之作，溯自西漢，蘇、李五言，下至魏、晉、六朝、唐、宋、元、明，所謂大家名家者，不一而足，何莫非有心胸、有性情之君子哉？即其人稍涉詭激，亦不過不矜細行、自損名位而已，從未有陰賊險狠、妨民病國之人。至若唐之蘇渙作賊、劉叉攫金、羅虬殺妓，須知此種無賴，詩本不好，不過附他人以傳耳。聖人教人學《詩》，其效可覩矣。或問：「曹操何如？」予曰：「使操生治世，原是能臣。觀其祭喬太尉、贖文姬，頗有性情，宜其詩之佳也。」又問：「王荊公如何？」予曰：「似若者所以作有韻之文，無一句自在。胡仔《詩話》已先我言之矣。」

詩境最寬。有士大夫讀破萬卷、窮老盡力，而不得其閫奧者；有婦人女子、村氓淺學，有一二句，雖李、杜二公，亦必爲之低首者，此詩之所以爲大也。作詩者必知此義，而後再求詩於書中，得詩於書外。

詩雖貴淡雅，亦不可有鄉野氣，何也？曹、劉、鮑、謝、李、杜、韓、蘇，皆有官，非村野之人。蓋士君子讀破萬卷，又必須登廟堂，覽山川，結交海内名流，然後氣局見解自然濶大。良友琢磨，自然精進，否則鳥啼虫吟，沾沾自喜，雖有佳處，而邊幅固已狹矣。桓譚《鹽鐵論》云：「鄙儒不如都士信矣。」

今人論詩，動言貴厚而賤薄，此亦耳食之言，不知宜厚宜薄，惟以妙爲主。古之詩人，杜似厚，李似薄，義山似厚，飛卿似薄，俱爲名家。猶之論交，謂深人難交，不知淺人亦正難交。

卷五

或問袁簡齋先生曰：「明七子摹唐人，王阮亭亦摹唐人，何以人愛阮亭者多，愛七子者少？」袁告曰：「七子擊鼓鳴鉦，專唱宮商大調，易生人厭。阮亭善爲徵角之聲，吹竹彈絲，易入人耳。然七子如李崆峒，雖無性情，尚有氣魄。阮亭於氣魄、性情，俱有所短，此其所以能取悅中人，而不能牢籠上智。」言雖近似，亦簡齋別具意見之云。

詩少作則思澁，多作則手滑。醫澁須多看古人之詩，治滑須用剝進幾層之法。

蕭子顯凡有著作，須其自來，不以力構，此即陸放翁所謂「文章本天然，妙手偶得之」也。薛道衡登吟榻構思，聞人聲則怒；陳后山作詩，家人爲之逐去，猫犬、嬰兒都寄別家，此即少陵所謂「語不驚人死不休」也。二者不可偏廢，然詩有從天籟來者，有從人巧得者，不可執一以求。

《東皋雜錄》云：「人問介甫：『老杜詩何以妙絕古今？』公曰：『少陵固嘗言之：「讀書破萬卷，下筆如有神。」此言是也。』」余以爲今人不曾讀書，動即下筆，安有神耶？

《詩》貫六義，則諷諭抑揚、渟蓄淵雅，皆在其間矣。然直叛所得，以格自奇，前輩諸集，亦不專工於此，矧其下者耶？王右丞、韋蘇州澄澹精緻，格在其中，豈妨於道學哉？賈島詩誠有驚句，視其全篇，意思少餒，大抵寒澁，無可置才，而亦爲體之不備也。學者知所取法，則近道矣。

近今海內詩人，繼梅村、淵如、船山、仲則，而提唱中原者，其惟張詩舲觀察乎！先生主持風雅，一時名公鉅卿俯首推尊，如曾賓谷、朱菽堂、潘芝軒、李芝舲諸公，皆有題贈，其心服已可概見。所刊《小重山房詩》八卷，其中無體不備。古作直駕韓、蘇；五、七律詩，取法三唐。至應製諸篇，學元、白而擴充之。學者於此潛心，即可階而升也。然諸長篇渾然太白，不可以學而能。吾知其爲必傳之作，自不能爲他日功業所掩也。

昔有人題壁云：「悠悠前途，莫問榮枯。得之本有，失之本無。」此達者之言，雖近禪機，實理學正宗也。南朝顧愷之曰：「人稟命有定分，非智力所移，唯應恭己守道，信天任運。而闇者不達，妄意僥倖，徒虧雅道，無關得喪。」亦題壁者之意。

作詩用字，切忌相犯。亦有犯而能巧者，如「一胡蘆酒一篇詩」，殊覺爲贅；太白詩「一杯一杯復一杯」，反不覺相犯。夫太白先有意立，故七字六犯，而語勢益健，讀之不覺其長。如「一胡蘆」句，方疊用「一」字，便形萎弱。此中工拙，細心人自能體會，不可以言傳也。

宋王祈以能詩自負，嘗舉《竹》詩兩句最爲得意，因誦之於東坡云：「葉垂千口劍，幹聳萬條槍。」坡曰：「好則極好，但是十條竹幹，一箇葉兒。」今人作詩，不及細心，此病恒有。

作詩欲全篇皆好最難。唐人工部外，王、韋集中恒有，其次則如宋之賀、方回，往往能造意俱妙，亦不多得。

唐人詩各自成家，至宋人往往彼此競强，所以不如唐人身分。朱竹垞云：「我用我法，勿相强也。」此爲入道之門。

作詩，詩話不可不看，亦不可過滯。漁洋、竹垞、隨園諸話各有法門，其次則如七子詩話。而杭堇浦先生得之最深，所以無微不至，學者宜留心焉。

詩文之所以貴偶者，謂出於自然，不可假於牽强。此法劉夢得、王介甫專功於此，尚不如子瞻典制對偶之工。至於老杜用典，全無斧鑿痕，每覺真切。

高適年五十始爲詩，而與李、杜抗行。杜正獻暮年乃學草書，遂逼魏、晉。孰謂秉燭不逮晝游耶？要在苦功，無不可造其極，而半途之廢者，原不足論已。

古人詩押字，或有語顛倒，而於理無害者。如退之以「參差」爲「差參」、「玲瓏」爲「瓏玲」是也。王逢源、黄魯直「習脂」「巴西」之類，理不可通。字有可倒者，如「綺羅」、「圖畫」、「毛羽」、「白黑」之數，方可縱横，惟昌黎、孟郊輩才豪，故有「湖江」、「白紅」、「慨慷」之句，後人亦難效倣。若不學矩步，而學奔逸，誠恐「麟麒」、「凰鳳」、「木草」、「川山」之句紛然矣。

古人作詩，先求合拍，再求勝人。今人得句，不拘繩墨，動欲傳世，即所謂不脛而走矣。山谷作詩，經月累句，不成一首，脱稿之後，改之數四，方敢示人。袁簡齋之所以諄諄於心餘者，詩豈易言哉！

劉松嵐夫子嘗訓於予云：「作詩先學五律，五律工後，再學長古，再學七律，再學絕句，即其自試者也。」夫子教人五律，取法晚唐，而《玉磬山房》絕不似張賈，此其所以傳也。

余自少爲詩，既無師承，兼無指授，但於古今詩無所不觀，無所不好。行年五十，所集不下千萬首，一無法門信心之處，故可以示人者少。

讀古人書，務求其難處，知其難，不至輕於下筆。琺田語予曰：「子作詩不如改人之詩，何也？」予不覺失笑，無以自解。大抵作詩，多不經意；至改詩，非剝進一層，功夫無以見長。

卷六

韓子蒼云：「作詩不可太熟，亦須令生。近人論文，一味忌語生，往往不佳。東坡作聚遠樓詩，本合用「青江綠水」對「野草閑花」，以此太熟，故易以「雲山烟水」，此深知詩病者。予然後知陳無已，所謂「寧拙毋巧，寧樸毋華，寧粗毋弱，寧僻毋俗」之語爲可信。

長篇最難。晉、魏以前，詩無過十韻者，蓋常使人以意逆志，初不以敘事爲工。至老杜《述懷》《北征》諸篇，窮極筆力，如太史公紀傳，此古今絕唱。然《八哀》八篇，本非集中高作，而世多尊稱，不敢置議，此乃揣骨聽聲耳。其病蓋傷於多也，如李邕、蘇允明詩，累句極多，必痛刊去，祇取其半，方爲盡善。此言不可爲不知者道也。

荊公嘗言：「世間好言語，已被老杜道盡；世間俗言語，已被樂天道盡。」然李贇皇云：「譬之清風明月，四時常有，而光景常新。」又似不乏也。

工部詩固奇絕，然就其分擇之，好句亦自有數。李白雖無深意，大體俊逸，無疏繆處。劉禹錫操行極下，内結宦官，外結柳子厚，作賦甚佳，詩但才短思苦耳。

凡爲詩，當使挹之而源不窮，咀之而味愈長。至如永叔之詩，才力敏邁，句亦健美，但恨其少餘味。

作詩文，要有悟入處，悟入必自工夫中來，非僥倖可得也。如老蘇之於文，魯直之於詩，蓋盡此理也。

學道者，苟未至脫然，隨其所得淺深，皆有效驗分寸，不可强也。如范希文與尹魯直交好，一日尹遭謫，作書與范訣。范得書，以爲乖理。往慰尹，竟死。范大痛，尹忽舉首曰：「早已與公别，安得復來？」范驚問所以，尹笑曰：「死生常理，希文豈不達此？」復逝。尹所養至此，可謂有力矣。作人能得此等工夫，豈猶有得失之見存乎？

凡作詩詞，要當如常山之蛇，救首救尾，不可偏也。此種法昌黎得之最深，於近人獨有黄仲則、江片石。

爲詩先之以才情，而後繼以學識，斯所謂無弗善也。若無才與情，徒作空腔滑調，有學識猶不足以勝之，况其無學識者乎？梅俞聖言：「教坊雷大而使之舞，雖極天下之工，恐不能悅人以觀。」是雷大非不能舞也，有學識而無情與才之故也。作詩者可少悟矣。世上一種有天分之人，不必能詩，而一舉一動頗得詩情，極令人可愛。所以有不識多字，往往能爲妙句。此中至趣，杜甫不能言，李白不能教，感而通之可也。

「詩到義山，謂之文章一厄」此洪覺範之言也，不過以其用事僻澁之故。然李集中筆意超脫、琢句用事，前輩無能相犯，亦何可輕量？惟以楊億、劉筠作務故實，而語意淺薄，一時呼爲「西崑」，當時奉之太過耳，初何嘗於玉溪生有所增損耶！

詩至唐之晚年，無復李、杜豪放之格，然亦務以精意相尚。如杜荀鶴、溫庭筠、周樸輩，抒思尤艱，每有所得，必極雕琢，月鍛季煉，未及成篇，已播人口。其當時名重如此，亦何可盡廢？至今學詩，每輕晚唐，如有晚唐人工夫，何患不成一家？

唐詩中有假對，本非用意，蓋造語適到，因以用之，初不以此競長也。今人不知，學唐必於此留心，謂之高手，所謂癡人面前不得說夢也。

詩忌用僻字，然有來歷，用亦無妨。朱竹垞云：「唐以前詩人，用字最有斟酌。劉夢得後，如宋考功、蘇玉局，遂不及致詳，唯仗其才氣，足以馭之耳。」

世有《青衿集》一編，多以授學徒，謂可啟蒙。然其中詩多有板滯之病，即東坡所謂「賦詩必此詩」，誤後學不淺。

司馬溫公言：「吾無過人處，但生平所爲，未嘗有不可對人言者耳。」予記前輩有詩云：「怕人知事莫萌心。」皆至言，可終身誦之。吾於近人，唯白小山尚書，立朝正直，作事有如溫公，以此受主知，誠有功於體道者。

前輩詩文，各有平日得意不過數篇，然他人未必能盡知也。如太白得意處，在《蜀道難》《天姥峯》；老杜得意處頗多；歐文忠得意在《廬山高》。如此難以悉舉。張詩舲觀察詩集當以諸長古爲最，吾以爲不減《廬山高》。

作詩先會用典，猶之讀書，先求識字。字不識，不但讀之無味難記，雖記亦不耐久。不會用典，即看人之詩，亦不知其用之工拙。一涉典制題，雖知其出處，反無從下手，更何論其工拙？

典制懷古之作，於書不可不看，不可不知。至於用時，能不涉一字，方爲妙手。袁簡齋有言曰：「懷古詩須依論斷，就其意而折衷之。切不可攙雜，方爲合作。於唐人，當推杜牧、劉禹錫爲最。」

今人訓人爲詩，動曰「律詩難」、「古作易」，此言大謬。試觀古來諸詩人，萬化千變，皆出於古體，亦安可輶褻乎？不精於律，斷不能爲古；能爲古，亦無不善於律。二者實相需而不相悖也。輕視古作，固非；輕視律詩，亦非。

教人詩文，須視其情之所近，近則易於爲力。杭董浦先生云：「六分天性四分功。」此言近是。荀子云：「兼攻而兼善之。」其斯之謂歟！

世人學袁者，專駁宋人；學漁洋者，推尊七子。二者不可偏廢，亦須看其性之所近。宋人爲話，詞多穿鑿，而山谷、東坡之言，似有可取。明七子中，吾於崆峒有服心焉。至漁洋詩，有過於粧飾焉，後人學之不善，即涉於七子之流。

余每見舊時所作詩文憎之，便欲燒棄。鮑雙梧先生曉之，曰：「此乃進境也。」予猶不之信。後閱宋子京《筆記》亦云：「永叔嘗訓人曰：『爲文有三多：看多、做多、商量多。』」予以爲此三條中，惟末一條最難。

詩有禁體，學者類能言之，究非入道之門。蓋唯百無禁忌，方可縱橫出入，一有拘碍，安能更有好句？如《聚星堂》詩自可歐公爲之，難乎爲繼耳。

作詩不可泥於屬對，亦不可疏於對偶。泥於屬對，便無好詩；疏於對偶，便無進境。王荊公評歐陽公「泥滑滑」詩，亦此意也。

讀詩，必先看古人命意處，再看其結構，方不移毫末。然一粗心，便不成家數。今人應制詩，取《庚辰集》之格局，取《正味齋》之體裁。聶蓉鏡太史所論近是也。至於古、律兩途，有書卷無才氣者不能爲，猶之有才氣而無書卷者，亦不可爲也。此中妙諦，性靈人一目了然，才笨者百棒不悟。

卷七

古人論詩多矣，吾獨愛，湯惠休稱謝靈運爲「初日芙蓉」、沈約稱王筠爲「彈子脱手」兩語，最如人意。「初日芙蓉」，非人力所能爲，而精彩華麗之意，自然見於造化之外，然靈運諸詩，可以當此者亦無幾。「彈子脱手」，雖是輸寫便利，動無遠碍，然其精圓快速，筠亦未能盡也。然作詩審到此地，豈復有餘事？則其中形似之妙，恐初學者不能味其言耳。

或論風氣養生之事，余曰皆不足道，難在去慾。張君規有言曰：「蘇子卿嚙雪啗氊，縮背出血，無一語少屈，可謂了死生之際矣。然不免爲胡婦生子，而况洞房綺疏之下乎！」乃知此事不易消除，古今之通病也。

詩欲其好，則不能好矣。王介甫以工，蘇子瞻以新，黄魯直以奇，而子美之詩奇常、工易、新陳，莫不好也。

讀古人詩，參其好處，亦要識其病處。如蘇詩始學劉禹錫，故多諷刺，可見從學亦不可不謹。晚年學太白，至其得意則似之矣。然失於粗，以其得之易也。善學蘇者，所宜知也。

《童蒙訓》云：「學古人文字，須得其短處。如老杜近質野，是其所短；東坡詩有汙漫處；魯直詩有太尖巧處。皆其病也。東坡有所作，窮極思致，出新意於法度，表前賢所未到。然學者專力於此，則亦失古人作詩之意。」

山谷云：「人生歲衣十匹，日餐兩盂，而終歲茶然疲役，此何理耶？男女婚嫁緣，渠儂隨地自有衣食分齊，所謂『誕寘之隘巷，牛羊腓字之』，其不應凍餒溝壑者，天不能殺也。今蹙眉終日，正爲百草憂春雨耳。青山白雪，江湖之湛然，可復有不足之歎耶？」余向以此意曉袁玉堂，而竟不聽，卒以憂死。惜哉！

次韻之工，古人中無過蘇、黃，雖失倡酬之本意，然用韻之工、使事之精，有不可及者。學者不可不知。

文章必自名一家，然後可以傳不朽。若體規畫圓，准方作矩，終爲人之臣僕。古人譏屋下架屋，信然。陸機云：「謝朝花於已披，啟夕秀於未振。」退之云：「惟陳言之務去。」此乃爲文之要，若不能化變自出新意，亦何以名家？

詩人有寫物之功。「桑之未落，其葉沃若。」他木不可以當此。林逋《咏梅》詩，決非桃李。皮日休「白蓮」詩，決非紅蓮。此乃寫物之功。若石曼卿《紅梅》詩「認桃無綠葉，辨杏有青枝」，此至陋語，村學中體也。

今州縣之間，隨其大小，皆有富民。此理勢之所必至，所謂物之不齊，物之情也。然州縣賴之以爲疆，國家恃之以爲固，非所當憂，非所當去也。能使富民安其富而不橫，貧民安其貧而不匱，貧富相恃，以爲長久，而天下定矣。王介甫不忍貧民而深疾富厚，志欲破富民以濟貧民，不知其不可也。方其未得志也，爲《兼并》之詩以見意；及其得志，專以此爲事。設青苗以奪富民之利，至於宋末，民遂大病。原其禍，實出於《兼并》一詩。蓋自古詩病，未有酷於此者也。人有志節氣量，恒形諸吟咏。如荊公詩，少年多以氣概自許，晚而取諸唐人，所作博觀而約取，始進深婉不迫之趣。乃知文字工拙，雖有定限，方其未至，亦非力所能强也。

人有不爲也，而後可以有爲。漢魏以來，詩人衆矣，未有無所擇而取之自成一家者也。有所擇而後攻於所取，得之專而資之深。吾於近今詩人，獨薄趙秋谷、李憲喬，而所取者，其唯張船山、張詩舲兩先生乎！

婁縣張延庚先生，詩法高古，自名一世。其賢孫端甫公子，髫年好學，賴先生教以成立，其所著《霞閣存稿》，直邁六朝，深得建安之體。惜乎叔實、長吉時命不祿，年十七而卒，倘天假以年，得以肆其才畧，安知其不可自雄江左，鞭撻曹、劉耶？

進呈之作，唐人集中得之最工，各具一種法門，要以恭整流麗爲則耳。《小重山房詩·萬壽進呈》及《平定西域凱歌》，後生可取爲法。

詩意無窮而人才有限，以有限之才，追無窮之意，雖李、杜、韓、蘇，不得工也。不易其辭而造其語，謂之「換骨」；規摹其意形容之，謂之「奪胎」。此前人定論，自是斲輪老手，陳恭甫太史已先我言之矣。

凡作詩，須平居收拾材料以備用。盧殷墓銘云：「於書無不讀，然正用資以爲詩」是也。詩疏不可不閱，材料最多，其載諺語，尤宜入詩用。《樂府解題》須熟，大有詩材。

集古人句而爲詩，其法貴速巧。如前輩曰：「晴湖勝鏡碧，衰柳似金黃。」人以爲巧，然疲費精力，積日月而後成，不足道也。山谷以集句爲百家衣，所謂大名家者，決不以此爭長也。

宋郭正祥，自以爲太白後身，以《金山行》獻介甫，因此得名。

東坡守錢塘，郭過之，出詩一冊示東坡，先自吟誦，聲振屋瓦。既罷，問坡曰：「此詩有幾分來？」坡曰：「十分來。」郭喜，再問之，坡曰：「七分來是讀，三分來是詩，豈不十分也？」人不可自負有才如此。

人言：「老蘇不能詩，永叔不能賦，子固短於韻語。」皆不足信。即如允明，有「佳節每從愁裏過，壯心還傍醉中來」二句，直不減作家。至《讀易》詩，婉而不迫，哀而不傷。可傳之詩，自不在多。

東坡言：「吾行年五十，始知作活大要是慳耳，而文以美名，謂之儉素。然吾儕爲之，則不類俗人，真可謂淡而有味者。《詩》云：『不戢不難，受福不那。』口體之欲，何窮之有，每加節儉，亦是惜福延壽之道。此似鄙俗，且出於不得已。然自謂長策，不敢獨用，故獻之左右。住京尤宜此策也。」嗟乎！古人節用謙抑如此。余連歲憂患，生理益微，當道知己漸覺寥寥，此策誠不可不用。若更以雪堂畫叉竹筒之法兼行之，當益佳耳。

世人之詩，例多禁忌。富貴中不得用貧賤語，少壯時不得言衰老事。脫或犯之，謂之詩讖，是大不然。詩者，妙觀逸想之所寓也，可限以繩墨哉？如必謹忌不作詩，獨無讖耶？唯乘其興之所至，適當其可而已，勿故作無痛之吟呻，可矣。

卷八

《石林詩話》云：「詩之用事，不可牽强，必至於不得不用而後用之，則事辭爲一，莫見其安排鬬湊之迹。東坡用事，多天然巧合。溫庭筠『戊巳』、『庚申』之對，乃自註『與道士守庚申』時作，疑若得此句而後附會之爲題者，亦用事者之弊。」

河内范方湖孝廉，爲當代世家。其詩才清妙，高出時輩。余每得其切磋之助。其講古作，最爲有功，可見學問與年俱進，亦不可以年力限也。

人有不能爲句而專以摘字論人者，最爲可笑。生平自無才識，粗知平仄，動即選字摘句，一爲射利，再則諱己之短。居然借選刻爲學問，聊舉一二語病，肆加責謗，何若舍人而自耘耶！

詩固不可以年論，亦不可以勢位論也。勢位尊者，有他事業可以見功，往往無功於此，此必然之勢耳。耳食者或責當道無見稱之句，固非也。即或專功，而亦有天分之能與不能者。大抵位高勢尊，雖有佳什，不講斯道，爲功業所掩；豈如窮居草茅，既無事業，可以試其才力，而感而託興。雖有名句，其傳與不傳，猶有命存焉，安可以强而能哉！

詩無論工拙，在我須當盡觀，觀之又當用心。或有云：「詩既不佳，何必盡觀？」此言非也，試問不盡觀，何以知其好醜？又安知我之詩不猶之可醜乎？吾謂觀人之詩，當如取師，擇其善者而從之，其不善者而改之耳。

詩有語病，當時不覺，後經人指正，一改便成佳句者。此皆粗心人不及致詳之故，如「先生之德」改「風」、「此波涵帝澤」改「此中」之類，即所謂「一字師」也。

世稱名家恒有富於萬言，而窘於一字者，雖則興會所致，亦由天籟，非人力所能强也。余遊潯州西山，偶感於夕陽，得廿字。當時不過游戲之詞，經今十年，求易一字不得，亦有千改萬易，不能成章。此中機關，不可得而言。

蘄雲屏夫子教人爲詩，不惜諄諄告誡。即其嗣君冠仙，頗能詩賦。曾從余學。冠仙敏慧和平，善於屬對。雖未能即成家數，然偶有所得，亦迥不猶人。此固夫子指授，亦待人忠厚之報。

唐人律詩，固有定體，不可落調。然近人爲詩，除塲屋應制之外，亦有因拗見功者，此亦不可一概而論。唐人拗體拗句，亦間或用。今人各自存稿，有何拘禁？但用之不能見功，毋寧不用之爲法。

王漁洋教人多守成法，袁簡齋教人多有創格。此固不可偏，亦不可廢也。李滄溟有云：「學明七子，不如學朱竹垞。」吾亦謂學朱竹垞，不如學吳梅村，各隨其性之所近也。

古人讀書貴乎自得，今人爲學多至因人。自得能自成家數，因人即或能成，亦食人唾餘。此古今人之所由分也。

漢人以明理注經，宋人以解經明道；明人以時文注書，近人以書注時文，其工拙具見矣。

作詩不同作文。作文至無確見，尚可敷衍成篇；作詩一字假不得，正所謂「四十賢人」也。

「詩有別才，非關學問。」此不過偶得之句，實非確論。曾見古今來無學問者，幾或有作能詩之傳人耶？

詩固不能以人論，未嘗不以才識限也。即如謝四溟在當時燕京結社，則有王鳳洲輩，又經漁洋、西堂、鈍翁等所題贈。及晚年，則又遇趙王如此推尊，至賈姬憐才一節，尤不可以强而致也，安得其不傳耶？近人德州謝雲郰，作詩有四溟之功，而無其遇，遂至泯泯。其爲才識限人之一証也。

千古文人，率皆有知遇之恩，不獨詩也。每每情有可感，雖旁觀者亦深爲之幸。吾師鮑雙梧先生，結社都中，主持風雅，及至提學，成就多才，即如祥符周年丈稚圭中丞未遇時，深荷先生揄揚，後遂聯捷，建勳中外。先輩知人，足徵不繆。吾生平無此才學，不能結識當道，行年五十，始受知於張詩舲先生。自顧老髦，每慚衣鉢，一息尚存，此志不容少懈。嗚乎！顧安得酬恩之地耶？

作詩先要結識當代賢人，一則藉資指授，再則可望附驥。然在我獨不可以自立哉？當道者傳名易，而布衣之動人難也。布衣亦有傳名，如孟浩然，非識右丞輩，正自不易。詩人必待死後請封，若方干者，亦可不必。

作詩總要十五分功夫，方能成家數。五分天資，五分學力，至後五分，游歷結交，乃其餘事耳。

先君子精於解經，餘功分定詩文。一時授讀，皆邑名士，如殷東橋、崔柳邨，悉出仕擢升。痛其年壯，重勞棄養，維時偁甫九歲，一切著作散在及門。聞有《詩說》廿卷，其稿不知傳落何處，深爲可恨。至今諸君散處他鄉，無從查問，即手編制藝詩程，亦皆失傳。暇日除記存其舊作十餘首，載《蟫餘集》，因再妄纂《詩說》八卷。海内同人有能存先君《詩說》而示之者，當易以連城之璧。

結識賢人，取資詩學，時至今日，談何容易，其中進退得失，每有因緣之數存也。然必如盧雅雨、曾賓谷兩先生領幟騷壇，而海内文人自必翕然歸化。非然者，徒作聽鼓之輩，錢進色退，猶沾沾焉。日欲取資詩學也，不能取學而反辱，亦安望其得益也哉！嗟嗟世有非局中人無論已，即翰墨前輩，一入仕途，便輕寒畯。但爲文人求售，士子登門，即屬可厭。或至遙藉情託，不便即絕，接見三四，斷無不煩怒者，豈爲求人者，獨不知其取憎哉？然迫於飢寒，進退無門之故。而鐘眠鼎食，一復晏然，飽不知飢，江水難待，任枵腹之終斃也，寧或望萬一之周存乎！是寒士之不能尚氣鰓鰓於當道，必至情絕而後已也。原其計能周則周之，不能則却之。上不失義，下不失節，曷兩全爲得也。總之，爲寒士難，爲寒士而欲以詩干人者爲尤難。詩可爲，不可爲干人之具，願天下之爲寒士者共知之。

少年疎狂成性，率意之作，至年老而自悟，不待師友督責而後改也。老而不悟，是爲過矣。吾固知其終無進境，不能成家數也。

予自十二爲詩，至廿歲，積有萬餘篇。今乃存無十首，皆如前言，疎狂之作，不可以示人也。故予删詩，斷自二十歲爲始。

小學爲詩，《唐詩三百首》，入道之門；次則《古詩源》，乃其正宗。二書既明，再讀《文選》，再讀陶、韋、李、杜，各隨其性之所近，人不能强而授之。

入門講求師友最爲擇要，所謂開口乳也。既入門後，諸詩話取以備覽。善惡皆我之師，至於所作工拙，功爲之也。其餘妙諦，有非口所能言者。

統觀古人所作，當看《匡山叢話》五卷，乃成人之學。此八卷中，前四卷多述前人之論，後四卷出自臆作。是否有當，識者諒之，取以作不善而改之師焉可矣。

自跋

余自八歲失怙，始就外傅，十歲學詩，十八歲後奔走南北，餬口四方。客居燕臺，受經於翁覃溪、魏愛軒兩夫子。及至中州，學詩於鮑雙梧學使、鄭烺山孝廉。嗣後執貿於劉松嵐觀察、李松圃郎中之門前。後數十年，運無成功。行年五十，口幾不餬，窮居歷下，生事益微。壬辰刻《詩鈔》《叢話》《偶談》。書成，窮冬莫歲，雪夜孤檠，與內子牛衣相向，選訂《名媛韻事》。予後自撰《詩説》八卷，考證參詳，尤不自信。今春就正于詩舲夫子。迨入都門，問序於葉筠潭鴻臚，谷美田比部，並求白小山年丈、朱菽堂侍郎、姚伯昂司寇指示，均無貶詞。後有濟上之遊，又商之於九上公治山夫子、馮晏海學博、沈鶴坪廣文、司事丁瑶泉先生，悉勸付梓。歲又月，始命剞劂。嗟嗟！余平生殫精竭慮，求教於當代大雅之門，畢草於斯，是否有益後學，恐不負為方家所竊笑。嗚乎！過此詩，既無功業，亦漸廢一生心血，難向將來。知我者，其唯《詩說》乎！罪我者，其惟《詩說》乎！

時癸巳中秋日敦丘王偁愚持甫識

閨秀録

孫兆溎 撰

閨秀録序

光緒乙酉，歲在旃蒙作噩，仲冬之月，梅花未蕊，葭管朗吹。蜜雪盪空，凍雲沉夢。青氈困其寒抱，素志耿其孤芳。雁影不來，鵬程未上。一燈淒絕，五内焚如。俞子筠仙從申江寄到《閨秀録》一編，屬敘片言。披而讀之，則皆閨中吟咏，才媛思婦之詩也。粉白黛青，五香十色。貞木剛勁，幽蘭馨馥。蕩纏綿之淚，抒婉轉之懷。萬花弄春，羣鳥囀曉。或借題以寄興，或即景以言情。或句索珠樓，傳爲韻事。或人來瑶圃，播入美談。要皆莊而不挑，麗而有則。織蘇氏之綿，咏謝庭之絮。稱班家才女，錦繡胸羅。富寧文書倉，珠璣口吐。莓苔古緑，宫絹新黄。語本大方，詞非側豔，播之歌咏，又何愧焉。然而墜玉誰收，零金易散，空有鷺花之感，難傳巾幗之名。此集珊綱羅珍，金閨翦錦，必便新聲永繼，佳話長留。山鐫翡翠之珉，世護蘭苕之玉。他日風微人往，境過情遷。讀是編，猶想見其風流餘韻也。

梁溪健初鄒守中序

餘姚孫清簡鑨夫人，精制舉業，決科第得失如影響，其叔鏞受長嫂之教，得捷南宮。又漢陽蕭方伯丁泰，入貲爲上舍，其內子閱其文輙塗乙之，庚子偕行入都，沿途討論。至入試日，曰：「第可綴榜尾耳。」果名籍將盡，因出都僻處，日夜課之。及春，稍色喜，謂：「子工力盡矣。奈天姿不超拔，技止此耳，但可望本房之首。」遂舉第八名，王斗溟士昌所拔也。婦人之能詞賦者多矣。未有能工帖括者，亦天地鍾靈之創格也。聞林少穆先生夫人能讀《漢書》作古文，鏡帆太史得力於母教者居多。余在先生幕中半年，未聞傳說，不知果確否。

錢湘舲宮詹《甘節記》：「余季女淑，字冰如，幼許字同邑王杜胥之子利謙。甫及冠，未婚而夭。女年二十，聞耗一慟幾絕，即毀粧欲往歸。時杜胥分守東昌，道遠未得驟赴，親串中相爲解釋，志弗移。余憐其志之苦且堅也，告之杜胥，迎之歸。瀕行，泣辭於前曰：『女命蹙應爾，毋傷懷。』箱篋中祇攜《女孝經》《古列女傳》，匍匐徑去，於今三年矣。昨冬手緘一函來，並附五言載於後，有『夜來風雪裹，聽得竹聲寒』之句。女素不習韻語，略解章句而已。自歸太原撫嗣息，纔五齡，課以四子書及古唐詩，繇是漸曉吟咏。今秋杜胥以丁艱服闋，自里門來京謁選，言女性耽寂靜，終日手一卷，坐窗竹間，悠然自適，雖飲冰茹蘗不爲苦。因取來詩意境，倩老友少迂先生，代寫《聽竹圖》以存其概。《易》曰『甘節』，又曰『苦節』，茲弗苦而甘焉，斯安之矣。余懷不亦慰也夫？湘舲棨記。」

毘陵趙湘娥能詞，嘗見其咏《飛絮詞》云：「早抽條，遲作絮。不見花開，祇見花飛處。繞砌縈簾剛欲住。打箇盤旋，又被風扶去。　野塘村，荒草渡。離却枝頭，總是傷心路。待趁殘春春不顧，葬爾空池，恨結萍無數。」又《賣花聲》

云：「夢斷小樓頭，宿雨初收。鬧晴蜂蝶上簾鈎，一院海棠春不管，儂替花愁。　吟賞記前游，轉眼都休。風前扶病强抬頭，知道明年人在否，花替儂愁。」此才不減易安。

武林龔定菴舍人，好古學博，然恃才睨傲，目空一世。僑寓崑山，晤於李葆馨，座間出示趙飛燕玉印。印方廣八分許，玉質純粹潔白，絲毫無瑕。紐作鳳形，文曰「婕妤妾趙」，鳥篆。據云以七百金易得，誠千古雅物也，聞著作甚富。時正赴公車，行色匆匆，不及索觀。其婦何擷芸能詩，並佳。見其《留別清馨女史》五律云：「氣味花同馥，聰華玉比温。神仙居上界，謫降亦高門。原註：『清馨爲菘圃相國季女。』竹柏前緣在，松蘿雅誼敦。足徵家法古，相業百年存。」「笑我無家者，看山便結緣。偶同棲廡客，不費買鄰錢。鄉夢同思越，離樽又入燕。將何詩別墅，只合署迎仙。」

清馨夫人善詞。録其《送擷芸女史北上》一闋云：「只恨訂交晚，蕙蘭氣質，鸞鳳神情。更堪羡，名姝國士相並。心欽，是前緣定。苔岑合，第一知音。貽新句，愧玉温花馥，褒錫平生。　銷魂，分離太易，驪唱愁聽聲聲。況穠花如夢，春水方盈。丁寧，記同心約，鱗鴻便，問訊須頻。江南好，正綺窗梅放，偕我思君。」此調短音促節，殊不易填，乃《臨江仙》變格也。

蔣春漪女史立玉和擷芸女史原韻云：「未見傾心久，相逢笑語温。論交初逐隊，問誼本通門。絮果塵蹤合，蘭言譜系敦。殷勤頻握手，定有古風存。」「明月三人夢，青山萬里緣。揮毫宜補畫，卜宅未名錢。自笑長爲客，相期其入燕。陽春原寡和，學賦媿游仙。」

丁亥夏仲，葆馨又出示其夫人和作云：「林下翩翩秀，風姿賦淑温。臨池工衛格，寫韻富班門。地借聲名重，情因洽比敦。神仙欣在望，松石此間存。」「流水襟懷契，清風邂逅緣。爲憐山遶屋，何惜俸餘錢。雅集開東閣，聯吟訂北燕。臨歧珍重意，瀛海佇登仙。」嗣後葆馨補官入都，緣事出口，清馨悒鬱不得志，亦即珮返瑤池。十數年間，流離顛沛，扼腕殊深。幸葆馨於丙午年得沐賜環玉門生人，而其喆嗣小馨德儀即於丁未春捷南宮，入詞林。日上蒸蒸，後起正無限量，將見葆馨之蔗境彌甘，不大可慰清馨夫人於地下也夫。

松江歸珮珊女史，詩、畫、書法，久已名著江南。先君在鶴沙時，得其筆墨甚多，余幼時取而藏之。後南北遷徙，不知爲何人竊去，殊可惜也。近見其題《醉花圖》三絶，録之：「休問黄粱夢短長，人生快意最難忘。等閒肯放青春過，月地花天醉幾場。」「眾香國裏任盤桓，酒壘詞壇境界寬。九十春光濃似錦，名花最好醉中看。」「花影朦朧月影涼，醉鄉滋味淺深嘗。紛紛桃李輕開落，好向春風種國香。」

孫月坡娶朱氏，號步華，才不逮貌，貌不逮德。《寄外・疏影》詞云：「輕寒小暖，又杏花雨過，草長遥岸。楊柳梢頭，多少春光，漸被東風偷换。銷魂自送孤帆去，便瘦損容顔誰管。但繡窗課女紅餘，有句懶題團扇。　回憶連環忍解，帊羅凝淚點，天渺人遠。且喜雙魚，剖得鸞箋，幾度翦燈重翫。平安算把離愁慰，奈此際，情懷難遣，更夜深悄入鴛幃，顧影恨添梁燕。」月坡《寄内》詞附録：「東風送暖，漸小池解凍，緑生芳岸。橋畔誰家，深掩柴門，又見桃符新换。看花懶趁香車去，便悄去也無人管。歎此身飄泊天涯，忍覓玉釵羅扇。　休悵歸期未定，亂山阻客夢，山遠水遠。試問粧臺，昔日鄰娃，可到綺窗閒翫。黄昏翠袖添愁緒，且暫把吟箋消遣，莫繡牀只課描鸞，不管舊巢雙燕。」

陶稚雲婦張氏次珊，爲秀水閨秀，鴻案分箋，常相酬唱。《寄外》詩云：「夜深紙帳穩兒眠，起剔銀燈更擘箋。寄語山郎無別事，自家珍重自家憐。」「也因家計太蕭條，匹馬河山不憚勞。消得旅愁春儘買，莫教消到沈郎腰。」

余長姊雲仙適錢氏，姊丈德齋，湘齡宮詹姪也。後得痰迷之症，家故中落。姊親操井臼，苦力持家，以勞力太過，得疾不起，時年三十有八，喜吟咏，工五律。《七夕》云：「七夕期良約，雙星會在秋。停梭辭貝闕，吹笛到瓊樓。鵲作橋梁渡，雲爲筏楫浮。明朝依舊隔，耿耿漢横流。」《雁字》云：「雁字排來穩，分行托太虚。藍憑天作紙，白借羽成書。飲啄沙汀集，翱翔蘆荻居。知時秋候至，得氣有誰如。」《晚香玉》云：「潔白容如玉，飄飄送晚香。清姿梅並潔，素質菊同芳。蕊浥三更露，葩含一片霜。冰肌誰得似，月下美人行。」《自歎》云：「自歎貧如洗，誰憐薄命人。思親惟有淚，念弟倍傷神。女泣嫌衣敝，兒啼索食頻。不堪書寄遠，媿赧欲沾巾。」生子三，長名鳳生，年十六以大興籍入泮，又不幸夭折，二、三俱失業，家愈落。姊柩尚浮厝京中，風雨剝落，鬼幾餒而，一何命薄至此！

二妹藍仙適武林汪氏，妹倩笠樵，雨園宮詹第三子也。妹幼喜丹青，先君作畫時，恒樂侍不倦，盡得六法之妙。以故，都中大家閨媛爭相求購，爲之紙貴，其尊嫜虚白老人，巾幗才子也，有《不櫛吟》行世。嘗爲余題《梅雪美人圖》云：「明月從教問後身，歲寒同傲一枝春。滿天香雪供吟眺，不是羅浮夢裏人。」「妙手丹青洵足誇，輕籠紅袖倚横斜。傳來紙上無雙艷，好並人間第一花。」筆意高超，洵係老手。妹從之學韻語，頗得詩中三昧。亦爲余題前圖云：

「枝南枝北兩相迎，對影成雙品最清。綠萼仙姿堪作伴，漫嫌覿面總無聲。」「滿林白雪映蒼苔，莫認羅浮夢裏開。一笑披圖春色早，模糊疑道是蓬萊。」詩甚有作意。妹爲先慈所最愛，遠歸京邸，不免有望雲之想。壬午歲，先慈見背，妹哀傷逾分，又以所生不育，抑鬱成疾，竟以甲申花朝日，合掌禮佛而逝，時年二十有九。大雷之痛，其能已耶！余有哭妹詩三十六韻，存稿中。

三妹鶴仙歸蘇州韓氏，妹倩小螺，晚香二尹長子也。妹尤慧美，鍼黹外即就余討論聲韻，並就子均弟學畫，均有神悟，作畫作詩較兩姊尤勝。惜於道光丁亥遽棄塵凡，年僅二十三。不意余之女弟兄皆作曇華之現，殊令人欲問蒼蒼也。《題墨秋海棠》云：「欲向西風寫絳仙，秋光宜淡墨痕鮮。旁人漫擬楊妃醉，畢竟娥眉號國妍。」「籬邊牆角一枝枝，雨洗風梳巧弄姿。最喜繡餘閒坐處，新磨墨汁當焉支。」《題菊花芙蓉》云：「西風料峭畫難工，閒弄丹鉛作淡濃。白帝也憐秋太素，黄花開處問芙蓉。」《畫海棠》云：「閒倣邊鸞寫折枝，幾番絲雨淡胭脂。描來小院黄昏後，正是花眠月上時。」「雪綴雲裝花萼輕，海棠枝上月三更。不須更點銀光燭，已照紅粧分外明。」《題芝蘭並秀圖》云：「芝是神仙種，蘭爲王者香。圖來團扇上，挹處自芬芳。」《爲花洲三哥畫梨花墨海棠系以長句》云：「春容旖旎春風艷，滿眼芳菲顔色蒨。桃花含笑泛紅雲，柳葉凝烟亞金線。」「東皇妙手擅丹青，竟把乾坤作畫屏。繪將簇簇繁華景，染出閒閒大地春。」「果然造化聰明者，濃淡勻調自幽雅。玉宇誰真搦管揮，金閨儂亦拈毫寫。」「自憐腕力太纖纖，且學邊鸞傍鏡奩。要將螺黛奪天巧，不遺胭脂上筆尖。」「墨鮮粉膩都珍重，海棠却共梨雲夢。箇中無限玉樓春，折來宜向瑤池種。」「洗盡嵰山紅雪芳，相映寒山白雪香。嬌艷差同銀世界，風光應勝碧雞坊。」「涼風倏倏落眼疷，飛絮撒鹽兩堪擬。畫成更爲阿兄題，暝炎時節清涼矣。」各詩用筆用意，均極綿麗，所恨不櫛耳。妹遠嫁沂水，時晚香任沂水丞。聞其病重，濼泉弟馳往省視，已蓋棺三日。索其遺稿，亦渺不可得。據韓氏人傳述云：「臨危之先，自將畫稿、詩箋，及文房畫具、畫籍等物，付之一炬。」噫！妹其有隱恨與？

姪女秋容嫁上海曹氏，初不知其工韻語。今春茂林爲余言其姊素能詩，然不喜作，即作亦隨手棄去，鮮有存者。偶於字簏中得其《病起》一絕云：「消磨歲月藥鑪中，繡幙慵開怯晚風。病起不知春欲去，下階細數落花紅。」詩筆清婉嫻雅，殆天資明敏，非學力之功也。

長洲秋伊女史張洵和鶴仙《題畫兩絕》云：「絕似當年謝自然，吟烟滴露轉清妍。墨痕更比啼痕好，不向秋階著雨鮮。」「何須競說傲霜枝，何用描成別樣姿。一卷《離騷》一尊酒，惲冰閒煞好焉支。」又和秋容《病起》絕句云：「想見疎慵似夢中，曉愁側冷夜愁風。閒翻樂府情無那，倚遍闌干惜落紅。」

隨園女弟素文，命爲最薄，所適非人，依母氏以終。錄其《追悼》三首，是蓋深于情者，何月老之誤人也。詩云：「燕去空梁晚，簾虛素月流。輕羅冷團扇，明鏡掩粧樓。有女憐狐稚，無書問遠游。誰知白楊樹，蕭瑟墓門秋。」「寂寂踈簾裏，飛霜下碧空。殘花啼曉露，病髮落秋風。牉合三生幻，雙飛一夢終。憑棺猶未得，淚盡大江東。」「死別今方覺，生存已少緣。結褵過十載，聚首只經年。舊事渾如昨，傷心總問天。蕭蕭風雨際，腸斷落花煙。」

隨園第二妹名杼，《夢先夫子言别》一律云：「隱隱殘燈滅，郎君入夢時。五年真死别，一夕又生離。未見征衫濕，先教紛淚垂。願移昏作晝，尚可望歸期。」

隨園三女弟，詩以秋卿爲最。嫁汪楷亭孟翊，夫婦唱酬甚得，而又以娩難先亡，可爲命也。夫録其《秋日雜詩》兩首云：「小紅欄外即風塵，榮落空教眼界新。閬苑庭寬仙鶴步，碧梧秋老鳳凰身。寒驚玉指擎梭婦，忙逼殘陽打稻人。寄語朱門紈袴子，莫教沉醉過蕭晨。」「歎惜梁鴻已暮年，應來林下共耕煙。詩書事業難追步，兒女年華各比肩。黄葉林深初過雨，紅蓮花盡已凉天。嫦娥不管人間事，照到儂心亦解憐。」

桐城汪樸齋杰，稼門先生令阮也。以府參軍需次秦中，自言其妻妾皆能，出示其妾李夢仙《春日病起》詩，句云：「愁病懨懨鎮日眠，經春未到曲欄前。花殘幽砌堆紅玉，鶯坐垂楊破緑煙。惆悵不成連夜夢，風寒猶怯晚春天。傷情一對小兒女，會説阿姨瘦可憐。」《咏雁寄外》云：「辛苦年來已備嘗，許多心事付圓吭。塞雲吴水悲迢遞，紅板青旂叫夕陽。夢斷長安一片月，魂銷楚澤滿天霜。稻粱能否差如意，休寫牢騷在異鄉。」樸齋現作湖南大令，稚雲嘗誦其婦次珊《寄外》，句云：「詩慣緘愁還忤俗，酒能行樂亦傷神。吟壇良宴君須記，祇可陶情莫當真。」稚雲頗有狂傲之病，醉後亦喜罵座，其婦規之，可爲切中。

石河旅店有琴仙、素馨兩女郎題壁二律，和者甚衆。《琴仙詩》云：「何曾有夢到天涯，十二巫山鎖妾家。一線寒光收曉月，半窗香雪落梅花。冰肌乍減涼偏覺，睡眼纔開淚便遮。愁壓錦茵眼未穩，起來强理鬢兒斜。」素馨句云：

「但教飄泊即天涯，似妾何曾更有家。萬種依人輕若絮，一生薄命蹇於花。三千弱水條條隔，十二巫山面面遮。惆悵鴿羹何處覓，背人偷拭淚橫斜。」余有和作云：「因緣翰墨遇天涯，黄絹新詞屬謝家。但看仙才清似水，可知卿貌勝如花。不堪嬌小風塵走，底事情癡淚眼遮。我亦東西飄泊者，青衫檢點舊痕斜。」素馨有「惆悵鴿羹」之句，似是小青一流人物。重步一律云：「此恨綿綿未有涯，院庭深鎖在誰家。芳情如許同飛絮，愁緒無聊怨落花。秋水伊人明月共，巫山神女暮雲遮。鴿羹未必能醫妬，痴立垂楊日影斜。」

浦夢珠女史和袁蘭邨《臨江仙》並序云：「久深泥絮之悲，復動風萍之感。强收鮫淚，研以麝臍。依數和成，用申惆悵。惟是天名有恨，媧補難全。水號相離，禹疏不到。頻喚奈何，冀逢子野。竟能悔過，尚望連波。錄奉壁雙夫人正之。薛濤箋小，難遍傳薄命之詞。秦女笙清，或善譜工愁之曲耳。」詞云：「記得鴆媒來問字，背人悄坐蘭房。偷聽細語說周詳，夢徵詩綠鳳，生甲怕紅羊。　道作雙星須傍月，一言難辯荒唐。神仙生豈便隨郎，誤人劉碧玉，貪嫁汝南王。」「記得纏笄侵曉起，畫眉初試螺丸。春痕淡淡上春山，乍驚新樣窄，較似昨宵彎。　一樣敷來仙杏粉，難勻怪煞今番。傳聞郎貌玉珊珊，粧成嬌不起，偷向鏡中看。」「記得零丁江上棹，匆匆誤作桃根。竟將入溷作飄茵，夫人城十丈，圍不住穠春。　付與閒房教獨守，苔衣繡似長門。小名替改更愁聽，不教行暮雨，偏喚作朝雲。」「記得傷春經病起，日長慵下粧樓。慧因悔向隔生修，草偏栽獨活，花未折忘憂。　一幅生綃窗下展，新將小影雙鉤。畫成未肯寄牽牛，只緣描不出，心上一痕秋。」

閨秀李佩金紉蘭，題黃仲則詞集調寄《金縷曲》云：「展卷靈光放，罨銀屏，玉蕤煙燼，冷吟閒望。讀到夜窗虛似水，百斛淚珠難量。可只爲，梅花惆悵，真向百花頭上死，倩二分明月和愁葬。疏影淡，暗香蕩。奇才合住青冥上，想當時，裁紅暈碧，清狂情況。歎息詞人零落盡，衹有青山無恙。對衰草，斜陽門巷，小雨滴殘秋夢瘦，怪金風涼透朱櫻帳。正繞砌，亂蛩響。」

吳門女士陳筠湘，號琳簫，詩人施澐之婦也，工韻語，善丹青，所著《九華仙館詩稿》未刻。錄其《送外金陵秋試》云：「無端秋思上眉稜，一一輕裝檢點曾。多恐銷魂添別恨，淚花不放到吳綾。」「幾年同聽一樓鐘，小別難禁跳脫鬆。生怕摩霄鵬更遠，秋江轉欲怨芙蓉。」「秦淮湖上好煙波，此去金風奈老何。水榭月華知更好，夜深防取嫩涼多。」

何二我之婦杜采采韻芙，姊妹皆能詩。妹柔嘉適同里某，采采歸二我。傾城名士，鴻案分箋，比翼和鳴，致足樂也。惜紅顏命薄，一例千秋。不及三年，悼亡遽賦。二我與余交最稔，每談其細君，輒涔涔淚下。戊子春，余將赴青門，二我手一編付余曰：「此亡婦《雪蕉仙館遺稿》也。聞君將刻《花箋錄》，丐君存之，或可藉此以傳，其許我否？」余曰：「諾。」詩多不及備載，錄其《寒食前一日作》云：「火改散新煙，煙飛亂紙錢。餳簫寒食路，細雨杏花天。荒塚啼新鬼，春山叫杜鵑。明朝襄祭事，不敢任春眠。」《子夜坐月》云：「小樓秋老怯衣單，罏鴨猶温香已殘。風度蝦鬚人語靜，露凝鴛瓦月光寒。丹楓葉落芙蓉渚，白雁聲來蘆荻灘。玉笛鄰碪聽不斷，教人那得夢魂安。」《寒食吟》云：「餳簫一聲春寒促，家家盡上青山哭。北山紙灰南山飛，鬼氣從之渡溪曲。新煙漠漠天沉沉，孤客尋魂行不速。

風雨無人日暮時，棠梨花下鬼吟詩。」《詠蠶豆》云：「離離豆莢翠煙含，正值蠶家飼早蠶。圓綻幾同梅實七，收成約過月春三。墨花落處青先結，曉露晴時緑正酣。知味端推楊萬里，要欺崖密十分甘。」《春游即事》云：「數聲玉笛捲珠簾，一樹梨花雪壓檐。颺酒旗風何料峭，近寒食雨慣廉纖。王孫拾翠春調馬，高士聽鶯曉載柑。無限幽情吟不盡，門前緑水似雲添。」《意中四時詞》小序云：「二我謀卜居村墅，鮮有合意者。因戲作《四時詞》呈之，非所敢望也，願布腹心。」其詞曰：「小樓社燕作香巢，門對春江緑一篙。應是漁人得仙處，一枝楊柳間枝桃。」「荷花四面坐中央，團扇蕉衫怯曉粧。百樹梧桐千樹柳，未秋庭院已先涼。」「不妨屋舍小如舟，爽滿西山月滿樓。中有詩聲吟不絕，桂花香裏度中秋。」「一宵寒雪玉無瑕，掃得親煎雀舌茶。絕似孤山林處士，檐頭早放玉梅花。」空中樓閣，結撰煙霞，慧質靈心，其設想自有此高致也。

道光辛卯，湖北大水，有沔陽州士人朱凱，攜妻秦氏就粟關中。秦氏固年少能詩，弱質纖纖，不堪其苦。流轉至南山時，郭蘭坡維暹爲寧陝司馬，詢訪得之，並索讀其稿，贈以資斧，送之回籍。蘭坡以詩寄余，囑存之《花箋錄》，但其詩多瑣尾流離之況。小序云：「辛卯歲大水，家室蕩爲澤國，良人攜妾客游秦關。以香閨葳蕤之質，歷窮途跋涉之艱，百恨纏綿，以歌代哭。非云風雅，聊誌離愁。」《登程》云：「極目重重盡是山，恨郎攜妾向秦關。行經鳥道魂應斷，步到蠶叢淚更潸。弱柳搖殘枝一搦，香蓮踏破瓣雙彎。遥看故國雲煙障，安得七香車送還。」《旅況》云：「空山逆旅暫爲家，君自酣呼妾自嗟。借剪重裁新鳳履，乞湯始浣舊羅紗。漫將殘粉匀春面，懶畫愁眉戴野花。梳罷臨窗無玉鏡，雲鬟一挽任偏斜。」《客感》云：「千里飄零一葉輕，綺羅香盡衹釵荊。他鄉詩自愁中得，故國花從夢裏評。曲曲崎途腸共轉，寥寥客舍影同盟。滿腔憂思何時吐，惟有空山一放聲。」「愁淺愁深衹自知，難將利刃斷歸思。近來有句皆成哭，到處無言渾似癡。瘦怯惟餘殘息在，心神久其斷魂離。倘君飛旆旋家日，恐是他鄉妾死時。」其他佳句如「夜靜誰憐人困憊，挑燈猶補鳳頭鞋」、「春風客路愁飄絮，夜雨孤窗泣杜鵑」、「翠袖惟添新漬淚，羅衣不復舊薰蘭」、「家在夢中翻似近，心無聊處轉如迷」、「豁月送歸千里夢，村雞唱徹五更愁」、「幾尺漲添新雨後，一川波送落花時」，皆可誦也。

余繼娶涂氏名瑩，別號月卿，年十八歸余，性格豪爽，心地聰明。初歸時僅麤識字義，嗣見余吟咏，愛慕不置，因授以唐詩，並教以典故及作詩之法。最愛讀吳梅村、袁子才詩集，如白香山之《長恨歌》、吳詩之《永和宮詞》、《卞玉京彈琴歌》、袁詩之《費宮人刺虎歌》等大篇，皆能朗朗上口，背誦不輟。十數年苦心孤詣，已稍知音韻，偶有所作，居然可觀。錄其《題畫菊送韓雪坡夫人赴直隸》云：「瑟瑟西風洒正賒，東籬恰喜鬭霜葩。不知彭澤歸來後，三徑新栽幾許花。」「寫到黃華筆亦香，研珠滴露費平章。描摹要得高人格，不是春花儘艷粧。」「灞橋楊柳望參差，塗路風霜好自持。我藉黃花來贈別，他年記取送行時。」《咏蘭・調寄眼兒媚》云：「烏盆瓦缶素花新，芳草結爲鄰。瀟湘九畹，汀洲叢箭，滿室香勻。　芬芳一縷心脾沁，好夢幾時徵，姍姍來也，丹心著露，粉蕊含春。」

淮安王嘻女嫁同里成肇孫，康熙壬午七夕，肇孫赴省試，婦以詩送之曰：「祝君一爵上輕舟，今歲佳辰送遠游。記昔華陽驚水漲，即今燕子逐江流。梧桐露冷雙鈎月，楊柳風飄萬壑秋。此去鵬程應得意，十年心力可相酬。」肇孫試後被放，逃於酒，遂病。臨危執婦手曰：「若讀書知名節乎？」婦曰：「唯。」夫死，越日，女遂自經於柩前，時年二十有四。

武林王維高之女字静姑，性耽書史，喜吟咏，少失恃。家綦貧，勉習女紅，爲易粟計。稍暇即手執一編，側髻長哦。及笄，許同里余某。于歸前一夕，諸姑姊咸代整奩具甚忙，窺女何作，則據粧案閱《南史》，洋洋意自得也。其夫業賈，鄙樸不文，女抑鬱得疾，不逾年竟死。死後檢其遺稿，得詩百餘首，俱清迥無脂粉氣。内有一篇云：「誰言讀書好，多少青衿牖下老。誰言讀書輕，幾多白屋出公卿。青衿牖下老，每被詩書耽誤了。白屋出公卿，又道詩書不負人。人言反覆不足信，君子讀書惟安命。」噫！瑣瑣裙釵，乃得此通儒見道語，亦大奇矣。

常州管蘅若之配劉絮窗，阮山先生從姊也，耽詩書，工吟咏，年未四十而殞。曾以傭繡資買唐詩，作絶句云：「遲遲曉日度簾前，堪笑年來此性偏。滿院秋光渾不賞，金鍼贏得買書錢。」《題自畫秦淮圖》云：「車馬踏殘三月草，鶯花閲盡六朝人。閨中不識滄桑境，寫到繁華亦愴神。」《送别感賦》云：「理罷雲鬟展轉思，池塘正值夢回時。近來詩句如春柳，只向東風贈别離。」其他如「門外野桃黄鳥粟，水邊芳草白鷗祠」、「只今籬畔多瓜菜，翻笑黄花似逐臣」、「瀟瀟一夜紗窗雨，欺盡愁人與落花」，皆佳句也。又《行香子》詞云：「柳色纔匀，草色方新，怪東風，釀就離情。絃鳴玉軫，酒泛金樽，奈不銷愁，不銷恨，只銷魂。　極目行雲，是處傷神。看斜陽，又近黄昏。桃花片片，杜宇聲聲，正欲歸春，欲歸鳥，未歸人。」

吾鄉楊五俊幼女名蘭，即王菱江之室也。有句云「霜瘦曉樓山」；莊刺史炘之女有句云「燕飛不碍畫簾低」；徐翠鬟有句云「幾番花信催人瘦，一夜春寒與夢疎」、「一簾細雨鸜哥浴，滿地殘紅燕子忙」，皆爲人傳誦。

肥城張烈婦《絶命詞》，其一曰：「窗明几淨學塗鴉，曾向閒庭管物華。此後春光誰是主，年年風雨泣梨花。」

常州才媛楊氏孟貞適某，年未三十而歿，其遺集卓然可傳。如《和伯生姑》云：「却憐二月尚春寒，花信相催杏欲殘。留得一枝紅粉在，朝來獨自倚欄看。」《寄外》云：「揭來飄泊木門城，又見桃花春水生。一語寄君君記取，客舟三度過清明。」《次小姑芝田韻》云：「似動新愁起斂容，仙山海上路難通。年來儂與秋俱瘦，不是愁中即病中。」

以上四則皆《風懷録》。

古吳楊雲裳女史題壁詩云：「深閨不慣涉風塵，纔過山邨雙水濱。對鏡自憐痴婢立，却言儂貌愈鮮新。」「儂猶作客到天涯，何怪征人遠憶家。但願世間車馬息，莫辜秋月與春花。」

「紅顔忍使撲黄塵，回首傷離灞水濱。姊妹閨中應屈指，有人愁織柳條新。」「雙飛燕燕共天涯，忍學吳儂慣憶家。莫笑鈿車忙不住，同登庾嶺看梅花。」「丁亥四月，隨夫子之任粤東，和楊雲裳女史原韻。江右徐蠹窗女史漫筆。」蠹窗，費子蓴原配也。

常熟蔣芝生女史宛儀，伯生先生之姑也。能詩善畫，嘗見其自畫紫籐，題《偷聲木蘭花》云：「金鶯啼破窗紗曙，紺架垂垂籠紫霧。一片晴香，濃護湘簾畫影長。　料應昨夜羣仙醉，揉得絳雲千縷碎。罥住東風，只在秋千小院中。」

「客子題牆故感秋，道途說盡故園愁。青雲得路身安樂，可有功夫憶陌頭。」「浮踪未敢拜嬋娟，新月穿窗怪影圓。誰道清光千里共，可能寄語問吳天。」「金臺女史徐寶華和壁間韻，以寄恨懷，時年二十二。道光三年並誌。」詩雖不工，味其語意，似有難言之隱，不知何人淑配也。同時又有蘇隄女史慧珠題壁云：「隆隆車響撲沙隄，曉露侵衣滑馬蹄。悔嫁金龜好夫壻，安門不及餅家妻。」

吳江繡林女史和琴仙原韻，囑辛田主人代書於壁云：「夢到天涯與水涯，姑蘇臺下憶儂家。依依共折橋邊柳，緩緩同尋陌上花。鄉味久懷雲子滑，晚煙昨把月兒遮。從今共櫂吳江裏，不畏崤函石徑斜。」

山東余小禪國文之母史太君能詩，聞已刻稿。余與小禪同客青門，嘗向小禪索其母夫人大集，小禪尚因循未與也。茲係子筠弟所鈔示，先錄存之。《秋夜感懷》云：「閒庭寂寞夜悠悠，蕭瑟西風起暮愁。花亦有情常入夢，人如無恨不知秋。參空世事千般幻，好勝歡心一旦休。幾樹菩提明月下，亂蛩聲裏看雲流。」《暮秋懷大兒墨農》云：「秋風秋雨近重陽，游子牽心在異鄉。秦地雲山迷望眼，任城花草碎柔腸。歸期未遂淵明願，客邸須懷武伯章。五載思兒難下筆，那禁清淚濕衣裳。」「平安書是病中修，舐犢情深無日休。九月東山悲木落，五年西隴聽猿愁。古槐烏鳥啼殘照，老圃黃花瘦晚秋。一去秦關歸信杳，蕭條萱草不忘憂。」又《懷二三兩兒》云：「瀟瀟風雨灑庭除，透骨秋寒念客居。臥不成眠兒去後，飢常忘食病來初。日籌釜米搜空篋，夜惜燈花望遠書。寄語雞窗各努力，儒衣爭換返衡廬。」

浙江石門女史史筠號湘霞，史松雨之次女，余春輝之室，即小禪之母也，有《蘿月軒詩稿》八卷。《採蓮曲》云：「采蓮復采蓮，輕舟湖上長。櫓響雜歌聲，鴛鴦水面戲。波動怕驚飛，含羞渾不語。人愛蓮花紅，儂偏愛藕素。藕斷尚絲連，蓮卸香何處。憶遠吟車馬，行時春之初。梧桐葉落秋何如，淒涼憔悴空閨裏。珠箔垂垂獨自居，忽逢雲外秋歸雁。一紙家書如覿面，感君念妾意纏綿。濯指開緘腸欲斷，問君畢竟幾時還。妾已愁消紅粉顏，幾回夢繞關山道。相思不斷如連環，相思相思無處說。捲簾訴與天邊月，明月已圓人未圓。素輝偏照孤幃前，商飈蕭瑟寒機動。蟋蟀聲中愁不眠，小鬟夢囈呼不醒。起來自撥殘燈影，窗前恨煞長鳴雞，一聲啼起霜天冷。」

常熟茂才周蘭君原祺，刻其室人《鏡青樓遺稿》，詩雖不多，而雋永可傳。女史姓姚氏，名蕙貞，號洵芳。幼受業於其伯父子俊先生，遂博通典墳，工吟咏。鏡清樓者，蓋其幼時有「四壁雲迷衣桁白，一樓山映鏡奩青」，爲其伯父子俊所歎賞，因取以名其樓。蘭君與姪輩交，攜以示余。錄其《春晚寄椒芬妹》云：「風雨催春去，無聊直到今。愁如飛絮亂，病與落花深。遠磵發幽籟，空林生薄陰。所思憐弱妹，妝閣倦停鍼。」《即事》云：「幽絕村莊景，曾無車馬紛。籬荒圍亂竹，山缺補閒雲。浴鷺隨流水，眠牛映夕曛。機聲聞織素，篝火夜能勤。」《紫瓊仙館即景》云：「偶怡幽境步迴廊，深院無人日正長。書卷拋餘聊作字，篆煙散後尚留香。一簾花影藏朝靄，半畝桐陰做晚涼。燕子自來還自去，舊巢珍重護雕梁。」《湖橋春泛》云：「三月桃花水拍隄，湖橋恰趁野航低。流鶯似惜韶光晚，訴盡春愁不住啼。」「扁舟一葉擬飛仙，劃破璃璃鏡裏天。十里綠楊波面映，眉痕如畫闞山妍。」

方素娟女史題《鏡青樓遺稿》《沁園春》詞云：「滴粉搓酥，鏤雪團香，新詩一編。想吟工謝絮，曾邀叔賞，賦成鮑茗，慣博夫憐。山映奩青，雲迷桁白，絕代銷魂句早傳。鴛鴦侶，喜一般才調，一樣華年。匆匆催返瑤天，悵月照青琴，冷素絃。幸銀鈎細字，猶霏麝馥，金荃麗製，尚疊鸞箋。元相悲懷，潘郎愁緒，觸撥香痕意惘然。空惆悵，望碧城縹緲，難挽飛仙。」又有周潔香女史亦題二絕云：「青山奩鏡掃雙蛾，賸有遺編耐細哦。道蘊才華茂漪筆，知君清氣得來多。」「纏綿佳句吐蠶絲，命薄如花繫夢思。從未識君真面目，讀詩疑對畫眉時。」

讀《小詩航詩鈔》，見劉筠湘女史自題《寒與梅花同不睡圖》七律四首甚佳，錄之。詩云：「淡煙薄霧做黃昏，漏洩清輝月一痕。縞袂何人愁獨立，素妝無語欲銷魂。香催庾嶺春猶淺，夢斷羅浮玉不溫。閒盼隴頭消息杳，悄涼冗自閉重門。」「生怕江城玉笛飄，徘徊佇盡可憐宵。清偕咏絮才原絕，瘦入凌波影獨超。未免有情雙翠羽，最無聊賴一枝簫。孤標恰喜癯仙共，相對幽窗慰寂寥。」「冰肌玉骨豔初胎，肯遣相思一夜灰。花影似潮流夢去，月華如水擔愁來。迢迢紙張鑪香燼，隱隱銅壺漏箭催。疑是音書傳閬苑，翎聲天際鶴初回。」「幾度巡檐耐自看，微茫北斗挂闌干。咏花何處紅羅豔，倚竹渾忘翠袖寒。清露霏珠催鶯鶴，淡雲掃髻怯驂鸞。惱人最是霜天角，防取腰支帶易寬。」女史名靈簫，「小詩航」未詳出處，不知何地閨秀也。或云即吳門女士陳筠湘，誤其姓耳。

道光丁未冬，官樗邨以小影屬題，題者甚衆。內有種蘭女史所題兩首，不特詩意清新，字跡亦娟秀。詢之樗村，云女史姓蔡名淑，漢川尉程容齋之室也。本吳縣洞庭山人，寄籍湖南者，現已作孀居嫠婦矣。題《霜天曉行圖》云：「纔聽報雞籌，匆匆佩劍游。嚴霜侵馬足，殘月冷貂裘。世路鞭先著，功名筆早投。料伊閨閣裏，艷說覓封侯。」題《天際歸舟圖》云：「買得扁舟破浪行，何曾煙水阻歸程。仲宣書劍非無主，張翰蒓鱸恰有情。兩岸白雲潮未落，半林黄葉雁初横。天涯儘有躭游客，合把斯圖仔細評。」

頃與樗邨談及少穆夫人，樗邨出詩兩首示余曰：「此丁未正月望間鄭夫人所作《殘牡丹》《殘水仙》兩律也。當時竊意語句不祥。冬月杪聞夫人在滇南制軍署仙游，竟成詩讖矣。」其詩云：「漫云如醉復如痴，默默無言若有思。往日天香曾染翰，祇今國色忍離枝。也知富貴生來種，可是神仙謫降姿。誰解騷人留戀處，霜毫欲寫不成辭。」「依稀洛浦月昏黄，解佩歸來卸晚妝。素質生成冰雪潔，翠衣不藉麝蘭香。憐卿綽綽清如許，對我亭亭静有常。曾是蕊珠宫裏客，暫來塵世閲滄桑。」據此則少穆夫人之能文，似可徵信。

湖南張伯良杰任直隸深州，愛才好客，人比之鄭當時。其配夢仙夫人，爲劉雲房尚書外孫女，美而工詩。伯良曾爲周二南誦其夫人一聯云：「千里暮雲人北去，一帆明月雁南征。」音節甚高。伯良歿，夫人自縊殉節。

夜談追録

李洽　輯録

序

新化歐陽磵東先生以詩名天下，其論詩尤精。鄧丈南邨左舍人仲基數稱述之，李君舜卿述其語加詳，與先生論詩有所會悟，輒筆存之，總若干條，命曰《夜談追録》。自宋歐陽氏有《六一詩話》之作，以所得於詩之精詣，求古人之離合，以取證天下後世。嗣是，嚴羽《滄浪詩話》、張戒《歲寒堂詩話》、葉適《石林詩話》類，能考六義之要，有所發明。明以來至今，苟能詩必有論述，往往純疵互見，甚者議論馳騁，為名騖聲氣，君子病焉。其得之山林枯槁憔悴專一之士傳者，蓋無幾矣。先生於詩，窮極幽微，偶有論斷，必求通古人之辭，而達之以意，證之以理，較其得失，析其毫釐，多人所未發者，而一皆其心領神會之餘，灑然有以自得，不一求著於人，非所心許而篤好者，莫得而聞也，儻所謂山林枯槁憔悴專一者耶。舜卿以所聞於先生之言，網羅蒐輯，存其梗概，此豈為名騖聲氣者？亦庶幾六義之要，因是而粗明，猶先生之志也。予以咸豐乙卯見舜卿新化，手是編相示，勸其付梓，以公諸人。時舜卿病眚，未及為而卒。

卒後八年，其子長檀與其猶子長蕃，卒成其志，刊行之，而屬余序其略。嗚呼！礀東先生晚年，閉門絕交游，予初有知，黜其名，相去數百里，就見無由。及見舜卿，開亮卓偉，絕遠於俗，獨喜述先生為人，以得聞其言論志行，追尋往事，愴然於心。豈惟先生高世之風，欲一仿佛舜卿之流風餘韻，而固不可得也。

時壬戌夏六月湘陰郭嵩燾序

自序

嗚呼！礀東先生以去秋歸道山，忽九閱月矣，大雅云亡，風流頓盡，追尋傷悼，但有痛心。先生學無所不窺，而論詩尤直得古人不傳之秘，淫聲偽體，一洗而空。垂老卜築於邑城東，遁跡沉冥，兀兀焉無與共語者。洽以童稚無知，竊於侍坐時，一聞緒論，而先生已日在昏眩中。記前年語洽云：「聞湘皋將歸，當邀之來，同下榻子家廟中，子稍間聽吾兩人論，當志之名曰《二老夜談錄》。」特老病若此，未必明茲尚健在也。」辰夢不禳，奎星長墜，即一二緒言遺論，日就沉淪，如浮雲之隨風，好音之過耳。洽惴惴焉，懼之性善遺忘，追摹一二，手錄成編。庶幾積年來暑簟寒鑪，茗椀鐙檠，縱橫辨論，不遽消滅，亦俾誦先生之集，而恨未親其儀容，聆其言笑，且於此遡洄焉，然而無當於高深也。洽聞張文潛、黄涪翁之於老坡，縞素而哭，拭墨而生楚愴，後之人諷其和章，歎其師友，惠慕片言隻字，未敢頃刻忘。洽之追蹤前哲，竊附餘韻，雖乖先生本懷，想亦當代大雅之林，所憫傷而悽惋者，其將有玩味是編而存乎見少者矣。

道光壬寅夏四月浴佛日

卷一

先生云：「坡老讀杜詩於未安處，輒云：『此語不可為訓。』其實杜詩可詆處固多，如《哀王孫》詩，沈鬱蒼涼，後人無復措手處，而『慎勿出口他人狙』一語殊湊。他如『吾甥李潮下筆親』，『親』字所謂強押，『為君酤酒滿眼酤』二語，不過勉強結局而已。《可歎》篇自『王孫』以下，似夾雜不成文理。《洗兵馬》篇語多混造，音節則初唐之習，靡懦可厭。『整頓乾坤濟時了』，及『後漢今周喜再昌』，成何語耶？集中此等不可勝數，鶻突看過，則受古人欺矣。」

又云：「杜集中極可笑之句，如『石出倒聽楓葉下，櫓搖背指菊花開』、『叢菊兩開他日淚』、『錦江春色來天地』、『三寸黃柑猶自青』等語，真此公累句。至『倒流三峽』、『橫埽千人』，尤為醜態，工部亦偶有之。世人奉為圭臬，可怪也。」

又云：「『賦料揚雄敵，詩看子建親。李邕求職面，王粲顧為鄰。』時有六朝餘習。『玄蟬無停號，秋燕已如客』二句從《選》來，却不是《選》詩。《渼陂西南臺》詩，文從字順中寓典重生矯之趣，實開昌黎先聲。《玉華宮》，宋人盛推之，不知此等風味殊淺。諸《遣興》之作，筆墨斬淨，波瀾老成，皆佳作也，惟《天用莫如龍》二章稍遜耳。至樂府諸作，前無古人，後無來者，固自獨有千古。」

又云：「工部五七古，每於挺接處埽盡枝葉，獨具神力，其風格蒼老，縱横排奡，皆此老獨擅處。然總讀全集，每有一二强湊語，雖不能掩其善，終是全詩之累。」

又云：「《曲江三章》詩，『長歌激越捎林莽』句，所謂外澤而内枯，粗看之似佳，其實雜湊語。《登慈恩寺》詩，方知二句與上意左，且接得弱，『羲和』數語，足與岑、高佳處抵對。《偪側行》『我貧』四句，笨滯可删。《垂老别》『此去』以下轉折，俱未了了，『遲迴竟長歎』，語湊而不明晰。《無家别》末句『何以爲蒸黎』，意是而語欠工。《将適吴楚》詩，『不意青草湖』二句，語自佳而來得無根。此類皆杜公敗筆也。」

又云：「嘗見一箋本杜詩，謂『疾風吹塵暗河縣』一首酷類長吉。不知此等微近宋派，並無一字與長吉類者，豈非囈語耶？」

先生嘗云：「余每春夏之交，省耕南畝，輒誦靖節『平疇交遠風，良苗亦懷新』之句，歎古人狀物如此。東坡有言：『非古之耦耕植杖者，不能為此語；非予之世農，不能識此語之妙。』諒哉，因推論陶公人品之高，謂綱目於宋元嘉四年書『晉徵士陶潛卒』，以潛心存乎晉也。夫魏晉篡奪相乘，皆所謂不義之朝，潛何所取于晉乎？觀《武陵源記》中所云：『蓋尚有不知有漢，何論魏晉。』可得其微旨矣。然則謂潛之不可屈為宋臣，則稱潛宜如管寧之例，不必冠以晉也。」

先生酷愛義山「死憶華亭聞唳鶴，老憂王室泣銅駝」，及「人間路有潼江險，天外山惟玉壘深」之句，又喜誦《偶成轉韻》及《燕臺》諸篇。嘗語洽云：「《轉韻》詩：『舊山萬仞青霞外，照見扶桑出東海。』得此提振，通體有勢，否則成直敘矣。至《河内》詩：『入門暗數一千春，願去閏年留月小。』夫既永不忍舍，期以千春，而又去閏留小，願其少速，其遲速未免自相矛盾。」

又云：「義山詩『晉陽已陷休迴顧，更請君王獵一圍』，『晉陽』當作『晉州』。是年十月壬申，周師破晉州，齊主方與馮淑妃獵於天池，報至不顧，詩正道其時事。至是月辛丑乃克晉陽，則齊主已出奔矣。中間相去三十日，不得云『晉陽』也。」

洽按：近時馮浩《玉谿生詩集箋註》亦云：「按隋唐地志，晉陽在太原，與晉州平陽郡相距數百里，淑妃請更殺一圍，乃平陽事，非晉陽也，詩似小誤。」

又云：「余少時有『僻墅春深野葛花』及『殘月欲落楓林霜』等句，門人畢春甫讀之，不明其義，後讀杜詩『子能渠細石，余亦沼新泉』句，恍然悟『花』字、『霜』字之義。」

先生極愛昌谷「桃花亂落如紅雨」之句，而笑其「羲和敲日玻璃聲」一語，以為日安能敲而有聲耶，未免過於無理。先生嘗言，程春海《次合江亭詩唾字韻》，清者不可狎，濁者乃可唾，湊不成句。因謂洽：「次韻詩，宋人絫疊不已，雖以蘇、黃之大才，出奇無窮，然其牽紐強合者指不勝屈，甚無謂也。」

先生論詩，最忌杜撰。嘗謂坡翁詩「東風知我欲山行，吹斷簷前積雨聲」妙矣，而「雲披絮帽」、「日掛銅鉦」，則杜撰得可笑。按：先生有《雜感》詩云：「啖栗不斬刺，栗美刺在口。掇芹不濯泥，芹拔泥污手。」風味可謂絕佳。

晚年嫌其無來歷，盡刪去，然玩定本，方知其妙。

又云：「起句之入化者，如坡翁《有美堂暴雨》云：『游人腳底一聲雷，滿座頑雲撥不開。』脫口便出，何等渾化。」晚年嘗喜誦之。

又云：「坡翁集中有《次韻蘇伯固重九》詩，歷來注蘇集者，皆不言其為湖南澧州人。」洽謂：「坡公《石鼓歌》『古器縱橫猶識鼎』，似用顏魯公《家廟碑》『嘗得古鼎廿餘字，盡能識之』語。《仙都觀》詩『龍車虎駕』句，則用魯公《麻姑壇記》也。查馮諸本頗詳核，乃亦不引及，豈非注詩之難哉？」公以為然。

先生嘗誦坡翁《謝惠建茶》詩，以為此老狎韻，如「鰒」、「猛」等字，筆底真有鬼斧神斤。又云：「坡老《梅花》詩，如『多情立馬待黃昏，殘雪消遲月出蚤。江頭千樹遠欲闇，竹外一枝斜更好。』合四句讀之，真勝林和靖『暗香疎影』之句。因謂高青丘『山中高士』、『林下美人』，語淺俗可笑，不解世人何以稱之，大全集中傑作寥寥，不知何以負重名也。」

又云：「坡公《定惠院月夜偶出》詩絕佳，然第二首『落帆樊口高桅亞』，『亞』字欠穩。又如《寒碧軒》詩，『冉冉綠霧生人衣』、『人靜翠羽穿林飛』、『道人絕粒對寒碧』，詩中疊數『人』字，究是微疵，然其詩則極高妙矣。」

又云：「《池北偶談》笑蘇子美雪詩『既以脂粉傅我面，又以珠玉綴我腮。天公似憐我貌古，巧意裝點使莫偕。欲令學此女兒態，免使埋沒隨灰埃。據轥照水失舊惡，容質潔白如嬰孩』云云，為俚惡真足噴飯，不知子美此詩全以詼諧出之，見其高致，阮翁乃作呆詮語看，宜其見嗤也。」

先生論古人詩，至元遺山而止。洽問遺山古體，先生高吟「五年不喚溪南渡，日夕心馳洛西路」，及「亂山如馬爭欲前，細路起伏虵蜿蜒」諸篇。洽問：「近體何如？」先生云：「『只知河朔歸銅馬，又説臺城墮紙鳶』、『白骨又多兵死鬼，青山原有地行仙』，真高唱也。」洽於先生家見先生有墨讀遺山詩，於集中贈答諸公，如雷希顔、李長源、辛敬之、冀京父、李欽叔，多為之核其本末云。

又云：「『同甲四人三横簀，此身雖在亦堪驚。』言之沈痛乃爾。」洽謂公亦有苦語，如「偶全骨肉寧非幸，再迫饑寒恐不禁。」痛定思痛，尤難卒讀矣。晏君叔立述其門人臨川李君之言，謂此等句，非近人所能為也。

又云：「遺山《中州集》，以長源為三知己之一，而劉京叔《歸潛志》以為與遺山不相下，頗不相咸，真不可解。蓋以長源為人，褊躁多憤怒，故遺山詩『黄祖安能貸禰衡，傷心鸚鵡洲邊淚』屢以正平比之。」

又云：「古人詩有看似常語，而實則用事者。如昌黎詩『不如不覲完』，用《國策》司馬錯『不如伐蜀完』語也。坡詩『無事且飲酒』，用《國策》犀首語也。讀者每作常語看過。他如古人句法，有文從字順，極明顯無疑義者，而迂腐頭巾必欲曲為之説。如蘇秦『寧為雞口，無為牛後』，言牛後雖大，然在身後而出糞，比隨從於人者也；雞口雖小，然在身前而納食，比不隨從於人者也。乃必欲舉《爾雅翼》之説，謂當作『雞尸』、『牛從』。又如楚南公云『楚雖三戶，亡秦必楚』，言楚滅後，雖戶口極少，亦必報秦。乃必以三戶為地名，不思『雖』字作何解，且三戶在鄴梁，與楚何涉？

更可哂者，俗士以《風俗通》有池仲魚，遂斷『殃及池魚』為人名，然則林木亦人名耶？又如杜詩『先拚一飲醉如泥』，用《漢書》註語，乃必以『泥』為蟲名，遂令古人好句了無生趣，此豈非『天下本無事，庸人自擾之』耶？」

先生云：「吳蘭柴先生作詩，喜主唐格。余少時以詩就正，每於未愜意處，即於上方大書蘇字。其云蘇者，乃疵評也。後數年，相晤邵陵，索余近作，讀至《湘中留別仲端》詩，以為語語都作絃外之音。余此詩頗近大蘇，前輩論詩，又何嘗拘一格耶？」先生詩，從義山入手，嘗言少時初學韻語，無所師承，適蘭柴翁過訪，見案頭有《義山詩集》，詫曰：「子亦知讀玉谿生詩耶？」因手自繙閱，每閱數頁，即朗誦一二篇，僕因默識所誦之章，苦心討取，始覺下筆有不同處。今集中獨於蘭翁稱「先生」，蓋不忘所自也。

先生云：「蘭翁意氣特甚，睥睨兀傲，多所輕忽。憶某年秋試，僕同蘭翁失意，薄留省垣。一日間游，同看演《聞鈴》一曲，漵浦嚴公樂園從外來，見蘭翁，遽撫掌曰：『排日尋訪，吳二乃在此耶。』蘭翁瞋目直視，詈不為禮，嚴亦覺無聊，小坐即去。僕嘗語人，想見此老丰裁」。治按：湘皋先生亦曾論及，因謂嚴公經濟文章，一代偉人，時雖未遇，而此種白眼，斷不可施，蘭柴翁過矣。兩先生議論不同如此。

又云：「近日豫章詩人，當以樂蓮裳、吳蘭雪兩人為最。蓮裳素未識面，有見贈五律，《青芝山館全集》僕尚未見。蘭雪詩才，一時罕匹。然予所見其五七古長篇，往往前後作兩截，中間脈縷不甚細貫。聞其在陶雲汀座中，語及僕，謂人曰：『磵東利害，僕畏之，不敢與之敵也。』亦殊自謙矣。」

先生贈蘭雪詩中有云：「丈夫胸中抱奇策，但以詩名亦堪惜。奈何局促塵泥中，更以疎狂相詆斥。」後蘭雪贈人，亦用此四語。李中丞讀而詫之，以問湘皋先生，湘翁云：「此定是蘭雪借用碉東句，不然，焉有碉東以蘭雪之詩贈蘭雪乎？」李為莞然。

又云：「僕在粵西，每與李松甫、汪劍潭諸君讌集，議論鋒起，無一語不捧腹絶倒者。因誦汪『荒臺寂寂生如寄，落木蕭蕭死當歸』、『生無一日揚眉過，出有千人捩眼看』之句，以為其聲悽惋可聽。至於『坳水癡猷碧，盆花迫促紅』，頗不愧小品風流。」洽於先生家，見汪所寄書有云：「尊稿詩境屢易，俱造其極。近作固絶代，即少作萬無可疑，幸毋自搖惑也。」又評先生《奉酬天擎詩》云：「此近萊肚老人矣，然彼枯而瘦，此澤而腴，彼故為敗裂，此極意修整。其精於取裁如此，所謂相濟以成其美，泥於師古者，何足以知之？」皆箇中人語。

先生云：「吾一詩成，其讀而交贊者，不過泛泛悠悠而已。或有攻句中之疵，指全局之罅，則必深思其存改與否，反復推敲，期無遺憾。彼脱稿而遽自信為必傳者，徒自欺耳。昔蓉裳讀僕題履原山水障子詩中四句：『聞君嗜畫如嗜酒，醉中往往造神域。自言飲如不盡酣，兩腕辛酸苦無力。』謂『如』字宜易為『酒』字。僕按『如』字係句中轉捩，易以『酒』字則調不振矣，故仍用『如』字云。」

先生嘗誦其少時「高柳風蟬嘶晚逕，小窗松雨作秋聲」之句，今不存集中。洽嘗問丈何必力刪少作，先生以為少時詩，非盡不足存，特風骨欠老耳。

先生云：「僕絕口不談王、李，偶有摅寫，雖極闊大，而鞭辟近裏，正是力避七子處」。先生在錢裴山幕中，錢偶論吾楚詩人，先生舉數人以對，錢多所輕玩曰：「南中詩人，僕識面甚多，今乃見歐七一位。」書此，以見當日風雅之士，傾倒吾磵翁者如此。

魏默深語先生云：「丈詩初讀之，不能盡其妙也，及手寫一過，再三尋味，字字從紙上併出精光來。」沈丈栗仲亦云：「老磵詩，縱篇長至千字，亦是一氣舒卷。」先生歎為知言，屢為洽述之。

張丈蓉裳司鐸吾邑，推許先生五體投地，每云：「此邦是有佛處，某焉敢稱尊？」程公春海來楚中，讀先在集，歎服不已。歲試寶慶，至欲迂道相訪，聞其日與蓉翁處，輒豔羡之。譚郡伯謝先生《雙清亭詩》書云：「大作出入陶、謝，平揖韋、柳，近日東南壇坫，舍君其誰？昨得學使者書，傾思閣下，津津不置，已繕尊作一通，於遞中寄去矣。」左君仲基寓譚署中，偶座客有詆先生者，仲基恥與之辨，拂衣而起，怒形於色。先生酬其《寄懷》詩云：「生平守荼蓼，於世了無預。直坐不款曲，積毀漂衆煦。子兮何為者，懇懇獨見注。」有為之言也。仲基詩，予尚未見，俟補錄云。

周心如名恕者，於錢裴山座中，讀先生所題《使車紀勝圖》，詫曰：「粵中安得有此？」洽聞此詩如柳邨、蓮裳、劍潭、蓉裳諸老劇所心賞，而先生自不滿，以為殊有說盡之病。毛生甫亦謂此詩非磵東集中至者，此生甫所以爲先生知己也。惟蓮裳讀此詩，通體連圈，獨疵「聽之百怪在眼底」句，為有語病。洽謂此句理極圓足，無所爲病，豈非泥讀「聽之眼底」四字耶？固哉樂叟之爲詩也。

一日偶與先生論蓉裳詩，先生云：「張二詩往往過求字面之好看，而不顧文理。余嘗語蓉裳，子題畫詩，有『白波青嶂人間少』之句，須改。夫白波青嶂，所在皆是，安得云少耶？若云白波青嶂非人間，則通矣。蓉裳卒不聽。案張詩集已改。」洽謂：「兩先生詩，恰有一語相肖。」因問何語。予謂：「先生詩，不施鞍鞚騎生馬；張詩，則多買胭脂畫牡丹耳。」先生大笑。

洽嘗問先生：「曾中丞詩何如？」先生云：「曾詩喜門面語，僕集中《日本刀歌》詩，此老極賞之。然亦僅知此種而已，其刻至者，則不甚相入也。」

先生云：「僕於同里二孫，尤推服石溪先生，惜晚年務為險澁，有《觀海一百韻》，茫然莫測其命意之所在，然眼力則為獨絕。僕少有送人入蜀詩，中四句云『故國秋期違伏枕，他鄉夜雨暫憑欄。沙沉鐵角孤城在，苔臥金牛戰骨寒。』石溪極愛上聯，以為神味似李東川。而樂蓮裳則劇賞下二句，可想二君好尚之不同矣。

卷二

先生云：「某末年五古多靖節，七律多放翁。如『永夜不眠貪索句，經旬廢飲坐無錢』，逼真劍南。如『偶逐樵侶行，遂歸林下宅』，逼真柴桑老人。《山居答客》詩亦然，《答客》詩末二句：『君看羲皇民，焉識咎與譽。』初脱稿乃『仁祖且不就，安問陶胡奴。』」細繹之，有礙於某中丞，故用今語。」

又云：「徐藥生譏李松甫郎中詩，以為松甫胸中，不過二三百字耳。余則謂松甫詩，自是佳品，惜存詩太多，故有嘲其『一副鐃鈸敲到老』者，若精揀刪存，卓然無遺議矣。」

松甫丈將有韋盧九家吟侶之刻，謂先生及湘皋翁、高密李少鶴、石桐、朱小岑、陶季壽、吴椽村、楊石帆諸人，而欲以巴陵某附於卷末，因某與磵、湘兩公微有隙，是以中止。巴陵某者，先生集中所謂「青蠅無停飛，秋蚊不知足」者也。聞韋盧頗契其人，而先生《雜感》詩「可笑沈諸梁，遂為畫龍欺」，似遷其怒於此老，既而又云「好事諸梁君莫笑，人間如此亦無多」，則又為此老下轉語。所謂幸之至而痛轉深，用筆之妙如此。先生初至粤西，年少氣盛，與松甫、小岑諸公唱酬。小岑《看桃花》詩有「游朋喜值歐陽子」之句，題作「示歐陽某」，先生大不滿於「示」字。朱因作書，歷引古詩人之用「示」字者以釋之。案：朱集今改作「時歐陽某在座」。後湘翁編《九芝堂詩存》，以朱喜用隱僻語，商之李春湖中丞，中丞謂「小岑詩不可更一字。不解者，聽之。」湘翁一夜夢有古衣冠者來謁，且致謝，叩其姓氏，即小岑也，而其兒絕類我邑曾君名億者。醒語中丞，謂：「二君者，均與磵東習，歸而質之磵東，當了此一重公案。」後歸晤先生，即詢及，先生莞然曰：「僕遊粤時，嘗戲舉曾君以呼小岑，子何以知之？」湘翁備述前夢，先生不覺驚歎，以爲此中真有鬼神耶。

譚鐵簫太守，招同先生及張蓉裳，餞飲程學使於雙清亭。詩酒流連，江山生色，可謂極一時之盛矣。是日談鋒迭起，偶論莊子「儒以詩禮發冢」一段，先生云：「『青青之麥，生於陵陂』，引《詩》矣，而禮尚闕也，須於誦《詩》既畢，加『儒乃三揖三讓』而進六字，更為盡態。」通座為之噴飯。座中偶有談及角黍者，學使讀「區回」之「區」作「區別」之「區」。先生曰：「此區姓，乃甌音，非驅音。」學使因是愈心折先生。

先生以所題《煮藥》《耦耕》二圖示蓉翁，蓉翁云：「丈詩總善用剝法，如《煮藥詩》：『人生蹈常執，豈願有奇行。艱虞迫深愛，遂使毀滅性。當時藏遺草，意恐播聞聽。安知身後名，顧以人瑞慶。』《耦耕詩》：『無田不退以貪論，而況有田仍屢延。』均剝進數十層，令人百搜不到，所謂高處立也。」先生服其知言。

先生云：「某生平所答鄧氏兄弟詩，自謂無一首不工者。」洽謂：「《耦耕圖》詩，波瀾態度，直是大蘇復生，尤為高唱。」先生問：「子以此詩中何者為得意句？」洽即誦「春泥沒膝曉叱犢，暝溪踏雨寒疏泉」一聯以對，因為撫掌。

先生謂我輩集中，顯宦太多，殊是一累。嘗舉「元旦日懷嚴相國」語為笑，因論唐常建集中，除王昌齡外，所與唱和，皆絶不著名者，故能沉思獨往，直造其極也。

洽聞欒元叔初見湘翁詩，語湘翁云：「凡不見經傳之人，少與唱酬，此謂流俗輩，不值作詩也。」附錄於此，可為遇一人即作一詩者下一鍼砭。

先生嘗言：「詩中疵病，必須得友人譏彈。僕生平往往有不甚相知之人，而片言微中，得力匪淺者。記少時有《登祝融峯》七古一首，蔣心餘之子某於送甫朗中案頭見之，謂人曰：『詩非不佳，却有一病。』問：『何病？』曰：『此詩上氣未了，下氣突來，似未免喘氣病。』余聞而神悚，却因此一語，豁然頓悟。又寧鄉王某語湘皋曰：『磵東初年七律，似犯一雜字。往往一首中有一樣意，上下截疊出者，所謂前聯說景，後聯又說，非雜而何？』余因此言獲益多矣。蓋末年所删汰者，都未免前病者也。」

錢塘吴西穀丈，以詩稿求先生論定，其所上啟有云：「鵬自數年前得讀大箸，日置几案，奉為楷模，未能盡窺閫奥，然竊謂韓、蘇而後，一人而已。當代如漁洋、竹垞、初白諸先輩，咸當避席。此非一己私愛，千秋公論，後當有不易者。」嘻，何其服膺若此也，然亦論定矣。西穀名清鵬，穀人先生之子。此札存余篋中。

先生復西穀札後云：「少陵云『顧視清高氣深穩』，不清高不可以下筆，不深穩不可以歇手。得失未有不自知者，特恐自恕而放過耳。一字一句之未安，窮年窮月耿耿不忘，必改至稱意而後止。如不能改，不如另换他韻，如换韻復不工，不如全首盡棄之，免以一字一句累全詩也。大抵詩無多作，以字字精揀多改為妙。」又云：「嘗見儕輩集中，多有喜用前人韻。如昌黎《會合聯句》《秋雨聯句》《石鼎聯句》《陸渾山火》《送區宏南歸》，及韓、蘇《石鼓歌》之類，不一而足。竊謂此等詩中，多呆韻險韻，斷不能重押者，且皆古人刻意之作，後人斷不能駕乎其上。夫既不能駕乎其上，又何必甘為其下？不如不作也。又少陵詩『得不哀痛塵再蒙』，復加一句，深情無盡，自是此老絶調。後見儕輩集中，亦人人仿之，數見不鮮，不如避之為妙。」

先生嘗欲仿山谷編詩例，分内、外集未果，又以前二、三、四卷詩，可删者儘多，然必盡删去，又不成集。余於先生家舊篋中，得少時草稿一本。其間未存者十之二三，而於豔體刪汰尤力。兹謹錄數首，以志不忘。《曹別駕劇席》五首云：「翠袖嬌扶上綵茵，笑生春態步生塵。座中莫訝梁州舞，元是仙韶院裏人。」「文章舊價數瓊蕤，贏得歌詞付雪兒。試遣老龍吹鐵笛，不應新調犯龜兹。」「小拂檀槽撥赤鱗，青蛾知是為誰顰。不須虛報金釵墜，可怕潭州別駕瞋。」「邀顧千金不易酬，迴腸今日為青眸。含情一瀉龍頭酒，纖手爭傳是鳳州。」「燭奴殘淚吐青煙，鼉鼓沉沉欲曙天。今日萊公沉醉甚，任人呼作柘枝顛。」《少年遊》云：「夾道青青柳拂隄，春風徹颺午鶯啼。金羈玉絡桃花馬，騎出東陵看鬭雞。」《閨辭》云：「聽盡春聲夢又殘，日高春態尚闌珊。不知柳色青多少，偷下棗花簾子看。」和人《春遊》詩：「江隈春老垂楊密，風搖曲渚鶯啼急。長楸日落青驄鳴，平原綠草萋萋生。縈迴遠出東城道，東城看花開正好。花前溪水千尺流，隔溪望見花間樓。樓高花深望不極，相思化作雙飛翼。雙飛宛轉何處尋，飛花零落愁人心。」此詩魏君默深，尤喜誦之。鄧小皋語余：「磵翁首卷詩，如《織絲歌》《擬古》《上雲樂》諸篇，雅俗共賞，外間傳誦，究是此種。其造極之章少有愛者，則豔體又何容盡刪耶！」

先生少時即以詩名，湘翁序中所謂「一粒草堂集，天才奇絕」是也。里中前哲如吳如楊，尤為激賞。先生有《酬蓀圃丈》詩云：「我生抱迷懷，有似犯魔夢。春蠶自作繭，醯雞空舞甕。孤雲浮虛根，意有萬里縱。誰憐漂泊姿，不作膏雨降。憶從中湘歸，風月展清哢。握手曾幾時，冰雪忽已凍。何當走伊吾，鳴鞭駕飛鞚。庶幾敗鼓皮，或適醫師用。公才如騄駬，長軀範鴻絧。當其疾走時，引手不得控。胡爲見推許，謬采菲與葑。不瞋次公狂，反許汲黯戇。王椽殊不癡，隻眼煩屢諷。

公誠嗜瘠痂，豈復計語重。前詩半工拙，瓊饈雜蔬供。譬猶飲濁醪，雖醉未能痛。晉師已再敗，桓笛須三弄。幽思變怪窮，天慳鬼神貢。匣劍寒有稜，雲衣翦無縫。世俗驚所見，爭以橐駝訟。犀兕雖尚多，其如彼口衆。他年翦荊蒿，促坐樽酒共。結廬邵溪旁，覽眺日追從。心期但如此，何惜家屢空。」先生自謂此詩多未穩愜，惟「晉師」數語頗可存云。

先生少有「電光秋撼月痕動，鬼火夜燒山骨青」及「病無多髮能容白，眼不看山何處青」之句，為時所稱。錢裴山視學粵中，見「病無」二句，不覺歎賞，延先生襄校。一日入先生室，偶從案頭故紙堆中逐一繙閱，見都是為人題圖之作，因駭曰：「君此等詩首首可存，抑何割愛乃爾？」洽案：先生平生詩，不存者尚十之三四，擬撰其遺文，都為一集，未暇也。

洽於先生家敝簏中，搜得先生復左仲基孝廉書草稿，云：「奉到手書，知拳拳之雅，垂注殊甚，而辭旨過於謙抑。雖緣見愛之故，然閣下俊人，紹洛一見，即已心折，豈閣下窺之未審，猶以形跡酬應耶。不敢當，不敢當。承示二章，瀏亮圓轉，意所欲言，瀾翻而出，可謂合作。竊謂詩固當論格調，而尤以意與氣為主，意多則耐人咀嚼，氣盛則足以相舉，固由多讀書來，然得其味而已，非必舍己而徒求之摭拾也。大約空諸所有，乃能包諸所無。近時如朱某、厲某輩，披搜隱僻，書語塗澤滿紙，意將傲人以所不知，而按之上下情形，了不相屬。此譬遊珠寶之市，金碧璀璨，駭人觀聽，然物各有主，即強從挪借，終非我有。揆諸作者之本旨何涉，舍性情而矜淹博，近時習氣，大率如此，此詩道之魔，方將與閣下及同心輩廓而清之。久不談外間得失，以閣下見信之深，聊妄言之，知不詬其率也。」又一札云：「拙集已大有更改，另刻湘皋處，必有其集，閣下可從覓之，置之案頭，如吾兩人終日對晤，知其得失可否也。近又有一二處須改者，已致書與湘皋，託其更定。閣下可俟其更定後取之，然疵處愈求愈多，真無可如何也。」

湘鄉蔣某，奉其先世篤因師大諸君遺稿，求先生點定。余於先生家，得所覆札草稿，中有云：「僕所刪改尊翁及令四叔詩，或因未妥愜，或因有忌犯語，故細細檢點之，免為他日文字之禍。切不可聽旁言，更有增入也。令四叔生平學杜，多有套用杜詩腔調處，俱概為易之，或者不察，以為此用杜腔也，不知學杜可，套杜腔調則不可。此非淺學所知，故詳悉為閣下言之，勿聽外人言，以僕為不知杜詩腔調也。」

先生云：「文章千古之事，非徒取快一時，箸述不工，不如勿刻為妙。」洽於先生家，搜得一札，中有云：「近時刻稿之風盛行，竊恐傳人不若是易，亦未必若是多也。質之大雅，以為然否？」末但署「璜」字，不知何人。此數語最中情事，故錄之。

洽語先生：「古人稱杜子美、李太白詩多宮聲，丈詩亦然。」先生云：「審聲以知音，審音以知樂，能通其故，始可與言詩。此之不講，而亦自詡作家，畢竟是門外漢。」

先生嘗令人讀《草堂詩餘》，或以為填詞，頗有礙於詩學，而詩餘之佳者。如「細雨夢迴雞塞遠，小樓吹徹玉笙寒」等句，熟吟之令人情遠，未必無補於詩也。

先生語洽：「夜來被酒不寐，即默誦《葩經》或《離騷》，或取童時所習之《學》《庸》，細繹之，便覺見解與昔迥別，即隨意編成一兩段，欹枕即睡，比醒而所編者不復省記矣。」洎距先生家，僅十里之遥，然數月一見，見即告歸，不恆侍丰采。此編皆侍坐時，隨問隨答語，所謂海水之一滴，鼎烹之一臠，一啖便了，不能飽人。假令先生自握管以探風雅之源，饜飫後人，詎有涯耶？可慨也。先生病篤時，洎往視疾，先生云：「某不起矣，某詩集尚有當更易者十數條，以授子，子其為我取板片易之。」言次不覺泣下。越二日，即屬纊矣。案先生詩稿數易，傳誦海内，了無遺議。今秋來長沙，始一一更定，展卷校讀，不勝潸然。凡卷十，詩凡六百首，後之讀先生集者，慎勿以其所手删者，竄入集中，亦吟魂所默感也。道光癸卯秋末，偶閲所編《談詩追録》，復綴數語，以志不忘。

後跋

余壬戌為《夜談追録》序，距舜卿編此録時二十年，以為是書刊行久矣。己卯秋八月，石仙就省試長沙，詢及，則以貧故未付梓也，乃取授吾弟意城，爲之校字刊存之，距序是書時，又十九年。舜卿小於余八歲，其詩與文皆卓絶一時，以早世未及編次成書，誠不忍是録之亦無傳於世，以沒其心。嗚乎！斯文之在天地，随其人之淺深，而各有得焉。其得之而寓之於言，公之於人，以有論譔敘述，而於其中又有傳，有不傳，吾安必是録之果有傳否乎？衰病無能，顧影自歎，益為吾舜卿悲也。

光緒六年庚辰春二月郭嵩燾並識

石樵詩話

李樹滋　撰

卷一

詩話始於宋歐陽公，自後作者，大約不出紀事、論詩、感舊三種。然以詩紀事，唐人《麗情集》、《本事詩》已肇其端。計敏夫《唐詩紀事》因之，當別爲一書。若論詩，則詩人各有得力處，不相爲謀。以一律求之，無異刻舟求劍。惟感舊則就立言者，一人之見聞，或朋從、或先輩，隨時劄記，既不爲劉季緒之詆諆，又不涉裴安期之附會，爲篋中之藏焉，自無不可。至詩話中考證，則始於周益公《二老堂詩話》，亦詩話中別調，自不可少。第專以此見奇，則又似《演繁露》《名義考》諸書，非詩話體矣。

吾鄉諡恪勤公陳總漕鵬年，山河竹帛不朽，固不在詞章也。然其爲詩，不事雕琢，動合唐音。爲朱公聖《題徐士莽畫障》云：「徐顛吾楚之奇士，飄然巾舄飛仙樣。平生善畫兼善酒，畫興方豪酒無量。有時懶發不可醫，筆研凝塵封十丈。京口作客懶尤劇，一月不出滄江上。紫陽主人素好客，招邀屢促看山杖。況有阿咸作酒人，醉墨淋漓神乃王。信宿何勞腹劈藏，東帽紛披意酣暢。同時過我意氣豪，手持新畫山水障。老樹參差絕磴間，夕陽杳靄横煙嶂。紫翠千重與萬重，細路微茫迷去向。頽唐古塔似雷峯，縹緲天池疑雁宕。不應未着畫中人，滄洲老子天所放。同君痛飲三百杯，春溪踏碎桃花浪。」公生而剛正，忤當軸，繫江寧獄，時趙恭毅公申喬出都，過其地，奉天語浙江督撫「還我活陳鵬年」，其忠忱格君如此，袁簡齋枚爲之立傳。公號滄洲，著有《道榮堂詩文集》。

陸中丞朗夫，清操自勵，間涉書史，爲樸實有用之學。巡撫湖南時，總制以閱兵抵長沙，陸迎入廨，所食皆菽乳菜蔬，訝之，曰：「天久不雨，地方官戒殺清齋，故所食如此。」總制素豪侈，歸寓，悉徹其豐腆。人嘉總制之知過，而益歎公清德感人之速也。公詩瀏亮真切，《偶感》云：「知己未妨當代少，浮名深恐後人聞。」《廣園同阮唐山同年作》：「苛節刪於相熟後，淡懷長似訂交初。」公諱耀，吳江人。沒之日家無長物，其友徐貢生嘆之曰：「一貧至此，即不死亦難度日矣。」今入祀鄉賢祠。

鐵中丞保，字治亭，東鄂氏，滿洲人，少以詩名，尤工書法。北人論書，以劉相國石菴、翁鴻臚覃溪，及中丞爲鼎足。嘗選滿洲人詩百二十卷，爲《熙朝雅頌》。中丞詩以雄渾勝。《雨中過鄒縣望嶧山》云：「嶧陽千仞欝崔嵬，雨濕芙蓉面面開。碑碣字消秦帝後，風雲氣擁岱宗來。山川地有參天勢，鄒魯人多曠世才。我欲登高停使節，隔溪空翠濕龍煤。」《登攝山最高峯》云：「危峯崱屴千巖外，瘦削芙蓉入渺冥。龍虎氣蒸鍾阜白，金蕉影蘸海門青。時平莫問山多隱，僧老方知藥有靈。欲訪江郎舊亭館，碧雲紅樹幾飄零。」又《即事》云：「愁裏逢春驚老至，中年生女當兒看。」用意皆極警動。

「文章本天成，妙手偶得之。」此語信然。李西巖相國《過采石磯口占》云「五風十雨梅黃節」，正在求對，不得。程敦篁隨應聲曰：「二水三山李白詩。」真天造地設，非解人不能索也。

順治己丑，王師平潭，以潭人多貳於勝朝，下令殲焉。邑人唐魏子有詩紀之云：「黑雲壓江雪盈尺，夜半渡馬三萬匹。將軍醉飲不離鞍，斫關潛遣精騎逸。自注：諸帥大宴。寒城燈火雜人聲，賊耶子耶疑虛實。須臾毳帳百重圍，笳葉不吹謀大密。平明捧出屠城令，親點紅旗三千卒。番刀霍霍吼向晨，父老手猶抱降帙。魄奪全無痛噫聲，血股只與溝渠溢。腕臂半脫鬆被衣，頭顱倒擲雙折膝。初捕複壁及廢井，漸識假髡犯禪室。摩抄頂辮信手芟，就中鑒別百不失。令不殺僧，僞者不免。墮樓若個紅顏人，子女悉掠。解圍那用書生筆。幕客數百士。鼠雀食盡不爲城，與就生烹寧潰出。拄撐八萬身首誰，可數者八萬。聚萃賢愚成蟣虱。鬼哭猶聞問十家，高季，號十家子。愁煞回探歸馬疾。不知何處活七人，僅存七姓。涕泣髣髴爲予述。大殺連三小殺五，自辛至戊凡六七。己丑孟春正月日。」魏子，名世徵，順治辛丑進士，出宰玉山，尤西堂序其詩謂：「蕭然而秋風，鬱然而雲雨。粲然而湘娥笑，淒然而山鬼愁。」信不謬云。

宋梁文靖公克家《梅花》詩云：「九鼎燮調終有待，百花羞澀敢言芳。」用王沂公之意，亦魁天下，位宰相。本朝張文端公英爲諭德時《詠梅》云：「嘉名他日傳調鼎，記取蟠根在草萊。」王漁洋見之曰：「此宰相語也。」後亦果驗。

三公貴顯，皆於《咏梅》兆之，亦一奇也。

康熙中，開博學鴻詞科，湖南獲舉者，王了菴徵君岱而已。鴻博已入選，爲忌者擠去。宰澄海，卒。澄立祠祀之，與韓、陸二公配享焉。楚詩，竟陵之後多墮入魔道，至徵君始起而振之，時人以與漢陽王孟穀戩並稱「二王」。其詩尤精五律。《觀音巖》云：「靈鷲飛何日，青蒼面此巉。佛身依洞長，僧舍傍山嵌。石乳泉成雨，年深樹補岩。我來尋往跡，蝠燕語呢喃。」子禹書，亦能讀父書，詩境高渾，雅近韓陶。《碧泉對月》云：「半壁壓石陰，煙霧蒼莽深。久之風榛間，孤光吐泉心。月英化寒露，清彩凝空潯。隱隱合潭氣，碧散青蒼林。」

《困學紀聞》中有云：「秀幹終成棟，精鋼不作鈎。」包孝肅拯之志也。「人心正畏暑，水面獨搖風。」豐清敏稷之志也。又云：「更無柳絮隨風舞，惟有葵花向日傾。」見司馬公之心。「浮雲世事改，孤月此心明。」見東坡公之心。愚按丁謂詩云：「天門有九重，終當掉臂入。」王元之謂其奸邪。王荆公詩：「令人未可輕商鞅，商鞅能令政必行。」楊元素謂覩其行事，已頗類之矣。是不特君子之志可知，小人之志亦無不可知也。

嫦娥奔月事，詩人多用之。本於《淮南子·覽冥訓》：「羿請不死之藥於西王母，恒娥竊以奔月，悵然有喪，無以續之。」注云：「恒娥，羿妻。」張衡《靈憲》作「姮娥」，其言比《淮南子》爲詳。楊升菴謂「古者羲和占日，常儀占月，儀、俄音近，因訛爲嫦娥。」袁簡齋復引一說，謂「奔月爲坋肉之誤。」翟晴江則謂「好事者寓言其造爲名字，即取《詩》『日升月恒』義耳。唐人避穆宗諱，宋人避真宗諱，凡經籍『恒』字，多改爲『常』。時人因亦呼恒娥爲常娥，或並改其字爲嫦。字書惟《正字通》收之，可見其沿俗也。至《太平廣記》言：「嫦娥奔月，後復還爲羿妻。月中自有主者，爲結璘，非嫦娥。」益繆，悠不可究詰矣。

邑周伯孔聖楷，淹雅淵博，談古今事若列眉。嘗自謂以才運書，則可導河源於腕底，規建章於硯北。以雅資博，則酌群言而攻瑕奏新，準至理而露文抒性。生平著作浩繁，而《楚寶》一書，尤資掌故，入國朝《四庫全書》存目，近年鄧翁湘皋又爲之重梓焉。詩奇瑰鴻麗，能不落古人窠臼。《咏昭山》云：「嶽氣静好雲中躋，餘戀靡不伏而犇。九向九背至昭山，却與嶽麓相吐吞。辟之巨祖衍其派，特起亦能壓諸孱。我盧去山三十里，山下能高雲在水。朝看暮看沙鳥飛，嵐光樹光屋簷裏。每乘清景嘯空舲，晴淥峯文淨如洗。古云名士名山産，愧聞此語面發赧。山川美惡錫由人，名士遨遊帝所簡。不見嶺巖何地無，謝朓青山常在眼。」

鄉前輩胡虞繼，詩如景星慶雲。國初時，名噪天下。著有《芝廬唱酬集》《榆林詩鈔》，假歸，著《南旋集》，其境地則又高矣。《月夜偕謝康山何朝宗登觀湘樓》云：「如帶江流憶遠津，蘭華香草最彬彬。樓頭好月非無主，霧裏湘鬟若有人。漢水煙波長悵望，晉陵雲樹引蹄輪。西南歲晚猶行役，暫向龜欄一欠伸。」

張瓚《過昭陵灘》云：「江頭落日照平沙，岸曲帆迴帶影斜。撥刺魚驚知石磧，依微火聚認山家。一舟危渡如天上，雙槳輕摇送落花。險絕不須驚灩澦，蛟龍眠處慎無譁。」此間題咏甚多，無與抗手。

萬棲爲潭之勝境，凡韻士高人過此，必紀以詩，亦隨題隨失。舊閱邑乘註周聖權七律一首，渾厚沖和，視後來之徒矜豪氣者，大有純駁之別。句云：「岸花明媚接芳洲，三月江風送客遊。臺閣初成延勝蹟，山川有待識名流。野煙窈窕村中樹，帆影參差檻外舟。清絕瀟湘堪唱和，競將韻事一時收。」

秦涵村文超，詩具錘鑪，尤工寄託。乾隆時，天下無不欽仰。摘其《泊鷓鴣磯》云：「暝色深林岫，輕舟尚數移。衆灘爭水急，一鳥掠煙遲。星斗徵時會，江山寄別離。夜深猶默望，想見古人思。」

余伯華舅氏自入詞垣，即與顧太史元熙友善。每檢其小楷式帖，囑余朝夕臨摹。余竊瓣香奉之，嗣見其詩牌集字詩十首，俱名人吐屬。《采蓮曲》云：「藕舲半壁動煙水，度曲仙姬鶯七里。蘋沙雪皺衫痕肥，鳥夢釵蕤漾羅綺。游蜂隔鬢撲零絮，欲刻榴瓊訪鳳使。楚台人去藍橋風，老魚喧竹猿呼子。丹虹飲島白波永，珠宫晝浣天衣影。霧絲飄錦紅香殘，一笛花陰引蘭艇。鳴璫拂窗翹鷺醒，荇罥裙紗綠雲冷。檀娃邀伴過儂家，海龍飛雨關南嶺。」

萬方伯荔門先生貢珍，政聲清簡，遐邇臚歡。而優待士林，尤多蒙其拔擢，詩近蘇、韓，有盱衡一代之概。九日雅集城南書院，留別，黄樹齋先生爵滋贈以句云：「南邦耳目一番新，如此江山如此賓。檻外嵐光遲遠別，樽前飄影駛餘春。長沙太息匡時策，衡嶽流連採藥人。知有詩篇追吏部，可能回首憶兹晨。」方伯書法秀逸，尤冠絕一時。

桃花江爲屈大夫著《離騷》地，過者每多懷古之作，皆貌合而神離。近見益陽汪上舍紹瓚七律一首，沉着痛快，妙絕無理學語障，聞者皆爲擊節，句云：「懷沙人去已千年，今古英雄絕可憐。綠水有情悲楚客，碧桃無主寄詩仙。愧爭科第休題塔，愛讀離騷怕問天。兩岸漁歌聲未歇，寒風吹斷隔江煙。」上舍號少菴。

黎侍御樾、喬先生吉雲，讀書以忠孝自勵。歲戊子，赴春闈，余與偕行。詩酒餘閒，輒以古今治術分別剖斷，如孟博出使時焉。及由詞垣改台諫，不爭名，不立異，惟以忠君愛國爲心，故所論列皆關天下大計。昨歲引疾歸里，亦可退則退，初無容心於其間也。然雜宮錦於漁蓑，敢忘君賜；話玉堂於茅舍，更覺身榮。生平詩始學韓、蘇，近年則宗漢、魏。出都有《留別》詩八首，如香象渡河，羚羊掛角，幾於無迹可求。錄其三云：「殘蟬已無聲，楚客今當歸。寸稟養頑鈍，悠悠經歲時。仰睎蒼天高，正色無由窺。周道自挺挺，我行殊紛歧。省識轉惶惑，汗漫無耑倪。鑪薰就詹尹，繇偁滋然疑。人生要自審，進退命所司。吾其爲瓠樽，襆被從此辭。」「諫官非冗員，爲國肅紀綱。驄馬好威儀，繡豸美文章。一介田間來，居然繆所當。豈猶不足與，而有奢志萌。顧惟策萬里，駑劣豈宜襄。六載了無補，得不還耕桑。敬告同僚友，去就皆官常。昨者陳與朱，翩若鳧雁翔」。「幻想學那叱，骨肉還吾親。終知非了義，爲有心肝存。昔裒終天憾，便擬余佩捐。丙舍今當成，寢食依松阡。禮讓式閭里，詩書逮兒孫。仕隱有殊軌，蘿袞皆君恩。百年會有盡，一息念所天。去去君門遠，魂夢長周旋。」

十年五過潙江，間得其地之詩，亦旋於客中散佚。春間致書魏寓卿良、劉礪卿代英，囑錄舊作。時二君銳意科名，但云「願以異日」。自是，一江春漲，尺素難通，以爲此乃續選時事也。頃譚荔生持礪卿題《祝融峯看雲圖》詩一首，離奇變幻，氣旺神周，信名下真無虛士。而余平日之推仰，尤爲不謬。句云：「開元大素煙霞耀，堂懸萬丈晴雲圖。矧兹朱嶽九千丈，離宮閃鑠西南隅。昌黎詩句開雲頂，至今雲氣猶衙衙。白衣蒼狗氣不化，神霄鬼物潛爲驅。武陽洞人散雲鬟，玄夷男子回雲車。都疑山嶽孕靈怪，但見一氣包寰區。我思洪荒混沌死，陰陽爲炭乾坤鑪。造化小兒弄狡獪，古今變幻成須臾。譚子胸次有丘壑，凌雲意欲登天衢。下睨魚龍爭洞穴，起視樓閣棲蓬壺。近談真經憶張子，頗識物理參太虛。青雲出山作霖雨，白雲在天不可呼。逍遥世外雲中君，塵世頫仰胡爲乎。我見君圖意清遠，我生豈爲形骸拘。五峯十洞觀止矣，欲往從之遊匡廬。匡廬飛瀑觀者誰，謫仙之子高陽徒。」豪宕蒼勁，真有不可一世之概。礪卿工書善畫，古文學昌黎，不徒得其形似。

長沙縣令王初田先生葆生，《題夢遊南嶽圖》詩，語必堅凝，意歸清俊，每覓其稿不得。頃，荔生檢其三首之一，遂急付諸剞劂。句云：「一棹浯溪路，衡峯數往還。霞蒸丹艧嶺，煙罨綠蘿灣。回雁知何處，驂鸞証此班。山靈迎九面，一面我猶慳。」先生治理精明，一時稱爲循吏。

《題昭山》詩無四言者，惟馮一第有四言一首，純樸古雅，恰似《葩經》，握槧懷鉛之士，所當諷咏。詩云：「滙流二湘，參江一峙。列峯磅曲，仰抱湘水。迴帆無門，豬波不駛。煙銷閣出，山滅江起。如嶽半峯，如雲層累。西岩漁父，九疑帝子。永懷來遊，空山月喜。」

題畫詩無寄託，直優師戲耳。近見湯逸菴孝廉又新及張茂才新藻所題畫詞，縱横恣肆，直欲睥睨千古，真才人手筆也。逸菴《題伏虎圖》云：「視耽耽，欲逐逐。羣獸莫如虎最毒。欲逐逐，視耽耽，虎性噬人何貪殘。有時火烈拔林舞，木葉紛紛落如雨。有時長嘯南山頭，驀然捲地風颼颼。掉尾那容續走狗，雄威直欲吞全牛。君不見，嵎可負，險可走。勇非叔段強非莊，善搏更誰誇赤手。何物深山顛和尚，一猛一顛兩相向。手揮蒲扇雲團團，霎時塵落千林端。匪劘其牙匪探口，竟爾一拜一稽首。願茲佛法長皈依，敢似從前作大吼。我聞深潭制毒龍，毒龍馴伏深潭中。又聞涿水駕赤鯉，赤鯉慴伏涿水裏。忽披此圖逾駭然，始信法力真無邊。世上豈止猛虎猛，凡間幾見顛僧顛。方今利口尠分剖，不減咆哮恣吞吐。願吾師顯大神通，收盡人間市中虎。」張號翰卿《題宋道君畫鷹》云：「人君自有君人德，且不斤斤事翰墨。況復技小如丹青，一藝之長一臂力。嗚呼噫嘻宋道君，高名竟從畫鷹得。長空突出百鳥驚，聰明豈曰非天錫。昔有作者張僧繇，能使窺簾鳩鴿匿。後高孝行亦爲之，奮翮幾於欲破壁。如張如高都擅名，豈爲官家名稍抑。九重天子兩畫師，不圖工力乃悉敵。須臾胡馬壓空來，萬里營連鵶陣黑。兩河南北盡哀鴻，瞻烏無屋其誰適。胡不移此畫鷹心，拚救蒼生巢燕急。與驅烏合蜂蟻屯，曷畫蒼鷹使一擊。」

湘潭詩人惟張氏一門最盛，其來自國初者，人呼爲新張。新張詩學，皆開派於南麓先生之《鄰嶽堂集》。先生當擾攘之秋，流離播遷，不廢吟咏。嘗以其集呈王漁洋，漁洋署其端曰：「排宋入唐，追蹤老杜，即本朝三家亦避席，何況餘子。」推崇可謂至矣。茲摘其《望水簾洞》詩云：「洞靈源注晚峯巔，百丈遥看冷到泉。織女機頭拋練落，仙人簾內抱龍眠。翻騰玉宇濤生海，吐納朱陵雪滿天。我欲乘間看醉石，笛聲嘹亮隔輕煙。」《靈隱寺》云：「舟窮路折接崔嵬，萬軸千巖一障開。石壁佛聞花散雨，洞門龍老夜轟雷。百年身世消清磬，三月湖天熟早梅。嬾煞黄鸝啼不得，冷泉亭上却飛來。」皆足開拓萬古心胸。又《滕王閣》云：「山横秀色春連楚，江急寒聲夜入湖。」《即事》云：「地迴日收丹壁秀，話間天入午鐘清。」俱盛唐名調，先生諱文炳，舉人，以縣令終。

漁洋老人《秋柳》詩別有寄託，後人和韻之作，皆難出其範圍。邑李花潭少時亦和其韻，爲騷壇傳誦。錄其一云：「百花依舊染藍衣，太息而今景物非。細雨池塘新燕少，夕陽門巷亂鶯稀。風翻荻葉搓絲老，雲點蘆花誤絮飛。莫問春明門外樹，宦遊人正恨暌違。」詞意清婉，不減漁洋丰致。花潭名湘甲，經術湛深，性情渾厚。成進士後，出宰湖北縣令，陞授漢陽同知，告疾歸里。遽赴玉樓，其嗣君亦相繼下世。廉吏、清才，一齊抹煞，殊可慟也。花潭素善度曲，著有《桃花夢傳奇》藏於家。

異哉呂居仁之作《江西詩派圖》也，吾不知其去取之意云何。夫居仁在宋時，以詩得名，自言傳衣江西，乃自山谷以降，列陳師道、潘大臨、謝无逸、洪芻、饒節、僧祖可、徐俯、洪朋、林敏修、洪炎、汪革、李錞、韓詢、李彭、晁冲之、江端本、楊符、謝邁、夏隗、潘大觀、林敏功、何顒、王直方、僧善權、高清，合二十五人，以爲法嗣，謂其源流出豫章也。但山谷清新奇雋，自出機杼，誠爲別出一派，而所列二十五人，陳師道雖失之直，然學本於杜，在圖中端推傑出。若何顒、潘大觀，有姓名而無詩，王直方詩絕少，又無可考。且陳師道，彭城人；韓詢，陵陽人；潘大臨，黄州人；夏隗，二林，鄞人；晁冲之、江端本、王直方，開封人；祖可，京口人；高荷，京西人。其不皆江西也，明矣。如不定以江西人爲例，則同時秦少游亦爲吳人，日與山谷唱和，胡不入派？如必以江西人爲例，則同時曾文清，贛人，又與居仁以詩往還，胡以又不入派？擇焉不精，語焉不詳，欲免後人之異議難矣。趙雲崧《詠廬山》詩云：「江西詩派江西人，從來多骨少肉筋。」則其爲派，亦從可想已。

昔余客長沙，王壽卿讌集同人，有翩翩公子倜儻不羣者，則李秀才文鶴也。余愛其清才雋宇，訂莫逆交，自是得接其尊人春橋先生。酒酣耳熱之時，以《湘萍賸草》見示，皆上窺漢魏，下涉三唐。茲錄其《俠客詞》一首，餘可概見。詩云：「匣底卧龍吟，盱衡意氣深。偏多不平事，都上酒邊心。緩急人時有，恩仇我獨任。何懈天下事，韜晦薄華簪。」殊有建安風骨。其集中題詞，亦多名作。長白穆耕珊先生揚阿云：「邂逅遇佳士，好句寄心聲。何必論今昔，斯人獨性情。清言參妙諦，古誼重新盟。揮手自茲去，潯江別恨生。」江寧鄧制軍嶰筠先生廷楨云：「山水入遙唱，泠然笙磬音。從誰拾生草，復此奏瑤琴。客路關河老，交情縞紵深。海天孤艇上，爲爾一長吟。」時先生居制軍幕中，適制軍與林少穆尚書則徐查辦海口事件，舟中暇時所作也。少穆先生亦贈詩云：「詩人不樂以詩名，少作翻疑老更成。開盡紅蓮詞客鱧，拾來香草故園情。鯨魚碧海奇能掣，雛鳳丹山韻又清。今日謫仙移櫂去，吟懷難遣踏歌聲。」其推重如此。余亦題有句云：「有子號稱名下士，讀公詩勝古人書。」

「桃符灑灑萬家屋，人海聲中轟爆竹。索逋客散馬脱閑，守歲詩成蛇赴壑。山人拈香燒華燭，爲即墨侯致湯沐。良田每每慶有秋，豚蹄報賽輯景福。炎兮醉飽神果靈，當筵自坦便便腹。忽來虬鬚中書君，趹宕凌空恣剁啄。云何禿我千兎豪，坐領芬芳玷詩祝。元香太守復申申，爾本頑然靦面目。緊余植身重圭璋，磨頂放踵胡太酷。楮生黧面同怨咨，侯自無言氣肅穆。山人眉笑謂三君，顧我嘗學斷斯獄。師克在和交有功，四友同文匪異族。我生真宰窮幽搜，粉本一一借川岳。諸侯藴藉兼風流，佐我臨池濯塵俗。流傳吟吻生奇香，照耀千秋賤球玨。煙雲供養將無同，稱耐久朋侯所獨。溫而能厲恭而安，策勳第一理亦足。三君莞爾無異詞，相視莫逆倍肫篤。餕餘淺酌心陶然，胸中萬壑千巖矗。明年大有知頻書，四友德馨聚一軸。」此謝薌泉先生振足《題硯圖》詩也。濡染大筆，爲後學豎一標準。先生剛方正直，在朝時，人皆畏其嚴厲，有「燒車御史」之名。著有《知恥齋詩集》。

湘潭於長沙爲劇邑，號稱難治。十年前，俞同甫先生昌會來視，其事渾厚精明，士民感如父母。吾友陳副車錫昌上樂府八章，頌其《賑災黎》云：「原上草，原上草，旱既太甚形枯槁。忽然雲油而雨沛，蓬蓬勃勃生機遂。小草豈無知，窮民亦如之。君不見，潭邑之衢通水陸，林林總總，不少鰥寡與孤獨。仁人哀此無告民，時給纊繒與糜粥。於鑠平寒者衣其德，飢者食其德，使君依然無德色。」他如紀其公平則有《潭州月》，紀其廉潔則有《湘江水》等作，皆非諛詞。乃治潭不過二三年，即擢陞太守，陳副車亦已下世。侯德固不能忘，而讀副車諸作，又頓增鄰笛之感矣。副車號漱薌。

詩有不謀而合者，一夕集同人茗談，賀鐵耕述《咏眼鏡》云：「料定此生離不得，我爲水母爾爲鰕。」辛木聞之，鼓掌曰：「余曾題《瞽丐牽犬圖》，亦用此典，君何先得我心也。」問其句，則曰：「料向前生問因果，一爲水母一爲鰕。」二詩題目不同，覺妙手拈來，頭頭是道。又湯日莾與吳北萱同咏《茶罏》，限「紅」字韻。正在思索間，湯忽拔案叫絕，謂得一妙句。吳曰：「君必是『紅』字韻，此妙我亦得之，但未得對句耳。君且勿言，各書於紙，以証異同。」及書就時，則皆是「火倩樵青一扇紅」之句，彼此大笑。余謂慧業文人，每心心相印。間見近人詩文，往往與古人脗合，而論者總謂其蹈襲雷同，正不知抱許多寃枉矣。

詩貴雄傑，能此者莫如張君筦侯之作。其《月下渡黄河》云：「無限榮光隱曜浮，軒車漸漸駐鳴騶。遠分山嶽來天上，直送魚龍到海頭。夜月一萍飄客使，曉風萬弩薄陽侯。洪濤涉盡不知險，大笑前身是斗牛。」《咏杜陵》云：「拾遺雄律横今古，亦在夔州以後詩。暮雨江聲寒涕淚，黄雲秋色老鬢髭。疎狂發嘯羣猱落，困頓籌邊萬馬馳。剩有草堂長未覓，楚天孤處坐興思。」《飛將軍》云：「朔雪陰風幾度遼，將軍何定數嫖姚。短衣直盡關旁虎，隻尾難分座上貂。西漢功名歸牧豎，北平汗血付柴軺。餘威獨有焦銅識，怕向天山更射鵰。」《楚霸王》云：「五年父老虚延頸，千古風雲太慘顔。」《木蘭女》云：「燕頷率知飛食肉，蛾眉偏得學彎弓。」皆識力俱到之作。著有《漱石園詩稿》。筦侯名九鍵。

詩最不宜蹈襲，而古詩每令人覬覦。如昔人題釣臺云：「好了嚴子陵，虧了漢光武。子陵有釣臺，光武無寸土。」其用意可謂包一切、掃一切矣。而後有咏梁太子臺者亦云：「蕭梁無寸土，太子有高臺。」此明明託胎於此。又見《隨園詩話》中《戲馬臺》云：「儘教宿上歸劉氏，剩有斯臺與項王。」語雖委婉，其意不無雷同。吁，我口所欲言，已言古人口。以今日而言，詩非别具卓識，任如何推敲，皆前人殘膏賸馥耳。

湘陰茂才徐海宗並庾，工書，能詩。與余交垂二十年，每遇春秋佳日，輒酣吟朗咏。家無擔石，不計也。詩多蒼凉激楚，同人欲梓以傳世，因不得其全稿，兹錄其《感懷》八首，已可見其才力。詩云：「窮骨何來五百金，不平鳴但有秋吟。

朝霜漸上星星鬢，夜雨全寒寸寸心。少壯幾時將老大，廟廊無分即山林。焦桐料斷中郎聽，太息良材爨下音。」「悔拋躬稼攬征鞭，遠道輪蹄鐵易穿。噍羽嘵音思樂國，哀絲豪竹感中年。洞庭柑橘何緣樹，杜曲桑麻未有田。五角六張長照命，不堪回首在山泉。」「邯鄲遊俠五侯賓，錯信天涯若比鄰。破屋果然成壯士，買絲終竟繡何人。凄涼紙帳梅花夢，齷齪泥巢燕子春。龍性未馴難自薦，飯牛歌久薄齊臣。」「借住青山足卧遊，采茶烹瓠六春秋。閉門但稱懨懨病，舉目都成黯黯愁。自斷此生休射虎，更無高會可椎牛。健見身手狂夫喙，含醉新豐犒馬周。」「亦有先人敝草廬，每思歸理舊樵漁。平生遠志無消息，垂老高堂重起居。貧裡家山堪墮淚，別來兒女漸知書。一身八口區區願，太上忘情總不如。」「墨池魚槁管城髡，百戰歸來有淚痕。夢裏侯王今白髮，眼中裘馬半朱門。世方貴士難高隱，天好生才易寡恩。筴卜篿占無一是，可憐顛倒楚王孫。」「絲桐在御不能歌，門指西州痛哭過。舊雨頭銜新鬼大，生憐心事死捐多。九原選士何倉卒，一代論交半折磨。富貴無忘言在耳，思量冥報已蹉跎。」「劍炊矛淅待雞鳴，長夜漫漫莽自驚。一息存猶思作苦，萬緣灰不到謀生。禽言豈有翻車粟，婦誶何堪戛釜羹。來日大難還日日，杞人憂患不分明。」又《挽妓》一聯云：「試問十九年磨折，却苦難來，如蠟自煎，如蠶自縛。沒奈何羅網橫加，曾語余云：君固憐薄命者，乃惜一援手耶？嗚呼，可以悲矣！憶昔芙蓉露下，楊柳風前，舌妙吳歌，腰輕楚舞，每盼酡顏之醉，常勞玉腕之扶。天台無此緣，會真無此遇，廣寒無此遊。縱教善病工愁，拚他憔悴，尚恁底談心遙夜，暗數雞籌。况平時裊裊婷婷，齊齊整整。詎圖三兩月歡娛，竟拋儂去。望魚常渺，望雁常空。料不定琵琶別抱。然爲渠計：卿豈昧夙根哉，而肯再失身也？若是，殆其死乎？迄今荳蔻香消，蘼蕪路斷，門猶崔認，樓已秦封。怕招紅粉之魂，枉墮青衫之淚。女媧弗能補，精衛弗能填，少君弗能禱。惟願降神示夢，與我周旋，更大家稽首慈雲，乞還鴛帖，願世後日夫夫婦婦，世世生生。」音節蒼涼，詞情愷摯，因附錄之。惜天不予以年，深爲悼惋。

邑明經馬悔初先生敬之，幼負神童之稱，自髫齡冠童子軍，即以高文典冊，照耀儒林。生平讀書，搜奇愛博，摘異鈎新。又能抉取菁華，以供驅使，故其詩豪宕激楚，倜儻雄奇。凡横戈躍馬之士見者，無不俛首頂從。李雲根壁端見其《題沈栗仲先生畫幅》之句，清超中寓以澹曠，遂取以付梓。句云：「憶二百八十峯色，西湖如鏡照烟鬟。别來丘壑知何似，且畫湘中平遠山。」「老樹椏槎不入時，團蕉偃蹇帶疏籬。參軍無那宦情薄，許爲秋光屢賦詩。」

卷二

長律須氣局嚴整，屬對工切，段落分明，而其要在開合相生，不露鋪叙、轉折、過接之迹，使語排而忘其爲排，斯爲能事矣。唐初應制、贈送諸篇，並稱佳妙，少陵出而瑰奇鴻麗一變，故方此爲開先手，後此無能爲役。

詩畫都根性情。近讀胡竹秋宗岱《畫蘭》，氣雋神清，如持萬斛秋光，足以療俗。其小阮筱吾質尤靈敏，嘗有句云：「萬壑風聲吼，一衾寒氣生。何堪此長夜，獨自坐深更。殘雪壓窗白，孤燈伴壁清。江東雲尚渺，形影自相親。」

惜未冠而卒。

近人懷古詩有極工者，如丁禮門明府《女媧陵》云：「泰古人原憑結撰，洪荒天亦待彌縫。」《扁鵲墓》云：「從來國手回生易，自古人心療妬難。」張甄齋觀察《陳橋驛》云：「黄袍豈願欺周主，寳鼎何能讓晉王。」王香谷上舍《渚宫懷古》云：「空儲啚史傳忠孝，只少心肝對父兄。」皆妙，有斷制不落套語。

次韻詩能疊至十數次者，固由學博，亦關才大。曩見安化羅洪泉先生繞型，與劉大泉、譚荔仙用工部韻互相唱酬，疊至十二三次，如入山陰道中，步步引人入勝，真騷壇開山手也。摘其《贈荔仙》詩云：「憂思填胸苦未寛，苔岑結契足吟歡。西風煮茗秋逾淡，夜雨當窗夢亦寒。莫向侯門空鼓瑟，好從皇路慶彈冠。最憐明月秋江上，孤雁南翔不忍看。」「欲爲王郎歌莫哀，羈愁莽莽已千回。消磨歲月讀書畫，歷盡風霜歸去來。攬勝記尋裴相宅，問天誰訪屈原臺。離懷似醉非關飲，無限情波泛酒杯。」

余友李春城生平有三好，好詩、好酒、好客。昔年家資未落，過客之能詩、能酒者，必倒屣相迎。且於凡善舉，時復罄所有以濟如。伍愛山、張謙菴之刻詩集，春城之力居多。所作詩不雕不琢，而自然清綺。其《述懷》云：「我性多癖好，嗜酒如嗜學。經史味深醇，諸子皆糟粕。肴核百家文，醖醲深宏博。所以終日醉，持螯竟大嚼。世味了不知，仰首視寥廓。得遇飲中仙，相與洗盞酌。偶爾酒缾空，三日作大惡。床頭一甕滿，間愁殊不着。吾家老青蓮，於我留衣鉢。醉來草新詩，醒後都忘却。親友視之笑，家人顧而樂。三萬六千日，百年亦夢覺。有能從吾遊，醉鄉真可託。不見劉伯倫，持醻豈云錯。不見老山公，接離亦倒著。我亦猶斯耳，獨據鸕鷀杓。胡盧一笑間，清風滿山閣。」春城名林現。著《自醉吟樓詩集》待梓。

昔有以房屋質人而出遊者，吳雲臺題其壁云：「主人自有風塵樂，盡讓園林鳥鵲居。」用意頗涉詼諧。頃見歐陽辛木題《小瀛洲觀河圖》詩，可謂風流蘊藉，句云：「勝跡荒凉歲幾經，小瀛洲畔舊茅亭。忍看杜老千行墨，長揖湘君兩眼青。畫裏尚留詩補夢，樓頭誰貯酒盈瓶。何時魏宅千緡贖，拚向花前醉不醒。」「且喜君能守一經，無端回憶子雲亭。人當勝地誰頭白，畫可傳家亦汗青。兩代江河新卷軸，六時花草舊銀瓶。披圖應有箕裘感，十載園林夢易醒。」蓋先是黄谷音築廣廈於星郡，其間亭臺樓榭、花柳池魚俱極幽雅，顔之曰「小瀛洲」。後典去，主人猶戀戀不捨。其子雲舫因繪圖索詩，一詩和者語多激楚，未免唐突西施。辛木此詩，感慨中又寓慰藉之意，故佳。

余平日論詩，最喜尚才氣。近自湘陰吳雲臺外，則僅見吾友歐陽辛木梓。辛木天懷曠達，自七歲拈韻，即學李、杜、韓三家，本朝詩則最喜趙雲崧、張船山所作。以趙之意矯張之筆，超也。稿中佳什，不及備載，摘其《咏零露臺》云：「轉眼樓臺夕照紅，昔時漢武氣熊熊。可憐勝跡悲零露，無復英雄起大風。運會何堪歌薤葉，仙人空自泣金銅。高名千載難磨滅，避暑猶思覓桂宮。」《雨花臺》云：「荒凉遺蹟暮雲浮，說法當年意可求。五代直如花過眼，千秋誰識棒當頭。布衣罩帳興王地，剩藥殘香故國秋。莫更臺城傷往事，禍根早伏亂臣謀。」其沉鬱頓挫，真是才人手筆。七古則天馬神龍，不可方物。如《題李海槎乘槎破浪圖》云：「書生奇氣塞天下，不在功名在圖畫。雷雨經綸會有時，豈忍埋頭伏廬舍。

李生意態何昂藏，豪興忽發神飛揚。羣流洶洶束不得，騰上仙槎去如擲。人疑君作張騫遊，支磯石畔多風流。修到神仙愁更甚，吾縱可欺仙不肯。又疑君自五湖來，茫茫煙水清吟懷。人生未履富貴地，浮家泛宅談何易。我知君意大不然，不願學逸叟，不願求神仙。已被老天強生我，我用我法無不可。但恐此權天奪之，輪環顛倒如沙泥。耳目手足皆束縛，遂使終日不得揚吾眉。再欲跳出刼灰外，執彼之法將焉施。何如衝波去萬里，一任白日扶桑馳。馮夷鼓浪鯨張口，鱗蟲瑟縮駭且走。天亦不忌真英雄，百怪消滅匿羣醜。風雲變態須臾間，龍爭吟兮虎怒吼。凡物得志皆軒渠，即此知君大抱負。吁嗟乎，尺寸之地安如山，令我對此開心顔。我欲將身化爲石，亦倩畫師圖入丹青間。看君擊櫂大海何時還。」辛木，籲卿弟也。

阮步兵《咏懷》、陳拾遺《感遇》，自是古今絕唱。而或謂阮爲司馬昭作勸進牋，陳仕武后建明堂議，皆篡賊之黨，不當存其詩，迂哉其論也。必如所云，則漢之李陵降匈奴，蔡邕仕董卓，建安七子自孔文舉外，無一不爲曹氏用。而晉之潘安仁亦黨賈氏，陸士衡亦抗王師，其詩皆不當存。自唐以下，詩人尤指不勝屈。渠胡不一一摘之，獨集矢於二人何爲乎？且即以二人論，其心猶不無可原。按：阮嘗登廣武，發英雄之嘆，絕司馬之求昏，而「丹淵」一歌其感慨尤深，勸進之作，安知非權宜免禍？武后朝，周興、來俊臣以羅織助惡；楊再思、閻朝隱以謟柔固寵。陳以區區一拾遺，屢進讜言，雖不能比於梁公之乃心唐室，較五鬼、四其御史等不有愈乎？王船山著《通鑑論》，極爲刻覈，而於陳獨有恕詞，盖有以諒其心矣，「蚍蜉撼大樹，可笑不自量。」此之謂也。

晏楂薌夫子，余業師也，與余先大父交最篤。余受業時，夫子年才五十，雅意栽培。每課文講經之餘，即將漢魏以來諸詩，諄諄誨迪。今越三十年，猶服膺不置。邇來夫子年躋八秩，積藁如山，俱堪傳世。《樵夫詞》云：「鳥嚶嚶、獸麌麌，山自深、木自古。風落枯枝不藉斧，一肩挑過桃花塢。歌聲滿徑夕陽斜，歸與山妻治雞黍，閉戶不妨三日雨。」有勸其爲暖老計者，喻以詩云：「卅載鰥居似守貞，累君憐我太多情。應知處士林和靖，抱着梅花過一生。」其風趣如此。又過余祖東垣公墓云：「隴西李東垣，耽吟到白首。其量如春風，其詩粹衆有。非鬼亦非仙，瓣香杜陵叟。幾度見余詩，說項不絕口。白雲峯外峯，紅杏酒家酒。詩酒易忘年，呼我爲小友。惜羈千里足，終負八叉手。迄今三十年，墓木拱林藪。自我徙州宅，桑梓契濶久。支衰扶杖來，念舊不敢苟。是詩春將暮，鵑啼微雨後。佇望馬鬣封，近在仙岡右。掛劍既已遲，不覺面沮忸。回憶卅載前，撫肩呼負負。」何肫摯乃爾耶？夫子名士鎰，歲貢生。

詠史之詩，涉獵不深，則難於博大。鋪叙太甚，則難於清超。而一二飣餖家，每粘著一事，明白斷案，此又是史論，非詩格也。近見吾鄉張雲池履信，詠史諸作，精警絕倫。《董仲舒》云：「墜緒難尋泗水濱，秦灰而後此傳薪。謀謨終古推《三策》，科目開天第一人。主父官聞遷謁者，公孫爵已錫平津。醇儒轉作驕王相，賈傅同悲死逐臣。」《太史公》云：「五十萬言推博洽，二千餘載費搜尋。龍門著述淵源在，蠶室煩寃感慨深。左氏以來誰抗手，孟堅之論未知心。」《孫夫人》云：「王氣金陵秀獨鍾，孫郎威望震江東。誰知小妹香閨日，大有壯遊燕趙多豪俊，奇氣縱橫自古今。」《孫夫人》云：「王氣金陵秀獨鍾，孫郎威望震江東。誰知小妹香閨日，大有諸兄霸國風。列侍女官皆甲胄，于歸夫婿更英雄。獨憐哀怨同湘瑟，萬里蒼梧夕照中。」《宗留守》云：「呼天無計悟宸聰，老病猶聞勵鞠躬。直向劫餘爭日月，更從刀上活英雄。北行君父冰霜裏，南渡朝廷涕淚中。千古武鄉遺恨在，大星無那隕秋風。」識力俱超，自足睥睨一世。

余昔館醴東時，閒與人酬和，而性情最洽者，則莫如李氏三秀才。一青培，號玉山；一青登，號金墀；其青麟號瑞卿者，余門下士也。三人皆能詩。玉山《題黄金臺》云：「干戈叢裏偶憑臨，板築登登殺氣侵。萬馬可能售白骨，千金何惜買丹心。燕人有幸讐纔雪，齊禍無端釀已深。七十餘城猶反掌，招賢名直到於今。」瑞卿《咏狄梁公》：「北斗以南一人耳，羣賢都付藥籠收。力排鸚䳇回天日，寃雪綿衣不死秋。未有婁公頻薦士，那能武媚便低頭。東宫畢竟迎鑾後，還問當年國老不。」金墀胸懷灑落，下筆即見風雅，《題抱梅美人》云：「羅浮手植歲頻闌，清福須知領畧難。自種自看還自抱，免他攀折到人間。」詩趣雖淡，而寓意深矣。

邑楊鶴皋雲松，近人中之衛叔寶也。十三歲補弟子員，隨食廩餼，幾幾乎有長風萬里之勢。惜長吉鬼才，未三十遽赴玉樓矣。其題《崔婆井》詩，人多傳誦。句云：「阿婆井畔閒沽醉，挈榼欲呼張道仙。祗須痛飲作清聖，不用移封到酒泉。石甃苔深醮寒碧，斷碑藤老鎖蒼煙。武山山下桃源路，多少春風不賣錢。」井在常德府武山下，宋時張虚道士掘之，其水如酒，可市錢，藉以報崔婆者。鶴皋賦性幽雅，嘗於所居第傍植竹千百竿，各賦一詩，分刻於其上，一時播爲韻事。後遂以「竹舫」名其集。集中詩皆清雋，余猶愛其「晚燈孤寺磬，疎雨半潭星。敗葉呼風急，孤燈伴雨青」之句。

古來高人，多隱於岐黄，如漢之韓康，唐之孫思邈，代不乏人，而詩文不概見。獨本朝薛一瓢、徐靈胎以名醫兼爲詩人，與袁簡齋諸人交，爲藝林增一盛事。何實田老人，邑名醫也，詩亦樸茂。《哭楊子和茂才》云：「自我湘灣居，君家結鄰里。尊祖吉亭公，風月接杖履。題詩萬竹間，尊甫亦繼起。回首卅餘年，流光一彈指。每念黄壚遊，清淚猶瀰瀰。那堪哭故人，又哭故人子。我今已衰年，那不管生死。憶君背父生，幼小即奇嶷。神采出端凝，世俗謝奢靡。手澤讀父書，胆丸課母氏。我叨癡叔呼，忘年到汝爾。酒陣出奇兵，詩城築高壘。酒落縱高談，過從無虛晷。每謂此子才，瀧表可立俟。豈期采芹香，尚虛折桂蕊。未登長吉年，已作長吉鬼。老親白頭摧，少婦紅顔毁。諸孤尚黄口，憑棺哭不止。哀感到路人，在旁不忍視。况我三世交，情極十分矣。吁昨病篤時，半月坐相倚。執手脉無言，含眸淚如洗。恨乏續命湯，汲取上池水。東風何顛狂，竟折瓊芳蘤。天既賦以才，胡爲促其紀。理有不可明，數有不可解。手把《離騷》篇，茫茫問真宰。」他作甚多，不及備録。黎樾橋侍御嘗贈一聯云：「岐黄舊業肱三折，元白新詩手一編。」其仰重有如此者。

落花詩佳者最少，近見萬芷汀曾鈔得陶宫保雲汀先生澍詩六首，真冲容大雅，寄託遥深。詩云：「誰舞山香曲檻頭，研光帽側欠風流。半欄紅雨三生夢，一夕東風滿院愁。薄命可堪人出塞，銷魂最是客登樓。天涯芳草關情處，不獨鵑啼未肯休。」「同日仙輿去盡忙，六銖空記舞霓裳。開窗怕見霏霏雨，掃徑深憐瓣瓣香。誤我來時剛半面，無人賞處剩孤芳。春江月色西斜夜，抱得琵琶訴别腸。」「剪剪風前意態工，者番芳信竟成空。羅裙有恨誰搴緑，錦襪臨歸尚印紅。浦口雲封春寂寂，樓頭香渺雨濛濛。瓊瑶滿眼多漂泊，莫更當筵唱惱公。」「見説神人喜御風，飄零此意豈天公。

韶華老去春如寄，妙諦拈來色即空。玉樹底須歌法曲，扁舟竟自出吳宮。癡心付與閒蝴蝶，點點香堦拾剩紅。」「記得開樽玩月華，幾回銀燭照流霞。多情自把金鈴繫，試手曾將羯鼓檛。芳事易容春闃若，香泥不斷雨多些。輸他年少風流甚，收拾紅雲上帽紗。」「依約猶能襯舞衣，狂華餘慧悟來非。半垂簾幕人初去，重到園亭客竟稀。得勢自摶羊角起，尋芳合趁馬蹄飛。隔年小別渾閒事，贏得成林結實肥。」

趙介亭《踏青》詩云：「芳草綠縈蝴蝶夢，桃花紅碎杜鵑聲。」如初日芙蕖，新鮮可愛。

余方與一二舊雨縱談間，忽有人掀簾竟入，則江右周半醒也。半醒初耳余名時，抱恙難出，倩其同鄉者先通欵曲。余時猶以爲誑，不意其生平大有詩癖也。談次述南京灼灼女史《懷外》云：「散步閒堦出戶遲，偏逢新柳惱情癡。東風不解離人苦，猶長從前折處枝。」又「梨花一簾月，楊柳半溪煙」皆堪傳誦。又述蜀中劉少雲《遊岑公洞》云：「洞口跨長虹，泉響濺清越。風聲竹影中，雲過鳥初歇。藤護古靈芝，詩刊舊碑碣。日暮思抱琴，弄此岩前月。」半醒謂其似陶，余謂當在韋、柳之間。

何閣部騰蛟，字雲從，貴州黎平人。撫巡湖南時，功勳節烈，照耀千古。郡志、省志，皆紀之甚詳。詩專尚性情，而風骨尤高。《送張總戎之任武岡》云：「江南江北望如雲，嶺表孤峯帶夕曛。報國惟憑心與力，勤勞今日屬將軍。」

近日詩人每竊古人膏馥，輒自詡據虞白上座。不知深於詩者，一味去膚存液，而神理意興，全不傍人籓籬。吾老友劉海伯鉅觀，寧邑名下士。詩承其尊人子復翁衣鉢，皆清蒼古澹。今夏有《觀漲》詩一首，洗盡凡豔，自見清腴，真老斲輪手也。句云：「長沙自古稱卑濕，楚望於今混漢池。禾稼未甦三戶地，積儲難預一年支。連宵激浪驚河伯，終歲愁霖怪雨師。怕聽哀鴻中澤集，撫循全賴長官慈。」

高陽顧符《夢中》詩云：「凉雲止復行，水花開復落。煙柳夕陽時，蟬聲動高閣。」漁陽大爲之欣賞。邑僧瘦石亦於夢中得有「亂峯爭着月，短棹獨搖煙」十字，超然欲仙。然夢中之詩固佳，而警夢之詩亦多雋句。薌泉題《夢初樓》云：「十年一覺江湖夢，夜雨瀟瀟不盡愁。是夢未醒醒是夢，如君合住夢初樓。」辛木題《希夷睡像》云：「五代無醒人，先生睡亦醒。帝王直游戲，鬼哭髑髏頂。覩此疲癃民，曷敢安斯寢。維天生聖人，有宋定神鼎。先生始無憂，從此可高枕。」噫！前望古人，後望來者，果誰是醒人耶？

往年余見丁卯橋森制藝，氣象崢嶸，足與望溪諸公抗座，而未知其能詩也。頃閱其平日咏史感懷諸作，杼軸予懷，亦騷壇中之傑出者矣。《淮陰縣》云：「猜疑機自封齊伏，推解恩隨破楚終。」《韓退之》云：「三代以還豪傑士，八千里外諫爭臣。」《屈大夫》云：「紅塵已歷三千劫，白簡猶存廿五篇。」《韓蘄王》云：「南渡江山支半壁，西湖風月占餘生。」七古如《月夜登壺山》云：「月皎皎，水茫茫，水月上下爭輝忙。清風拂我面，白露浣我腸。洞庭何浩渺，衡嶽何昂藏。羣山萬壑，一一收之襟帶旁。噫吁嘻！先我而登者去不回，後我而登者望不來。但見此月此水相瀠洄。誰與把酒山頭，坐令萬古抑鬱之牢愁一齊開。」五古如《雜感》云：「寶刀三尺長，光芒射秋水。恐落俗人手，埋藏空谷裏。夜深時一鳴，寂寞心不死。千霄氣如虹，眼前誰壯士。壯士期不來，寶刀躍而起。遇合會有時，雷掣風雷紫。

平生慎磨礪，葆此精與采。」

方言皆有出處，如「千里送毫毛，禮輕仁義重」，及「青菜半年糧」等語，俗口流傳，亦都付之無稽之數，而不知其皆有所沿也。工部詩云：「四時八節禮不缺，且同千里寄鵝毛。」又云：「青菜糧之半」，則似此等語，在唐以前即有之矣。然詩發乎情，根乎性，隨手拈來，罔非奇趣，不必計其雅與俚也。如「庭前一隻棗子樹，一日上樹能千回」，亦工部句。國朝雲崧，一代名家，亦有「我何功德施人世，喫肉三千四百斤」之句，見者未嘗不啞然相笑，而今人每即此苛論前人，殆少所見而多所怪也。

舜放驩兜於崇山，在今澧州永定縣西南，崇山絕頂有巨壟，土人皆以見之爲不祥。張埰有詩弔之云：「崇山雖僻古堯封，旅冢知埋第幾峯。未放以前曾佐帝，盖愆無後直稱凶。岩泉尚漬唐虞淚，宿草全荒去住蹤。莫向九嶷叫煙雨，當年何故不夔龍。」

顧華玉璘撫湖廣時，有《浮湘稿》四卷，凡楚南名勝，題咏殆遍。余尤愛其《謁周子故居》詩，四十字中能包括無限。詩云：「道喪千餘載，天南得異人。玄圖開太極，絕學指迷津。庭草常交翠，池蓮不斷春。咏歌風月下，瀟洒挹公神。」

唐張童子以九歲舉明經，見《韓昌黎集》，而詩不傳。閩省何小洲，亦九歲五經成誦，詩亦清曠，殆近世之張童子乎！其《咏秋月》云：「夜月明如鏡，微雲濬不收。如何千里共，只解照離愁。」《春草》云：「何處來春意，階前草忽青。珠簾遮不住，漸欲入中庭。」《天漢》云：「露冷天無際，風來水不波。」用意皆雋，其尊人金洲工書畫，善元人樂府，亦風塵中雅人也。

何錦堂老人生平詩頗近漁洋，頃有人誦其六十時題《愛晚村八景》，中多警句，余尤愛其《花潭漁唱》一首，句云：「涓江江水過花潭，潭上蘆花一鏡涵。最好風光銀世界，漁人曲共唱江南。」

寧鄉黃藏山道慤，足跡半天下。工詩與畫，得王、孟之遺，凡悲愉感觸，一寓於詩。其《登濟寧城樓懷古》云：「浮雲滿關塞，遊子齊魯間。觴汝一杯酒，長安何日還。凉風撼滄海，瘦日銜秋山。太息狂生去，愁來鬢亦斑。」是樓爲賀監觴太白處，藏山佳什甚多，拈此已可想其胸次之磊落，著有《南六堂詩草》。

孫鳳州《贈歐陽圭齋》詩云：「圭齋還是舊圭齋，不帶些兒官樣來。若使他人居二品，門前簫鼓響如雷。」亦諷世之語。

崔璆晚泊湘江，澹煙微月，有客把釣而歌云：「高枕形骸外，空江何限情。落葉不同調，半夜起秋聲。」追問姓名，置其釣竿長嘯而去，亦異人也。

仙人之詩，另有一種縹緲之致。余嘗登岳陽樓，見樓上有呂仙留題云：「朝遊北海暮蒼梧，袖裏青蛇膽氣粗。三醉岳陽人不識，朗吟飛過洞庭湖。」又《鶴林玉露》載，呂洞賓遇鍾離翁於岳陽樓，授以仙訣，遂不復之京師應舉。今岳陽飛吟亭有人題絕句云：「覓官千里赴神京，得遇鍾離盖便傾。未必無心唐事業，金丹一粒誤先生。」余酷愛其用意深婉，不徒以新穎見長。

錢塘厲樊榭鶚搜奇愛博，最熟宋、元以來叢書、稗説。乾隆元年，薦舉博學鴻詞，旋以孝廉擢縣令。入京時，謁道訪查蓮坡，即留於查之水西莊。觴咏數月，同撰周密《絕妙詞箋》，遂不就選而歸揚州。馬秋玉兄弟小玲瓏山館多藏書古器，延樊榭爲上客，日事探討。撰《宋詩紀事》《遼史拾遺》，今皆錄入四庫書中。所作詩幽新雋妙，大抵取法陶、謝及王、孟、韋、柳，而別有自得之趣。五言如《題華山草堂》云：「心跡竟沉淪，空山閟古春。亭留唐野史，名在宋逋臣。破壁全題字，雙松一作薪。惟應千載上，愁煞瘦腰人。」七言如《登寶石山關》云：「塔下樓開躡級登，東風聊憶昔游曾。春深城郭渾如畫，定裏鶯花不屬僧。人影漸移湖上柳，煙花又綠壁間藤。留題爲紀閑縱跡，只有看山詫最能。」皆擷宋詩之菁華，而去其蕪蔓者。考樊榭下世，葬於杭州西溪王家塢，因無子嗣，不久化爲榛莽。越四十餘年，何君春浦琪遊西溪，見草堆中有樊榭及姬人月上栗主在焉，因偕同人送至黃山谷祠供之。王德甫先生昶題其楹云：「丈室花同天女散，摩圍詩共老人參。」時李光甫、方湛、陶朂香梁諸公皆有詩詞紀之，并屬周生宗彥於其忌日奉酒脯薦焉。

東閣大學士劉爾鈍先生統勳，諸城人。光明正直，畿輔内外，無不懾其剛果，而情意肫然，究未嘗過爲嚴峻。臨終之日，五更起，盥洗飲食如常。升輿至東華門外，輿微側，家人呼之不應，啟帷視之，則已暝矣。上親臨其喪，不待禮臣議請，賜謚文正。詩高華名貴，《題澄懷園八友圖》云：「久切金蘭契，同殷翊替心。勤拳分几席，洒灑共芳林。煙樹瀛州景，風篁韶護音。西園圖雅集，應遜此高深。」忠君愛友之心，此可概見。

蒲給諫平若，江蘇人，令建昌，有清操。去任時，載壽樟、壽石以歸。賦詩留別，有「祇有雲居雲一段，被余裁剪入歸裝」之句，邑人相率選石鐫之，以比於鬱林廉石。

漢陽黄道開寄程伯建詩云：「名士官仍薄，崎嶇近夜郎。心驚萬里目，鬢壓十年霜。濁酒傾鸚鵡，高情典鷫鸘。蠻天山雨外，應任楚歌狂。」讀之氣味尚厚，不同凡響。

石嵋森，字天半，號迂叟，一曰退菴，一曰剩人，一曰狂奴，一曰壺山，潭之曠達人也，詩有灝氣。《君山》云：「峰巒十二聳山靈，萬頃波光一點青。孤鶴夕陽高岸淚，老龍明月滿湖腥。丹鉛已失軒轅鼎，蔓草空餘帝女亭。我欲穿崖尋竹杖，樵人指點說南屏。」

優人能詩，最是歌場快事。昔有閩人王翠芳者，聲色俱絶。以避難隨父來潭，墮跡梨園，非其本心也。詩哀艷淒楚，邑先輩曾梓其詩，曰《秋禪集》。《題葛氏山莊》云：「厭堆落葉和雲掃，愛種靈根帶月鋤。」《和吴白廣湘江偶作》云：「遷客離愁楊柳岸，美人香草夕陽樓。」《舟過折康》云：「滿船愁壓孤帆重，萬里書沉一雁斜。」《洞庭晚發》云：「紅蹇奇峰推日出，白翻巨浪擁山來。」聲調皆佳。

從來物理之感召在造物，亦出於無心而偶然脗合，遂徵靈异。永郡蔣氏泰垣、敬亭、錦橋，昆仲篤友愛，其尊人瑤川先生，宅前植山茶一株，忽三萼連蒂，咸謂和氣所感，因以「瑞萼」名其堂，並繪其圖。制軍阮芸臺先生元題云：「丹砂錬出雪中姿，絶勝田家荊樹枝。料是對床風雨夜，已曾花萼徧題詩。」「惆悵鴒原翅忽垂，三株樹底記相隨。聯鑣惜未陪驄馬，棠棣春風共勒碑。」

南省有雞㙮菌生樹間，熟而切之，味如雞肉。王建詩：「雁門天花不復憶，况乃桑鵝與樹雞。」註：菌也。殆即此與！張曠《洞庭湖》詩：「青草浪高三月渡，綠楊花撲一溪煙。」未嘗不極工雅，然是村港小景，且其鍊字尚近纖巧，大雅所不取也。試思浩然「氣蒸雲夢澤，波撼岳陽城」之句，是何等氣象。

沈歸愚云：「蘇詩長於七言，短於五言，工於比喻，拙於莊論。」此知蘇之深者也。竊謂子瞻胸有洪鑪，金銀鉛錫皆歸鎔鑄，而筆之超曠，足以達其所見。遺山詩云：「論詩只到蘇黃盡，滄海橫流却是誰。」詞雖過諛，亦未必無所見也。

嘗考《岳陽風土記》云：「李觀守賀州，有道人陳某自云一百三十六歲，因言及呂洞賓：近日在南岳見之。呂云過岳陽日，憇城南松陰，有人自杪而下，相揖曰：『某非山精木魅，幸先生哀憐，因與丹一粒，贈之以詩。』後年餘，李守岳陽，果城南有老松。以問寺僧，曰舊題詩壁，久已摧毀，但能記其詩曰：『獨自行來獨自坐，無限世人不識我。惟有城南老樹精，分明知道神仙過。』」又見《明統志》云：「呂仙遺跡在寶慶府城中，宋賈宗奭倅郡有古鏡，甚寶之。時聞有回處士善磨，召見，風骨軒昂，乃取藥堆鏡上。處士曰：『藥少須歸取。』去不復還。遣人詢其處，乃見太平寺門上有詩云：『手內青蛇凌白日，洞中仙果艷長春。須知物外煙霞客，不是城中磨鏡人。』詩後題『回道人』，宗奭驚嘆，其鏡上藥已化，惟所堆處，表裏瑩澈。仙家變幻，一至於此。」

回道人過汎州，題詩二句於古柏上云：「勒馬問船牛鼻渡，釣魚望月橘林洲。」好事者鋸其柏，片片成字。今所存枯柄，亦復踰抱，見湖南省志。

零陵居士李唯，字宗古。垂老病足，養鷓鴣、鸚鵡以樂餘年。嘗出《謝李道人苕帚杖》《從蔣彥回乞葬地》二頌示黄庭堅。庭堅贈以詩云：「題攜禪客扶衰杖，斷當姻家葬骨山。因病廢詩仍廢酒，鷓鴣鸚鵡伴清閒。」「詩無傳女似中郎，杞菊同盤有孟光。今日鷓鴣鳴蹇蹇，他年鸚鵡恨堂堂。」

胡天俊寓潭州清淨覺地，月夜撫琴梅下，見美女欲前且却，胡調之，許以異日。至期，胡不果去，女遺詩云：「蕭蕭風起月痕斜，露重雲環壓玉珈。望斷行雲凝立久，手彈珠淚濺梅花。」

余昔耳蔡雲堂能詩，未見其所作。頃晏，稺薌袖其平日酬唱諸篇，儘多佳句。過其弟雲閣墓云：「騷人寂寞此遊仙，玉樹生埋劇可憐。季子來時惟短劍，左徒遺澤衹殘篇。孤村宿草西風裹，滿地黄花暮雨天。我爲招魂殷載酒，一杯聊奠墓門前。」又集中附《文月江見贈》詩有「窗派芭蕉報雨聲」七字，亦佳。

《文章緣始》謂七言詩起於《柏梁》，其實非也。七言自《三百篇》中，「自今伊始歲其有」、「式微式微胡不歸」、「君子有穀詒孫子」、「如彼築室於道謀」等句，已開其漸，然猶曰未爲全篇也。寧戚《飯牛歌》、孔子《獲麟歌》、卞和《獻玉退怨歌》，始皇時民謠云：「神仙得者茅初成，駕龍上昇入太清。時下元洲戲赤城，繼世而往在我盈。帝若學之臘嘉平。」非全篇七言乎？然猶曰出於諸子小説，未見正史也。若項羽《垓下》、漢高《大風》、《烏孫公主歌》，明見《史記》《漢書》，皆在武帝先，烏得謂自《柏梁》始乎？又按：《柏梁》詩本出《三秦記》，《日知錄》極辨其僞，安知非後人擬作，而託之於武帝時乎？趙雲崧觀察引《靈樞經》「凡刺小邪日以大，補其不足乃無害，視其所在迎之界」爲言是七言，更起於黃帝之時矣。然《靈樞經》亦後人僞作，不如《史記》《漢書》之可据也。

考据家不可與言詩，然詩中恰有可資考据者。如海運，人言始於元，不知杜詩有「雲帆轉遼海，粳稻來東吳」及「吳門持粟帛，泛海凌蓬萊」之句，是唐已有之。楊貴妃之死，新舊《唐書》《通鑑》，俱以爲縊，而劉禹錫《馬嵬》詩「貴人飲金屑，倏忽舜英暮。」是死於金屑，非縊也。韓昌黎陽山之貶，《唐書》以爲論宫市，考昌黎《赴江陵途中》詩云「是時京師旱，田畝少所收」，又云「適會除御史，誠當得言秋。拜疏移閣門，爲忠寧自謀」，又云「黽勉不回顧，行行詣連州」，則是因論旱而貶，非宫市也。《蔡中郎傳奇》，今人但知作於元高則，誠不知南宋時放翁已有「身後是非誰管得，滿村聽唱蔡中郎」之句矣。女子裹足，宋人說部以爲始於李後主，不知晉樂府《雙行纏曲》「新羅繡行纏，足趺如春妍。他人不言好，獨我知可憐」，是六朝前已有之矣。東坡《赤壁賦》有「吹洞簫之客」，不詳其人，不讀吳匏菴詩，安知爲楊世昌乎？此外不可枚舉，至若王建《宫詞》、汪水雲《湖州歌》等詩，楊孚元《灤京雜咏》，多足與史傳相證明，惜余讀書不多，不能一一遍舉之耳。

詩中引用故事，有傳訛口久，因而不覺者；有出於通人誤用，而後人仍之者。姑摘數條於此，以備考證。如張騫無乘槎事，乘槎入天漢，是海上客。毛寶無放龜事，放白龜是寶所統武昌軍人。甘羅無十二爲丞相事，丞相是羅之祖茂，羅但爲上卿而已。元龍無百尺樓事，所謂卧百尺樓者，乃劉先主譬語以責許汜也。「東床坦腹」，人謂之睡，按《羲之傳》，乃食也。一班窺豹，人謂之棋，《獻之傳》乃樗蒲也。范張雞黍，本傳張劭白母：「請設饌以待范式。」無雞黍事也。東方朔割肉，乃伏日，非社日。白首爲郎，乃顏駟，非馮唐。呂望非熊，据《六韜》，乃非羆之訛。東坡詩用「牢九」，据束晳《餅賦》，乃「牢丸」之訛。至昭君之出塞琵琶、七夕之烏鵲填河、王母之蟠桃瑤池，後人即明知之，亦不復究其由來矣。

張船山《邯鄲道中》云：「乍着朝衫瘦不支，枕頭休笑客來遲。十年走熟邯鄲路，才到黃粱入夢時。」用意可謂雋永。而鄉前輩周侍郎系英罷歸過此云：「卅載京華夢裏天，而今身世兩茫然。醒來猶未黃粱熟，我比先生早十年。」意激昂而詞蘊藉，深得敦厚之旨，故不久復職。陛見時，蒙天語褒以人品端方，學問亦可八字，真千載一時矣。侍郎抱負雄傑，督學江南時，適江干新廟落成，諸生攀轅乞題一聯，隨應聲曰：「吾道南來，確是濂溪的派；大江東去，無非湘水源流。」人服其才。

邵香伯先生善畫荷葉，幾於能空前絕後，而其爲詩，亦復豪邁。《重登芙蓉樓》云：「前遊回首幾經年，勝地從來藉客傳。樓閣重新如有待，江天極目總無邊。何妨玉笛梅三弄，最好澄波月對圓。拾級曾尋高處坐，人家深處起炊煙。」「短棹曾經載酒過，流光容易擲輕梭。夢痕舊事茫無跡，止水臣心定不波。古調孤絃欣賞少，殘碑死友姓名多。畫圖踏雪思王宰，鶴氅風流紀咏歌。」四首錄二。

歸震川古文，爲勝國一大宗，而其爲吏，絕無幹濟。如醮墨等事，至流爲笑柄，豈儒林、循吏二者不能兼耶？邑侯李寅菴先生春暄，以名進士宰潭，其《步月樓文集》直逼震川，而在潭政績尤見名儒作用。即今夏賑荒籌備完善，視鄭富公在青州時，無以過也。余紀以詩云：「生殺未可測，造化亦聽之。天心不到處，人力爲轉移。時四月維夏，黎民方阻饑。尋呼儼倉葛，城壓累卵危。賤子捧一硯，那計薪木非。賤子復何恃，恃有公在茲。吾愛孟夫子，發棠殷護持。貧者無遏糴，饑者皆粥糜。東望更慘絕，蛟龍莽無涯。鄰國倏爲壑，襁負來肩隨。腠裏尚棘手，外復成瘡痍。補劑出攻伐，萬命在一醫。置心人腹中，藹然仁風吹。時勢況如此，洶洶馬脱羈。掉厲變乃激，優容奸易滋。公惟準以理，人但矜其慈。蒼蒼本仁愛，麥秀仍兩歧。豈非和煦感，鼓腹方寸知。倘作瓣香祝，與爲萬口碑。」

自古稱好士者，曰昌黎、東坡二公，皆身爲士大夫，登高一呼，萬山皆應。至於無二公之位，而能存二公之心者，近人惟李明經壎南先生家杞，聞人一善，稱不絕口，一時羣從蔚起，有江東諸謝之風，皆明經所栽植也。其小阮之炯，號春颿；之煌，號雲洲，俱蜚聲庠序。其詩常多傑句，春颿《題聽雪圖》云：「替梅索句敲窗急，如絮隨風墮地輕。」《雲洲菊影》云：「晚香墮地扶難起，涼月穿籬淡欲搖。」皆雋。

黎樾喬先生出都，繪有《湘山歸隱圖》，其中題辭或幽靜而閑止，或奔騰而排奡，皆音節自然，駸駸入前賢之席，而何太史紹基五言一章尤堪壓卷。詩云：「齒牙未及脱，鬢髮初欲蒼。行步健黃犢，年甫半百强。何爲不自釋，日日思歸鄉。君言非退尚，亦非有激昂。自點烏臺職，諫草積盈筐。十疏九不報，甚愧愚且肓。暫可避賢路，游興湖湘長。庶幾身世理，推究轉精詳。或因著書老，永付名山藏。或爲出岫雲，與世敦農桑。出處後難卜，臨分祗傍徨。交君廿餘年，情好如弟兄。切琢在道義，砥礪有文章。每懷言笑際，元氣到混茫。槎枒不及斂，往往見鋒鋩。豈真好馳騁，甘蹈踈與狂。中有不獲已，冀挽頽俗唐。幽思互珍閟，直道勉扶襄。臭味久益合，蘭蕙同芬芳。同志豈能多，比歲多分翔。君復含我去，疵謬孰余匡。驅車歷燕齊，因循過徐揚。旋飲章貢水，始及衡山陽。今茲溥霖潦，行省皆報荒。饑鴻數十萬，哀號不成行。仳離方滿眼，能不悲中腸。何不遄其行，早艤湘中航。天下山水秀，無有如瀟湘。屈宋始摹績，元柳更張皇。幽深最無際，曲折實難量。湘山不負人，自押塵土黄。羡君此去好，脱落甚與裳。布衣濯水源，竹杖破山光。家園萬梅花，開出山酒香。好共昆季飲，亦喚兒孫嘗。回音望京國，一夢醒黄粱。如有田家詩，爲我寄遠將。臨行就我酌，梅花撑屋梁。月色亦何好，夜半天欲霜。離緒不可理，語笑暫成場。日下才士藪，投贈鏘琳瑯。我詩竟難就，未免别懷傷。」昔六一居士序《宛陵集》，謂古雅純粹。汪堯峯序愚山詩，謂簡切樸茂，舉似太史，洵非阿諛。太史書法不可名狀，其超妙處，真有龍跳天門、虎卧鳳闕之勢，余向得其書，珍同拱璧。

羅小溪勳，一號子銘，爲中丞蘇溪先生哲嗣，翩翩公子，馳騁名場。其平日詩詞皆如郯州翡翠、渤海珊瑚，殆才學兼長，而南北往來，尤得江山之助耶？頃見其《贈譚荔仙》詩云：「茫茫今古何寥落，譚子風流據上衡。大海蒼天有詩客，褐衣長劒一儒生。可憐落魄悲君釋，豈是多才負白卿。嘆息潯陽江上月，别離空復爲人明。」雄壯之音，令小儒咋舌。

張喜亭《雨田夜泊》云：「兩槳輕收帶晚霞，岸花香氣撲窗紗。一燈如豆荒村影，何處青帘是酒家。」風雅絶倫。

卷三

余友徐拙齋，吳門人也。少負雄才，不幸以病廢而遁於詩，激昂慷慨，皆上窺李、杜，下涉蘇、韓，固所謂因病而詩益工也。將遊粤，《寄鐵華先生》云：「萬里走雙劍，一身兼五窮。精神疲道路，鹽米困英雄。歸興白雲外，壯懷青史中。遥知漢皋客，同此感飄蓬。」《旅行》云：「風霜欺病骨，衣食走殘生。」《秋夜書懷》云：「天空秋欲語，寒重夜無聲。一聲孤雁月沈水，半枕薄寒天欲霜。」皆淒婉可誦。

常熟蔣伯生先生因培，詩詞清俊，大有唐人風味。《寄陸平李中丞》云：「自許一身同壁立，天教隻手挽頽波。」《寄百菊溪制府平徐州》云：「大將威名知萬福，小兒啼哭畏張遼。告誡無多惟止酒，寒温未了便論詩。」《呈陳笠帆中丞》云：「封疆事當家門作，文武官如子弟教。」皆膾炙人口。又《罷歸贈别》云：「此日也知難鑄錯，平生原不解言錢」、「三黜何妨同柳下，一年筭祇負梅花」、「有酒豈能誇獨醒，無田何處説歸耕」。又《和楊魯生見贈》云：「蒼狗幻看過影去，黄楊同是厄餘人。」皆傑句也。其古風猶清空跳脱，《題李白樓梅花卷》云：「李生作畫如作詩，筆未著紙先凝思，往往平澹生新奇。李君作畫如作字，不與俗書趂姿媚，自得天然飛動勢。畫梅不難難得真，擺落形似傳精神，十指拂拂生陽春。横掃銀光三十尺，千枝萬枝一瞬息，搏捖縱横皆有力。望之無際尋無端，筆墨一縷花中蟠，明月隱現春風寒。信手隨心無不可，向背披離俱貼妥，只見梅花不見我。生平自許王元章，把臂或者陳白陽，眼中突過曹林汪。

我愛畫梅入骨髓，今於李生嘆觀止，伎矣神乎直至此。借君此卷十日留，置身恍在羅與浮，但見翠羽鳴啁啾。」

古今記載，不特稗官小說不可信，即廿一史中，亦有失實者。《史通・曲筆篇》云：「蜀老猶存，知葛亮之多枉；秦民尚在，知符生之被誣。」余嘗以其言推之。陶桓公之夢折翌，褚河南之譖劉洎，則東坡、真西山曾辨之；元和八司馬之被惡名，則范文正公著論發揚之。《宋史》以下雜取小說家傳成文，尤不足据。如王雱請斬韓琦、富弼首，王平甫謂王安石願相公遠佞人。以歲月考之，皆牴牾不合。趙師罿之爲犬吠媚韓侂胄，本出於李心傳《繫年要錄》，周草窗已力辨其不然，而《宋史》仍取之入傳，至今爲口實，豈非誣之甚耶。善乎元劉靜修之詩曰：「記錄紛紛已失真，語言珍重在詞臣。若將事事求心迹，恐有無邊受屈人。」

余既作詩話，凡近人之以詩投者，余隨手摘其佳句。間有與古人相複處，人笑余如洪容齋作《夷堅志》，急於成書，故其受人之欺。余曰：「詩句複前人，在唐宋諸大家已有之，不始今人也。」「水田飛白鷺，夏木囀黃鸝。」本陰鏗詩也，王維襲之曰：「漠漠水田飛白鷺，陰陰夏木囀黃鸝。」「省闥開文苑，滄浪學釣舟。」薛據詩也，而杜少陵襲之曰：「獨當省署開文苑，兼從滄浪學釣舟。」「百年分夜半，一歲春無多。」而黃魯直詩亦云：「百年中半夜分去，一歲無多春暫來。」「不解隴頭水，年年恨何事。全疑嗚咽聲，中有征人淚。」而于濆詩亦云：「借問隴頭水，終年恨何事。深疑嗚咽聲，中有征人淚。」唐詩「忍以浮雲看世代，悲將流水照鬚眉」，而劉青田《題太公釣渭圖》亦云：「浮雲看世代，流水照鬚眉。」宋時某僧贈一僧詩云：「河分山勢司空曙，春入燒痕劉長卿。不是師兄犯詩句，古人詩句犯師兄。」謹援之，爲諸公解嘲。

六朝最重門第，其崛起草野者，謂之寒人。雖至公卿，不能與世族爲伍。尤可笑者，侯景請聚於王、謝，梁武帝不許。後景陷台城，竟偪納簡文帝漂陽公主，而莫之敢禁。然既曰世族，自當與國同休戚，有賞延於世之功績乃夷。考六朝中，一時爲國家出力建功名者，如沈慶之、曹景宗、吳明徹等，大都皆出自寒人，而世族無聞焉。甚至褚淵、王儉贊成禪代，史臣猶爲之辨，謂世族可坐致膴仕，非人主之私恩。市朝雖改，寵命方新，責人以死，乃世情之過，差不以爲非也。至唐中葉，此習始革。余讀《南史》，有句云：「門第自教延世族，勳名畢竟讓寒人。」

陶靖節題甲子之說，昔人多辨之，大要以靖節詩自庚子迄丙辰，凡題甲子者十，皆作於晉年爲言。錢竹汀宮詹獨以爲不然，謂陶文自義熙後題甲子者二篇，他文多散佚不傳。以是推之，當亦不書年號而題甲子也。詩自爲詩，不得統之於文章，宋書明言所著文章未嘗云詩也。沈休文去靖節不遠，當必有据，其論亦新。

今人謂詩之率爾者曰趂韻，不知所本。偶檢《全唐詩話》，乃知爲權龍褒詩。龍褒，景龍中爲左武衛將軍，侍皇太子宴，吟《夏日》詩，有「嚴霜白皓皓，明月赤團團」之句。或曰豈是夏景，曰趂韻而已。太子援筆贊之曰：「龍褒才子，秦州人氏。明月晝耀，嚴霜夏起。如此詩章，趂韻而已。」今之未窺六甲，先製五言而自命唐音者，大率皆龍褒派耳。

近日詩話之盛行，宇內無如袁簡齋《隨園詩話》，幾乎家有其書矣。余閱其中亦有可議者，如「宮娥不識中書令，說是誰家美少年。」此宋人王溥詩也，誤以爲元人。「陌頭盲女無窮恨，猶撥琵琶說趙家。」此元人瞿存齋《過汴梁》

詩也，誤以爲南宋時刺高宗詩。《車舝》詩引韓嬰曰：「宣王中興，士得行親迎之禮，其友賀之，而作此詩。」按：此乃明人僞撰申培詩說之言，非韓嬰語也。又引《焦氏易林》云：「鳧雁啞啞，以水爲家。」按：《易林》乃「以水爲宅」，非「家」也。蓋出於一時記憶，不曾檢閱原書，著述家每多此病。

詩人有以佳句得名者，如趙倚樓、鄭鷓鴣、鮑孤雁之類。亦有以詩作嗢噱者，白樂天謂張祜「鴛鴦鈿帶抛何處，孔雀羅衫屬阿誰」爲款頭詩，祜謂白「上窮碧落下黄泉，兩處茫茫皆不見」爲目蓮變。盧廷讓《哭邊將》詩：「牒多身上職，盌大背邊瘡。」人謂是打脊詩。賈島《哭僧》詩：「寫留行道影，焚却坐禪身。」時謂之燒殺活和尚。羅隱《牡丹》詩：「若教解語應傾國，任是無情也動人。」周繇謂爲女障子詩。又隱詩「雲中雞犬劉安過，月下笙歌煬帝歸。」時人謂之見鬼。孫魴掖詩：「劃多灰雜蒼虬跡，坐久煙銷寶鴨香。」沈彬以爲得煙火氣多。裴說《杜工部墓》詩云：「擬鑿孤墳破，重教大雅生。」廖凝笑以爲掘墳賊。杜師孟坐靜堂，詩曰：「每日更忙須一到，夜深還是點燈來。」人以爲登溷詩。王荊公作《謝公墩》詩：「我名公字偶相同，我屋公墩在眼中。我去墩來應屬我，不應名姓尚隨公。」人謂與死人爭地界。《顔氏家訓》梁氏費旭詩云：「不知是耶非。」殷澐詩云：「飄颺雲母舟。」簡文云：「旭既不識其父，澐又飄颺其母。」僧貫休上蜀王建詩有「萬水千山得得來」之句，建呼爲得得和尚。薛昂《賦蔡京君臣慶會閣》詩有「拜賜應須日萬回」，人呼爲薛萬回。金人張翥有「西風了却黄花事，不管安仁兩鬢秋」，人號爲張了却。趙諷有「好景落誰詩句裏，蹇驢駝我畫圖中」，人稱爲趙蹇驢。

十年前，余自江右旋里，過袁氏之綠筠山房。漱六語余曰：「余新得一詩弟子，年少才高，必登大雅之堂。」問之，則伍趙匯泉，名新亨，余比戲一聯云：「卓爾文壇宜小友，多君詩社得雄軍。」當見其《咏燕》云：「簾前緩緩飛，檻外喃喃語。昨日新巢成，道不如舊主。」甚見天籟。又《贈人入蜀完娶》句云：「片帆江上挂行旌，江水無端作恨聲。一路青山好眉黛，畫時深淺認分明。」「不信人言蜀道難，看君此去興偏闌。從兹身被秦雲裹，料得閒花手盡删。」亦極風趣。年來積學尤深，且日與名下士唱和，故其詩益雄偉超曠。其《題夢遊南嶽圖》云：「我聞衡峯九千丈，誰能飛跨諸峯上。又聞衡峯八百里，誰能一掃入眼底。平生吐氣如長虹，名山歷歷羅心胸。天風吹上南嶽頂，夢中煙水何忽忽。手挹洞庭一杯酒，左連翼軫右箕斗。山鬼顧之語且驚，何物狂奴此吟叟。一峯未去一峯迎，峯峯相送爭俯首。芙蓉萬朵擲眼前，天梯石壁相勾連。虬蟠虎走，不可以態狀，身雖未往心怦然。歸來說夢汗浹背，枕畔猶噴山頭煙。噫吁嘻！青蓮夢天姥，少文事卧遊，才人放眼天爲愁。人生快意得如此，古來萬事從東流。胡爲舉世皆夢中，足爲藟兮寒號蟲。生前丘壑萬萬許，一點不得搜鴻濛。狂奴狂奴聽我語，夢不易夢醒亦苦。此外雲山何渺綿，看我睡倒乾坤五百年。」

咏史，大題也，須以識力發爲議論。咏物，小品也，須以刻畫傳其神似。然尤貴有寄託，否則是村人猜謎語耳。吾鄉惟馮君斗南兼擅其長。咏物詩如《雁字》云：「畫一可能參造化，書人直欲補春秋。」《風箏美人》云：「畫裏不隨鸞去杳，掌中真覺燕飛輕。」《泥美人》云：「艷質染從花落後，情根種自草生初。」《春帆》云：「片影綠拖流水去，一痕青帶遠山來。」《落花》云：「到地莫愁紅落盡，向人轉覺綠成陰。」其咏史如《卧龍岗》云：「出處直從三代上，興亡早定一廬中。」《淮陰釣臺》云：「生事終憐同狗走，死時應悔棄魚竿。」《平原君》云：「本來座上無佳士，可惜樓頭斬美人。」《歌風臺》云：「天下已爲亭長有，魂歸終傍故鄉無。」《王彦章墓》云：「芒碭賊本非真主，五代忠猶見此人。」皆可傳誦。他如《遊白雲寺》云：「一白裏羣翠，禪關何處尋。撥雲入幽邃，清梵忽流音。古寺絶塵跡，空潭澄我心。何當共彌勒，移住此山深。」《宿昭山寺》云：「暝入招提寄客蹤，一宵身在最高峯。篆煙爐定安禪意，古殿燈寒黯佛容。煩惱未除三尺劍，塵心已斷五更鐘。清涼一枕支僧榻，卧聽濤聲瀉碧松。」亦令人尋味。

陽信令陳維國，武陵人，以進士治陽五載，致仕歸，閉户讀書，詩宗唐人。《旅懷》云：「一塔燈懸煙裏畫，半窗鐘度枕邊詩。」《雁字》云：「歷落文章經雪老，縱横筆意自風騷。」先生號坦山，著有《坦山山人詩集》。

熊祭酒伯龍，賦性孤介，礪名節，其制藝衣被天下。典浙試，一榜中狀元三人，探花一人，咸稱爲慧眼。詩最真摯，《答王廣文治徵》詩云：「才長應不忍辭官，苜蓿荒齋許暫安。豈有繁華容我共，莫將貧賤望人寬。樊川黯淡留歸燕，宫樹迷離斷彩鸞。飽喫魚羹多作賦，泥頭酒熟憶新歡。」先生漢陽人，年五十三卒，著有《穀詒堂集》。

吾邑侯多詩人，謝公攀雲《潭州漫興》云：「綠楊城郭古潭州，重鎮西南據上游。三尺釣臺陶侃石，千秋霸迹馬殷洲。青歸衡嶽雲中樹，紅露瀟湘水外樓。絶勝湖山教管領，被人呼作小諸侯。」時年已六十，詩猶妍麗如此。

浙江諸丈虎臣，名文炳，偉然人望，公卿咸仰重焉。余與其哲嗣星衛交好，得讀先生之畫，已稱巨董。而其詩尤洒脱淵深，《題何芰亭先生詩文集》云：「琳琅百卷光熊熊，開編照我雙青瞳。大閱賦就頌聲起，碧雞金馬難爲功。古調濯秋水，長歌號天風。有時鬥濃麗，珠翠雙蛾紅。有時尚整肅，紳笏端厥躬。是皆平澹寫襟臆，暢好宫徵諧絲桐。時乎怒起不可縱，勃勃氣出霄騰烽。八柱一折共工首，十日九隋後羿弓。有宋之野降神語，有鄭之都鳴鬼雄。羣衆閉目走且哄，掩耳氣懾總全聾。我乃放聲讀一通，春雷效我聲霳霳。君詩何炫爛，君情何淒婉。賈生非好哭，梁鴻每長歎。太息浮生日罔功，是誰寬裕能貞幹。懷符儋爵詩膴仕，捷徑歧趨矜巧宦。詩人一一能狀之，意在激揚多畏憚。九閽欲聞高莫呼，長宦未覿目先盱。吁嗟無多言，妙諦不容讚。我昔好誦書，不願爲小儒。縱觀百代意不愉，退身蓬蓽爲安居。世間百事不挂眼，放懷萬物皆可娛。斗米負百里，老親樂有餘。一經守傳家，幼穉遵前模我初。出遊檢敝篋，千篇詩草藏幽谷。自慮愚憨好盡言，有頌無聲意已足。吁嗟乎，猛虎去其牙，文鹿去其角。將使雄爲雌，毋乃氣已蹙。不覺引吭爲一鳴，讀公詩卷生不平。」

病後感懷，詩家故態。涇縣胡墨莊云：「人意與雲同入妙，詩篇如草不容删。」吾鄉張小謝云：「久不作詩人已俗，未能成佛我尤狂。」俱清婉可誦。又曹可玉云：「飛夢江流濶，吟詩夜氣清。」亦病起真景。

國初詩人，詩格多高潔清渾。余考耆舊事實，於《楚寶》一書見邵陽王稚潛嗣乾《九日送潘辰章》詩云：「登高已自謝才名，詩卷相看氣漸平。乍笑鬚眉同洛社，且忘風雨在彭城。河山漫送羣公淚，絲竹難陶晚歲情。世事未堪容久住，各攜太息返柴荊。」

武康孝廉高文照，當病革時，謂其門人曰：「我一生最佩服王公德甫，刻我詩集，必求其序。」高詩風發泉湧，言之高下皆宜。《移家》詩云：「屈子何煩賦卜居，井泉近處即吾廬。突黔不暇虛安竈，家具偏多爲載書。投刺了無新賀客，遺榮猶有舊懸車。門前一段鷗波漲，領得頭銜是老漁。」「吟囊畫篋矗橫陳，幾日安排覺斬新。明月仍來耘老閣，青松又結趙家隣。借他美蔭樽須設，移得名花屋不貧。雞犬寂寥奴婢少，免他圖畫笑詩人。」「當年辛苦話誅茆，計拙依然鵲作巢。差喜比鄰懷蟋蟀，肯嫌在戶咏蠨蛸。蓬蒿點綴宜開徑，猿鳥稀疎坐近郊。夢裏金蛇坊畔路，寄聲林水漫相招。」

沈栗仲先生《秋夜》詩云：「銀潢絡角逼宵清，節序推遷意自驚。風掃雲霾瞻北斗，露寒橘柚感南榮。漫期夢蝶神形適，難得飛蚊羽翼輕。惆悵江鄉多苦雨，詰朝還喜見晴明。」真是詩人吐屬，名士襟懷。

海棠盛於蜀，而杜少陵在蜀，獨無海棠詩。後人雖有論説，終莫能知其故也。《蓮坡詩話》載天津許女史和張若匡大尹《雪中海棠詩》云：「移從香國本無雙，幾見淩寒意不降。日映輕紅嬌帶淚，風扶弱質笑迎窗。朱門舊許宜春睡，冷院新看伴玉缸。却恨杜公無好句，空教十月渡寒江。」

曩余自都門歸，中表龍吉皆豔稱雲度上人詩句。問之，年纔十三，爲秦副車百二姪孫。當述其《賞牡丹》詩云：「好教我佛慈雲護，盡使人間富貴同。」余爲絕倒。後又閱其《題紫陽閣》云：「隱約昭陵樹，嵯峨衡嶽峯。蒼然滿高閣，一氣羅心胸。石瞰波千折，篙鳴灘萬里。凭欄回首望，身在碧芙蓉。」「昔人杳何處，千載長相思。水綠山青地，斯人宛在茲。我來此停錫，如見古鬚眉。卅里龍潭路，煙雲無盡時。」又《贈滙洤》云：「滿頭青壓鬢，雙眼白看人。」《山寺》云：「紅醉葉三徑，白鋪雲半天。」又《次友人韻》云：「一徑晚雲沉野寺，半庭涼月戀詩人。」「蛛絲網蝶抽還續，鳥性防人倦亦飛。」《題抱梅美人圖》云：「香雪兜來兩袖輕，月明林下亦關情。佛前一個拈花女，罰到人間又幾生。」皆極新穎。惜乎天不與年，遽奪吾儕已去也。

汪庋子杏江學金，鎮洋人，爲持齋少司空哲嗣，所著《靜厓詩稿》。世稱爲「揚州煙月，江左文章」，余未得窺全豹，而讀其《河北舟次》云：「平野連天濶，長河帶郭斜。客程遲候雁，暮色上歸鴉。煙柳低垂岸，春潮露淺沙。真沽七十二，是處酒人家。」又《書朝宗先生集後》云：「梁苑遺編迴絕倫，英名奇氣未全湮。少年濁世佳公子，垂死清流舊黨人。直以文章褫馬阮，肯將名節負吳陳。風流江左傳遺事，爭唱桃花曲部新。」真玉樹瓊林，非尋常數墨家所能望其頂背。

余選詩時，馮君德甫稱蔡可齋序薰之詩不置，旋自持《六分山房詩稿》見示，果色俱佳。《題張虛堂停琴佇月圖》云：「有客愛月復愛琴，月輪未上琴先横。一彈再鼓意不盡，推琴起立銀河明。松陰獨立悄無語，茫茫萬古心如許。空把心期託廣寒，流泉石畔暫延佇。憶昔家住龍安下，煙霞我亦躭幽雅。在山泉清出山濁，枯桐在爨誰知者。覽景披圖意宛然，高山流水記當年。持杯問月月不答，一曲琴心畫裏傳。」《祝融峯》詩云：「直上如登天，羣峯納萬有。

雲夢盪心胸，亂流挾腋肘。翼軫高可捫，寒光落吾手。笑呼雲中君，大醉夫人酒。」《杜陵草堂》云：「稷契平生志，江山萬古詩。」《贈內》云：「畫眉月恰初三夜，警枕雞剛第一聲。」

蔡鐵君先生銈，少學詩於張度西老人，幕遊粵東時，有《羊城訪古詩》一卷。《咏南漢金塗鐵塔》云：「鑄盡炎州鐵，燒殘蔀屋膏。黃金空佞佛，碧殿莽成蒿。雲黯河林樹，風生漲海濤。荒謠播千載，倚塔首頻搔。」《花田》云：「花塢艷三春，花田瘞美人。紅樓犁作土，粉骨擲爲塵。化蝶魂猶膩，憐香夢亦新。劉郎竟何處，弔古倍酸辛。」

悼亡詩以元稹爲最近，吾友辛木六首，亦哀而豔。句云：「彌留床簣劇心酸，十載榮枯夢裏看。貧縱多情愁每半，去無一語說應難。皮囊忍見魂離殼，爪幕誰教骨換丹。營奠營齋復何日，夜闌獨對短檠寒。」「鏡台回首思悽然，里巷蕭條起暮煙。枉說狂奴溫壻貴，自來嬌女左家憐。羊車春好空三月，鴻案眉齊悵百年。瞥眼韶光太容易，妒花風雨忽漫天。」「梅花自嫁林和靖，但覺癯顏一味清。我豈有才常坎坷，君應折福是聰明。怕開針線如留贈，已隔人天尚說生。稚子偏知成永訣，蓋棺痛切索娘情。」「糟糠相伴苦經營，蔗境差嘗便促行。似此收科真錯死，不須癡念到來生。庸醫早誤肱三折，伴我誰遲夜五更。同夢覺非今日事，蟲飛爲底獨夢薨。」「大兒解語小兒雛，一女遺剛六月餘。縱使聰明都絕頂，恐難母面記生初。異時婚嫁誰將伯，此日劬勞大困予。莊論香閨言在耳，傳家衣缽只詩書。」「慈親無那又瑤京，地下應教掩泣迎。作鬼可憐身太弱，見姑還望事如生。腸非鐵石偏重斷，淚不鮫綃況屢傾。六十日來頻疾首，一編天問未分明。」

昔有二女子，色頗艷。落拓湘潭時，有欲促其爲妓者，女不從，赴池死。潭人憫其節，以厚瘞之，並題有《雙璧詩》成集。呂梅閣之次子，甫八齡，有六言詩一首云：「枕上幾莖芳草，眼前無限青山。今日一抔黃土，當年兩個紅顏。」味淡而永，童子中不多得也。

嘗見某詩云「妻悍老尤工」，詩則妙矣，如家律何？夫丈夫自有氣節，一妻子尚不能制，猶能擔當君國大事乎！然觀子美詩云：「嘆息謂妻子，我何隨汝曹。」樂天云：「妻孥不悅怪生問，而我醉卧方陶然。」可想見閨門之内，肅若朝廷。

虞臣龍方，上湘名宿也。少時《咏竹影》云：「十里江干波靜處，三更湘上月來初。」《柳絲》云：「渭城客子牽新恨，板渚孤舟繫舊隄。」皆不沾不脱，真咏物妙手。

吾姻兄曹可玉珂，天才超曠，傲骨崚嶒。性嗜酒，醉即賦詩，所作皆奇思勁氣。年二十七，補弟子員，不一年卒。時袁太史芳瑛正同赴秋闈，聞其死，曰：「吾無以報故人，當梓其詩以存其人。」及通籍假旋，請於可玉之尊人西林先生，得遺稿以刊成集。詩多學蘇，而七古尤勝。《中秋與友對酒玩月歌》云：「山人看月防月走，關門看月月在牖。山人有月復有酒，舉杯對月月在手。愛此杯中明月光，欲飲不飲俯其首。酒光瀲灧月排蕩，忘覺我我周旋久。座中有客笑余癡，如子所言俱否否。坡老空杯亦自持，謫仙對月愁無偶。百年如此幾中秋，有酒不飲將誰咎。肯把囊錢對月償，可知明月杯杯有。君不見，誠齋老子太顛皮，和月和天吞入口。」又《萬顛子歌》云：「萬顛子，汝何顛，汝本蓬萊島上餐風飲露之飛仙。紅塵別去千餘年，汝何不隨梅家翁，乘鸞棲入飛鴻山。又何不隨王太子，吹笙控鶴緱山天。城郭如故人民非，塚纍纍兮草芊芊，汝胡爲乎來人間。人間何處脚可立，元氣淋漓真宰濕。古鬼亂逃新鬼泣，地老天荒一枝筆。我昨訪友湘之湄，得讀君畫聆君詩。中夜起舞拔案叫，訪君那惜更漏遲。深宵世上語奇事，何物顛狂此遊戲。深巷敲門犬聲細，入門不作詩畫議。丈夫豈屑雕蟲技，丈夫豈屑雕蟲死。一卷示我真蹄言，我已五體投地矣。可知君家學問得骨髓，閒爲詩話皮毛耳。嵩牛幹馬不足道，吳帶曹衣曷克比。王摩詰、顧長康，恨不齊肩事吾子。俗子紛紛看不得，鍊就狂奴雙眼白。今日逢君一旦青，何時攜看瀟湘月。」七言如《題劉丈書舫畫册後》云：「諸公袞袞登省臺，杜句三絕今重見鄭虔。天下名山得鄒魯，胸中豪氣隘幽燕。學難後輩爭千古，居易長安動九年。我亦忘形到爾汝，銜杯相遇且生前。」《題吳槤臺詩後》云：「雲山別後幾徘徊，旅館相逢一卷開。川嶽精神在吾黨，乾坤俯仰姤斯才。九州尚有留題處，萬古曾經幾度來。願取君詩擲江水，長風挽得逆流回。」他如《題木蘭從軍圖》云：「萬里帶回袍上血，十年歸插鏡中花。」《答胡佩秋》詩云：「賜也幾疑貧是病，次公何乃醒而狂。」《病夜》云：「疎雨敲回江上夢，晚風吹瘦鏡中容。」皆可誦也。嚴明府麗生先生題其集後云：「秋月平分一笑逢，天花快翦白芙蓉。清言玉屑三千斛，奇氣朱陵四百峯。老我只餘身似繭，知君應有筆如龍。建安骨向西園覓，衍派當歸阮嗣宗。」又郭意城孝廉崑燾題云：「十年前識曹文叔，慷慨襟期故儼然。今日嘔心存一卷，當時豪氣赴重泉。丘山零落空餘憾，生死蒼茫莫問天。無限淒涼鄰笛感，寒鐙風雨對遺編。」二詩亦纏綿悱惻。

自來文字之交，都有天然作合。余正搜緝詩稿，張子月蕣從書肆中得鈔本詩二卷，詞意清警動人。及閱其序，乃知爲張太史樹槐所著，不知其已刊與否，就中錄其一二，以誌一時感慕。《題懶雲窩》云：「杳杳香臺接翠微，亂崖深處覓禪扉。秋陰繞屋凉先得，蛩語連山客到稀。溪雨暗催丹障合，松風閒抱白雲歸。何時擕屐重來此，絕頂峯頭看曙暉。」

黄仲則景仁，武進人，詩如淚流鮫客，悉化明珠；米擲麻姑，俱成丹粒。因屢試不售，乃充四庫全書館謄錄，得主簿，未及選，沒於蒲州。畢秋帆、洪稚存諸公，爲經紀其喪以歸。詩不勝選，錄其《都門秋思》詩云：「五劇車聲隱若雷，北邙誰見塚千堆。夕陽勸客登樓去，山色將秋繞郭來。寒甚更無修竹倚，愁多思買白楊栽。全家都在風聲裏，九月衣裳未翦裁。」又《移家京師》云：「貧是吾家物，其如客裏何。單門餘我在，萬事讓人多。心跡嗟霜梗，生涯判雨簑。五湖三畝志，經得幾蹉跎。」又《武昌雜咏》云：「郢中有客皆詞賦，楚國何峯不雨雲。」「江漢欲浮天地外，山川渾老戰爭餘。」「三春無樹非垂柳，五月不風猶落梅。」俱膾炙人口。著有《兩當軒》《蕉梢》諸集。

《隨園詩話》載宋笠田一聯云：「護籬小犬吠生客，曝背老翁調幼孫。」謂其詩有旨趣。而張小謝《過有此廬》云：「舊犬識人搖尾卧，小娃避客掉頭奔。」亦雋。

往見《雲溪友議》，妓亦有因人之詩而貴者。李八座翺潭州席上有舞柘枝者，匪疾而顔色憂悴。殷堯藩侍御贈以詩云：「姑蘇太守青娥女，流落長沙舞柘枝。滿座繡衣皆不識，可憐紅臉淚雙垂。」詰之，乃姑蘇韋中丞愛姬所生之女也，曰：

「妾以昆弟夭喪，無以從人。委身樂部，恥辱先人。」言訖涕咽，情不能堪。亞卿命更其服，飭以袿襦，與韓夫人相見，顧其言語清楚，宛有冠蓋風儀。遂於賓楊中，選士而嫁之。舒元輿侍郎聞之，自京馳詩贈李公曰：「湘江舞罷復成悲，便脱鸞鞾出絳帷。誰是蔡邕琴酒客，魏公懷舊嫁文姬。」詩亦雅切。

同一陶寫性情，而詩與詞異。盖詞出鶯吭燕舌，不難寫《騷》之豔麗，詩於弄月簸風，則當擷《騷》之菁英。苟用意太深，則苦沈悶，鑄詞太鍊，則近雕刻。昔人謂陳簡齋「杏花疎影裏，吹笛到天明」之句，真自然而然，不知此學《騷》而能超乎《騷》者，今人能用力於此，必詩家射鵰手也。

李、杜二公，際遇不同，故其詩亦異。然正不可優劣，善乎嚴滄浪之言曰：「太白不能爲子美之沈欝，子美不能爲太白之飄逸。」太白《夢天姥吟》、《遠離別》等詩，子美不能道。子美《兵車行》《垂老別》等詩，太白不能作。白也甫也，一而二，二而一者也。

世家子弟多不好學，一遇式微，輙有東里西叟之嘆。吾鄉周侍郎孫道源，年少有才，其尊人左章翁没於官，家無長物。道源謀諸當路，得扶櫬歸。服闋，厲志讀書。詩亦清超，《村行》云：「曉氣涼如水，微雲淡一天。鳥聲喧打稻，山意靜流泉。蓮葉碧於洗，枳花紅欲然。人家蒼翠裏，炊飯竹籠煙。」

余曩於辛木案頭，見有《袖月樓詩集》，意新詞麗，最是風人吐屬。《久雨乍晴》云：「鳩厭舊巢攜婦去，鷗憐新水引雛來。」《秋夕》云：「墻角影低遮月少，樓頭聳壯得風多。」又《山寺待友》云：「帆遠煙中樹，僧歸雨外山。」

皆足尋味。其人爲瀏陽劉卓菴。上舍中之能詩者，舊有長洲陸杏村，其《邗溝有感》云：「繡陌曾驅白鼻騧，春風離恨在天涯。矮墻一樹花如笑，記取紅橋第幾家。」可謂詩中有畫。

人不幸而流爲妓，亦甚可憫，而能以氣節自持，則又可愛可敬。昔歌者譚意，流落長沙，八歲寄養竹工張文家。將及笄，官妓余婉卿見其資艷，兼工詩筆，乃厚貲求售，一時車馬如市。會汝州張正字爲潭茶使，相得甚歡，意乃歸之。張調官，意餞別曰：「子本名家，我乃倡類。今之分袂，決無後期。腹有君之息數月矣，君宜念之。」別後寄詩曰：「瀟湘江上探春回，消盡寒冰落盡梅。願見兒夫似春色，一年一度一歸來。」張內逼慈親，外畏物議，約孫殿丞女爲姻，不敢作書報意。後三年，孫氏謝世，有客自長沙來云：「意掩戶不出，買田百畝，親教其子。」張乃如長沙，意不肯見，曰：「子已有室，宜去，毋浼我。」張曰：「吾妻已亡矣！」意云：「通媒妁，行六禮，乃敢聞命。」張如其請，挈歸京師。意閨門有禮法，其子以進士及第。噫！始之偶墮青樓，亦勢不得已也。然不由是，則不能得如是之夫，即不能得如是之子。造物於此中，不知費許多轉移，人顧可限量乎哉！事出《唐百家小説》，一見《通志》。

羅湘進士吳西橋英樾詩，漁獵百家，獨標雋旨。舊作云：「河朔風流還少年，冶遊重憶十年前。彈筌擫笛江南夜，盤馬呼鷹塞北天。除患孝侯曾射虎，同龕彌勒近逃禪。春來把釣溪頭屋，祇向西林貸酒錢。」

余中表郭融峯，幼失怙，其母劉太夫人苦凜冰操，摒擋家政，內外仰其慈祥。邇家頗中落，而課子教孫無怠志，故融峯之學日進。融峯詩尚性靈，《與蕭雪樵話舊》云：「士當失路多奇想，人不工詩定薄情。」出語甚雋。

世間無意事，常卜於詩。余每欲鬻所居第，以宅屬他人，不果。忽其主人欲以此售，余正在擬議，余薈麓弟曰：「君詩有『立錐蘿補三間屋』之句，不此之補而奚補乎？」遂購之。

張螺山慤田官滇，歷十六廳州縣，以事落職出塞，著《吹蘆吟草》一集，蒼涼悲壯，久爲士林稱頌。旋蒙恩釋回，尹中丞莘農先生以柬相招，於臨行時，作《留別》詩八章，猶餘塞外茄音。詩云：「幽棲半載荷腰鑱，抛却家山又掛帆。壇坫故交多白髮，江湖殘客剩青衫。歌成別調辭偏澀，酒到離筵令不嚴。此後消寒應憶我，一鞭風雪在巉岩。」「江湖沿路訪相知，懊惱東吳返櫂時。復合祇期龍躍劍，亂飛翻似雀無枝。北山猿鶴情方熟，南詔雲山夢又馳。門戶全生終乏策，更攜阿賈走天涯。（時挈三子傳符同行。）」「窮愁底事戀家園，自夏徂冬始出門。顧我侵衰老兄弟，憐他失教小兒孫。歸期遲速渾無據，去路迢遙又斷魂。昔日雄心竟何在，升沉局變已難論。」

卷四

舅氏龍宫贇白華先生名瑛，性清潔恬淡。詩律清華，在唐於樂天爲近，而名貴過之。七言如《留別都門諸友》云：「匹馬單衣出軟塵，知交寵餞過城闉。一尊話別三千里，同輩關心十五人。廊廟正須匡濟署，江湖宜著病間身。鴛飛鷗泛雖分隊，共咏堯天浩蕩春。」《星沙懷渭槎舅》云：「憶從姜被各分持，加飯何人慰客思。湘水煙波三月暮，故園書信一春遲。遥知白晝看雲處，定在西堂入夢時。風雨對床尋舊約，大蘇珍重是吾師。」《書蔡清漪遺草後》云：「十年前愛讀君詩，有句都成幼婦詞。此業欲傳當日許，斯人早死至今疑。看雲白晝添兄憶，盥露遺編重我悲。惆悵苦吟身不見，雨風回首對床時。」「一第香生蟾窟秋，京華騎馬賦重遊。飛騰心逐沖霄鶴，養到功參露地牛。歲月指彈成過客，文章身後惜名流。屬花可信詩人命，零落殘紅攬獨愁。」《題黄惺溪侍御蘭臺歸覲圖》云：「六年遊子快言歸，鳴鳳聲高出禁闈。報國心懸龜左顧，思親身逐雁南飛。白雲多處湖湘近，愛日長時笑語依。想見腰金冠豸客，膝前還學舞萊衣。」「接鷺陪鸞興不孤，紅塵强半爲名驅。陳情李密多私願，歷宦王尊少畏途。入世誰忘蕉葉鹿，托身人羨柏臺烏。脆梨畢竟稱佳咏，肯戀吳江一尺鱸。」七絶如《七夕漫興》云：「明鏡紅妝歲月過，經年相見莫蹉跎。雲階月地重回首，不到秋來不渡河。」「紅顔白髮最關情，前度黄姑憶舊盟。恨煞長生殿中語，此生不約約他生。」「盈盈一水隔銀灣，雲幄匆匆惜别顔。最是臨分兩行淚，西風吹落到人間。」《張騫泛槎圖》云：「雲水中間盪一舟，西風空濶海天秋。祇今乞取丹青筆，猶與人間説壯遊。」「底須洞裏喫胡麻，載得蒲萄入漢家。一樣銀河好秋色，可從博望借靈槎。」五言如《風夜泊京口》云：「泊岸一舟横，風聲挾水聲。空江吹夢濶，孤枕壓濤平。遊子宦仍薄，故園春又生。倚門知白髮，今夜數歸程。」俱音韻和諧，丰神酣暢。其試帖詩尤足與法時帆、吳穀人諸公抗衡。楊觀察椒雨先生見而序之，亦將付梓，以公同好。

余渭槎舅氏，邑庠生，諱璥，詩近西崑體。《送白華舅入都》云：「灑洒湘皋記别筵，當時同送月中仙。憐君奪錦剛三月，愧我吹壎長五年。公袞恰分紅杏艷，萊衣仍被白雲牽。四千里外歸心切，祖逖鞭加舊馬韉。」「布衣席帽幸全除，佳話還添得子初。刷羽已成巢閣鳳，脱鱗新養化龍魚。百齡約算年猶少，三載遲行計未疎。先嗣克繩科第顯，慰懷早寄隴頭書。」「手足情還比阮嵇，泮林曾共一登梯。事憂塞馬行多窘，文愧真龍價尚低。公自注：癸酉、丙子，兩薦不售。嗜飲幾曾甘濫醉，沉吟何敢漫留題。區區近狀勞相訊，涵養些些似木雞。」「入里勤爲菽水謀，板輿花外竹修修。建存祇覺貧而樂，先意能承疾是憂。桃葉不妨紅袖麗，江沱偏少緑衣愁。分明一夜連床話，手寫蠻箋寄萼樓。」

陳孝廉開常《寄周鏡湖》詩云：「黄鶯噪高樹，求友無定身。幽蘭秀空谷，襲香非異人。人生感聲氣，心醉如飲醇。雨恨期不來，不論舊與新。」「去歲湘南經，炎夏連芳春。周子逢一笑，縞紵皆前因。鸞翼並兄弟，憐我蹤跡蘋。開懷夜月皎，解語春風親。刹静馬嘶鐵，燈挑魚炳銀。漆膠不肯散，肝膽交披陳。黄葉忽秋到，白雲來夢頻。自君之别矣，我亦歸漣濱。相思杳一載，魚雁空風塵。見説鳳凰寺，壎篪養天真。飛簡遞佳句，一讀一愴神。花香復鳥語，應許同芳辰。」孝廉號夏莽，湘鄉人。

農部主政唐育菴方煦，與白華舅選拔同年，生平性情最愜。其寫心處，每寓之於詩。舅有《咏菊詩》四首，唐和之，甚有寄託。録其一云：「籬下怡情九月天，居聯槐市亦吾緣。萱庭繫念三千里，菊徑尋芳十五年。冷艷晚開偏耐久，孤標獨賞不邀憐。傲霜今日人皆識，誰憶培根在歲前。」又湖北潘鐵君光藻與舅氏同舉進士，亦和有句云：「豈惟榮日使人歡，孤影猶堪雪夜看。分是秋容衰亦好，天生瘦骨學原難。仙粧澹想螺鬟緑，壽相清於鶴頂丹。我欲四時勝君健，春苗夏葉恣朝餐。」二詩皆以舅氏品行清高，借此以傳其概也。又錄舅氏原韻一章：「韶華何用共追思，到此方稱化匠奇。傲骨特於青女見，寒情除是白衣知。倘無人愛將終隱，但有花開未惜遲。爲語春叢莫輕薄，冷香還要入時宜。」勵名、持節、養性、修身，皆可於此詩會之。

詩之有次韻，倡於元、白，盛於皮、陸，非詩家正軌也。《洛陽伽藍記》王肅入魏尚公主，其故妻謝氏寄以詩曰：「本爲筐下蠶，今爲機上絲。得路遂騰去，頗憶纏綿時。」其公主代答亦用絲，時二韻葉。石林《玉澗叢書》謂類書有梁武帝同王筠和太子懺悔詩云「仍取筠韻」，又似六朝已有此體矣。唐以後和韻甚多，不能具錄，惟劉長卿《餘干旅舍》云：「搖落暮天迥，丹楓霜葉稀。孤城向水閉，獨鳥背人飛。渡口月初上，鄰家漁未歸。鄉心正欲絕，何處擣征衣。」張藉《宿江上馆》云：「楚驛南渡口，夜深來客稀。月明見潮上，江靜覺鷗飛。離家久無信，又聽擣征衣。」此二詩工力悉敵。不言次韻而自然相合，亦奇。

莫愁，古仙人也。《河中之水歌》所言莫愁自盧家婦也，惟金陵之莫愁湖，以爲因樂府石城之莫愁而名，則誤。葉並叔封《莫愁村序》云：「莫愁村在石城下，漢水西。」周邦彦作《西河詞》以爲金陵故事，蓋誤以石頭城爲石城也。按《唐書·樂志》曰：「《石城樂》，宋藏質作也。《莫愁樂》，《石城樂》所出也。」《詩記》曰：「石城在竟陵，質嘗爲竟陵郡，於城上眺矚，見羣少年歌謠通暢，因作此曲。」又曰：「石城有女子名莫愁，善歌謠，《石城樂》和中復有忘愁聲，因有此歌。」《古今樂錄》曰：「莫愁樂妓，而有此歌。」其詞曰：「莫愁在何處，莫愁石城西。艇子打雨漿，催送莫愁來。」然則莫愁爲宋時石城女子明矣！今志稱莫愁爲盧家女，善歌舞，嘗入楚王宮，殆屬無据，疑因歌謠訛爲歌舞耳。詩曰：「石城臨漢水，水西莫愁村。古曲禾縣邈，傳辭疎討論。不見少年歌，微聞渡水喧。蛾眉久寂寞，庭草空黄昏。」

詩文用换字法，始於宋，而盛於明，朱國楨言之甚詳。今之講漢學者，多效之。如以脱爲奪，亡爲無，驟讀之，殊不可解。《七修類稿》記嘉靖中文人多用换字法，有虞子匡戲改岳忠武《送張紫岩北伐》詩云：「誓律颷霆速，神威震坎隅。遐征逾趙地，力戰越秦墟。驥蹂匈奴頂，戈殲韃靼墟。旋師謝彤闕，再造故皇都。」按：武穆原詩乃「號令風雷迅，天聲動北陬。長驅渡河洛，直入向燕幽。馬喋月氏血，旗梟克汗頭。歸來報明主，恢復舊神州。」子崖故逐字换之，以嘲時人，誠堪捧腹。

咏史懷古詩，固當出新意議論，然亦不可太刻，失温柔敦厚之旨。昔人謂杜牧之「東風不與周郎便，銅雀春深鎖二喬」之句，涉輕薄。予謂用意太刻，且非詩人所宜言，至宋人學之，益爲深文，幾如商鞅之法、張湯之律，以故入人罪爲能事矣。劉静修《書事》詩云：「卧榻而今又屬誰，江南回首見旌旗。路人遥指降王道，可是周家七歲兒。」又《元人》一詩云：「憶昔陳橋兵變時，欺他寡婦與孤兒。誰知二百餘年後，寡婦孤兒又被欺。」二詩譏刺太甚，本不甚佳，明都穆著詩話極稱之，以爲辭嚴義正，道人所不能道，真不可解。

宋南渡諸君以孝宗稱首，雖不能恢復中原，而南北通好與民休息，在南宋號爲小康。其詩間見於宋人説部中，亦工麗可誦。《湖南通志》載其《題茶陵州皇雩山圖》詩云：「仙鵝飛去是何年，靈蹟猶存古嶺邊。藤老龍蟠疑護法，山禽幽語是逃禪。手攀古木身忘倦，口吸香泉骨欲仙。鄰叟不知唐世遠，猶言謝母舊因緣。」

《吳越春秋·黃竹歌》曰：「斷竹、續竹、飛土、逐肉。」爲兩言詩之始，然作者殊罕，惟《輟耕錄》載虞伯生詠蜀漢事，通首皆兩字一韻。趙雲嵩謂古來通首二言詩，僅此一首。三言詩，《金玉詩話》謂起於高貴鄉公。然《三百篇》「山有榛，隰有苓」、「江有沱，之子歸」等篇，已有此句法。漢《安世房中歌》《豐草葽》及《雷震震》一章，郊祀歌之《練時日》《太乙貺》《天馬徠》等章，皆全篇三言，非高貴鄉公始作也。劉伯温集有《思美人》一篇。《懷麓堂詩話》羅明仲謂三言亦可爲體，因出樹、處二韻，迫西涯題扇，西涯援筆題云：「揚風帆，出江樹。家遥遥，在何處。」此外不多見。往時朱竹垞、查初白間亦爲之。

聯句，《雪浪齋日記》謂始於昌黎，《漁隱叢話》謂始於六朝，《文心雕龍》謂始於柏梁。余按，《式微》詩，《列女傳》謂黎莊公夫人聯句詩，自是以後，作者日繁。陶淵明有聯句一篇，謝晦將被戮，與兄子世基聯句一篇，謝宣城有聯句七篇，是六朝時此體已盛行，烏得云古無此法，自退之斬新開闢乎？趙雲松云：「杜集有《夏夜李尚書筵送宇文石首赴縣聯句》，又有《與李之芳宇文彧三人聯句》。」則唐人聯句，亦不自昌黎始。

今人謂詩文之劣者曰胡語，不知所昉。按：宋人實有胡語詩。《詩話總龜》宋余靖作胡語詩，「夜言沒羅言後盛，臣拜洗言受賜，兩朝厥荷言通好，情幹勤言厚也，微臣雅魯言鈍，祝君統聖壽鉄擺言嵩高，俱可忒言無疆。」沈存中《筆談》

載：「刁約使契丹，戲爲詩云：『押宴移離畢，如中國執政官。看房賀跋支。執衣防閤人。餞行三匹裂，小木罌。密賜十貔貍。形如鼠而大，遼人以爲珍饈。』」

集句詩始於宋初，東坡、山谷、劉貢父皆不謂然。然如石曼卿《下第集句》云：「一生不得文章力，欲上青雲未有因。聖主不勞千里召，姮娥不惜一枝春。鳳凰詔下雖沾命，豺虎叢中也立身。啼得血流無用處，著朱騎馬定何人。」王荊公之「風定花猶落」對「鳥鳴山更幽」俱妙。又韓詩「排雲叫閶闔」對杜詩「奏賦入明光」，林震之「流水無言草自春，青山有恨花初謝」、陸放翁之「我亦輕餘子，君當恕醉人」等句，皆自然湊泊，如無縫天衣，趙雲嵩謂因難見巧，亦文人游戲筆墨之一端也。按：晉傅咸有《七經詩》，今見《初學記》，皆集經語爲之，何義門謂爲集句之始，則自宋以前，已有之矣。

曩在京聞賀栢農先生《萬柳堂》詩，逼近唐音，當從海秋主政處袖稿以歸，迄今猶能記憶。句云：「昔年宰相横經舍，今日禪宗選佛場。問寺偶迷芳草騎，款關偏得白雲鄉。數聲風竹忽如雨，一徑野花微有香。延客山僧差不俗，新詩滿壁貯琳瑯。」「禪堂荼䕷自長哦，話到滄桑感逝波。無奈來尋秋索寞，不堪重對樹婆娑。靈和舊影千條盡，官渡西風九月多。五百金絲重手植，會看眉黛掃雙蛾。」先生名熙齡，勵學敦品，培植英才不少。惜主講書院時，予客醴東，竟未於春風中坐一月也。

《楚辭》「夕餐秋菊之落英」，「落」非隕落之落。《爾雅》云：「俶、落、權輿，始也。」落英，謂菊之始華時，故可餐。沈存中云：「採藥用花者，取花初敷時採。」此其證也。姚寬不得其旨，引《宋書·符瑞志》沈約云：「英，葉也。《類篇》云『英，草榮而無實者』，此言食秋菊之葉耳。」吳仁傑謂《爾雅》「榮而不實者謂之英」，《月令》「仲夏，木槿榮」，謂於此時著花也。菊葉固可食，然《本草》採葉在三月，今云「秋菊」，則非食葉之時矣。按宋人小說載，王荊公有「吹落黃花滿地金」之句，歐陽公譏之，荊公引《楚詞》為解，已屬附會，而又移之於東坡，言天下惟黃州菊落花，東坡至黃始知之，更為無据。耳食之徒，每援此為問，故為辨其大略如此。

自古咏昭君時，當以杜工部為冠。白香山之「漢使却回憑寄語，黄金何日贖娥眉」，猶不失忠厚。王荊公之「漢恩自淺胡自深，顏色如花心糞土」，則苛刻，非人情矣。明人之「君王莫殺毛延壽，留畫商岩夢裏賢」，更爲墜入惡道，直等諸自檜無譏。余按：《昭君外傳》載其怨詩曰：「秋木萋萋，其葉萎黃。有鳥處山，集於苞桑。養育毛羽，形容生光。既得升雲，上游曲房。離宫絕曠，身體摧藏。志念抑沉，不得頡頏。雖有委食，心有徊徨。我獨伊何，來往變常。翩翩之燕，遠集西羌。高山峩峩，河水泱泱。父兮母兮，道里悠長。嗚呼哀哉，憂心惻傷。」通首怨而不怒，殊得風人之致。後人代昭君言，固不如昭君自言之為真也。

國初吾楚逸老，以衡陽王船山、寧鄉陶仲調爲最，有事時皆隱居著書。陶順治初爲人所告，幾罹大辟。洪經畧至長沙，始得解放歸，遂祝髮隱入潙山，自號爲忍頭陀。詩多「黍離」、「苗秀」之音，其《湖南寇事詩》一篇，於楚中寇亂，言之尤悉。凡千餘言，余初以集隘思節而存之，既而以吾楚兵事始末備見於此，遂全錄之。詩曰：「崇禎歲癸未，西寇毒全楚。當其破鄂城，遼烽逼宸寧。武昌萬柳條，煙塵接淮汝。闖賊犯金陵，獻得乘閒舉。仲夏黃鶴悲，化作令威語。撫軍先渡江，萬堞無人拒。紅旗入來驅，十餘萬士女。倉皇漢陽門，散髮投江渚。填江咽不流，逆氣橫巴丘。湖南血色日，赤盡千里秋。幾年尚苛斂，公闕民所仇。賊始建旗號，八月攻湘州。偉人蔡司李，獨與張許儔。歃血要守帥，豈知懷異謀。引騎突上關，須臾傾北樓。司李既抗節，孝廉亦被收。閹豎與逆將，左右于沐猴。飛檄下縣官，迫促魂魄寒。獻賂以緩難，亂民乘爲奸。販夫與牧豎，迭莪宰尹冠。驍騎四郊馳，焚索盡馬鞍。良由江黃人，教賊爲忍殘。遮山似兔置，圍人入城闉。惡少髡鉗奴，猙獰投營盤。箭箙紅錦襖，佩刀雜絲鞶。或署爲曹省，或名爲武弁。瀾翻報讎怨，殺奪無辛酸。但作闗西音，即得胡越看。可憐賢良子，草鞋短褐單。百計竄閨閣，畏爲賊所干。華屋玳瑁牀，棄置臥野犴。悲哉衡陽郡，賊目據王宫。張設僞守令，孝秀被脅從。恫疑五嶺師，大掠趨沅龍。萬騎雜牛馬，別部驅女童。奏樂食野外，燎柴照營中。雜還白銀甲，婆娑紫雕襱。黃面橫刀癡，跳躑如蹲熊。云是西府主，自謂響馬翁。濱潙兩水間，屠戮遭奇凶。斮截婦孺手，委積丘腥紅。生人魂未復，十日還復東。陰風滿我縣，屯劄密千重。驟然陰風黑，叱吒屠章縫。章縫亦何辜，指作抗逆徒。一百四十首，冤魂落須臾。怨氣成毒雲，大聲奔賊隅。軍中自詫慄，比曉而前驅。嗚呼此事慘，有如秦坑儒。云是仲冬月，風雪陰霾殊。昏昏城野間，人鬼遭于途。往例自拔幟，官軍得張弧。前日温家兵，沿路來焚屠。沅湘五百里，從此蕩室廬。怪哉湘鄉兵，四三莽田夫。乘間集黨與，駕言恢鄉圖。無乃撫軍誤，輕聽前執殳。擅殺恣剽掠，強食膽氣粗。犁鋤亦兵具，燔我書畫廚。迨於明年春，逃官稍欲出。觀察還蘇姑，賊去亦當至。公坐民閒堂，下令禽僞職。雜弁與豪胥，緹騎大得志。痛哉誰陷之，靦顏復相治。幸聞李中丞，補過用撫字。太守舊堵公，覲後亦還涖。泣涕沾劫灰，放聲弔忠義。荒荒埽宮廟，拳拳解羅織。于時疫且饑，後骼掩前胔。斗米四百錢，議賑不及施。假令花源來，行事多黠鷙。寧人實教猱，又奉觀察意。陶子公車還，肝腸痛墮地。期功強近親，冤死多異事。老母與妻兒，生得鬼神庇。早計脫虎口，亦賴吾子智。相見潙山陰，重生萬行淚。旬日慟趙甦，作書上守使。一請理脅從，再請用慈吏。忍見兵火餘，豺鼠復恣肆。丘墓倘不守，嶺海或可寄。漸聞都門變，憂怖不敢寐。世亂人命微，詩書日廢墜。過此當如何，傷心聊復記。」

耒陽杜少陵祠，題咏極多，皆昔人所謂「來來往往一首詩，魯班門前掉大斧」也。惟吾鄉張度西先生二首，特爲沈雄。詩云：「叠嶂長灘捲白銀，懸崖老樹壓修筠。英雄濩落謳牛酒，行客凄凉薦藻蘋。萬里朝廷終不到，一方將帥是何人。中興稷契經綸在，猶向荒江惜此身。」「遺墓何緣委夕陽，樵夫指點話荒唐。長懸光燄爲衡嶽，可葬騷人是楚湘。異代羅含俱有宅，平生李白亦他鄉。惟餘江海飄零者，每過空祠淚幾行。」

《馬嵬坡》詩，大抵刺明皇荒淫，近人或有翻新，爲楊妃叫屈，不知明皇以一女子至天下震動，宗室屠戮，讀少陵《石壕村》《無家別》諸詩，唐之不亡者幸耳，尚得從末減乎。余最愛高德卿一詩云：「事去君王不奈何，荒墳三尺馬嵬坡。歸來枉爲香囊泣，不道生靈淚更多。」

古人詩多有用字音借對之法。張子容《逢孟浩然》詩：「樽開柏葉酒，燈發九枝花。」借「柏」作「百」也。張喬《月中桂》詩：「根非生下土，葉不墜秋風。」借「下」作「夏」也。劉賓客詩：「清秋方落帽，子夏又離羣。」不獨夏對秋，而「子」亦借作「紫」，對「清」字也。梁揆《鷗鶚出風塵》詩：「高騰霄鳳渚，下睨塞鴻賓。」借「渚」作「主」也。杜少陵《贈高常侍》詩：「次第尋書札，呼兒檢贈詩。」借「第」作「弟」，對「兒」字也。東坡「廚人具雞黍，稚子摘楊梅。」亦以「楊」借「羊」。《螢雪雜說》載《省題》詩「天子居丹扆，廷臣獻六箴」、「白髮不愁身外事，六么且聽醉中詞」，俱以「六」借作「綠」也。《東門》詩：「青門無外事，尺地是生涯。」以「尺」借作「赤」也。見趙雲嵩《陔餘叢考》。

錢牧齋尚書，以東林名臣晚登台輔，既無救於敗亡，復首倡迎降之策。入國朝，又爲桀犬之吠，其反覆狙詐，真小人之尤。杭大宗、袁簡齋皆有詩刺之。予謂不若無名子一首爲曲盡其生平，末二句云：「最憐攀折章臺柳，若向西風問阿儂。」以柳如是事影入，尤惡絕，妙絕！

余少時擬《子夜歌》中一章云：「日暮伯勞鳴，思歡腸欲斷。曳火上竿頭，仰天一長歎。」或訾余以諺語入詩，余曰此風人體也，古樂府「石闕生口中，銜悲不能語」，《子夜歌》云「霧露隱芙蓉，見蓮不分明」、「明燈照空房，悠然未有期」、「理絲入殘機，何悟不成匹」，《讀曲歌》云「芙蓉腹裏萎，蓮子從心起」，劉禹錫詩「東邊日出西邊雨，道是無情却有情」、「玲瓏骰子安紅豆，入骨相思知未知」，李義山《無題》詩「春蠶到死絲方盡，蠟炬成灰淚始乾」等詩，皆是借同音字寓意。今諺語雖間有之，要是古風人之遺，非故以意造也。

趙雲嵩云：「壽詩、輓詩、悼亡詩，惟悼亡詩最古。潘岳、孫楚皆有悼亡詩載入《文選》。」余謂輓詩雖不見於《文選》，然《文選》所載誄辭，皆四言叶韻，沈約有《哭范僕射》詩，已爲輓詩之權輿。若壽詩則不爲六朝無之，即唐亦無之，至宋始盛行。葉水心《題蜀僧北澗集》云：「集中有上生日詩，不可傳於後。」是宋時稱壽詩爲戒，今則不論貲翁牙儈，凡遇壽辰，徵引成帙，諛詞多而真意少，詩道由是衰矣。

用方言入詩，唐人已有之。用俗語入詩，始於宋人，而要莫善於楊誠齋。俗謂待人曰等人，誠齋《過汴京》詩云：「州橋南北是天街，父老年年等駕廻。忍淚失聲詢使者，幾時真有六軍來。」用以入詩，殊不覺其俗。

俗所傳《三國志演義》事，實多鑿空杜撰，質諸正史，毫無證据，俗士多惑之。如關公秉燭待旦，潘氏以之入《史論》。許田射圍、華容放操，黄氏以之入《讀史吟評》；明嚴氏著《通鑑補》，盡取之以補正史，方志因之，展轉附會，飾爲古跡。而騷人墨客，形於歌咏，幾若當時實有其事矣。雖然漁洋爲一代詩家正宗，尚有《落鳳坡弔龐士元》《蟂磯孫夫人祠》詩，又何責於他人哉？

東坡云：「天下事無對必有偶，凡經史中成語，無不可對。」余嘗戲集之，如東坡詩：「君特未知其趣耳，臣今時復一中之」、「人言盧杞是奸邪，我覺魏徵但嫵媚」，陸放翁之「國家科第與風漢，天下英雄惟使君」，梅執禮之「天之未喪斯文也，吾亦何爲不豫哉」，王平甫之「與我周旋寧作我，爲郎憔悴却羞郎」、「二十四考中書令，萬八千戶冠軍侯」，王安中之「君子有酒多且旨，化國之日舒以長」，朱新仲之「此時老子興不淺，且日將軍幸早臨」，吳師道之「丈夫不學曹孟德，生子當如孫仲謀」，近日王漁洋之「豈有酖人羊叔子，祗無悔過竇連波」，厲樊榭之「誰其云者兩黃鵠，我欲遺之雙鯉魚」，嚴海珊之「春水方生公速去，桃花淨盡我重來」，皆極工也。

余讀《晉書》，雅不喜王始興，才畧心術皆在陶桓公、温忠武之下，乃當時稱之爲「江左夷吾」，史臣亦褒之不遺餘力，誠所不解。金慰祖《讀史偶成》云：「岌岌東晉朝，瓜分少完土。江左多英流，瑯琊賴羣輔。誰令王茂弘，庸才稱仲父。睚眦死伯仁，流涕亦奚補。敦也叛逆同，假破東征斧。佳傳惑千秋，誅心等蘇祖。當時第一流，我服温忠武。」可謂先得我心矣。金字繩武，號蘭隅，嘉定貢生，早卒，有《綠雨山房吟稿》。

近世士大夫，不能爲八廚之推才振人，而徒持三君之名節繩士，見貧而有求者，輒嘖嘖然議之，不知貧而無求則必如陳仲子、鮑焦之徒，而後可易地以思，果能茹西山之薇，採鹿門之藥，去而不返乎？邑人林盤菴有句云：「貧來取利多，非義老至成。」貪竟似官。

宋律詩多用轆轤格、轆轤韻，雙出雙入。如黃山谷《謝送宣城筆》詩云：「宣城變樣蹲雞距，諸葛名家捋鼠鬚。一束喜從公處得，千金求買市中無。漫投墨客摹科斗，勝與朱門飽蠹魚。愧我初無開先手，不將閒寫吏文書。」前二韻押七虞，後七韻押六魚，所謂雙入雙出也。楊誠齋、范石湖多用之。又有進退格韻，一進一退，如東坡《題南康寺重湖軒》詩：「八月洞庭湖，蕭條萬象疎。秋風片帆急，暮靄一山孤。許國心猶在，康時術已虛。岷峨山萬里，投老得歸無。」以魚、虞二韻相間而押，所謂一進一退也。南宋人間亦用之。又有葫蘆格韻，先二後三，見齊己《風騷旨格》，今不傳。

「韓亡子房奮，秦帝魯連恥。本自江海人，忠義動君子」，宋謝靈運之詩也。「黄泉雖抱恨，白日自留名。悲君感義死，不作負恩生」，陳江總《弔魯廣達》之詩也。二詩千載下讀之，猶令人感慨振興，不當以人廢。

五言詩，世謂起於蘇、李，然《古詩十九首》，或謂枚乘所作。乘，景帝時人，是又起於乘，非蘇、李也。《文心雕龍》云：「《召南·行露》，已肇半章。《孺子》《滄浪》，亦有全曲。」則五言久矣。鍾嶸又以「鬱陶乎余心」爲五言濫觴，然《三百篇》中，韻語參差，諸體皆備，五言已指不勝屈。若《小雅》「以介我稷黍，以穀我士女」、「彼有不穫穉，此有不斂穧」、「乃求千斯倉，乃求萬斯箱」等句，已皆連用五言，特未製爲全篇耳。趙雲嵩謂「漢初諸人本此，以爲全篇，遂成五言體。」獨錢竹汀以爲七言在五言之先，五言起於東漢，蘇、李諸詩，皆後人僞作。辨凡數百言，見《十駕齋養新録》。

四言詩自漢以後者益罕，《文選》雖多所取録，然自韋孟《諷諫》、茂先《勵志》、叔夜《送兄》外，佳作寥寥。此外如張衡《怨詩》、淵明《停雲》，皆傑出者。唐以後四言遂絶，李白「羅幃舒卷，似有人開。明月直入，無心可猜」，及柳子厚《皇雅》，皆偶一爲之。方岳《深雪偶談》謂五言而上，世人往往各極其才之所至，惟四言輒不能工。劉後村謂《三百篇》在前之故。

九言詩，摯虞以《泂酌》篇爲始，李西涯謂起於高貴鄉公，顧亭林謂始於《書·五子之歌》「凜乎若朽索之馭六馬」。楊升菴又引杜詩「男兒生不成名死已老」爲九言之始，然皆非通首九言也。趙雲崧云通體爲九言者，《珊瑚網》載：元時天目山僧明本有《梅花》詩云：「昨夜東風吹折中林梢，渡口小艇滾入沙灘坳。野樹古梅獨臥嚴寒屋，疎影横斜暗上書窗敲。半枯半活幾箇擫蓓雷，欲開未開數點含香苞。縱使畫工善畫也縮首，我愛清香故把新詩嘲。」此則通首九言也。至升菴《梅花》詩云：「元冬小春十月微陽回，綠蕚梅蕊早傍南枝開。折贈未寄陸凱隴頭去，相思忽到盧仝窗下來。歌殘水調沉珠明月浦，舞破山香碎玉凌風臺。錯認高樓三弄叫雲笛，無奈二十四番花信催。」則又創爲九言律矣。

頌禱之詞，以渾渾穆穆爲貴，不同雅音之切響也。然余觀魏人公讌、唐人應制，皆滿簡浮華。試觀古人祝君如《卷阿》之詩，稱道願望至矣，盡矣，而頌美中時寓責難，深得人臣事君之義。

盛唐詩惟在興趣，其妙處透徹玲瓏，如水中之月、鏡中之象，所以流傳不朽。

咏史，不過美其事，而歌咏之，檃括本傳，不加藻飾，此正體也。左太冲《咏史》，多自攄胸臆，乃又其變。張景陽以恬退安閒，亦借史攄懷，然不似太冲之激昂慷慨，蓋其境有不同也。鮑明遠《咏史》壯麗可觀，然漸事誇飾，非徒不及太冲，亦遜張遠矣。

天地間水流雲在，月到風來，何處着一點滯相。詩家能覷破此旨，則下筆如神，自是一片化機。若泥定此處應如何，彼處應如何，則刻舟求劍，縱有精思，必無生趣。

人必有真學問、大見識，乃能有佳句。如太空之中，不著一點；如星宿之海，萬源湧出；如春雷一響，萬物發生。

古來可語此者，屈大夫以下，李、杜、韓、陶，其庶幾乎！

題范文正公祠堂詩，名作不少，惟吳蘭雪先生詩尤濶達雄壯，句云：「秀才天下同，憂樂老子胸。」「中貯甲兵。

詩於無心流露時，每見身分。王曾布衣時作《梅花》詩云：「而今未問和羹事，且向百花頭上開。」呂蒙正曰：「此生已安排狀元宰相矣。」吾友伍趙滙詮《咏雪》云：「天上有花皆皎潔，人間無闕不彌縫。」胸次可想。蓋詩最貴真切，今人求對仗，多尚浮靡，不知探驪貴得其珠，若鱗爪有何用耶！

詩有定境，患無定論。明詩自永樂以還，宗尚台閣體。李東陽、何景明七子振而起之，於是復歸於正。沿流以至正嘉，則後七子王世貞、李於鱗，高華矜貴，未嘗不各有所長，但其鍛鍊未深，摹古太甚，而謝蓁、吳國倫、徐中行、宗臣、梁有譽等輔之，沿襲雷同，致來攻擊之口。於是一變爲袁公安之詼諧，再變爲竟陵鍾敬譚之僻澁，三變爲陳仲醇、王孟陽之纖佻。詩衰極矣！而當時議者，反推孟陽，歸咎於王、李，並刻論李、何，究係門戶之見，非定論也。

中唐元、白齊名，然微之近浮華，而少實意，不若樂天處江湖而有憂國之心。宋時蘇、黃並駕，然魯直多生澁而欠渾成，不若東坡胸有洪爐，於李、杜、韓後，又開闢一種境界。

詩肖乎人，殆非虛語。魏文帝《芙蓉池》詩：「丹霞出明月，華星照雲岡」，自是帝王氣象。左太沖《咏史》詩：「振衣千仞岡，濯足萬里流。」卓然大家風骨。

詩貴鍊氣、鍊局，尤貴鍊字。張小謝《贈馬司愚》詩云：「文撐王勃腹，詩繡杜陵腸。」撐字、繡字，可謂龍梭織就矣。

又曹可玉《雨霽》詩云：「春笋亂成竹，夕陽尋上樓。」《城郭晚眺》云：「疎雨過天半，涼風搜客衣。」尋字、搜字，亦幾幾嘔出心肝。

詩不學古，謂之野體。然泥古而不能通變，猶學書者俱講臨摹，分寸不失，書非不妥也，而神理不存。作者必摩着心頭，放開眼界，於源流升降之故瞭然於中，則動與古合，而凡骨不知幾時換却矣。

詩必探源於經史子集，方有意味。若徒以詩入詩，便類於潢潦無源，但實事貴用之使活，熟語貴用之使新，抹盡斧鑿痕迹，斯爲不受古人束縛。曹子建善用史，謝康樂善用經，杜少陵經史並用，故氣味淵永，聲色俱佳。

阿中丞雨窗先生，經濟學問，世欽山斗，而其襟懷灑脫，往往於詩見之。其《題畫》云：「叢桂香殘柳上垂，登樓恰正雁來時。西郊嶽色籠佳氣，北郭湘痕寄遠思。有客揮毫剛中酒，當官得暇便吟詩。但教不負持螯約，莫問他年健是誰。」當時題者甚夥，此稱絕唱。

擁厚貲者多慳吝鄙野，惟吾同宗名家賽號敬亭者，風流儒雅，絕無紈绔氣習，尤好行義舉。昔年邑城垣間有傾塌，敬亭商同里陳君海嶠出重資修補，奏聞議敘五品職銜，爲邑人仰重。詩亦研鍊可愛，有《殘花詩》十首，錄其一云：「幾度憑欄惜歲華，披離枝葉半橫斜。蝶來恰似憐香客，雨過頻多減色花。謾說歸途防鹿女，何堪深院老吳娃。愁容擬作廻風舞，鳳泊鸞飄詎有涯。」又《題桃花扇傳》云：「玉樓歌舞散朝雲，別後相思日易曛。莫笑桃花偏命薄，至今人說李香君。」《白桃花》云：「自來縞素宜之子，不着嫣紅誤美人。」《舟中阻風》云：「江干驟雨波翻白，船裏炊煙火不紅。」自是名人風味。

雅致題不宜作莊嚴語，亦猶雅致事不宜作莊嚴勢也。昔有典史去看梅花，衣朝衣、冠朝冠，僕從擁輿，皂隸喝道，或嘲以詩云：「紅帽呵時黑帽呀，洛陽典史看梅花。梅花跪道低聲訴，小的梅花接老爺。」夫典史豈不知看梅是雅事，奈其心横據一典史之見，且以爲如此張揚，亦足爲梅花生色，而不知花之視爲塵俗人也久矣。作詩不善認題，盍借鏡如此。

詩以聲爲用者也，其微妙在抑揚抗墜之間。讀者靜氣按節，密咏恬吟，覺前人聲中難寫響外别傳之妙，一齊俱出。朱子云：「諷咏以昌之，涵濡以體之。」真得作詩趣味。

南城吴照南廣文，天才不羈，詩極清綺。《訪友》云：「秋水船隨湖雁至，故人樽向桂花開。」「路熟重尋前代寺，天晴補看去年花。」置之晚唐集中，可與温、李抗衡。

昔人論詩，不喜疊韻、和韻，及用古人韻。以爲因韻縛束，便不能見性靈。余謂詩能限韻，則因韻悟詩，反足撥開性靈，所謂繫鈴者能解鈴也。每見詩家往往因限詩而能得生平未得之奇，道古人未道之語。盖文人之心，變化無窮，果成竹在胸，又何往而不自適耶。

錢竹汀少詹年十九成進士，覃精經史之外，旁通中西之學，撰有《廿一史考異》，又《金石跋尾》四集。詩清而醇，和曹來殷《秋柳》詩云：「極目長條更短條，永豐南角最魂銷。渭城舊恨歌三疊，白下新愁送六朝。零落夜烏啼轉急，蕭條客鬢話無聊，春來縱説輕離别，尚有濃煙拂畫橋。」

邑張少廷尉湘門先生瑑，與魯亮儕觀察俱以權奇倜儻稱。果親王重其才，將大用之。先生決意南旋，家居垂二十年，極林泉之樂。詩古雅端潔，頃於唐友石案頭見其《題曾虹受行卷》云：「敝帚何堪學郢斤，論文君意欲云云。三年先輩人如海，搖首拈鬚羨此君。」「酒槍歌扇逐羣顛，文社疏來已二年。怪汝雄心銷未得，研朱重點白雲篇。」「老大蛾眉賦玉臺，嫁衣未辦也須裁。笑拈刀尺詩新樣，親見天孫織錦來。」「斐几緗簾烟篆長，尹邢風度與端相。遙知華省三條燭，迴向南豐一瓣香。」

嶽麓爲楚南名勝，當春和日麗，書院及各寺觀百花爭放，雖肄業生均禁擷採。然遇遊春佳麗結伴偕來，人面與花紅鬬妍，羅裙與綠葉爭色，在監守者亦目迷口鉗，恣其攀折。日晡渡河，紅香壓轎，芳翠圍舟，真冶遊樂事。劉鸞坡《即事》云：「東風料峭試羅衣，結伴尋春入翠微。斜日亭臺遊賞遍，肩輿滿載百花歸。」頗有畫意。

卷五

歌行起步宜高唱而入，有黄河落天走東海之勢，以下隨手波折，隨步換形，蒼蒼莽莽中自有灰線蛇踪、蛛絲馬跡，使人眩其奇變，仍服其謹嚴。至收結處，紆徐而來者，防其平衍，須作斗健語以止之；一語峭折者，防其氣促，須作悠揚搖曳語以送之。不可以一格論。至轉韻無定式，或二語一轉，或四語一轉，或連轉幾韻，或一韻疊下幾語，大約前則紓徐，後則一流而出，欲急其節拍以相亂也。

詩之難作者，莫如閨閣。稍涉浮麗，即墮入玉台、香奩餘習。一味脫棄鉛粉，則未免見寒乞陋相。若自然温粹，沖和如水仙一囊、湘梅半萼，嫣然於薄冰新雪之外，六朝而下，惟明之朱妙端、楊文儷、桑貞白、商景蘭，國朝陳燦、錢鳳綸、柴靜儀、朱柔則輩，庶幾近之。今人以繪句絺章，競稱閨秀，要皆難得風人遺旨，由其根柢之不深也。

郭天門先生都賢，益陽人，性聰慧嚴介，中天啟二年進士，官至江西巡撫。遭時多故，遂爲僧。生平博學強識，工詩文，書法瘦硬，兼善繪事，人得其所寫竹，即片紙皆珍若至寶。祝髮後流寓無定，卒客死荒寺。所著有《衡嶽集》《止庵集》《秋聲吟》《西山片石集》《破草鞋集》《佛嬾子觳音水閣吟罪狀》《蒿夢集》《補山堂集》《些庵雜著》。詩皆不及備載。萬曆中，無錫縣丞孫宗伯繼皋送其歸益陽，詩云：「上書不達賦歸來，空橐何妨載石歸。臣自當誅曾出位，衆皆欲殺可憐才。三年水國將漕苦，十日風江泊浪哀。但不負丞休亦得，幾枝殘菊媚寒杯。」詩意似曾以建言譴謫者，惜其事不傳。陶宮保雲汀嘗誦其詩於鄧湘皋先生，因採以廣其傳。

文以養氣爲歸，詩亦如之。七言古或雜以兩言、三言、四言、五六言，此七言之短句。或雜以八九言，十餘言，皆伸以長句，而欲振蕩其勢，廻旋其姿也。其間忽疾忽徐，忽翕忽張，忽停瀠忽轉掣，乍陰乍陽，倏來倏往，莫不有浩氣鼓蕩。其機如吹萬之不窮，如江河之滔漭而奔放，斯長篇之能事極矣。

曾謙山先生傳薪，衡山人。以舉人大挑，先官山東滕縣暨滋陽令，旋請改教現任邑教授。品端行直，士林仰如山斗。

詩醇樸簡老，《酬何芰亭司馬自訟詩》云：「律禁閒曹受詞訟，豈容兩造互呈控。片言折斷需良才，閒曹雖良誰借重。先生鄉舉方待銓，結綬適得六品從。民情曲直權在州，州牧持權弗與共。可憐水部工吟詩，詩人衹作等閒用。頃讀先生自訟詩，詩詞幽奥多鬱思。不聽人訟衹自訟，聊分單辭與兩辭。猾胥豪奴斂伎倆，甲告乙愬歸有司。數十身由一身散，藐茲方寸中主持。以已搆訟已還聽。與人無與人何訾。於乎！抑戒賓筵列周雅，作詩悔過良亦寡。不患有過患不知，知而自訟豈虛假。當日未見興嘆嗟，已難求之聖門下。何意君詩攄素懷，竟是當時自訟者。」

「虞歌曲盡怨天亡，潮落沙平舊戰場。千里江東羞不渡，六朝曾此作金湯。」此姜西溟《烏江》詩也。袁簡齋已收入隨園集中，而吾鄉明經戴和笙先生醇《烏江懷古》詩斷制亦確，句云：「破釜沉舟竟渡河，烏江回首恨如何。八千子弟空秦卒，百萬侯王潰楚歌。地盡已知容我少，天亡不悔殺人多。遮留董父操成算，鹵莽英雄命坎坷。」先生負性嚴正，淹博經史，生平著作浩繁，其詩文集已彙成卷付梓。又著有《周易通源》，亦將出以公世。

宋景文詩「蟹美持螯日，魚香抑酢天」，抑酢者，以鹽漬魚肉而藏之也。楊淵《五湖賦》「連航抑酢」，殆本乎此。

李明府光甲孝廉諱鐮潭父，吾友孝廉名士衢曾祖也。生平著作宏富，乃其制藝、古文爲座主吳太史袖攜入都，至洞庭覆舟漂去。詩稿則於赴官之日寄郭孝廉家，亦煅於火。頃僅搜其《過鑿石浦》一詩云：「杜老文章在，江山照奇麗。生涯歷轉蓬，冥心契爻義。陰陰古木間，日暮鳴蜩嘒。蕭寺度疎鐘，深林相蔽翳。暫覺薰風來，襟帶皆和惠。聖武屢豐年，神功祚先歲。一暮宿江天，波平舟不繫。」清微澹遠，惜不多存。

蔡少尉鼎新，號子琴，蘇州吳縣人，綽有治才，而襟懷曠達，尤有天半朱霞、雲中白鶴之概。生平書畫兼工，詩亦澹遠有神。題《畫蘭》云：「幽想入空谷，微香生硯池。果然神似否，祇有美人知。」

咏泉上人《登希青亭》云：「千秋毅魄餘枯骨，一派寒聲走怒濤。」《七夕》云：「塵世幸無兒女債，神仙亦有別離情。」一雄渾，一幽雋也。又《哭徐海宗》云：「嶽雲黯高山，湘江澹流水。人生無百年，豈易逢知己。昔與徐君交，春風生席几。契闊等芝蘭，傾懷忘俗靡。曾記唱陽關，垂鞭慕桑梓。別思一年餘，離愁何處是。關山本非遙，渺若隔千里。天末雁聲寒，颯颯秋風起。相期故人來，忽報故人死。寒窗燈不花，苦雨滴未止。逝者竟如斯，衷懷曷能已。搔首問青天，一哭而已矣。」

王岱洲《咏梅花》詩有「工部詩中失海棠」之句，余初不知其所謂，及閱王禹偁《詩話》云：「杜子美避地蜀中，未嘗有一詩說着海棠，以其生母名海棠也。」陸放翁以爲老杜不應無海棠詩，意其失傳耳。余觀《淮南子》云：「百梅足以爲百人酸，一梅不足以爲百人酸。」又安得以此少之。

詩人各有寄託，但其境地各有不同。余閱《燈花詩》最多，茲摘其一二，以覘胸次。謝薌泉先生云：「自有珠璣饒紫氣，了無枝葉本丹心。」張翰卿云：「絕無綠葉扶偏好，爲有丹心晚更明。」辛木云：「春縱無邊開不到，心難灰盡落還生。」雲度上人云：「一現早知空是色，短檠相對碧無情。」

詩人半屬狂士，如楚秀才揚芬，其胸本具別裁，而其以詩自豪，有目空一切之概。頃述其《咏宋太祖》云：「誰於五季息紛爭，夾馬香孩應運生。能恕風塵無特識，不妨雪夜事微行。白駒借喻功臣泣，黃袱留看國主驚。況復天寒臨講武，毡幃裘帽念西征。」余謂此詩無他妙，祇是運典妥貼，尤好在開口即籠括一切耳！楚服其言。

醴陵選拔易清漣，向共硯城南，覩其詩，多近元祐諸人。兹見《送李孝廉北上》之句，尤極峭勁，詩云：「君行不可駐，歲晚一孤舟。把酒此爲別，挑燈相對愁。片帆輕雪舞，江水帶冰流。剩有詩情健，蒼茫紀壯遊。」「自昔論交者，如君我獨欽。文章根性出，肝膽照人深。長坂驊騮路，冲霄鸞鶴音。相期各珍重，從此縮朝簪。」

性情高雅之人，所行每異塵俗。邑陳上舍觀圖，號小搏，才氣軼羣，讀書過目成誦。近年棄舉子業，獨闢一精室，專肆力於詩、古文詞，不稍倦。暇則譚棋品畫，作字調琴。又與名下士日相唱酬，故詩境益佳。五言如《登祝融峯》云：「斷雲收雨脚，斜日度山腰。」《湘江晚泊》云：「濤聲衝岸起，風勢破空來。」七言如《秋夜舟中》云：「征雁叫雲千里恨，寒蟲咒月一天秋。」皆極工麗。又《鼓琴》云：「一縷香蘇睡鴨魂，綠梅花落正黃昏。小樓獨撫瑶琴坐，萬籟無聲月到門。」尤爲人傳誦。

齊丈治卿年老好詩，《九日和友人》句云：「萬種風流雄兩晉，一枝花筆豔三唐。」《病後感懷》云：「名以文章著，詩從慷慨歌。」於遲暮之秋，尚有此等音韻，亦偉人也。其哲嗣嶽生孝廉，詩亦大有父風。

長沙參軍劉星樓炳南，詩得香山之麗，而淡雅處又似蘇黃。《游西湖》云：「秋風吹送盪湖船，船到湖心水接天。青嶂遠銜雙塔寺，碧波遙帶六橋煙。聰明莫謂神仙幻，指葛仙鍊丹處。祠墓空留將相賢。謂忠岳武穆。試上跨紅回首望，樓臺掩映夕陽邊。」「霸業銷殘尚有樓，荒墳蘇小亦千秋。平湖綠水三更月，花港紅菱一葉舟。得住孤山真處士，未攜鶯侶負杭州。鐘聲響切南屏晚，短棹歸來作卧游。」星樓，廣州香山人。以書生投筆從戎，會英夷跳梁，隨大軍征勦有功，銓選今職。生平好遊歷名勝，足跡幾半天下，洵不媿風雅云。

楊武陵相國身後，謗議紛起，其子崧雖作《籲天錄》辯之，人不之信也。平心而論，武陵之奪情，由於金革，自難以常情指摘。其督師主剿，不爲無見，而連破張獻忠等積年之逋寇，亦未始無功。至以賊委蜀，教百姓誦《觀音經》等說，直東齊野人語耳。陶文毅《過天心湖望相國墳》有詩弔之云：「運籌帷幄原乖術，畢命疆場匪愛身。世亂始知才不易，督師死後更無人。」「師門忍用鞭尸報，謗口誰從死後明。檮杌若教成信史，莫將首惡赦周生。周生事見《池北偶談》。」二詩持論平允，相國有知，當爲首肯。

順天府尹彭咏莪蘊章，爲余白華舅門下士。早耽理學，繼勵功勳，所尚並不在詞章之末。然其詩漁獵百家，又工於寄託，亦多可傳。如《聞蟬有感》云：「千林寂寞薰風裏，新蟬一聲差可喜。無何散作亂蟬聲，十十五五嘶不已。豈有朱絃疎越音，但覺箏琶聒人耳。初聞新蟬清我心，亂蟬使我躁心起。立言自古嘲雷同，何況言官論國是。」奇險峻峭，彼尸位者聞之，得不汗顏耶！

《漁隱叢話》云：「富貴於人，造物所靳。自古以來多不在於少年，嘗在於晚景。而人至晚景得富貴，未免置第宅、售妓妾，以償其生平所不足。如樂天詩云：『多少朱門鎖空宅，朱人到了不曾歸。』司空曙詩云：『黃金用盡教歌舞，留與他人樂少年。』讀此二詩，使人悽然。」余生長貧賤，誠未知稅駕何所，姑書此爲異日砭石云。

余與張蓉軒無一面交，人傳其《春興》詩有「坐久苔痕欲上衣」之句，余深羨其丰致。既又見其《春日話舊》云：「記逐萍踪出晚村，讀書聲裏到君門。人情聚散渾如夢，歲月蹉跎欲斷魂。十里關山青不斷，半江春漲緑無痕。何緣今夕尊同把，楊柳依依事怕論。」亦佳。

丁酉選拔羅姻丈名汝槐，爲侍講學士。碧泉先生姪行，門第清華，品節端峻，讀書破萬卷，皆過目不忘。少年詩宗唐宋，讀綺麗處如在「緑楊城郭」、「二分明月」間。然近日詩境尤高，主講淥江書院時，有《入淥》詩一首，古雅澹逸，足與玉局翁抗衡。詩云：「淥水百里來，出與清湘併。狹岸約束之，飛流勢逾競。我行泝流上，沿路得幽勝。怪哉扶拆岸，欝盤紆，沙石顯瘳硬。盈盈掌握掬，了了眉宇映。羣峯迎面來，峭壁削蘿磴。孤松何代植，拔挺雪霜勁。興氣，靈秀此獨孕。帆隨山路轉，槳與谷聲應。前指迷去程，後顧失來徑。人家臨絕巘，炊煙裊塵甑。危灘數重上，水力激益横。長年奮先登，力竟氣猶盛。固知防下流，須具强忍性。遙廛起市廛，近響辨鐘磬。湍流不盈尺，已再歷朝暝。後來循此塗，漸進慎毋輕。」

余不識羅翰秋，荔仙來，謂翰秋上舍濱江之詩人，且濱江一才人也。嘗述其《漫興》云：「一回拊缶一高歌，興極還將鐵硯磨。自鑿靈源千萬頃，不知人世有江河。」何軒爽曠達乃爾。

六朝詩至陰鏗，漸開沈、宋近體之源，其《新成長樂宫》一篇爲陳文帝所賞，後世律詩之先聲也。詩曰：「新宫新壯哉，雲裏望樓臺。迢遙翔鷗仰，連翩望雀來。重檐寒露宿，丹井夏蓮開。砌石披新錦，梁花盡早梅。欲知安樂盛，歌管雜塵埃。」其他佳句可誦者，如《渡青草湖》云：「帶天澄迴碧，暎日動浮光。行舟逗遠樹，渡鳥息危檣。」《和侯司空登樓望鄉》云：「寒田穫日靜，野日客中昏。」《廣陵岸送北使》云：「亭嘶背櫪馬，檣轉相風烏。」《江津送劉光祿不及》云：「鼓聲隨聽絶，帆勢與雲鄰。」《婕妤怨》云：「花日分窗進，苔草共階生。」《閒居對雨》云：「觸石朝雲起，從星夜月離。」《晚泊五州》云：「水隨云度黑，山帶日歸紅。」《侯司空宅咏妓》云：「鶯啼歌扇後，花落舞衫前。」皆典雅流麗，盛唐名作不過如此。鏗字子堅，南平人。南平今澧州。吾楚詩人，當以鏗爲祖。而通志、州志，皆不及採入，故詳著之，補吾楚文苑之遺焉。

有人自玉山堂來，稱賀鐵畊作循自刻詩集，倩余覓一梓人，且問余選詩若干。余曰：「只少鐵畊詩耳！」越日，持古近體詩數十首，俱可傳誦。《跳蟲吟》云：「天地萬物之窠臼，或潛或飛或行走。何哉蟲乃黑而微，專恃騰踔出其醜。山雀遑及趨距工，井蛙且遜跳梁久。依人作計殊惱人，公孫布被十恒九。曉夢驚飛蝴蝶魂，宵眠打散鴛鴦偶。捷如馬勒澶溪超，健如鯉躍龍門陡。或如豕突徒狼奔，校巡那得捕快手。偶然韓信紿已擒，忽又孟明囚不守。唾指按甲伺其來，我兵伏左賊攻右。老身輾轉復反側，爬沙不覺血縷縷。跳蟲汝勿謂不羈之才世絶無，棲屑蟣虱視蔑如。又勿謂捷足可以恣叫奡，蠻争觸鬪無爾虞。莫敖高舉荒谷縊，梁冀跋扈羽林誅。」《倣劒南小體詩》云：「興味蕭然退院閒，黄昏初定閉柴關。雨餘簷溜成銅滴，風定爐煙轉玉環。花事與人爭夢過，客懷因酒似詩刪。學書未就塗鴉慣，宿墨淋漓兩袖斑。」

曹丈西林以詩課子，可玉最得其傳，次珊谷亦工吟咏，惜皆不壽。昨讀西林翁詩，兼得珊谷遺稿。西翁《樵夫》云：「一天雲樹密森森，樵斧丁丁深復深。僻地幾經猿鶴夢，險巖應破虎狼心。山中熟睡尋蕉鹿，石上敲棋易古今。惟囑枯桐休折斷，尾焦原可待知音。」《漁父》云：「楊柳堤邊影綠簑，荻花深處唱漁歌。誰憑鷗夢翛然遠，我不羊裘自在多。萬里西風吹髮短，數聲柔櫓帶煙拖。停橈試問鄰舟客，如此匆匆近若何。」珊谷《過一笠亭》云：「黄昏來古寺，散步入林深。喬木參天外，孤亭得樹陰。風過山鬼嘯，人靜野蛩吟。對此發幽趣，寥寥太古心。」又《荷包牡丹》云：「花滿柔枝力不勝，鼠姑同放勢爭榮。囊空不自知羞澀，浪得人間富貴名。」

古今詩人以詩名世者，或只一句，或只一聯，或只一篇。如「池塘生春草」，則謝康樂也。「澄江淨如練」，則謝宣城也。「壠首秋雲飛」，則柳吳興也。「風定花猶落」，則謝元正也。「鳥鳴山更幽」，則王文海也。「空梁落燕泥」，則薛道衡也。「楓落吳江冷」，則崔信明也。「庭草無人隨意綠」，則王胄也。温庭筠有「雞聲茅店月，人跡板橋霜。」嚴維有「柳塘春水漫，花塢夕陽遲。」常建有「曲徑通幽處，禪房花木深。」杜荀鶴有「風暖鳥聲碎，日高花影重。」孟浩然有「氣蒸雲夢澤，波撼岳陽城。」張祐有「樹影中流見，鐘聲兩岸聞。」周朴有「曉來山鳥鬧，雨過杏花稀。」劉筠有「雨勢宫城潤，秋聲禁樹多。」寇萊公有「遠水無人渡，孤舟盡日横。」徐鉉有「井泉分地脈，砧杵共秋聲。」趙師民有「麥天晨氣潤，槐夏午陰清。」此類不可勝數，今人才力不如古，而貪多鬭巧，務欲求勝於古，豈知古人詩之見傳，固不在於多與寡哉？

南麓先生有子六人，俱天才宏富，詩學清奇雄偉，無美不臻，因仿隨園敘周氏兄弟詩例，鎖錄於左。拔貢生埴，號貢五，著有《湘帆閣詩集》。《京江夜泊》云：「江濤薄暮勢微收，鐵甕無風得好留。邀笛步遙人對月，藏春菴近客吟樓。一聲清磬驚懸狖，數點漁燈動宿鷗。人境蓬萊原未遠，金山突兀海鰲浮。」

邑增生美五坤，和其弟枕石山房落成云：「闢得南軒十笏堂，廻廊修弄自低昂。湘潭雨接簷間溜，嶽麓雲堆欄外墻。間假欹眠親石局，詎甘高枕隔書床。松齋十里花橋路，竹杖芒鞋興正長。」

前五諱垣，以舉人官桂陽州學正，後選河西知縣，因老辭歸，著有《潭上草堂詩稿》。詩尤風雅，有《湘江竹枝詞》十二首，足資楚南掌故，因摘錄之。詞云：「衡日九千餘丈落，衡嵐七十二峯開。香官今夜何峯宿，紫蓋南看瀑布回。」衡峰夕照。「山門灘落見昭陵，萬石千篙不可聽。越客吳儂剪紙拜，湘潭也復有空舲。」空舲素浪。「湘水桃花曲曲迷，湘雲帆影粵東西。送郎津口呼郎聽，是鷓鴣啼杜宇啼。」津江雲帆。「觀湘門外碧湘秋，黃葉亭前一葉流。君去江東勞寄語，儂移河岸第三樓。」湘潭黃葉。「昭潭無底橘洲浮，五月楓江水似秋。趁早燒香山頂去，午時縣裏賽龍舟。」橘洲曉岸。「郎家楓浦雪晴天，妾隔銅官渚外煙。江口新人雙十六，網綱落水倒划船。」銅渚雪漁。「一灣楓荻一灣秋，三十六灣聲不休，誰唱沈河江上曲，渠儂都怨靳江流。」灣河楓荻。「村村湖葉村村赤，寸寸湖波寸寸風。波似妾心無遠近，葉如郎跡任西東。」洞庭晚波。不俚不雅，洵是劉禹錫的派。余今春應陸費中丞校經堂課，亦擬二十首，極力摹寫，不能得其風味。存其二云：「醛商米賈擁艨艟，不減魚鹽蜃蛤雄。三十六灣灣不定，來帆風接去帆風。」「長沙城丙辛夷舞，長沙城外杜鵑聞。兒女未知忠孝事，清明先拜蔡公墳。」

興五諱增，進士，官縣令。告歸後最喜遊覽，所至必紀以詩。《登仙女山》云：「絕頂崔嵬徑百盤，憑陵身到碧雲端。中天霧積千峯翠，八月涼迎客袂寒。名士自來雙蠟屐，仙人終古一青巒。秋容澹蕩三湘迥，款納從教結伴看。」《半山菴》云：「晚風吹霧將成雨，歸客穿林帶濕愁。上界鐘從何處盡，半山煙似向人留。丹楓翠竹還殊態，捫薜攀蘿祇舊遊。遙望白雲詩趣遠，松花香引入書樓。」著有《栲南詩鈔》。

拔貢生和五坊，先官廣西知縣，所至有慈惠聲。嗣任山西諸縣，士民稱爲王屋仙吏。《入都謁關帝廟集句》云：「赤脚丹心照彼蒼，韓偓天恩已息陣堂堂。杜甫吳宮花草埋幽徑，李白魏國山河傍夕陽。李益宸極此時飛聖藻，崔日用盛名天下挹餘芳。皇甫冉男兒事業惟公有，杜牧英傑高吟意興長。」都中聞者無不欣賞。後引見，時朝房聞司官呼先生名，疑爲什邡令張昉，禮部任公蘭枝、兵部吳公應棻曰：「此爲張坊。」文端公廷玉云：「余知其人是即集『吳宮花草、魏國山河』詠關夫子者也。」天然湊合，自來無此恰好。

程雲階世漢，性有詩癖，雖事區萬品，情綜千塗，而令序芳辰，必事吟咏，詩亦清雋可愛。《題九面樓遺稿後》云：「先生淮海擅風流，幾度豪吟五筦遊。酒壘生前鑪尚在，詩名死後卷還留。怕看落葉三秋樹，忍把遺編九面樓。夜對寒燈風雨下，瓣香爇到寸心愁。」《過芋香精舍》云：「佛天青幾處，四大本來空。香沁曇花雨，涼生貝葉風。文章前輩老，筆硯故人同。忽憶離家客，天涯類轉蓬。」皆佳。惜任事太繁，審事太密，其精神不能全注於此。

程雪門爲雲階子，年少能詩，潭人皆契重焉，惜未三十而卒。今夏閱其遺稿，猶想見其絺章繪句時英氣勃勃也。稿中詩多佳句，《題陸放翁謁武侯廟詩後》云：「萬死投荒蜀道崎，武侯祠廟柏參差。分明南渡偏安日，不異西州嗣統時。六出王師生拜表，九原家祭死留詩。兩公心事昭千古，一樣淋漓痛哭詞。」《湖上春遊》云：「雨湖春水綠迢迢，十里紅亭五里橋。遮道花迎公子面，夾堤柳鬬美人腰。是何好夢鶯難破，如此芳魂蝶易銷。天亦有情忘不得，綠雲粧點嫩晴朝。」

葛月樓美秀而文，詩亦如之，幼時有《雨湖竹枝詞》，出風入雅，人人點頭。詞云：「昨宵聽罷雨湖雨，今日有人堤上行。似爾黃鸝便傳語，此湖宜雨亦宜晴。」「清風亭畔幾人家，若箇新來此賣茶。一領紅衫青兩袖，鬢邊斜插玉簪花。」「一堤如帶柳條鋪，一水如油綠滿湖。中有桃花作春色，門前人面與模糊。」「石路西南宛轉通，一湖長在畫圖中。衹今大埠橋前水，流出桃花幾樣紅。」

楊紫卿季鸞，南楚老詩人也。詩集甚富，余在京亦曾見之。嗣又得其《游平山堂》一律云：「淮南佳景屬平山，難得登臨我輩閒。竹石不妨評位置，亭台聊復試躋攀。鶯花寂寞徵歌後，麝墨淋漓被酒還。若覓歐陽舊時蹟，風流原只在人間。」

胡弼臣安國官吾邑，駐守蓋十年矣。其祖若父皆以讀書成名。弼臣能讀父書，就武非其本志也。然其風流倜儻，真醇儒品度。頃擢善化總戎，贈別者甚多佳句，萬廪生政襄句云：「秋霜射獵辰彎臂，夜月談兵甲貯胸。」楚君薌石云：「功名慚短劍，風度挹輕裘。」余亦贈以句云：「細柳長松一手栽，旌旗搖曳逐雲來。人欣秦宓詩書士，我識班超將相才。長冠百夫城有障，春濃十載晝登臺。鶯遷又泛長沙棹，檣燕留行日幾回。」

《侯鯖錄》：「今之秘色磁器，世言錢氏有國，越州燒進，不得臣庶用之，故云秘色。」比見陸龜蒙《進越器詩》云：「九秋風露越寒開，奪得千峯翠色來。好向中宵盛沆瀣，共嵇中散鬬遺杯。」乃知唐已有秘色，非錢氏爲始。

郭孝廉崑燾，號意城，筠仙太史之弟也。天才英異，氣宇軒昂，間爲詩詞，皆溯源六朝，得其津筏。昨於歐陽子壽扇端見其錄舊作數首，清微淡遠，古意蟠鬱，殆漢魏間遺音耶！摘其一二云：「流雲倏東馳，白日黯無色。開門驚四顧，天高野煙塞。礎潤知雨零，履霜肇冰泐。天時與人事，日日相促逼。逝水無駐波，潮汐安可息。甑石吾何求，隱憂常惻惻。」「鳳凰寂無聲，烏鵲乃喧擾。鸚鵡詡能言，人前更糾譑。金丸忽駭彈，儕響閟羣鳥。鷹鸇擊同類，悚身何悍慓。營營樊中蠅，聱吼極秋杪。泥塗張蚓竅，徒令聞者愀。安得羅浮雞，一鳴天下曉。」

伯壎仲篪，古人於兄弟之間，自有一段至情至性，而不徒以倡和爲樂也。昔年客長沙，適羅雲皋孝廉自都門旋里，備述曾學士滌生先生，學問經濟自是第一流人，且其藹然孝弟，尤徵天性之厚。頃於湘山圖中，見其寄弟子植詩三首，肫樸真切，並一生忠孝之心亦躍然紙上。詩云：「乖違予季今三載，辛苦學詩絕可憐。王粲辭家遘多患，陸機入洛正華年。輪蹄塵裹鬢毛改，鞞鼓聲中筋骨堅。門內生涯何足道，要煩嘗膽報堯天。」「漢家八葉耀威弧，冬幹春醪造作殊。豈謂戈鋋照京口，翻然玉帛答倭奴。故山豈識風塵事，舊德猶傳嫁娶圖。長是太平依日月，杖藜零涕說康衢。」「辰君平直午君奇，自注：澄侯生庚辰，温甫生壬午。屈指老沉真白眉。入世巾袍各骯髒，閉門諧笑即支離。中年例有妻孥役，識字由來孝養衰。貧裏光陰親鬢白，嗟予漂泊在天涯。杜韓不作蘇黄逝，今我說詩當附誰。手似五丁開石壁，心如六合一遊絲。神斤事業無凡賞，春草池塘有夢思。何日連牀對燈火，爲君爛醉舞僛僛。」

近日詩人多事叫囂，吾友汪茂才昌壽號蓉江，獨具一種静穆之氣，而音節尤極瀏亮。如《山居春興》云：「漸覺東風拂面輕，閒來門外暢幽情。春光點水波初綠，天意催花雨欲晴。酒熟喜逢知己飲，鳥啼如勸踏青行。待看郭外新開霽，柳下同聽出谷鶯。」《消夏》云：「小小山亭伴苧蘿，參差竹影漾輕波。幽軒一角臨池面，差喜開窗得月多。」「綠竹深深當列屏，柴門無客晝常扃。高人恰與雲同睡，雲到飛時夢亦醒。」《春草》云：「清明細雨過三月，荒塚東風夢六朝。」五言如《秋夜》云：「吟懷隨月滿，詩格入秋孤。」《雨後晚眺》云：「野鳥銜煙入，畦牛帶月眠。」都饒韻致。

周鐵樵烟丈名裕梓，以經學傳家。兄弟皆能詩，而烟丈之詩尤多奇傑。《題白雲深處癖吟圖》云：「天上有白雲，山中有詩客。好雲出無心，好詩妙偶得。雲即天之詩，變幻在頃刻。詩即天之雲，起伏在闔闢。二者本自然，静觀皆自適。周生會其妙，圖寫雲爲壁。一卷坐長吟，箕踞而脱幘。朝看白雲生，笑言開啞啞。暮看白雲生，神明更奕奕。煙波天上雲，氤氳生肺鬲。吐我胸中詩，樓臺絢金碧。入雲既已深，作詩亦成癖。長歌響遏雲，短調雲濯魄。當其搦管初，十指雲煙積。

詩雲兩不分，詩雲兩無迹。我家雲深處，長年爲形役。性更懶於雲，枯腸雖搜索。披圖神氣旺，雲氣盪胸臆。此意我會之，狂言雙手拍。詩束筆萬枝，雲懸梯百尺。守我雲中君，招我詩中伯。清廟明堂間，朱絃響疎越。雲在鶴矯矯，詩成情脉脉。碧天雲路長，秋風振逸翮。」其弟曉江先生名裕楠，邑孝廉也，詩於宋楊陸爲近。《舟次岳陽樓下》云：「雨因久旱如佳客，人遇他鄉即故知。」皆爲人傳誦。

沅江秦明經錫祉夏五過余選樓，時煮賑事繁，未暇談詩。越日持贈友作數十章，俱杼軸予懷，於此事殆三折肱矣。

「喜看波面平如砥，未到樓頭意已仙。」《澤口阻風》云：「山雨欲來人語亂，江風漸落浪聲柔。」《旅次》云：「碎句如「窮極詩千古，公餘留一枝」、「倚竹翠於鬟，賞蘭香襲裾」，皆新。其全章可誦者，則有「記得瓊湖晤，如今恰廿年。風波成往事，歲月孰虛延。此夕客中客，幾山煙外煙。倚樓爭遠眺，參昴四更天。」亦淡遠有味。明經弟錫祺，亦精詩律，著有《壽齋詩話》。

邑咏泉上人能詩，其往來者多名下士。每過余選樓，輒稱符司馬南洤賦性雅潔，當讀書餘閒，即吟詩作畫，種竹栽花，故其發而爲詩，皆清詞麗句旋袖。其《登紫荊山》云：「古寺懸雲際，濃陰四面遮。林深山徑曲，秋老樹枝斜。遠黛凝青嶂，新詩艷碧紗。一聲清磬裹，歸路數寒鴉。」《賞牡丹》云：「春風紫禁狂吟日，夜月雕闌醉倚時。」《雨後即事》云：「馬蹄荒草亂，牛背夕陽孤。」皆工。南洤名典，家頗豐贍，常好行義舉。今夏邑饑荒，里人多仰賴焉。前採羅小溪勳詩，僅得七律一章，味美於回，令人有乞餘不足之意。頃荔仙搜其諸將詩五首，清雄峻拔，蓋合李、杜爲一手者。《邊防》云：「漢祖揮戈定朔方，烽煙回首燭天荒。中朝詔已屠龍馬，六代功猶攘犬羊。銅島黑風吹海白，雪山紅日傍雲黃。將軍雅解論兵革，日月叢中聳佛光。」《駐防》云：「分土編營五色旗，軍中從此習弓騎。枉教司馬憂歧卒，不道從龍便將裨。白手健兒紛醉夢，羽林諸子半藩籬。早知四海無供給，莫讀高皇創業碑。」《海防》云：「絕島專征建虎威，神機多與昔人違。天應痛悔和戎誤，將不能軍國事非。南海艨艟消戰火，綠營旗幟造虻飛。論才祇數劉郎健，細雨涼風大帥歸。」《苗防》云：「番夷往事久成煙，又聽箐嵐語杜鵑。降虜軍聲嚴僕射，墮鳶勳業馬文淵。狼獁塞堡屯田卒，魚蚌蠻人壘障天。銅馬赤眉方一例，休將佽射侈投鞭。」《運河》云：「樓船使者畫咽喉，多恐倭奴據上遊。五月江深諸道集，長淮天險重臣愁。材官早已屯涇渭，羽楫依然轉置郵。額守萬方根本地，旌旗無恙到神州。」又見《舟中感事》詩十二首，音節蒼涼，其樸茂處有西涯樂府遺音，惜集隘不能備錄也。

周峙生詒萬，性樸誠不苟。讀書於經史外，旁通金石之學，而鑱刻晶石銅章，尤極精妙。曩鐫有《鑾園印存》，間亦取閱，恍置身圖書府中。頓滌西塵三斗，詩亦幽雋。《秋閨》云：「井梧霜葉曉風凋，掠過深閨逐影飄。妾若爲郎憔悴甚，恐郎他日更魂銷。」《秋砧》云：「一片寒砧石半欹，聲聲練擣月明時。淚珠空自隨流水，流到郎前郎未知。」《飛絮影》云：「落溷容難重對鏡，沾泥心合早忘機。」《落花聲》云：「既然含笑饒千態，怎肯無言了一生。」不必以家數律之，自與古合。

沅平各邑婦女，多以白布挑繡覆首，醴北驛路則覆以青紗。客商往來，以親手煮茶爲敬。劉鸞坡《醴北途中口占》

云：「青紗覆首避輕塵，修短纖濃仿洛神。自煮名泉留小啜，雪甌擎出掌中春。」蓋實事也。鷺坡名開墀，天性剛毅，負氣任俠，不爲豪右勢宦所移，獨發於詩歌，多旖旎靡麗之作。余常索其存稿，答云：「少年綺語，半涉輕浮，感憤時事，率多譏訕，二者均傷忠厚，不欲示人，只堪自怡悦也。」惟記其《新柳有贈》云：「淡淡描金倚畫樓，欲開青眼屢嬌羞。東風淺逗心初動，黄鳥輕棲體尚柔。未解纏綿忘我别，不勝煙雨替卿愁。緑波南浦春如鏡，映出蛾眉月一鈎。」語殊清麗，惜所贈非解事者不知籠以碧紗耳。

卷六

邑蕭梓南之樑，現以州同知候銓。其人氣豪腸熱，見義必爲。今夏邑煮賑，梓南既指困以濟，又身佐其事。酷暑中備極焦勞，越五十日，未嘗少倦。生平詩離奇滉瀁，似李崆峒諸人，著有《若谷山房詩草》。就中摘其事與詩之俱可傳者，以見梗概。有某妻買侍女香玉爲簉室，不知其夫先有他約，夫欲退香玉，返價不諧，遂成訟。李丈壎南謀以金贖香玉，寄馬悔初家。梓南爲之覓耦，因紀其事云：「美人不可見，義士不可得。李侯意氣雄且奇，欲作天涯豪俠客。掀髯向我嘆不平，道有侍兒號香玉。生小茫茫迷故里，流涕能爲隴上曲。有人把鏡春無侶，爲夫買妾亦豪舉。衹言消恨無煩療妬羹，那知王氓團扇先有主。從兹列屋鎖雙眉，兆離窈停無限悲。妾心匪石郎疑石，石在郎心妾不知。黨奄蜂銜尋搆難，平地風濤腸欲斷。得有人兮爲還珠，濟以慈航登彼岸。我聞惻惻感公賢，解囊不吝比輸錢。先生大笑吾去也，文姬一霎返關前。可憐千古紅顏原命薄，千古好花原易落。既有東皇肯護持，何須聳肩掃黛自怨兒身弱。籬下暫將寄馬融，此身幸免辱泥中。蕉葉未曾經捲雨，楊枝何忍更隨風。湘南遍聯香玉句，碧海如雲歲云暮。共覓鴛譜續鸞膠，鵲橋佇見雙星渡。休嫌月缺與花殘，梅蕊須從雪裏看。從來此輩原不長貧賤，崎嶇況預歷艱難，爲語旁人如是觀。」

《若谷詩草》題辭美不勝收，余獨愛張明府聲价二律，句云：「眼前所見吾誰與，三十蕭郎妙若何。笑織鴛鴦成麗句，大驅龍虎入悲歌。雲霞靄靄恩情艷，風雨茫茫感慨多。猶記說詩清夜裏，一燈紅照口懸河。」「不辭沈醉一千觴，劍斫珊瑚七尺長。太守下床眠許汜，步兵青眼對嵇康。閒情遠岫和煙淡，奇氣炎天作雨涼。我亦愛詩豪舉者，爲君歌罷極蒼茫。」

余居京時，知王遜之贊府吟才敏秀，而其以驚才絕豔之筆，寫嫣紅姹紫之情，尤多韻語。猶記其《尋春詞》云：「廿四番風花信遲，令人惆悵意如癡。從來好事多磨折，杜牧三生信有之。」「踏青相約美人車，拾翠曾經第幾家。草綠迎媒須有意，春城二月碧桃花。」「一葉堪題吐鳳才，幽情脉脉少人猜。桃園春色今如許，祗恐青鸞去不回。」「尋春消息事爭差，金屋空言待館娃，夢到遼西情不已，銷魂真個屬盧家。」「我亦浮雲等此身，雪泥鴻爪倍傷春。欲餐洞府胡麻飯，惟恐桃花解笑人。」

邑前輩論秦副車《百二關》之詩，境地不高而工整絕倫，洵確評也。余見其《武侯祠》云：「君是英雄首，臣居第一流。

龍雲欣際會，魚水共綢繆。支手撐天力，勞心闢地謀。三分承正統，五夜夢神州。割據爲尊漢，艱難始帝劉。行師真管樂，託命儼伊周。幼主勤規過，中原誓翦仇。南征乙未歲，北伐戊辰秋。草木知威命，風雲佐運籌。兩朝躬已瘁，六出志難酬。火未臨卬熄，星先渭水投。虎威生尚畏，狐媚死應羞。名士知無忝，奇才信不侔。典謨遺表重，宇宙大名留。神享岷江祀，人追錦里遊。雞豚春社酒，爭拜武鄉侯。」《三醉亭》云：「蒼梧鶴駕駐湖濱，貰酒清風過此頻。渴飲吞殘雲夢水，朗吟銷盡岳陽春。三千界裏無佳釀，五百年來少醉人。炊熟黃粱惟啖飯，邯鄲不及洞庭津。」著有《九面樓詩集》。

張藻字於湘，江蘇人，知縣之項女，畢禮室，尚書沅母。學邃德優。庚子高宗南巡，沅居憂，里門縷陳母氏賢行，聖書「經訓克家」四字賜之。詩深厚真切，《抵子巡撫署》云：「連朝話別到更深，不盡婁江望遠心。莫怪老人添白髮，兒童幾輩換鄉音。」「周遭竹嶼與花潭，檻外雲光映翠嵐。儘有瑣窗詩料在，不須回首憶江南。」又少時《咏梅》云：「出身首荷東皇賜，點額親添帝女裝。」乾隆庚辰，子沅舉進士，殿試第一，乃知此詩竟成讖語。著有《培遠堂詩集》。

江右許女史權，進士崔謨室也。詩在閨閣中，獨標雋旨。《七夕》云：「七月七之夕，家家望女牛。神仙不可見，凉風何颼飀。我疑天孫之巧轉近拙，東西隔斷難飛越。一年一度一分離，千古銀河響幽咽。不須乞巧向天孫，若賜巧多愁欲絕。君不見東家力田婦，耕饁常相隨。旦暮共苦樂，白首不分離。又不見西鄰有才女，夫壻上玉堂。終年不相見，悵望悲河梁。玉露無聲夜清悄，盒中盼斷蛛絲繞。不知巧思落誰家，只恐巧多人易老。寄語人間癡兒女，寧爲其拙毋爲巧。」又《寄外》云：「柳風梅雨路漫漫，身不成飛着翅難。除是今宵同入夢，夢時權作醒時看。」

張勤淑，四川遂寧人，舉人吳翀室。《對雨懷鄺鳳巢安人》云：「浣花箋舞袞眉雪，十載淒涼鐵甕城。寒雨侵簾通海氣，疏鐘到耳帶江聲。醉吟應有清新句，愁坐還添羈旅情。我欲扁舟話離別，拍堤春水正盈盈。」情景俱佳。

長洲布衣李崧之室人薛素儀瓊，夫妻唱和於浣香園，每多佳句。《寒食》詩云：「一樣鶯花二月天，餳簫聲裏興蕭然。三旬九食吾家事，不獨今朝是禁煙。」

前搜閨秀詩，得吟香女史一卷，溫厚沖和，誠不概見。惜未署姓字，而採詩者亦不余告也。錄其中《秋夜遣懷》云：「簷溜潺潺雜亂泉，庾公清思轉陶然。澆成一夜無情雨，洗盡千秋有恨天。把酒漫談前輩事，挑燈細閱後生篇。桂花消息今何似，珍重生香雲外傳。」七絕如《春日雜感》云：「緗簾閒倦嫩寒輕，遲日融和喜乍晴。臺畔垂楊堦下草，纖纖綠到可憐生。」「餳簫吹暖賣花天，翠龑紅歌照几筵。領取園林生意趣，一分疎雨二分煙。」「愁生明月夜，人瘦落花天」，此嘉定女史侯承恩髫齡作也。中年詩尤深穩，《遣懷》云：「萬事如今付子虛，何時却把好懷舒。一年花信春將暮，半世光陰病未除。不愛繁華休入夢，但能清靜便攤書。青箱世業家風在，手澤猶存樂自餘。」著有《盆山集》《松筠小草》。

從來寫貧苦詩，易至工穩。浙東巡道沈啟震之母孔繼瑛，先其家極寒，嘗有句云：「夜枕先愁明日米，朝寒又典過冬衣。」可謂痛快。

江蘇女史蔣操，字修端。著有《秋雲草》。余祇見其《幽琴歎》一詩，已徵性情之正，句云：「吾欲將幽琴，抱向侯門試。由來希世珍，入門衆所忌。愛多情不專，中道輕相棄。昔聞鼓琴人，難洽齊王意。縱使千萬彈，古調與時異。所以甘貧賤，十年永不字。」朱柔則號道珠，錢塘人，爲諸生沈方舟室。方舟久客紅蘭主人邸第，道珠畫《故鄉山水圖》以寄，主人見而作詩，有「故憐夫婿無歸信，翻畫家山遠寄來」句，遂厚贈以歸，一時傳爲佳話。道珠詩蘊藉風流。《約顧女春山河渚觀梅》云：「相期何渚玩春華，一棹迎風路未賒。樓外有梅三百樹，美人不到不開花。」

誥贈一品太夫人堃秀，滿洲人，輕車都尉佛隆彧室，侍郎德鄰母。幼通經史，侍郎經書皆其口授。乾隆八年，太夫人年八十，高宗聞其賢，制詩賜之曰：「治身勤四德，教子勗三遷。樂意斯長壽，令聞乃大年。封柑曾著潔，畫荻舊稱賢。彤管芳規在，千秋耀簡編。」真閨閫中非常際遇也。太夫人詩醇樸端簡，《冬夜偶吟》云：「一篝燈火歲將除，寒素家風稱索居。細剪剡籐三四幅，爲兒黏補讀殘書。」

袁寒篁字青湘，江蘇華亭人，布衣玉屏之女。以其父無子，守貞侍父，以孝行著。有惡少窺覘，掩袂啼哭，故其詩皆閒雅端潔。《咏隋堤》云：「汴水溶溶浸碧空，只今何處認隋宮。亂鴉自集斜陽外，芳草猶存斷岸中。惟有客舟依夜月，不留御柳舞春風。千秋艷態真陳迹，珍重羅山淺淺紅。」又《自遣》云：「漫訝家貧無四壁，家無四壁好看山。」

羅谷山先爲染人，張謙葊前輩見其能詩，以其兄之女妻之，遂業儒，而詩益工。《題嚴將軍》云：「求生必得死，求死必得生。將軍頭未斷，留得斷頭名。」《過羅園看菊》云：「看花老輩盡云亡，一笛西風淚萬行。惟有花神更愁絕，種花郎也鬢如霜。」《懷種竹老人》云：「綠陰墮地日無縫，青靄掃天雲動梢。」《愛晚村懷人》云：「破書千歲蠹，老樹五更蟬。」《白石山樓》云：「樓高常有月，巷小不容車。」《途中口占》云：「雲起澗邊石，雨來江上峯。」皆佳。

吾友張梅生坦，小謝弟也，其詩樸茂不及乃兄，而清雋過之。《秋興》云：「詩思催成梧葉雨，酒顔吹醒桂花風。」《敝裘》云：「皮縱猶存應怕相，毛還易落不禁吹。」《閒居》云：「詩爲偶吟多草創，酒常藏得待花開。」《冬日漫興》云：「枕上夢痕防蝶掃，雪中詩料倩驢馱。」皆佳。而「雪中」七字，尤古人所未道破。

方葆巖制軍詩清高深穩。《贈張船山》云：「横塘春漲接江波，一舸淩風可壁過。郭外好山如有待，座中名士恨無多。閒邀野客尋松菊，並載佳人出苧蘿。相約莫愁湖上去，扣舷同和竹枝歌。」

王岱洲其仁，江南孝子也。父早逝，事母盡職。其母嗜香草，顔其居曰「湖山香草堂」，及僑寓洞庭山下，則繪《香草圖》以隨，又嘗繪《嶺上白雲圖》《春曉圖》《歸帆圖》，皆爲思親而作。當路公卿聞者，皆繫詩於上，亦孝之所感也。岱洲有《梅花詩》百韻，海内共仰，兹錄其一二云：「水月溶溶照素姿，最堪憐是半開時。眼前春色須珍重，莫待成陰子滿枝。」「一樹能先天下春，萬花誰敢步芳塵。何須待到和羹日，始識當年宰相身。」

邵陽蔣大年《濱江酹友》詩云：「憶將春雨望途泥，山色遙憐望裏迷。放艇煙花同泛泛，懷人池草但萋萋。怪從北地來鴻翮，肯爲東風逐馬蹄。楚澤由來悲滯客，浮雲不散萬峰西。」蔣爲順治辛卯恩貢，其文有秦漢風。壬辰癸巳大饑，民相食，力請於中丞袁公廊宇賑救，復懇題減，鄉里賴之。

荊州明經嚴以立《漲湖限逃字》云：「生不出湖内，去湖何所逃。一帆流夜月，四壁立秋濤。日暮魚蝦澗，天空水木高。萬家煙火失，僦屋向餘阜。」頗有氣力。

柳彝子天生，長沙人，負氣豪放，詩曠達不羈。《贈唐魏子成進士》云：「長安一夜白馬嘶，青袍剪水綠雲吹。楚人慣自唱白雪，知音者希君遇之。」「如君富貴何爲少，我縱貧賤長亦好。檀橋樹裏蕭蕭徑，茅屋三間秋色早。月明偏映晚籬薄，荷葉翻驚對人老。可知澄清在天下，有人一室不除掃。」「望斷長亭驛路重，東籬會當杞菊封。那能對酒不歌發，願君爲雲我爲龍。」

吾友吳孝廉淮，詩如春雷震物，大海回瀾，真仙才也。姑摘其《書出師表後》云：「秦漢以還誰宰相，典謨而後此文章。千三百字古今淚，四十餘年割據場。世上有情容仲達，隆中無福遇先王。出師未就身先死，老杜詩成萬古傷。」

王岱洲自楚歸，吳鄉前輩作《岸花送客圖》以贈之，各繫以詩，其最佳者王印潭德符云：「一笠孤亭一葉舟，踏歌聲起楚江頭。生憎踠地青青柳，不繫徵帆繫客愁。」劉梅莊玉云：「當年揮手綠楊津，一片雲帆掛暮春。不戀五湖風月好，還家多爲倚門人。」朱碙東成云：「前年春盡憶歸舟，水宿風餐共唱酬。五十日消四千里，到家翻動別離愁。」王偉人先生杰云：「岱洲吳半江淞云：「仙舟輕泊楚江隈，小別靈威古洞來。百四四峯都看過，一峯齊帶一詩回。」王偉人先生杰云：「妙筆信無塵，疊疊雲山總逼真。好景不應人世有，右丞今識是前生。」一時傳爲佳話。

王岱洲《白雲圖》爲思親作也，一時題者不少。楊湘岩端云：「天肅肅，風愔愔，白雲飈飈傷人心。望之不可即，兒心非石亦非金。老猿叫霜月，慘裂青風林。夢魂茀欝，不得飛越。糾結纏綿，兒心不滅。」徐棹湖其相云：「雲乎誠何心，日傍山之麓。出山常在山，未嘗各分逐。一氣只氤氳，紛紛復郁郁。山自不改移，雲終有歸宿。篤哉思親人，於中試遐矚。天涯況味多，無過水與菽。遊子吟非郊，補忘詩豈束。古人有至情，一雲一寫足。寫之妙無言，望之動幽獨。」曠六柱楚賢云：「山水靜動智仁資，此中領畧誰知之。春山一桁開翠嶂，波濤萬頃堆琉璃。遙瞻白雲天際起，獨立蒼茫有所思。」皆雅切精警。

芋香上人性聰慧好學，詩亦古雅。和余中表郭琴堂過訪韻云：「掃開白雲徑，踏破紅雨林。地僻花飛濕，天空樹補深。舉杯足幽趣，掬水自清心。煙磬一聲瞑，泠泠雜梵音。有客來何處，蒼蒼問竹林。鳥啼山徑曲，秋入寺門深。雲定棲禪意，塵空悟道心。西風正蕭瑟，木葉下清音。」其他碎句如《涓江晚眺》云：「天籠遠浦鴉排陣，日落空江雁送聲。」《秋日舟中》云：「隔林古寺穿煙出，近浦危峯倒影浮。」皆妍錬可愛。

何水部遜，詩專攻琢句，杜少陵亦嘗學之，故有「爲學陰何苦用心」之句。黃氏《東觀餘論》云：「古人論詩但愛遜『露濕寒塘草，月映清淮流』及『夜雨滴空堦，曉燈暗離室』爲佳，不知遜秀句若此者殊多，如《九日侍宴》云：『疎樹翻高葉，寒流聚細紋。日斜迢遞字，風起嵯峨雲。』《答高博士》云：『幽蝶弄晚花，清池映疎竹。』《還渡五洲》云：『蕭散煙霧晚，淒清江漢秋。』《答庾郎丹》云：『蛺蝶縈空戲，日暮望江橋。』《贈崔錄事》云：『沙流遶岸清，川平看鳥飛。』《送行》云：『江暗雨欲來，浪白風初起。』庾子山輩有所不逮。」《銅雀妓》云：「曲中相顧起，日暮松栢聲。」句殊雄古，而顏黃門謂其每病辛苦饒貧寒氣，毋乃太貶而太刻乎！

余觀張氏詩人於南麓，翁父子已欲鑄金事矣，而其繼起者，尤代有傳人，卓哉！何教澤之遠也。官浙江，温處兵備道諱九鈞《遊懺心寺》云：「不厭陂陀石路賒，椶鞵步訪野僧家。篠簩繞屋青千箇，瀹瀫當門緑一涯。市遠漫沽彭澤酒，泉香且試趙州茶。此心自分澄如水，那用和南懺釋迦。」其襟懷澹雅，迥非東華塵夢中人所可見及。

翰林院編修九鐔，號蓉湖，其詩抱杜尊韓，諸體皆工，著有《笙雅堂詩集》。摘其《澗水閣小集》云：「小閣淩波擬畫艭，花間飛琖試春缸。魚吹錦浪來朱檻，燕啄香泥過緑窗。白傅園林閒耐老，謝家詩句劇雖降。踏青信是東城近，柳色依依似曲江。」

余初不解道家有「正一」之名，問於道友蕭書田，曰其遠宗老子，則稱觀主，其人盤髪於頂，如所謂方外人也。敝教事天師，則變名爲「正一」，以別其非出家者云，其實皆老子之教也。書田棄儒就道，初念原不及此，故暇時即事吟咏，詩亦清超。《咏紙風車》云：「輕風鼓動似輪移，晝夜曾無住足時。太息百年三萬六，兩丸日月太奔馳。」頗有寄託，又題《乞代夫死疏》云：「不願妾獨生，願乞代夫死。一門兩丈夫，讀疏如讀史。」語亦直切。道士中於潘硯耕外又見斯人，惜潘早逝，稿皆不存也。

七古從無用對句，惟度西《浮沉石歌》對仗到底，末用單點作結，語意奇肆，真目無千古。歌云：「倏兮而來若騰擲，忽兮而伏誰沮抑。雨淋日炙苦不休，天柱雲根孰敢測。朝看海水怒憑陵，暮與三江相持繫。化鯨或恐雷霆疑，藏珠無使蛟龍得。坐令放浪閱人世，也復酣嬉雜蜃蜮。馮唐白首尚爲郎，臣朔金門猶執戟。噫吁嚱，浮沉石。」

洞庭謫仙酒樓詩，舊推明人酈湛若爲最。詩云：「落日洞庭霞，霞邊賣酒家。晚虹橋外市，秋水月中槎。江白魚吹浪，灘黄雁踏沙。相將楚魚父，招手入蘆花。」然其佳處，純以風韻勝人。張度西先生年十三登采石磯謫仙樓，七古通篇雄奇超邁，固已膾炙海内。後又重登，有五律一首云：「百代一樽酒，憑陵天地間。曾攜狂客至，醉踏大江還。我亦樂遊者，高樓此再攀。如何今夜月，只照昔人顔。」與七古一首爭雄，亦駕酈詩而上之矣。先生名九鉞，以舉人官知縣，生平詩如太白之超忽俊逸、右丞之雄厚高峻，兼擅其長。暮年性好溪山，流連詩酒，青簾畫舫，綠笠紅衫。游筇所至，無不承蓋扶輪，掃門納屨，著有《陶園詩集》。

落花詩始於二宋，其後作者代起，明人尤多佳句，不可勝摘。如唐伯虎之「雙臉胭脂開北地，五更風雨葬西施」、「紅顔仙脱三生骨，紫陌青銷一丈塵」，文徵仲之「丹葩漂泊明妃淚，綠葉參差杜牧情」，余襄公之「金谷已空新步障，馬嵬徒見舊香囊」，沈啟南「錦里門前溪好浣，黄陵廟裏鳥還啼」，馬弢叔「紅樓白日憐珠墜，青冢黄昏痛玉埋」，董叔允「拂地霓裳迴妙舞，凌波羅襪冷香魂」，魏君屏「金谷樓中魂已斷，玉人斜畔骨空埋」、「強學回風差自舞，欲教奔月苦難升」等句，雖風格不高，而皆俊麗可喜。袁簡齋亦有《落花詩》二十首，以人所習見，茲不備録云。

《古今詩話》：張昌齡謂蘇味道曰：「某詩所以不及相公者，爲無『銀花合』。」蓋以蘇《元夕》詩有「火樹銀花合」之句也。蘇答曰：「某所以不及相公者，爲無『金銅丁』。」蓋以張《贈張昌宗》詩有「昔遇浮丘伯，今同丁令威」之句也。《摭言》：白樂天刺蘇，詩人張祜來謁，曰：「久欽君欽納頭詩。」祜愕然，白曰：「『鴛鴦鈿帶拋何處，孔雀羅衫屬阿誰。』非款頭耶？」此以詩而得嗢噱者。

梁棟字隆吉，湘洲人。咸淳戊辰進士，宋亡後居武林，詩多孤憤激烈。《金陵廢宮》云：「六代依然又一唐，青山坐閱幾興亡。心知江左非王業，口說中原是帝鄉。落日有時登北固，春風吹夢過錢塘。荊墳檜宅依然在，留與烏衣話短長。」《金陵三遷有感》云：「憔悴城南短李紳，多情烏帽染黃塵。讀書不了平生事，閱世空存死後身。落日江山宜喚酒，西風天地正愁人。任他蜂蝶黃花老，明日園林是小春。」哀怨之音，凄然滿紙，《離騷》遺響也。

漁洋山人極稱陳泰之歌行，爲元末一大家，謂可與太白抗行。余訪之，歷年不獲。今年夏，於《沅相耆舊集》見之，才氣縱横，信漁洋之言不虛也。《送汪水雲》云：「三十年來喪耆舊，天下彈琴水雲叟。猶疑胆氣世間無，自說蹉跎晚何有。漢宮麗華陰貴人，臣黍近歲居宮門。東觀初令習史書，賓詔再值行絲綸。熙明殿中蚤朝罷，仗内玉輦扶皇君。昭容傳詔促侍燕，屏棄舊樂嫌繽紛。調絃始學鳳皇語，度曲便覽聲有神。銀山千片潮捲雪，天馬萬匹風驅雲。龍顏正色動一笑，錦幄勸醉葡萄春。今時富貴眼看盡，異域飄零心尚存。流傳弟子竟誰在，散落江湖嗟獨聞。人生底用詩長徤，白首青衫淚如綫。尊前指法閉呼韓，玉腕香餘夢中見。」

《山房隨筆》：直北某州有道君題壁一詩云：「入夜西風徹破扉，蕭條孤館一燈微。家山回首三千里，目斷山南無雁飛。」

人至晚年，多遲暮之悲，故形於詩詞。類多感慨，如「衰朽殘年」、「兩鬢星霜」之類，不一而足，獨劉夢得云：「晚景休嫌短，爲霞尚滿天。」蔣復軒《鑷白髮》云：「勸君休鑷鬢毛班，鬢到班時亦自難。多少朱門年少子，被風吹上北邙山。」以壯語出之，覺壁壘一新。

元遺山有妹爲女冠而艶，張平章當揆欲娶，使人囑裕之辭以可否，稱妹以爲可則可。張喜自往，覘其所向，至則方自手補天花板，輟而迎之。張詢近日所作，應聲答曰：「補天手段暫施張，不許纖塵落畫堂。寄語新來雙燕子，移巢別處覓雕梁。」

婦人能詩，宋時最多。茲於宋人詩話中，擇其雅者錄之。倩桃《上寇萊公》云：「一曲清歌一束綾，美人猶自意嫌輕。不知織女螢窗下，幾度拋梭織得成。」荊公女吳安特妻《憶家》云：「西風不入小窗紗，秋色應憐我憶家。極目江山千萬恨，依然和淚看黄花。」邱舜諸仲女《寄夫》云：「簾裏孤燈覺曉遲，獨眠留得宿粧眉。珊瑚枕上驚殘夢，認得蕭郎馬過時。」福州妓周氏《贈陳筑》曰：「夢和殘月過樓西，月過樓西夢已迷。唤起一聲腸斷處，落花枝上鷓鴣啼。」《春晴》詩曰：「瞥然飛過誰家燕，驀地香來甚處花。深院日長無箇事，一瓶春水自煎茶。」

柳枝詞創於唐人，劉夢得、白香山後，作者日衆，大抵皆陳陳相因，無甚新穎。吾鄉張度西先生嘗客金陵，作《秦淮殘柳詞》三十首，清詞麗句，直欲駕劉、白而上之。楊開鼎所謂英雄感慨之情，非兒女婀娜之恨者也。姑畧摘數首，以見一班。云：「十里燈船漲翠痕，珠簾明滅盡招魂。寒霜古渡無人管，一樹蕭蕭閉繡門。」「飛絮飛花想像知，靈和官樣竟如斯。風流那得常常在，月落烏啼又一時。」「桃根桃葉去迢迢，艇子歸來隔暮朝。死外驚心惟有別，更無人惜最長條。」「萬竹園荒石磴斜，寒煙明月帶栖鴉。朱門一本頽唐甚，不是江家即段家。」「七尺氍毹翠影空，石巢片片各西東。南朝自產江都令，莫怨臺城一夜風。」「風前曾與鬬腰肢，委宛輕旋顧喜遲。斜日涼風太蕭瑟，誰人爲唱司勳詩。」「淝水尚書夢已醒，眉樓無處問飄零。白門柳劇何人唱，多少吴娘掩淚聽。」「龍虎江聲日夜凋，短衣重上石城橋。客心正似長淮葉，舞向秋風未肯銷。」

五馬用作太守事，始於樂府《陌上桑》云「五馬立踟躕」。《漫叟詩話》云：「鄭氏《詩》箋，『孑孑干旟，在浚之都，素絲組之，良馬五之。』鄭注謂《周禮》州長建旟，漢太守比州長，故云。不知州長非漢之郡守也。」《學林》云：「漢官儀出使以駟馬，太守加一馬爲五馬。《詩》云：『良馬四之，五之六之。』蓋言素絲紕組所見之數，非太守之五馬也。」潘子貞則云：「漢制九卿中，二千石駟馬右騑，太守、相，駟馬而已。其有功德如秩中二千石及使者，乃有右騑。故以五馬爲太守美稱。」柳景元兄弟並爲太守，時人語曰「柳氏門庭，五馬逶迤」，亦原於此。

王觀國云：「古人以四聲爲切韻，紐以雙聲疊韻，必以五音爲定。蓋謂東方喉聲爲木音，西方舌聲爲金音，南方齒聲爲火音，北方脣聲爲水音，中央牙聲爲土音也。」雙聲者，同音而不同韻也；疊韻者，同音而又同韻也。《廣韻》曰：「章灼、良略是雙聲，灼略、章良是疊韻。」又曰：「廳剔、靈歷是雙聲，剔歷、廳靈是疊韻。」舉此例，凡諸音凡是此而紐之，可以定矣。趙雲崧云：「杜詩以『支離』對『飄泊』，『支離』則雙聲也。『悵望』對『蕭條』，則疊韻也。」《雲溪友議》引「月影侵簪冷，江光逼履清」，謂「侵簪」則疊韻，「逼履」則雙聲也。梁武帝嘗作疊韻詩，使朝士和之。「日後牖有榴柳」，此疊韻之始也。至唐末，全句疊韻者多，皮、陸嘗此倡和。如龜蒙之「庸愉吴都姝，春戀便殿宴」、日休之「康莊傷荒凉，坐虜部五苦」等句是也。《詩》「蝃蝀在東」、「鴛鴦在梁」，雙聲之始也。六朝詩如王融之「園衡炫紅蘤，湖荇𦶜黄華」，唐詩如温庭筠之「棲息銷心象，簷陰溢艷陽」，皆仿雙聲而爲之者也。

蔡儀甫廩膳生雲逵，邑名下士也。詩不多作，而出語自耐人思，所謂「腹有詩書氣自華」也。《歲暮感懷》云：「乾坤日夜鼓鴻鈞，過客升沉幾度新。看到貴來期復賤，應憐富後莫如貧。華亭鶴唳空才子，金谷花開失主人。曾與莊生交一臂，逍遥攜我出風塵。」頗類知道之言。五言如「清言消宿翳，遠浦受朝陽。」「春光開曲沼，流水淡斜陽。」七言如「三畝尚留懸罄室，百年須作奕棋看。」「沿堤啖餌魚離水，隔院含櫻鳥出林。」皆工。

宋魏泰喜撰小說，嫁名他人以誣巇賢者，如《碧雲騢》之類。至毀及范文正公，當時正人皆輕之。然於詩恰有所得，《桐江詩話》錄其《荊門别張天覺》詩云：「秋風十驛望臺星，想見冰臺照坐清。零雨已回公旦駕，挽鬚聊聽野王箏。三朝元老心方壯，四海蒼生耳已傾。白髮故人來一别，却歸林下看昇平。」殊峻峭可喜。泰有《臨漢隱居集》二十卷，今佚；《臨漢隱話》一卷，今存刻《七子詩話》中。

杜詩「家家養烏鬼」，其說有四。《漫叟詩話》以豬爲烏鬼；《冷齋夜話》以烏蠻鬼爲烏鬼；沈存中、黄朝英以鸕鷀爲烏鬼；獨《蔡寬夫詩話》云：「元微之《江陵》詩：『病賽烏稱鬼，巫占瓦代龜。』注云：『南人染病，則賽烏鬼。』則烏鬼之名，自見於此。巴楚間嘗有捕得殺人祭鬼者，問其神明曰烏野七頭神，則烏鬼乃所事神名耳。爲其殺人而祭之，故詩首言『異俗吁可怪，斯人難並居。』若養鸕鷀捕魚而食，有何吁怪不可並居之理？則鸕鷀決非烏鬼，似當從元注也。

律詩至唐，變態極矣。詩話所列諸體外，又有平仄各叶一韻者。張碣詩「東南路盡吳江畔，正是窮愁暮雨天。鷗鷺不嫌斜雨岸，波濤欺得送風船。偶逢島寺增帆看，深羨魚翁下釣眠。今古若論英達算，鴟夷高興固無邊。」自號變體，不知其何所本也。

卷七

宋人絕句有極佳者，余少時喜誦之，猶記數章。譚知柔云：「漫郎無處覓歸田，江北江南水拍天。斗擻十年塵土夢，秋風吹上釣魚船。」張庠云：「一年春事又成空，擁鼻微吟半醉中。夾道桃花新雨後，馬蹄無處避殘紅。」曹彥章《母王氏觀妓》云：「周王宴罷下瑤臺，窄窄紅鞋步雪來。恰似陽春三月暮，楊花飛處牡丹開。」徐遹云：「白髮青衫晚得官，瓊林頓覺酒腸寬。平康夜過無人問，留得宮花醒後看。」張文潛云：「亭亭畫舫繫春潭，只向行人酒半酣。不管煙波與風雨，載將離恨過江南。」鄭毅夫云：「田家汩汩水流渾，一樹高花明遠村。雲意不知殘照好，却將微雨送黃昏。」陳天錫云：「舍南舍北雪猶存，山外斜陽不到門。一夜冷香清入夢，野梅千樹月明村。」

近日贈答之詩，半是寬泛，否則直古人唾餘耳。吾友曾蓉谷旭詩尚清真，而洒脫處尤饒有風味。錄其《贈友》二首，餘可概見。句云：「月缺花飛弔影單，蠹魚生計太艱難。廿年一硯磨人老，五夜孤檠照夢寒。心緒可憐灰後熱，鬢毛何事客中殘。君家兄弟如相問，爲道東山誤謝安。」「書劍身如狴犴囚，晴雲飛鳥笑人不。鶯花世界孤雙眼，詩酒招攜記幾秋。南浦魂消芳草日，西堂約訂木蘭舟。佳期記取東籬菊，定到柴桑訪舊遊。」

天下傷心之婦女，莫若胥絳。土滿人流商賈，爲居民世業，男子甫冠，謀生異地，或字久無家，或嫁即遠離，一去數十年，貪得忘歸。則字者爲之待期，嫁者爲之撑持門戶，十室二三。更可傷者，子外出，仰事無人，則迎守空房以養親。此尤爲婚禮之變。和五先生修《曲沃志》，賢淑貞烈外，將及千人，詩以傷之，云：「婚姻六禮備爲祥，親迎承宗命有常。比翼鴛猶同宿沼，雙飛燕尚共栖梁。羣稱娶已歸其室，更羨親能奉北堂。節孝紛紛呈苦行，傷心怕迎守空房。」

緯雲上人詩名播吴越，與張前五唱酬最密。其《讀前五枕石山房八記漫題》云：「了無聲雜沓，流水日潺湲。閣在雲霄上，人居木石間。一簾吟夜月，四壁看秋山。傚得維揚意，飛簷列小顔。叱未成羊去，依然石四邊。疏崖深作磵，引水曲通泉。不礙蒲斜插，偏宜荇亂牽。錦鱗時出沒，相對可忘年。」此學蘇而得曠逸，學柳而得其清雄，宜當時之附盛名也。四首録二。

戴衣仙女史，梁維山之母，陶園詩弟子也。其讀陶園南漢宫詞譜《鶯啼序》一闋題卷首云：「聽談海邦舊事，儘銷殘蠟炬。憶劉漢，蠻觸争雄，絡海包山爲府。半塘上，珠鞍雅髻，素馨取次開花塢。宴紅雲溪漲，離支分酣仙乳。學士金箋，侍中素腕，寫胭脂艷簿。芳菲苑醉擁妖鬟，候窗愁殺宫女。鬥花晨，銀輪彩燕，鬧水戲帆搖鼉鼓。嘆偏隅，煙月作坊，痴憨如許。　蓬萊宫闕，妝點風流天子，鶯花豈有主。便坐斥唐家刺史，自把蕭閒，大夫驕署。車燒沈水，溝流珠琲，從來角縱何曾覩。六尚書，爭上呼鶯路。紅巾浥汁，雌凰笑逐迷雀，墜釵落鈿無數。　降車一出，十二金人，泣泠風宿露。衹一夜，水田浮到，曼壽虫沙。曜石飄殘，媚猪黄土。千年侈艷，而今何在，摸魚歌起空蜑戶。有多情仙史才如虎，輕衫來往臺岡，快掃瑤箋，自揮玉麈。」

《湘山圖》中，又有曾尚書國藩五首，句奇語重，真卓然一大詩宗。句云：「時歲喜遒邁，煩悰無少舒。秋色滿天地，良朋還去予。十年聚京輦，並頭相煦濡。深言洞金石，密意安綦絇。傾歡酌家釀，鐙火照狂愚。不能久依倚，脫棄如鶩鳧。民生若時會，進止非入圖。物自持其末，吾自敦其初。高秋天萬里，浩蕩一春鉏。」「逆夷昔爛熳，兵甲禦南東。殺人飼蛟鱷，大海爲之紅。君時即我謀，雪涕向蒼穹。夜半草萬言，朝奏甘泉宫。道謀復旁午，羣策難昭聾。聖擇有姑舍，神斷自天聰。自獻雖不效，義憤伴賈終。事往一回首，人各發舊蒙。所貴中無疚，焉計達與窮。」「平生秉微抱，志與詩騷親。孤音裂肝鬲，劃然震乾坤。持用告庸子，舉世褎不聞。先生有妙鼻，容吾揮一斤。賞妍越恒理，逐臭詫奇芬。高歌切哀玉，吹我上青雲。多譽墮盛德，雖然起不仁。文章事微薄，在物未爲珍。秋毫校得失，老死相斷斷。從今溉根本，破硯吾欲焚。」「萬歲行滔滔，後水逐前水。今古數達官，泥沙不可紀。生存勢薰天，死去飽螻蟻。達人計深長，逝不顧糠秕。嗟予本野性，邂逅絆金紫。尺寸無功能，高明畏神鬼。雷同混太倉，或恐乖廉耻。倦羽企廻風，余余行休矣。筐筥鍤松秧，從君萬山裹。」「洞庭天下濶，清傑横六宇。中有兩佳人，乃是淵騫伍。湖北字菽雲，南曰孟容甫。厥氏同劉宗，神明本漢祖。實爲吾友生，交期徹肺腑。乘隔湧河關，夢魂奔越苦。朝憶便成昏，夜思或達午。此士卧深山，靜氣却豺虎。君去倘尋求，夙鯁適一吐。物外得真游，方寸能歌舞。」

陳侍御慶覃先生岱霖，性剛方嚴正，在朝直聲錚錚。人既服其精明，又畏其風烈。詩皆日光玉潔，非雕琢家所能辨。有《歲盡遺懷》四首，久爲名公卿稱賞。句云：「蕭瑟年光警暮鴉，逼人愁思起天涯。焦桐爨下知音急，短鬢樽前照影斜。送鬼昌黎難傲命，作官陶令苦思家。勞勞車馬從頭數，五度春明感歲華。」「不學王郎砍地歌，倦開雙眼自摩抄。知還心愧歸飛鳥，苦累身如負重駝。塵世因緣難見佛，浮生安樂總無窩。沅湘舊是騷人地，欲采蘅蕪奈遠何。」「捍海籌邊費討論，時籌辦海塘及海邊夷務。誰將赤手挽乾坤。彎弧一射狼星落，捷竹全開蜃氣昏。到眼蝸蠻殊未了，回頭泰華孰稱尊。茫茫世宙人何限，那惜虞卿獨閉門。」「到處鴻泥亦可悲，時星皆告歸。高齋寂寂苦吟時。文章憎命翻磨蝎，得失何心謝灼龜。把酒自澆銀鑿落，向人空剩古鬚眉。寒灰悶撥情難遣，檢點來朝一祭詩。」

張謙莽禮邑上舍，生平詩專尚風調，而敏捷過人，同社有「落座便成詩一首」之戲。少時與黎月翁友善，月翁往年南旋，爲梓其全集，名《謙莽詩稿》。稿中之詩，如《咏楊州》云：「六代蒼茫弔古情，煙花仍占舊時名。垂楊雨後青連郭，芳草春深綠進城。猶是二分明月夜，依然一曲玉簫聲。邗溝自古繁華地，漫說當年北府兵。」《河東訪友》云：「課耕課讀兩無間，家在河東積翠間。百畝水田三頃竹，數椽茅屋一房山。黃雞白酒秋前約，細雨斜風醉後還。他日春波把雙槳，桃花紅過小溪灣。」五言如「古寺夜初靜，空山寒正深。孤燈耿殘壁，破衲擁枯吟。雪壓澗邊竹，風鳴窗下琴。

有懷能不寐，猶記舊題襟。」皆爲人傳誦。

近人作詩，多妄騁才華，一遇小題，便教擱筆。吾友張茂才新藻之詩，如千金戰馬，躍溪注澗，無所不宜。《咏花魂》云：「鶯聲太巧銷疑盡，蝶夢難尋醒尚非。」《忍笑得頭字》云：「眉語未通先掩口，頰潮剛上便回頭。」刻畫工緻，且巧不傷雅。而慷慨激昂之作，亦多可傳。如《和海宗七夕感懷》云：「碧雲涼擁梵天樓，羈旅無聊數漏籌。作客何堪兼作嫁，多情如許便多愁。神仙事已成陳迹，落拓人偏對早秋。識面既遲天復暮，黄昏風雨響蕭颼。」「心血何曾值一錢，年來我亦思茫然。塵中插脚知誰濟，天外昂頭合自憐。祇此風流千古賞，莫教塊磊寸心填。浮生多少殘棋局，着子能閒即是仙。」

伍趙雲輦，薈洤兄也。聞其英年積學爭自琢磨。及余遊歸，而雲輦已下世矣。薈洤述其平日所作，亦多可傳。《同友人話雨》云：「一雨洗殘秋，黄花暗帶愁。劈箋誇巨手，剪燭話從頭。竹院煙俱暝，蕉窗濕欲浮。冷雲凝不散，擁入曲江樓。」

晉省之盤山，峯巒峻峭，寺觀周遭。當風日清和，幽禽噪樹，流泉響山。昔驅車至太行，欲往遊不得。適見張湘漁先生集中有《盤山雜咏》十數章，氣旺神閒，中有畫意，誠足爲斯山生色。《天成寺》云：「佛殿棲岩脚，山門壓樹頭。豁然天朗朗，未覺地幽幽。翠點屏光合，鈴喧塔勢遒。此間宜信宿，閒坐有南樓。」自注：此樓中懸乾隆年御題「江山一覽」扁額暨歷次詩。《雲罩寺》云：「翠屏南向立，雲罩倚其端。一塔插霄漢，諸峯披肺肝。不經登陟久，誰識到來難。

藺足松林下，樵歌聽未闌。」《挂月峯》云：「蒼海一杯黑，浮圖千尺彤。近山拋地碎，遠塞入天封。空曠足流睞，高寒時撫胸。獨憐岩徑仄，自雲罩寺後繞岩登峯，鑿石爲徑，仄處僅二人許，上偪懸崖，下視無地，稱奇險焉。二客不能從。謂鄂可亭、諸景韓。」其他碎句如「人亂丹梯色，禽喧碧澗聲」、「峯勢趨甘澗，林陰貯午凉」、「花氣熏羅袖，峯陰倒翠巒」，皆晚唐名句。先生諱力卓，以舉人歷任山西縣令，渾厚精明，所至俱仰其慈惠。

每見名流刻集，例取樂府裝頭，如《練時日》《天馬來》等題，照數裝去。輒如排戶門神，了無生氣，令人見而欲嘔。嚮讀施鐵如先生《斷鍼行》暨《西河城》二詩，真氣勃鬱，緯以新裁，一字不襲樂府，無非樂府神骨。後讀《陶園集》中《張鍋魁歌》，拉拉雜雜，淋淋漓漓，聲音笑貌，瑣碎質實，神色俱古，直與鼎足而三。歌云：「張鍋魁，賣鍋魁成都城，家無妻孥身無名。衆卒強傲之，負糧隨西征。猥可羣蠻奴，伺箐突赴之，縛衆劫糧將屠之。鍋魁怒跳呼，左手奪賊刀，右手擲賊顱。如風如電如霹靂，賊盡屍橫目光瞿。白日爲破裂，刀氣橫淋漓。衆卒言感恩，偏裨言咄哉奇。飛報大將軍，呼使來，頭無巾，足無完扉，偏袒笑立，不跪不揖。口稱鍋魁，刀躍躍猶溼。將軍喜：汝鍋魁，汝殺賊幾何？報功勿遲廻。大旗悠悠，萬夫無語。帳中秦聲，青天風雨。鍋魁愚，但知賊盡事了心快輕，不知爲功，不知數賊顱，腰環報大營。將軍曰壯士，吾當奏天子。官汝千夫長，錫汝金滿笥。錦袍貝帶冠駿驣，有妻羅敷秦氏女，有牛有馬有羊豕。鍋魁愚，不願官職，不願金與銀。但願放歸賣鍋魁，長作太平一細民。將軍笑聽之，鍋魁棄刀走不顧。仍挑鍋魁擔，叫入長街深巷去。賣鍋魁，滿城聞之駭且疑。士民撫腰臂，婦女看鬚眉。咄哉奇。傭販二十年，豈真有力如虎貔。鍋魁不讀書，不識字，忠義何由知？國家風化百餘年，激此鹵莽好男兒。大牛噉芻豆，不如一羸牸。鷂子飛上天，能繫巨鳥沒。將軍班師入成都，不聞張鍋魁呼，但聞城中人作歌。不歌《周南》《兔罝》野人詩，歌我朝張鍋魁。」按：張鍋魁，秦人，鬻麪鍋魁於成都市，以所業名。爲征金川兵卒負糧。蠻酋四十餘劫糧，縛衆卒，將刃之。鍋魁奪賊刀，砍賊殆盡，解衆縛。大將軍予以官，不肯。予之金，不受。仍歸賣鍋魁於成都市中。如此奇人，得此奇什，堪並垂不朽。

羅湘左孝廉宗棠，與其兄宗植《留京感懷》云：「一家三處共明月，萬里孤燈兩弟兄。」可謂才情横厲，硬語獨盤。蓋其所謂「三處」者，孝廉先就贅於吾邑周氏，時其夫人尚留於潭，故較他人又多一處耳。然使更「三」爲「兩」，則味同嚼蠟矣。

寄園解人，汪少庵姪也，詩如春樹珠苞、仙花玉蕊，令人把玩不盡。稿不多得，僅採其《石門》詩一首，蓋學《長慶集》而能去其淺率者。詩云：「合沓重門險，蹁躚此地遊。石危籐作磴，風冷樹鳴秋。酩酊思前事，荒蕪賸古坵。箇中誰管領，修竹暮煙稠。」

唐人最重進士，觀《摭言》及《國史補》所載，一時風尚可以想見。其不第者，往往以失意而生悖心。如李振、李山甫等，皆爲強藩腹心，謀害朝臣以洩其憤。而黄巢亦以進士不第，至去而爲盜。獨羅江東隱，終身不第，乃能説錢武肅王舉兵討梁，不以己之遇不遇爲意。其莒厲叔、魯仲連之流乎！其《咏松》云：「陵遷谷變須高節，莫向人間作丈夫。」雖爲己寫照，實爲千古人臣之龜鑑也。又俗傳隱出口成讖，閩中書筒灘、玉髻峯，皆留有異跡，黄滔贈隱詩云：「三徵不起時賢重，九轉丹成道者言。」似隱又能通道術，然天上無不忠孝的神仙，以隱之忠列於仙班，視劉安、李林甫輩爲無愧矣！此等事或可傳信，正不當以出於俚俗而删之。

「進士」見《禮記・王制》，「舉人」、「貢生」見《後漢書・章帝紀》，以之入詩，則始於唐人。徐凝《答施先輩》云：「料得仙官列仙籍，如君進士出身稀。」白香山詩「乞錢羈客面，下第舉人心。」孟浩然詩「孝廉因歲貢，懷橘向秦川。」然唐舉人歲貢與今制異。

《南部新書》有胡釘鉸、張打油二人，皆能爲詩。《升菴外集》載張打油《雪》詩，即俚俗所傳「黄狗身上白，白狗身上腫」也，故今又謂之打狗詩。

袁玉庭濩瑛太史，潄六兄也，學精經史，尤喜談制藝。凡先輩名文及近人雋作，祇一過目，歷數十年不忘，人謂其有時文癖。詩亦雅潔，《題竹林七賢圖》云：「有友行不孤，有竹看不俗。幽徑覓雲深，此情良與屬。所以竹林遊，風誼千古足。而君瀟灑姿，寄跡湘江澳。三分與一分，繯繞萬竿玉。盪胸空翠中，翺然謝塵逐。酒酌青筒青，琴眠綠陰綠。晉魏有高風，曠代企賢躅。樂事古與同，賞心今豈獨。茲焉入畫中，可以擬中曲。有時清風拈，故人來不速。或阮而或嵇，餘子亦卓卓。我思逍遥游，煩襟一以浴。倘得龍鱗攀，願爲貂尾續。」

毛邑尊《題石潭壁》詩，見者多和其韻，然皆鋪寫景物，於循吏風懷，未能吐出。惟劉翁春臺諱光甲之詩，寓情於景，亦真切亦工雅也。句云：「看偏長安九陌春，分符來作濟川人。三湘上下司民牧，十載中間沛德綸。冠蓋出衢紅杏雨，珠璣留鎮綠楊津。石潭潭水深千尺，爭似先生淨絶塵。」劉丈，邑庠生，爲余姻前輩，性情學問皆尚樸實。晚年無意科名，以教子課孫爲樂，故常有「三間白屋棲三代，一領藍衫老一生」之句，其平日寄興之作。如《七十六歲自壽》云：「呂再四年辭渭水，白前一載赴香山。」久爲士林傳誦。其餘佳什甚多，不能備錄。

宋歐陽公、程子，皆述其母賢行，以傳後人。蓋閫内之事，非其子孫詳述，外人不能悉知也。周蔭繁上舍志祠之母舟太安人節孝，入邑乘蔭。繁欲以遺薇傳示雲礽，縷成十律，摘其一云：「寂寞空幃黯自傷，丸熊畫荻慰愁腸。汗青密補書千卷，蕉綠新摩字一行。細雨簾櫳人倚膝，晚風庭院句生香。可憐母道兼師道，不羨驕淫戒敬姜。」又其孫詞臣上舍輝文，其家藏「壽萱」二字，爲前明藩王所書。值其母劉大夫人誕辰，取語意吉祥，顔於堂北，作《壽萱》詩以志其慶。句云：「壽萱兩字墨花鮮，末署藩封帝胄賢。大筆特書留法楷，小人有母正高年。借他吉語慈幃奉，俾我春暉子舍綿。一曲宛衿將晉酒，北堂香襲紫瓊筵。」二詩真摯流動，而根本之學，亦具見於此。

東坡云：「少年人文字，須氣象崢嶸。」余謂少年人作詩，貴詞華綺麗。余姻親彭鶴汀，名其寶，幼受業於余最峯叔，見其詩多工雅。《山居》云：「走壑泉聲欺石瘦，摩天雲勢削峯齊。」其兄竹汀《登白雲峯》云：「半龕清磬僧敲月，一縷孤烟樹放雲。」皆佳。

宋潘庭堅特《題岳麓寺道鄉台》曰：「坡仙不謫黄，黄應無雪堂。道鄉不如新，此台無道鄉。青山非其人，山靈能頡頏。一落名勝手，境與人俱香。悲吟倚空寂，臨朓生慨慷。道鄉不可作，承君田書字不可忘。」王深寧極爲賞異，著於《困學紀聞》中，今《岳麓志》及《湖南通志》皆不載，錄以補遺云。庭堅，福州閩人，端平年進士第三，歷太學正，通判潭州，有《紫巖集》。

王儉詩，鍾嶸品詩置之下品，然王伯厚謂「儉四言頗有子建、淵明餘風。」其《侍太子九日元圃宴》云：「秋日在房，鴻雁來翔。寥寥清景，藹藹微霜。草木搖落，幽蘭獨芳。春言淄苑，尚想濠梁。既暢旨酒，亦飽徽猷。有來斯悅，無遠不柔。」著《志險集》五十一卷，今佚。

花蕊夫人《宮詞》百首，東坡曾書其三十二首，其佳者如「龍池九曲遠相通，楊柳絲牽兩岸風。長似江南好風景，好船來往碧波中。」「黎園弟子簇池頭，小樂攜來候宴游。試炙銀笙先按拍，海棠花下合梁州。」「內人追逐採蓮時，驚起沙鷗兩岸飛。蘭棹把來齊拍水，並船相鬥濕羅衣。」「厨船進食簇時新，侍坐無非列近臣。日午殿頭宣索鱠，隔花聽喚打魚人。」「羅衫五帶最風流，斜插銀篦漫理頭。閒向殿前騎御馬，掉鞭横過小紅樓。」「春日龍池小宴開，岸邊亭子號流杯。沉檀別作神仙女，對捧金盆水上來。」皆清婉可喜。南宋楊太后亦有《宮詞》五十首，見《七修類稿》。

今俚儒教人作文，必曰「起、承、轉、合」，不知四字乃言詩，非言文也。范德機《詩法》：「作詩有四法，起要平直，承要春容，轉要變化，合要淵永。」其移以入時文，應自明人始。

夏憇亭太守博識多才，肫肫然以循吏自勵。宰吾邑時，政多慈惠。余曾贈以句云：「除却催科無所拙，一論爲政總防苛。」蓋實際也。乃一二載，即陞古丈坪。任去之日，士民皆涕泣攀轅，有還我使君之嘆，其得人心如此。生平詩多見道語，《題夢游南嶽圖》云：「湘潭去衡岳，隔祇百餘里。欲遊則竟遊，胡爲勞夢裹。真境從幻探，究未得真揆。我來治此邦，管領年餘矣。教讀原有真，相期各礪砥。幻妄羣屏芟，清醒夢奚詭。望嶽欲一登，從公鮮暇晷。神殷大禹碑，步跂鄴侯履。何當淩祝融，面目識其旨。捧日登南天，下界掃塵滓。六合仰光輝，不徒七二止。嗤彼謝東山，高卧貪睡美，借兹報曙鐘，搜豁尋芳軌。道岸聳穹窿，回頭無彼此。展圖一振呼，幽眇破此始。」莊言偉論，可作一則座右銘讀。太守名廷樾。

余昔與周鏡芙共硯麓山，每述其尊人玉堂翁遊粵時有《珠海詩存》一卷，當索其稿不得。頃以全集見示，鏤金錯采，美不勝收。摘其《立秋口號》云：「凉雨初霏酷暑收，僑居十載又新秋。自慚刷雨雲間雁，漫學忘機海上鷗。詩思乍飛梧一葉，旅懷横掃酒雙頭。蠻鄉風景生惆悵，對榻談心月滿樓。」又《三巴寺》云：「遠山横夕照，古木動秋馨。」《韓公祠》云：「亂石夾濤晴亦雨，高山聳翠地連天。」皆宋人警句。翁好行義舉，曩有荒民棄嬰兒於翁門首，時是兒病篤，翁取而育之，現年二十矣，翁猶待如子姪。其他推解事多不能枚舉，亦上舍中之傑出者。翁名輝贊。

曩在吴雲臺案頭，見濱江劉大泉七律四章，逼近初唐氣味。越二年，始晤其人於星沙，而匆匆中又未及絮譚風雅。頃見其《贈譚荔仙詩》，風華典贍，聲調尤極光昌。句云：「歲月如流不稍寬，廿年佳節異悲歡。庭萱漸長千莖雪，野菊徒增九月寒。秋水磨殘歐冶劍，西風吹老鹿皮冠。一家樂事有多少，縱有茱萸不忍看。」「關河冉冉角聲哀，陵谷遷延第幾回。人似孤鴻依影立，愁如三峽倒江來。同懷半作青雲客，陳跡空餘戲馬臺。久欲登高望遠海，莫徒搔首倚殘杯。」大泉名鈞，英年積學，精心散體，文尤深得嘉定四先生矩矱。

魁太守蔭庭《題夢游南嶽圖》云：「游山如讀書，有得始深造。靜趣貴冥搜，靈臺啟衆妙。譚子南邦傑，文譽神明召。置身衡嶽巔，煙雲供嘯傲。翳余守此邦，案牘廢吟眺。菲薄鳴寸衷，恒恐山靈笑。新圖遠乞題，厚意如相詔。三復昌黎詩，敬爲知己告。」清深蒼古，吾不知其爲漢魏爲唐宋也。

詩趣貴幽，詩筆貴曲。近惟文月江得之。《秋日登高》云：「萬里蕭條眼底收，西風吹客上危樓。山非抱恨因何瘦，人是多愁不爲秋。吟到黃花詩有骨，醉殘綠酒月當頭。關心舊雨同星散，未識裁書寄雁不。」

譚荔生溥好詩，喜遊，囊繪《夢遊南嶽圖》，索詩。足跡幾遍南楚，而繫詩於上者，不下千百首，荔生詩亦從此進矣。《贈馬秋耘先生》云：「湖海知名久，吟邊筆有神。洪鐘無細響，高境入天真。投老青山笑，持身古性純。溈鄉數名宿，今見幾完人。」「舊友皆名下，新詩四壁多。一牀踞風雨，雙管來江河。畫裏雲開嶽，自注：指《題夢嶽圖》。玄亭酒泛波。我來同問字，許唱范傭歌。」

今人以殿試一甲第一人爲狀元，此沿明治。考之於古不然也。《摭言》：放榜後，狀元以下到主司宅門下馬，又狀元以下與主司對拜，拜訖，狀元出行致詞，於未經廷試而稱之，實今之會元耳。又其時不獨第一人曰狀元，鄭谷登第後，《宿平康里》詩：「好是五更殘酒醒，耳邊聞喚狀元聲。」考谷登趙昌翰榜，係第八人。宋周必大文稿有《回姚狀元穎啟》、《回第二人葉狀元適啟》、《回第三人李狀元寅仲啟》，似凡新進士，俱得稱狀元矣。

作畫，雅事也。畫而能詩，則尤雅矣。吾鄉楊湘南，名道隆。生平善畫蝴蝶，居第有覺香亭，即作畫處也。當脫稿時，輒有蝶栩栩然來，人謂其畫通靈，遂呼爲楊蝴蝶。余正欲訪其人，忽自持《九蝶圖》相贈，並繫詩於後云：「漆園仙吏舊稱狂，訪緑披紅鎮日忙。不是詩人逢謝叟，花陰飛徧總尋常。」蓋指予選詩意也。其《應人畫帳額》云：「細草離離閒古苔，軟東風裏影徘徊。分明莊叟遊仙境，一日教君夢一回。」又《應道生上人》云：「六朝僧隔萬重山，四五年來見面難。恨不此身同化去，翩躚飛上草蒲團。」皆極生動。

沈歸愚宗伯選《國朝詩別裁》，去取頗不滿人意。其小注尤多錯誤，姑舉數條言之。如施愚山《見宋荔裳遺集》詩「張堪妻子竟誰託。」注云：「張堪無託妻子事。」案：張堪託妻子於朱暉，見《後漢書·朱暉傳》及《東觀漢記》。繆沅《王孝子》詩：「閉門揖老叟，夢中與神會。午食見指南，莎羹未粗糲。當歸乃隱語，不聞附子膾。」注以此數句爲「若可解，若不可解。」案：王原夢日午食莎羹，解者南方午位也。莎羹，附子膾也。求諸南方，父子其會乎。見《大泌山房稿》、《明史》取以載之本傳。周茂源《過張文忠故第》詩：「立談工巷遇，何似富民侯。」注云：「以張禹柔媚得君爲比。」案：張禹乃安昌侯，非富民侯也。江陵驕亢，正與張禹相反。詩如果用張禹，亦不貼切矣。見張眉大《海南日抄》。余謂詩人多不講考据，此未足爲公病。然公時亦有講考据處，如《說詩晬語》中，引張平子賦及謝康樂詩，力辨四月稱清和之誤，不知四月稱清和，本出魏文帝《槐賦》，文同此義，別此則顯係疎漏，不能爲公曲諱矣。

《能自訟齋詩集》，辛木所作也。中附黃雲章茂才振漢和其《遊西湖》詩云：「憶昔西湖借一枝，春來風信幾番遲。

魂銷煙柳妨鶯語，夢逐花香有蝶知。我惜韶華添舊恨，君開圖畫譜新詩。芳心肯付東流去，白社聯吟更讓誰。」詩極風致。

濱陽許女史小瓊，余昔於朗江聞其詩名，頃見其用工部韻題《夢嶽圖》二首，真香閨妙手。錄其一云：「瓊京小謫可勝哀，祇算南柯住一回。名士每從圖裏識，好山都向夢中來。鶯花過眼成駒隙，雲水無情屬蟻臺。天姥吟餘清興發，當頭明月勸銜杯。」

呂小梅詩有才識，《題赤壁題詩圖》云：「大氣淋漓筆一枝，高風千古説題詩。江山無限關心事，名士英雄兩不知。」聞者擊節。

自古政莫難於賑荒。曩讀阮制軍《荊州紀事》詩，竊羨其意美法良，足上慰宸衷，下全民命也。今春沅、龍、益陰等縣患水，就食於潭者以數萬計。時潭青黄不接，鄉城米貴如珠。加以流民屯集此地，潭人深爲慮焉。邑尊仁菴李公祖春暄隨勸捐議賑，自進士至布衣無不樂從。客紳則江右之余翁學智亦率，在潭客商爭相鼓舞，而襄其事者，則黎侍御樾喬之力居多。計不三日，即設粥九廠以待流民，本邑貧戶則發減糶濟之，得生活者不少。事竣，展侍御《歸隱圖》，感而附詩於末云：「豎節錚錚凜職司，蓴鱸底事動歸思。眼看萬里君門遠，心有千秋諫草知。嶽面尚應爭北向，湘流合與障東之。蘿雲竹雨梅花屋，清夢回猶戀紫墀。」「即看過境澤鴻嗷，午夜焚香首重搔。帝有鈞恩原共渥，臣雖草莽敢辭勞。瘡痍洗滌情猶摯，詩酒流連興尚豪。我正宏搜千古事，待公揮麈振風騷。」時余選樓亦賑粥局，待御一日一至。

林茂才九峯，名元春。近體詩尚工麗，五、七古則奇肆突兀。《春郊野步》云：「郊原物候新，春氣日和煦。杜鵑綴深紅，青山澹微雨。閒步小橋東，緣流極花隝。山鳥發清音，向人時振羽。行行心頗愜，白雲生遠浦。」《有客》云：「有客有客年四十，自陳生平百憂集。本欲雞豚逮親存，寸草春暉報無及。非無銅山高湊煙，枉教阿堵羅牀前。鵝眼不入青錢選，對此感歎心旌懸。客且安坐聽我語，如君無乃東家女。病心爭效美人顰，富者閉門貧者去。何如麗質產若耶，天生顏色嬌如花。靚粧理鏡珠簾幌，朝處越溪暮椒華。我昔曾過太行麓，空羣且作鹽車服。世無伯樂知者稀，曷若白駒在空谷。一朝健足出塵中，盡洗萬古凡馬空。千里百里馳飛電，三花五花乘長風。玉鞍金勒充御廐，驊騮騄駬爭馳驟。回首伏櫪兎毛焦，那復當年戀棧豆。」

卷八

窮形作畫，不必入畫；極意作詩，不必得詩。深於詩畫者，正於不著筆處遇之。予嘗登樓遠眺，見樹頂藏鴉，山嵐滴翠，便如身在畫圖中。又嘗扃戶靜思，見竹影搖窗，茶煙裊目，輒覺詩情落紙上，乃悟坐即有詩，行即有詩，簡文所云「會心處不在遠也」，但此種清福，不堪向莽漢饒舌耳。

歲戊子入都，得見羅中丞蘇溪先生繞典，嗣中丞捷南宮，僦寓余白華舅氏旅館，凡其詩文，皆令余取讀，近所刋《知養恬齋詩集》，半當時記誦之句。其未入集者，又有《秋陰詩》三十首，描摹盡致，神韻俱恬。姑舉一聯云：「簾幕重重雙鶴暝，湖光渺渺一鷗飛。」真詩外有詩。又《贈周蓮仙》詩云：「花滿春城絮滿街，晴空一碧洗氛霾。聞鐘合醒膏粱夢，投筆羞談時命乖。三尺青琴共心賞，一燈黃卷暫頭埋。擔當宇宙奇男子，肯爲牢愁鬱遠懷。」「記驅羸馬踏銅街，誓掃邪氛曀且霾。未必奇才都福薄，漫言古道與時乖。槎能貫月天難管，劍自沖霄地敢埋。喚醒英雄五更夢，聞雞應暢祖生懷。」又《新昏詩》三十首，錄其二云：「貯嬌金屋不同街，隔面渾如月被霾。何幸紫鸞將約訂，免教黃犬悵音乖。枕貽洛浦波微步，花夢羅浮雪未埋。新咏玉臺珊架筆，徐郎風貌稱吟懷。」「紛紛蜂蝶過鄰街，幾度尋芳破曉霾。坦腹似聞佳壻快，畫眉妨與俗人乖。輕憐飛燕雲膚膩，翩若驚鴻雪爪埋。好訂雙聲才調集，蘭閨兄妹勝同懷。」余謂前二首得老杜之雄奇，後二首得香山之秀雅。又黔省有義學，在濂溪祠側題一聯云：「情是故鄉真君子，蓮花同愛敬；德從初學入童蒙，香草共芬芳。」咸稱雅切。

童刺史雲逵翬，寧鄉名進士也。宰於黔，以賢著。公餘即潑墨賦詩，余前見其《和周蓮仙留別》詩，清微澹遠，尚有王孟遺音。句云：「我生性耐冷，難可炙手熱。君爲處囊錐，匪值錚錚鐵。相逢不冰炭，躍冶交娛悅。飄然萍水踪，欻爾漆膠結。仙袂好風來，雞黍兼醴設。憐我簿領紛，心勞而政拙。暇談雜莊諧，意態雄且傑。不律花怒生，干將鋩勿缺。氣羨高若雲，齒牙艷於雪。羨君入蓮幕，壯懷吐騷屑。而我指頭顱，歸志行將決。兒時釣弋場，天寶尚重說。招山鬱嵯峨，潙水鏡澄冽。他年重握手，車笠勿復別。」

余友周蓮仙茂才，名清藻。負才積學，詩雄渾澹遠，動筆皆佳。近幕遊黔中，與羅蘇溪中丞諸公酬唱，尤多傑作。

過圖雲關，見有誦賀中丞藕耕德政，題「古之遺愛」匾額，感而賦云：「楹語煌煌處，留題字尚新。官從升降見，情到死生真。恨我游來晚，斯人迹已陳。遺徽誰與嗣，憑眺夕陽頻。」

詩者，性情之所流露，無所謂奇，但貴真貴切。周蓮仙贈某廣文云：「攜家歸夢少，冷宦著書多。」確是教官分際。羅小蘇贈某典史云：「蘆中未必長名士，柳下何妨作小官。」亦警切而有風趣。小蘇爲蘇溪中丞哲嗣，名濤，今秋選拔生也。

晏稚薌沅，吾楂薌師第三子。嘗有「滿地秋光收白屋，一天詩思瀉紅螺」之句，共稱秀雅。又《偶成》云：「送窮韓昌黎，留窮段成式。一欲勸之歸，一欲挽之住。韓送段偏留，都爲疾窮故。我亦有窮魔，驅蛩相依附。不送亦不留，任爾自來去。」尤超。

有不署姓名之人題《蓮子圖》云：「我日日醉醉不死，君日日畫畫不止。莫將衰敗怨西風，開過蓮花有蓮子。」

上湘羅星垣茂才，鴻儒才氣磅礴，稱一黌之儁。僑寓長沙，與交最篤。惜初衣未遂，遽負玉樓。周鏡芙哭以句云：秋水南華，莫能方其詩境。「名駒伏櫪天難問，旅櫬臨歧兄曰嗟。」紙短情長，令人於邑。

吳穀人先生《有正味齋詩》，皆奉爲圭臬。而不知其平昔酬唱，尤得唐人風味。《虎丘》詩云：「虎氣消沉鶴氣荒，東風容易客迴腸。貞娘墓上年年柳，畫了春愁畫夕陽。」又「看紅看白數花枝，傳唱朱翁樂府詞。一半櫻桃一半筍，送春天氣不多時。」《讀放翁詩》云：「蘇黃以後無其匹，梁益之間老此生。」《題黃仲則集後》云：「美人黃土今生歇，才子閒情若個知。」《西湖夜泛》云：「蟲聲千葉雨，月氣一湖煙。」《舟中即事》云：「野水爭灘上，閒雲爲竹留。」才情超越。浙中自朱、查、杭、厲之後，此稱獨步。

詩外有詩，最令人擷擥。吾友拔貢生梁鶡甫文鈺，《感事》詩云：「美人家住白雲灣，繡閣深深晝掩關。褪盡鉛華羞對鏡，望無夫壻怕登山。十年待字依慈母，幾度紉裳嫁小嬛。辜負春光金莫贖，且拈花線敢偷閒。」詞意渾含，珠工寄託。

張邑侯仲雅，諱雲璈，錢塘人，淹博經史，少負才子名，宰吾邑近十年，化淳俗美。暇即以詩酒自娛，邑中人多與唱酬。解組後寓揚州二十年，得佳山水以養其性靈，故其詩雄豪博麗，如三島十洲，動皆異產。茲摘其一二，以誌吾心折焉耳。《順水舟行》云：「好山過眼總成空，篷底篙師一曲工。此去只愁來者怨，人間難得兩頭風。」《夜坐》云：「如粟燈枝短似檠，夜凉詩骨不勝清。西風解識悲秋意，吹到芭蕉忽住聲。」又「長松閣雨千峯暝，短袖攜雲兩臂寒。」皆極偉傑。著有《簡松集》、《蠟味小草》。

彭石原維新，記誦淹博，材器絕人。李贊皇、張江陵之流也。立朝錚錚，不肯苟同，卒以此罷歸。詩亦傲兀奇崛，肖其爲人。《陶然亭》云：「何處還容着世氛，紅塵碧落此間分。風催南郭調刁籟，秋洗山西襞積紋。酒渴極憐遙岸水，心空好看太虛雲。憑欄吟罷舒長嘯，驚起蘆花鷺一羣。」

鹿江布衣田洣人子湘，少慷慨，負氣節，慕朱家、郭解之爲人，中年落魄，愛邑之昆山，饒煙霞趣，遂徙居焉。詩步趨中唐佳處，直逼韋、柳。《題譚佩先山房》云：「萬峰臨水立，一逕逶雲通。秋淨壺天碧，霜高嶺樹紅。禽聲隔花脆，月色透窗融。獨有高樓客，清歌和未工。」《發津口》云：「平明發津口，兩岸聽雞聲。春漲碧於繡，遠山青欲迎。花飛渡頭曉，鳥弄樹梢晴。今夜寒閨月，應須計客程。」其他佳句如「雲山雙槳汨，風雨一天詩」、「耐貧工避客，學儉減吟詩」，七言如「戲藻魚驚新雨躍，課雛鴉帶夕陽歸」、「兩岸煙光溪水碧，一天秋信嶺楓丹」、「消遣閒情千日酒，平章春事一闌花」，皆妙。

邑高山唐氏族多英俊，皆與予交好，縉雲茂才其一也。縉雲工詩古文詞及制舉藝。壬寅歲，受知於俞邑尊同甫，已擬冠軍矣，會忌者言其非寒士，抑置第二，人多爲惋惜。然縉雲即以是年入泮，前後酬答皆不復省憶，唯記其夢中句云：「雨濃山翠重，雲暗鳥聲輕。」殊逼真唐人。

人徒知國初江陰後降，屠戮甚慘，而不知順治己丑之役，吾邑人殲焉。何黎平閣部死於邑流水溝，時同死者，凡四十餘萬，其可名者，自邑令及舊紳二十餘人。乃江陰得諸文人傳述，並爲閻典史同難者立祠，而吾邑二百餘年來，絕無人道及，並閣部亦無廟祀，此邑中一大闕事也。吾友王茂才榮蘭《題唐魏子屠城紀事》詩云：「誰教殺運起中湘，萬馬潛來作戰場。勝國本無生可戀，頑民祇合死相償。連天殺氣揮屠伯，入夜英魂護鬼王。自注：何閣部時號鬼王。化作青燐休更恨，遺骸千載骨原香。」《過流水溝弔何黎平》云：「黎平往蹟幾滄桑，弔古猶教感慨長。一木豈能支大厦，孤城那敢抗興王。倒戈人自同劉豫，捧檄公偏效李綱。當事問誰修祀典，表忠更爲薦馨香。」

余作詩話時，以詩投者無虛日，余皆擷其秀而登之。友人王子佩言：「譚生士衡欲以詩相投，懼如鍾會之於嵇中散，逡巡未果。」余甚愧其言，亟索其詩閱之，則佳句絡繹，不可勝摘。姑錄其二，以見一班。《秋原晚步》云：「西風原上路，襟怯越蕉凉。疎雨拖雲脚，殘虹畫夕陽。芙蓉經露落，木葉到秋忙。對此添離恨，鄉心逐雁行。」《題戲馬圖》云：「演武高登戲馬臺，驊騮千里一鞭開。須知世上英雄客，終向凌煙畫上來。」均令人點頭。

周復生賦性幽雅，詩多游戲之作。《觀劇》云：「輝煌袍服態施施，氣燄須臾亦自宜。眼底神通憑播弄，有人看汝下場時。」論者以爲語近詼諧，不知其警醒世人多矣。復生名景旦，邑庠生。

宋劉克莊嘗刻法帖，時東坡極其欣賞，世所傳潭帖是也。近濶寧劉子壽康又搜刻法書數百家，吾郡大爲增一韻事。詩亦洒脱。《初度》云：「卅年踪跡鎮相於，且喜弧懸近歲除。佳日謾言坡老並，新詩敢説建安初。竟無高會追鳴鹿，尚有癡情戀蠹魚。他日一經傳子弟，豎儒應笑我迂疏。」

女史柳春艷，號西江，爲子愚參軍之女。幼聰慧能詩，十二歲時，有《咏梅》詩數十首，爲士林欣賞。其《語梅》云：「黄金難易愛梅心，幾度抛針葉底尋。叮囑瓊葩須速放，阿儂明日要花簪。」《拜梅》云：「鴨爐親自爇沉檀，月色窺人上玉欄。小婢不曾攜簟至，掃來黄葉作蒲團。」「問渠仙骨幾經修，似我來生得到不。花影拂衣香拂面，背人膜拜見人羞。」《尋梅》云：「深院寒梅放，聞香未見花。小鬟親指點，竹外一枝斜。」皆妙人妙語，惜于歸後即登鬼籙。其弟春生爲余小友，每述所行事，輙潸然淚下，吁可惜也。

徐熙爲寫生妙手，其竅在胸有成竹。湘陰李進士東園先生得春與余爲忘年友，生平守正不阿，故其詩亦莊嚴雄偉。《許昌懷古》云：「半壁河山仍漢社，一家詩賦振宗風。」《樊城懷古》云：「鼉叢已限三分局，魚腹空懸八陣圖。」《召陵懷古》云：「長江飛渡何愁漢，劒閣平填豈論城。」《荆州懷古》云：「競把興亡悲漢代，莫將成敗説荆州。」皆檃括本傳，而又能自攄胸臆。先生著有《敏學齋詩草》。其哲嗣名運芳者，昨歲補弟子員，亦能詩。

李東園《咏淮陰侯》詩云：「張良思報韓，椎秦得不死。淮陰亦韓裔，當時稱國士。何不從信遊，藉雪先人恥。報韓非本心，歸漢求膴仕。鳥盡而弓藏，殆從赤松子。」意甚警切。而田宣尉使阮霖云：「四百炎劉一手提，侯身難保況王齊。從來縛虎屠龍客，未有機權制牝雞。」亦直切了當。

蘇長公記《文與可篔簹谷偃竹》云：「竹之始生，一寸之萌耳，而節葉具焉。自蜩腹蛇蚹，以至劒拔千尋，皆生而有之者也。今畫者皆節節而爲之，葉葉而累之，豈復有竹乎。」余謂作詩者亦宜振筆直遂，如兎起鶻落，有少縱即逝之概，便非湊合。

陳明經桃文諱之駓，才思波湧，亦文中巨無覇也。徐司寇健菴、韓宗伯慕廬致書勸赴北雍，其旨云：「君出則爲名士，居則終爲山人。」駓不報，直署其尾云：「但爲雞口，毋爲牛後。」晚悉焚其著作，曰：「毋爲世俗口議。」其性情傲岸如此，詩亦矯拔。《贈王赤雲》云：「見説千年遲變鶴，肯令五柳怨飛鶡。」亦悲壯之語也。

李春晟，麻陽人。《滕王閣》詩：「雨後山青天兩界，月明人盡笛千聲。」下筆頗落落大方。

國初湖湘間多遺老，而吾鄉郭幼隗先生金臺名尤著。南渡後，督師何公騰蛟、巡撫堵公允錫先後論薦，授職方郎中，再起監司僉事，皆以母老辭。詩莊嚴渾厚，《題霞棲菴片石》云：「衆山蟠孤岑，滰愛覆羣木。參天通一門，中隱巨靈石。人煙隔數峯，片石獨淵矗。苔蘚篆古意，幽映憩修竹。開士契我心，振音扣空谷。名香泛遠圃，靜與山花逐。門徑羅新規，疎觀又遙目。此中還龍象，掛席敷廣綠。誰詩爍迦邏，應見邸邸復。」

何義門先生焯，文名爍天下。身後著述散佚，其門人僅梓其評經史等書，爲《讀書記》行世，故詩多不傳。李君尺雲嘗述其《題畫竹》詩有「不根而生由意生，不笋而成由筆成」之句，此意未經人道破。嗣見吳縣吳方伯俊題某廣文畫竹詩，尤見峭拔，句云：「一竿受風娟欲語，一竿撐空拔儕侶。一竿橫逸露半身，下有絣嬰尚戴土。廣文胸中十萬竿，三竿乍向醉後吐。以其落筆想其餘，鸞鳳鞭笞伏臑腑。長安酷暑鎖渴羌，清風萬錢何處買。濕雲漏雨騰蒸甑，木榻驅蠅坐沸釜。翻身向壁變清涼，稍覺湘妃步秋雨。可憐內熱捐精神，一幅琅玕那堪煮。」

元和顧太守宗泰《魚臺舟中》云：「荻花無數夕陽邊，景物依稀入楚天。白板橋通沽酒市，綠楊絲繫賣魚船。水環棠邑民風古，驛傍河梁客思懸。此夕看山認齊魯，鄉園望斷轉凄然。」滄洲李觀察廷敬《潞河舟行》云：「黃葉聲繁雨腳斜，輕舟宛轉避汀沙。河流曲似穿珠蟻，節序忙如赴壑蛇。去住關情秋燕子，榮枯相倚野藤花。一痕漸透斜陽好，欲染閒雲作絳紗。」二詩皆佳。余昔自都門歸樊城，舟中亦有句云：「傳唱驪歌出御溝，輪蹄蹀躞又輕舟。紅酣楓葉霞千樹，白到蘆花雪一洲。客裏風霜增劍氣，眼中裘馬半詩儔。樊川居士知何處，我欲持杯問白鷗。」

王漁洋言：「中興中字去聲，中酒中字平聲。近人用二字往往交誤。然杜詩『側聽中興主，長吟不世賢。』是又作平聲用矣。」愚按：古人詩平仄隨意，漁洋嘗舉唐人詩用字音與今人別者，如劉夢得「停杯處分不須吹」，分作去聲；王建「每日臨行空挑戰」、羅虬「不應琴裏挑文君」，挑皆上聲。包拮「曉漱瓊膏冰齒寒」，冰去聲。段成式「玳牛獨駕長擔車」，長上聲。白香山「請錢不早朝」，請作平聲。「四十著緋軍司馬」，司入聲。「紅欄三百九十橋」，十讀平。如湛「爲問長安月，如何不相離」，相思必切。「燕姬酌蒲桃，燭淚沾盤壘」，蒲桃，蒲上聲。「三年隨意未量移」，量平聲。「金屑琵琶槽」，琵仄聲。劉夢得「抛却丞郎爭奈何」，爭去聲。獨孤及「徒言漢水纔容舫」，纔去聲。徐絃「莫折紅芳樹，但知盡意看。」自注云：「但，平聲。」李商隱「可惜前朝玄菟郡」，菟去聲。「九枝燈檠夜珠圓」，檠音景。袁簡齋云：「到此應常宿，相留各判年。」杜詩本以「判」作仄聲，用「先判一飲醉如泥」，忽又作平聲用矣。他如「刺史諸侯貴，郎官列宿應。爲問彭州牧，何時救急難。」均應作仄用，而皆強以平押之。元微之《遺春寒》詩韻中用「聲名老更判」，《憶開元舊事》用「安能懼謗訕」，《送侍御之嶺南》咸韻中用「洞照失明鑒」，皆以仄押平。余按王觀國《學林》，古人如此類用字者甚多，劉公幹《雜詩》：「方塘含白水，中有鳧與雁。安得肅肅羽，從爾游波瀾。」以去聲用瀾字。陸士衡樂府「親友多零落，舊齒多凋喪。市朝互遷易，城闕悵丘荒。」以平聲用喪字。又《爲顧彥先贈婦》「辭家遠行游，悠悠三千里。京洛多風塵，素衣化爲緇。」以上聲用緇字。劉越石《答盧湛》詩：「握中有玄璧，本自荊山璆。惟彼太公望，昔在渭濱叟。」以平聲用叟字。江淹《望荊山》詩：「寒郊無留影，秋月懸清光。悲風繞重林，雲霞肅川漲。」以平聲用漲字。韓退之《答孟郊江漢》詩：「終宵處幽室，華燭光爛爛。」於艱字押，則以爛作瀾音用。今人久不講韻學，於此等處茫然不知。所以姑紀其大畧於此，俟知音者辨焉。

守法度曰詩，載始末曰引，體如行書曰行，放情曰歌，兼之曰歌行，悲如蛩螿曰吟，通乎俚俗曰謠，委曲盡情曰曲。

詩始於意格，成於句字。意格貴高，句調貴古，字法貴響。

氣象欲其渾厚，其失也俗；體面欲其宏大，其失也狂；血脉欲其貫穿，其失也露；韻度欲其飄逸，其失也輕。古大家所以過人者在此，今人多不及古人者亦在此。

張太史世淥和諸弟《贈別》詩云：「高梧鳴鳳正朝陽，闕下啣來玉版章。晝錦敢言題永叔，板輿慵羨學檀郎。時留鳩杖秋中影，未斷金罏夢裏香。笑我出山成好事，灞橋風雪折衰楊。」「談文里舊好高陽，惆悵離羣賦別章。自識名材同杞梓，誰云絕唱屬錢郎。迢遙馬上衣裳冷，珍重尊前笑語香。計到款懷姜被日，知君百尺試穿楊。」莊雅絕倫。

陳熙農畯詩學宋人，每多佳句。摘其《曉行》云：「幾家殘月呑雞口，萬里吟鞭掛馬頭。」《避暑》云：「半簾清送三更雨，四座涼生一笛秋。」皆工。其弟滋農名畹，詩亦清腴。《春晴晚眺》云：「湘江春水綠，燦爛一天霞。牧笛催行犢，深山噪晚鴉。白雲三徑淡，紅日半竿斜。蛺蝶雙雙過，墻東滿院花。」

宋明府于庭先生翔鳳，長洲人。經濟學問，兼擅其長。吾友吳雲臺遊其門下，每語先生詩情淵深樸茂，真仁人之言。茲見《題何芝亭詩集》之句，令人欲瓣香以祝矣！句云：「雨逢春甲子，天氣轉嚴寒。薄病苦朝寢，長吟代午餐。古懷存骨肉，奇思作波瀾。豈僅追陶謝，還當接建安。」「政術今非古，彌縫掩飾多。衹宜隨俗去，奈此問心何。未敢爲深語，聊同續短歌。君山元寂寞，一望濕煙蘿。」又趙明府致和題辭一首，語亦曠達。句云：「磈礧填胸古氣蟠，風雲鬱勃湧奇觀。別開世界非人到，無此襟懷下筆難。」

吉安御史郎蘇門先生葆辰，與余舅氏龍伯華先生同年。曩於京華領其言論，丰采真如在光風霽月中也。詩清朗異常，《題何芝亭集後》云：「天祿當年共校書，花磚月影未來初。上堂一揖各分卷，猶記槐廳舊直廬。」「散直歸來日已遲，呼燈窗下讀君詩。銀塘水滿月初墮，想見清吟脫稿時。」

瀏陽秀才李德馨詩有才氣，《感懷》云：「夢覺楊州剩一身，頻年落拓楚江濱。雲山倦眼輪蹄慣，風雨寒窗筆硯親。末路心如泥裏絮，勞生骨是爨餘薪。茂林病後無消息，憶煞梁園舊主人。」「襆被匆匆泣路歧，還家無地擁臯比。平生未敢輕餘子，造化由來是小兒。鮑叔千金分有幾，王孫一飯報何遲。懷人不盡知心話，話向巴山夜雨時。」「秋風一榻病維摩，長夜其如傀儡何。醉酒果然豪氣減，留鬚便覺好詩多。幾番對鏡傷遲暮，敢謂投梭廢嘯歌。學佛學仙成底事，英雄脾肉儘消磨。」「悔持劍匣快恩仇，王粲無端又上樓。燕子生涯長作客，菊花天氣不勝秋。琴書老我青氊冷，鹽米驅人白髮愁。冷落東山舊絲竹，羊曇未忍過西州。」八首錄四，餘不記憶也。

才人之詩，隨便都見濶達。向竹泉先生舊時《題琵琶亭》云：「無復琵琶水上聲，淩雲空樹勢崢嶸。一商人婦一遷客，千載同爲寫不平。」「亭上鬚眉奕有神，精靈豈戀此江濱。古今憑弔知多少，一夜潯陽送客人。」其見地固已超矣。又大梁鐵塔在信陵君廟側，亦題詩云：「魏王猜忌終難釋，魏國山河竟入秦。千載荒祠奉公子，不須憑弔爲酸辛。」「鐵塔何年撐碧落，太行終古抱黄河。此行不止吟眸濶，攬取中原灝氣多。」又是何等胸次！竹泉名簡修，邑庠生。其哲嗣名新曙，亦補弟子員，詩皆清雋。

黄周星字九煙，湘潭人，本姓周氏，父逢泰，官江南。生長於金陵，爲上元黄氏撫養，遂冒其姓。生有異稟，六歲能文，七歲工書，崇禎年成進士，除户科給事中，不就。歸湘潭，葬父畢，復反上元。性剛介，詩文慷慨激昂，嘗選《唐詩快》三集行世。國初時變姓名曰黄人，字略。似僑居湖洲。布衣素冠，寒暑不易，狀類狂易。七十自撰墓誌，作《解脱吟》十二章，縱飲盡一斗，大醉，沉易南潯河死，五月五日也。所著書爲盜掠，散佚失傳。嘗自鐫一私印曰「性剛骨傲腸熱心慈」，又嘗詡與正人君子、鬼神仙佛相合，有詩云：「高山流水詩千軸，明月清風酒一船。借問阿誰堪作伴，美人才子與神仙。」其胸襟洒脱如此。

丁酉選拔淩君荻洲，名玉垣。曩晤於吴雲臺廨館。皎皎乎有鶴立雞羣之概。頃欲採其詩，適胡竹秋鈔其《寄周小樓》詩云：「思歸同悵大刀頭，湖海飄零二十秋。漢口酒香君且住，武昌魚好客何求。行踪短鬢年時數，別夢長江日夜流。寄語西山山畔月，三年清味在黄州。」可謂字字清雋。荻洲並工書善畫，長沙人。

漁洋論詞，謂「一曲之中，安能句句高妙？只用筆處不可輕放。」余謂作詩者，亦難使處處清超，只著意處或選聲，或設色，或摹神，深加鍛鍊，便有意味矣。

同社吳茂才樹棠，性清超澹雅，詩亦肖乎其人。《題荷花生日》云：「碧雲鄉裹醉顏酡，一片晴霞檻外拖。絕色人疑台背少，稱觴客恐熱腸多。祝從蓬島詩難豔，拜倒蓮房臉易波。擬學坡仙賡水調，長生一曲譜如何。」

邑侯葉枚村先生治潭有聲，潭人敬如慈父神君。不一年，以憂勞成疾，竟不起。潭以詩文誄者不下數千萬首。徐孝廉石泉彙其稾，以裝成册。歸櫬日，士紳皆哭聲震天。鄉父老亦科頭跣足，號送於河。生平作詩皆清超秀勁，《題文節母抱樹圖》云：「一死真何惜，千秋節義存。英雄成女子，肝膽照閨門。古木無顏色，空山有淚痕。賢哉文氏母，湘水苦招魂。丹青誰畫出，往事註前明。兒女閨中夢，松楸世外情。祇因心匪石，尚覺面如生。二百餘年後，猶聞罵賊聲。」又《出郭》云：「眼中赤子謀生聚，頭上青天凜鑒觀。」其政治可想。

雁蕩，名山也。千巖萬壑，奇詭異常。欲一探其勝，不果。適常熟屈心梅先生見復視潭，驛丞任得其《題雁蕩山》詩卷，頓覺眉宇一空。其《題朝天鯉峯名》云：「六六溪迴尾有餘，龍門當日躍何如。幾時化石橫山脊，千佛西來當木魚。」《卓筆峯》云：「大好名山可著經，一枝翠破海天青。玉簪拔地如相授，合占江花夢有靈。」筆情洒脱，翛然塵壒之外。

吾友王子佩精於考古，有博學之名。其咏史小樂府足與楊鐵巖抗席。《博浪椎》云：「壯士求滄海，椎秦博浪沙。祖龍空大索，難問趙高家。」《八司馬》云：「宦寺權先固，諸君奈若何。徒將成敗論，司馬抱冤多。」《小太宗》云：「珠崖投太尉，元德表仇公。不信當時治，人稱小太宗。」皆節短音長。

楚茂才雲木檑詩筆清雋，用典而不爲典用。摘其一二錦句，可窺全豹。《題隨園詩話》云：「性靈寫出風情語，書卷融成狡獪才。」《苦雨和韻》云：「花亂濕駝蝴蝶懶，霧沈聲甕子規啼。」祝其兄桂海云：「都有性靈堪學佛，不多兄弟總能詩。」騙樹者以梅枝接桃樹，題云：「仙人自有分身法，名士都經換骨來。」《贈張梅生》云：「天欲窮人教識字，古惟名士拙謀生。」《戒晝寢》云：「可雕此後誰誅我，不倒而今合號翁。」《閒居》云：「愁因對月生情種，事要瞞天亦善根。」情屢困名場，晚年家漸落寞，以憂成疾卒。其《送春》句云「閲盡繁華始退身」，蓋讖語也。

唐茂才昭儉，樹節高峻，考古精詳，暇即焚香鼓琴，有嵇中散、韋蘇州遺風，詩清芬襲人。《題畫蘭》云：「滿腹離騷竟體芳，芙蓉合佩美人裳。沅湘寂寂春深處，清夢應來水一方。」

寧波沈明府栗仲先生，名下士也。以進士官楚南，雅尚清高。生平喜撫琴作書，人咸目爲仙吏。會暵夷跳梁，時先生年六十九，尚滯湖湘。聞其鄉多被擄掠，感賦云：「攙過年華七十翁，湖山涸迹一飄蓬。浮生幾日憂時變，半畝無田祝歲豐。寰海跳梁嗟小醜，經時敵愾望羣公。老臣筋力消磨盡，尚欲提戈作鬼雄。」又《題賈太傅祠》云：「生平不拜長沙傅，痛哭清時駭聽聞。」此意未經人道破。先生名道寬。

歐陽顧卿俊才高學博，十年前同受知於呂太守儷堂先生，進謁時，太守以大器目焉。乃至今皆蹀躓名場，亦怪事亦恨事也。其詩雄健奔放，真有光焰萬丈之勢。《題秦皇壓氣臺》云：「六國併吞秦鼎定，不趨正路趨别徑。築城曾把胡兒防，築臺又把王氣鎮。築城拒胡胡亥亡，築臺壓漢漢高振。我聞湯武始征誅，揖讓惟聞堯與舜。禪繼都由氣運成，小術焉能保萬乘。氣倘可壓奚待秦，周臺更比秦臺峻。自古正氣能壓人，臺能壓氣吾不信。漢氣壓秦秦祚移，秦臺壓漢漢兵勝。秦漢興亡祇一臺，臺真漢滅秦之應。」《題東方朔偷桃圖》云：「神仙之流盜賊祖，游戲神通試漢武。蟠桃爛熳結瑶池，隻手飛空潛摘取。守桃仙童竟不知，賊兮賊兮真神奇。數枚猶未奉天子，三竊先曾被此兒。我聞神仙服丹藥，鼎爐鉛汞時斟酌。別從火裏種金蓮，長生消受蓬萊樂。東方幻術愚世人，人甘其愚信爲真。直令仙境成盜藪，萬古冤煞羣仙靈。披圖不惜發餘論，替仙直把賊名辨。偷桃未必即成仙，縱得成仙仙不願。」又《咏菊》云：「不求人愛生偏晚，自到花開世更凉。」其抱恨矮屋中者深矣。

何司馬芰亭名彤文，少時即喜作詩。及與海内名公卿贈答，益見超越。有《觀棋感事》詩三首，和者凡數十家。其一云：「何殊蝸角觸蠻爭，尺寸疆偶紙上兵。虎窟直探憑胆大，蟻封徐騁見心精。路當窮後方知悔，劫未灰時尚冀生。却笑旁觀緣底急，也勞壁上代經營。」可謂佳矣。而沈栗仲和詩，其警句云：「阻兵驟畏唐藩鎮，清禁徐收漢閹宦。」則又妙於用事。

溆浦舒鸞橋其鍈，爲郡中名宿。曩晤於長沙旅館，出示詩、古文、詞，皆有道之言。近見《和何通守芰亭對雪》，警句云：「登樓對此宜呼酒，有客多才也道鹽。」「人能僵臥真高士，婢解烹茶有幾家。」又其弟雲槎，名其錦，詩亦大雅。《贈芰亭》句云：「宛陵煙景真如畫，水部風流雅擅詩。」「國器理多居半刺，文人例合宦長沙。」

余曾祖廣陵公，諱濤，博涉經史，中乾隆庚午舉人，爲蔡筠谷先生揚宗高弟。生平不輕作詩，猶記其《輓楚翁業圃》一聯云：「燕臺冷落黃金盡，塵榻依稀明月窺。」餘多不存。

先大父春垣公，諱世甲，邑增生。性好詩，著有《彩橋莊詩文集》，待梓。歿之日，爲門下士藏匿，竟令予小子不能仰誦先芬，一大恨事也！曩從故紙堆中得大父酬贈詩，有祝肄堂伯祖壽云：「我聞東坡生日讌，赤壁橫江獻曲弄清笛。洛下簪纓文潞公，同甲會開氣昂激。我輩泥塗之甲子，自分生平渾無似。太平風月侶漁樵，何必金樽迓珠履。門外兒童走且驚，堆盤仙桃紛前楹。二三舊雨重交情，欲從把臂飛翠觥。主人固辭我曰否，人世難逢笑開口。荒溪尚有青青韭，甕頭新釀重陽酒。簾捲蝦鬚戶懸弧，高設四筵來鴻儒。興酣舉觴祝主人，瑤篇錯落大小珠。吾兄本是青雲客，吾家推君眉最白。少年壯氣堪食牛，老向秋風斂鵬翮。沅有芷，澧有蘭，高人風味振騷壇。飴孫訓子自怡悅，族黨梓里披心肝。桂老愈辛神愈固，不須更學丹砂術。日猶能健廉頗飯，日猶能健邯鄲步。余年差小余且老，伏櫪未能攄懷抱。安得惠連發才思，春滿靈運池塘草。就毫效顰意如何，視君養靜保天和。富貴浮雲奚足論，與君長醉花蕚樓。白頭兄弟相婆娑，白頭兄弟相婆娑。」又輓余外祖龍邃菴公詩四首，錄二首云：「談心猶憶桂花天，矮屋秋風結夙緣。愧我長依辛苦地，羡君早赴孝廉船。十年萍寓留清夢，一榻茶煙伴老禪。記得泐潭遊歷遍，荷香瓜架夕陽邊。」「自譜潘陽又幾秋，關情休戚倍綢繆。子平婚嫁酬初願，靈運山川續舊遊。細雨疎燈春啟甕，曉風殘雪夜行舟。不堪往事重回首，江樹連離一段愁。」頃彭花伯述大父曾寄其先人有「一壺綠酒憑誰賞，十里青山我欲來」之句。餘皆不存。余最峯叔，邑茂才，名澤春。品端學富，詩多風雅。《七月十五夜望月》云：「向晚清風瑟瑟來，素蟬輝處暮雲開。一年十二團圓夜，屈指今宵第七回。」「嘹喨誰家笛韻和，冰輪穆穆漾金波。中元月好人爭望，待到中秋望更多。」

吾肄堂伯祖，邑庠生，諱世舉。少負大志，從羅慎齋夫子遊，每有青出於藍之譽。年八十，能詩，祝鳳書叔祖五十初度云：「羨君知非年，誕逢陽復月。吉日好懸弧，風雨開霽色。我來索酒觴，老復興不劣。松下童子言，主人出第宅。到門貪看竹，稚子來迎接。亦有賓在座，杯盤咸布列。不用山海錯，家骰與家核。用展養志情，一堂騰歡悅。人情本不一，冷暖有分別。豪傑遇茲辰，遠遊且返轍。千金治一觴，百金博一劇。其在貧賤儔，往往作逋客。不令兒女親，故使友朋隔。不敢賽奢靡，宰割戕壽脉。是乃仁術也，造物爲之格。以此致遐齡，不求而自獲。」又八十時病篤，自輓一聯云：「若果魂升於天，問當年長吉仙人作賦玉樓，到底是何筆墨；漫云逝者其耋，視吾家白頭老子藏身母腹，此時猶算胞胎。」尤見胸懷洒落。

嚴滄浪云：「詩有十八體，若風、雅、頌、樂府，古選、建安、黃初、正始、太康、元嘉、永明、齊、梁、南北朝、初唐、盛唐、晚唐、宋元祐者。」是余維建安、黃初本屬同時，奚容區而爲二？且正始之嵇、阮，太康之左、潘、張、陸、陶、郭，元嘉之顔、鮑、謝客，永明之玄暉諸人，皆備於選體，則就古選中，分其體可也。於古選外，更列其體不可。九體則近體、古詩、排句、集句、聯句、絶句、雜言、口號、迴文者是。

詩無真意，則聲華傷於雕琢，格律涉於叫囂。然舍其格律、聲華，則枵然山澤之癯而已。近見濱江鄧孝廉廷相，古近體詩於沉鬱頓挫之中，寓悠揚搖曳之致，而咏古諸什，尤極精卓。《昭君》云：「爲國從戎非薄命，昭君何怨訴琵琶。不歸朔塞留青草，已逐東風作落花。可汗願爲宫女壻，焉支生是美人家。近來漢苑無圖畫，玉葉金枝犯漠沙。」《望太行山》云：「北渡黄河水，西望太行山。千里一迴顧，商周都此間。崑崙渺天下，碣石沉海瀾。山川自終古，感慨寄無端。」均膾炙人口。

曩聞譚蘭亭甚有詩名，是時相思若渴，兹見其《咏棠棣花》云：「一樹斜陽照眼明，參差枝葉若相迎。來生願合償兄弟，出色花都有性情。書補毛詩留逸句，春殘唐代剩樓名。笑子孤負東風約，只解庭前種紫荊。」真有情有景之作。又《輓友》詩，摘其一云：「泣穿秋水照顔紅，鳧舄誰瞻馬首東。愁絶深情天怕管，一簾風月鎖春宫。」亦佳。

恩貢生謝仲玉璜丁，明末造棄舉子業，自肆力于詩文。所著有《燹餘集》、《此園集》、《益楚初集》，未梓。其詩多血性語。《瀟湘行》一篇，因革之感三致意焉。所云「我家六十口，僅活兩尫倪」，蓋紀實也。而亦未嘗不風雅，《將入城》云：「盡日登山供遠眺，有時洗耳又臨流。清風到室先開戶，明月窺簾莫下鈎。租吏過門無剝啄，詩人得句索賡酬。黄花欲去清樽在，城市相邀憚久留。」又《村庄九日》云：「長避城闉爲愛閒，住山無日不登山。柴門落葉憑風掃，曲徑疏枝候月還。何處無詩招岫色，有時縱酒却秋顔。黄花滿插雙絲鬢，宜趁歸來問小鬟。」又《有感》一聯云：「青山拂去辭知己，白髮重來慰故人。」皆清麗可誦。

衡出聶羹梅先生鏸敏，現官滇南縣令，聿著賢聲。生平著作宏富，皆博大昌明。其浩瀚處，人稱「蘇海韓潮」。

昔余登岳陽樓，見其題壁云：「夕陰催暝壓湖樓，浩蕩風波攪客愁。濁浪疊排雲斷處，亂帆爭趁日西頭。窮愁憂樂無先後，終古神仙自去留。誰倚闌干弄長笛，商音吹满洞庭秋。」時壁間題詞甚多，此足壓倒元、白。又宗萼初述其《題采石磯太白酒樓》之作，亦極超曠。句云：「蓋代詞場第一樓，樓中人去已千秋。餘生不作夜郎客，此夢真成天姥遊。仙骨到今明月在，詩神終古大江流。因公爲憶襄陽叟，芳草靴州無限愁。」俱炙膾海内。先生尤喜撰楹語，《嚴子陵廟聯》云：「托業呂韓間，上觀一千餘年，渭水悠悠淮水咽；置身霄漢外，俯視二十八宿，帝星朗朗客星高。」《關聖廟》云：「能待旦，能讀《春秋》，能養浩然之氣，斯無愧周公孔子孟子；惟忠君，惟愛兄弟，惟從王者之師，故永懷先主皇侯武侯。」《岳陽樓》云：「勝狀攬重湖，放得開眼底乾坤，許從杜老拈詩筆；愁心生萬古，吞不盡胸中雲夢，莫向仙人借酒杯。」俱見規模濶大，胸次軒敞。

蓮仙爲羹梅先生之女，幼從其尊人學詩詞，旨雅秀長。適邑同宗萼初。紡績餘閒，不廢吟咏。余與萼初交篤，因得常窺其稿。其《咏白菊》云：「誰撐傲骨出東籬，洗浄塵氛別有姿。瘦影高擎斜月裏，濃粧涼透降霜時。乍疑送酒人佇立，頻悵吟梅客未知。自是素心表清潔，粉糕何事更相遺。」《春日》云：「暖風遲日透紗窗，花氣如蒸冷氣降。忙煞畫梁新燕子，啣泥來去自雙雙。」《採蓮曲》云：「數聲柔櫓過横塘，水面風回夾岸香。莫向烟波爭度曲，恐驚花底睡鴛鴦。」皆風華掩映，齒頰流芬。又《踏青》碎句云：「芳草綠沾遊子屐，杏花紅簇美人頭。」亦麗。

節孝之後，每多英傑。余昔館袁上舍道林家，得悉其尊人早逝，其母郭太夫人矢志柏舟。時上舍甫數齡，太夫人勵其勤學，早有文名。嗣見其孫枝玉立，又延余課讀。其長孫紫堂上舍，名邦鑑，任事有才，文亦多春夏氣。次次山，英姿鋭氣，挺特不羣，尤爲多士之冠。偶檢舊篋，見紫堂《過湖上草堂》云：「一葉高隨飛鳥下，千林遠抱曲江回。」次山云：「紅豆難消春雨恨，黄金不療俗人癡。」二生襟懷，此可想見。

易篆卿象吉，余姻丈也。生平以氣節自持。讀書研求精藴，必貫澈乃止。詩尤洞悉源流，閒潑吟箋，皆有妙旨。其《春暮》云：「春如好友去常惜，情比落花飛更多。」《昭潭感懷》云：「三徑好花圍作屋，一林黄葉坐題詩。」真中晚唐名句。又《讀唐史》云：「終古開疆吳越王，錢塘江水大波揚。唐家土地梁朝爵，俱是英雄富貴鄉。」亦雅切妥當。著有《浣湘詩草》。

李雲根之蒓，邑高士也。生平志節皎然，雖東漢人獨行不過是矣。讀書搜奇愛博，尤有琴、棋、畫三癖。余每過其書齋，異書古器之外，緗軸聯牀。閒潑墨爲畫，神妙絶倫。詩有雅人深致，《題畫幅》云：「重巖瀉溜碧如油，雲影天光分外幽。多少樓臺看不定，半湖煙雨蕩漁舟。」

龍椒圃先生德馨，余從堂舅氏也。其詩步趨唐宋，美不勝收。姑舉其《夢中得句》云：「赴海水忙爭馬足，出山雲嬾付樵歸。」上句寫少時意，下句寫晚年情狀，趣味甚雋。

詩味貴淡，淡則永。詩詞貴樸，樸則真。上湘舒青洋前輩東，書史撐腸拄腹，爲錢南園學使入室弟子。吾友周曉春先藍述其《元日》詩云：「一日二日爆聲連，去年今年忽太懸。人心猶未分新舊，錯喚今年作去年。」洵綺語，能道俗情。

蕭春湖仁恕，詩詞清麗。余曩於可玉寓齋，見其《舟泊昭山下》云：「截江陡插玉芙蓉，斜日荒凉挂古松。倚枕忽驚殘夢斷，曉風吹墮一樓鐘。」真是香山餘韻。今秋，其哲嗣載莾名厚鈞者，來就余詩，詩意氣飛揚，談皆中理。其詩有以澹雅勝者，如《僧房曉起》云：「松花滿地落無數，野鳥禁寒時有聲。」有以雋永勝者，如《閨怨》云：「洞房深鎖綠苔生，瘦減容光爲此情。惟有舊時菱鏡在，照奴顏色甚分明。」皆吟壇中傑作也。又「幽壑響殘磬，流泉飛古藤」，十字亦健。

詩生於情，亦緣於景。今秋上湘縣署中丹桂重開，其邑尊師梧岡先生鳴鳳喜成一律，和者如雲。時黄淥溪司馬園中之桂，亦謝而復開，司馬亦和其韻云：「豈關勝會續無常，戰倒秋風兩度香。對我居然成舊識，非君孰敢領羣芳。都疑破格翻新樣，始覺前番未豔妝。攀折有人來正後，影高休弄月昏黄。」豪邁英爽，味外有味。司馬爲秬園哲嗣，名澤及，讀書識高於頂，近摒擋家政，暇惟以詩酒自娱，邑人多仰重焉。

李孝廉慶清爲黎樾喬先生高弟，詩、古文詞皆以六代風華資其芳潤。昨得其詩稿十二章，以集隘不能備錄。摘其《勵志》詩云：「佻達在城闕，杕杜生道周。貧窶傷不已，北門恣其游。怨尤胡不泯，懷抱胡不幽。鼎鐘勒何日，瓊琚贈何由。戈羽賫分陰，琴瑟調寸修。塗巷歎息輟，山川涕淚收。何者不自得，而爲杞人憂。息影讀盤誥，安神窺畫疇。君子曰勉兹，古義阻悠悠。」

竹間詩話

盛大士 撰

序

射陽學舍之東偏，有屋三楹，繚以綠竹。五六月之交，涼風颯然，頓忘炎暑。余徘徊其下，嘯咏自適。興之所到，取古人詩，手胝口沫，丹黃夾注。或客至談藝，各述舊聞，相賞新得，退則援筆书之。歲閱數稔，積成卷帙，顏曰《竹間詩話》。夫竹以虛心，柯葉乃茂；學惟多識，聞見斯廣。是編所輯，聊寓尚友之思，兼採他山之助，至於馳騁詞壇，弋獵浮譽，惟尚所託，雅不樂此。若夫忘辛嗜甘，是丹非素，門戶之見，更不堪存，所願與海內詩人質正焉。

鎮洋盛大士

卷一

幼時見執友多枕經葄史，問學浩博，而詩不多作，作亦不輕示人。其深於詩者，皆未嘗以詩人自居，不敢以詩藁問世，故刻集者少。近日則無人不言詩，亦無人不刻詩。刻集愈多，而詩不逮前人遠甚。夫必讀破萬卷，而後下筆有神，然則詩豈易言哉？學貴心得，不求人知，況詩以道性情，尤不當以此獵取名譽。詩雖不工，但陶情遣性，亦足自怡，若刻而問世，是適以彰己之短也。且刻詩過早，少作壯悔，不及删改。古人傳集多在没世以後，果能卓然成家，不患其不傳，何必急於自炫？余自閲所刻詩，少愜意者。故云：「少作什二三，一炬恨不早。頗喜中年詩，畧比少時好。得意只在此，可知進境少。」又《秋感》云：「病每逢秋欺獨客，詩因早刻悔中年。」不可謂非閲歷過來人語矣。

閲人詩集，不暇問其詩之工拙，尚先觀其製題之當否。題合於古，其詩必有家數；題戾於古，雖有合作，必是未經探討者，無足取也。製題之法，繁簡詳畧，各有一定之程矱，李、杜、韓、蘇諸大家體例各有不同，後人作詩不必專主一家，總期無失乎古人之程矱，即以稱謂言之，或書官、或書名、或書字、或書行輩，皆當原本前賢，不宜沿襲時俗。嘗觀魏晉六朝人投贈倡和，率稱官、稱名、稱地，唐人亦然。少陵於本支不稱姓，如「弟觀」、「舍弟濟」是也，惟杜位冠之以姓，則其人非本支可知。昌黎於儕輩中位卑齒少者，及門弟子皆姓名並稱，如李觀、張徹、唐衢、侯喜、李翺、皇甫湜諸人是也。有稱名又稱字者，孟郊亦稱「東野」是也；有稱名又稱行輩者，張籍亦稱「張十八」是也；稱官不稱名，杜侍御、鄭兵曹、李司勳；稱行輩不稱官，李二十八；稱行輩兼稱官，崔十六少府、裴十六功曹、元十八協律、張十一功曹是也。惟位尊者不名，如李尚書、武相公、裴相公、鄭尚書、李相公，蓋尊台輔，即以尊朝廷也。蘇詩稱字者居多，亦有官與字、官與名並稱者，有徑稱名者，亦有始稱名繼稱字者。尋其意旨，大抵以文章道義相期許，而交契至深者則字之，其稱謂之審慎，亦可見矣。近人作詩不諳體例，其於姻長戚屬牽引比附，尤屬無稽。竊意姻戚行輩之尊者，祇可稱之曰「某丈」。若以流俗之稱載入詩集，陋孰甚焉！至於「先生」之稱，自非達尊及親受業於其門者不得稱也。古人字以表德，稱字最爲推崇，今乃置字不稱而稱其號，如堂、齋、園、亭之類，開卷皆然，大可一噱。或不詳其字，不得已以號代之，要不若直稱其名或稱行輩，方合體例。至位高齒尊者，方可以號稱之，然亦近今通俗之稱，衡諸古法，不甚合矣。

稱人官階宜遵本朝官制，今人詩中，如知府稱「太守」，知州稱「大令」之類，原無不可，然或本朝並無此官而比類書之。或其人止有虛銜而拉雜書之，皆大謬也。地名如山陽直稱「山陽」，清河直稱「清河」最爲合例，每見山陽或稱「淮陰」，不知淮陰縣漢屬下邳郡，晉屬山陽郡，宋齊屬兗州，唐以後屬楚州，而其地不專指山陽一境也。或因直隸廣平府屬亦有清河縣，遂別之以南清河，則陝西亦有山陽縣，安得以淮屬山陽名之曰「東山陽」乎？且山陽有自署其地曰「淮山」者，此更可笑。以此類推，然則蘇州之吳縣稱之曰「蘇吳」，松江之華亭稱之曰「松華」可乎？云縣以山名可稱「淮山」，然則紹興之山陰，亦可稱「紹山」，蘇州之崑山、松江之金山，亦可稱「蘇山」、「松山」耶？舛陋若此，詩雖不觀可也。

余少學詩於青浦王少司寇述庵先生。先生論詩大旨：曰學、曰才、曰氣、曰調。學以經史爲主，才以運之，氣以行之，調以舉之。四者皆備，然後可以成家。集中從軍諸作，語奇句重，縋幽鑿險，洵足横绝一世。《渡大金江即事》

云：「南荒經南空未鑿，誰攷江源溯臼霍。蠻暮南來大展拓，斷岸長天莽寥廓。何爲銜風振長薄，不見軒然大波作。野田秋鶴長於人，盤雲忽落呼其羣。大魚躍水蒼無鱗，丙穴石首非其倫。小船三人槃礴裸，時與阿補堂制府、諸肇仁臬司同渡。數尺斜陽射林邏。殺氣如山蔽雲墮，激電一聲飛礮火。」《攻克羅博瓦四峯》云：「山橫十里碉九座，喇穆巉巖不可過。偏師忽指此山偏，出奇絶險須臾破。偏峯則另登古名，前羅博瓦尤崢嶸。四峯相次賊門戶，峯峯刀槊攢青冥。將軍愁寂計忽發，先令虎臣海蘭察。第二三峯汝往攻，佐汝往攻額與達。謂護軍統領額爾特、侍衛達蘭泰。是日天凍風如刀，緣厓積雪一丈高。軍未及登賊早覺，舉鎗投奅何嗃哮。自上下下衆不動，持滿而迎射輒洞。豕突狼顧躅且奔，乘勢飛追躡其踵。別隊紆道穿林蹐，所據與賊地勢齊。兩軍合擊呼動地，兩峯連克無留稽。其第四峯亦席捲，餘第一峯尚未剪。領隊普爾普圍之，火器騰空盡焚燹。縣其首級陳其俘，取其器械充軍須。封羊釃酒饗將士，更掃喇穆清前途。」先生以文臣佐戎幕，立功萬里外，受純廟特達之知，鴻猷駿烈，見諸歌咏，非可僅以詩論也。

述庵先生《春融堂集》五七古，奇崛峭拔，而近體則滔滔清絶。《過吳江》云：「煙村一路鷓鴣啼，油菜花殘豆莢齊。幾日東風微雨過，春蕪綠徧畫橋西。」「筠溪早放貓頭筍，柳岸初添雉尾蓴。鶯脰湖邊風物好，綠陰深處繫漁艑。」《題李長蘅西湖小幀》云：「一桁遙山翠色濃，白雲渺渺路重重。斜陽欲落微風起，吹過南屏寺裏鐘。」《黃平州道中》云：「隔嶺殘陽雪已晞，風迴石竇約雲衣。人家漸有初春意，翠鳥啼煙竹半扉。」「沙際春歸草甲開，尖於韭葉綠於薹。可憐未作裹腰樣，已費江郎賦別才。」《過許州》云：「柳陰一路似江鄉，撲面西風漸送涼。昨夜山前新雨過，沿溪十里稻花香。」其佳句如《送人之安陸》云：「江遠帆如雪，春深草似煙。」《題江村圖》云：「瘦石踈花藏鵲子，曲屏小檻卧貍奴。」《過魚梁江新橋》云：「苔碕瀨急魚難上，竹塢蘙深鳥亂鳴。」得南宋人風味，詩筆極新雋而鍛鍊自然。

紀文達公以雅頌之才，膺著作之任。余座主石門陳少司馬梅垞先生，公之門下士也。同人赴公車者以小門生禮晋謁，甫升堂，即傳語曰「老病人扶再拜難」。三揖命坐，清談移晷，其風致可想已。有《西域入朝大閲禮成恭紀》十首，其第四云：「曲宴芳園酒乍醺，將軍飛遞羽書聞。窮荒更遣蟠桃使，降表連收貝葉文。兩国名王馳贊普，同時別部走奚斤。殷勤擕得昭華琯，計日中朝覲聖君。」第五章云：「日行三百入長安，別苑層城畫裏看。宿衛舊聞唐頡利，衣冠今賜漢呼韓。多時逋寇擒狼種，幾輩高蹄付馬官。好續周书王會解，千秋勝地記田盤。」第七云：「朔風獵獵下盤雕，上將持麾下紫霄。天上星辰張玉弩，軍中鼓吹應金鐃。珠旒搖曳旗初展，銅埒回旋馬更調。十萬貔貅齊入伍，分明氣象認天朝。」第十云：「羽衛交馳玉踠騮，陪遊仍遣召渠搜。重看犀首三千弩，爭拜龍旂十二旒。見説須臾禽母寡，果然容易戮蚩尤。願將聖主天威重，傳到西荒海盡頭。」其高華宏整，漁洋後無此鉅製矣。

嘉定錢宫詹竹汀先生，於經史百家之書無所不讀，綜覈前聞，洮汰後惑。余年十六肄業婁東書院，即侍講席。及先生主紫陽書院，余復從遊，熟聞先生論詩，以清醇樸實爲宗，斥冗浮重滯之習。《村行》云：「幾日輕陰暑漸消，孤村稍喜避塵囂。秋粱已穗宜删葉，晚豆將花亟護苗。細細菱絲浮水面，纍纍瓜蔓掛牆腰。雨餘準備前途滑，伐柳填薪當小橋。」佳句如《趙北口》云：「淺渚平沙通薊北，板橋流水似江南。」《畢中丞靈巖山館》云：「地高合讓名公占，水靜還招冷客聽。細雨秋添谿溜白，遠峰晚借樹煙青。」《定州道中》云：「行來明月清風店，恰稱輕雲細雨天。」《真定道中》云：「日高風力緩，霜重樹心寒。」清氣撲人，迥非俗響。

昌黎《石鼓歌》爲横絶千古之作，至東坡而風格一變，詩亦足以相埒。韓於奇麗中見樸實，蘇於清超中見精鍊，兩詩皆空前絶後，無可軒輊。姚姬傳先生謂，文章之事，後出者勝，東坡《石鼓》實過昌黎。自余觀之，蘇詩清氣盤空而句皆琢對，無一字放鬆，韓詩不以對仗勝，而愈見才力之厚。必謂蘇勝於韓，吾不謂然。

杜陵之《北征》，昌黎之《南山》，皆前無古人，後無來者。或謂子美感懷家國，俯仰身世，其詩自足不朽，若退之《南山》詩，雖不作可也。此輕議古人而不知詩境之妙者。顧嗣立謂杜之《北征》實叙事情，韓之《南山》虚摹物狀，能以畫家之筆寫得南山靈異縹緲，光怪陸離。中間連用五十一「或」字，復用十四疊字，如駿馬下岡，手中脱轡。忽用「大哉立天地」數語作收，又如柝聲忽驚，萬籟皆寂，可謂深得韓詩之妙矣。

詩必有爲而作。義存忠愛，每飯不忘，此杜陵之詩旨也。然或與杜陵身世迥乎不同，而故作憂國憂民之語，其孟浪孰甚焉。即以聲調格律而論，揣摩依倣，直優孟之不若，而猶以學杜自居，安望其後能作一性靈語乎？夫學詩者，漢魏六朝、三唐兩宋，缺一不可，而或限於才力，未能熟讀萬卷，縱横如意，則當從宋代名家入手，其性靈易於濬發，故得南宋人之一鱗片甲，勝於學盛唐人之長江大河。余之持論若此，世當有以余爲知言者。

余家舊居州城之南關外，有補陀禪院，桃花極盛，先君子嘗偕曾弢庵舅氏煜及湘亭季丈，均游咏其地。後舅氏館於郿城，歸家必往游焉。《絶句》云：「寂寞僧房掩翠苔，辛夷零落爲誰開。情親一別空成憶，難得今朝把臂來。」「一縷茶煙颺午風，曲欄閒憑思無窮。重過少日論文地，十五年來似夢中。」

弢庵舅氏刻意爲詩，家無儋石儲，歌聲琅琅，如出金石，咏古律體幾欲與陳元孝抗手。《咏漢武》云：「神山弱水望悠悠，嵩岱頻登意未休。五利何人虚尚主，貳師得焉遂封侯。異時玉盌魂難返，故國銅仙淚自流。一曲横汾哀樂變，白雲飛盡漢時秋。」《項王》云：「如何一炬棄咸京，便擬還鄉衣繡行。逐鹿未全歸漢主，沐猴早已笑韓生。數行窮淚虞兮舞，百戰餘威竪子名。縱使江東猶足王，渡江那有八千兵？」《淮陰侯》云：「提軍百萬掃鯨鯢，鍾室他年悔噬臍。垓下歌殘方破楚，關中鼎定不封齊。但知快意烹功狗，誰遣司晨屬牝雞？終古王孫哀未歇，淮陰芳草日萋萋。」他如《咏寒月》云：「鳥飛一枝遠，人定萬家寒。」《秋晚》云：「斷鴻遥截雨，獨樹忽奔雲。」《舊宅》云：「寒花依檻瘦，秋草閉門深。」《荒園》云：「有情舊燕春还到，無主閒花晚自飛。」詩筆皆清朗可誦。

梅村先生處家國興亡之際，寓黍離麥秀之思。詩仿初唐，參以元白，哀感頑豔，悱惻纏綿。尤西堂贈以詞云：「江山如夢，眼前誰是舊京人物。」又云：「椽燭衣香，少年情事，頭白今成雪。」梅村讀之，爲泣下。舅氏《書梅村集後》云：「亂餘才士無完節，老去詩篇有盛名。空羨修書楊鐵史，可憐作賦庾蘭成。」議論平允，可謂深得梅村之心事者矣。

詩有善道人意中事，隨口而出，遂成絶調者。如鐵梅蕣先生之「愁裏逢春驚老至，中年生女作兒看」是也。大意從「弱女雖非男，慰情差勝無」化出，而不落窠臼，其妙處全在真字耳。先生名句如《登太白酒樓》云：「天上有星堪命酒，人間無客可談詩。」《古北口》云：「对面馬隨飛鳥没，上山人帶斷雲來。草深僻路客談虎，日暮遠山人牧羊。」《秋日雜詩》云：「寒雨尚滋當路笋，西風未損向陽花。」筆俱新雋。

詞料與詩料不同，然點化前人之詞，亦足以成妙句。吳穀人先生《虎丘》絶句：「一半櫻桃一半笋，送春天氣不多時。」蓋竹垞《虎丘樂府》有「一半兒櫻桃一半兒笋」，可謂善於選用矣。

吾州詩派最正，諸老輩中抗心希古，深入唐宋諸賢之室者，如蘇丈餐霞加玉、汪丈静厓學金、畢丈静山憲曾，其尤著也。三家詩格不同，皆爲大雅正聲。近日里中後進，談詩者日衆，而接踵曩哲，大非易事。今三家之詩具在，或有譏其近於頹唐流於纖仄者。後生末學，妄逞詆訶，亦可笑已。余欲輯三家詩彙成一集而卒不果，因各録數篇以見一斑焉。蘇丈《游從姑山歌》：「誰斬媧皇巨鼇足，陡拔雙峯雲際矗。嬴政當年不敢鞭，留與仙人作石屋。建昌山鬱盤，最説麻姑壇。借問此何境？云是從姑山。出郭三里青巑岏，未到已覺松風寒。旋螺詰屈一徑上，山腰跂腳開禪關。却怪麻姑跡未至，老僧不辨滄桑事。鬼神呵護讀書巖，苔斑剥蝕懸崖字。山爲明羅汝芳讀書處，石壁有「飛鼇峯」三字，大尋丈。懸崖倒掛步仙橋，羽軿芝蓋紛相邀。方平恍惚移清宴，月明往往聞吹簫。恨無金繩鐵鎖鉤連到絶頂，飛行捷足輪猿猱。其下雙玉樓，何年始崩坼。人間斧鑿鑿不開，劃然中斷巨靈擘。陰闔雙扉烏兔死，天爭一線乾坤窄。幾度仙家劫火紅，此地尚有蓬萊宫。棋盤石上日對弈，手摘星斗摩蒼穹。不然徑入伏虎之洞中，破除塵網逃虚空。吁嗟乎！甕底醯鷄徒自苦，惆悵迴車日卓午。」《雲陽書院謁王陽明先生祠》：「祠宇深沈鐙火青，階除瞻拜肅儀型。勳名自可追諸葛，道脈何曾異考亭。易代江山還被澤，至今子弟盡横經。宵分客夢俄驚覺，颯爽回飆恍降靈。」《許昌懷古》：「漢魏興亡總刼灰，許昌城外客徘徊。子魚真愧龍頭譽，文若虚傳王佐才。廢殿有基秋草緑，荒陵無樹夜烏哀。摩挲欲搨鍾繇隸，千載傷心受禪臺。」《新安訪何數峯》：「雪浪層灘掛碧霄，扁舟訪戴不辭遥。停雲近繞黄山樹，别夢曾隨彭蠡潮。爾汝交深人轉訝，解推誼重我非要。開尊話舊心先醉，不覺羈愁一夜消。」《雨夜感懷》：「乞食歸來掩薜蘿，深宵愁聽雨滂沱。爨虚忍餓妻孥睡，窗破吹燈鬼魅過。親戚情隨財共竭，友朋怨與債俱多。無田亦願逢年稔，春麥摧殘更奈何？」汪丈《石匣曉發》：「水自層厓落，雲從大漠還。涼風初入塞，殘月不離山。寒馬窺邊色，秋花笑客顔。回看薊門道，曉日照三關。」《登廣仁嶺》二首：「夾道松蘿一馬穿，欲規遠勢上層巔。片雲飛帶遼西雨，疊嶂濃遮薊北天。屬國諸藩青海外，羽林千騎翠華邊。遙瞻佳氣山莊好，榆柳陰中萬井煙。」「此日車書朔漠同，烏桓置驛往來通。九邊秋色山河曉，七月寒聲草木風。已分生涯隨代馬，那堪鄉思付南鴻。壯夫莫作登臨感，絶塞還憑意氣雄。」《晚秋感興》：「江樓東望盡三吴，落照西風彭蠡湖。鄉信已聞荒稻蟹，客懷何處覓蓴鱸。晚霞繞郭山深淺，秋水連洲雁有無。却喜郡齋吟咏地，免教詩興敗催租。」《喀喇河屯》：「欒郊休作塞垣看，山脈膏腴地勢寬。歲歲居民收穫畢，一村紅葉侯回鑾。」《咏秋》：「落葉清霜碧樹灣，晴峯點點露煙鬟。謝家詩句米家畫，江上夕陽山外山。」「空濛秋色露華多，十里芳塘漾碧荷。鏡裏紅衣秋月冷，夜深人静不聞歌。」「獨坐空堂欲二更，松濤萬壑起秋聲。小窗一夜聽風雨，不道星河分外明。」畢丈《咏梅》：「遠處分明别有邨，無風無雨澹無痕。四山雲合乍封洞，一院月來深閉門。未免有情憐瘦骨，偶然相見斷吟魂。嫩寒天氣成孤坐，松下烹茶酒又溫。」《登西嶽萬壽閣》：「便欲乘雲俯八荒，天門浩蕩氣青蒼。袖邊詩句通呼吸，檻外芙蓉接混茫。豈有公超五里霧，曾傳玉女九霞觴。鈎梯直上非容易，好架長虹作石梁。」《秦中懷古》：「四塞河山遂霸秦，詩書禮樂竟灰塵。揭竿早兆銷鋒帝，識鹿徒爲夢虎人。滄海蓬瀛方士幻，咸陽鐘鼓曲房春。寰中咫尺桃源路，未許求仙一問津。」「千門萬戶建章宫，秦地山川落照中。太液鯨魚分碧海，畫欄桂樹怨秋風。珠襦玉匣園陵冷，仙掌金盤霄漢通。不是元年重儒術，武皇直與始皇同。」「揚州煙月接長安，錦纜三千迓玉鑾。天馬幾時浮海至，神鼇終日戴山看。後庭花謝翻新調，西苑秋高憶舊歡。願作長城公亦得，沈香甲煎且盤桓。」「渭水春寒繞苑牆，碧桃醉罷舞霓裳。雲屏窈窕蛾眉綠，蜀棧迢遙羯鼓涼。父老羣呼瞻二聖，唐家天意屬儲皇。藏珠捐玉開元事，宰相何人策廟堂？」《輓洪穉存太史》：「豈似將軍老數奇，無端痛哭值明時。豪情真駭庸夫聽，讜語終邀聖主知。萬里壯遊酬夙願，百年孺慕補亡詩。君親兩字誰無忝？我欲臨風奠一巵。」「風義應居師友間，梁園小往话秦關。誰知酒國詩壇後，相見冰天雪窖還。刀鋸餘生空及第，丹鉛未老戀名山。嗟予粗涉雕蟲業，悔不從君學馬班。君史學最精。」又《月夜》句云：「遠杵聽疑蛩外落，暗雲看到月邊明。」《咏白蓮》云：「一尺瘦腰空抱月，三更清夢易飄煙。」《秋感》云：「短檠高閣人呼酒，老屋荒江獨聽潮。」中唐人名句也。

法時帆先生，本名運昌，奉純廟旨改今名，所著有《存素堂集》。先生博稽文獻，熟諳掌故，在詞館中曾著《清秘述聞》《槐廳載筆》等書，又輯海内知交詩爲《朋舊及見錄》。余自戊辰冬介汪厚夫樞曹彦博謁先生，先生以余詩入選。及丁丑復遊京師，先生已歸道山矣。先生詩宗陶公，出入於王、孟、韋、柳。《游西山五古》云：「日腳不落地，峯陰生白晝。人鳥俱無聲，松籟空音湊。三里始出林，巖際天光透。借問採樵人，何處尋乳竇？」又如《雨後游極樂寺》：「兩三竿竹自秋色，千萬疊山皆雨容。」皆幽寂清峭。

虞山吳竹橋儀部蔚光，性尚幽閒，澹視榮利，杜门著述，嘯傲湖山，尤好引獎後進，提倡風雅。余辛酉、壬戌以前詩皆先生所點定也，著有《素修堂集》。佳句如「江城遠笛秋風早，山館踈鐙夜雨多」、「逢花客有留連意，對月人多太息聲」、「紅雨半簾飛蛺蝶，綠雲千葉蓋鴛鴦」、「空江短櫂春波色，小院重簾暮雨聲」、「夙緣未了時開卷，舊侶無多日掩關」，皆自然入妙。

吳賁石明經大烈，昭文人，竹橋儀部之老友也。沈酣騷雅，所著詩多哀豔之作。晚年僻處窮鄉，足跡不入城市。儀部詩成，每馳箋往質之。曾選錄同人詩，名《藏珠集》。惜其窮老病苦，没後遺文零落，即所輯《藏珠集》亦久散佚矣。有古樂府二首，神似昌谷。《玉鉤斜》云：「冢纍纍，煙嫋嫋，玉鉤斜上春風早。酹酒弔香魂，千年不知曉。二八盈盈掌上擎，舞衫紅簇歌喉小。長願侍君恩，爭妍被花惱。簾前鶗鴂一聲聲，香蘭無數先秋槁。明月常懸玉鏡函，黛眉不共春山掃。欲補鴛鴦冢上碑，牽情滿地紅心草。」《將進酒》云：「典鸘鷞，貰酒漿，洞庭春色橘柚香。昆刀細切元豹肪，卓女曳珮聲琅鏘，蕭然四壁回春光。蜀弦繁，羌管咽，揮綠綺，歌白雪。不奈春歸花落時，杜鵑啼碎千枝血。勸君痛飲破愁城，莫待白頭吟決絕。」

語濂涇在常熟小東門外三十里，俗名東塘市，其地水木清華，邑人多能詩者。余館於程氏、譚氏、殷氏，先後凡四載，與邑中諸君酬倡無虛日。倪布衣賜字三錫，號閒谷，年八十，史茂才慶全字謙吉，號益村，年七十，皆詩叟也。閒谷《題明妃出塞圖》云：「一出關山行路難，琵琶空抱不成彈。憐渠已被丹青誤，何忍還從畫裏看？」益村《曉雪即霽》云：「窗疑殘月照，不道六花飛。獨客開青眼，千山盡白衣。」《偕友赴歲試》：「漸驚舊侶如云散，不覺新愁逐草生。」皆不愧清才。同時如李山人世則《春暮即事》有「酒香思客過，花落厭禽飛」之句，蘇明經一元《殘菊》有「霜重難欺骨，風高不墮香」之句，皆清新有致。而余門人譚明經天成字韶九，號石舲，年未二十即工於古近諸體，惜多病未臻中壽。憶昔時倡和之什久已散佚，篋中祇存《歌風臺》一首，亟爲錄之，云：「海內加威遠，沛宮置酒過。淒涼遊子淚，慷慨大風歌。此日關中去，當年猛士多。空餘懷舊意，父老竟如何？」又《送人出門》句云：「淡月晨雞遊子夢，綠波春草故人情。」亦有逸致。

壬戌之春，余客譚氏戛雲樓，與友人分韻作《賣花篇》。余詩已删，不復記憶，僅憶韶九有二句云：「珠簾斜卷畫樓西，名花別有藏春處。」同人皆爲之擊節。

孫子瀟庶常源湘，詩名滿於海內，余久聞其詩名，自甲子仲秋始定交焉。時將北上，適逢水災，當事者延勸賑務，居語溪浹月，與余晨夕談藝，甚相得也。明年赴公車，成進士，入詞館，旋奉母諱南歸。余客於虞城之板橋張氏，相聚凡四五年。子瀟之詩發抒性靈，驅遣才氣，涉獵各家，而以太白爲鼻祖。《黃金臺》云：「燕王高築黃金臺，齊王顔色如死灰。七十餘城一臺取，如此築臺真快舉。国家重士須輕金，黄金能買英雄心。英雄肯爲黄金死，畢竟時無一真士。君不見，魯仲連，一言能止衆帝秦，千金笑却平原聘，不是尋常商賈人。」筆意清析透達。《媚香樓歌》云：「秦淮一片焦土香，當時美人樓上粧。樓前桃花似人面，面障桃花定情扇。忽來豪奪勢紛披，墜樓恥作飛花飛。血痕汙扇扇更好，一滴一花花不老。甲申三月桃花明，無愁天子來中興。宰相誰？馬士英。防江誰？阮懷寧。隔江城頭刁斗鳴，宮中歌舞教春燈。扇上桃花只幾片，扇外江山血痕遍。不須更説李與張，滿紙刀兵一家戰。嗚呼！四鎮驕，送南朝。南朝空，走狡童。亂軍中屍史閣部，斷頭將軍黄得功。忠臣熱血恣飛灑，一齊爭作桃花紅。骨鯁何論男與女？樓中拒聘殊可取。君不見，天津三月桃花開，又見侯生應舉來。」音節琅然，極承接轉換之妙。

黄琴六茂才廷鑑，漢中人，修學好古，熟於鄉邦文獻。照曠閣所刊《太平御覽》，余與子瀟及張椒卿明經鐸同事校讎，而琴六實始終其事。余自丁丑入都後，音問闊絶者二十年。昨忽寓書於淮上，始知其年已八十，窮愁著書，又無子嗣，天之厄之，何其酷也！琴六不以詩名而詩亦清絶，嘗與余同游石梅澗，《觀荷》截句云：「底事湖波夏漲頻，水鄉菱芰等流蘋。只赢城内芙蕖好，焦尾溪頭水似鱗。此地向來淺涸，兩年春夏盛漲，始得種植。」「此花栽向水田多，山下人誰種碧荷？從此西城添勝事，麓行並唱採蓮歌。」

椒卿明經，吾邑人，家於吾州雙橋鎮之楊林塘，與余同歲入學。甲寅中副車，曾館宜興，晚客湖州，而作虞山寓公爲最久。余在虞山，亦惟椒卿忘形爾汝。自入都門，旋羈淮浦，故人寥落，如晨星秋葦，而椒卿即世已十載矣。昨得琴六書，知其嗣隰華亦已夭逝，僅生一子，年纔舞勺，依於琴六家。蓋椒卿之兒婦，即琴六之女也。孤寡煢煢，貧無立椎，爲之泣下。其生平詩古文詞，皆才華宏贍，根柢深厚，而懶散不自愛惜。聞有駢體文一冊，琴六付諸剞劂，而艱於刻貲，尚難告竣，甚可傷已。余藏椒卿詩甚多，而今皆散佚，亟就篋中所存者録之。《五代宮詞十六首同子履作》云：「楊枝賜曲戰場勞，頻向中宮問六韜。半道忽馳飛騎至，玉人親待解征袍。」「繡幰車迎奏凱歌，堦前娣姒蹙雙蛾。君王名比桓宣武，此事輸他郡主多。」「晝長風細百花濃，秘殿虹梁走應龍。天子夢酣宮婢倦，搴衣只有李昭容。」「夾寨紅粧謝寵妍，玉笙吹出陣雲前。美人善伺英雄意，魏博承恩已十年。」「貢得奇珍暖殿時，深宮徹夜曲如絲。三千鄴下纖腰女，齊唱君王御製詞。」「楊花飄泊去家鄉，記得成安北塢旁。此日中宮門第貴，阿耶新已拜齊王。」「洛陽衢市百花馨，蔬果薪芻滿驛亭。一事內家原諱絶，不教拆賣到蔆苓。」「寶馬匆匆去不回，願施金帶築蓮臺。申王此日承恩甚，又見親攜法喜來。」「掩映名花絶世姿，六宮多半進諛詞。費他將府黃金餅，莫笑兒家是餅師。」「是誰偷染御衣香，鶴籞清嚴晝漏長。却道天家兄弟篤，許王生小戀秦王。」「手捧千春介壽杯，自家兄妹偶疑猜。石尤哪有西風惡？却怪聲聲杜宇催。」「大家今夕宴西莊，妙舞清歌影殿旁。牆外盡聞宮女笑，新天子又作去聲新郎。」「金犢香車聘麗娃，百牀宮錦爛如霞。玉巵手賜鑾坡宴，今日人臣是親去聲家。」「後宮金帛幾多存，勑賜雖微亦感恩。天子改容軍吏拜，始知挾纊有奇溫。」「明珠的的掌中擎，少小偏能辨樂聲。吹出雲和天上曲，前身原是董双成。」「鐵騎如雲劍拂霜，有人端坐殿中央。生來姿表儀天下，忍截盤雲委地長。」《盛子履王葆初同和墨井亭韻後次一首》云：「不知何者客，同以醉爲鄉。遠樹分襟綠，飛英入酒香。故人投句重，老輩論交長。謂言丈愛山。五字俱千古，緘題喜欲狂。」《將移居入城答胡蛟門韻》云：「負郭無田悵索居，一枝棲息尚躊躇。小人近市思謀宅，貧士牽船便結廬。廨別東西情正爾，漳分南北計何如。我來攜得閒鷄犬，爲語胡寬迹未疎。」

孙少初茂才理，邑之沙溪人，與椒卿同客虞山。凡遇文酒之會，與余往來唱和，無慮數十百首。少初應制律賦直入唐賢之室，後亦以窮愁不得志而没。其《暮秋感興》云：「世情彈鋏苦，吾道作詩窮。狂易遭時忌，貧惟望歲豊。」讀竟爲之憮然。又《題述庵先生三泖漁莊圖》：「一聲柔艣破煙去，隔浦好風吹雨來。」《寒窗雜感》：「空庭風急烏啼月，虚室人孤鼠瞰燈。」皆傑句也。性踈狂嗜酒，不諧於俗。陸茂才仁欽贈以詩云：「説著酒滋味，饞涎口欲流。是真天所棄，乃與俗爲仇。肺腑貯玄妙，夢魂耽僻幽。斯人渾似我，醉後動招尤。」陸字南一，又字少雲，亦吾邑人。工詩，早世。

吾鄉南園老梅，名「一隻瘦鶴舞」，王文肅公手植也。二百年來，里中諸詩人名作甚多。胡蛟門明經金誥有七律四章，爲洪稚存太史亮吉及靜厓先生所激賞。其一云：「山中宰相舊茅堂，賸有孤根鐵石香。瘦伴枯曇同寂寞，嬌如老鶴尚昂藏。褵褷野翮含詩態，抖擻寒林映古裝。太息緱峰音杳絶，凍雲長鎖寺门荒。」其二云：「煙火天寒少四鄰，翛然隻影卧溪濱。倦飛已分青山老，獨立还憐白屋貧。時矯首爲塵外想，不梳翎似病餘身。野陰籬落深深處，日暮迴翔待美人。」其三云：「姑射何因下碧霄，聲聲鐵笛託長謠。明姿照水風初舉，綠骨撑寒雪未凋。林下有人來宛宛，煙中無語感寥寥。西湖逋老應相憶，除却孤山莫漫招。」其四云：「更憐瘦玉重徘徊，靜護柴扃已倦開。道士荒江長揖去，花仙明月欲呼來。縞衣迴望春生渚，赤腳漸行冷印苔。知爾高寒吹不到，夢魂空自想瑤臺。」胡君蛟門一字晉階，又字密廬，蛟門其號也，爲邑中篤行君子，詩亦和平溫雅，無叫囂習氣，年甫四十遽歸道山，余哭之慟，著有《紺雪山房稿》。

余與陸子若孝廉學欽同里，同舉鄉薦，文章詩畫得子若切磋之益爲多。蓋三十年以前里中素心人，惟椒卿、蛟門、子若最稱莫逆。子若詩宗唐賢，兼近東坡、放翁；書法從晉唐入手，行草喜學米襄陽；畫法師雲林、大癡；又善鼓琴，病目後每藉以排遣云。體素羸弱，养痾家居，不赴計偕，没年僅四十有四。平生孤介性成，雖當事以禮羅致，不得一見顏色。海内才俊奔走聲氣者，亦罕知子若之名。惟今子若下世三十年矣，讀其遺詩，不禁子敬人琴之感。《舟中望虞山》云：「看月不厭闕，看山不厭遙。闕月光轉媚，遙山景逾饒。我行指海虞，秋老風蕭蕭。皎月照寒水，一葉隨飄颻。同心有二子，企腳時長謠。推篷落空翠，失喜聲喧嘈。初視若堆阜，影混雲天交。須臾見凹凸，雉堞圍山腰。舟行逐岸曲，横側看雲椒。迤邐似龍卧，誰能辨林皋？嵐容杳無定，到眼信所遭。反恐倏而至，遠景難重描。回頭語長年，鼓枻毋爾勞。」其二云：「涼颸颸輕舟，言造虞山麓。嵐光撲市廛，蒼翠紛在目。匼匝來羣峰，嵌空辨崖谷。山頭老松樹，仰視疑樸樕。其時日方斜，暉暉弄餘旭。石色與楓林，迴黄復轉綠。林扉忽斷處，時有炊煙續。紅牆出古殿，中藏上清籙。老君殿、辛峯亭皆城中山最高處。澹月升遙天，煙嵐淨如沐。舉觴酹山靈，褻視恕我瀆。薄寒欲中人，襆被如蝟縮。明登辛峯亭，浩歌展遙矚。」《虞山東皋草堂故址》云：「此地應棲留守魂，荒原落日野煙昏。空聞耕石藏書畫，誰記平泉付子孫？宗社久虚仍氣節，青山無恙又乾坤。絳雲紅豆同灰滅，舊事氳周忍重論。」《過拂水山莊故址》云：「莫問當年舊草堂，絳雲樓閣共淒涼。八厨名籍歸鈎黨，七子詩篇故謗傷。遺恨金甌虚夢卜，自擕紅袖看滄桑。劇憐身後家難保，轉使蛾眉姓氏香。」子若游海虞，以詩見示，余亟稱其弔古諸作。君謂：「餘詩未盡愜心，惟『自擕紅袖看滄桑』七字頗有意味。」

王相國予告南歸，其仲女曇陽子者得道化去。州城有曇陽觀，即其祠也。自湯若士有木客花妖之曲，論者遂多誣罔。述庵先生撰《太倉州志》時，大興朱文正公巡撫皖江，郵書力辨其誣。今《春融堂集·樂府·孤鸞》一闋有云：「落花久經夢斷，又臨川，誤傳珠唾。試看名賢往昔，著詩篇唱和。」蓋以竹垞詩話已辨臨川之誤，而吴梅村、陳確庵俱有《過曇陽道院》詩，並無譏諷其爲無稽，更曉然也。子若《曇陽詩》云：「曾聞仙魄閟幽宫，月佩霞裳想像中。跨鳳不隨秦弄玉，乘雲真見李騰空。百年琳宇埋殘碣，當日琅函拜鉅公。重向荒原問香火，霓旌何處卷靈風？」

子若與其兄子尚學錦、沈方立端、沈安成靖、吴秀文本、錢少眉宗潁相唱酬，號爲「溪南六子」。時余授徒北鄉，旋客虞山，不與於會。比歸，則六子之詩互相傳觀。今諸君皆墓有宿草，存者惟方立耳。

庚申鄉榜，吾邑獲雋者北闈一人，南闈六人。而六人中，溪南詩社得其二，余及王君葆初則，又詩社中最親狎者，一時稱極盛云。當時拈題分韵，各有佳什。子尚《七夕詞》：「年年夜静織璇宫，雲錦裁奪成化工。縱使天孫真送巧，人間花樣可相同？」《唐宫詞》：「華萼樓高月色鋪，添香侍女笑相呼。無人肯進樓東賦，樂府休歌一斛珠。」方立《塞下曲》：「殺氣連沙磧，陰風滿黑山。無功奏天子，不敢夢刀環。」《姑蘇懷古》：「二隧曾看姑蔑旗，六千又報泝江師。釁成蠶妾爭桑日，國破宮娃點屧時。麋鹿場中人盡去，梧桐園裏夢先知。只今樓上烏棲夜，猶唱當年白紵詞。」《讀〈史記〉偶題》云：「隧道魚燈冷未灰，望夷回首接平臺。庭前有鹿何人識？天下紛紛逐得來。太息咸陽焚突如，文章都付劫灰餘。六經諸子元何用？一卷亡秦黃石書。」安成《簇蠶詞》：「南山桑葉春萋萋，大婦中婦相扶攜。手執籠繩上山去，採桑飼蠶蠶欲齊。蠶簇編成蒿草細，密室無風紙窗閉。三眠四眠蠶未成，焚香更向蠶神祭。蠶娘辛苦蠶不知，但願今歲多新絲。不織流黃不織錦，將絲換米療我飢。誰將黼服光耀日？皆自寒閨手中出。」《舟中聞雁》：「蓬窗寂寂悄寒生，嘹唳霜天雁幾聲。似爾迢遙方北嚮，有人憔悴尚東征。夢回鄉國風初厲，水落沙灘月自明。一紙家書何處寄？暮雲千里不勝情。」秀文《鬥蟋蟀二十韻》：「涼意隨秋到，風霜氣已嚴。莎雞林下化，促織草中潛。逸響通籬落，宵聲到蔀簷。呼燈兒戲覓，搜穴客頻覘。舊事唐宮記，新名宋相忺。金籠風細細，玉宇月纖纖。煎翅須教紫，梳翎或取黔。錦蓑頭項異，金帶抓牙銛。飼養求珍餌，周防護竹簾。分曹揚彩幟，列局賭花籤。拔寨軍容壯，聞聲敵氣熸。一揮初展足，再合旋開箝。騰擲紛難解，交鋒意未厭。譚兵來紙上，併力到鬚尖。雌伏身難竄，雄鳴氣益添。班師同奏凱，失律每輸縑。戰鬥機先動，平吞勢欲兼。驚心分勝負，轉瞬陷危阽。蠻觸爭何事，沙蟲類自殲。何如長在野？吸露總安恬。」少眉《過梅村別墅》：「寒梅零落委芳塵，寂寞蝸廬枕水濱。枯樹漫尋庾信宅，浣花曾寄杜陵身。敦槃執繼當年會，煙草空餘此地春。惆悵琵琶舊詩句，南園池館亦荆榛。」

戊辰六月，京師霪潦纍旬，宣武門外平地水高二三尺。余同里汪厚夫太守彦博，時官刑曹，在軍機處，每乘車入直，如坐危舟。余有《連雨排悶七古》一章，其起四句云：「吳儂生長魚蛙鄉，夢中怕見梅雨黃。那知騎驢來到此，中宵避漏頻移牀。」蓋此詩下半首憫中渚之哀鴻，動江關之客思，故起筆以生長水鄉説入，乃厚夫所增改者也。原本徑言都門苦雨，則失之平實矣。後數年，復遊京師，以所錄舊稿質厚夫，厚夫了不記憶，而極誇此詩之工於起筆。余曰：「此即君所改正者也！」恍然大悟，为誦「奇文共欣賞，疑義相與析」之句。余語厚夫：「異日若輯詩話，必記此文字緣，不敢如郭象之竊向秀以注《莊》也。」厚夫爲静厓先生之冢嗣，其詩原本家學，精深沉鍊處有出藍之目。年未弱冠，即成進士，入詞館，後改部曹，擢侍御，奉命主试粤西，旋任學政。丁母憂歸，服闋，出守青州。因病乞假，兩足軟弱不能行動，繩牀兀坐，不接賓客，而吟咏之興弗輟也。嘗自言其詩從東坡入手，後乃由蘇而韓，由韓而杜，又愛讀《太白集》，以爲詩家化境至此極矣。厚夫詩清而能鍊，性愛仙佛，多奉道之作。所著有《養泉齋集》。

厚夫由翰林改官刑曹，有七言律云：「自古讀書兼讀律，一條冰作白雲司。爲郎漫笑東方朔，決事惟慚雋不疑。仙吏謫輕餘舊夢，都官曹冷有新詩。祇憐風動琅璫夜，不似鈴聲掣院時。」

戊辰七月初旬，積雨始霽。厚夫扈獵木蘭，余送以詩，有云：「天開三日霽，月出萬山明。」蓋紀實也。圍中諸公各以詩相唱和，長篇短歌，分箋授簡，極一時之盛。厚夫《塞上八咏》尤爲都下所傳誦。《塞山》云：「風雲拱護接盧龍，夾嶂雄開氣鬱鍾。長劍倚天容一握，大旗落日照千重。古稱長塹無鴻度，今見神皋有鹿蹤。笑煞書生騎款段，朝朝側帽看鍾峯。」《塞水》云：「武列烏灤舊有名，縈環百折抱龍城。非關赤水磨刀咽，盡作黃河劈箭行。飲馬慣尋移頓地，捕魚或有溉鬵烹。鳴沙數里濺濺外，褭褶寒生夢不成。」《塞雲》云：「莽莽秋高暮色沉，孤臺西北壯登臨。箭邊突兀鶻眸倦，帳外氤氳虎㞦深。屯戶萬家護耕牧，巖關一綫亂晴陰。門前老將猶能識，蒼狗无心變古今。」《塞月》云：「帳前帳後可憐光，猶照秦時古戰場。曾伴明妃來朔漠，幾看老將卧漁陽。城頭星斗天垂盡，笛裏關山夜未央。今日龍堆皆戶闥，免教少婦怨流黃。」《塞馬》云：「房精夜半降祠壇，苜蓿花開滿上闌。萬里勳名求汗血，三邊聲價動雕鞍。氣深解聽鮮卑語，骨聳能禁大漠寒。牽向黃金臺下過，中原驚倒老奚官。」《塞鴻》云：「朔气邊愁併在君，单于臺下不堪聞。黃榆霜早留前約，紫邏天長戀故羣。數點殘星投磧影，一聲畫角度關雲。不知蘇李河梁後，幾度秋書遞夜分。」《塞草》云：「平沙漠漠竟如何？没到烏桓短鞠韡。雲散駒駼濃染嶺，煙低羖羱莽連河。年深都尉知埋鏃，道遠王孫感踏莎。絶域獨留青塚恨，春風吹入燒痕多。」《塞花》云：「禁得風煙綽約姿，短榆疎柳間參差。探從雁磧知名少，嫁向龍沙識面遲。暮豔冷澆蕃帳酒，曉粧紅入客程詩。臙脂山上多顏色，看取秋容最好时。」

學仙學佛，文人之慧業也。然禪寂玄虚之語，鄙性雅不喜此。然吟咏風月，自有悟境存乎其中，而或涉語錄氣、蔬笋氣，或好作玄妙語、誕曼語，皆非風雅之意旨也。厚夫詩亦間有此病，余雖諍之，而不以爲然。近晤錢塘陳雲伯大令文述，示余《頤道堂戒後詩存》，有《讀养泉齋集》云：「語帶煙霞銷古怨，趣兼莊列薄離騷。」余戲語之曰：「《莊》《列》固有理趣，然《離騷》亦何可薄也？」又云：「花含秋氣香偏遠，鶴抱冬心骨自高。」可以知厚夫之詩格矣。

東坡不喜孟郊詩，比之於「寒蟲之號」。又云：「如食小魚，得不償勞。」然東野字字鏤心刻骨，如：「試妾與君淚，兩處滴池水。看取芙蓉花，今年爲誰死？」又：「妾恨此斑竹，下盤煩寃根。有筍未出土，中已含淚痕。」乃怨詩絕唱也。《審交篇》之「莫躡冬冰堅，中有潛浪翻」，《勸學篇》之「擊石乃有火，不擊元無煙」，皆清言喻道，刻削歸於自然。《秋懷篇》之「冷露滴夢破，峭風梳骨寒」，《春愁篇》之「故花辭新枝，新淚落故衣」，《送從叔南歸》之「寒草根未死，愁人心已枯」，《咏曉鶴》之「如開孤月口，似說明星心」，清刻乃尔，爲率滑者對病之藥。余嘗以此論質之厚夫，厚夫以爲「足下不學詩仙而願作詩囚，何自尋煩惱若此？」厚夫最好坡詩，亦未免有先入之見也。

東野詩亦有不可爲訓者。《旅次湘沅有懷靈均》一首，議論甚屬偏駁。如「騷文衒貞亮，體物情崎嶇。三黜有愠色，即非賢哲模。五十爵高秩，謬膺從大夫。胸中積憂愁，客鬢先彫枯。死爲不平鬼，生作猜謗徒。」此何語耶？夫東野言哀言怨，當是服膺靈均者，不应作此謬論。玩其結句云：「寄君臣子心，戒此真良圖。」或別有所指，而故作此翻案語也。班孟堅譏屈子露才揚己，詩意殆濫觴於此。然怨悱不亂，龍門自有定評。東野此言，吾何肯服？

戊辰、己巳間，余在都門，下榻厚夫齋中，與馬秋藥太常履泰過從頗密。後數年，余客杭州，秋藥太常主講敷文書院，尋詩湖上，重拾舊歡，甚相得也。秋藥有《抵掌吟》七言律，題皆咏古而托爲問答投贈之辭。如《范蠡扁舟載西施游五湖留別文種》《馬援藁葬西城故人朱勃詩以哭之》《桃源送漁人出洞贈別》《羊雍伯種玉得好婦作催粧詩》，題新而詩亦妙。余亦同拈數題。《范蠡留別》有云：「侍女無心戀香徑，故人何事醉文臺？」《桃源贈別》有云：「小住偶然談魏晋，重來恐又感滄桑。」皆爲秋藥所讚賞。又《羊雍伯催粧》云：「家有瓊田郎手種，卿來洛水我魂消。」亦頗清婉。今已删去，不存藁。

秋藥評余乙丑、丙子兩年詩，以《玉笥方塘歌》爲第一。《東陽道中》絶句：「縹緲樓臺遠近中，石梯層級跨飛虹。夕陽已瞰西山背，猶照東山一角紅。」「村戶家家射鹿麋，兒童竹杖笑相持。忽聞人語出林際，獵得一双玉面貍。」亦甚賞之，以爲有楊誠齋風致。嘗語余云：「南宋小名家詩不可不學。」蓋余是時喜學杜、韓而窠臼未脱，嗣後別裁僞體，轉益多師，方知秋藥之言不謬。

柳太守邁祖，甘肅人，字宜齋，七律甚蒼健。《宿衡州旅次》：「小立平岡眺晚煙，萬家燈火照無邊。天連遠樹雲千丈，河斷長橋月半川。草色低隨蓬鬢秃，林光遥浸竹根圓。元龍豪氣猶存否？湖海消磨四十年。」《湘潭道中》云：「雲收雨氣埋幽壑，春帶花陰出短牆。」《自寶慶入都》云：「雲山過客春如醉，花樹催人老更忙。」亦佳句也。宜齋從楚南入都，余與厚夫皆讀其近作，招集藤花吟館，時相酬倡。

王愓甫學博芑孫，自言平生肆力爲古文，於詩不甚措意，然格律謹嚴，詞筆亦清峻。《崑山寓齋賞雨分韻》云：「雨聲困客春匆促，花氣薰人夢有無。」《滸墅關書所見》云：「市聲千屐雨，人語半帆風。」《馬蘭口》云：「壯心照落日，邊氣結孤雲。」皆可誦。

淮陰釣臺詩，自來作者多感憤之詞。錢塘何夢華元錫一律頗含蘊有味：「劉項興亡代幾更，釣臺三尺尚峥嶸。早知推解翻成餌，只合煙霞老此生。渭水後車王者夢，桐江高卧故人情。可憐一樣投綸處，獨有淮流怒未平。」夢華亦余之故人舊雨。今得《戒後詩存》，晤雲伯，知其久歸道山矣。雲伯《輓夢華詩》：「跌宕名場四十年，江湖載酒米家船。唐裝畫寫煙霞癖，宋槧書留翰墨緣。避俗欲招巖桂隱，多情曾放海棠顛。葛林園樹蘇臺雨，回首前塵一惘然。」

彭甘亭兆蓀以沉雄博麗之才，運清新超雋之筆，宗法曩賢，不襲其貌，獨出意匠，不戾於古。數十年來，東南壇坫皆推服無異詞。少時隨宦山右，其詩名《樓煩集》。如《雁門關》《枳兒嶺》《白登》《馬邑道中》諸作，奇情豪氣，淩厲無前，然非甘亭之絶詣也。至南鴻星社集後，食古而化，與道大適。吴江郭頻伽麐稱其《題靈芬館圖》以理爲主，以才爲輔。如《題沈文起詩卷》《贈顧澗蘋》《示甥式如》諸作，化去筆墨畦畛，直造古人難到之境，非溢美矣。余觀諸詩中，尤以《寒夜題沈文起詩卷》爲最高之作。其一云：「薄醨不成溫，凍雨不作陣。破窗坐深宵，尖風利於刃。一卷雲卿詩，中夜兩眸振。六書炫雷霤，百怪離蛟蜃。古錦天吴衣，蠙珠越人賨。殘鐙不敢花，簌簌落寒燼。廿稔少年場，結交有才儁。誰能破萬卷，所見亦云僅。吹毛吾豈爲？獻芻或可信。君立百尺竿，僕請一言進。」其二云：「人讀等身書，如將兵十萬。兵多行慮譁，書多語愁蔓。何以節宣之，一心制衆亂。不見陸士衡，才富轉爲患；亦有淮陰侯，多多乃益辨。氣清馬行空，肉重沙摶散。要以我用書，勿爲書所絆。子才如金城，有衆兼楚漢。慎彼寸鐵攻，偏師來一旦。」其三云：「古人咏史詩，一一皆有託。今人咏史詩，紛紛乃無着。徒抱炫學心，聊博時流愕。龍門逮脫脫，所著塞六幕。本爲習讀書，匪曰饋貧藥。今皆入歌詩，毋乃彈詞若。欲探風騷原，先須體裁度。一言以蔽之，毋無爲而作。」其四云：「昌黎論文章，頗譏崔立之。平生頻首逐，獨有東野詩。崔詩多戢戢，今無寸卷垂；孟詩何寥寥，百世不敢疵。一易而一難，公早爲之辭。心旌必奕奕，筆端勿纚纚。先愁我肺腑，乃入人肝脾。」其五云：「我年方舞象，抗志攻詞章。交賢豪長者，歷燕晋齊梁。同儕頗我許，有筆如鐵槍。所嫌好奇博，不復勤簸揚。墨瀋恣淋灕，心苗轉微茫。荏苒十年來，迷途返康莊。立言必根情，選字必擷芳。敢詩臻粹精，頗解除秕糠。黄河泥五斗，銀漢清且長。盍迴崑崙槎，獨駕天上航。」其六云：「學詩聖人教，非求名譽延。子史爲之輔，經術爲之先。毫釐爭一着，無本木乃顛。念我同心人，樸學相窺研。貢言勿嫌迂，愛摯求其全。世俗戔戔者，聞規必護前。彼哉小夫耳，我黨慎毋然。」其七云：「歲晏無完衣，瓶空無斗筲。不苦乃復樂，刺促寒蟲號。責人斯無難，我亦良自嘲。冷案抱冰雪，古懽抗劉曹。不登泰山巔，不與談九霄。不超俗工遠，不與談鈞韶。我心惟子期，我舌惟子饒。三更梅花屋，一笑天寥寥。」甘亭此詩自道其心得，爲學者作指南鍼，湛深樸老，清刻洗鍊。詩境到此，非易易也。

甘亭小詩多迴腸盪魄之作，其《春陰》絶句及《花燭詞》，頻伽採入《靈芬館詩話》。此外如《蕊室花史小影册子》：「芙蓉城裏證香芽，蕙果蘭因總一家。此是人天分界處，斷無風雨只雲霞。」《蘅笑軒游仙詩》三首：「御風御雨御飛煙，萬頃銀河十丈蓮。穿過市垣星九曲，碧琉璃現小情天。」「白榆斜間碧桃枝，瑤圃耕煙問導師。帶得人間紅豆子，漫天都與種相思。」「明明抱月坐瓊樓，歷歷星辰綴鈿頭。偶撥紅霞成一笑，下方梅雨滿蘇州。」仙心綺想，非鈍根人所能學步。

厚夫爲粵西學使，古學題有《游仙詩》。有云：「準擬排空徧九閽，異書先與訪靈威。洞庭波浪連天遠，要乞花龍送我歸。」厚夫大爲激賞，拔置第一。後檢《小謨觴館集》，方知其爲甘亭舊作也。

蔡茂才春霖，字玉堂。與甘亭少同里，聞又係戚屬，其詩得甘亭之切琢，具體而微。《潁州送甘亭扶柩南歸》云：「昔歸載親心，今歸載親骨。歸骨更歸人，關山頗難越。送君出孤城，城頭半殘月。殘月落潁水，慘澹玄靈結。分手各無言，別淚已先竭。憶昔同君來，謂侔比肩靨。君歸我不歸，天涯更悽切。羈留豈願君，臨別恨倉卒。一步一回顧，憐君瘦如鶻。珍重報親身，毋使霜蹄蹶。」《東汝陰諸友》云：「當日騷壇真灑落，至今名士盡風流。晴雲載酒尋花塢，白日看雲上郡樓。」《聚星堂》云：「寒更雪急詩成韻，春席花濃酒帶香。」俱有清致。

余座主石門陳少司馬梅垞先生，詩思清絶，體羸善病。自庚申典試江南後，不久即歸道山，恨不得親受詩學。先生《詠樵斧》云：「煙長引絶磴，雲疊翳高掌。不見伐木人，但聞伐木響。試持白玉柄，月殿攀援上。瓊枝樵作薪，仙乎結遐想。」《通州道中》云：「幾簇人煙野店開，門前古樹認雙槐。停車小憩閒惆悵，玉雪歌兒勸酒來。」「轉漕居奇百貨操，潞河舟楫靜風濤。麴車無數趨燕市，尚説樓頭酒價高。」《崇效寺看菊》有「霜中花信如官冷，松下茶煙爲客添」之句，皆極清雋。

平濬之語却有深味。楊叔溫明經雲璈「讀史不平姑掩卷，安禪未定且焚香」，王秋泉士麟「地爲相思遠，春於獨坐長」，彭甘亭之「已過去時誰愛惜，最繁華地亦蕭條」，陸子若之「黄葉落未已，始知此身寄」，皆可謂清言見道者矣。叔溫、秋泉皆吾邑人。叔溫工駢體，通禪理，與静厓先生、厚夫太守兩世交契，養泉齋中之詩老也。秋泉隱於醫，《題聽秋舫》云：「古城月色臨河望，深樹秋聲隔岸來。打窗林葉風疑雨，入檻溪聲屋似船。」《咏白燕》：「夕陽巷口人稀見，夜月村中影獨留。」皆工妙。

東坡云：「有田不歸如江水。」近世士大夫以官爲家，罷則無所於歸，離鄉去國，宦海浮沈，亦甚有所不得已也。闕里孔俊峯大令昭杰有句云「事到無聊始作官」，可爲慨然。順德黄小舟待御玉衡「多病登臺仍作客，不歸如水嘆無田」，亦是此意。然世上固有官癖在胸，固結不解者。偶檢金人劉無黨詩云：「馬虺隤，牛觳觫，山行縈紆車轣轆。路傍指點是官人，老矣一翁雙鬢秃。汝牛幸可耕，汝馬幸可騎，有此可載琴書歸。胡爲奔走東西道，白髮刁騷被人笑。」乃知人各有志，無能相强也。

《靈芬館詩話》云：「劉豫爲宋賊臣，其詩却甚清絶。」如「畫色晴明著色圖，山光凝翠接平湖。煙嵐自古人難畫，遠即深深近却無。」清新可誦。余尤愛其「紅日轉西漁艇散，一川山影暮天涼。」「碧山幾點塞鴻静，紅葉一林秋意深。」真是詩中有畫。

余之定交於頻伽也，嘉善黃霽青太守安濤介而相見。頻伽爲霽青之父執，霽青尊甫退庵居士凱鈞爲魏塘詩老，没後刊其詩十卷，卷首頻伽有序，作於嘉慶乙丑，時頻伽年三十有九，而退翁自序亦作於是年，時年五十有四。頻伽少退翁十有五歲，爲忘年交。自乙丑以後，頻伽詩余得盡讀，而退翁之詩，余僅見其所編《友漁齋集》十卷，計八百餘首。其詩祖陶謝，宗韋柳，出入於蘇陸范楊之間。要其生新清雋，自在流出，於放翁爲尤近。《晚春》云：「落花時節雨濛濛，冷澹生涯一味慵。徑草删除留野鞠，紙窗點破放游蠭。將歸春似良朋去，新霽天如快友逢。料得東莊榆蔭合，聽鸝正好策踈筇。」《新秋》云：「羅雲漏日尚驕陽，竹裏風來薄薄涼。無事時思棋客過，久晴花纍灌童忙。繞籬曲水依人澹，喧樹踈蟬傲日長。只爲習閒今已慣，世間憂樂兩相忘。」《重陽後二日遣興》云：「寂寞無人問起居，蕭蕭落葉滿庭除。養生説爲憐兒弱，寄遠詩因會面踈。兩鬢却如秋草短，一年又是菊花初。挑鐙不厭更深坐，牀上新添幾帙書。」《閒中自述》云：「紡織書聲鎮日聞，平居功課各成羣。梅天晴雨常三變，閏歲虀鹽增一分。僕久住能關痛癢，婢將嫁倍効殷勤。迭書瑣事真無謂，聊作閒中自懺文。」《冬夜讀劍南集》云：「更漏沉沉卧獨遲，挑鐙愛讀放翁詩。功夫到此從心欲，平澹拈來亦自奇。性近何妨爲渡筏，習深生怕寄藩籬。先生志氣干牛斗，弄筆東窗豈素思。」《除夕》云：「流光如客信難覊，坐看紅輪又墜西。夜氣迷漫三里霧，年華新舊一聲鷄。隔窗小犬吠新僕，蹲榻貍奴伴病妻。猶喜羣兒能解事，當筵交手強偏提。」《即事》云：「六扇疏櫺鎮日開，雨雲未晚晴庭隈。山妻知買新書得，一點踈鐙早上來。」《漁家新婚詞》云：「月映清流夜未闌，隔船扶過茜裙寒。漁童雖見樵青慣，未許從前當面看。」「双髻簪花十五餘，生來習慣是舟居。三朝新婦非容易，便要隨郎去打魚。」《夏日田園雜興》云：「鄰女相過學鬥茶，煙青竹裏響繅車。共憐蠶事今年薄，不剪端陽繭子花。」「午後微微雲氣生，山翁跂腳夢初成。兒童戲擲盆池水，灑向芭蕉誑雨聲。」《夏日閨中詞》云：「露濕苔階立不禁，一鉤涼月上花陰。昨宵忘記收香合，繞遍闌干沒處尋。」「芙蓉帳小簟紋清，斜墮齊紈午夢成。檐馬不知人好睡，珊珊樓角報風生。」

淮揚農事早收，孟秋之月新穀既升。若吳門、浙西則必俟重陽節後，無悽風苦雨，然後築場納稼。故退翁《秋郊雜興》云：「蟹趁清霜忙籪戶，稻過寒露定農心。」

余性畏藥餌。《寓齋小病》云：「暫避酒人因膽怯，每聞藥氣輒心憎。」退翁則云「少因多病却成醫」，是口頭語，然却未經人道。

退翁律句如《春陰遣悶》云：「春常作暝情如醉，夜爲工吟晝欲眠。」《蕭齋》云：「閒中客過情逾好，夢裏詩成記不全。」《歲暮》云：「檢點曆頭知歲閏，商量詩藁付兒鈔。」《人日》云：「林間聽鳥知春近，枕上敲詩入睡鄉。」《遣興》云：「蛛絲雨過重看補，棋局風翻一笑休。」《喜頻伽兄弟移居我里魏塘》云：「心愛地偏猶近市，人看舟重不知書。」《秋齋即事》云：「枯樹删餘猶望活，小山疊久竟如真。」《春晚閒居》云：「驟暖又飛三日雨，一寒能駐幾朝花。」《嬉春》云：「啼鶯到處催新綠，流水無端送落紅。」皆得南宋人神味。

霽青自幼工詩。頻伽至友漁齋，霽青贈詩云：「作黍不知誰是客，過庭何幸又聞詩。」頻伽深賞之，謂退翁當讓出一頭地。其後擢高第，入詞館，奉使黔西，出守江右，又移粤東。三十年來，得江山之助，延覽海内名流，故其詩縱横揮霍，無不如意。性嗜酒，嘗於友人席次悲歌拔劍，嬉笑怒駡，或有類於灌夫到溉者，然憐才之心迫於飢渴，其虚衷慕善不可及也。所著有《詩娱室集》，頻伽稱其「清漸綿邈之思，恢張宏闊之氣，因地而變，隨年而深。逸蕩而不佻，深湛而不昧，鴻博巨麗而不同於諠囂夸耀者之所爲。」洵非溢美。集名「詩娱」，蓋取前者頻伽贈句「定有新詩娱此翁」之語也。

己卯春初，都門大雪，時霽青在史館，余有《冒雪訪黄太史》七古一首，又有《雪夜集霽青齋用十藥韻》五古一首。及將出都，爲作《話雪圖》。故霽青守粤東，寄余詩有云：「何年再話鐙窗雪，白戰吟寒擬聚星。」

余五試春官，五薦不售。己卯下第，霽青送余詩云：「儒官雖冷猶堪試，春夢能醒莫再尋。」余自己卯後不復赴公車，蓋不忘故人之言也。

霽青《使黔集》奇氣横溢，骨力遒健，醇而後肆，尤足上追古賢。《辰龍關》云：「一山當道卧老羆，四山貼地長蛇圍。不知馬首向何處，石路細裊晴空怨。兩崖高高立積鐵，猿猱窮攀飛鳥絶。楚南鎖鑰黔咽喉，咫尺雄關本天設。蠢尔吴逆乃作昏，醜徒百萬如蠭屯。將軍帳下用奇策，目中早已無崑崙。間道滄溪細溪入，狼奔豕突嗟何及。一朝失却泥丸封，戰血斑斕土花濕。界亭驛，清捷河，凱旋坦蕩王師過，南陲從此銷金戈。方今户闥開九有，底用區區一夫守？」《牟珠洞》云：「松明燒雲細徑入，雪竇空嵌石儼立。何年暗壁施鬼工？百丈陰森萬靈集。拄杖落地聲敲鏗，下方純作天鼓鳴。陽烏不到野馬避，衹有燕蝠昏朝爭。石髓風乾鐘乳凍，薜蚀巖扉碧無縫。天龍行雨何時歸？帖帖眠羊正酣夢。心知靈境更在幽，悄然不敢窮冥搜。前頭暑路卓火繖，天花自落山龕秋。」

霽青《無題》六首，追蹤竹垞閒情之作。其詩云：「何事狂花遍處看，雙棲或有女牀鸞。金錢入市輸偏易，羅縝經年贈却難。獨漉酒醒燈黯黯，判春詩就雨珊珊。無聊悔策尋芳騎，已耐天涯十載寒。」「東風閒煞七香車，枉把單情惜歲華。未免六州共聚鐵，何堪千刼付蒸砂？黃金賣賦籌長策，碧玉迴身問小家。難道三生無艷福，長垂清淚聽琵琶。」「星珠誰肯買相思？鴛牒生憎判斷遲。無定連朝青鳥信，有懷終夜素蟾知。結束綺夢重重障，縛到柔腸寸寸絲。惆悵枇杷花下路，陸郎幾度駕斑騅。」「花間圓月柳梢星，笑指良期藺卜靈。油壁迎來車代楫，畫簾垂處燭爲屏。鬢黏綵勝先占喜，爪擘黃柑暗送馨。燈下容光須子細，比初時見更惺惺。」「圖中儀態掌中身，此夕魂消可是真？四壁銀光新砑月，一奩金火緩回春。袖凝碧唾餘香遞，帕膩紅蕤細喘勻。枕臂片時幽夢足，曲瓊風定斷聞塵。」「閒拈針線伴吟哦，玉鏡臺前領略多。磨墨愛聽金鈿響，下堦時見繡裙拖。雙鬟花韻丁香顫，半枕潮痕卯酒酡。詩筆白描愁未穩，待看周昉畫如何？」

無題詩有二體：其一寓感身世，原本《離騷》，鳩鳥導媒，豐隆求女，美人香草，託興遙深，義山、冬郎意皆各有所屬；其一言情緘怨，盪魄迴腸，濫觴《國風》，沿波《騷》《選》，自飛卿、牧之後，得王次回《疑雨》一集，遂成絶調。近人工此體者，莫如黃仲則《綺懷》十二首，次回所不能及也。郭君頻伽與仲則異曲同工。仲則哀感頑艷，苦調淒清。頻伽仙心綺想，別具天人姿致。茲擇余所尤愛錄之。《欲訴》四章云：「欲訴幽離不自由，東風如夢月如愁。桃花深處元名隖，燕子飛來尚有樓。半脫輕彄金約指，斜攏寶髻玉搔頭。西施只在東牆住，直得三年一笑留。」「淺笑輕顰隔絳幮，幾重簾柙卷鰕須。南園春雨生紅豆，西曲秋孃號綠珠。笛裏新聲怨楊柳，夢中芳草識芝芙。仙山樓閣猶難畫，何況真靈位業圖？」「小艇蜻蛉繫隔谿，鱗鱗春水拍長堤。不堪烏鵲橋邊別，又值杜鵑枝上啼。天外星光如替月，廊邊屧響未霑泥。何曾等得胡麻熟？纔説歸來路已迷。」「不愁情少恨才多，短夢真成長恨歌。前夜月明今夜雨，南山有鳥北山羅。六萌車走如雷響，三里花深奈霧何？金帶玉鏤消息斷，還憑詞賦託微波。」《檇李雜詩》八章云：「今生愁是宿生緣，不見淒然見惘然。遠道人來煙雨外，傷心事在別離前。親煩纖手調羹臛，更典金釵當酒錢。自笑書生窮骨相，受人磨折受伊憐。」「紅闌碧柳醮輕波，白石橋梁雁齒磨。獨處青溪憐蔣妹，薄梳叢鬢舞曹婆。人緣蘿鳥關心早，湖號鴛鴦比目多。羃許肩挑輭掌拓，作閒男女定如何？」「同是人间薄命人，六張五角豈無因？明知相見難於別，便恐重來不是春。殘夢尚能尋舊路，落花何苦認前身？定緣一念生天隔，從此蓬山又幾塵？」「靜聞刀尺動聞香，只隔銀河不隔牆。極意周防勞悵望，微通聲影教思量。分明窗戶三重閣，宛轉車輪一寸腸。總向秋來作顦顇，恨伊何事喚秋娘。」「子夜琴心午夜鐘，雲輕月淺記惺忪。花因顦顇成秋色，鐙不分明照病容。六幅仙羃猶簇蜨，三年玉骨已飛龍。請看羅綺能勝否？薄薄銖衣只一重。」「恩深多怨亦多猜，相見雙眉總未開。欲露微詞偏掩斂，怕提前事小徘徊。當頭月又團欒夜，屈指今經二十回。一語傷心忘不得，年年此度也應來。」「來如秋燕不安巢，一枕西風到柳梢，題扇詩篇猶省記，隔簾鸚鵡是誰教？弓弓屐怕唐梯響，歷歷窗嫌綺網交。知否夜來渾不寐？繡餘鍼線滿牀拋。」「傾脂河下水如脂，踠地楊枝与柳枝。已许同乘舟一葉，何心再結網千絲。身能自主除非夢，事本難言賴有詩。手出研紅綾一幅，淚痕和墨寫盟辭。」《揚州感舊》二章云：「邗江滑膩水層波，生長村元舊苧蘿。丁字簾前眉子月，辛夷花下聽孃歌。青衫落拓成名少，紅粉叢殘入道多。莫向平山堂上望，一痕遙黛似修蛾。」「瑟瑟疎簾小小門，兩株絲柳作黃昏。花能稱意成連理，人解傷心是夙根。春夢不離前度路，冬郎猶有未銷魂。水天閒話憑肩語，寫上蠻牋是淚痕。」數詩次回復作，能無積薪之嘆？

頻伽云：「作艷體詩要多讀漢魏樂府，自無淫靡纖仄之習，否則有新聲而少古意。」此竹垞閒情所以不可及也。梅村祭酒才藻高翔，聲情動盪，亦極才人之能事。

陽湖陆祁生大令繼輅，陽湖人，余同歲生也，著有《崇百藥齋集》。樂府歌行神與古會，小詩亦娟娟清麗。如《聞擣衣》云：「淚經幾浣還如昨，線已重縫不似前。每到乍涼成悵惘，乞留殘月共嬋娟。」《有寄》云：「倚樓便作淩雲想，點屐微聞對月歌。」《春潮》云：「夢裏吳船輕似葉，望中越女遠如仙。」《燕羽》云：「細語共誰通夜坐，重逢已誤隔年期。」《采菱》云：「根從牽宛轉，心已厭風波。」《即事》云：「人恐乘風去，庭疑積雪寒。」《苦雨》云：「明朝暫放新晴否？留住秋塍蕎麥花。」《秋海棠》云：「猶恐前身情刼重，儘教風夜減環肥。」讀之黯然魂消。祁生於言情之作夙擅勝場。余在皖江相晤，贈以詩云：「倦游尚有豪情在，苦語偏因豔体工。」

祁生《春愁》詩：「聽盡高樓玉笛風，春愁如夢遶芳叢。簾前幾陣踈踈雨，二月江南有落紅。」可謂不着一字，盡得風流。

祁生《三十初度述懷》云：「門左懸弧事漸訛，潘郎三十奈愁何？雲中雞犬成仙早，世外溪山入夢多。黯思難消花作骨，清吟長對月如波。依稀一片香光影，不信華年爾許過。」「綵筆當筵賦玉簫，梨渦旁暈不勝嬌。墨翻素手香初浣，牋印紅脂黯未銷。四面鶯花圍畫舫，一湖鷗鷺識蘭橈。軍門夜半催歸騎，小隊鐙光過段橋。」「鶴易籬巢雁失羣，江湖愁煞杜司勲。歸帆細雨潮三折，客館清簫月二分。一代仙才成小集，殘年鄉思入斜曛。梅花未放人先去，別酒匆匆只半醺。」「十三橋畔草如茵，便算燕南二月春。獨上荒臺愁馬骨，最消奇氣是車塵。暗中徧索飛花句，衆裏爭看下第身。此日倚閶添白髮，泥金望罷望歸輪。」「將離紫燕惜分飛，慰藉翻教意慘悽。夫壻漫夸傾一座，神仙可羨是雙棲。黃茆屋小連雞柵，白草霜乾聽馬蹄。却話征塗憐瘦損，燈前不覺翠鬟低。」詩思如芙蕖出水，絶遠塵氛。

丁丑之春，余與祁生會合都下。報罷後，余留京邸，祁生將南歸，屬作《話舊圖》。諸同人皆有題咏，祁生載入歸裝。《塗中見怀》云：「偶作宣南話舊圖，傳觀一昔遍皇都。夕陽紅葉江南景，中有漁莊住得無？」蓋嘆余之終年飄泊也。余題頻伽《靈芬館圖》有云：「下牀動足便天涯，別後寒梅着花未？」同此寄慨。

婁縣姚春木椿神交最久，識面甚遲。曩辱見訪，如雁燕之相避，而詩筒投贈已歷數年。庚寅、辛卯之間，春木從河南來，始得相見於淮上，示余近刻《通藝閣詩錄》四卷。五七古才力雄邁，逸氣橫溢。《醉中狂歌贈友人》云：「我行少入蜀，腳踏峩眉四萬八千歲之古雪，彭君生在吳，手弄太湖三萬六千頃之明月。人間雪月萬萬里，飛入詩中兩奇絶。雪亦不能白，月亦不能圓。少年光景速復速，西風一夜吹長安。長安城中多酒人，可惜拋却今年春。初秋冷雨卧蕭寺，對此可以驅浮塵。邵生儒者與我故，兩手把杯頭不舉。古來飲酒賢達人，醉倒猶勝醒時語。酒酣示我棧行詩，一樹一石我舊知。君言樹石被焚刼，山色大減當年姿。深山出没羣盜賊，鬼鳥連聲叫林黑。把君詩卷走且歌，一片白雲行不得。飲君酒，歌君詩，詩能愁人酒止之。青天不語秋作語，正是霜氣横空時。蒼茫磊落懷古意，此夜逢君豈辭醉？西南洗兵置酒歡，噴酒爲雨雨爲淚。君今居此殊苦憂，策蹇合作西山遊。昨年我向此中去，山骨洗出横清秋。富貴欺人易成老，畢竟置身巖壑好。人生於世一蜉蝣，醉裏忽愁天地小。」讀此詩如攜太白驚人句「搔首問青天」也！

春木近體詩亦清婉有風致。余尤愛其《咏秋雁》句：「二月濃陰留燕子，一生短夢托蘆花。」《宿遷道中》句：「滿地哀鴻新樂府，一天風雪古徐州。」《湘潭道中》句：「楚雲似夢難成賦，湘草無名愧讀騷。」

義山《無題詩》：「昨夜星辰昨夜風，畫堂西畔桂堂東。」春木《家人寄衣詩》翻用之云：「如此星辰非昨夜，有人樓閣正西風。」神韻獨絶，然此句已見黄仲則《綺懷》詩。下句則云「爲誰風露立中宵」。春木適然相合，而各極其玅，正不必以復見爲嫌。因思詩句有與前人暗合者，有直用舊句者，有知其復見而不復改避者。元遺山《亂後題故家所藏詩卷》云：「風流豈落正始後，詩卷長留天地間。」「東閣官梅動詩興，洞庭春色入新蒭。」是直用杜句也。又如《壬子月夕》云：「遙憐小兒女，把酒望東州。」《贈張鍊師》云：「金砂霧散風雨疾，一點黄金鑄秋橋。」《和白樞判》云：「白日放歌須縱酒，清朝有味是無能。」皆直用成句。又有自相襲用者。《寄辛老子》云：「百錢卜肆成都市，萬古詩壇子美家。」後《過三鄉追懷溪南詩老》復直用此二句。《晚望少室》云：「十年舊隱抛何處？一片傷心畫不成。」《家山歸夢圖》又云：「卷中正有家山在，一片傷心畫不成。」《雪香亭》又云：「賦家正有蕪城筆，一段傷心畫不成。」《挈家还讀書山》云：「老樹婆娑三百尺，青衫還見讀書孫。」《題晦道堂圖》又云：「喬木未須論巨室，青衫今有讀書孫。」大家作詩，不必於句調之間移步換影，然如遺山之信手拈來，不加檢點，亦終非後人所宜學也。

陽湖趙厚子仁基，一别二十年矣。憶在吳興郡署時，君年二十餘，已有英絶領袖之目。後舉孝廉，成進士，作宰皖江。以緝獲南河罪人擢任州牧，并拜花翎之賜，入都引見。歸道經淮壖，過訪，適余往袁浦，交臂失之。留其近刻《九疊山房和陶詩》見示，托興高遠，遣詞道古。以之儷美坡公，何多讓焉？《和飲酒二十首》其一云：「平生無深嗜，縱心任所之。當其酣適處，亦在花月時。美酒亦已斟，良朋感在兹。胸次各浩浩，相遇無復疑。飲少乃輒醉，空杯常自持。」其五云：「晴光到虛牖，側耳鳴禽喧。庭花已坼疊，似詡春风偏。覆手持綠醅，舉頭酹青山。青山無今古，朱顏有往還。及此春風時，痛飲復何言？」其六云：「昨亦未盡非，今亦未必是。低頭世網中，兩免咎與譽。虛舟任無心，行行聊復爾。達不企夔龍，窮何附園綺？」《和止酒》云：「清晨起觀書，日暮不知止。相對惟古人，寂寞空齋裏。誰云遊宦客，類彼巢居子。款門來友生，聞聲跫然喜。短晷坐彌永，長劍舞欲起。清談兩相對，粲然發名理。家釀傾已盡，市醞沽可已。活火烹新泉，瀹茗而已矣。客去室幽幽，相隔水之涘。古人行復來，遙情託千祀。」《和擬古九首》其四云：「登高臨廣武，矯首望八荒。平野靜漠漠，歲月馳堂堂。土花蝕遺鏃，血碧何微茫。昔聞急鼓聲，今作茂草場。安能錮南山，且欲平北邙。白骨久委化，青史誰低昂？世有赤松子，願受辟穀方。榮華等朝露，毋爲心永傷。」其九云：「桃李敷春華，繁枝宜可採。艷色信獨殊，芬芳还易改。涼風從西來，秋氣浩如海。微霰積已盟，繁霜若爲待。願貞歲寒姿，寂寞無所悔。」夫淵明以晉室遺民，志存肥遯，東坡則謫居儋耳，心戀闕廷，兩公之身世迥不侔。坡雖和陶，祇以自道其性情也。厚子身逢景運，努力春華，境地既殊，立言亦異，要其吐棄凡庸，獨抒所抱，無愧於古之作者矣。

卷三

作詩專尚格律，不解風趣，徒襲面目，不尚性靈，此近人之通病也。要皆於詩中真境入未深，故有規模依倣之病。剽竊漢魏樂府及唐詩選本，輒詡詡自得，以爲道在是矣。楮墨間有詩，性靈中無詩也。學詩者要以古人發我之性靈，不可以古人汩我之性靈。夫人心之不同，如其面焉。況言爲心聲，若聲音笑貌可以僞爲，則鸚鵡能言，不離飛鳥，吾不知詩家何苦而效此。

明人倡言復古，以爲文主秦漢，詩必盛唐，海内談者翕然宗之。至虞山錢蒙叟出，而攻之不遺餘力，力排七子，而獨奉程孟陽爲風雅總持。要皆門戶之見也。明人好黨同伐異，其於詩文亦復互相詆諆。其實著述之事，衹以自道其所得，安用此紛爭聚訟者爲？

學明七子詩易落智套。若詩中無我而專仗門面語，以爲音節宏亮，則惑矣。或又多作感憤牢愁語，以爲余法杜陵，則惑之甚者也！

詩有大家之詩，有名家之詩。大家磅礴萬有，陽開陰闔，以發揮其性靈；名家新峭雋永，吐棄凡近，以涵泳其性靈。其爲成家則一也。隨園先生謂「作者自命當作名家，而使後人置我於大家之中。不可自命爲大家，而使後人屏我於名家之外。」亮哉斯言！余少時不及通謁隨園，獨於先生之詩不敢妄有譏訶。蓋讀破萬卷書，不肯輕炫其典博，自居於名家，而後人當奉之爲大家者也。隨園詩攻排者不少，述庵先生選《舊雨詩傳》，若有甚不滿於隨園者，殆未免有門戶之見耶？

隨園不喜山谷詩，比之於「果中之百合，蔬中之刀豆」，言其少味也。且引王弇州言「以山谷詩爲瘦硬，有類驢夫腳跟、惡僧藜杖」。窃謂《山谷集》中如「野水自添田水滿，晴鳩却喚雨鳩啼」、「山隨宴坐畫圖出，水作夜窗風雨來」、「清曉采蓮來盪槳，夕陽收網更橫舟」、「山銜斗柄三星没，雪共月明千里寒」、「春風春雨花經眼，江北江南水拍天」、「似逢海若談秋水，始覺醯鷄守甕天」，儘有意味。弇州一例抹倒，乃明人習氣。隨園「百合」、「刀豆」之喻亦過矣。

有客咏《桃源》詩曰：「漁人應識君臣義，無所逃於天地間。」學究語也。楊廉夫《咏劉阮》詩：「兩壻元非薄倖郎，仙姬已識姓名香。問渠何事歸來早？白首糟糠不下堂。」大可一粲。《隨園詩話》載人《咏琵琶亭》詩：「司馬青衫何必濕？留將淚眼哭蒼生。」皆是殺風景語。

商寶意太史詩：「名心未了難遺世，晚景無多怕受恩。」蔣苕生太史詩：「不是微禽敢辭惠，只愁無處覓金環。」隨園謂其不立身分而身分彌高，然孰若東坡「鬭食惟應爨婦知」七字含蘊入妙？

淮安郡城距袁浦三十里。丙戌、丁亥數年間，每至人日，余必買舟訪汪己山員外敬，信宿歐齋，與頻伽及錢塘江聽香青、蕪湖汪小迂鴻爲題詩之會。己山精書法，工詩，倜儻好客，四方知名之士傾襟納交，有鄭當時之風。其叔父審庵慎，篤行君子也。衣冠了鳥，禮數簡略。終日手一編，倦則與客作葉子戲，不與賓客酬應事。聞一生客至，則走避如不及。其所訂文字交，終日談笑不倦者，聽香、頻伽、小迂、朱鐵門春生、曹種水言純、改七薌琦及余，落落數人而已。初因聽香交於頻伽，後因頻伽復交於余。余至歐齋，則鐵門已即世。不數年，聽香、頻伽、己山先後徂謝。審庵晚年得子，十齡又殤。黃罏之感，童烏之悼，老淚盡涸，不久亦歸道山矣。審庵癖嗜古書，搜求僻典，至於廢寢忘食，著有《老佚庵襍記》，詩不多作，作輒清新可誦。《送頻伽歸里》云：「春到江南動客愁，綠楊今已滿汀洲。且教絲竹陶嘉月，莫漫鶯花憶舊遊。身後名寧將酒換，眼前事合量才休。蓬山在望還風引，空見煙鬟日夜浮。」己山詩云：「兩載因依及亦師，忽看芳草動歸思。原知此別無多日，欲問重來在幾時。檻外流鶯初命侶，橋邊新柳未成絲。摶沙聚散何須歎？翻恨年來識面遲。」二詩皆載入《靈芬館詩話》。

己山古近體詩清氣撲人，絶遠塵俗。《題石田碧浪湖圖次頻伽韻》云：「游山發興同謝客，敗意忽染疥癬疾。豈山與我未有緣？不肯驟教真面識。」「水精宮好非人寰，碧浪中湧蓬萊山。有時湖平波若鏡，流出畦畛分潺潺。」「撲人蒼翠迷陰晴，傾耳不辨風水聲。郭君出圖詩示我，勸我急束嚴裝行。」「今春探幽窮曲折，日暮時時洗韡韈。天台雁宕各攀躋，行路何辭石頭滑？」「石角鈎衣肘半露，出没蒼煙逐飛鷺。靈巖突兀幻奇峯，淨明岑邃園深樹。」「雁山雄秀卞山娟，過眼各已如雲煙。此生能着幾多屐，行自斷之休問天。」「石田老手稱能事，卧遊更勝讀游記。回頭一笑問小迂，君不作圖復誰繼？」《咏寒月》云：「一天素景逼人寒，況復沉沉漏向殘。還似秋來好顏色，更憐歲暮與團圞。堅冰在地明如拭，老竹搖空瘦欲乾。憑仗醉餘渾不覺，添裘猶自倚闌干。」《積雪》云：「連朝重疊已平堦，靜掩油窗坐小齋。低壓梅花枝欲斷，散鋪山凹徑深埋。方珪圓璧隨形似，玉宇瓊樓入望皆。往日銜泥渾不慣，未妨踏凍繫麻鞵。」《嚴霜》云：「一帶牆頭屋角邊，輕於密霰重於煙。向南鴻雁飛鳴急，直北關山氣候偏。凛冽真同風有力，後先若與雪爭妍。板橋人跡衝寒苦，笑我日高還醉眠。」《朝旭》云：「正好蒙頭曉夢清，忽驚凍雀暖和鳴。冰開池上破奩影，雪化簷前作雨聲。硯水不須煩火炙，瓶花且喜近窗明。披衣試向樓頭望，數縷晨炊隔岸横。」《秋日偕同人遊荻莊即事》云：「平波回處水如閒，笑指飛雲往復還。幻出奇峯三五疊，居然淮上有秋山。」「煙光澹澹蓼花汀，曲水遥連踈柳青。不是畫牆遮隔岸，憑闌便見水西亭。亭在對岸柳衣園。」「踈簾垂地影蕭蕭，鎮日輕陰細雨飄。忽訝池邊聲太急，亂荷葉上碎珠跳。」「亭亭翠蓋不搖風，時有迷離薄霧籠。一段斜陽明水面，晚來花比曉來紅。」「樹影蒼茫暮色催，竹籬笆外小徘徊。青蘆幾葉忽搖動，知有漁船打槳來。」「負手閒行傍釣磯，笑看鷗鷺早忘機。酒闌燈灺人將散，拍拍一羣也自飛。」「憶昔頻游水竹邨，又來乘真款柴門。請看堦下青苔跡，是否當年舊屐痕？」「选勝何須問主賓？但清幽處屬閒人。遙知今夜虹橋畔，一樣飛花勸酒頻。謂藹人、一庵諸君。」嗟乎！已山本賈人子，先世自休寧遷袁浦，擁厚貲幾三百年，自審庵始愛素好古。已山具此清才，結納名流，極東南賓主之美，卒以不事生產，黃金揮盡，而卒窮以死，能不爲之一慟乎！余《懷已山》詩有云：「世途誰識貧非病，身事真堪哭當歌。」又云：「傳來詩好知非福，驟爾家貧賀也宜。」皆實錄也。

袁浦人日之集，丙戌年則題《龍池紀游圖》，丁亥年則以「思發在花前」分韻，同作五古一首，戊子年則以「涉七氣已弄」分韻，分詠歐齋花木。丁亥之集，曾倩汪小迂作圖，而各書詩於其後。頻伽欲以戊子之詩合爲一圖，而叙其顛末，後卒不果。及裝成長卷，適曹種水自嘉興至，不及與於斯會，故題詩有「抽帆應笑我來遲」之句。後攜至皖江，適陸祁生在皖，題五古一首有云：「居然聚五星，我乃識厥四。」祁生與頻伽、聽香、已山，皆舊雨也。

《人日圖》題者甚衆，且多佳句。朱菽堂漕帥爲弼七古一首，清蒼樸老。其詩云：「半世人日春明門，今年人日淮之溽。與君同譜隔垣住，菜把未及同咬春。因思古人重古誼，高三十五詩却寄。今人何以古不如？雁後花前忙底事？花前忽展靈晨圖，丹青恨未親小迂。題詩分韻盡舊識，多半鄰笛怨黃壚。桃花潭深空逝水，郭眉江觱亦已矣。陸子杠自叢百藥，五君我亦識四子。廣文歸然雙鬢絲，婁東詩老兼畫師。丁乙相距祇九載，草堂閒煞梅花枝。古言七人與八穀，歲值晴明驗和熟。送租船趁秋風回，先約重陽就籬菊。」此詩作於乙未，而圖成於丁亥，故曰「乙丁相距衹九載」。「陸子」謂祁生，「枉自崇百藥」。蓋祁生有《崇百藥齋詩集》，近聞其已逝矣。

小迂以畫得名，詩亦工。人日之集有句云：「慚余如土牛，向春亦先鞭。」極有風趣。又云：「座中有倪黄，敢與爭媸妍？」則非鄙人所敢承也。

江聽香性嗜手談，嬾於作詩。敦槃文酒之会，非促迫不能成篇也，零章斷句，不自收拾。没後，己山輯成若干首。清詞麗句，層見疊出。己山欲付梓人，未果而没。聽香有子，不能讀父書，此藁不知消歸何處矣！亟録數首以見一斑。《久客不歸追憶浙中風景用蘇集韻》云：「人生慕禽向，妄意希先賢。自謂一隅僻，未睹山水全。故鄉豈不佳？往往輕棄捐。我家住西湖，付与良由天。如何爲飢驅，別輒經歲年？眷言託微波，清夢迢迢傳。螺痕濟逾媚，花靨濃更鮮。美人在天際，中隔幾點煙？靈境渺難接，韶景誰爲妍？客心信振觸，仰屋徒高眠。山禽喚歸去，使我生憂煎。苟無四方志，曷不圖安便？好謀買山貲，待結塵外緣。春風却相笑，滿地飛榆錢。」《送春詞》云：「聲聲鵑鳩聲聲雨，瞥眼春光過百五。宵鐘催徹不成眠，綠章誰乞東皇府？春來天上歸何所？搔首問天天不語。春辭我去我不歸，作客送春翻作主。送春江上年復年，新柳笑人鬢如許。故里鶯花託錦書，征衫襟袖沾塵土。細數韶華我慣經，等閒哪復縈愁緒？且折將離糝玉羹，試傾婪尾浮香乳。一任輕風吹絮飛，天涯化作青萍絮。」《田家守歲詞》云：「登登街鼓夜未央，豐年除夕田家忙。竈婢執炊婦行炙，瓦盆木豆陳茆堂。整衣肅拜祀先畢，飲酒團欒坐促膝。豚肩肉大魚尾斜，門東索飯兒童譁。阿女持杯阿翁勸，祝翁長似今年健。百年此日皆如願，阿翁醉答朱顏酡。願汝有登腴田多，布裙換却新紅羅。阿女含羞阿翁笑，喔喔寒鷄隔隣叫。」《曉寒用波箋韻同頻伽作》：「十載淮壖意若何？客中消受曉寒多。晨炊未動煙猶冷，卯飲難禁色半酡。挽馱鈴聲和短漏，打冰人語出長波。探梅却憶西谿路，拚得淩霜盪槳過。」「布衾如鐵不成眠，畫角聲聲欲曙天。壓酒燈殘茅屋底，踏霜人遠板橋邊。棲禽瑟縮難辭樹，初日曈曨未破煙。坐歛薑芽爐呵凍，一編遲爾答吟箋。」《袁浦人日同頻伽子履己山小迂集觀復齋分韻得思字》：「七日稱靈晨，屈指位當次。占書驗東方，晴光喜妍媚。草堂誰寄詩？枯坐憶常侍。款關故人來，有約肯虛遲？也如渡江梅，春風與之至。汪倫踏歌遠，客到主未厠。同儕二三輩，跅弛無禁忌。菜羹出春厨，煎餅索鄰肆。主人薄暮歸，豪飲各盡醉。抗論名世才，莫問斗筲器。泥塗與軒冕，泡幻豈殊致？古今一丘貉，枉用託褒刺。今夕是何夕？此樂洵非易。漏殘聞雁聲，點點動鄉思。衰顏笑我頹，擁被欲先睡。」《桐綿詞八首》：「一樹清陰罨曉煙，春風吹老子規天。桃花紅雨梨花雪，又見新桐盡坼綿。」「露洗銀牀絶點塵，濛濛香霧糝苔茵。殘紅畢竟隨流水，耐爾纏綿愛傍人。」「窗網交通映夕陽，一庭暝玉靜飛香。有人對鏡先愁絶，爲怕星星誤鬢霜。」「嫩乳低垂罥畫檐，香綿如雪點瑤匳。不關謝女工吟絮，也唱吳儂昔昔鹽。」「色界諸天尚有情，兜羅花雨坐來清。最憐共命雙么鳳，消得溫柔過一生。」「桑影童童豆莢肥，春衫寄後錦書稀。江城五月寒猶峭，珍重餘溫上客衣。」「非霧非煙墜杳冥，吹來簷隙影瓏玲。無情莫學顛狂絮，飛向天涯即化萍。」「黄梅雨歇綠雲稠，容易荷塘見浴鷗。記取金風催落葉，寒蘆已占十分秋。」聽香小楷工絶，曾寫此詩於扇頭見贈。其戊子入日分韻，余得「梧桐」限「七」字，聽香得「薜荔」限「巳」字，附見余集中，不復錄。

頻伽詩無體不備，縋幽鑿險之作，銘青蓮、少陵、昌黎、眉山爲一鑪。其《靈芬館》第四集，真所謂銑貞穀潔，川靜谷澂，絢爛之極歸於平澹也。五古如《蘧盦詩》《自題月下傳經圖》《和陶》諸作，七古如《歸自吳門》《風雨不能上墳用昌黎寒食出游韻》《會飲百一山房》《走筆柬古雲》《除夕》諸作，七律如《旅館消寒用東澗韻四十六首》，讀之可以想見其爲人。其詩具在集中，故不備錄。其己卯以後詩在第四集十二卷之外，適余來淮浦，唱和甚多。頻伽時年六十，生於丁亥，取「復丁」自號爲《老復丁庵集》。茲以尤欣賞者，錄之。《題奚鐵生雪泉卷》云：「元詩有清閟，真若冰雪淨。惟其詩格高，畫手亦相稱。天真見荒率，孤抱此幽敻。偶作雪泉詩，寒籟滿清聽。吾友奚蒙泉，風骨老益勁。坎壈纏終身，但博虛名盛。詩篇或遜之，畫乃幾李孟。點筆爲此圖，兼以一詩媵。流傳歸蘀農，得之動色慶。大弓已失楚，玉環非取鄭。圖爲曹氏作，今藏黃氏。摩挲感雲煙，先後富題詠。老我閱世久，萬事等墮甑。祇餘文字交，宿昔同性命。展卷盪心魂，恍如玉山映。題詩苦筆弱，著語不能硬。」《人日子履至浦分韻得在字》：「獻歲月始和，涉七寰廛改。餘寒雖屢興，旭日炯光采。故人惠然來，前諾不我紿。醽飲卷白波，清談落珠琲。客中有此歡，視昔得如倍。平生重朋交，素心契蘭茝。靈辰數招要，出户聽欵乃。就中誰最敦？袁盎與朱亥。湘湄、鐵門。逝川無迴流，沄沄肯相待。旅酬散賓筵，坐客惟某在。念往誚難追，失今後將悔。苦憶草堂前，梅花應蓓蕾。」《和子履韻即送还山陽》：「樓居頹清嚴，簷角挂寒月。將無謫仙人，許住白玉闕。佳客此從容，薄主匪倉卒。薄主見《三國志》注。云何遽告行？倚裝待明發。各懷憂時心，齊嬰語鄭盼。人才要成就，取辦豈嗟咄？紛紛志與蜍，何啻冢中骨？往时見尋常，祇今已難得。廟堂登董秦，畎畝辱寧越。年歲苦駸駸，聲名恐沒沒。就令譏清狂，猶足傲干謁。何時偕歸老？山林從散髮。」《百一山房感舊》：「華屋依然遊不留，重來掃榻獨愁秋。勝情早結雲霞侶，晦迹終辭名號侯。隨會倘能九原作，子車何惜百身酬？分明一樣西州路，底事羊曇無淚流？」

昔人一飯之恩尚思冥報。自世道日衰，人情日薄，於是有解推誼重反肆誅求，文字見知轉資攻擊者。吾讀頻伽詩「快意休持無鬼論，負心偏是受知人。」爲之浩嘆。

頻伽篤於氣誼，故其哀逝之作悱惻動人。乙亥四月，余長子徵瑱以瘵疾早逝，痛不欲生。時頻伽歸魏塘，至秋杪來淮浦，寄余一函，其畧云：「抵浦見所與己山書，知有西河之戚，傷悼不能已已。伏讀詞語，更極酸哀，鍾情吾輩，何以遣此？麐歸家後，亦喪一幼姪，年已上殤，雖愚下，又患痼疾，然爲之作惡者彌月。况賢子之學有成立，其宜愁傷，怛悼亦非過情。然吾輩年皆衰暮，平生憂患之來非一，若再以恩愛糾纏，牢着心腑，傷年促命，恐殆來哲之譏。望勉割愛緣，歸諸宿命，是則區區友朋之意也。麐在家忽已半載，觸事感懷，每忽忽不樂，所過皆邈然。比年覺顧影可厭，一二老友尚期同此歲寒，可不厚自慎愛耶？」余輯瑱兒舊稾，屬頻翁訂定，頻翁爲作序文，并繫以詩云：「後來英絶意相親，重爲遺編歎息頻。如子合題梁妙士，乃翁要是漢名人。誰言一去將同草？便有千秋已後身。相見但須判痛飲，不容老淚更霑巾。」讀竟不禁雪涕。

乙酉、丙戌兩年間，悽愴悲傷，久已無意於人世，惟賴此數卷詩得以過日。因憶《靈芬館詩話》引錢起詩云：「有壽亦將歸象外，無詩兼不戀人間。」殆天地特設此一事，以娱苦惱衆生也。璵兒詩名《嘯雨集》，乃其生前所自定者。忽憶太白詩「猩猩啼煙鬼嘯雨」，已是不祥之兆，此殆有定數耶？詩藁梓成，不忍開卷，鐙前月下偶一披閲，涕泗迸流。其詩清和平暢，後乃哀音苦調，促柱么絃，早知非少年所宜矣。《春日遣懷》云：「牆陰羃麗暗生煙，漸見林花帶雨妍。草長鶯飛春易老，酒闌鐙灺客遲眠。新詩脱口成聊爾，舊事關心更惘然。多少閒愁消未得，梨雲一枕夢遊仙。」《積雨書悶》云：「一簾宿雨漏沉沉，岑寂空階渺足音。江渚楊花身世感，池塘春草弟兄心。縱傾濁酒愁難滌，不讀《離騷》怨已深。無賴游絲兩三尺，半明半滅濕牆陰。」《寒夜偶成次韻四首》其末云：「本無長句敵山東，强半豪情折病中。倦不看花非爲霧，寒思倚竹又生風。宵闌頗有扁舟想，吟罷纔知四壁空。一片傷心誰解得？此身來自廣寒宫。」《雪夜有作》云：「孤館寒多雪亂飛，憑欄此夕撫征衣。殘鐙沙路行將瘦，秋屐荒苔點不肥。久客翻憐愁漸薄，華年可惜事都非。故園欲問梅消息，滿地江湖雁影稀。」頻伽極賞其《野步絶句》：「負郭人家蠶上箔，隔溪邨路犢歸田。滿堤楊柳滿畦菜，黄到維摩嶺上煙。」《春寒》云：「簷前雨意先花釀，枕上冰痕待日消。」《曉行》云：「遠樹欲浮何處櫂？孤村猶帶昨宵雲。」《和人》云：「不信有香堪入夢，果然惟别最銷魂。」諸句載入《㜸餘叢話》。璵兒病苦耽吟，父子間自爲知己。性惡醫藥，又恐傷老人心，病日益篤，而諱病愈深。余亦恐拂其意，未忍强以藥餌。沉綿五載，卒以不起。是吾負兒也，悲夫！

黄仲则之「茫茫來日愁如海，寄語羲和快着鞭。」頻翁以爲古之傷心人。余尤愛其「人間別是消魂事，客裹春非望遠天。」「久病花晨常聽雨，獨行草路自生煙。」真傷心人而能作鬼語者也。璵兒詩「柳明草暗牽詩夢，風澹雲孤送客魂。」又「空有月痕沉碧瓦，羌無釵影墮紅樓。多情伴我筵前燭，看到天明淚未收。」庶乎近之矣。

《靈芬館詩話》載李白樓方湛詩藁，中有《和鶻紅女子題壁詩》，并附其原作及序一首，末記年月。頻伽謂：「此詩不知白樓何從得之，豈好事者託爲此哀怨之章以眩惑行客？抑真有『薄命紅顔馬上來』耶？」余見嶺南黄子實明經培芳《香石詩話》亦載鶻紅詩，爲之惜其才，怨其遇。及閲《崇百藥齋詩集》，則知陸祁生偕劉芙初嗣綰同上公車，夜宿旅店，戲爲此作，題於壁上。往來詞客互相傳鈔，遂以爲真有鶻紅其人。頻伽作詩話時，祁生集尚未刻。頻伽先有疑詞，亦可謂別具慧眼矣。序與詩淒豔婉弱，酷摹小女子口角，而語經洗鍊，非清才不能有此手筆也。錄之以見詩人游戲神通，亦足資藝林談助云：「妾生自劍嶺，遠別衣江。鋒鏑之餘，全家失所。慈親信杳，夫壻音訛。命如之何，心滋戚矣。得姻親以依傍，同躑躅於道途。攜至蘇州，遂偕南下。妾意少遲玉碎，猶冀珠還。期秋扇之重圓，願春暉之永駐。流離數月，甫達此間。嗟乎！陌頭楊柳，總是離愁；門外枇杷，都非鄉景。望齊門而泣下，思蜀道而魂歸。阿鶻阿鶻，生何如死？扶病夜起，勉書數絶。郵程信宿，便入江南。當是薄命人斷送處也。時嘉慶六年正月十九日，蜀中女史鶻紅題於河間道中。」「萬里漂零百刼哀，青衣江上別家來。朝雲暮雨翻翻看，一路山眉掃不開。」「深閨小命弱如絲，金鼓聲中怯幾時？回首驃姚軍裹望，分明馬上盡男兒。」「阿母音書隔故關，兒身除有夢飛還。年年手濯江邊錦，不觳人間拭淚斑。」「蘽砧望斷路盈盈，敲罷金釵憶定情。妾自馬嵬坡下住，此生只合卜他生。」「小婢嬌癡代理粧，窮途怕檢女兒箱。兒時愛譜江南好，未到江南已斷腸。」「霧鬢風鬟一段魂，喘絲扶住幾黃昏。殘膏背寫傷心句，界亂啼痕與粉痕。」

丙戌初冬，余次子徵琪歲試入泮，明春到淮讀書。余曾倩改君七薌作《横舍課經圖》，痛瑱兒之早殤，勗琪兒之勤讀。圖成，頻伽、己山各有題咏。曹種水五古四首，詞意樸實，四詩即以「横」、「舍」、「課」、「經」定爲韻，「横」字韻云：「鱸堂燈火影，夜半伊吾聲。丹青傳史筆，授經圖伏生。喜照丹穴彩，益悲桓山情。豈知至樂地，中有涕泗横？」「舍」字韻云：「妙年析經義，視等金昆價。東軒長老身，老境若噉蔗。昂昂千里駒，方整萬里駕。識塗詣聖賢，日歷幾傳舍。」「課」字韻云：「雲間二陸著，競爽弱一个。尚紹箕裘傳，可弔仍可賀。朝虀暮後鹽，春近臈欲破。發篋振鼓餘，可及梅花課。」「經」字韻云：「埽地淨如鏡，學宮門晝扃。負笈諸弟子，循陔共趨庭。絃歌議宰邑，牛刀發新硎。侯芭挽征鞍，請留太玄經。」祁生題絶句三首，其二云：「卅載研經悔已遲，又將古義訓佳兒。願伊休被而翁誤，早向長安訪導師。」别有風趣。

七薌畫法直追宋人，《老復丁庵圖》《横舍課經圖》皆其晚年得意之作。間吟小詩，亦清新有味。工於填詞，曾爲余題《煙潯雲嶠圖》，調寄「湘月」，云：「暖翠浮巒，寫江南一片，煙光摇盪。卷裏沙鷗應笑我，三十六陂風浪。卯酒斟紅，丁香凝紫，墨灑溪藤上。醉餘吟嘯，壁琴微和清響。此地擬泛菰蒲，么荷貼水，趁新涼打槳。輸與幽人乘興去，昨頻伽歸，約同舟來相訪，不果。過雨蘋花初放。茶夢未闌，畫禪同證，雲影流仙掌。買山偕隱，結廬空復瑤想。」

余有懷歐齋諸子詩，第四首云：「七薌吾畫友，絹素堆案前。目力苦不濟，手腕何輕便。疊用雙眼鏡，有似重輪錢。座客皆失笑，相對轉自憐。吾衰近更甚，羨君如神仙。樂府況清妙，不獨丹青傳。」

朱鐵門明經，余未之識也，耳其才名垂三十年。聞其客已山家，余往訪之。病甚，不能談詩，不數日而歿。已山爲之料理殮具，送櫬南歸，并刊其《鐵簫庵詩文鈔》。詩筆清超，無塵土氣。《人日集頻伽齋分韻》云：「水郵雲氣晝陰陰，艤櫂昏鴉已滿林。殘雪白於新酒面，東風寒入小梅心。溪痕一尺前宵漲，春信三分待曉尋。早有候門童子笑，安排無睡聽狂吟。」「殘年直約到新正，豈謂臨歧半負盟？約爲人日之會者，吾里凡十四人，今不至者過半。客少數將梅樹補，詩成中有別離聲。草堂人日今朝始，此事千秋一刻爭。二主七賓先結社，欲嘲餘子後成名。」《春夜》云：「笙歌放散冷流霞，春夢迷離記欲差。斜月在簾燈在壁，起扶殘醉看梨花。」《題秦淮垂釣圖》云：「紅樓夾岸曉粧成，水檻憑虛鏡檻明。一夜春潮經雨漲，釣船高與畫簾平。」《秦淮水榭》云：「歌扇飄零酒盞捐，春風殘夢懶重圓。今朝鮑老郎當甚，纔上歡場又惘然。」「金船不放百分空，可許雙扶翠袖紅。好囑畫師錢舜舉，寫儂酒態上屏風。」

王仲瞿孝廉良士本名曇，後改今名。其人議論俶詭，好談兵法，有謬爲薦舉者，遂挫頓不振。所著有《煙霞萬古樓集》。其詩古體放奇氣奔，如其爲人，近體瀟灑有意趣。如《過華不注下》「此日華跗注，經秋木葉多」，《峭底懷漢將軍馮異》「河不奈何公且渡，樹猶如此我消魂」，對法巧妙。

詩家鍊句鍊字最難，昔人云「吟安一箇字，撚斷數莖髭」是也。頻伽《常山道中》句「山行爭道擔夫工」，語經百鍊。《夜半與友人飲酒》句「潭深頻怒酒長寒」，「怒」字絶妙，皆真得鍊字訣者。至其《山塘即事》云：「星明河畔原名女，人在雲中合是君。」《集友漁齋》云：「偶逢舊雨能無酒？暫放新晴定爲花。」《新秋即事》云：「人能無意憐歸燕，天已將心到候蟲。」《咏秋葵花》云：「騷人顦顇生何晚，寒女神仙嫁亦遲。」《無題》云：「山遠漸如眉曲折，燭偏時有淚縱横。」此又鍊到自然，有神無迹者也。

吴蘭雪同年嵩梁，都門舊雨也，以國子博士補中書。才名滿海内，而不得成進士，官爵亦不甚通顯，爲點西州牧三載，卒於官舍，豈文章憎命達耶？蘭雪詩天風縹緲，靈氣往來。長歌如《太白讀書臺》《王文成紀功碑》《建威將軍歌》，皆足搖五嶽而淩滄洲。詞多不能盡録，録其《黄巖絶頂觀瀑同惲子居作》：「君持一杖遊山南，我戴一笠來山北。開先寺裏一相逢，狂叫拍肩人不識。人間失腳四十年，朱顔漂泊俱華顛。今日同結名山緣，君寧非佛吾非仙。九十九峯高插天，峯峯妙有飛來泉。泉流所經我亦到，上求石梁下玉淵。青玉峽前水奔注，雷雨翻騰氣逾怒。瀑布源從雲上來，探源更入雲深處。黄巖壁削天當中，山飛水立爭清雄。冰綃萬丈捲迴風，夕陽紫翠難爲容。文殊塔顶摩蒼穹，下界擾擾如沙蟲。咄哉我輩青鞵布襪底，廼有星宿之海垂天虹。仰天一笠墮山背，吹作仙雲大於蓋。请將君杖擲空中，定化神龍戲滄海。雲龍萬古常相逢，投筆仍爲雙劍峯。」

蘭雪小詩亦琅琅可誦。《紀遊》云：「一角荒亭夜寂寥，聽風聽水又蕭蕭。古松不辨親栽樹，明月依然似六朝。」

《感舊次吳玉松太守虎丘雜咏韻》：「花意紅酣柳碧毵，尊前羅袂捲雲藍。才人落魄狂游徧，天遣飄零郭十三。頻伽邀余屢游花市，末韻即用汪宜秋贈君句。」「歸心萬里白雲馳，投老看花醉不辭。生作寓公死才思，秋墳爭唱鮑家詩。謂張船山。」

胡瑀章茂才寯年一字石梁，吾邑人，子若之婦翁也，其詩筆修整雅潔。《錢塘懷古》有句云：「爲愛西湖忘北敵，不妨南渡作東周。」爲竹橋儀部、子瀟庶常所稱賞。又《黄葉集潭影軒分賦》云：「霜林黄葉最淒清，村落江南倍有情。攜得菊花九日酒，夕陽影裏弔崔生。」亦有神韻。潭影軒，吾邑竹娱詩人之别業也。

朱佩芳明經宫桂，一字蕁湄，常熟人，工詩善病。余在語溪，嘗分賦紅牡丹、杜鵑花諸作。又分咏虞山古蹟，蕁湄得「昭明讀書臺」，云：「落梅飄晚風，修篁滴春雨。青山猶六朝，帝子渺何所？殘月下深宵，鵑啼頗清苦。時代雖云遥，風流尚堪數。維揚有高樓，與此共千古。詎比江陵城，藏書付一炬。」筆意遒緊。

蕁湄七律多精深華妙之作。《咏史》云：「百戰經營創國基，誰教立愛致傾危？法嚴錦綺挑强敵，情溺煙花集豔詞。御仗尚排回鶻隊，降書已達門雞兒。銅鐘摧落由前定，畢命秦川最可悲。」「作鎮西川創業難，一籌得蔭任偷安。鴛衾夜設芙蓉帳，鶴殿晨供薯蕷盤。繡斧軍容空炫耀，錦城國勢忽摧殘。老臣倉卒修降表，銜璧牽羊忍再看。」「築室匡廬性愛閒，難共英傑濟時艱。羣工佚樂開香宴，幻術瑰奇孌玉顔。敵騎已臨揚子渡，壽杯全失皖公山。紛紛五鬼蒙榮寵，枉使中丞請斬姦。」「風流國主憶南邦，礼佛曾懸寶勝幢。螺筆點青翻豔譜，麝囊堆紫映雕窗。共拈金葉常耽戲，纔寫瓊箋已促降。一自教坊揮淚去，那堪回首望春江？」蕁湄之子詒燕亦工詩，《咏昭君》云：「琵琶一曲怨纏綿，絕代嬋娟忍棄捐。倘使紅顏邀帝寵，豈教青塚動人憐？當時却被和親誤，此日翻緣薄命傳。倚得新粧成禍水，築臺空自號留仙。」

淮壖爲四方輻輳之區，文士往來，時相會合，所恨甫盟鷗鷺，即賦驪駒。君子至斯，吾皆得見，而未嘗有所終三年淹也。天長程禹山孝廉虞卿主講淮關之文津書院，作寓公三十餘年。余至淮上，即訂文字交。自嘉慶之庚辰迄道光之乙未，其間雪泥鴻爪，過眼如雲，河梁之別，鄰笛之悲，不勝屈指。惟禹山巋然獨存，故余贈詩有「白頭同作淮壖客，十六年來舊酒人」之句。禹山曾從鐵梅莽尚書爲遼海之遊，策馬醫巫閭，吐其胸中奇偉之氣。其詩如幽燕老將，刁斗森嚴，轉戰無前，撼之不動。後以數奇不遇，戢影荒江，烹鍊愈深，風格益上，所著《水西閒館集》，長篇鉅製，惜不能備錄也。《出塞曲》：「大漠吹長風，獵獵百草折。黄沙蔽遙天，腥涎出虎穴。去去離雁關，路險限車轍。長城如長蛇，起伏無斷絕。日色愁陰陰，下射沙中鐵。遺鏃紅斑斕，猶纒漢唐血。海水凍不波，山雲忽飛雪。鞭疾馬怒行，奔馳若電掣。霜啼滿耳聲，飛踏雪花熱。側近李陵臺，寒煙護殘碣。雖不苦戰爭，亦復慘離别。丈夫老風塵，此行勿凄切。」《悲笳行爲跛丐作》：「昔有文姬十八拍，邊兒聞之淚沾臆。南人不聞不解愁，誰從塞北聽颷颸？一拍依稀音一變，北風吹斷孤鴻遠。不是琵琶出塞聲，爭如羌笛關山怨。吹笳健兒跛一足，獅鼻虬鬚髪不束。自言三十從軍行，百人手刃霜刀輕。囊中有笳興不滅，獨上戍樓吹秋月。一朝又令出行伍，轅門喧喧擂大鼓。誰知日暮抵敵軍？馬逸小谿折左股。凱旋猶得幸生還，踦跂乞食幽燕間。我聞是言酌以酒，一飲尚能空十斗。不見吳中伍子簫，誰知栗里淵明柳？

嗟嗟燕頷封侯身，無命亦是吹笳人。爾吹不須憂和寡，我乃燕市愁歌者。」《野望》云：「枯桑颯颯生悲風，沙石飛渡遼河東。遼河之水逆不流，狂波倒卷寒雲愁。回馬遮面登戍樓，樓頭有客彈箜篌。箜篌一彈聲激楚，渺渺關山淚如雨。日暮青燐送我歸，天寒鬼聚沙中語。」《燕歌行》：「今我不樂來遐方，海水汩汩波濤長。西風蕭瑟天雨霜，美人天末心旁皇。念我行役寒無裳，機聲軋軋鳴空房。椒蘭欲萎茝不芳，要眇坐對秋風傷。桂舟已折白玉檣，東西飄泊隨流觴，念此抑鬱懷故鄉。明日鳳翼雙翱翔，相思報汝明月璫。」《旅館題壁》云：「疲馬長愁遠道艱，一鞭斜日亂峰間。炊煙黑壓平頭屋，暝色紅分對面山。躡蹻歧途憐趙客，隔鄰鄉語異吳蠻。深閨料有金釵卜，此夜遼西夢未還。」

禹山《咏春草》詩云：「北郭清明早，南朝廢寺多。」人皆傳誦，因目之爲「程春草」。《水西閒館詩》，骨力雄駿，至其言情之作，又何清且綺也。《無題》四首：「未誓他生誓此生，朦朧殘夢不卜明。簾邊玉燕投梭影，樓角金釵叩月聲。壓枕遠峯神雨幻，隔花蕭寺晚鐘明。匆匆省識匆匆別，十載江湖落魄情。」「鏡中青鬢客天涯，每倩雙魚到謝家。何事年華悲錦瑟？更無風信卜神鴉。自燒銀燭留殘夜，不撤金釵護落花。記得馬嘶門外路，垂楊一樹月鈎斜。」「暫停檀板暫停歌，一曲玲瓏喚奈何。山碧尚餘前度草，江春不是去年波。隔牆影動花仍笑，行篋塵封鏡未磨。收拾臨邛罏畔酒，纍人風雨病愁多。」「蘭楣分亞辟塵犀，十二雕闌路不迷。紅豆未妨前世種，黃鶯已過別枝啼。罏圍綺閣聽香久，笛擫春城訴語低。解得相思最無賴，請看溝水各東西。」皆情韻深至。

曩在都門，與劉芙初太史寓邸甚近，宣南文酒之會，晨夕過從。其詩名《尚絅堂集》，然未見其全稿。篋中所存者，率皆一時投贈應酬，非得意之作。《晚過法源寺》詩云：「碧天吹斷玉參差，吟坐秋堂有所思。霜未退紅篁退粉，豔情不似舊來時。」蓋亦引以自喻也。芙初咏史樂府一時紙貴，摘錄數首，讀之琅然有金石聲。《啄皇孫》云：「啄皇孫，誰家燕？朝入長安宮，暮宿昭陽殿。昭陽殿裏別築屋，燕燕舞時赤鳳來。赤鳳來，舞不止，燕巢將傾安得子？子不生子空啄孫。」《延秋烏啼上门車中閉》云：「弓弦能鳴箭能叫，快馬如龍逐年少。鼻頭火，耳後風，一朝閉置帷車中。不識兒女悲，但言新婦苦，武臣能文今不武。吁嗟乎！丈夫退走三關兵，當時笑倒夫人城。」《螺子黛》云：「燕支井底嫦娥死，殿脚三千賜螺子。日賜五斛不值錢，長眉幾人如絳仙。妾好眉，君好頸，可惜朝朝鏡中影。鏡中蛾綠看幾何？玉鈎斜畔秋螢多。」《畀大秤》云：「宰相之過女主嗔，夢中一秤畀婦人。婦人才，量天下，壓倒陳宮袁大捨。誰言沈宋儔，不如江沈流？二十二人詩滿樓。夜珠無價非暗投，君王方點雙陸籌。」《金帶圍》云：「姚黃魏紫開唐花，宰相與花同一家。宋时金帶四花並，宰相與花同一命。廣陵二十四品圖，似此一品花中無。花中宴，客中折，他日黃花誰晚節？」《歐公柳》云：「桓公柳，金城邊；歐公柳，平山前。官塘楊柳千株植，柳眼曾看幾今昔？醉翁一醉七百年，記得荷花爲公折。荷花依舊邵伯湖，此柳得似甘棠無？」《詔諭降》云：「詔諭降，宋兩宮。謝太后，瀛國公。詔諭降，辱宋國。張思聰，許文德。詔書可焚不可降，臣負斯言如此江。江流到海萬萬古，無人降得厓山土。」《葬袍笏》云：「閣部堂堂好男子，孤軍半壁揚州死。閣部死，城不完，風吹碧血餘衣冠。梅花嶺上愁雲黑，騎鶴魂歸招不得，馬阮淩煙好顏色。」

芙初佳句，如「目行疑讀畫，花坐當薰衣。」「風竹有聲畫，草蟲無字詩。」「垂簾算奕留仙客，隱几看花當美人。」「茶聲細欲成泉夢，酒氣多能暈月華。」「人如風柳時三起，酒似春潮日兩回。」「自入世來無世想，不應春去有春愁。」「西風畫出勞人樣，吹得衣裳似葉聲。」「東塢夕陽西塢雨，哪容人世不炎涼？」皆甚清妙。

郭丹叔鳳詩名幾與伯兄相埒，而余未及識面，亦未讀其全藁，惟於頻伽集中附刻者，錄其一二。如《送蔣伯生歸虞山》云：「天寒酒作通宵飲，路遠書常隔歲傳。尚記形容差覺老，試思離別幾多年。」《探梅》云：「橫波清瘦只如無，走近花前奈密何？揀折一枝無折處，始愁花少又愁多。」「花前埋我有詩篇，記着徐熙爲黯然。買取西山三百樹，歸來齊插墓門前。」皆詩思戛然異人。

卷四

嘉慶初年，邪匪之亂，秦豫川楚荐罹鋒鏑。一時詩人見諸歌咏者，恐傳聞異辭，未足以爲信史。遂寧張船山太守問陶秦蜀往來，目擊寇亂，及都門羈宦，悵望鄉關，滿地干戈，歌以代哭。故其詩蒼涼激楚，沉鬱頓挫，叙事既確而怨懟之語亦不同無病呻吟。杜陵復作，定當把臂入林也。《丙辰十一月二十三日懷亥白兄作》：「風雪征途一劍寒，計程此日過長安。傳聞羽檄馳三輔，或恐鄉雲阻七盤。何處淹留驚戍火？有人辛苦據歸鞍。漢中形勝關秦楚，何止崎嶇蜀道難？」「莽莽巴渠又列營，滔滔漢沔正徵兵。故鄉山影愁難破，客路風聲夢亦驚。衰老庭闈頻悵望，飄搖兄弟倍關情。一官我更歸何日？搔首西南欲請纓。」《歲暮雜感》：「餞歲迎軍已四年，幽并花雪苦流連。思鄉有夢驚烽火，報國無文愧俸錢。薄宦門庭常似水，愁人詩酒不能仙。天街急景催車馬，揞肘風窗白日眠。」「兩軍兵火照三湘，將帥連營守夜郎。誰埽欃槍清洞穴？轉驚笳鼓動荆襄。故人寂寞多新鬼，古戍荒寒半夕陽。馬革總疑非上策，重臣何用死沙場？」「悄無人語夜迢迢，代馬銜寒氣已驕。雪仗風威終易化，煙隨雲勢亦須消。高歌斫地聲悲壯，醉眼看天影動搖。浮世功名是何物？酒鑪慷慨擲金貂。」「誰量身世數恒沙？渺渺浮生此一涯。久息名心翻貝葉。强摩冷眼看冰花。貧無可捄愁原誤，詩有難言注轉差。回道高堂天萬里，不堪風雪問三巴。」《戊午二月十九日出棧宿寶雞縣題壁》十八首：「群盜如毛久未平，棧雲來往一身輕。干戈草草催離別，婚宦勞勞纍死生。有用年華拚棄擲，無聊家計費經營。關山銷盡輪蹄鐵，猛虎磨牙看此行。」「石磴縈紆戰馬竈，入山符疊辟兵符。殺人敢怨民非盜，報國真愁將不儒。豺虎縱橫隨地有，貂蟬恩寵愧心無？荒寒驛路匆匆過，焦土連雲萬骨枯。」「輕裝休問辦裝錢，短堠長亭望悄然。燐火飛殘新戰壘，枯髏吹斷舊人煙。此中託命惟奔馬，何處招魂不杜鵑？大帥連兵甘縱賊，生靈塗炭已三年。」「窮山避處敞軍門，威望遥遥萬馬屯。不戰豈能收殺運？無功先已負君恩。祇聞怨毒歸諸將，可有心肝奉至尊？一樣沙場征戍死，模糊敢信是忠魂。」「功罪朦朧合自寬，苞苴餽贈且偷安。民窮轉覺軍中好，寇過惟從壁上觀。俗吏飛騰推挽易，妖氛飄瞥送迎難。逍遥無暇談攻守，不及鄉農早議團。」「故事虚張諭蜀文，懸軍安養募新軍。山中城破官仍在，闖外兵諱將不聞。大賈隨營緣我富，連村無寇是誰焚？烽煙未埽偏流毒，萬鬼含冤指陣雲。」「連城閉後萬山荒，忍棄郊原作戰場。賊有先聲如唳鶴，官無奇策任亡羊。飄搖鴻雁飛難緩，潦草弓旌氣不揚。猶勝驕淫諸將吏，移營終歲避鋒鋩。」「憂憤書來處處同，故人幾輩尚從戎？能文未易參軍事，有口都能説戰功。爲我驚心籌去住，看君彈指定窮通。東溟西域曾帷幕，猛將還應憶海公。」「斷無苻拔混麒麟，大酒肥羊誤保身。攘刼翻誇裨將勇，需求誰諒縣官貧？賊能退舍尊廉吏，令敢梟渠起義民。祇爲英雄惜成敗，論兵安肯恕庸人？」「莫倚重關護益州，時危曾困武鄉侯。誰看鴻鵠猶扶來？人佩刀鞬早賣牛。戰鬥心疲千帳冷，驚呼聲亂一城秋。老師糜餉成何事？宵旰空貽聖主憂。」「三川人滿欲烹珠，曾問今年米價無？餉道幾難通劍閣，商船新已斷夔巫。蟬連糧運舟車險，错雜民風士馬麄。猶幸未搖根本地，尚留嚴武在成都。」「漢沔東流雪未消，軍符絡繹馬蹄驕。倉皇鬼域來無定，破碎峯巒望轉遙。地險不聞由我據，城危幾度看人燒。商於何止關秦楚，隴蜀河潼路萬條。」「嫠也橫行起禍胎，桃花馬上看重來。不貽巾幗先逢怒，欲辨雄雌已自猜。黄鵠特翻貞女調，白蓮都爲美人開。請纓便是秦良玉，可惜征苗失此才。」「千里奇峯接宕渠，才聞王三槐冉文壽又高均德徐。添德城狐中夜聲相應，穴鼠空山技有餘。焚掠難歸皆盜賊，風波未定且吹嘘。傷心已亂無全策，祇仗天威盡勦除。」「議撫招降計已施，凋殘民力久支持。不明賞罰終何益？真舉才能倘未遲。將相有权甘自棄，英雄無種要人爲。孫吳兵法非天授，誰竭誠謀報主知？」「纔過黎州又鳳州，含情重問草涼樓。磨驢步步皆陳跡，風柳條條是別愁。花鳥三春禁雨雪，關河千里見戈矛。元戎誰有書生膽？快馬輕刀自遠遊。」「長途心緒久寒灰，蜀壘秦關去復回。兩地有家離聚苦，連營無路夢魂猜。幾人還唱從軍樂，何日真逢撥亂才？行盡殘山重嘆息，年時已是賊中來。」「夔萬巴渠鳥路長，通秦連楚鬥豺狼。天如有意屠邊徼，我忍無情哭故鄉？八口艱虞猶劍外，一身飄忽又陳倉。風詩已廢哀重寫，不是傷心古戰場。」《庚申二月十八日聞賊自定遠渡嘉陵江由蓬溪擾遂寧作》：「談虎聲低亦變顔，驚聞烽火照鄉山。親衰稍幸移家早，刼大方知出世閒。誰撤江防輕蟻穴？自傷歸夢泣刀環。亂離那及紅襟燕？故壘銜泥尚往還。」「仰屋深宵逌自哀，一官如爲避兵來。看春眼冷疑天象，弔古心灰哭將才。事有難言空抱膝，命無可用且銜杯。東風何苦吹塵世？鬼面奇花處處開。」「指揮隨意説三巴，啞啞渾如白項鴉。人盡談兵真有口，我方憂世已無家。竟抛庸蜀天應悔，不信孫吴計總差。度坐吞聲聯斷酒，傷心何處問桑麻？」「誰言閱歷更須深，十載浮生變古今。幾處飄零憐骨肉，向來游戲説山林。積尸列柩何勞罵？狡兔封狼未易擒。束手自愁無死法，金經一卷耗雄心。」《聞遂寧兵警邵五作詩相弔並寄懷亥白成都依韻酬謝》：「豕突鄉閭次第開，一家人悔不同來。感君有禮驚相弔，惱我無言隱自哀。難辟妖氛怨故里，能成殺運讓庸才。祝宗祈死天應許，駒隙流光莫漫催。」「移居草草錦官城，風鶴遥知夜有聲。經世才難空弔古，思親心亂忍談兵。窗摇短燭愁看劍，烽起連江夢築營。聽雨對牀虚舊約，東坡他日是餘生。」按：川楚用兵，始於乙卯，終於辛酉，界連五省，事閱七年。詩中所指將帥之士，玩敵縱賊，逡巡退縮，皆爲實錄。閱十餘年，而後有林李之亂。余有《豫東紀事》五古及《新樂府》諸作，具載槀中。詩雖不工，其叙述時事，義存諷諭，亦猶先生之志也。

癸酉九月，山東、河南之亂。同時諸君如陸祁生、周保緒濟各有詩紀事，而保緒之《新樂府十二首并序一首》最爲詳盡。祁生所謂「此才竟以詩人老，紀事聯同野史傳」是也。詞長不能備錄，止錄其《咏曹縣令》，云：「趙女歌，吳兒舞，銀燭高燒日當午。歌闌舞罷擁吳兒，趙女擎燈照錦帷。鴛鴦妻艾誰能辨？行樂未終聞急變。可憐白刃潔如霜，頸血先將賕吏濺。寇戎伏莽豈不知？羽書鄰境曾飛馳。老翁七十猶滑稽，踞牀謾罵白眼嗤。邀功生事翁不爲，梨園菊部取自怡。一門駢首何足恨？絕恨從此勞王帥。此翁有子亦跌宕，是日青樓試高唱。模糊髑髏催夢醒，繡被猶翻鄂君浪。」亦可謂言者無罪，聞者足戒矣。

保緒倜儻豪邁，詩有奇氣。《夜宿京口》云：「海門潮雜雨聲來，潛蟄龍吟助客哀。自古狂瀾皆勝局，不能飛渡是庸才。佛貍死戀揚州郭，宝誌生營建業臺。西望白沙雲黯黯，迎鑾雄鎮久蒿萊。」具此才而爲廣文，可惜也。

保緒小詩亦極清雋。《祥符閘馬上口占》云：「短衣長策上征驂，慣把踈林當畫嵐。秋燕亂飛湖草綠，昨宵涼雨夢江南。」

嶺南向推詩藪，自曲江名相肇始正聲，至南園十先生後暨翁山、元孝、藥亭而臻極盛焉。近則馮魚山太史提唱後進，鴻才碩彥揚扢風雅者後先接踵，而憔悴專一之士，竭其畢生之精力，亦足自成一家言。余在都門旅邸，合并唱酬頗極一時之盛。惜未作海嶠之遊，探羅浮之勝，俾珊瑚木難盡載歸裝，爲藝林津逮也。昔翁覃溪學士選陽春譚康侯農部敬昭、香山黃香石明經培芳、番禺張南山司馬維屏爲「嶺南三子」。余又於三子外增順德黃小舟侍御玉衡、吳秋航大令梯、吳川林辛山大令聯桂、鎮平黄香鐵孝廉劍，爲「粵東七子」。夫嶺南詩人多矣，余所錄者不過記縞紵之贈投，願雲龍之追逐，而此邦人士之盛，亦可想見其大凡云。

康侯《聽雲樓詩》樂府歌行追蹤太白，極惝怳迷離之勝。《昇天行三首》其一云：「昇重霄，躡奔月。仰手搴白榆，繁星落如雪。鶴背風泠泠，電光瞥過芙蓉城。銀河淩空走西海，耳畔但覺波濤聲。瑤池桃花蘂宮樹，恍惚曾經舊遊處。千齡一瞬能幾時？汗漫人世多狂辭。天人窈窕顧我笑，碧雲一去來何遲！歸來歸來兮，雲中君兮知未知？」其二云：「蓬萊之山滄海邊，斷鼇聳背高連天。山中瑤草如春煙，龍鸞並駕相後先。騰輕飈，載玉女，咳唾雲端作飛雨。朝与予遊陽之河，夕与予遊瑤之圃。神烏顧兔西復東，金支貝闕光玲瓏。精誠耿耿仙靈通，般裔裔兮紛來同。抽毫命我銘新宮，鯨噓電掃聲摩空。雕蟲瑣細不敢動，一百二十鳳皇鼓翼鳴雝雝。章成仰面西向笑，人間百日生東風。」其三云：「我從東方蒼茫雲海之間來，上排天路中徨徊。青童手持白鸞尾，夜掃紫霧閶門開。玉階丹㕍趋雲雷，二十八宿環三台。七襄文錦摩天裁，淩雲獻賦揮袖回。司命憐我貧，處我金銀臺。被我丹鳳裘，傾我流霞杯。南洲俯瞰不見底，但見一片飛紅埃。昇天行，何壯哉！古來無世無仙才。」康侯小樂府節短韻長。《瑤池宴》云：「宴罷瑤池碧樹春，白狼白鹿擁朱輪。百年幾度西巡守，不向南征問水濱。」《秦鏡詞》云：「龜龍虎雀未銷磨，收取長江萬頃波。照見關中天子氣，風雲無限漢山河。」《迷樓曲》云：「解道真仙也自迷，高樓上壓五雲低。可憐博得雷塘土，依舊空梁落燕泥。」又如《咏春草》云：「一碧自千里，四山多夕陽。離亭侵馬足，古道斷人腸。」可與程禹山之「北郭清明早，南朝廢寺多」異曲同工。

香石著述甚富，曾輯《易宗》一书，彙唐宋諸儒而折其中，又有《嶺海樓詩文全集》及《雲泉隨札》、《浮山小志》、《香石詩話》諸書。性好山水，嘗五上羅浮，於绝頂築粤嶽祠以觀滄海日出，自称粤嶽山人。年四十游京師，與余定交於宣南旅邸。其論詩嘗云：「七古以多作對仗爲玅，如老杜歌行『我能拔爾抑塞磊落之奇才』下即對云：『豫章翻風白日動，鯨魚跋浪滄溟開。』蓋上句正提奇才，下二句接寫奇才，必對方見宏整。又《渼陂行》中幅云：『宛在中流渤澥清，下歸無極終南黑。』得此二語對仗作停頓，精神百倍也。七古有雙单字法，如《渼陂行》：『黯慘』、『琉璃』、『散亂』、『啁啾』、『沈竿續蔓』、『菱葉荷花』、『湘妃漢女』、『金支翠旗』皆雙字。曰『歌』、曰『舞』、曰『有』、曰『無』、曰『雷』、曰『雨』、曰『神』、曰『靈』，皆单字也。又如『動影裹窕沖融間』一句中，嵌入『裹窕』、『沖融』等雙字，『間』字便是单也。此即疊字之法，由三頓、五頓，至一字一頓，各極其變。又七古多用三平正調，則音節自諧。如老杜《觀公孫大娘舞劍器行》篇中『驂龍翔』、『凝清光』、『傳芬芳』、『神揚揚』，皆三平。獨『增惋傷』句，『惋』字忽轉聲，因下段轉入仄韻，此處領起，有换羽移宫之妙，極變化亦極自然也。余按唐人歌行，惟初唐長慶聲叶宫商，餘則上四字仄，下三字皆平，或上二字平，中二字仄，下三字一平一仄一平，音節自然合拍。此雖不必拘拘於此，然觀杜、韓集中，可以悟鍊調之法。至如李義山《韓碑》有七平七仄句，則是變調，不宜輕用也。」香石之言是也。其論「七古須多作對仗」，尤爲確論。余謂即五古亦以對仗見精整，若通首单行，即牽弱矣。杜陵七律結句多用對，如「請看石上藤蘿月，已映洲前蘆荻花」、「關山極天惟鳥道，江湖滿地一漁翁」、「即從巴峽穿巫峽，便下襄陽向洛陽」，結句多用對以鍊其氣。且「風急天高猿嘯哀」，通首無字不對，是以一氣流轉，倍見整鍊者。大家每以對仗見真實力量，非如近人之隨筆寫成，漫無紀律也。

香石《羅浮放歌》：「我思太古洪荒來，川澤融液山胚胎。水流山峙天地奠，更有離合何奇哉！堯時九年嗟澒洞，禹甸九土猶蒿萊。水患懷襄極汎濫，山疑飄蕩無根荄。相傳神山在渤海，三峯上聳金銀臺。一朝蓬萊失左股，南溟涌出浮崔巍。巨靈有意故附會，羅浮合并難中開。鐵橋横亘入雲漢，造物好奇爲此玩。兩儀原自太極生，二山定有元精貫。曠觀五嶽鎮中原，衡山乃在諸夏半。羅浮徒以佐命名，傑出空負炎州冠。北嶽既臨北地隅，南嶽合居南海畔。不爾當推粵嶽崇，肇錫嘉名成壯觀。仙居第七古洞天，畸人逸士求神仙。稚川獲得丹砂日，安期不遇祖龍年。竹符丹竈本恍惚，靈禽異蝶还蹁躚。逃名洗耳來古澗，盡醉買酒餘平田。當時周濂溪羅豫章諸鉅公，流連景物兹山中。儒先豈有煙霞癖？山水偶契仁智胸。粵洲祖，泰泉翁，居山著述侔化工。圖經特爲闢真面，賢關何意埋荒叢？先祖粵洲先生嘗隱居山中，著《三五元書》、《皇極變窺》等書。文裕公繼此講學，闢泰泉精庵，修《山志》，著《圖經》，弟子黎民表爲之注，《山志》由此始傳。今秋我來追奇蹤，遙探四百三名峯。飛流萬丈白練素，列岫千朵青芙蓉。出門前導呵啞虎，入室近玩摩銅龍。忽看雲氣驟彌合，却似海龜翻鴻濛。陰晴朝暮各變態，淡濃遠近紛修容。荒村幾度綻梅蕚，古亭盡日吹松風。蠻煙蜑雨憶坡老，參横月落懷師雄。我生未得遊五嶽，五嶽披圖思大畧。莽蒼崇宏定有餘，幽秀靈奇當不若。我與山靈信知己，山靈於我如有約。使我來時風日佳，天公爲我淨林壑。題詩何必碧紗籠？放懷且倒金樽酌。」詩筆汪洋排宕，而章法又極精整，其妙處在得鍊字訣也。香石《山行雜咏詩》，如「青壁萬尋溪一曲，桃花開向水聲中」、「仙風遠度梅花放，知有人來過石梁」、「行上坡陀時小憩，一天空翠落松花」，自是神仙中人語。

南山弱冠負盛名，及遊京師，才望騰茂，嘗自言平生詩七古與七律最爲愜意。今讀《聽松庵詩》，其五古蒼野樸實，五律渾厚精純，亦非凡手所及。七古如《宋三大忠祠》《聽雲樓歌》《舟中望廬山》諸作，兼擅青蓮、玉局之長；七律《秋懷八首》具體杜陵。其言情之作清綺芊綿，紀遊詩亦托興深遠。倘遇雙鬟，定以檀板銀箏誦之。《遣恨四首》云：「方壺昨夜起罡風，誰信瓊華一瞬空？斑竹淚枯來渴風，碧夢聲斷失驚鴻。梢頭荳蔻春猶淺，臉際芙蓉酒正中。莫唱黃鷄催白日，尊前癡夢尚朦朧。」「西母驂鸞入絳煙，曉風環珮散羣仙。卷葹拔去心難死，烏鵲飛來恨莫填。玉境有臺安寶魄，金丹無術駐華年。紫藤花裏娟娟月，曾照娉婷小閣前。」「依舊星辰愴旧遊，紅牆銀漢望悠悠。冰輪蝕破蟾蜍泣，玉杵舂殘蜥蜴愁。錦里看花偏隔霧，茂陵聞雨易傷秋。香泥千尺埋雲子，腸斷金魚鎖畫樓。」「水邊樓閣暗輕陰，佇苦停辛思不禁。小雨似煙寒消消，遠天如夢晝沈沈。月中楊柳曾舒眼，風裏芭蕉未展心。莫向蓮塘重倚檻，紅衣狼藉冷珍禽。」《旅懷雜感》云：「風緒煙光總可憐，罽袍欲卸试吳綿。雙柑釀暖聽鶯地，百草吹香射雉天。古刹客來談寶劍，芳郊人去拾金鈿。摩挲醉眼蘇臺近，土碧成花有鹿眠。」「短簿叢祠送曉鐘，虎丘孤塔插晴空。歡場跌宕煙波裏，梵宇參差紫翠中。驄馬有時行蹀躞，鷓鴣無賴唱玲瓏。五人墓上誰澆酒？花片飛來似血紅。」「破楚門空霸業销，青山猶作翠眉嬌。生公法滅留頑石，伍相魂飛徙怒潮。扇影衣香三里霧，風廊水榭百枝蕭。扁舟載得吳宮月，直到揚州廿四橋。」「騎鶴何人自在行？竹西亭畔綠楊城。珠簾十里春風面，畫舫三更夜月情。小杜鬢絲煙黯澹，阿麽頭頸鏡分明。迷樓簫管青樓夢，併作邗溝一夜聲。」「選舞徵歌樂未央，牙旗玉帳氣飛揚。春風燕子燈前影，暮雨桃花扇底香。上將登壇悲擊楫，重臣開府愛雕牆。長淮閱盡興亡事，依舊滔滔送夕陽。」

小舟侍御工隸法，愛寫墨梅，有《安心竟齋詩集》。五七古規摹杜陵，兼學東坡，律體尤清蒼合格。《江城六首》云：「風雨此遙夜，江城秋又歸。經年牛馬走，徧地鳥蛇圍。燈下歌長鋏，尊前試短衣。永懷班定遠，投筆壯心違。」「海國動秋濤，屠鯨技孰操？斯人非不出，羣盜竟如毛。孔道人蹤絶，晴村鬼哭高。飛章定斟酌，多恐聖心勞。」「百里膏腴地，傷心付劫灰。連山烽作戲，中澤雁流哀。一月春糧去，千艘贖水回。似聞鄰婦哭，愛女不歸來。」「營巢混鳩鵲，繞郭半無家。五夜欃槍影，三秋桃李花。居人賣牛犢，匝野委稷秅。獨上禾亭望，愁風急暮笳。」「水軍時一至，堅壁老謀成。海潤黿鼉戲，煙昏草木兵。縱擒誰決策？迎送但懸旌。稍喜盧都督，臨危肯背城。」「大府論兵地，頻書咄咄空。鬢分雙劍白，血濺羽書紅。爭效秦庭哭，微聞蜀檄通。攻心須不戰，早晚奏奇功。」《泊胥江》云：「泝洄江上路，日落且停橈。鴉色荒村樹，雞聲別浦潮。勞生隨泛梗，靜契惜懸瓢。無限春歸雁，雲深不可招。」《錄別》云：「殘臘匆匆去，還家轉別家。有官仍浪跡，歸路更無涯。雪盡馬方健，酒闌燈又斜。朔風吹獵獵，愁聽暮城笳。」數詩逼真唐音。他如七律之：「全家尚寄燕雲裏，遠夢先歸嶺雪邊。」「采風欲訪田何宅，徧地驚看鄭俠圖。」「白日看雲遥憶弟，青山攜酒喜逢人。」「怒濤卷海疑奔馬，怪石盤渦欲吼鯨。」「清流觴咏剛三月，細雨帆檣又一年。」皆中唐人高響也。張南山有《國朝詩人徵畧》六十卷，其目録有小舟而集中無詩。蓋未見小舟之全集也，得此可以補入。

秋航大令与小舟同里，兩人唱和之作無慮數十百首。客於京師，其寓齋即竹垞古藤書屋也。《咏老松》云：「落落古君子，對之清俗塵。經過苦寒歲，閱盡著書人。壇迴雲留夏，山空月照秦。靈根已凝結，偃蓋待仙真。」筆意清警。秋航中嘉慶辛酉鄉試第一，屢赴春官不第。其《歲暮書懷》云：「貌不如人何況老，瑟非王好復難工。」

辛山大令原名家桂，後改今名。所著《見星庵詩集》，多新雋之思。余最愛其《舟夜》七律，云：「船涸淺流沙有聲，四圍坐對短檠明。漁燈入水星浮出，山影沈江樹倒生。一韻同拈詩客狎，兩舟齊發榜人爭。霜風露氣前村暗，何處遥遥夜弄笙？」《梅嶺道中》云：「塵飛古驛路何如？絡繹行人是貫魚。看得輿夫爭道處，似臨懷素草中書。」妙得未經人道。

香鐵孝廉倜儻亮直，軀幹短小，而豪氣迅發，篤於友朋之誼。庚辰秋曾偕小舟待御出都南歸，行至信州，小舟没於途次。時霽青爲信州守，爲之經紀喪具。香鐵崎嶇數千里，扶柩送歸羊城，復自羊城行數百里始歸鎮平，中間遭風覆舟，屢瀕於危，卒以無恙。其詩名《讀白華堂集》，生氣滿紙，讀之如見其爲人。

香鐵有《夜光木歌》，蓋引以自喻也。序云：「癸酉夏，河水驟漲，村人沿堤拾竹葦，得枯木，攜歸充爨。皮膜剥盡，根株拳曲。入夜輒有光，如積雪然。余異之，爲作歌。」詩曰：「夜光木，乃産自陰山，斲自冰谷。初疑變書之草出拘彌，又疑四照之花號迷穀。樵蘇拾得置薪舍，入夜晶光透茆屋。我思汝木上稟太陰精，當其韜晦叢莽，曜光匡麓，膏節晶瑩，枯根熠煜。雷火不放光，黃蟻不敢逐。寒宵炯炯閃驪頷，幽燄森森張鬼目。將使照乘珠，玄圃玉。珊瑚樹十丈，雲母屏九曲。夜明簾照織成來，水精宫伴湘娥宿。太乙仙人取之作藜杖，龍宫神女刻之作華燭。胡爲漂流泅没下長江？小兒拾之當濕葦，漁人燒之等枯竹。君不見，柯亭之箭焦尾桐，入爨猶聞老龍哭，況爾萬古積雪千年老冰結成夜光木。」

香鐵小詩亦清妙。《過儲潭》云：「蕭條旅橐迴清貧，難得雞豚拜水神。但屬檣烏歸反哺，不勞辛苦送征人。」《白门上巳》云：「水邊誰續麗人行？柳線桃鬟看不清。花底似聞雙燕語，再遲五日是清明。」

己卯四月，余將出都，嶺南諸同人各賦詩餞別。香鐵有句云：「我輩豈因科目重？路人翻向熱腸猜。」又：「事當失意成詩福，話到臨歧動酒悲。」南山極欣賞。

凡人詩名藉甚，且有專集者，雖未必盡屬可傳，而其傳也尚易；若名不出里巷，又無刻集，則雖溺苦於學，而其傳也甚難。憶三十年前故人，大半墓有宿草，存者亦音問濶絶，惟篋中尚有舊藁，或零章斷句，殘缺不全。擇其可存者，亟爲錄出，以誌懷舊之感。使其窮愁著書之苦心，不盡消歸於烏有，亦區區之友朋之意也。

王茂階上舍槐，太倉人，錢塘商籍，所著有《廢莪軒吟草》。《橫山曉起》云：「蒼松高矗天，白日不到地。忽聞竹雞聲，游人不能寐。徘徊草堂前，山光擁朝翠。胸懷淨緇塵，衣袂流雲氣。世人漫求仙，神仙此何異？」

黃平泉明經臣燮，寶山人，精醫理。嘗入蜀，著有《蜀游草》。丙寅之春，寓居海虞，嘗答次余韻兼柬張椒卿云：

「虞仲城邊兩客星，晶簾促坐茗甌停。懷如朗月空中皎，眼爲貧交分外青。示我一編新著作，識君千佛舊名經。吟筒齎到人何在？獨自看山水上亭。詩來時正在西城外。」

王淡懷茂才清蘭，常熟人，有《寄閒居詩集》。宗法唐賢，於國初六家詩中瓣香新城尚書。《胥江客夜聞笛》云：「何處飛來玉笛聲，秋風吳苑不勝情。倚樓月冷湘簾靜，立馬霜寒畫角清。江渚三更梅盡落，關山萬里雁初橫。高吟恐有魚龍聽，又作胥濤拍枕驚。」《秋閨曲》云：「西窗微月夢刀環，萬頃雲煙萬疊山。吹破一聲江上笛，何人昨夜唱陽關？」《星橋竹枝詞》云：「錦峯如黛影如蛾，溪上人家傍樹多。直到昆湖與郎別，暫時相送定風波。」《與舊歌者》云：「白雪飄來花下聽，梁塵委處按初停。龜年流落延年老，休向江南唱後庭。」格調清遠，微噍殺之音。同時有趙布衣貴珏，與之友善，舟中話舊送以詩云：「契濶經旬望，煙波一櫂留。窮途同灑泪，蓬鬢各驚秋。舊雨揚州夢，新詩笠澤遊。登樓應作晴，何處更依劉？」貴珏字藴暉，語溪人。

潘元愷茂才愷，崇明人，窮愁工詩，屢應秋試不遇。《九日有感》云：「寂寂重陽落帽辰，西風簾捲一傷神。計年易過真流水，伏枕常醒似老人。誰識尊前無限思？最憐籬下苦吟身。霜砧幾度催寒急？范叔綈袍莫厭貧。」

王瑞庭茂才若鳳，鎮洋人。余同歲入學，壬戌歲同客語溪，過從甚密，後以瘵疾早逝。《送春絶句》：「雨妬將離花事摧，送春江上只傾杯。青山日落舟無數，南浦何人載酒回？」《遊法音庵》云：「客尚思眠石，僧仍不掃花。」《曉窗》云：「山從薜荔牆邊起，人在芭蕉院裏居。」皆佳句也。瑞庭嘗遊白雲、天平諸勝，有紀遊詩一册。俞殷六茂才瑚題云：「白雲縹緲山之阿，山山娟靜如媌娥。高吟須得山水助，探幽拾磴攀藤蘿。太原公子耽游癖，每到三春時杖策。爲述天平諸勝遊，清辭雋句殊絡繹。吳中山勢最稱奇，蜿蜒曲折如蟠螭。法螺空谷蹊徑別，泉聲激激風生衣。忽向蒼冥得樓閣，疊嶂層巒氣盤礴。云過范公舊草堂，高懷千古渾如昨。却尋樵逕叩禪關，人語殘陽好下山。山色溪光兩殊絶，芒鞋布韤飄然還。昔讀江南賦，靈區足企慕。安得十萬買山錢，攜手雲巖最高處。」殷六亦同里同歲入學者，著有《澹園詩鈔》。

陸成孚孝廉堃，太倉之沙溪人。與余同歲鄉薦，二上春官不遇。復遊武昌，客於汪稼門中丞節署。詩筆清絶，惜體弱未臻中壽。《張夏道中》云：「半生猶未習長征，始信崎嶇不易行。千里更無春草色，一旬獨聽馬蹄聲。飛沙卷地塵難埽，怪石當車夢易醒。頻問僕夫前路好，得安旅客幾多程？」能曲肖行旅之真景。

單師白茂才學傳，昭文人，竹橋儀部之高弟。其詩工雅，得儀部之具體。《陽關曲》云：「離筵對飲淚潸潸，何必馬蹄西出關。只過長亭逢酒肆，深杯不照故人顔。」師白與余不相見者三十年，近得其手書，始知其客遊汴梁，惜未獲見近藁。

孫嘉玉茂才玘，太倉人，移家南鄉，以課徒餬口。《南渡觀桃》云：「東風如剪雨如絲，冷澹清明寒食時。今日小庵聯縱目，濃煙碧草爲遲遲。」「聞説花時渡口遊，紅桃十里錦帆舟。可憐一片寒煙裏，不見當年歌舞樓。」「崔護尋春豔冶時，去年今日不勝思。我來只有桃花笑，也向東風賦一詩。」讀之黯然消魂。又《吳塘閒眺》句云：「曉煙欲共春愁結，旅思難隨宿雨收。」亦婉約有致。

吴慎三茂才鋼，太倉人。余少時見其詩甚多，今僅憶《花朝喜晴》有「乍喜中林開豔舞，翻疑前夜爲濃粧」之句，措語頗工。

王禹諧上舍枚吉，長洲人。其令嗣其福，余之門下士也。禹諧没後，余曾輯其遺詩欲付梓，而卒未果。爲浦流槎題《梅花村圖》云：「朝煙一抹散江村，瘦幹踈踈帶雨痕。身在萬山寒雪裏，苦吟獨立到黄昏。」

張永叔孝廉景江，太倉人，一字補蕣。篤行績學，家無儋石儲。年四十餘始登賢書，再上公車，不第。窮困以殁，幾至無以爲殮，而又無子，諸同人皆痛悼之。而補蕣遺詩零落，余篋中存者絶少，惟《春日懷海虞山中人》六首，已附刻余藁中，今僅得七古一首，亟爲録出，俾《廣陵散》不至淪亡也。《長安行柬畢孝廉華珍兼寄陸元文汪元爵兩明經》云：「畢生早上長安路，兩載京華背人住。十玉徒留垂露文，千金孰買淩雲賦。拂衣歸釣東海東，夢中記得青門樹。西風一夜吹客心，茸帽疲驢踏冰去。曈曈旭日城門開，車塵堀堁往復來。燕昭郭隗安在哉？側身長望黄金臺。故人汪陸交情厚，同領離亭一尊酒。冰雪惟餘古膽肝，關河不見新楊柳。明年城闕生春風，祝汝軟蹴天街紅。飢鷹離絛出半漢，天馬脱勒行長空。丈夫失意便潦倒，出門我亦思西笑。作詩遺汝暨汪陸，他日同賡薊門曲。」

朱翰西茂才墨林，秀水人，竹垞太史之玄孫，所著有《桂之樹藁》。其家有《竹垞未刻詩》，欲謀補鐫而苦於無貲。又補注《曝書亭詩》，旁搜博采，頗見苦心。翰西《咏柳眼》云：「旗亭遠望傷春客，灞岸頻看渡水人。」《楊花》云：

「此生只爲輕離別，願作青萍送客行。」人多誦之。

胡軼羣茂才一麒，鎮洋人。《早春絶句》云：「門外青青草色斜，沿溪曲折數人家。春風作意催楊柳，剪出長堤幾樹花。」「煙卷輕寒柳腳斜，春光一半屬誰家。柴門寂寂空庭晚，簾外東風落杏花。」筆意清婉。自王茂階以下，皆曩時舊雨，就其存藁從篋中檢出録之。此外有數十年文字素心而詩已散佚者，當更俟異日之搜采焉。

余甚愛臨川樂元淑孝廉鈞之駢體文，而未及見其詩也。《靈芬館詩話》載其《題病起懷人圖》云：「離羣病鶴强昂頭，半憶鴒鸞半鷺鷗。報道沈郎腰帶緩，藥煙千縷是新愁。」風致甚佳。張南山《詩人徵略》，元淑詩摘句僅有《過羊蹊嶺》云：「守關用一夫，萬騎空偃塞。時平虛地利，斥堠上苔蘚。」雖吉光片羽，亦復生新。

粤東多詩人，其總集搜羅，精博者莫過於《嶺南羣雅》，係劉樸石太史彬華所輯。樸石詩多名句，如「苦吟人似寒山瘦，久客裝如落葉輕。」「待完婚嫁應垂老，猶賸詩書未赤貧。」皆妙。樸石，番禺人，乾隆丙午補士第子員。是科舉於鄉，同榜謝君啟祚年九十，君年十六，一老一少，時人以爲美談。至嘉慶辛酉，成進士，入詞館。歸省，以贈公不及見爲恨，遂不復作仕宦心。

余録船山先生詩多感事憂時之作，而其名篇雋語，美不勝收。今復補録絶句云：「秭歸城下秭歸啼，江出夔巫水漸低。莫上柁樓高處望，鄉山都在夕陽西。」「草樹經秋雨又風，老青荒翠間疎紅。閒擕小缽收花種，要替明年補化工。」「門無芳草徑無苔，灑埽黄塵日幾回。如此零星花數朵，虧他蜂蝶會尋來。」其《論詩》云：「名心退盡道心生，如夢如仙句偶成。天籟自鳴天趣足，好詩不過近人情。」「也能嚴重也輕清，九轉丹金鑄始成。一片神光動魂魄，空靈不是小聰明。」夫詩以道性情，近乎人情而未經人道者，方謂之好詩。先生此言，不刊之論也。

卷五

題有大小，詩須與題相稱。或即景咏物，或偶題書畫，只須寥寥數語，轉有不盡之味。今人必動輒千百言，甚無謂也。《隨園詩話》引李玉洲重華云：「小題偏作長篇，如獅子搏兔用全力，終屬獅子之愚。」妙哉斯言！

玉洲《貞一齋詩説》頗得作詩之訣，然其持論亦有不可爲訓者。其言「天地間情莫深於男女。君臣、朋友不容直致者，每借男女言之。」可謂得《風》《騷》之義矣。至謂「義山詩顯然是寄寓言情，若致尧《香奩》別無解説，知《香奩》決非致堯所作。」此則但知其一，不知其二者也。東坡云：「作詩必此詩，定知非詩人。」安得謂致堯《香奩》別無解説？夫人情所不能已者，聖人弗禁，果其言情之作，一往而深，則就香奩一体，自是傳作。讀者且迴心盪魄，感動於其不自知。聖人所謂「《詩》可以興」者，此也。若恐其誨淫而擯棄之，則《鄭》《衛》淫奔之詩，聖人不宜錄存矣。又謂「詩道最忌輕薄，凡浮艷體皆是，加以淫媟，更是末俗穢詞，六義所當棄絶。觀《三百篇》所存，淫奔都屬詩人刺譏，代爲口吻。朱子從正面説《詩》，始云男女自言之究竟。此等人安得有此筆墨？孔子謂『思無邪』者，正爲穢跡昭章使人猛省也。」此論更屬巨謬！無論《鄭》《衛》諸詩，《小序》之説具在，即就詩而論，亦多男女自叙之作，若云「意在刺譏」，何以必代爲口吻耶？

《詩説》又謂「七古自晋世樂府以後，成於鮑參軍，盛於李杜，暢於韓蘇，凡此俱屬正鋒。唐初王楊盧駱體，爲元白所宗，可間一爲之，不得專意取法，恐落卑靡一派。何仲默《明月篇》未可奉爲確論。」夫「王楊盧駱當時體，不廢江河萬古流」，杜陵論之詳矣，《詩説》乃坐井之見也。

《漁洋詩話》云：「蕭山毛奇齡不喜蘇詩，聞人誦『春江水暖鴨先知』之句，曰：『鵝也先知，何只説鴨？』」此真不足與言蘇詩之妙者。西河詩音節宏亮，似陳黄門大旨，沿明七子派，以宋詩爲不足學。蓋英雄欺人語也。西河《除夕》句云：「如何纔聽金雞唱，便説今宵是客年？」頗有風趣。七律如《朔方》云：「三秋白草緣關斷，萬里黄河入塞長。」《少年》云：「雞鳴曉日黄河動，雁陣秋陰紫塞空。」《禹廟》云：「玉帛千秋新祼薦，衣冠萬國舊來同。」一時皆謂「盛唐高響」，余獨不喜之。

詩中艷體一門，可以意會，不可以言傳。阮亭先生《詩話》中載，其從伯文玉工艷體詩，所著有《籠鵝館集》。《無題》云：「二十五年將就木，一千里路不通書。煢煢白兔東西顧，恰恰黄鸝四五聲。」今《籠鵝集》不之見，然即此數句，了無意味，其餘不足觀已。

錢塘陳雲伯大令文述，余同歲生也。南北分歧，如雁燕之相避。彼此寓書往來，未得一面。及與淮上會合，則蕭然白髮，已成兩禿翁矣。余贈以詩云：「瑤圃瓊田記昔游，別來三十六回秋。分飛病鶴摧仙翮，方信元龍自有樓。」而陳雲伯大令詩，初刻名《碧城仙館鈔》，錯彩鏤金，風華綺麗。後乃刊落才華，力追正始，雄深雅健，愈唱愈高，重刻《頤道堂詩選》。長篇鉅製不能備錄，祇錄近體七言，在作者不過即景抒情，而讀者已可作天際真人想也。《西湖歸夢和錢吏部》：「六桥楊柳曉啼鴉，往事分明記夢華。秋澗白噴龍井雪，春風紅上馬塍花。西陵松柏埋蘇小，南宋樓臺説趙家。何處酒壚堪貰醉？竹梢輕颺一旗斜。」《春日雨中示松壺》：「料峭輕寒透碧紗，春陰如夢客思家。一天微雨生新水，二月山城見落花。末路漁樵虛後約，故園雲樹隔天涯。輞川畫筆香山咏，佛火蒲團證歲華。」《春日小齋宴坐》：「何處風絃漢殿箏，空齋掩卷數瓶笙。落花到地飛還起，芳草如煙踏更生。經歲棲遲憐薄宦，十年飄泊誤躬耕。閒來一卷思歸引，回首西湖樹樹鶯。」《新秋過鷗隱園有懷》：「飄零塵海幾閒鷗，來過芳園話舊游。花氣涼生千點露，樹陰疎帶一分秋。名場壁壘人俱遠，琴涵官京師，松壺客中州。宦海帆檣我未收。更憶南歸庾嶺客，計程應過岳陽樓。」

《頤道堂戒後詩存》一卷，刻於道光癸巳仲秋，其詩多奉道之作。故其《自述》云：「詹尹何勞更卜居，此身祇合混樵漁。求仙別起懷仙閣，學佛新營奉佛廬。粥鼓全家妙香室，蒲團終夜小華胥。久知文字爲身纍，散盡牙籤萬卷書。」雲伯嘗有西河之戚，語余云：「中年哀樂，絲竹所不能陶寫者，惟奉道可以忘憂。」然余病未能也。又云：「凡字『小雲』者多不永年，令嗣與余子及阮小雲皆然。」余爲哽咽。

雲伯雖奉道，而詩亦清綺。《逸園翠香池館題壁》云：「翠疎香澹曉生煙，畫閣分明似畫船。胡蜨飛來書榻上，鴛鴦浮近水窗前。詩成殘墨留班管，琴罷餘音在玉絃。消受白蓮花世界，美人名士兩神仙。」

甲戌之春，余與青浦陸萊臧我嵩相遇於都下，其後同客武林。倚竹山扉，采蓴湖舫，擘箋分韻，殆無虚日。及余丁丑北上，留滯京邸，己卯秋歸婁東，旋之淮上。萊臧丁父憂，戢影里門，不得相見。迨壬午捷南宫，遠宦閩海，舟過淮安，匆匆執别。後十餘年，復以内艱服闋，補官入都，重過學舍。憶甲戌至今，屈指二十有二年矣，每見必有詩。自今别後，余馬齒日增，未知韓孟雲龍能再圖會合也否？萊臧之詩清真拔俗。《題三徑圖》云：「故衫塵浣紅如海，老屋煙棲緑到門。」《寄友》云：「半籬花影清無夢，一笛秋心瘦入詩。」《嘉興道中》云：「津鼓嚴更聲墮水，野航歸路棹生風。」《理安寺》云：「寺圍修竹元通鶴，人倚高雲倒聽鐘。」《紅橋泛月》云：「酒氣潑沉雙槳霧，簫聲吹冷一江秋。」皆可入《摘句圖》。

萊臧公車下第南歸，有《山行雜詩》四首，道中情景歷歷如繪。其一云：「馬口草聲齧欲飽，柝夫催客夜行早。星明沙暗宵氣澄，火光亘接如龍燈。長鞭勁響裂竹石，四蹄叱撥擁梁脊。輪飛忽歷山坡高，又入磵道穿峯椒。怪石怒踞勢欲鬥，以鐵擊石撼將覆。左輪躍起左輪跳，使我兀坐神魂搖。思躡行雲展禹步，忽聽前車轅馬仆。」其二云：「一峯行過天微明，平皋十里趁曉征。棗花香來指村屋，轂轂黄鴉鳴灌木。馬渴遥聽轉轆轤，知有水飲急奔逐。停轡問途阻且長，經過幾堠幾田莊。道旁忽見一屍卧，肌肉狼藉衣衫破。認是餓殍馬亦憐，移轍讓路愁壑填。吁嗟荒景何淒絶，高原無麥土皴裂，樹皮削盡如白鐵。」其三云：「驕陽當午炎風扇，黄塵和汗裝鬼面。欲語先銜滿口沙，一笑沁脾大呼噱。

饑眼望穿古戍樓，山程迢遞騾鐸柔。村人攔路招行客，蘆簾土銼釜塵積。脫銜馬滚旋奔槽，人亦入室暫息勞。彈冠此日喜新沐，相視各還真面目。羹湯微雜馬糞香，飯能礪齒餅充腸。孤鐙係壁仰首看，過客題詩無數行。」其四云：「車帷掩映露雲髻，側抱琵琶向人睨。眼熟店檐旗影飄，新妝買曲娛殘宵。十五成羣云復止，翠黛朱唇紛作市。四歲女孩不解絃，啞啞集戶慣索錢。少小學成走街技，一囀歌喉父母喜。最愁貴客來燕京，青蚨情重紅粉輕。今宵更習檀槽譜，明日襄陽來大賈。」

萊臧絶句詩多清微悽惋之音，《悼亡後客居邗上清明有感》云：「芳草新煙拜掃天，傷春觸撥廢琴年。蕪城飛絮東風冷，吹作江南萬紙錢。」「平山堂下踏春行，花送香車曉出城。記得去年人上冢，茜紅裙裾過清明。」「杏粥榆羹列蕙幬，高堂祭婦淚應流。煩君埽却梨花雪，莫點江鄉二老頭。」

吾鄉顧容堂農部王霖《五是堂集》爲虞山張鹿樵觀察大鏞所刻，而余所見者猶不止此，豈晚年手自删去耶？農部詩宗唐賢，而不落窠臼。《過玉河橋》絶句：「石梁高映苑牆紅，水影分明掛斷虹。兩岸垂楊千萬綠，碧玻璃是水屏風。」

「枯樹秋後退紅衣，菱葉菱絲没釣磯。昨夜一番涼雨過，銀塘拍拍水鳧飛。」「小車轣轆繞隄行，夾岸人家傍郭城。一樣軟紅塵裏住，門前水注玉泉清。」「玉署逶迤傍玉河，當年蕓館屢經過。今朝重向橋頭望，依舊青青柳葉多。」農部令嗣皆工詩，其仲子晞元字子雨，邑諸生，有《且飲樓詩》四卷。詞筆清麗，得溫、李之遺。

與農部同里同時，詩名相埒者，蕭百堂孝廉揆及其弟子山明經掄，其最著也。百堂孝廉游京師，與農部唱和頗多。

《梁家園施粥歌》後半首云：「廣和樓頭奏曼聲，慶春園裏翻新曲。朝擁歌童鬧管絃，夜邀紅袖傾醽醁。何不移將買笑錢，來向梁園振孤獨？我欲生綃染細圖，鼓吹筵前點一幅。」子山詩，余所见不多，嘗挹其緒論，能守鄉前輩之宗派，不隨時俗爲波靡者。

吾鄉詩人自餐霞、靜山、甘亭諸君後，清才接踵，輝映後先，可謂盛矣。余濶別鄉里二十年來，如徐秋士元潤、畢子筠華珍兩大令，汪竺君比部元勻、陸子鐵學博元文、劉蒼林明經應鈞，皆在都門聚晤，始得讀其所作。此外削跡家衖者，雖富有篇什，余卒未及管窺，爲可惜也。秋士《秣陵懷舊》詩六首，甘亭謂其「精深華妙，拔秀于林。及此盛年，壯其英采。漁洋復起，當使前賢畏後生也。」「夢醒南朝寺裏鐘，登山閒話舊樵農。寒煙翠冷諸陵草，落日黃低六代松。寶石爣成空繼馬，阿童謠後定成龍。鷄鳴十廟寒雲漠，一片秋聲急晚蛩。」「新聲璧月與瓊枝，芳樂臨春異代思。碧玉内人翻豔曲，斑騅名士演新詞。北軍飛渡韓擒虎，南國飄零江總持。腸斷後庭花幾樹，已拚青冢葬胭脂。」「秦淮花月舊陪都，風影誰言此日殊。水榭徵歌桃葉渡，畫船載酒莫愁湖。簫樓辭去紅襟燕，笳堞驚飛白項烏。流涕新亭徒感慨，哪知江左有夷吾？」「鑾觸紛紛好鬥爭，廟堂青犢尚縱橫。盧諶北去無良策，袁粲東來是憒兵。諸鎮風雲多戰氣，六州士馬少堅城。沿邊盡撤防淮戍，不用長江鐵鎖橫。」「草草偏安事寂寥，景陽宮井又前朝。尚書箋奏惟徵伎，都尉頭銜半續貂。舊怨黨人修秘錄，中原玉馬聽長謠。洗兵少緩臨瓜步，北寺南冠恨未消。」「臺城縹緲倚江樓，虎踞龍盤鎮石頭。三百年來銷王氣，五千里內舊神州。文章已入青衫夢，花月重移碧樹秋。一片齊梁金粉地，歌成商女不勝愁。」

秋士少登賢書，才華迅發，及屢赴春官不第，羈棲岑寂，絶少好懷，故其詩多商聲。如「鄉國夢迴窮鳥路，江湖星散酒人羣」、「已分風塵消傲骨，更無絲竹寫中年」、「花落幾曾歸緩緩，燕來常惜睇匆匆」、「天壤斷無愁可遣，心情惟與病相宜」、「屛除綺語拈花後，收拾雄心伏櫪中」，所謂「愁苦之音易好」也。

丁丑之春，余與秋士同車北上，夜過邹縣，有車中聯句，刻入余詩第九卷。是夜風雨驟至，同行者車各分散，余兩人危坐車中，四顧昏黑，杳無人跡。輿夫有劉某者，短小鷙悍，自負驍勇，嘗引筋自刺其喉，一呼吸間其筋如飛矢躍出數十步外。秋士有所佩小刀，劉輒注目睇視。余兩人惧甚，疑其爲巨盜也。窘急無策，惟得句則朗誦狂笑，以視無所疑懼。劉蹲坐微哂。聯句畢而風雨息，且天將曙矣。明晨同行者會合於旅店，述其事，無不大駴。乃給劉車價，遣之去。别雇他車，偕畢子筠作曲阜之遊。

子筠大令承弇山尚書之家學，又習聞靜翁過庭之訓，故其詩律细而才大，旨清而味厚，所刻有《小弇山人集》。後又自悔少作，欲重爲删節。余所錄者有百餘首，子筠悉爲索還，以爲此尚未足傳也。今篋中所存僅有都門唱和之作。《陶然亭分韻》云：「真得方外意，遂來城南亭。有如鷄豚社，吳語出郊坰。亮兹除熱惱，塵土十日醒。列坐延風凉，夏屋敞無檽。故池已竭涸，彌望葭葦青。安得雨下尺，徒聞白鵝刑。吾儕猶賈胡，到處輒一停。笑談無虛晷，酒盡雙玉瓶。路窮亦不返，尚想乘高瓴。往來大都市，鬢髪行星星。轟然箏笛作，疾走已厭聽。清空百首詩，胸如秋水渟。

誰謂我有懷，徒乞草木靈。謏文貢玉堂，俗學況不經。必思校衆藝，正當闢畦町。吾言聊爾爾，賢愚兩冥冥。」送余南歸云：「廿年結交盛夫子，齒髮始壯神揚揚。最後春明兩傾倒，下馬不異年少場。讀書折節衆人後，片善推挹無时忘。歌詩鬱鬱數百紙，邇來自作夙格蒼。心肝豁達叫閶闔，感時論事增慨慷。即看市儈盡冠蓋，吾儕一笑歌滄浪。眼中流輩憂患始，腐儒未足知行藏。不妨仕宦居戶限，白日哪辨終奔忙？念昔同袍盡才傑，先生作賦工長楊。中間來往數相見，較量人物雙瞳光。爲言道喪終一雪，公卿側席如平常。遑知舉步得蹭蹬，頻年下第思故鄉。如今已無金閨彥，文章高會山丘荒。滿襟冰雪卷懷退，時俗安得相雌黃？起居況復念時癘，百物辛螯毒中腸。紅塵熱惱良作惡，經旬嘔泄走且僵。憑高茫茫限南北，遠郊無人下牛羊。塵顏俗面豈長接？青山要與人低昂。君言入山恐不深，昔遊未竟行春糧。九登十陟始快意，倚天照海窮扶桑。男兒不死會相見，百年但保逢康彊。羨君同行劉與陸，羈人臨別意慘傷。吞聲躑躅望親舍，哀鴻嗷嗷思稻粱。此身未要填溝壑，明日千金縱博償。」

竺君比部，靜厓宮庶之孫，耐山司馬之子，厚夫太守之猶子也。身有鳳毛，譽馳驥子，詞流推挹，富有篇章。余自己卯一別，摶沙聚散，難拾墜歡。前歲寄余書云：「平生有三大恨：纍試僅譽京兆，不中甲科，一也；年過四十，膝下無人，二也；浮沉仕途，吟事久癈，三也。」竺君由內閣授部曹，入軍機，官階漸顯，遽爾徂謝。余思輯其遺詩而篋衍無有存者，惟己卯送余南歸之作，猶及記憶，因亟錄之：「新篇唱出共沾襟，留別之作，都下傳誦。豈爲窮愁鬢暗侵？鴻雪有痕成聚散，鶴雲何意問升沉？寒氊一片儒生福，古瑟千秋大雅音。畫趣詩材歸槖富，擊船最好綠楊陰。」

子鐵學博，少負異才，壯游湖海。縱横詞社，跌宕酒場。紅袖傳箋，緑鬟按曲。滄江槃敦，藉甚才名。鄉薦後屢上春官不第，窮愁牢落，彈鋏依人，興會迥非疇昔矣。詩才綺麗，情致悱惻。浴碧夢紅，鏤金刻玉。濫觴於温、李而變本加厲者也。《板橋雜咏》云：「南部笙歌北部粧，彄環麗事記横塘。渡名桃葉花爲楫，人號楊枝月是裳。軟水溫山非六代，零珠剩粉又千場。曼翁小傳從頭記，興廢蒼茫付夕陽。」「彈出離鸞別鵠聲，琵琶齊擅頓揚名。當門蘭香無價，繞帳梅花夢亦清。定有千錢珠市擲，果然雙璧石城傾。尊前涕泣談天寶，白髮黄絁卞玉京。」「禿襟小袖按陽阿，巧笑媞嫛醉頰酡。髯叟新詞工曉月，眉娘小字称横波。星團鴦館才名盛，雪散鴻軒別恨多。芳草王孫腸斷也，银鉤好句盼蹉跎。」「一曲瓊花壓後庭，太平萬歲無零星。羊車望幸銜金璧，虹棟藏嬌緻甓瓴。鬥草巧排秋蟀籠，吠花深護夜猧鈴。祇愁塞上箜篌引，唱到黄沙掩淚聽。」「上陽春恨訴龜茲，椑鈿飄零冷翠眉。蛸戶苔荒江令宅，鴉巢煙鎖蔣侯祠。就中多少青衫淚，此意分明絳蠟知。試問江湖誰健者？牧之以外又徽之。」「黑風吹刼大江流，銅瓦何年廢選樓？芝螙貪香腹豹胛，椒蝓粘粉搨鸞鈎。愁人江上題楓驛，倦客天涯滯菊郵。多半羽林好夫婿，當罏典盡鷫鸘裘。」「曾向姮娥乞紫綃，碧天矯首失虹橋。霓衣緩舞偷三疊，霜袖蕤音促六么。鸚鵡卿真憐婉婉，鳳皇爾亦怨翛翛。描鸞腰素口工摹擬，頻界烏闌笑續貂。」「明珠論價錦綸緾，一舸鴟鳴福是仙。百感庾郎空賦樹，三生温尉本名荃。殘綺麗珊毫落，話到蒼涼玉筯懸。只有清淮半輪月，照人啼笑自年年。」

薈林明經居吾州之弇山園舊址，承其世父之後，占籍崑山，孤貧力學，操行醇謹。客京師六年不得一第，遘疾沉痾。余与子鐵挈之南歸，附糧艘，輿櫬舟中半載，始達里門。支離牀褥又二年，疾稍瘳。卒以多服溫熱之劑，疽發於背，遂以不起。文章憎命，可悲也已。其詩古體學昌谷，近體亦研鍊自然。《漢注水匜歌》序云：「匜高一寸二分，深一寸一分，口徑三寸，旁有一大流，背銘小篆二十二字。乾隆間畢秋帆尚書得之西安古冢中，外舅竹嶼先生見而寶之，後以遺余婦，余故得藏於家。今按古圖所載漢注水匜，形製脗合。銘曰：『律人衡蘭注水匜，容一升。始建國元年正月癸酉朔日制。』余讀班書《王莽傳》，孺子嬰初始元年戊辰十二月改为始建國。此言元年正月，則當是明年己巳歲制此器也。因作詩紀之。『衡蘭』四字無可考，存之以俟博雅者質證焉。」歌云：「齋亭白石浚井出，曼子改元始建國。銅符金匱受廟中，元年正月朝七公。承陽執爵，安陽舉觶。玉杯延壽獻人主，當時更有新垣平。此匜注水古所銘，碎瑤冷玉浸一泓。紫鳳銜嬌碧螭泣，團霞迸灑珊瑚汁，斗杓西指橫庚庚。截得夔肪扱波立，煙零雨斷碧血漬，黃龍墮死中黃山。帛圖泥檢兩已矣，此匜不共泉刀毀。君不見，茂陵甲帳亦可哀，匣襦零落通天臺。秦耶周耶籀與篆，路人耕出隗囂盌。」

薈林《女酒歌》哀感頑豔，置之《昌谷集》中，幾無以辨。歌云：「椰漿寒沁梨漿冷，碧缸春瀉琉璃影。女兒酒賽黃嬌黃，雲母一杯漱冰井。東家女兒十二三，銅芪不動掇髟鬖。去年壓酒酒未熟，杏花太小芙蓉憨。西家女兒十五六，丫鬟碧共桃鬟綠。有酒不嫁奈酒何？海棠紅瘦春風多。三星燗燗高如此，女兒約扇遮黃子。蜜房羽客喚欲狂，卅六鴛鴦醉香死。君不見，龍頭酒濾珍珠槽，女兒顏色嬌更嬌。玉瓶一雙臙花雨，阿母明朝來暖女。」

同年王葆初大令履基客虞山時，與余唱和甚多。今遍覓其詩不可得。余藁中古井、古宮、古墓、古壘諸詩，皆與葆初同作。及戊辰客京師，刻兩人詩爲《蘭雲唱和集》。今板已不存，甚可惜也。

丁丑至己卯，同里友人在都中者秋士、子鐵諸人外，周小石醒尹曰堅、錢伯瑜方伯寳琛、陸範莽大令模皆有唱酬。伯瑜、範莽詩不多作。小石與厚夫太守爲中表兄弟，每至養泉齋，必邀同作詩，故其詩較錢陸二君爲多。《消寒分賦暖鍋》云：「沸揚合待湯官進，熟薦先經竈妾烹。」《火研》云：「鴝眼半枯經火炙，馬肝微潤耐煙薰。」頗有意趣。伯瑜自入詞館，出守河南，嗣後敭歷中外，而亦不廢吟咏。前歲過淮，示《訪秋四咏》，皆清新可誦。範庵官金華，分校浙江鄉試，《闈中偶作》有云「幾輩濃花生風管，有人大澤泣龍梭」、「一葦已教過彼岸，三山多恐有迴風」，語皆耐人尋翫。

詩以陶寫性情，不可獵取浮譽，余既言之詳矣。乃近人既自炫其詩以飾竿牘，而作詩話者類皆以耳爲目，隨聲附和，拉雜牽連，以侈其交遊之廣，甚者羅列名公鉅卿，爲異日干求賄賂起見。此亦詩壇之一大刼也。余詩有云：「奇絶詞場局又更，選樓人盡古昭明。零星桃葉才鐫就，突兀金臺已築成。」此輩伎倆若此，可發一粲。偶檢篋中，得伯瑜主講鍾山時惠寄之函，乃真先得我心。其畧云：「近得友人書，知有《乾嘉詩鈔》之刻。鄙意謂此書備兩朝風雅則可，謂操選政則大不可。海内貿聲者多，碩望者少。高才大力詩卷裒然，或未可深信；後生小儒呻吟月露，或無當大雅。概爲闌入，不知後之論者以爲何如也？若夫經術、行誼、功名、節概之卓卓可傳者，或不必有詩。即有而不必得，得而不必佳。往往俱遭斥退，可不惜哉！愚以爲詩必以人爲斷，如前所云從嚴可也，如後所云從寬可也。指歸既定，然後網羅放軼以廣其收，區別存亡以防其濫，遏絶聲氣以著其真，以待後之選家出而去取之，成兩朝定本，庶所傳者皆可傳者也。其於風俗人心兩有裨益。既復友人書後，以質之執事，望賜數言以重其信焉。某頓首。」

吾鄉城南友人工詩者，以黄氏爲極盛。亦宋孝廉景濂一字友蓮，氣格清超，音節宏亮，與菽原鎔、少淵鑑、雪蕉錞諸昆仲皆抗心希古，併力作詩人者也。友蓮《和王葆初彗星韻二律》：「芒角欃槍閃，棲烏警夜啼。狂雲門牛馬，薄暈失虹霓。梓慎矜曾見，東方逞滑稽。羿弓不在手，瞻彼大辰西。」「天星衆牢落，行事客先嗟。月齒光初啓，羲鞭影待撾。秋風盤鸛鵒，殺氣掃龍蛇。直恐青林拂，紛紛墜若沙。」筆意遒緊。他如《雨後》云：「客中燈漸暖，林外塔成陰。」《瀨暮渡江》云：「潮平山勢失，舟遠客心孤。人語催燈出，斜陽照水無？」《夜坐》云：「雲陰衣霞淨，花態月華流。」《棲霞道中》云：「萬松香滿路，一鶴去無聲。水市穿林出，山雲近樹生。」《將赴秣陵留别》云：「地當東海回波少，山到南朝落照深。」題余《焦山詩冊》云：「放懷江海無邊地，杖策金焦最上頭。」皆清蒼研鍊。

菽原茂才《歲盡同諸姪閟坐二首》：「荆樹摧殘百感滋，凋年急景費支持。卧薪嘗膽此何日？讓果同衾又一時。薄薄茶湯難得永，淒淒松竹易成悲。飄零别有傷心事，除却陳人總不知。」「眼看諸孤改歲辰，問安何處喚雙親？九重泉路無消息，一穗燈殘共苦辛。到此存亡均福薄，算來手足太情真。昨宵夢裏連牀語，吹雪成花雨似塵。」詩極沈痛。是時菽原之弟菘畦夫婦偕亡，痛定思痛，讀之但覺淚痕滿紙。

少淵孝廉《練湖絶句》：「高樓聳峭倚危欄，匹練湖光勢渺漫。七十二流遠縈抱，諸山都入水中看。」唐人高嚮也。

雪蕉茂才詩清雋，無門面語。有《歲暮雜詩》數章，得南宋人筆意。《江南種棉歌》五首，其二云：「黄梅時節雨連宵，碧草芊芊欲長苗。相約攜鋤呼姊妹，魚羹麥飯渡溪橋。」其五云：「團鳳飛花蹙細紋，三朝五匹尚辛勤。輸將官税猶餘布，留作兒家六幅裙。」婉約有致。雪蕉於庚寅春夏間扁舟見訪，留寓學舍，極唱酬之樂。有《高麗古鼎四韻》、《唐楚州石柱五十韻》諸篇，俱見余藁中。余逢大敵，執金鼓以抗顏行，不能不爲三舍之避也。

揚子泉茂才政源，余内子之中表弟也。歌行善學梅村，近體亦風神駘宕，不愧清才。往歲寄示近藁，惜有同里友人過淮，匆匆攜去，將俟余南歸後重讀其詩，補録之。自蹭蹬名場，遨遊湖海，其詩更激宕沉鬱，風格進而愈上。

陸子愉孝廉麟書少負異才，尤工韻語。曩於秋士齋中見其唱酬之作，深爲欣賞。惜久客西江，未及識面也。壬辰舉京兆，時年將五十矣。癸巳南歸，道經淮上，始得相見。後客邗江，復得來訊，序余詩文總集。余報書索其詩藁，而又爲洪喬所浮沉，爲悵悒者久之。

下第詩如袁香亭之「共説文章原有價，若論僥倖豈無人」、「愁看僮僕淒涼色，怕讀親朋慰藉書」，程魚門之「也應有淚流知己，只覺無顔對俗人」，隨園以爲可與唐人頡頏。然孰若萊臧之《歸家五首》情景逼真，不作牢騷憤懣語，乃真突過前人也。詩云：「一水達門巷，小艇疾如駛。忽矚鄉樹緑，客心先自喜。入門一犬譁，銜衣亂搖尾。急遽呼爺孃，驚言兒歸矣。相與雜沓問，就道何日始。審視辨肥瘦，屈指計道里。都忘失意返，和氣溢槃匜。喜罷轉媿生，默自檢行李。」「問父顏何悴？父言我頗好。酬應删冗繁，煙霞契襟抱。汝發書三通，到家收閲早。歷言故鄉事，瑣屑悉了了。曰某倏病死，曰某仍壽考。須知風花幻，旦暮竟莫保。偶談及科第，父笑置勿道。挑鐙看兒詩，夜餐呼太飽。」「阿母夜少睡，見兒問訊頻。謂我無别慮，恐汝太苦辛。始也默心祝，願汝早致身。十年成薄宦，或可娱衰親。及余二月病，喜幻憂則真。夢囈時呼兒，病愈乃蹙顰。僮婢笑我癡，積想時出神。壯遊豈不好？生汝僅一人。今兹下第回，吾欲展微嚬。未知狀元家，父母果何云？」「夜靜入深房，鐙熒碧紗幮。新婦前致詞，欲語還躊躇。謂姑日衰病，謂舅少歡愉。倚閭迫憂鬱，妾勸意稍紓。但恨尺書中，不能積懷攄。今君賦歸來，未容泣窮途。明日潔甘旨，佐君高堂娱。我方息心聽，聽之增欷歔。翻問遠遊樂，欲答哂婦愚。」「六歲憨女兒，雙丫伺門隙。見耶笑不止，欲出又藏匿。問爺京師遠，可在揚州北？爺出大父憂，髮不似爺黑。教女讀唐詩，字已大半識。我愛女語真，攜手立籬側。笑指茉莉花，開比去年白。」

詩宗比興之體則易於工。余第四卷詩中有《閒情十二章》，蓋爲戊辰下第作也。中有云：「多事紅襟雙燕子，水晶簾下故飛來。」「蘼蕪山上春如夢，蛺蝶花前影自雙。」「名園北地新聲豔，臣里東家故苑春。」是科吾鄉獲雋者二人，故有「臣里東家」及「雙燕」、「雙蝶」之喻。又云：「人共黃楊逢閏月，詩隨紅黃落清流。」則以是歲閏五月也。又云：「蓬門寂寂春將盡，金線年年計總非。」則以報罷後即授徒於京邸也。

慰人下第詩，如梅村祭酒《送趙友沂南歸》云：「趙氏只應完白璧，燕臺今已重黃金。」可謂工絶矣。近見辛筠谷少宰從益《送林大宏下第歸》云：「坊錦逐年花樣異，齊竽殊好瑟工難。」真有慨乎其言也。

筠谷少宰憐才如命，嫉惡如仇。爲江南學使，釐奸剔弊，端士習而申士氣，至今人皆思慕之。詩筆清新拔俗。《瀋陽返役登醫巫閭山》云：「酒因知己傾懷易，詩爲名山覓句難。萬壑停流松起籟，千峯答響爆衝寒。」《魏太守招飲平山堂》云：「客到湖山知有主，天開圖畫喜當晴。」《題徐斗垣臨江小閣卷》云：「起閣巧當孤塔迴，開筵每值放花初。」又《雄縣道中遇雪絶句》：「天清古樹轉槎枒，點點平原散曉鴉。一帶踈林淡於畫，不知何處是梅花？」讀之撲去俗塵三斗。

長白富筠圃觀察斌守淮安時，與余訂文字交，凡有所作，必互相賞析。每隨賓寮進謁，客退必留余談藝，或至夜分始出。後以計典薦舉，余遂執弟子之禮。及觀察河南，招余作陝州之遊，寓書云：「有召南書院，虚左以待足下。」余以塵事牽牽，不及往遊。然六七年來，二千餘里，詩筒猶不絶於道也。《憫雨次韻》云：「溝渠溢平陸，一望成汪洋。我有禾稼憂，耿耿中心藏。病起勉進餐，厭聞春酒香。清晨日慘澹，薄暮雲蒼茫。驚風挾急雨，勢欲排高牆。兀兀撼茅屋，淼淼連陂塘。千畦浩一白，六月無寸秧。自咎政不修，額手呼穹蒼。」《舟泊界首》云：「片帆初卸晚風横，棹倚珠湖待月明。繫我柔情春草色，動人羈思暮潮聲。青山放眼琴三弄，白髮驚心酒再行。顧影燈前還自笑，支離不似擁長城。」

筠圃先生詩法陶公，後乃取材於少陵，參變於東坡，要其雋永細緻，則與劍南爲尤近。好句如《寄都門友人》云：「柳塢春深鶯囀細，蘋洲水暖雁飛遲。」《旅感》云：「風吹海氣春猶冷，雨雜村煙晚更多。」《夏暮》云：「仕爲家貧腰屢折，詩因句纍手頻叉。」《杪秋坐雨》云：「雨聲欲釀寒花老，風力能欺落葉輕。」《瓜步守風》云：「渡頭草色迷吳楚，江面濤聲咽古今。」《泊秦郵》云：「傳人共説孫莘老，倦客方懷馬少游。」俱得南宋人風致。

湖州沈叙軒觀察敦彝服官四十年，熟悉水利，五七言古詩多南河紀事之作。余獨愛其近體，戛戛生新。《上海水仙宮寓次》云：「客裏棲遲到處安，鬢絲禪榻月光寒。勞如轉轂心無定，曉未鳴鐘夢早殘。雙槳自南還自北，一身非隱又非官。水仙名刹清嚴地，莫作郵亭旅舍看。」《曉寒次頻伽韻》：「兩載吳淞節候和，重游袁浦問如何？五更有客思添被，百鳥無聲懶出窠。漸喜日光穿戶牖，先驚霜意滿林柯。寒堤只恐西風急，默禱洪湖水不波。」

竇松軒司馬汝鉤詩名《怡情集》，其生平酷嗜吟咏，以詩自怡，而不求其工，然亦時露警句。《老將》云：「虬鬚長挂劍，猿臂瘦開弓。莫惜驃姚少，應憐頗牧忠。」頗矯健。

李海帆觀察宗傳以古文名家，得姬傳先生之嫡派。詩學明七子，而詞意甚新警。《蕪湖關口作》有「風約千帆一字行」之句，爲船山先生所稱賞。《海上待月》云：「九天全化水，一月乍穿雲。」亦警句也。

頻伽詩話稱山陽盧明經湧詩才清峭，學有根柢，抱伯牛之疾，抑塞杜門，良可嘆息。然盧君余所熟識，工詩豪飲，並無疾也。惟抑塞阨窮則誠如頻伽所云。《雷塘道歌》：「吳公臺下行人少，丹楓月落雷塘道。青燐夜出學流螢，荒雞不報泉臺曉。」「錦帆帝子愛揚州，東京不駐駐邗溝。如花殿腳三千女，挽得龍舟次第游。」「玉管金絲歌不足，念家山破重翻曲。獨有傷心老伎師，當年曾爲江都哭。」「螢苑迷樓事盡非，淒涼抔土耿斜暉。隋隄十里垂垂柳，猶向東風作雪飛。」《雨中過竹西亭感舊》云：「畫閣聲聲唱柳枝，竹西亭外雨如絲。酒旗歌扇揚州路，腸斷三生杜牧之。」《即事》云：「湘簾半捲日西流，小立空庭豁倦眸。五日盲風三日病，不知紅杏上梢頭。」風調絶佳。

潘四農孝廉德輿詩骨高超，不作唐以後語。嘗寒夜寄余詩，有云：「霜聳萬葉盡，滿貯一庭月。」又「夢里成連琴，風煙隔海水。」蓋以自喻其詩境也。年未弱冠已有出羣之目，至四十後始舉，戊子科鄉試第一。是時余□皖江歸舟，有句云：「頻年挾策憐蘇季，垂老看花羡孟郊。」四農見而笑曰：「君此咏殆爲我而作耶？」

余門下士工詩者，在山陽必推李少白茂才續香，性情既真，學力亦到，歌行風格老蒼，音節轉換處動合自然，蓋心古人而追之，又學古人而化之者也。近體獨攄性靈，不落門面語。《秋雨和韻》云：「遠樹隔雲藏宿鳥，寒窗破夢咽鳴雞。望殘遠浦涼楓葉，冷到踈籬瘦菊枝。斷橋自滑歸村路，野岸誰停隔水舟。」《咏懷》云：「身健猶勞慈母問，家貧只許故人知。」又《旅館鐙》云：「十年夢醒三更雨，一縷煙生四壁愁。」皆清真淒婉，絶遠恒蹊。

少白善病，余嘗作書詢其近狀。答詩二律云：「紙帳風尖料峭寒，餘生拚作古人看。何心更説山林好？此腹全消塊壘難。詩不驚人偏有祟，病來厄我太無端。披衣坐起愁如海，況聽深宵漏鼓殘。」「問訊頻勞長在車，藥囊料理竟何如？世無扁鵲醫難信，坐有元龍氣未除。寒餓欲酬知己感，寂寥不信故人踈。枚生七發殊多事，哽咽殷拳一紙書。」以彼清才，艱於一第，命也何如？纏綿往復，讀竟輒喚奈何！

少白弟友香，字茝江，詩名與伯兄相埒。每大比之年，大江南北會合白門者，必詢及山陽二李。乃少白既貧病纏身，茝江年甫三十，遽返玉樓。天之忌才何太甚也！茝江《白桃花》詩：「遠村潭影春無迹，殘步花陰夜未央。擬似虢姨矜寵澤，蛾眉澹掃侍君王。」同人皆爲推服。其《咏秋草》云：「野田雨過留鴻爪，客路霜寒滑馬蹄。」《秋柳》云：「武昌舊恨斜陽地，溢浦新涼薄暮天。」亦有神韻。

李子洤茂才啟山，少白之從子也。英姿高邁，富有詩篇，山陽諸生中獨爲後起之秀。所著《扶疏閣集》。如《新綠》云：「眠雲不碍琴三弄，繞屋難遮路一條。」《閨怨》云：「只願紅樓都化水，可憐紫玉易成煙。」《九日》云：「綠酒但拚今日醉，黃花不似去年多。」俱清新有風致。自非生有夙根，何能作此語耶？

子洤《寒夜怨》云：「流蘇斗帳銀鐙炧，霜華亂落鴛鴦瓦。下階拜月前致詞，終身自笑姮娥寡。轆轤風冷紅闌干，花陰背立衣裳單。胡笳有聲雁影没，欲寐不寐愁漫漫。愁緒今宵杳無着，美人倦倚芙蓉幕。」風致與飛卿、玉溪相近。

余與山陽諸同人，惟邱月樓茂才熤相見最早，結契最深。其後李君少白、郝君杏樓其燮，皆月樓所介而相見者。及郝李諸君過從甫密，而月樓已謝世矣。詩篇零落，存者寥寥，亟錄數篇，以誌酒壚鄰笛之感，所謂故人心尚爾也。《菜花次韻呈閻太守》云：「辛苦柴門抱甕頻，英雄事業向誰陳？絶無旖旎工畦夏，剩有風神繪野春。碧玉霏煙誰作偶？黃金鋪地不沾塵。自從雪圃開萌甲，慚愧村傭負此身。」「羞賣街頭鎮日呼，聊供苜蓿佐觴壺。根香到口憑咀嚼，民色關心仗極扶。十里倉庚春似夢，一庭蛺蝶曬成圖。願甘開在桃花後，爲待劉郎再入都。」「綠水盈盈一渚斜，山居點綴訪無差。東風暖吹蘭成宅，春雨閒澆伯起家。芥子艱辛成後果，祇園富貴不空花。非關紅紫慳緣分，護惜靈根長嫩芽。」「陶徑新鋤覺昨非，清香半畝挹晴暉。鄰惟學士通蔬圃，坐有賢侯飽布衣。荼薺祗堪知己喻，兒孫能守素風稀。不嫌枝葉多踈散，請向春風賦采菲。」

月樓家住城南之蒲葭巷口，老屋數椽，名十一聲山房。庚辰之冬，招同人分咏梅花。月樓《咏夢梅》云：「歌枕猜詳被未温，梨雲一喚便銷魂。北風吹入香成海，東閣招來酒滿尊。銀燭分明紅袖影，玉釵依約翠眉痕。林逋紙帳無惆悵，悟得南華是寓言。」杏樓《尋梅五絶》其四云：「雲深凍不流，水清溪可渡。橋影與沙痕，隔斷來時路。」筆意高淡。又陸春堂從星《憶梅》句云：「三徑月明思往事，一年春信負歸期。」寄託亦深。

卷六

余應童子试，受知於仁和胡文恪公，補博士弟子，試以「梯倚緑桑斜」七言律，爲公所稱賞。公視學江蘇先後六載，訓誨諸生不啻如父兄之待其子弟也。公論詩和平中正，宗法唐賢。惜余未睹全集，僅從《湖海詩傳》中錄得二首。《春日就亭即景》云：「碧蘿掩映小林坰，繞屋平岡迤邐經。一曲蕭江晴入畫，幾層門岫暖浮青。登臨到處開襟抱，風雅當年見典型。好景無邊添勝賞，佳遊仿佛峴山亭。」《校士寧都途中有作》云：「春光駘宕過梅川，民物熙和境靜便。膏雨乍收青畎外，人家多住翠微邊。翠微峯距寧都城西十里，金精十二峰之一也。魏冰叔有《翠微峰記》。闗心芳序搴蘭節，入畫輕陰釀麥天。最喜時平風俗美，星軺周覽記經年。」

吳方伯曇繡先生俊《榮性堂詩集》，《蒲褐山房詩話》稱其取徑幽深，精心獨造。從軍後崎嶇烽火，所見益奇，筆足以發難顯之情，尤非時手所易及。余最愛其《重游千像寺就僧飯作》：「山門故依然，斷紐懸危鐘。寺僧如猿猱，跳躍捧我筇。親切竹裏路，狎熟林梢峯。經唄講堂歇，水磨齋厨舂。豌葉嫩勝蒻，椒茅芬可供。彊彊鵲覓粒，窣窣鼯窺墉。師談往日虎，我怵鉢底龍。落日且辭去，花霧堆重重。」

吳巢松學士慈鶴習聞曇繡先生過庭之訓，其詩工鍊秀整，妥貼排奡，騷壇之正聲也。都門合并，富有贈答。余年長巢松數歲，而叙世誼則巢松为丈人行。余座主梅垞先生爲曇繡先生所得士也。余應禮部試，屢邀房薦，佹得復失，巢松以爲有詩祟云。巢松所著《蘭鯨錄》，詩各體俱妙。《曉觀太湖》云：「曉寒如刀割青冥，人間喔喔天雞鳴。老蛟高眠喚不起，夜光自醉朝嵐醒。」「神飇滕波大星没，羲和走馬驅白日。金庭紅霧鎖飛香，病倒天仙藥龍骨。」「昨夜銀河酒星送，蓬萊玉女司春夢。梳頭亦是世間粧，飛出雲窗一雙鳳。」昌谷以後有替人矣。其《咏梨花詩》有句云：「色素難勝酒，光寒太損春。」一時推爲絶唱。

咏物詩借題以紀時事，寄托既深，骨力自健。巢松《彭蠡湖見白雁》云：「宫亭寒水浸征鴻，毛羽淒涼雪色同。天末素書回北使，日斜銀浦急西風。魂穿霧雨秦關黑，眼見旌旗蜀塞紅。知爾遠來非得已，中原猶未洗刀弓。」是詩作於嘉慶初年，正教匪煽亂，秦蜀用兵時也。又《春懷五首》，仿少陵《秋興》，而出入於義山、遺山之間。詩云：「一片飛花一點蘋，幽居雲物望中新。吳天白捲今年雪，楚雨青歸萬古春。野水竹弓捎孔雀，荒墳煙草葬麒麟。羣書卓犖真何用？署喜多愁似古人。」「藤刺花梢亦近天，霏霏紅葉得人憐。雕梁紫燕憂身世，高館青梧忍歲年。病馬且隨騏驥後，鴟梟終集泮林前。春來春去愁烽火，只在秦關百二邊。」「頗聞笳鼓動荆襄，復恐旌旗照洛陽。諸將不嫺魚鳥陣，幽人休老芰荷裝。蒼生爲盜堪哀痛，白社求才稍激昂。巴蜀地形便轉戰，韋皋談笑取侯王。」「紅閨消息近何如？翡翠穿簾蛺蝶扶。天入畫屏帆背楚，地平香絮客歸吳。銀鐙紙閣三條燭，磐鑑花枝八出圖。萬里壯懷終不減，醉思生馬出飛狐。」「社鼓餳簫處處同，麥塲蠶市過匆匆。遮天薜荔終能綠，墜地櫻桃不肯紅。幽夢碧山芳草外，生涯殘酒亂書中。何妨決意嬉游去，莫漫傷春恨轉蓬。」

達誠齋榷使三，内府正白旗人，官江南淮宿海關，調廣東粤海關税務，性伉爽磊落，而詩甚清綺。在淮關時，招余同程君禹山、蕭君梅生令裕於後湖草亭分賦蘋花。榷使云：「此題羌無故實，須於題外取神，方爲妙手。」其詩云：「明珠翠鈿競新鮮，踏浪淩波不計年。一瓣心香祝仙子，底須問卜擲金錢？」「水榭玲瓏散遠香，渚蒲深處有魚梁。潢濱解珮應相許，何事遲疑笑柳郎？」又《平山堂口占》：「平橋幾曲畫欄紅，路入青溪景不同。好把船窗齊挂起，放來面面芰荷風。」「水心亭子納新涼，要與蓮花鬥豔粧。最是畫船相近處，隨風輕送海南香。」「天公淨洗好園林，欲愜詩人游賞心。細雨如絲雲腳直，飛泉處處作琴音。」「白羅裙子碧羅衣，暫住蘭橈步翠微。不是阿儂閒玩景，觀音山上進香歸。」韻致嫣然。其《重遊盤山》詩如「桃紅欲滴非關雨，柳黛頻搖不爲風。」「老僧署識曾遊客，石壁猶存舊咏詩。」「沿山脂粉新花笑，到處笙歌野鳥啼。」「清奇勝讀名人畫，險奥如觀上古書。」「對石如逢塵外客，看花恍晤意中人。」好句魂消，足使名山生色矣。

梅生，清河人，家住淮關，應誠齋榷使之聘，壯遊粤海，其詩得江山之助。潤州道中題余畫卷云：「麗日曈曨向曉開，渡江景物足徘徊。青山滿目勞相訊，今日真從畫裏來。」《嚴州中秋》云：「秋深露下客衣單，坐對青山感百端。明月最宜今夕好，老親獨在故鄉看。遥知諸弟牽衣拜，旁有童孫繞膝觀。尊酒團欒言笑裏，也應説着望平安。」其弟子敬文業能爲古文章，兼工韻語。《咏貓》云：「虎威久已穿帷霽，鼠竊因之入社憑。他日若從江上過，好共翦紙付清澄。」其意蓋有所指也。

山陽老輩中能詩者，惟朱亦僑紵，與余過從甚密。屠壽補璜居鄰學舍，亦得讀其近藁。亦僑《千金亭懷古》云：「極目南昌何處亭，百錢却稱眼青青。頡羹封已垂盟誓，轢釜人應愧尹邢。不信蒯通分漢鼎，却輸少伯放吳舲。當年空有酬恩地，淮水潸潸不忍聽。」壽補《宿靈巖山寺》云：「禪堂西畔草堂東，人宿靈山第一峯。燈火騰空千尺塔，塵心打破五更鐘。諸天香散崖邊桂，永夜濤鳴澗底松。莫訝巖扉遲見日，石牀高處有雲封。」

禹山主講文津書院，後進之士學詩者皆有造就。許茂才肇祁字焕伊，一字蘗溪，刻意苦吟，多清峭出色之作。《列女操》云：「城爲一笑傾，城爲一泣圮。笑泣辨幾何？貞邪判在此。所貴分飛鴛，不浴淤泥水。枯樹止復止，何忍巢連理？妾心介石知，妾貌古冰似。」筆意頗近東野。

篆香樓在文津書院之東南數步。有僧宏度字淵如，學詩於禹山，近體頗多合作。乙未春暮，禹山招諸同人集篆香樓，淵如和余「渾」字韻絕句：「晴絮濛濛罨寺門，煙條如夢裊春痕。題詩我愧非齊己，一字師偏遇許渾。」

田茂才純春亦淮關人，五古樸實清老。《送寶山毛生甫嶽生南歸》云：「杜若搴孤芳，蒼葭漾中沚。一鶴倏南飛，風高不知止。斗大淮陰城，不容一國士。想像倚閭思，只有歸去是。」

生甫以奇傑英偉之才，年踰四十不得一遇，遨游湖海，貧無儋石儲，而豪情逸氣，傲岸不凡。所著《休復居詩》，攄詞瑰麗，寓意幽敻，戛然異人，迥殊凡近。《江行望九華山》云：「江波入杳冥，峭壁青巉巉。太清渺宮闕，雲霧生寶函。龍泉外晶耀，蒼玉中鐫鑱。玲瓏濯高浪，江景明空嵌。謫仙久寥闃，敗屋圍溪杉。青熒緬玉樹，異境空幽纖。笑余頗好道，騫逸同傷讒。蓮花落杯酒，明鏡移征帆。豈果通正直？或勸歸耘芟。魚龍靜不驕，紫翠日暖銜。塵寰復何樂？谷隱神所監。便思與高韋，松雪哦虛岩。」《早春汀州郊外看梅花行十餘里登朝斗巖夜半醉歸馬上作》：「東南湍盡山不止，終古巒荒萬峯底。不知何處來春風，澗谷梅花三百里。雲濤一瀉南海波，太始清寒凝石髓。登高出没望孤嶼，峭壁鑱空去天咫。海山仙人不可知，洞壑窈窕巖扉啟。石湍冰碎環玦響，湘瑟波寒怨蘼芷。江南江北氤氳初，曲樹平臺障紈綺。夢回鸞尾曉雲薄，豈識巉巉凍相似？江湖獨客我塵沙，雨雪空山花淨洗。忘歸他日更何人？酒醒明朝没天水。猨啼鶴叫歲幽僻，月竄今誰返彼美？嶺外東坡真斷魂，參橫欲没松風起。」又如《行瑞金山中》云：「春風入苕穎，清翠明煙鬟。欣欣草木中，歲月何由還？休嗟湖海士，僊此嵯峨間。悠然乘化逝，與物同一天。」遊山詩到此境界，真能別開生面，平揖古人。

程與九參軍得齡，先世休寧人，以鹺商占籍安東，僑寓淮安郡城。杜門著述，不事生產。家道中落，遂扁舟南遊，往來於吳越之間。所著《棗花樓詩》，清而能腴，麗而不縟。《旅懷》云：「又逢南雁至，客思正茫然。家在秋雲外，心飛落葉先。夜砧千戶月，寒笛一江煙。旅館無長策，難爲縮地仙。」他如《聽彈琴》云：「幾回涼月地中白，無數好山天外青。」《偶步園中》云：「長空雁去暮雲合，昨夜雪消春水深。」《雨霽》云：「水遠添波綠，雲疎漏日紅。」《三十詠懷》云：「花憶揚州紅藥豔，酒如淮浦綠波深。盟心欲與鷗同白，添鬢還如柳共青。」皆自然入妙。

與九久客不歸，人有訛傳其爲僧者。昨得京口寄書，知應借庵上人清恒之招，小住焦山。乃避地逃名，非披緇剪髮也。所寄近刻八卷，其第六卷以後則皆客中所作。《迴耀峯登覽》云：「高峻插天闕，雲棲寺後山。泉通金液水，壠列寶刀環。」《登六和塔》云：「七寶莊嚴界，騰身陡出羣。鬼神諸幻相，吳越一江分。獨鳥没煙樹，連帆飛海雲。如今潮不怒，鈴語靜中聞。」《翁家山題酒家壁》云：「路繞煙霞洞壑幽，酒旗招客上雲樓。我雖未飲心先醉，門外春泉釀碧流。」儀徵阮仲嘉明經亨採其佳句，五言如「野鷗閒似客，髡柳禿於僧。」「秋移千里月，春暖一家風。」「雲低翻鳥背，水湧壯潮頭。」七言如「柳邊喚渡儋人語，沙上修船落斧聲。」「樹影在牆知月上，篙聲落岸覺船歸。」「寒鴉陣破西風急，髡柳心焦野火傷。」「地接淮流欣路順，天沈月影讓星明。」皆刻入《珠湖草堂筆記》。仲嘉一字梅叔，芸臺相國之弟，亦工於詩。幼隨宦京師，《賦蕉花》云：「小欄空有吟花客，淺碧羅衫一樣長。」以此得名。中年著述更富，詩亦清超出俗。

借庵上人詩骨清超，語帶煙霞，氣無蔬筍。余於丁亥杪秋遊焦山，訪之不遇，口占一絶云：「聞道山僧嗜苦吟，新詩藜杖許同尋。隔江遠嶼見歸鳥，何處白雲深更深。」又《讀瘞鶴銘漫題絶句》云：「華表迢迢悵落暉，空山惟見白雲歸。題碑名氏憑誰辨？試問當年丁令威。」二詩刻入續集中。後二年，梅叔以余詩入焦山書藏，借庵見之，和韻見寄，云：「君來澤國聽龍吟，竹塲松寥處處尋。不是置身雲海際，誰摩古鼎石堂深？」君有《焦山古鼎》詩，句云：「我來置身雲海際。」「空山古木映斜暉，識得孤帆天際歸。肯向蝸牛廬一宿，琅函何必問靈威？」

陳石士少宗伯用光，江西新城人。初由翰林授御史，後仍官詞曹。陸祁生贈以詩云：「重歸東觀罷南臺，帝意三長重史才。未礙退之耽雜戲，棋奩研匣一時開。」平生肆力於古文，得桐城正傳，詩亦清和瀏亮。余在都下見其《太乙山房稿》，有中唐人風格。《贈高麗徐鍾園進士》云：「生年同歲尋常事，抗手欣逢海外人。萬里來隨賓雁使，一杯相屬帝城春。交無異地惟師古，學可經時各愛身。隨分山林與簪組，莫教孤負此星辰。」《過赵北口》云：「荒荒古戍暮雲開，獵獵寒風客騎來。世有平原能好客，士非樂毅敢言才。浮沙水涸緣堤立，遠樹天空挾路迴。百載承平閒斥堠，簡書日夕漫相催。」少宗伯能作吳語，在都門每值文酒之會，與吳中故人同操土音，絶不知其爲西江人也。後以翰詹洊擢春官，迭掌文柄。乙未之春，自越中奉使還朝，訪余淮上，不相見者已十有六年矣，豪情勝概仍無異春明掺袂時也。

華亭張遠春先生興鏞秉鐸吾州，與畢靜翁、徐秋士諸君爲文字交，相得甚歡。適孫平叔宮保爾準時撫安山，徵其弟謁選無爲州學正，例應迴避，遂彼此互調。遠春奉檄匆匆而別，諸同人皆爲黯然，所著有《紅椒山館詩鈔》。如「病起懶尋攜酒約，春來慣費惜花心」、「獨樹疑人村舍黑，野橋過路市鐙紅」、「消磨春色征塵裏，約束鄉愁旅店中」、「願鑿惜花心一片，不催花落但催開」、「神自司花花自怨，莫教花更替人愁」，皆風神清婉。

吴門顧南雅學士蒓視學滇南，課士如課子弟。比入都，擇其最賞識者留寓京邸，教以詩文，兼習書法。滇南登上第者大半皆南雅門下士也。南雅與余同膺庚申鄉薦，余有輓座主何茂軒先生詩六首，南雅閱之，涕泗迸流，遂相嚮而哭，座客爲之墮淚，其篤於師誼如此。有《秋樹》詩：「孤幹貞心迥出塵，不隨凡木共沈淪。還期鸞鶴重留跡，無那風霜老此身。大廈於今望梁棟，空山到處是荆榛。漢家大將思馮異，不爲江潭淚滿巾。」蓋是時阿文成初薨，正秦蜀用兵時也。詩有關係，可以想其懷抱。

南雅偶寫花卉，亦飄飄有淩雲氣。曾贈余墨梅，扇頭題云：「一枕虚窗暑氣微，醒來拈筆送斜暉。此心縹緲渾無着，只向空山冷處飛。」

頻伽於嘉慶戊辰杪秋同潘壽生眉渡錢塘江，爲南昌之遊。二人舟中唱和詩極多，頻伽編爲《江行日記》一卷。壽生有《過七里瀧》七古一章，能肖難狀之景，非親歷其境者，不能作是語也。諺云：「有風七里，無風七十里。」余亦曾過其地，千搖萬兀，出瀧甚遲，故得盡歷其妙。今讀壽生詩，覺雪鴻舊蹟如在目前，故愛而録之。其詩云：「風聲水聲作繁響，對面青山擘成兩。數篙齊下氣力并，萬兀千搖一舟上。一舟直上灘勢平，兩岸山光劇蕭爽。羣峰絡繹勢不已，或環或抱或側仰。或長而墮或曲凹，或雲爲封或開朗。或墾荒穢列方罫，或植松巒間篠蕩。忽然當前一山塞，不信此中通楫槳。瞥見前帆已轉灣，匼匝厓間僅尋丈。霏霏煙霧灑蒼翠，漠漠鷺鷥飛浩蕩。一轉一重又一境，來路全迷去難想。碧流清淺時見魚，迴瀾湍急不受網。東西釣臺久寂寞，時有漁郎棹烏榜。我儕到此一長嘯，今夜客星大如掌。已分平生名利虛，不如來署江湖長。」

余年十二三時，讀書家塾，先君子或晚出未歸，孤燈獨坐，誦《離騷》《九歌》《招魂》諸篇，輒生怖懼，想其時不知所謂詩也。比長，學韻語，遇前人幽秀悽豔之作，輒心慕之。乃知「若有人兮山之阿，被薜荔兮帶女蘿。既含睇兮又宜笑，子慕予兮善窈窕。」千古鬼語之祖也。頻伽嘗與袁湘湄棠夜坐無俚，相約各爲鬼仙語。頻伽有絕句八首，見《樗園銷夏錄》，讀之真覺紙窗颯颯，樹枝刁刁，網戶鐙昏，草根蛩語，攪幽夢於夜闌，聽秋墳之鬼唱也。「白羅衣薄御風行，月澹雲輕夜不明。閒拂秋煙看人世，一星螢火出蕪城。」「手攀瘦竹立昏黃，羅袖低垂鬢影長。冷透弓鞋行步澁，西風只白草頭霜。」「荷葉菱華斷送秋，亂螢照水碧幽幽。月光偪得羅衣冷，獨自夜深還上樓。」「殘月一鈎低向西，風吹蘆葉如人啼。垂髫髮短玉釵直，背立枯槎浮過溪。」「斷魂不耐野風吹，悔與郎期月上時。一片薄雲遮不定，棲鴉閃閃落寒枝。」「小寒食近子規啼，短短桃花吹作泥。玉骨不溫殘月墮，曉風又落野棠梨。」「癡恨難償幽怨深，年年滴淚種紅心。紅心仍作墳頭土，郎便能來無處尋。」「弱魂如霧不知寒，浮世還從夢裏看。走上樓心拜明月，蛛絲吹滿舊闌干。」

黃仲則詩多鬼仙之語。如《秋風愁》云：「秋草搖天碧，白楊醉霜紫。驄馬嘶不歸，秋風葬紈綺。」《途中遘病》云：「事有難言天似海，魂應盡化月如煙。」《八月十六夜景陽閣》云：「只欲化煙山黯黯，每於對月客淒淒。」《湖陰》云：「似聞人語不見人，轉過林梢見燈火。」《即目》云：「似曾見影人投磧，畧不聞聲鳥下原。瓦盆酒熟香初透，土壁蟲寒語漸休。」《湖樓》云：「暗中草氣兼秋氣，煙外山容似病容。」《曉行》云：「小店欲隨平野去，殘燈都被曉風收。」《聞子規》云：「只解千山喚行客，誰知身是未歸魂？」《重九夜偶成》云：「有酒有花翻寂寞，不風不雨信淒涼。依依水郭人如雁，戀戀寒衣月似霜。」此種詩，有煙火氣者所不能讀，亦不欲讀。九原下有傷心人能解此等語者，當共讀之。

詩有眼前語而拍案叫絶者。桐城左蘭釜錡《感懷》云：「得志范睢多叱咤，窮途項羽亦文章。」「窮途」句新絶警絶，見《樗園銷夏錄》。

咏史詩，朱蕁湄之百律獨擅勝場。後有董琴涵太守國華《明史二十首》，係在詞館奉勑修《明鑑》時所作，都中傳鈔紙貴。詞多不能盡錄。其《咏熹宗》云：「趙嬈曹節久交通，禍起茄花滿地紅。要典三朝翻積案，封疆一網盡羣忠。馬牛幾欲居奇貨，彪虎爭先媚阿翁。呵壁莫言天竟醉，炎精指顧運將終。」《咏莊烈帝》云：「一劍從容戮巨姦，分憂誰與策時艱。舉朝水火人心渙，於野玄黃戰血殷。將壞長城悲道濟，士多大節類常山。定知魂返蒼梧日，遺恨中涓督九關。」《咏福王》云：「玉樹歌成國已亡，小朝一載説孱王。喧呶臺閣猶新局，破碎河山易夕陽。堪笑處堂如燕雀，尚爭鈎黨到螭蝗。梅花嶺上重回首，姑孰空江戰壘荒。」琴涵在京師與余及畢子筠酬唱甚多，五古如《旅夜感興》，七古如《十二巫峯》《靈璧石歌》，近體如《苦熱遣懷》諸作，皆蒼渾有骨力。嘗云：「詩必有爲而作，所關係不在一時，方可以傳之後世。」亮哉是言！

凡紀遊、題畫諸作，惟深於六法者，能曲繪山水之妙境，余亦粗解弄筆。《東陽道中》：「夕陽已瞰西山背，猶照東山一角紅。」「日暮松梢晴忽雨，倒飛泉溜濕青衫。」《渡錢塘江》：「天遠碧如洗，江空山欲飛。」《舟過大通驛》：「山村缺處僧龕出，殘照紅銜橘柚來。」《遊萬松山》：「煙生衲子頭，雲過樵者足。」《皖江歸舟》：「斜陽欲落仍留住，楓葉中間一點山。」皆畫中真粉本也。杭州屠琴塢太守倬、徐西磵茂才鉽皆深於畫學，故其詩中皆有畫，且有畫所不到者。琴塢《南屏看紅葉》云：「秋林雜丹黄，淺深不一態。西風梳落葉，空翠隱其内。人行秋色裏，山在夕陽外。孤鳥側身下，煙光忽破碎。寺門正當湖，日與兩峯對。微徑通城壕，踈鐘出水埭。意行隨所憩，目炫不可畫。」《南屏歸舟》云：「雲氣欲成雨，萬山都是煙。煙開見山色，落日又歸船。時有白鷗影，湖水白如雲，又向樹梢掛。」《題畫絶句》云：「數弓老屋支秋水，幾箇漁椿繫釣船。短短笆籬遮不斷，飛來水底天。踈燈出湖口，已泊藕花邊。」《西磵龍井一片雲石歌》：「深山古井神龍宅，龍過蓬萊雲五色。攫得青雲一片歸，擲向巖前化青山飛落草堂前。」爲石。玲瓏瘦碧雷斧雕，至今屹立神自超。望之髣髴如輕綃，勢將一躍干層霄。雲頭欲起雲腳牢，依然閣在青林梢。

停雲不動行雲聚，雲去雲來作雲主。」屠詩，畫中之倪、董也；徐詩，畫中之荆、關也。

王海村騎尉斯年，海寧人，爲船山先生高弟，屢試京兆不遇，而才名益著，爲禄仕計，浮沉漕弁，非其志也。船山序其《秋塍書屋詩鈔》云：「海村爲東南之秀，而性沈毅，言動勁直，有燕趙豪士風，故所著詩語真氣厚，如其爲人。」《題吴山峨嵋峯延翠閣》云：「峭閣出雲表，縹緲山之岑。四望積蒼翠，與閣遥相迎。湘簾捲花氣，茜窗浮濃陰。笑彼螺髻假，樂此峨嵋真。涼風從空來，百感增煩襟。秋月入我牖，流輝鳴素琴。好景不歸去，空勞遊子心。」詩格與建安、黄初甚近。

戊子初冬，余自皖江歸，適海村在淮，索觀游草，見有《烏江弔項王》詩云：「名姬駿馬英雄淚，野渡扁舟父老情。垓下更誰開漏網？軍中悔不早分羹。」海村不勝擊節，更掀髯縱談楚漢事，謂：「范增年七十，多奇計，何以富貴思故鄉時，並無一言以諫阻？且太公已置鼎俎，乃欲分我杯羹。此時決意烹之，漢王何以復立於人世？項王之不殺太公，真六州鐵鑄成一錯也！」因示余舊作云：「失策端由戀故鄉，彭城未返破咸陽。范增秘計寵且密，不解當時諫項王。」「長平趙卒付殘灰，阬盡秦軍報慘哉！廿萬不留偏愛一，鼎間竟縱太公回。」余按：項王若烹太公，遂成不共戴天之讎，此時未知鹿死誰手。項王自量未必能勝漢王，故不敢下此辣手也。至范增之爲人，前人已有詩託諷矣，曰：「平生奇計無他策，惟勸鴻門殺漢王。」

奚鐵生岡畫入神品，題畫詩亦疎雋清邁。《靈芬館詩話》載其稾中所逸之詩，讀之覺清涼之氣沁人肺腑。「閒將散筆寫倪迂，樹色嵐光濇欲無。心似孤蓬隨去住，一窗寒雨夢江湖。」「小閣憑闌映水光，東風無樹不鶯簧。桃花記得江南岸，一片春帆帶夕陽。」「茅屋高低煙樹重，陰厓飛瀑玉淙淙。溪翁不放尋詩艇，荷鍤劚雲何處峯。」「歸鴉數盡夕陽村，久坐西泠釣石溫。最是秋來連夜雨，湖波又過舊沙痕。」「一峯含雨一峯晴，晴意無多雨意生。石壁盤盤泉落處，杖藜扶出李長蘅。」「千傾蘆花看作雪，數峯寒翠遠堆煙。道人撥棹不歸去，自愛五湖秋水船。」

題畫之作別是一種筆墨，或超然高寄，霞想雲思；或託物興懷，山心水夢。然工詩者未必知畫，能畫者又未必工詩。近人工此體者，吳鐵生外，惟錢叔美杜最爲擅勝。《靈芬館詩話》載叔美題畫詩皆妙，余尤愛其《題武夷山居圖》云：「江風颯颯打琴絃，傍午鳩啼欲雨天。一院蜻蜓人不見，蕉花紅到碧簾前。」《樵雲西老人》云：「荻蘆陰裏小徘徊，薄暝輕舠且未開。山葉打篷風拍水，蟲聲如雨過溪來。」

詩畫本是一理，故畫臻絶妙者，詩亦必無俗筆。王椒畦孝廉學浩與余交知最久，談畫之暇，讀其詩藁，皆清雅有意致，惜篋中無摘錄者，不及記憶也。惟丙子長夏題余《煙淂雲嶠圖》云：「暖翠浮巒手自摹，石師家法近來無。心香一瓣婁東派，留作他年半幅圖。」余見椒畦詩頗多，惜不能盡憶也。

《湘月》一闋，郎芸田際昌有跋，不能遍錄。近闕里孔叙仲上舍憲彝題五言古一首，格律亦清老。詩云：「才名滿海内，餘事窮畫理。能攄真性情，寫出佳山水。興來染毫素，吹雲落千里。意匠削天巧，睥睨傲餘子。蒼蒼夕翠浮，淡淡朝霞起。薄靄横峯腰，飛泉瀉石髓。愛我許借觀，結想渺延企。想見十年前，坐嘯茅庵裏。」叙仲一字繡山，兼工墨梅。

余識頻伽於道光壬午歲，故倡酬之作不及載於《靈芬館詩話》，而載入《爨餘叢話》中。《叢話》刻於己丑十月，凡四卷，其中所採友人詩佳句甚夥。虞山蔣霞竹寶齡《自題破樓風雨圖》：「白板双扉晝亦關，連天陰雨放晴慳。寂寥詩境稱孤坐，四壁暝雲樓半間。樓後樓前竹木繁，隔牆多半好林園。兩枝風籜各成響，併入小窗終夜喧。巷柝沉沉失報更，瓦溝溜急聽愈清。殘膏將盡一花墮，何處怪禽啼數聲？」霞竹，余二十年畫友也。

張芥航河帥井、梁茝鄰方伯章鉅，皆工韻語，與余爲文字素心，而詩不多見，僅得其吉光片羽，以見一斑。張《題老復丁庵圖》句云：「每從垂白憶華年，祇恨桑榆景易偏。海内奇書難讀徧，腹中殘稾懶成篇。」不勝去日苦多之感。梁《江上清明》云：「十年蹤跡東流水，幾度清明北固山。」《春草和韻》云：「春回隔岸湖光外，綠到斜陽塔影西。」《夜集》云：「詩成何必爭高格？春到依然是冷官。」《寒雲》云：「且喜接天無雜色，須知出岫即冬心。」二公官皆顯達，而詩骨高寒，無食肉相，如聽冰雪窖中人語。

己山歐齋之前廡有一小樓，頻伽寓焉。壬午冬，不戒於火，頻伽僅以身免，夏葛冬裘、圖書文史盡成灰燼。其《叢話》從友人處鈔撮，又以所記憶者次第綴集，故名之曰「爨餘」。有《紀災七律四首》云：「未有雄文詛畢方，譆譆出出竟何祥？夢驚不覺衣裳倒，跳走翻疑腰腳强。漢網幸猶開一面，唐梯危已斷初桄。神仙漫説樓居好，上下隨煙亦可傷。」「號咷真似鳥焚巢，結束那能僧打包？數典盡隨楚一炬，著書枉夢易三爻。歷年荟蕞之册及三年之詩盡焚。分無肘後懸金印，痛向生前失石交。研及印章。從此洗心歸淨業，借將梵筴手重鈔。」「紛紛慰藉纍交親，只説猶能得此身。豈有文章干造物？便留衰病亦陳人。招魂合遣巫陽卜，見肘誰憐原憲貧。料得故園書到日，全家拆看劇悲辛。」「望氣何由登大庭，橫江有客已揚舲。小迂先六日歸蕪湖，所存書畫亦燼。破書我自亡三篋，妙畫君還取六丁。窮可纍人殊自媿，歌而當哭倩誰聽？河東文筆堪千古，賀弔紛紜恐不經。」

壬午至辛卯十年間，己山雖家道中落，而座客恒滿，尊酒未空，讀畫評詩，極東南賓主之美。今則鄰笛酒壚不堪回首，車過三步腹痛心傷，種水、小迂各在異縣，道遠信稀，袁江壇坫風流頓盡。索居無俚，欲覓一談藝者而不可復得矣。頻伽没後，余嘗裒其手問將成一册，用誌懷袖三年之意。丹徒楊子堅鑄題册尾云：「苦憶飄零郭十三，崚嶒丰骨滯江潭。幾行剩墨情真摯，如見名山促膝談。」

長洲李虎觀司马邦燮僑寓虞山。余自己巳都下南歸，下榻其家。虎觀詩草清絶，有陶謝之風。羣從翩翩，一門風雅。其愛女紉蘭女士佩金一字生香，時已適武林何氏，每歸省則步幃談詩，座客皆爲斂服。生香工於倚聲，詩思悽惋。《咏秋雁》云：「誰倚高樓一笛横？憑空吹落苦吟聲。能鳴未必真爲福，有跡都嫌纍此生。入世豈容矰繳避？就人終覺羽毛輕。越鳧楚乙休題品，識字何曾爲近名？」「夜庭飛渡恨漫漫，多恐江南到亦難。偶聽弓絃驚瘖瘵，久疏箋字報平安。箏無急柱寧辭鼓？琴有哀音未忍彈。可奈西風吹别調，離羣還較此間寒。」生香年甫三十即化去，虎觀在滇中聞信痛悼，不久亦殁於官舍。

湘芷上舍元塏，虎觀司馬之冢嗣，紉蘭女士之弟也。執經於余數載，好爲沉博絶麗之文。癸酉省試已入魁選矣，揭榜時忽以第三藝題字筆誤見黜，遂浪游湖海，牢愁羈屑，而才名愈著。《淮上對月獨酌》云：「一杯惟此月，千里有孤舟。水氣吞魚鑰，波聲壓雉樓。雄心何太怯？霜鬢不堪秋。强醉終難醉，鄉愁又旅愁。」又《舟中寄曉潭三弟》云：「客瘦夢孤衾影窄，宵深燭短劍花新。」亦研鍊。曉潭名宗埴，亦工詩，兼通畫理。

久不得春木信，雨窗悶坐，檢其近刻，如見故人。《驛柳四首》之二云：「看慣天涯木葉零，眼中有意是西泠。酒人舊雨還今雨，遊子長亭更短亭。此地自然春水綠，相逢無奈客衫青。湖頭莫奏關山曲，羌笛聲高不忍聽。」「驢背桑乾慘不驕，重來怕折最長條。黑頭似我仍飄泊，青眼憐渠也寂寥。如此婆娑知意盡，黯然離別覺魂消。祇今走馬章臺客，嬾更閒情憶舞腰。」《將遊西山前二日同人陶然亭晚眺》云：「忙到登高節，槐花又菊花。悲秋宜適野，望遠當還家。鄉訊通霜雁，歸心託暮鴉。夕陽留不住，山影亦西斜。」「我與西山約，明朝策蹇行。遙知白雲際，先有故人情。濁酒思三徑，芒鞋託一生。如何亭外樹，已作不平聲。」嗟乎！白雲天際有懷，故人當亦同懸懸也。

吳人自稱曰「儂」，然吾邑及崑山、常熟諸處皆稱「吾」，惟嘉定則不稱「吾」而稱「儂」。故黃亦宋《練川雜咏》云：「夾岸綠陰侵曉色，披衣聽得一聲儂。」

亦宋《練川雜咏》，如「田家饁餉重相攜，郎意如雲妾似泥。昨日莊嚴看大佛，寺前流水各東西。」「門前如雪木棉開，送得郎行去不回。今日如雲綿正軟，抱衾無夢等郎來。」可謂得風人之致矣。

丹徒錢元鎮孝廉之鼎，一字鶴山。七歲登金山，賦七律二章，鮑雅堂先生嘆爲奇才。弱冠後才譽日起。游京師，客鄭親王邸。與汪竺君、陸子鐵友善，余亦介而相見。出《三山草堂稿》見示，中多警句。如《懷彭守威》云：「山色萬重碧，孤雲疑是君。」《茌平夜發》云：「一車渾載夢，車往夢偏歸。」《邗上晤吳澹川》云：「馬上功名詩卷在，天涯歌哭鬢毛斑。」皆清警。《宮詞》云：「永巷無人春色殘，畫圖脂粉倩誰看？明知薄命難承寵，猶抱琵琶到夜闌。」蓋自喻其屢躓春闈也。

鄭瘦山孝廉鑽與頻伽同里，詩亦得頻翁切磋之力，風姿清豔，情韻纏綿。《小滄浪館咏海棠》云：「信有佳人絶世粧，淺深濃淡費商量。天涯已度三寒食，簾角能禁幾夕陽？綠酒乍酣人意倦，碧雲如畫雨絲香。明朝或恐生紅滴，屬付東風漫作狂。」《瓜步待潮》云：「荻葦蕭疎秋意成，扁舟小住待潮平。煙痕澹見南朝寺，風力强於北府兵。扇底更無殘暑在，酒邊一笑大江横。靈妃縹緲來何處？鶴背寥寥奏玉笙。」《悼亡後抵家三首》末云：「燈前小女話依依，苦道年來信息稀。不覺老去悲又喜，憐渠漸可着娘衣。」

常熟蔣伯生因培嶔崎歷落，狂名滿於人口。居鄉時，欲延余館於其家，以他事不果。爲縣令，忤上官。黄君霽青嘗贈以詩云：「故人能記狂奴態，天子猶聞傲吏名。」罷官後與余相晤於南河節院，豪興依然如舊也。《出關寄弟詩》云：「乘醉聯爲絶塞行，有書未暇付梁成。惡詩也附烏臺案，好夢難追白髮兄。聽雨對牀他日約，毀車殺馬此時情。天寒易水蕭蕭極，可抵風泉激盪聲。」《答嚴秋槎見懷》云：「杯酒從容話夕曛，郡符忽下急如焚。一州斗大難容我，四海交空剩有君。遠別判隨孤戍去，卜鄰不願兩家分。別來著作添多少？罵鬼書兼歎逝文。」《昌平過刘蕡故里》云：「石榴甘露總滄桑，尚有行人指故鄉。我亦直言非對策，公惟下第未投荒。敢因諫議輕司戶，不藉科名重有唐。千古憐才誰李郃？臨風酹酒一悲涼。」亦可以見其踈狂之態矣。嘗入淮陰市，醉歸，以三錢買一蒲扇，小僅如掌，招搖行市中，群兒咸指目之以爲狂人。袒衣垢弊，積兩月不浣，人欲以己衣易之，則曰：「吾正恐汝衣不潔耳！」

孔俊峯大令制藝力追先正，間作小詩，能善道人意中事。《述懷》詩云：「不善經營非惡富，未能慷慨始知貧。」不啻爲余寫照也。其哲嗣繡山上舍憲彝，性嗜吟咏。《題錢叔美煙雨樓圖卷》云：「萬重柳影綠煙輕，四面湖樓照水明。昨夜夢飛煙雨外，滿船涼月櫂歌聲。」《過漁溝》云：「西風吹夢客多愁，落葉瀟瀟近杪秋。記得年時寒食節，一衫春雨過漁溝。」風致不減漁洋。繡山之弟經之憲緯《靜海道中》云：「衰草陂陀一徑斜，午鷄聲裏暫停車。前村煙樹迷離處，颺出青簾賣酒家。」詩中有畫。

吳門孫子和茂才義鈞，詩情畫意，妙擅勝場。客袁浦數年，曾在叙軒觀察署與余聯牀翦燭，談藝十日，致足樂也。子和《集己山齋中同頻伽聽香小迂諸君作送春詞》云：「青旛也是閱年華，容易歌殘金縷斜。簾外綠陰檻外水，鶯啼蜂去各天涯。」「年時嬾問踏青游，雲黯瑤房靜掩樓。碧草斜陽歸路遠，短長條綰短長愁。」令人黯然魂消。其時同客袁浦者，畢仲白簡、沈西雝濤、嚴子通達及吾鄉王子若應綬，皆工詞翰，善清談。而萬廉山太守承紀公餘談讌，過從甚密，與歐齋諸子契洽味歸，固一時之盛也。無何朋輩彫零，酒人星散。余雖時至袁浦，苦無信宿之地矣。

王惜莽相，秀水人，僑寓宿迁，與陸春堂從星皆家藏古籍甚多，且工於詩。《客至》云：「窖酒甕深初破臘，冰魚市小不論錢。」《秋蟬》云：「春鬢双垂棲欲重，秋絲孤引咽還驚。」語意清新。春堂《咏舊劍》云：「英雄髀肉感，生死友朋心。」渾成合格。惜莽令嗣絅之炯《咏秋燕》有「紅雨樓頭成往事，烏衣巷口又斜暉。」亦得味外味。

鹽城沈小庚孝廉照《咏枯樹》云：「幾姓又添新里社，旁人能説故將軍。」新警絶倫。別後數年，尚惜不及見其全集，未讀其近日詩也。

旅館荒凉之景，惟行客知之最深。毛秋伯大令夢蘭《江夏山坡驛館題壁》：「急雨空庭留鬼迹，無煙荒竈聽蛙吟。風生窗隙燈凝碧，凄絶殘宵坐擁襟。」荒村野店，实有此種景況。

射陽諸同人工倚聲者惟熊蘭坡德慶，而詩亦甚佳。《秋日客中偶作》云：「綠楊城郭舊紅橋，幾處吹簫伴寂寥？一帶遠峯橫極浦，二分明月話南朝。荒煙古道嘶征騎，涼雨孤煙咽暮潮。如此江天好風景，不堪惆悵荻蕭蕭。」

丁儉卿孝廉晏精於説經之學，嘗言《論語》孔安國注是王肅等所僞託，與《孔子家語》相類，且有意與鄭君發難，皆前人所未發之論也。偶作韻語，亦不屑吟弄風月。《寫懷》有句云：「處世未能容白璧，干時何苦逐黄塵？」感慨係之矣。

芥航河帥長身鶴立，性坦直，不設城府，延覽名俊，虚懷下士。雖河患屢作，勤於王事，日不暇給，然猶留心翰墨，奬引賢流，以故人皆慕之。有《宿迁工次聞逆回就擒喜賦七律四首》第三首云：「烏什平來六十年，如何撫馭失機權。使君偏愛羅敷婦，荒徼難輸劉寵錢。魚沸詎堪忘鶴警？狐鳴竟使起狼煙。即今底定勞天討，取鑒應知慎守邊。」

可謂婉而多諷矣。同時歌咏其事者甚多，鄧嶰筠中丞廷楨《回疆凱歌》十章，高華宏亮，具體盛唐。其二云：「相臣威望重雲臺，羽扇親麾八陣開。百萬花門羅拜處，馬前爭識令公來。」其三云：「百戰聲威震鼓鼙，樓船兩兩大名齊。中朝自有無雙將，未必關西讓隴西。」其五云：「浩蕩天台下四城，尚從徼外丐餘生。朝來虎翼軍飛出，赤手屠將碧海鯨。」其六云：「登壇號令讋烏孫，一戰生禽吐谷渾。共道將軍天上下，居然元夜奪崑崙。」其七云：「捷書昨夜到甘泉，香案前頭進奏牋。聖主聲靈大無外，不誇琛賮貢和闐。」其八云：「羽林壯士唱刀鐶，齊裹貂褕振旅還。千騎桃花萬行柳，春風吹度玉門關。」

卷七

菽堂漕帥以《新安先集》見貽。菽翁世籍徽州，後遷丹陽，分支於浙江之桐鄉，復占籍平湖。集名「新安」，從其始也。集凡四種，一曰《春明吟稿》，朱霞山先生著。先生名蔚，詩體沖淡猶夷，去襄陽未遠。《送龔明水之官甘泉》云：「仙令淮南去，孤裝一葉輕。春風揚子渡，殘雪廣陵城。繞閣梅花白，垂簾月影清。西堂公事少，午夜有琴聲。」《送杭大宗南歸》云：「意氣旋從难後平，送君此日信關情。井梧飄落隨人意，記取新涼第一聲。」「玉河衰柳影毵毵，馬上離情落照酣。此去故園休悵望，秋風秋雨滿江南。」一曰《香南詩鈔》，朱子年先生著。先生名荃，霞山先生之弟也。詩筆洗鍊清峭。《同人自古梅菴過藕香橋小憩雪崖作》：「春山嵐氣重，際曉濕雲斂。人行空翠來，衣上綠於染。山南面重湖，百頃水光瀲。兹峰橫截之，中斷若分陝。同遊二三子，心夷忘路險。得得度平岡，行行入重嶂。山家列屋居，结構類巖庵。茶煙出深竹，門静晝長掩。過橋聞暗香，幽蘭蔽叢蕲。亦有野梅開，紺蝶飛冉冉。微風一枝拂，緣溪落紅點。驅犢負來歸，見客絶崖檢。不比乞食僧，寒溫語多諂。繞莽竹萬箇，青青圭去玷。以此代耕桑，凶歲不知儉。惜哉簫笛材，終然供刳剡。草木有本心，勁節無少貶。林中暫棲止，快若鳳在苒。更進趙州茶，昏慮豁夢魘。清磬出東林，斜日東西崦。山中不可留，去去意猶慊。迴頭煙霧生，原陸光晻晻。何以識歸途？前村酒旗閃。」押險韵如生鐵鑄成，置之《曝書亭集》中，幾無以辨。近體亦妙，得南宋人風味。《臨流草堂曉起對雨絶句》：「髣髴牽船岸上居，踈簾小閣映清渠。前山昨夜風雨急，滿地落花人打魚。」一曰《史山樵唱》，朱含叔先生著。先生名英，詩才清綺，尤工咏物。《柳絮七律》二首云：「輕於微霰白於綿，吹盡春風便放顛。慣逐淡紅香白隊，忽來牧笛酒壚邊。無聊依約耽遊屐，觸忤連番悵别筵。曾托長條頻照水，还歸色相綠浮天。」「卅載飄零最感渠，夕陽渡口袂衣初。簇團那比沙難聚，點滴恒添淚有餘。春色三分頻送盡，客心萬里總成虛。而今聲按楊枝曲，觸撥花時悵遠居。」一曰《雲谷書堂集》，朱仲嘉先生著。先生名鴻猷，即菽翁之大父也。先生之尊甫遠戍巴蜀，其思親之作可歌可泣。其後辭家長征，省父於蜀，途次僕忽病瘧，有七律一首云：「衹攜一僕赴去途，萬里間關尔最劬。伴我天涯同骨肉，恨他瘧鬼敢揶揄。爲煎藥裹心先碎，獨坐篷窗客愈孤。轉幸布帆無阻礙，行行已過洞庭湖。」《蜀棧行》云：「我登雲棧行，不知雲棧高。回首巴陵洞庭路，衆山歷歷同兒曹。虎豹喜人過，狐貍向人嗥。伊誰伴我勞者歌？惟有四山猿與猱。日輪月輪避峼崿，大劍小劍相岧嶢。馬前雲霧迷道路，足下澗石翻波濤。捫參歷井起長歎，此时性命輕鴻毛。其南有天名大漏，媧皇煉石補不牢。忽然注面雨淋灕，更兼入耳風刁調。急竄穹谷衣半濕，慘慘徒御心悲憀。須臾風靜雨亦歇，夕陽半嶺煙霾消。行李得得不能止，山程渺渺惜轉遥。翹首遠望白帝郭，失手忽落青絲條。馬蹄一蹶控不住，翻身已掛古木梢。上有隱谷之山魈，下有潛淵之老蛟。行人急救始得免，驚魂飛去憑誰招？吾身非杜宇，血淚時悲號。蜀道之難有如此，此行直抵登青霄。老父廿年經患難，嶮巇百倍兒所遭。儿今方壯歌陟岵，敢以行役心煩勞？」《抵成都得家信知家母患疾》云：「一紙書來淚不乾，慈闈思念減眠餐。殊方作客憂疑並，兩地教兒去住難。白帝城頭吹暮角，黃陵廟口急驚湍。人無兄弟真煢獨，東望家山感萬端。」「兩地教兒去住難」七字，瀝出孝子心肝，不朽之作也。

乙未五月，余謁安化陶宫保雲汀先生於袁浦，賜示《蜀輶日記》《皇華草合編》。宫保於嘉慶庚午奉命典四川鄉試，是編紀道里、郵程、山川、風土、人物、古蹟，條分縷析，攷覈精確，足以補經注之闕，正史傳之誣。途中紀游諸作，出入於青蓮、少陵、昌黎、眉山，而攷證古昔，揚搉景運，尤足宣上德而通下情，非徒摛班馬之鴻詞，侈潚雲之麗藻已也。名篇巨製不勝輯錄，擇其可備史氏之掌故者畧舉之。《棧道弔蘇將軍》序云：「將軍名維龍，官游擊。嘉慶四年二月，教匪張漢潮自三岔竄唐藏，將軍遏之，力戰三時，大駡赴賊，死。兵丁焦忠孝恐賊毀其尸，自詭爲將軍，被賊支解。一軍皆盡。賊退，土人瘞其遺齒，立廟以祀。尋贈參將，焦忠孝亦贈千總。守備尚某以觀望被杖，自勒死。」詩云：「蘇將軍，氣如雲，報國淚，常熒熒。忽聞有賊至，奮起聲如霆。一解 或曰：『賊萬而我五百人，百一之勢惧不敵。』將軍曰：『嘻！殺賊是吾職，丈夫死職耳！焉能避鋒鏑？』二解 將軍馳而左，壯士亦皆左。將軍馳而右，壯士亦皆右。將軍愛士得士心，轉戰而前誰敢後？三解 賊既不得脱，士亦不肯休。頹雲慘慘苦霧合，戰血噴起懸崖愁。四解 維時日向暮，苦戰猶不已。手揮魯陽戈，面著雷公矢。須臾馬踣一蹶不起，將軍大呼曰：『吾得死所矣！』慷慨而結纓，壯士皆死之。五解 死之日，難民方作壁上觀。曰有焦忠孝，同時被寸剜。生爲烈士英，死爲雄鬼先。爲民捍大患，配祀無愧焉。六解 吁嗟乎！豺虎縱横兵雜沓，將軍不死必死法。泰山鴻毛等死耳，得死爲難何用怯？君不見，閭丘不救張睢陽，身死杖下誰爾傷？七解」《梓潼過德將軍戰蹟碑作歌》序云：「嘉慶庚申春，教匪冉添元等偷渡嘉陵江，擾及劍州、梓潼一帶，川西大震。將軍輕騎追及，擒斬畧盡。士人感之，立是碑也。」詩云：「妖星夜向西川炖，長蛇吮人血流赭。赫然一震迅雷霆，將軍旗鼓從天下。憶昔么麽煽亂初，祭酒鬼卒號嗚嗚。始由襄鄖及唐鄧，遂渡漢沔穿夔巫。數千里内肆蹂躪，勢若火燎秋原枯。卓哉將軍好身手！長嘯欲激龍泉吼。健鋭故是佽飛英，叱咤曾令逆苗走。有詔將軍兵最精，指揮更作巴西行。西行幾載冒鋒鏑，蕎澗緣厓事搜剔。霜刀不放鯨鯢逃，晴空屢見鷹隼擊。遂得籌參裴令公，謂經畧額公，將軍時爲參贊。遥看幟樹楊無敵。謂提督楊公遇春。三巴已靖人可耕，移兵北向趋階成。誰知晝伏夜復動，窮穴突出鼯與鼪。將軍聞之捲甲返，疾馳颯若風雨聲。是時羣賊正遙起，我軍新敗鼓聲死。欽䲹得意毛羽張，投鞭欲斷涪江水。士女蒼黄如亂麻，牽衣跣足哭不止。將軍下令整且嚴，持滿勿發視吾矢。餓鴟忽叫箭滿眼，十萬賊人同草靡。窮追五日四接戰，手斬鵂狐戮封豕。

輕騎進解四寨圍，歡聲上沸天雲委。潼河兩岸遂肅清，重脫刀兵事耘耔。嗚呼此戰何可無？稍緩須臾蜀危矣！祇今事隔十年來，陰雨猶聞鬼夜哀。山坡往往拾遺鏃，斑斕血色凝蒼苔。豐碑屹屼當道路，惜無文字鐫崔嵬。僅刻將軍官階及『萬民感戴』數大字。我行棧道繚若線，恍惚當年此酣戰。如公自是頗牧儔，却憶潢池誰召變。教匪初起，建白旗，以『官逼民反』爲辭。幾人善學孫吳書，不如且讀循良傳。」《江口明楊展破獻賊處》序云：「明末張獻忠亂蜀，鎔括民金銀，載以東下，將變名爲商賈。桂王將嘉定伯楊展邀擊於江口，大破之，沉其舟。獻賊遁走西充，適遇我朝肅親王豪格，射殺，臠其尸。展追至漢州而還，尋亦爲賊降將袁韜、武大定所害。」詩云：「扁舟夜泊江津口，野鳧拍拍翻輕艖。片月遥穿蛟窟來，光明有若金珠吐。獻賊當年肆荼毒，鋸齒人呼黃面虎。火城雪鰍等嬉戲，白骨如山壘人脯。礮聲一發天亦驚，六丁錯愕收雷鼓。遂令平地血流紅，杜鵑不敢啼冤苦。藏金搜括靡孑遺，却欲潛蹤變商賈。嵯峨大艑横江來，一炬移時化灰土。至今遺鏃捲寒濤，往往掇拾隨漁罟。嗟哉草賊何代無？祇爲興主供前驅。英雄成敗有數定，不遇時會功難圖。君不見，楊展驍雄蓋西蜀，血戰幾年空逐鹿。豈知天兵天外來？一箭吹簫不用竹。」《泊西界沱寄題秦良玉舊樓》序云：「樓在石硅廳署後，凡三層。中層良玉所居，今設像以祀。所用白桿兵尚存。」詩云：「忠州女子天下奇，父是秀才良玉父名葵，忠州明經夫土司。天生智勇不世出，坐令巾幗慚鬚眉。詞翰淹通意嫺雅，錦袍豔照桃花馬。天子臨朝識姓名，請纓獨對平臺下。白桿之兵鋭無前，巨寇親擒射塌天。弟兄死國身許國，平生忠義何皎然！陸知州，誠可恥，肉眼不識奇女子，抽刀斷袖應羞死。邵捷春，亦庸才，坐受屠戮吁可哀，吾謀不用竟如此！嗚呼羣鼠真來哉，夔門已失關塞黑。

忍使此身重事賊，閉關坐卧小樓中。大節直同文信國，何須更論冼夫人？多少麟臺愧顏色。」

張嵩三慶成，平湖才士也。舉孝廉，纍上春官不第，後以縣令擢州牧，不踰年解組歸。《甲戌会試號舍中口占》云：「從此請辭如白水，哪堪再到盡黃金？」可與久困場屋者同聲一哭。

詩須有江山之助。平湖張熙河孝廉誠足跡半天下，入蜀後詩沉深樸實。《七盤關》《木寨山》《五丁峽》《聖積寺》《遊峨嵋山》諸作，皆能心古人而追之。詞多不能備錄，律句亦清新合格。《歲暮》云：「宿草新阡耆舊感，暮雲春樹故交心。」《題耜洲山莊》云：「數峯缺處雲遮屋，一水迴時風引舟。」《濯塵亭簡婁東畢靜山》云：「積雨山徑滑，落花潭水深。」其夫人顧昭德慈，響泉先生光旭之次女，亦工詩。少時隨父入蜀，有《雲棧紀行詩》，風格清遒。所著名《韻松樓詩藁》。

張含珍女士鳳，韻松夫人之姪，高君芝亭蘭曾之室也，有《讀畫樓詩藁》二卷。《聞砧》云：「涼月落荒戍，寒砧聲未休。驚殘千里夢，搗碎一天秋。燈火客欹枕，關山人倚樓。西風吹斷續，竟夕不勝愁。」《秋蟬》云：「滿林煙靄碧濛濛，漏出參差夕照紅。曲院風高新雨霽，一聲聲斷畫樓東。」《春雪》云：「春暮又飛雪，東風作意嚴。可憐鶯語澁，無奈蝶愁添。樹老多成玉，梅欹半壓檐。依人如有意，故向小窗黏。」娟靜修整，得林下之風。

石鏡女史郭瑩，山陽人。適陸氏，家酷貧，針黹之餘，兼工韻語。《咏雪美人》句云：「短夢虛花誤此生」，讀之令人悽絶。《咏飛絮影》云：「看他舞態回頭失，捉得飄蹤到眼空。」妙有感諷。《訪菊》云：「踏來苔徑人雙屐，約到霜天月一鈎。」亦清新無煙火氣。子懷生字孟月，次瑞生字仲雪，兄弟工詩，皆得力於母教者也。孟月早逝，人皆惜之。其《浣雲齋遺藁》有「秋雨能留入夢人」及「殘月戀閒人」之句，皆清妙。

完顔見亭河帥麟慶之太夫人惲氏，常州陽湖人，名珠，字星聯，一字珍浦，晚號蓉湖道人，詩畫雙絶。嘗夢玉海中一孤嶼，上有蓮花，遇人告以前身爲紅蓮島妙蓮大士侍者，掌司秘籍，偶謫人世，因自繪《紅島護書圖》，且以「紅香」名其館。少時隨任肥鄉，適河帥之大父河南公爲其縣長，眷屬往來，索綽羅夫人器其才且賢，甚且親愛。一日，試以錦雞詩，援筆立成絶句云：「閒對清波照綵衣，徧身金錦世應稀。一朝脱却樊籠去，好向朝陽學鳳飛。」夫人深爲賞異。未幾，隨父南歸。曾手箋寄夫人云：「咏絮無才，簪花願學。素承青眼，折秋柳以何堪；遠隔絳紗，望春風而結想。」其後以寅好締昏，遂于歸泰安贈公焉。太夫人曾選國朝閨秀詩，計一千七百餘首，釐爲二十卷，附錄一卷，補選一卷，名曰《正始集》。自著弁言，其畧云：「孔子删《詩》，不廢閨房之作。後世鄉先生每謂婦人女子职司酒漿、縫紝而已，不知《周礼·九嬪》掌婦學之法。婦法之下，繼以婦言。言固非辭章之謂，要不離乎詞章者近是。則女子學詩庸何傷乎？獨是大雅不作，詩教日漓，或競浮豔之詞，或涉纖佻之習，甚且以風流放誕爲高大，失温柔敦厚之旨，則非學詩之過，實不學之過也。」是選體裁不一，性情各正，雪豔冰清，琴和玉潤，庶無慚女史之箴，有合風人之旨爾。

《正始集》載金陵女士紀映淮《秦淮竹枝詞》：「棲鴉流水點秋光，愛此蕭踈樹幾行。不與行人綰離別，賦成謝女雪飛香。」麗而有則，清而能腴。映淮字阿男，布衣映鐘女弟，杜李室，以節賜旌。前明崇禎壬午，莒州城破，杜君被難，阿男與姑先匿深谷，得不死，攜六歲孤兒茹荼三十年，以節孝著。王阮亭尚書作《秦淮雜詩》，多言舊院時事，內有「棲鴉流水空蕭瑟，不見題詩紀阿男」之句。映鐘寓書責之云：「以青燈白髮之嫠婦，與莫愁、桃葉同列，後世其謂之何？」阮亭謝之。後官禮部時，力主覆疏以旌其閭，笑曰：「聊以懺悔少年綺語之過。」

王韞蘭蕙，吾邑人，著有《凝翠樓詩》。《正始集》摘其佳句云：五言如「紈扇三春月，湘琴五夜霜」、「風懷看綠柳，愁緒比黃楊」，七言如「蕭蕭竹影遮紅葉，細細波紋映白魚」、「楊柳溪橋初過雨，杏花樓閣半藏煙」、「淚淹紅袖傷離日，愁在黃昏細雨中」、「牆角紅殘桃結子，石盆青淺菊分芽」、「棠梨謝後猶花信，櫻筍過時已麥秋」，皆爲阮亭先生所稱賞。

海虞女士歸懋儀字佩珊，上海李復軒學璜之室。復軒工詩古文詞。仁和龔定盦舍人自珍贈詩所謂「李家夫婦各一集，數典唐宋元明希」是也。珮珊詩跌宕沈雄，無閨閣脂粉之氣，古風尤排奡有氣骨。《錢塘弩》云：「怒濤滾滾排山到，潮頭轉此是英雄不平氣。英雄靈爽豈易降？人中乃有吳越王。錢王意氣邁當世，所貴存心在利濟。裂石穿波强弩開，潮頭轉向西陵逝。勢如轟雷震山嶽，水底蛟龍盡驚避。寶劍光橫十四州，得意難忘根本地。父老歡呼草木榮，丈夫至此豈無情？龍飛鳳舞應前讖，他年遂作長安城。陌上花開春復春，鈿車零落埋香塵。至今江口寒潮急，猶似當年射弩聲。」《五人墓》云：「千古人心終不死，吳中義激五男子。貂氛肆燄朝野昏，翻手勢欲傾乾坤。印綬纍若不知數，鞠躬俯首聲復吞。平居持議徒雄壯，袖手委蛇誰奮往。翻將文墨飾奸貪，捫心內愧曾無狀。五人生不讀詩書，位不列簪裾，但以善惡爲毁譽。當其攘臂共赴難，義勇直欲淩專諸。嗚呼！名敗身殃餘賄賂，穹碑峻宇等朝露。松板青青耐歲寒，冶遊人奠山塘路。」珮珊律體亦甚沈着，《即事述懷》云：「萬種傷心蝟集時，況兼貧病費支持。典殘釵股空存篋，減盡腰圍瘦到詩。溫語聊將嬌女慰，淚容生恐侍兒窺。鏡臺曉日分明甚，照見星星鬢上絲。」

劉芙初太史之母夫人虞氏友蘭字藹仙，工詩，有《樹蕙軒集》《擬白紵詞》，具體六朝。芙初以詩文名世，得力於慈訓者居多。芙初之女兄名琬懷，字撰芳，有《問月樓詩鈔》。撰芳適虞氏，生女名叶蘩，字佩祁，著有《藤花閣詩草》。虞劉兩家詩法相承，極藝林之盛事矣。

詩不可早刻，早刻則後將不及删改。人之學問器識與年俱進，若少時偶有所作，詡詡然自鳴得意，灾及梨棗，此特獵取聲譽者之所爲，非所語於名山著述也。闕里孔荃谿方伯昭虔，鴻才博識，沉酣風雅，富有篇什，而不肯問世。友人屢勸付梓，終不見許。吳蘭雪官黔中，得其由浙至黔途中紀遊數十首刻之，而題五律七首於卷端。其末二章云：「古洞閟蒼煙，玲瓏別有天。劖空皆玉筍，湧地一青蓮。石透雲漿滴，潭深月脇穿。驪珠容探取，妙悟合通禪。」「公詩有神助，句法本天成。獨以高風格，而兼古性情。回瀾收大海，堅壁擁長城。蠡測吾何有？心香爇此生。」亦可謂推崇之至矣。編名《叩舷小草》。七古如《題梁茝林方伯重摹禹鴻臚卜居圖》云：「江風瑟瑟吹薜蘿，一帆涼夢青山多。不知身在畫圖裏，卧游咫尺皆煙波。誰寫煙波入横幅？榕城仙吏今梁鵠。典領江天非鑑湖，底事鴻臚舊居卜？君初通籍金馬門，拂衣故山招白雲。武夷君來一抗手，幔亭仙樂空中聞。幾年持節東南徧，黍雨棠陰滿春甸。鵠華山色滄浪亭，嘯咏依然寄槃澗。香山湖上曾勾留，雪堂坡老傳黄州。今古名臣此心跡，由來後樂皆先憂。誦詩讀畫識君趣，招隱非耽太沖句。相期綠野平泉間，我是他年訪君處。」五言如《江行雜詩》：「采石青如此，長庚去不還。有情千古月，無限六朝山。北埭鷄聲少，中洲鷺影閒。待邀三弄笛，相和水潺潺。」「風景還如昨，三年別大孤。分風出彭蠡，插日上香爐。山色遥迎楚，江聲自入吴。白公亭下過，回首媿銅符。」「迢迢漢陽渡，鬱鬱武昌城。水合雙條壯，風迴五兩輕。掛雲帆葉暗，流月浪花明。喚起閒鸚鵡，芳洲弔正平。」「匝月浮輕舸，滄波詩思清。已隨鷗鷺狎，何事夢魂驚？峽東水皆立，濤飛雲有聲。太真犀許借，一照快平生。」兼擅青蓮、玉局之長。

集句乃詩人之餘技，大家不之尚也。然承接一氣，裁對工穩，亦大是難事。余友吴門王碧城《題江村聽雨圖次韻四首》云：「無機終日狎沙鷗，李中 長夏江村事事幽。杜甫 何處野花何處水，許渾 也同歡笑也同愁。韦莊 碧山遠隔红塵路，牟融 清誦誰將白雪酬，吴融 惟有故人同此興，李建勳 百年交分兩綢繆。白居易」「屐齒無泥竹策輕，馬戴 江邊聽雨汲泉烹。伍喬 身閒境靜自爲樂，許渾 天上人间莫問程。楊巨源 繡戶夜攢紅燭市，韋莊 柳隄風動紫騮聲。元稹 何如一袖塵埃外？羅隱 溪上柴門架樹成。陸龜蒙」「飯稻羹菰晚復昏，吴融 忘名不到五侯門。皎然 家無憂纍身無事，白居易 樹有交柯犢有孫。陸龜蒙 虛閣靜眠聽遠浪，李中 斷雲含雨入孤村。韓偓 百壺且試開懷抱，杜甫 巖上餘花落酒罇。許渾」「醉眠吟情慵不慵？吕巖 便看經度奏東封。羅隱 嵇康懶慢仍耽酒，蘇廣文 曼倩恢諧取自容。李賀 視草比來唐學士，馮道 注書曾學鄭司農。劉禹錫 於焉即自忘機客，朱慶餘 不染春風冶態濃。李紳」接拍自然，無緘線迹。李少白有《和人感懷韻集唐三十律》。如「授館曾爲門下客，雍陶成名空羨里中兒陳羽」、「山口斷雲迷舊路，崔湜井邊疎葉落高梧羅隱」、「豈有文章驚海内？杜甫更攜書劍到天涯許渾」、「短短桃花臨水岸，杜甫萋萋芳草憶王孫趙光遠」、「碧雲千里暮愁合，許渾玉樹一窻秋影寒杜牧」、「世間萬事非吾事，司空圖鏡裏今年老去年郭勛」、「文字豈勞諸子重？許渾飛騰無那故人何張謂」、「水到日寒猶未落，郎士元梅因冬暖已將花竇叔向」，皆極工妙。余嘗集杜陵句贈之，槖中不存，今附録於此：「神仙中人不易得，使我嘆恨傷精魂。南尋禹穴見李白，文采風流今尚存。客子入門月皎皎，百壺且試開懷抱。未及前賢更勿疑，詞翰升堂爲君掃。裁縫滅盡針線迹，歌詞自作風格老。龍文虎脊皆君馭，世人哪得知其故？獨立縹緲之飛樓，怪底江山起煙霧。事殊興極憂思集，會是排風有毛質。意匠慘澹經營中，真宰上訴天應泣。詩家筆勢君不嫌，揮毫落紙如雲煙。一段清冰出萬壑，憶君誦詩神凛然。我今衰老才力薄，朋知來問腆我顔。」

嚴子通部曹，小農河帥之哲嗣，才名滿於吳越。少時受業於鄭瘦山孝廉，師弟唱酬，所作甚富。又與令弟子容並以詩名，一時稱爲「二嚴」。子通《有憶》云：「暑減風情猶病酒，不多時節況斜陽。」《露坐》云：「花當午夜香逾細，月傍銀河色不明。」《重九金粟山登高》云：「一重一掩山中樹，半白半紅溪上花。」《秋夜柬孫雨生》云：「寒色一燈瘦，西風四野高。」《留別雨生》云：「吾輩生涯祇文字，男兒歲月半江湖。」飲冰餐雪，不愧清才。

王海村有《湖樓秋思圖》，寓悼亡之意。余題句云：「一樣西湖好明月，秋來詩思此樓多。」齊秋舫教授康五律二首，筆意大方。詩云：「空翠撲危樓，樓高人自愁。湖光與山色，併作十分秋。故劍酬知己，中年感昔游。溯洄吟宛在，月色冷汀洲。」「雲水蒼茫裏，天教看此人。登臨成獨往，風雨又今晨。別有懷難訴，空憐迹已陳。鍾情原我輩，珍重倚樓身。」秋舫《咏菜花》：「曲徑泥粘高士屐，短籬香送野人家。莫嫌白社難留客，不傍朱門是此花。」《即事》云：「竹疎雲影漏，風定雨絲柔。」《夜過篆香樓》云：「月高樓影直，煙重樹身肥。」《郊行》云：「花殘尚有將開蕊，草積難尋舊燒痕。」皆清而能鍊，戛戛生新。

錢塘陳君曼生鴻壽，余神交之而未及相見。曩於覲復齋中見其畫《龍池纪游圖卷》及扇頭山水，嘆爲六法中逸品，惜未讀其詩藁爲恨。偶於《八甎吟館集》中見其《後漢李忠印歌》，筆意雅近東坡。又分咏琅嬛仙館所藏畫扇絶句，皆極清雋。《題祝昌峭壁流泉》云：「摩崖題破舊苔痕，淺翠深紅擁鹿門。自汲清泉三百斛，不知人世有崑崙。」《趙左秋山霜葉》云：「青山黃葉白雲中，轉厭繁花二月紅。人澹不如秋更澹，尋秋直過小橋東。」《周之冕白蘆紅柿》云：「一夜霜催柿子紅，蘆花如雪舞西風。西溪莫待探梅去，最好秋痕晻靄中。」《陳洪綬攜筇獨立》云：「飄然誰識古衣冠？海闊天空仰首看。我我周旋寧作我，一筇瘦影話荒寒。」《李璧草蟲》云：「一鐙如豆掩疎櫺，歷歷秋河引衆星。我自微吟蟲自語，更無幽恨倩誰聽？」

菽堂漕帥精於金石文字，其五七言古詩典重肅穆，如陳三代樂器，乃近體又清新出俗，不着一字，盡得風流。《八磚吟館》載其咏畫扇絶句。《題顧時啟蘭花》云：「日暮湘江冷白雲，幽蘭吹氣動風薰。題詩爲報同心者，未到花時便憶君。」《吴偲松林策騎圖》：「鎮日山行翠欲迷，茂林隱翳路高低。最難人與松俱健，萬壑濤聲送馬蹄。」《惲壽平秋山夕陽》云：「寫花餘技寫山巒，山亦如花秀可餐。縱是夕陽秋影淡，墨花飛灑未曾乾。」

石門方鐵珊廷瑚，余二十年前都門舊雨也，淵雅工詩文。《八磚吟館》載其古近體皆絶佳。余記其有《印泥》五言長律十六韵，尤所心賞。詩云：「吞篆曾符夢，研朱別有才。芝泥傳雅製，桃印妙新裁。勾漏分仙藥，醍醐潤薄胎。佳名稱火齊，細質碾冰臺。用莫司農倒，光教尹喜猜。黄麻成草後，丹詔出花來。字字榮先發，重重護未開。軟疑堆韎韐，豔轉奪玫瑰。餘事韜斑管，叢編展玉杯。紅雲霏四面，錦字漫周回。半角痕初淡，中央色詎摧？似將珊作骨，不比蠟成灰。畫古仍留押，書成或被催。赤心千里共，紫氣一丸該。迹肯符鴻爪，香猶壓麝煤。衹應薇省客，把玩重徘徊。」

金匱孫文端公爾准，天才亮特，自少不屑以文人自居。年三十，嘗作自壽詞云：「但説文章能報國，恐蒼蒼未盡生才意。」其抱負可知已。後以詞臣敭歷中外，荷聖主特達之知，膺海疆重任，文謨武畧，功施斕然。所著《泰雲堂詩集》十八卷，紀事纂言，洵足鏤景鐘而銘衛鼎。其中亦有清微婉約之作，不盡作金華殿中語。《咏秋燕》云：「白社壇前桑柘稀，風塵滿目舊烏衣。小樓簾幕寒初入，絶塞關山客欲歸。逝水年華春已遠，傍人門戶計原非。營巢辛苦成何事？地主恩深未忍違。」「倦羽頻驚弱彈危，別離誰爲繫紅絲？差池肯忘天涯信，遲暮終尋海上期。寄語昭陽休更妬，浮蹤長信不多時。珠簾盡捲秋堂冷，獨倚雕闌有所思。」「零落香泥涴畫梁，商星費盡語言長。夢迴故國餘衰草，魂斷高樓但夕陽。北客應憐同逆旅，南鴻未許共行藏。平生漫詡封侯相，不及來賓有稻粱。」先生兼工倚聲，《泰雲堂詞集》亦出入於玉田、白石。《賀新涼・題李蘭卿舍人彦章薇垣歸娶圖》：「朵殿鳴梢曉。傍彤墀，兩行玉筍，最誰英少？

一品仙衣珊珊骨，只數鄰侯風貌。圍金帶，風池春早。花豔紅樓簾卷盡，驟驕驄，踏遍長安道。看爭指，獨孤帽。潞河一夕歸帆峭。拜君恩，口脂面藥，青廬擎到。荔子香濃紅雲宴，仙樂幔亭飄渺。休但説，催粧詩好。更有宣麻新樣腳，翦綠綈，親寫金鸞誥。趁筆勢，朧蛾掃。」

儀真阮芸臺相國學紹漢唐，文高燕許，韻語其餘事也。梅叔明經寄余《揅經室詩錄》，受而讀之，其陽開陰闔，靈氣往來，直入古大家之勝境。《題陳曼生種榆仙館圖》云：「白雲飛斷天空青，抽筒疊鏡窺窈冥。上有神仙之福庭，壽星躔次開畦町。白榆落莢如堯蓂，呼龍畊煙種不停。仙人山館敞未扃，十行高樹圍虛亭。銀河珊珊聲可聽，河邊大石排蒼屏。石破漏雨驚秋霆，瑤枝玉葉敲瓏玲。仙人館中睡不醒，一夢下墮一百齡。精光在心耿耿靈，有時如珠復如熒。枌陰古社春風馨，館中書卷甘石經。夜半起看天南星，門前歷歷疏如櫺。」《八月十五闈中作用坡公催試官詩韻》：「八月十五夜，月愛杭州好。西子湖邊似蟾窟，試官堂外如仙島。少年科第不覺難，爲歎白袍人易老。八月十五潮，其險天下無。海水驟來高一丈，長堤力護役萬夫。濤聲入院夜春枕，驚夢常繞雙浮屠。鎮海、六和二塔。世間萬事難預必，三更無雲月始得。我且向東看月背官燭，遠寄羽書招海鵠。時合三鎮兵船，破蔡牽、朱濆於舟山之北，二寇復遁入閩。」近體詩亦清蒼警健。《登八咏樓》云：「蛟龍城外迹，鴻雁澤中聲。山破雪猶積，野荒風易生。三冬氣寥落，六代意縱橫。怪底休文瘦，誰能遣此情？」《古北口月夜》：「邊月照長城，蒼涼萬古情。西風入遙夜，秋色更分明。客路無多日，鄉心何易生？江南如有夢，香露桂花清。」《甬江夜泊》：「風雨暮瀟瀟，荒江正起潮。遠帆連海氣，短燭接寒宵。

人靜怯聞角，衣輕欲試貂。遥憐荷戈者，孤島夜蕭寥。」《登滕王閣》：「千年詩序到今存，誰見当時桀戟尊？爲有大文射牛斗，才教高閣老乾坤。楝雲簾雨復飛卷，彭澤臨川相吐吞。倚檻獨思百城寄，寒江極目静無言。」《荆州懷古》：「紀南山外古荆州，一片江城渺渺愁。春夜梅花沙市月，西風荷葉渚宫秋。蕭梁書畫名猶在，巫峽雲來夢可留。豈有才人不惆悵？未應王粲獨登樓。」

毛生甫之大父海客先生大瀛，官四川簡州知州。嘉慶五年，教匪渡嘉陵江，率兵逆戰於土橋溝，不克，死之。事聞，命祀昭忠祠，祭葬卹廕如制。事載生甫所撰行狀中。先生詩名《戲鷗居詩鈔》，古體遒邁，力追建安。《擬魏太子丕公讌用芙蓉池韻》：「置酒槃高會，輕輦遊西園。流雲度飛閣，華薄榮清川。月出散清景，衆星羅高天。幽吹相間發，驚鳥紛來前。衆賓同所樂，宴坐華池間。涼飔自遠至，吹我羅纓鮮。人生須樂飲，難得松喬仙。逍遥放志意，無爲孤盛年。」《擬陳思王植贈友用贈徐幹韻》：「白日忽西匿，驚風起寒山。丹霞被明月，韡爗華星繁。攬衣起夜遊，顧望無休閒。徘徊文昌内，宴笑冰井間。緬維秉鉞初，八紘戴高天。黄髮緤珪組，深巖賁車軒。念予同心侶，顧影殊自憐。滔蕩本不虧，時俗難圖全。咄嗟心煩憂，援筆成長篇。良材不見用，班匠成其愆。令德自輝光，古來共知然。積善多獲慶，力田當逢年。閒居尠勳績，經綸及時宜。懷君篤明義，慷慨爲此言。」

友人曾攜大興舒鐵雲位詩見示，未及徧讀，僅記其《豐臺即事》云：「橋横流水客纔到，門掩落花僧未歸。」《重九日作》：「踈雨獨聽楓葉外，嫩寒初試菊花前。」自是好句。

沈養愚圻一字鐵龍，蘇州人，曾寓淮上，見其《倚梧吟稿》。《咏燕》云：「掠破江南二月春，紅襟裁貼剪刀匀。多情也動關山意，社雨年年戀主人。」甚有韻致。

咏楚漢事者多矣，會稽姚半林宗木《讀項羽本紀》七律一首，最爲沈鬱頓挫：「歌罷虞兮泣數行，美人駿馬兩神傷。總然天下歸亭長，畢竟英雄屬大王。勿聽范增雖取敗，不除義帝亦終亡。陰陵道上難回首，衣繡無由到故鄉。」余少時曾見人《弔項王詩》有「烏江夜半咽寒流，父老殷勤艤流舟。試問君王衣繡否？如何重勸故鄉遊。」畢竟以成敗論人也。

卷八

杜詩「澗道餘寒歷冰雪」，仇注：「冰雪，猶凍雪也。『冰』讀去聲。」余按下句「石門斜日到林丘」，「冰雪」、「林丘」皆是實字作對。若作「凍雪」解，便不精整。況「歷」字仄聲，「冰」字平聲是一定之音節，如「多少材官守涇渭」、「殊錫曾爲大司馬」、「西望瑤池降王母」之類，不勝枚舉。而此處「冰」字不作平聲讀，殊屬可笑。吳梅村《西田賞菊》句：「花似賜緋兼賜紫，人曾衣白更衣黃。」有爲梅村諍者曰：「此『衣』字之義，讀作去聲，似不可作平。」梅村言：「字義固如此，然二句自佳，不必改矣。」可知詩之妙處，平仄皆不必拘擬，唐詩中以平爲仄，以仄爲平者甚多。太白「西飛精衞鳥，東海何由填？鼓角徒悲鳴，樓船習爭戰。」「填」字作去聲。獨孤及「所嘆在官成遠別，徒言屺水纔容舠。」「纔」字作去聲。至元白尤多，「柳付風排比」、「征櫂遽排比」，「比」字皆作入聲。「當時綺季不請錢」，「請」字作平聲。「紅闌三百九十橋」，「十」字作平聲。坡詩亦然，非如今之作試帖體者一字不可假借也。

昔人謂杜之律、李之絶皆天授神詣。然杜以律爲絶，如「窗含西嶺千秋雪，門泊東吳萬里船」等句，本七律壯語，而以爲絶句，則斷錦裂繒也；李以絶爲律，如「十月吳山曉，梅花落敬亭」本五言絶境，而以爲律詩，則駢拇枝指也。余謂以律爲絶，以絶爲律，兩家各擅勝場，非後人所可妄議。

梅村《吳門遇劉雪舫》五古五十韻，「真」「文」「元」「庚」「青」「蒸」「侵」七韻通轉，此沿吳才老之《韻補》。若論古韻，則「真」「文」「元」「寒」「刪」「先」六韻皆通，而「庚」「青」「蒸」則不能相通；「侵」「覃」「鹽」「咸」四韻可通，而不能通於「真」「文」。詩之工拙雖不係此，然此亦不可以不辨。

老杜《彭衙行》，「真」「文」「元」「寒」「刪」「先」六韻通用；他如《義鶻行》亦「元」「寒」「刪」「先」通押；《石壕吏》首聯「人」字韻，次聯「看」字韻，此「真」「寒」通用也。按：宋鄭庠《古音辨》分古韻六部：「東」「冬」「江」「陽」「庚」「青」「蒸」七韻皆協「陽」音；「支」「微」「齊」「佳」「灰」五韻皆协協「支」音；「真」「文」「元」「寒」「刪」「先」六韻皆協「先」音；「魚」「虞」「歌」「麻」四韻皆協「虞」音；「蕭」「肴」「豪」「尤」四韻皆協「尤」音；「侵」「覃」「鑒」「咸」四韻皆協「覃」音。其書出吳氏《韻補》後，按之古音，十得八九。所署不足者，「魚」「虞」「歌」「麻」與「蕭」「肴」「豪」「尤」尚分兩部耳。

梅村《清涼山讚佛詩》，《集覽》但知爲宮妃事，而不得其實。吾鄉程迓亭先生穆衡作《梅村詩箋》云：「爲世祖皇貴妃董氏咏也。」第一首云：「王母攜雙成，綠蓋雲中來。」暗藏「董」字。「言過樂游苑，進及長楊街。張宴奏絲桐，新月穿宮槐。」叙貴妃之由大同入京及從幸獵南海子也。第二首：「可憐千里草，萎落無顔色。」蓋貴妃薨於順治十七年七月七日，「千里草」亦暗藏「董」字也。「南望蒼舒墳，掩面添悽惻。戒言秣我馬，遨遊凌八極。」蓋世祖每歲幸南海子必纍月，是年傷貴妃之薨，只駐蹕數日也。第三首：「惜哉善財洞，未得誇迎鑾。」蓋十八年正月將幸五臺，未及啟鑾而晏駕也。末首：「澹泊心無爲，怡神在玉几。長以兢業心，了彼清淨理。」收足讚佛之詩義也。四詩體仿齊梁，神追漢魏，太白擬古樂府庶乎近之。

有人戲作集句春帖於醫生之門首云：「新鬼煩寃故鬼哭，他生未卜此生休。」見者絶倒。偶檢頻伽《樗園銷夏錄》一條云：「有辛官以貪酷從政，而好自誇大，元日大書春帖署廨檻云：『愛民若子，執法如山。』有士人援筆續其下云：『牛羊父母，倉廩父母，供爲子職而已矣；寶藏興焉，貨財殖焉，此豈山之性也哉。』」集句如此，神而化矣。

《銷夏錄》又云：「檻帖之佳者，歸玄恭贈某公云：『居東海之濱，如南山之壽。』其自署云：『兩口寄安樂之窩，妻太聰明夫太怪；四鄰接幽冥之地，人何寥落鬼何多？』竹垞贈顧亭林云：『入則孝，出則弟，守先王之道以待後學；誦其詩，讀其書，友天下之士尚論古人。』汪次舟題山陽學署云：『昌黎起八代之衰，想當年苜蓿齋中不過尋常博士；

文正以天下爲任，問今日虀鹽隊裏可有此等秀才？』」竹垞賑粥廠中云：『同是肚皮，飽者不知飢者苦；一般面目，得時休笑失時人。』」

集杜七古，至竹垞乃嘆觀止矣。《酬吴江顧處士詩》第四聯恐嫌卑薄，故作對句云：「飄零已是滄浪客，醉後常稱老畫師。」而即用疊字接入云：「畫師不是無心學，合沓高名動寥廓。」下句又作對仗云：「漫勞車馬駐江干，數問舟航留製作。」以後又用單行以疎通其氣，而仍以「虛無只少對瀟湘，天下何曾有山水」二句振作之，然後以「浴凫」四句收束通篇，如程不識刁斗森嚴，無一懈筆，真絶技也。

梅村《過淮陰有感》七律二首，第一首云：「世事真成反招隱，吾徒何處續離騷？」第二首「登高悵望八公山」及「我本淮王舊雞犬，不隨仙去落人間。」皆用淮南王事，與淮安了無干涉，亦失於攷訂之故也。然梅村特以自喻，雖非事實，而其詩自佳。

梅村歌行合初唐、長慶而自成一體，真爲空前絶後之作，其音節大率四句一轉，平仄相承，而神明變化。《卞玉京彈琴歌》：「中山有女嬌無双，清眸皓齒垂明璫。曾因内苑直歌舞，坐中瞥見塗鴉黄。問年十六尚未嫁，知音識曲彈清商。歸來女伴洗紅粧，枉將絶技矜平康，如此纔足當侯王。」「商」字、「粧」字、「康」字、「王」字，連用四句平聲，而末句以單行煞住，則轉仄韻更響亮。故下云：「萬事倉皇在南渡，大家幾日能枝梧。去聲詔書忽下選蛾眉，細馬輕車不知數。」以下宜轉入平韻矣，却仍承前韻云：「中山好女光徘徊，一時粉黛無人顧。豔色如爲天下傳，高門愁被傍人妒。盡道當前黄屋尊，誰知轉盼紅顔誤？南内方看起桂宫，北兵早報臨瓜步。」然後接「聞道君王走玉驄，犢車不用聘昭容。」「細馬」句下不即轉韻，遲其聲以諧其節，如彈琴欲用鈎挑，必先和弦，此是梅村不傳之秘。初唐四傑暨長慶諸公，俱未講求及此。

余求樂蓮裳詩，不多見。今於《樗園銷夏録》上見有《煙夢詞》，亟爲録之：「燕子歸時記乍逢，廢池閒館傍西風。客如春草闌珊緑，人對秋花點滄紅。憑過樓闌都屈曲，聽來檐鐸尚丁東。如今更是傷心地，無復苔階咽斷蛩。」「綺席無詞詠墮釵，黄衫有夢脱弓鞋。團雲舞隊猶聯臂，畫壁詩人盡愴懷。玉鏡花空難寫照，紙錢風冷欠營齋。千金欲買驊騮骨，换取遺香擇地埋。」「吴語喁喁怨鷓鴣，自言生小别姑蘇。新粧忍學拋家髻，獨坐愁看奏樂圖。扉上粉書頻決絶，壺中血淚久模糊。女墳湖畔歸來晚，魂是梅花第幾株？」「身命都如六出花，宜書小字刻苕華。蘭香自幼漂湘岸，杜裹從來弔楚沙。生託鴛鴦貽珮玦，死無鸚鵡唤琵琶。人間何處堪回首？料得蕭娘不憶家。」「翩翩長袖不勝情，六尺氍毹一燕輕。平日笑啼俱掩抑，此時哀樂轉分明。愁多儘向東風訴，坐久渾忘北斗横。太息劉郎幽怨句，無由吹入小紅笙。」「莫更華筵戀酒尊，斜陽未落早黄昏。燈前刺促成良會，坐上迷離見豔魂。痛惜尚煩諸女伴，浪遊終笑舊王孫。分明歲暮風吹雨，疑有飛花夜打門。」詩凡十二章，今僅得其六，其哀豔之致，令人迴心盪魄。按：此詩爲邗上女伶雪如作也。蓮裳有《雪如小傳》，亦見《銷夏録》，其畧云：「雪如名葆珠，長洲人，不知其姓。生數月，爲袁嫗者養女，遂姓袁氏。娟楚婉慧，志識芳遠。年十四，鬻於王甲。吴俗多鬻女爲優，雪如悲怨，飲鹵汁求死。

救而甦，王乃詭言良家，延師教之讀。已而雪如識其書院本也，始悟果將爲女伶矣，則夜投繯，又以救而免，愈益防守之。雪如既求死不得，因勉習其藝。從至廣陵，蓋欲陰相所歸，久之不遂。有南陽生者，客邗上，嘗與諸名士宴集。雪如識之坐間，遂傾心焉。凡三見，以情告於是生之友。知其事者咸韙之，謀贖之以歸生。生貧，恐相負，遲迴不遽諾。雪如泣謂其友曰：『不諾則仍死耳。貧與死孰重？不畏死豈畏貧哉？且不得其人而死，孰與貧而死？今得其人矣，而以貧故不諾，命也。不諾則必死！』生感而許之，各以佩玉爲質。質交，雪如病。病三十三日，竟死。嗟乎！雪如不以仰藥死，自縊死，而卒以疾死。何哉？天殆早許其死，而又欲有以彰之也，故質交乃死。既死，生與諸名士斂金殯之，將銘其壙，碣其墓，且繪圖像，弔以詩文詞。裒爲一册，俾傳之於後。雪如病中，生數四往視，初尚能言，繼則但注目流涕，最後不復有淚，然猶欲有所語，喉哽而罷。悲夫！雪如居廣陵數年，內抱幽苦，外以溫默自晦，然眉黛悽結，背人往往淚承睫，以是多爲有心者所識。今潔其身以死，死則愈潔矣。字之曰『雪如』，允哉！」

張南山《聽松廬文鈔》謂：「洪穉存先生刻意歷行，希蹤古人。」觀其論好名可好而不能假，則先生生平直情徑行、銳於自見之意，亦可睹矣。《聽松廬詩話》又言：「穉存先生未達以前，名山勝遊詩多奇警。及登上第，持使節，所爲詩轉遜於前。至萬里荷戈，身歷奇險，又復奇氣潰溢。信乎山川能助人也！」其詩如：「客有一寸心，抱此亦云久。妻孥不能知，庶可喻良友。一世乏賞音，吾將寄身後。」又云：「好名亦是文人事，不近情人不近名。」真不磨之論。

孫淵如觀察星衍翰林散館試《厲志賦》，用《史記》「翢翢如畏」。大學士和珅疑爲別字，置二等。引見，奉旨以部員用。故事，一甲進士或奏請留館。時相國知其名，欲令屈節一見，卒不往，曰：「吾自得上所改官，不受人惠也。」遂就職。又編修改官可得員外，前此吳文煥有成案。或謂君一見和相即得之，又不肯，曰：「主事終擢員外，何汲汲爲？」自是，編修改主事遂爲成例矣。《聽松廬詩話》云：「觀察詩如『千杯酬我上北邙，不及容我生前狂。千言相思寄行路，不及逢君得君怒。』又如『獸鑪紅深三寸灰，哪信急雪淩春來？停歌出戶一驚顧，醉影忽落瓊瑤臺。』皆有太白神氣。」

何蘭士太守道生《方雪齋集》，清蒼雄健，力掃陳言。述庵先生評其詩如千金戰馬，騰溪注澗，無所不宜。山西自澤州相國以來，若蓮洋居士，清妙則有餘，排奡則不及也。張南山謂蘭士詩云：「『客子中夜興，臥榻以車代。瞑行就坦夷，鼻息出晻曖。忽驚急雷響，迸此夢魂碎。石力拒輪起，如豆爆釜內。』『車行石路』數語，善於形容。又如『乾坤清氣在在有，不解領取真可痛。人生寂寞即奇福，斯世繁華皆大夢。飲酒何須舞歌侑，講學莫爲邹魯閧。』此真實語，亦解悟語。」

趙味辛司馬師玉詩，如「舉世人誰醒春夢，此官我未補秋毫。」「急流肯退斯爲勇，清福能消即是仙。」「莫把江湖當平地，收帆要在未風前。」「神仙也要填橋渡，莫怪人間風浪多。」皆見道之言也。又《七夕》詩云：「蜘蛛結網鵲成橋，河漢無聲夜寂寥。不是病餘貪久坐，秋來第一可憐宵。」末句甚雋玅。

嶺南多詩人。在乾嘉年間，如馮魚山農部敏昌，巋然一大宗也。劉樸石太史《嶺南羣雅》云：「魚山先生徧游五嶽。凡名山大川雲煙變滅、波濤起伏之狀，盤礴胸次而注於筆端，渾渾浩浩，包孕萬象。粤詩自曲江後一振於南園，再振於海雪、藥亭、獨漉、湟溱以迄於今。其力追正始，以弁冕百餘年來風雅羣英者，非先生其誰與歸？」黃香石《詩話》云：「嶺南自曲江後諸子，或存偏方之音，惟先生力追正始。」張南山云魚山先生《謁杜少陵祠》詩有云：「浣花開草堂，成都得棲遲。大哉北征作，元氣高淋漓。初陳戀闕心，乾坤悲瘡痍。繼述行旅傷，回首覘旌旗。雖然縱嘯咏，亦自關蒸黎。況廼君不忘，中餐時墮巵。嗟嗟老賓客，所需特饘糜。奚偏將虎鬚，幾同掩麟龢。才人自古窮，夫子尤堪噫。霜嚴先主宮，風披武侯帷。魚水憶君臣，咨嗟涕漣洏。陣圖走風雲，桧柏森蛟螭。高秋白帝城，暮雨昆明池。併作一生愁，茫然千古悲。」又云：「重惟古文章，質厚關秉彝。忠孝苟不根，文采空葳蕤。惟兹真粹氣，鬱作雄奇姿。高爲歲寒松，下亦傾陽葵。長鯨既海掣，雷雨方天垂。衆體皆集成，萬古誠獨推。」《謁韓文公祠》詩有云：「周昔衰仍戰，言訌墨與楊。聖徒工放距，異説爲懲創。二氏來何自？羣迷勢益猖。求仙前古妄，迎佛國人狂。不有名賢憤，何由至教張？五原供躡奥，一表遂排閶。髮引千鈞重，瀾迴巨手障。偉功同禹孟，高識邁荀揚。事與聞知並，仁還大勇將。先時從上相，已佐剋淮疆。鎮將兇尤熾，王朝使但恇。長驅踐牙距，鋭辨攝彊梁。信覘儒臣效，真爲白刃當。躬危因正直，筆振自雄剛。述作先秦擅，流風盛漢芳。起衰從八代，作鎮向三唐。并約六經旨，還窺數仞牆。詩篇祇餘事，李杜亦同行。霞佩高飛燄，天瓢倒浥漿。兩間盈浩氣，萬丈發光芒。」此二詩篇幅甚長，節錄之。先生平生宗法杜韓，故於謁二公祠不覺罄所欲言，滔滔不竭。「濡染大筆何淋灕」，此足當之。

吳穀人先生試帖詩，士林傳誦，家置一編。兼工駢體，尤善倚聲。余以爲古今體詩高出駢體之上，駢體清華明秀而似少古意，古今體詩意清詞秀，奄有衆長，而不襲前人之面目。五言如「蟲聲千葉雨，月氣一湖煙」、「春雲寒貼地，海氣濕黏天」；七言如「樹自老蒼花自韻，竹能疎瘦筍能肥」、「葉纔脱樹月流地，秋欲浸人河在天」、「蘆三尺裏通蛙語，桑萬葉中聞剪聲」、「名畫要如詩句讀，古琴兼作水聲聽」，清氣撲人，南宋人得意之句也。

唐人「黄河遠上」、「奉帚平明」、「渭城朝雨」、「寒雨連江」諸作，爲七言絶句登峰造極之作。後來襲其聲調，自詡唐音，不免有婢享夫人之誚。其實學七絶者，須先從晚唐起手，而汜濫於宋元諸名家，求其清疎新雋者學之，則塵羹涂飯，漸知吐棄。門面既除，性靈自出，由此而上窺唐賢，或不至衣冠優孟也。《靈芬館詩話》於蘇、黄、楊、陸諸家外，別録宋人七絶。又於宋人外，録元人之疎朗清新有逸調而無軟熟之習者，以資吟誦。余又以己意去取，得如干首，録之。凡飫肥肉大酒者，當奉此爲清涼散劑也。秦少游《秋日》云：「月團新碾瀹花甆，飲罷呼兒課楚詞。風定小軒無落葉，青蟲相對吐秋絲。」范石湖《田園雜詩》云：「步屧尋春有好懷，雨餘蹄道水如杯。隨人黄犬纔前去，走到溪橋忽自迴。」「三旬蠶忌閉門中，鄰曲都無步往蹤。猶是曉晴風露下，采桑時節暫相逢。」「黄塵行客汗如漿，少住儂家漱井香。借與門前盤石坐，柳陰亭午正風涼。」郭功甫《答人》云：「渡江乘興泊江干，草襯殘花色未乾。慣在釣魚船上住，一簑一笠伴春寒。」曹公顯《飛泉》云：「曉入飛泉帶月華，山如相識路如家。百蟲不響霞初下，開盡一川蕎麥花。」《雜詩》云：「款段揚鞭過雨村，沙平步穩轉山根。好花一簇牆頭見，深院誰家尚掩門？」俞希郯《溪流》云：「雲腳才行又復開，一聲隱隱只空雷。家童忽報溪流漲，知是前山落雨來。」《東山》云：「東山隨分作生涯，即是清高隱者家。粗有小園供日涉，不愁無地種梅花。」張武子《過西溪》云：「罨畫層波蕙草荒，冷雲客雁兩回皇。梅花到得吹成雪，盡是清愁不是香。」《夏夜》云：「恰到黃昏雨便晴，青池迤邐盡蛙鳴。月明已在芭蕉上，猶有殘檐點滴聲。」葉景文《次韻》云：「燕入虛簷教子飛，風簾不卷和新詩。綠陰滿地蜻蜓小，正是黃梅欲雨時。」姜堯章《除夜自石湖歸苕溪》云：「細草穿沙雪未消，吳宮煙冷水迢迢。梅花竹裏無人見，一夜吹香過石橋。」「沙尾風回一棹寒，椒花今夕不登盤。百年草草都如此，自琢春詞剪燭看。」何子翔《吳蠶》云：「正是吳蠶出火時，交交窗外一禽啼。溪西有葉高難采，遙見青裘上竹梯。」葉嗣宗《西湖秋晚》云：「愛山不買城中地，畏客常撑屋後船。荷葉無多秋事晚，又同鷗鷺過殘年。」《出北關》云：「脱衣命僕洗塵埃，籬落人家未見梅。出得城門能幾步，船頭便有白鷗來。」《九日》云：「秋風吹客客思家，破帽從渠自在斜。腸斷故山歸未得，借人籬落種黃花。」吳中孚《曉吟》云：「翠帳香消捲碧紗，風梢殘雨濕蘭芽。蜻蜓亦被涼勾引，清曉低飛入水花。」又元人薩天錫《宫詞》云：「清夜宫車出建章，紫衣小隊兩三行。石闌干畔銀燈過，照見芙蓉葉上霜。」「楊柳樓心月滿牀，錦屏繡褥夜生香。不知門外春多少？自起移燈照海棠。」黃星甫《池荷》云：「紅藕花多映碧闌，秋風才起易凋殘。池塘一段榮枯事，都被沙鷗冷眼看。」迺易之《雪霽》云：「東風悄悄著羅衫，秉燭歸時酒半酣。聽得隔簾人笑語，夜來春氣似江南。」余廷心《南歸》云：「二月不歸三月歸，已將行篋卷征衣。殷勤爲報家園樹，緩緩開花緩緩飛。」于彦成《欸歌》云：「對酒清歌窈窕娘，持杯勸客手生香。袖中藏得雙頭橘，一半青青一半黃。」繆叔正《西湖竹枝詞》云：「初三月子似彎弓，照見花開月月紅。月裏蟾蜍花上蝶，憐渠不到斷橋東。」貢友初《湖上春歸》云：「湧金門外柳垂金，三日不來成綠陰。折取長條入城去，教人知道已春深。」張仲疇《梅雨》云：「輕雲薄薄暗江干，幾陣紗窗送嫩寒。濃睡呼童新摘得，未黃梅子已微酸。」宋顯夫《寒食》云：「街頭老父髮垂肩，拄杖支頤話可憐。粔籹不甜寒具小，風光那似十年前？」郭天錫《宿焦山》云：「揚子江頭风浪平，焦山寺裏晚鐘鳴。爐煙已斷燈花落，喚起山僧看月明。」

《靈芬館詩話》所錄元人絕句，有孫蕙蘭詩二首。蕙蘭名淑，新喻傅汝礪若金之室也。陶南村《輟耕錄》載其《綠窗遺藁》七言絕句共十一首，皆佳，今並錄之：「樓前楊柳發青枝，樓下春寒病起時。獨坐小窗無氣力，隔簾風亂海棠絲。」「綠窗寂寞掩殘春，繡得羅衣懶上身。昨日翠帷新病起，滿簾飛絮正愁人。」「小妹方纔習孝經，可憐嬌怯性偏靈。自尋女誡窗前讀，嗔道家人不與聽。」「幾點梅花發小盆，冰肌玉骨伴黃昏。隔窗久坐憐清影，閒劃金釵記月痕。」「繡被寒多未欲眠，梨花枝上聽春鵑。明朝又是清明節，愁見人家買紙錢。」「春雨隨風濕粉牆，園花滴滴斷人腸。愁紅怨白知多少？流過長溝水亦香。」「春風昨夜碧桃開，正想瑤池月滿臺。欲折一枝寄王母，青鸞飛去幾時來？」「空階日晚雨纔乾，小婢相隨倚畫闌。金釵誤掛緋桃落，羅袖愁依翠竹寒。」「小窗今夕繡鍼閒，坐對銀蟾整翠鬟。凡世何曾到天上？月宮依舊似人間。」「乞巧樓前雨乍晴，彎彎新月伴雙星。隣家小女都相學，鬥取金盆看五生。」「庭院深深早閉門，停鍼無語對黃昏。碧紗窗外初生月，照見梅花欲斷魂。」

霽青太守自潮州罷郡南歸，刻其近詩一卷，有《潮風》十首，其末章曰《罌粟瘴》，序云：「歎鴉片也，向由西洋來，本取罌粟花脂熬膏而成。近日内地亦有種以射利者，流毒日廣，有識者目爲罌粟瘴。是可歎也。」詩云：「罌粟瘴，難醫治。黄茅青草衆避之，中此毒者甘如飴。牀頭熒熒一燈小，竹筒呼吸連昏曉，渴可代飲饑可飽。塊土價值數萬錢，終歲但供一口煙，久久黧面聳兩肩。眼垂淚，鼻出涕，一息奄奄死相繼。嗚呼！田中罌粟猶可拔，番船來時哪得遏？」余按：十數年來，此毒已流遍海内，朝廷例禁森嚴，官吏奉行故事，雖中此毒者皆庸下之徒，自戕性命，了不足惜，然亦有子弟可造就者。一犯此病，罄家蕩産，百事坐廢，而死不旋踵。讀霽青詩，能無痛哭流涕？

霽青潮州近刻詩名《韓江詩斑》，感懷身世，旨遠辭文，多卓然可傳之作。《思歸》云：「非關作達薄浮名，官裏常牽物外情。實際但求今我是，衰年漸覺俗緣輕。乞憐世上無竿牘，知已天涯有弟兄。已分行藏同守拙，養真何似老柴荆？」「待詔金門記十年，而今作守已華顛。得騎鶴背原無恨，一化蟲身便可憐。塵外凡心仙入夢，世間公道我歸田。詩名官職乘除定，萬古千秋只聽天。」「吾生萬事信乾坤，瑣瑣南嵴更莫論。自喜宦囊官有集，人言書種子生孫。分甘晚境心先慰，炳燭餘光眼未昏。整備杖藜兼蠟屐，篋中游記待重溫。」「擬構園名小竹林，買山結屋費千金。三生有福堪娛老，十畝無多也稱心。紫筍出時春送酒，綠雲圍處夏眠琴。放翁萬首詩難擬，願學堯夫擊壤吟。」《書懷》云：「區區墮甑莫回頭，只合歌詩擬四休。石嗜殺人差自信，未能寡過更誰尤？退飛已似當風鷁，藏枉何如避雨鳩？安見推排非玉汝，幾人宦海得身抽？」「怕聽輿人説好官，敢誇治譜寸心殫。廉原本分非奇節，勤尚無功敢宴安。只恐太平徒粉飾，誰憐民氣漸凋殘？去思哪問留遺碣？我却臨行恝置難。」「頻歲思歸不自聊，得歸塵慮盡冰消。非無一着仙棋失，爲有千杯濁酒澆。送別詩多爭出手，壓裝書重勝纏腰。此生留得清名在，哪羨峩冠更珥貂。」

東坡《和陶貧士夷齊恥周粟》一首，其意蓋譏四皓而諷世之貪戀官爵、徘徊歧路者也。上四句言周武之聖尚不能得夷齊，而産禄之徒竟能招致四皓；中四句言四皓非真於避世者，是以末路改節；下四句言淵明以絃歌爲三徑資，故彭澤令亦所不辭，至於不樂折腰則脱身徑歸，賢於四皓何啻宵壤？而其恥爲宋臣，與夷齊之恥食周粟亦復何異乎？余雅不喜四皓之白首出山，妄與人家國事。《讀史記作》託言子房學仙既成，召羣真以游戲人間，假四皓之名小試其術耳。若四皓則高祖尚不能屈，豈因太子而一呼即出耶？語雖近詭，而所以譏四皓者更切矣。四皓有知，能無愧死？竊以爲太白之「功成身不居，舒卷在胸臆」，香山之「何必長隱逸？何必長濟時」，似未免被四皓之欺也。

東坡《和陶》《擬古》諸作，如「有客叩我門，繫馬門前柳。庭空鳥雀散，門閉客立久。主人枕書卧，夢我平生友。忽聞剝啄聲，驚散一杯酒。倒裳起謝客，夢覺兩愧負。坐談雜今古，不答顔愈厚。問我何處來？我來無何有。」又如「客云室幽幽，服鳥來坐偶。引吭伸兩翮，太息意不舒。吾生如寄耳，何者爲我廬？云此復何之？少安與汝居。夜中聞長嘯，月露荒榛蕪。無問亦無答，吉兇兩何如？」此種詩游行自在，一片化機，陶公復起，必把臂入林。此坡公所以云「樂道雖恨晚，賦詩豈不如」也。

詩家運用成語，自出新意，能到天然巧合地步，談何容易？查梅史大令揆《戲答内子謀爲納姬》云：「伊其相謔卿休爾，我見猶憐事或然。」可謂蘊藉之至矣。又有絶句《即事》云：「玉匣冰奩鉛水流，垂楊影裏見梳頭。夕陽似與紅窗約，不近黃昏不上樓。」亦天然入妙。梅史之族弟春園有新詩亦新雋。《夕陽》云：「當樓漸覺山容澹，極浦遙連雨腳明。」《吳江雨中》云：「踈煙到岸忽升樹，急雨穿雲亂入船。」《答南廬》云：「山向人青如愛客，病依身久似憐才。」皆佳句也。

曾賓谷先生燠古體歌行兼擅少陵、東坡之勝，七絕風神宕往，亦迥出時賢數倍。《揚州柳枝詞》云：「揚子江頭綠漲天，蕪城一片是春煙。春來何處無楊柳？不似揚州最可憐。」「淮水春連江水春，枝枝賜姓主恩新。阿誰似爾風流甚？曾蔭三千殿腳人。」「絳仙眉黛寶兒腰，妒盡春風一萬條。今日飛花寒食節，曲鈎斜畔雨瀟瀟。」「曾沾雨露上林枝，三載移栽楚水湄。送客迎人都倦矣，青青兩鬢已成絲。」

樊補之鍾嶽，嘉善人，隱於吳門，習賈人業，而恂恂儒雅，且工於詩。往歲介頻伽索余作山水小幅，且郵寄詩篇，互相贈答，惜未及識面也。其詩名《壺山堂稿》。《帆影》云：「平移曉日三竿出，暗剪吳淞半幅來。」又如「窗外小梅如靜女，階前新筍是奇男」、「歸尋籬下無多種，親向霜中揀數枝」，皆耐人尋味。

顧子雨《悼亡》六絶情詞悽惋，其末二首云：「影堂獨自對遺容，一盞寒鐙四壁蟲。莫怪寫生無妙手，年來長自鎖眉峯。」「訣別猶勞勸夕餐，劇憐衣薄不禁寒。青衫零落渾如舊，留得針痕未忍看。」又《抵家》七律一首，亦爲悼亡作也：「故鄉漫説勝他鄉，偏我還家也斷腸。賸有梅花迎舊主，了無人影守空房。吐絨餘蹟猶留幕，網戶殘絲漸到牀。却憶去年同玩月，燈昏回首倍淒涼。」又《秋夜四首》，如：「何處閒歌聞子夜，怕逢佳節近中秋。」「天上樓臺裝七寶，海東風雨冷孤琴。」「忘機鷗鷺非關嬾，駭俗文章不笑真。」「失學哪堪思往事，悲秋未必爲長貧。」語皆洗鍊，命意清真。

朱鐵門《鐵簫庵詩鈔》，清詞麗句，層見疊出。頻伽稱其五言古體暢所欲言，而七古則微傷於冗，且云鐵門詩文並工，而詩不逮文。余謂鐵門近體詩居然南宋名家，蓋已成就此一種筆墨，而又從各家涉獵過來，方能臻此境界也。爲邁生題《風雨憶兄圖》云：「竹梧蕭瑟紙窗清，三尺烏皮一短檠。是爾憶兄吾憶友，畫工總寫不分明。」《曉出錢塘門遊湖上諸山晚歸紀遊得截句二十四首》其三云：「晴雲不動日光融，湖水無波鏡面同。看見船窗飄柳絮，始知今日是東風。」其六云：「小桃經雨踏成泥，細草紅心一翦齊。記取鴛鴦塚畔路，殘春猶放野棠梨。」其九云：「一道蘇隄柳萬行，平湖界破綠雲涼。南山呼得北山應，不信隄身十里長。」其十八云：「丹鑪宿火石幢斜，知是山陰道士家。到底洞天飛不去，入門便有碧桃花。」其十九云：「洞臨絶壑晝陰陰，俯視寒潭無底深。投石忽聞金鼓響，遊人來慣也驚心。」《西湖竹枝詞和鐵厓韻九首》其一云：「蘇隄看遍柳千株，第六橋邊問酒鑪。天意不晴還不雨，今朝西子試妝無？」其三云：「烏石峰前舊釣磯，輕陰連日繡苔衣。綠波底事浮萍少？柳絮春寒未肯飛。」其八云：「波平雲散水天空，煙柳萋迷望幾重。晚景兒家門外好，夕陽一塔畫雷峰。」其九云：「芳信遙遙暮復朝，錢塘江近不通潮。郎心比似西湖水，如此春晴總易銷。」

潘壽生與頻伽自錢塘泛舟，爲西江之遊，路過衢州，有《衢州橘枝詞》云：「上塘下塘橘樹寒，橘枝白露曉溥溥。

天許成霜恁容易，結青時候未來看。」「種橘那知采橘愁？箬籠裝了木梯收。憐伊立地剛三尺，早是青黃掛兩頭。」「桐子灘西夕照黃，歸來打槳橘船香。福州種大洞庭小，好與檀郎細較量。」「匀圓顆顆恰堆盤，也算人天懽喜丸。容易説來甘勝蜜，妾心總覺有微酸。」「江山船上買新嘗，笑看同年小妹忙。香到可憐寒到骨，纖纖指爪最思量。」「龍游郭外紅滿株，蘭溪舟中香透襦。漫道投懷没分别，郎心冷澹只憐衢。」又《常山道中》句云：「石色漸除青綠氣，樹身偏擅綺羅情。」亦新警。

山陽吴蔗田農部準，以其尊人揖堂先生進所著《一咏軒詩草》見示。沖澹清遠，一洗綺靡之習。《宿板浦寓齋》云：「數日荒原路，清齋此夕安。花深春霞重，人靜夜星寒。海上行將久，天涯夢已闌。幽窗風習習，孤坐一鐙殘。」《兒歸》云：「里塾從師去，歸來雞已棲。晚風深巷雨，秋草滿塗泥。在路無僮僕，關心只老妻。年來頻作客，哪得一提攜？」《七夕》云：「日落禽歸定，新秋坐草亭。竹花涼細雨，桐葉漏踈星。身以愚終老，人思巧乞靈。夜分天宇淨，深碧出流螢。」《春日即事》云：「獨卧庭幃清夢賒，霏霏暮雨霽朝霞。呼兒試訪前村去，一夜新開幾樹花。」可以想其閒逸之致。

余喜作豔體詩，今雖才盡，不能下筆，然每見佳篇，必沉吟數四，倘亦性之所近也。吴江朱荔生文琥有《紀事詩》七律四首，真能奪《疑雨》之席，亟爲録之。詩云：「兩地關心已十年，只通聲影便堪憐。雙煙自縮同心結，斷藕還開並蒂蓮。梅子雨多交夏五，楊花風輭過秋千。當時期約明明在，下九初三只眼前。」「百就千攔一見難，相思未訴淚先彈。藥闌紅雨愁中盡，綠閣銀燈别後寒。書不傳情牋短短，病偏助媚骨珊珊。對人指説天時冷，杏子羅衫可太單。」

「春寒破曉立蒼苔，生怕愁容對鏡臺。剪燭通宵千淚落，殘枝墮地一花開。毵毵細柳猶如此，曲曲柔腸剩幾回？輪與東風雙蛺蝶，隔鄰飛過短牆來。」「曲房低小似吳舠，風靜秋河月影高。酒綠觥船浮藥玉，燈明銀蠟膩蘭膏。醉中一搯麻姑爪，窗下三偷曼倩桃。歷歷平生惆悵事，幾回欲寫轉蕭騷。」

元人陳剛中《江州詩》：「老母越南垂白髮，病妻燕北倚黄昏。蠻煙瘴雨交州客，三處相思一夢魂。」一時推爲佳作，不知其從白香山「共看明月應垂淚，一夜鄉心五處同」化出也。然白詩之渾成過於陳作多矣。

贈友之作，須自己分際與所贈者之分際兩無所失，方爲合作。東坡《和章七出守湖州》詩，章七即章惇，蔡京之黨也。故第一首云：「只應未報君恩重，清夢時時到玉堂。」言外見其志在榮進也。《答李邦直》五古一首，邦直與章惇輩鋭意紹述，竄逐正人。東坡七年瘴海，其禍本實自邦直發之。坡公守高密時，邦直以京東提刑行部至密，以詩贈坡公。坡公心薄其爲人而勉强應酬，末有云：「聞子有賢婦，華堂咏螽斯。盍不倒囊橐，賣劍買蛾眉。不用教絲竹，唱我新歌詞。」乃調之也。

虞山錢曾字遵王，家富圖籍，多蓄善本，嘗仿歐陽《集古録》輯《讀書敏求記》四卷。其評李商隱詩，可謂深知義山之心事矣。其略云：「文宗時羣小用命，朝士箝結。甘露之變，爲千古所未有，國勢亦岌岌乎殆哉。義山忠憤逼塞，不敢斥言，美人香草，讔詞託寓，其旨微矣。《留贈畏之》詩題下注云：『時將赴職梓潼，遇韓朝迴，三首。』夫時事日非，期望畏之來，有所論建，而嗜無一語，如醫如醒。故云『待得郎來月已低，寒喧不道醉如泥』也。隨例趨朝，轉轅迴去。國成誰秉，若瑱耳不聞。宮鄰金虎，委之蜩螗沸羹之徒。忠於君者若是乎？故繼之以『五更又欲向何處？騎馬出門烏夜啼』也。首章起句，即責韓以『清時無事奏明光』，反言之，亦激言之耳。詞臣引領，歸客迴腸。義山於君臣朋友之間，詞義剴切，又託爲豔詩，以委曲諷諭，此豈笨伯所能解乎？朱鶴齡箋注義山詩初稿云：『此題有誤。』予笑語之曰：『義山既誤作於前，《才調集》又誤選於後，無知妄作，賢者無是焉。』鶴齡面發赤，因削去。今聊引此以啟其端，見義山之詩之難讀如此。」